KB235716

파우스트

JOHANN WOLFGANG VON GOETHE

파우스트

faust

요한 볼프강 폰 괴테 지음 | 외젠 들라크루아·막스 베크만 그림 | 이인웅 옮김

문학동네

차례

헌사 7

무대 위에서의 서연序演 8

천상의 서곡 12

비극 제1부 16

5막으로 구성된 비극 제2부 139

제1막 140

제2막 201

제3막 262

제4막 314

제5막 346

주 384

작품해설 409

요한 볼프강 폰 괴테 연보 416

헌사[1]

너희 흔들거리는 모습들,[2] 다시 가까이 다가오는구나.
일찍이 한번 이 흐릿한 눈앞에 나타났던 모습들이여.
이번에는 나 너희들을 붙잡아, 놓치지 않게 되려는가?
내 마음은 아직도 옛날의 그 환상을 그리워하고 있는가?
너희들 마구 밀어닥치는구나! 그럼, 좋다. 그렇게 하라.   5
운무雲霧를 헤치고 내 주위로 솟아오르려무나.
내 가슴 청춘인 양 감동하는 것을 느끼나니,
너희 무리를 에워싼 마법의 입김 때문이리라.

너희들 즐겁던 시절의 영상들을 지니고 다가오나니,
사랑스러운 옛 그림자들[3] 무수하게 떠오르는구나.   10
반쯤 잊혀진 옛이야기와도 같이
첫사랑과 우정의 기억이 새롭게 피어오르는구나.
다시금 아픈 마음으로, 내 인생의 탄식은
미궁 속에 빠진 방황의 길을 다시 되풀이하는구나.
그리고 너희들은 아름답던 시절에 행복에 속아,   15
나보다 먼저 사라져간 선량한 사람들을 부르는구나.

그들은 뒤따르는 이 노래를 듣지 못하나니,
나 그 영혼들을[4] 위해 첫 노래들을 불러주었노라.
다정하게 만나던 모임은 산산이 흩어지고,
첫번째 메아리는 아아! 간데없이 사라져버렸구나.   20
나의 이 노랫소리 낯선 무리들의 귀에 울려퍼지니,
그들의 박수갈채마저도 내 마음을 두렵게 하는구나.

예전에 내 노래를 듣고 즐거워하던 존재들,
아직 살아 있다 해도, 세상에 흩어져 방황하고 있으리라.

오랫동안 잊었던 그리움이 나를 엄습하는데,   25
저 조용하고도 엄숙한 정령들의 나라에 대한 동경이라.
속삭이는 내 노랫소리, 나직이 울리는 에올스의[5] 현금처럼,
이제 여기에 불명료한 음조로 부동浮動하고 있노라.
나는 전율에 사로잡혀 눈물에 눈물을 흘리며,
굳었던 마음은 스스로 풀어져 부드러움을 느끼나니.   30
내가 소유한 것은[6] 멀리 있는 것처럼 보이고,
사라져버린 것은 다시 현실이 되어 나타나는구나.

무대 위에서의 서연 序演

극단주, 극작가, 어릿광대

극단주

자네들 두 사람은 이제까지도 그처럼 여러 번,
위급할 때나 어려울 때에 나를 도왔으니,
우리들의 이번 공연 公演 이 독일 땅에서,　　　　35
어떻게 되어갈 것인가를 말해보게나.
내 소망은 어떻게든 많은 사람들을 즐겁게 해주는 것이니,
그들은 뭔가 인생을 배우고 남에게도 보이고 싶어하니까.
기둥도 들어서고 판자들도 박아놓았으니,[7]
사람들마다 이제 축제가 열리기만을 기다리고 있다네.　　　　40
관객들은 벌써 자리에 앉아 눈썹을 높이 추켜올리고는,
무엇인가 놀랄 일만 침착하게 기다리고 있단 말일세.
나도 군중의 정신을 주무르는 법쯤은 알고 있지만,
이번처럼 당황해본 적은 결코 없다네.
그들이 언제나 가장 훌륭한 연극만 보아온 것은 아니지만,　　　　45
사람들은 그저 무시무시할 정도로 독서를 많이 했다네.
모든 것이 싱싱하고 새로우며, 또한 의미에 있어서도
마음에 드는 것을 만들기 위해서 어찌하면 되겠는가?
물론, 난 초만원의 무리를 보고 싶어서 그런다네.
구경꾼들의 물결이 우리의 연극막사로 몰려들며,　　　　50
거듭하여 큰 소리로 악을 쓰면서
기어이 비좁은 은혜의 문을[8] 돌파해보겠다고,
밝은 대낮에 네시도 되기 전부터 벌써,
매표구에 다다르려 서로 밀치고 밀리면서 싸움을 하고,

마치 기아의 고난시절에 빵집 문 앞에서 빵을 다투듯,　　　　55
표 한 장 사려고 목이 부러지도록 싸우는 모습 말일세.
이러한 기적을 가지각색의 인간들에게 실현시키는 것은
오직 작가뿐이니, 친구여, 오늘 한번 그렇게 해주게나!

극작가

오, 저 오색찬란한 군중에 대한 이야길랑 하지 마시오.
그것들을 보기만 해도 우리들의 영감 靈感 은 도망친답니다.　　　　60
저 물결치는 혼잡한 군중을 내 눈에는 보이지 않게 해주시오.
그런 건 우리 작가들을 어쩔 수 없이 소용돌이 속으로
　　이끌어간다오.
그래, 나를 조용한 천국의 한구석으로 데려다주시오.
오직 거기에서만 순수한 기쁨이 작가들에게 피어나며,
거기에서만 사랑과 우정이 우리 마음의 축복을　　　　65
제신 諸神 들의 손으로 창조도 하고 길러내기도 하지요.

아아! 거기서 우리들 깊은 가슴으로부터 솟아나는 것,
입술이 수줍어하며 혼자 중얼거려도 보고,
때로는 실패도 하고, 때로는 간신히 성공하게 되는 것,
저 거친 순간의 힘은 이런 것들을 삼켜버리고 말지요.　　　　70
어떤 때는 여러 해를 두고 계속 노력한 다음에야
비로소 완성된 형상으로 나타나기도 한다오.
찬란하게 반짝이는 것은 순간을 위해 태어나지만,
진실한 것은[9] 후세에도 없어지지 않고 남아 있단 말이오.

어릿광대

난 후세에 대한 이야기는 듣고 싶지 않소이다.　　　　75
내가 후세에 대한 이야기를 하고 싶다고 가정한다면,

대체 지금 이 세상에는 누가 익살을 부려주지요?

현세도 익살을 원하고, 또 꼭 필요한 것이라오.

유능한 젊은이가[10] 현존現存한다는 것은

그것만으로도 벌써 어떤 의미가 있다는 생각이 들지요.　80

사람 기분을 편안하게 어루만져주는 재주를 가진 자는,

관객의 기분 따위로 크게 마음 상해하지는 않지요.

그는 구경꾼들이 많이 몰려들어,

그들의 마음을 뒤흔들어놓았으면 하지요.

그러니 손수 모범을 보이시어 훌륭한 것을 보여주소서.　85

공상에 이성理性, 오성, 감성 그리고 정열 등

온갖 것들을 함께 어우러지게 하십시오!

그러나 꼭 기억해두십시오, 익살이 없어선 안 됩니다!

극단주

그러나 무엇보다도 사건이 많아야 할 것일세!

사람들은 구경하러 오는 것이며, 구경하길 제일 좋아한다네.　90

수많은 사건들이 눈앞에 전개되면,

관객들은 놀라서 입을 딱 벌릴 것이고,

그러면 자네의 명성은 멀리까지 퍼져나갈 것이며,

자네는 이름난 인기작가가 될 것일세.

수많은 군중은 큰 숫자를 통해서만 제어할 수 있으니,　95

관객들은 제각기 자기 좋은 것을 찾아내게 마련이지.

많은 사건을 내놓는 자는 많은 사람에게 뭔가를 내놓는 셈이니,

그러면 모두가 만족해서 집으로 돌아간다네.

하나의 작품을 공연할 때도 여러 조각으로 나눠서[11] 하게나!

그러한 잡탕쯤이야 자네는 쉽사리 해낼 수 있겠지.　100

공연해내기 쉬운 것이라면 생각해내기도 쉽겠지.

완전한 작품 하나를 내놓는다 해도 무슨 소용 있겠는가,

관중은 그걸 산산이 쥐어뜯어버리고 말 텐데.

극작가

그런 손재주가 얼마나 나쁜지 당신은 느끼지 못합니다.

그런 짓이란 진정한 예술가에겐 어울리지 않소!　105

그 더러운 불량배들의 서툰 졸작들이,[12]

내 생각에는 벌써 당신네 극단의 원칙이 된 모양이구려.

극단주

그런 비난쯤은 내겐 아무렇지도 않다네.

제대로 영향력을 발휘하고자 생각하는 사람이면,

가장 훌륭한 도구를 가지고 있어야 하는 법일세.　110

생각해보게, 자넨 부드러운 나무를 쪼개야 한다네.[13]

그리고 누구를 위해 글을 쓰는가를 명심하게!

관객들이란 지루해서 견딜 수 없을 때 찾아오고,

상다리 부러지도록 차린 음식을 배 터져라 먹고 오기도 하며,

그중에서도 가장 지독스런 것은,　115

많은 자들이 신문 읽기에도 지쳐서 찾아온다는 것일세.

마치 가장무도회에 가는 것처럼 건성으로 우리에게 달려오니,

그런 발길이야 그저 호기심으로 찾아올 따름이라네.

부인네들이야 자기 인물과 화장을 최고로 내걸고,

급료도 받지 않고서 우리와 함께 연극을 한다네.　120

어찌하여 자넨 작가의 고귀성을 내걸며 꿈을 꾸는가?

극장이 가득 차면 어찌하여 자네는 즐거워하는가?

단골 관객들을 가까이에서 유심히 살펴보게!

그들의 절반은 냉담하고 나머지 절반은 생판이라네.

어떤 자는 연극이 끝난 다음 카드놀이를 희망하고,　125

어떤 자는 매춘부 품안에서 거친 밤을 지내고 싶어하지.

당신네 가련한 바보 양반들은 어찌하여

이런 목적을 위해 자비로운 미美의 여신을14) 괴롭히는가?

자네에게 말하건대, 많이, 점점 더 많이만 내놓게.

그러면 자네 목표한 것에서 결코 빗나감이 없으리라.　　130

관객들을 그저 혼란하게만 해보시라,

그들을 만족시키기란 어려운 일이라네……

자네, 무슨 생각 하고 있나? 황홀해하는가, 괴로워하는가?

극작가

나가셔서 다른 하인을 구해보도록 하시오!

작가란 최고의 자기 권리를,　　135

자연이 베풀어준 인간의 권리를,

당신을 위해 모독적으로 희롱시킬 수는 없소!

작가가 무엇으로 만인의 가슴을 감동시키겠소이까?

그는 무엇으로 사대四大원소를15) 이겨내겠소이까?

그건 가슴에서 우러나와 세상을 다시 마음속으로
　　끌어들이는　　140

조화로운 화음이 아니고 무엇이란 말이오?

저 대자연이 영원토록 길고 긴 실마리를16)

무관심하게 계속 돌리면서 억지로 물렛가락에 감을 때,

삼라만상의 조화를 이루지 못한 무리들이

불유쾌하게 서로 착종하며 뒤엉켜 울려올 때,　　145

언제나 동일하게 흘러가는 행렬들을 누가 생명력 있게
　　구분하며,

그들로 하여금 스스로 음률에 맞도록 움직이게 하겠소?

누가 개개의 것을 전체적인 축성祝聖으로 불러들여,

화려한 협화음 속에 울리도록 하겠소?

누가 폭풍우를 미친 듯이 날뛰도록 하겠소?　　150

누가 저녁노을을 진지한 의미 속에 작열토록 하겠소?

봄날의 갖가지 아름다운 꽃잎들을 누가

사랑하는 임이 오시는 길 위에 뿌려주겠소?

누가 이름 없는 푸른 나뭇잎들을 엮어

여러 가지 훈공의 명예로운 화관이 되게 하겠소?　　155

누가 올림포스 산을17) 견고하게 하며, 신들을 화합케 하겠소?

그것은 작가가 계시하는 인간의 힘이라오.

어릿광대

그렇다면 그 아름다운 힘을 사용하시어

시문학詩文學 장사 일을 열심히 해보시오.

마치 사람들이 사랑의 모험을 열심히 하듯이 말이오.　　160

사람들은 우연히 가까워져서 사랑을 느끼어 머물게 되고,

점차로 깊어져 한데 얽혀 인연을 맺으니,

행복이 자라나나 했더니 다음에는 싸움질이라,

황홀해하는가 했더니 곧바로 괴로움이 닥쳐오며,

눈 깜짝할 사이에 벌써 소설을 한 권 엮어내지요.　　165

우리도 이런 연극을 하나 내놓도록 합시다!

만상萬象의 인간생활 속으로 그냥 손을 뻗치기만 하십시오!

사람마다 그렇게 살고 있지만, 그걸 아는 자 별로 없으니,18)

당신네들이 그걸 잡기만 하면 흥미진진할 것이외다.

오색찬란한 형상들 속에 명료한 것은 보기 어렵고,　　170

수많은 오류투성이에 진리란 단 한 번 반짝일 따름이니,

이렇게 하면 최고의 음료수가 빚어질 것이며,

이는 온 세상에 생기를 불어넣어 모두를 소생시키게 되리다.

그러면 가장 아름다운 청춘의 꽃송이들이
당신네 연극 앞에 모여 그 계시에 귀를 기울일 것이고,   175
그러면 사람마다의 섬세한 마음씨는
당신네 작품에서 감상에 젖은 자양분을 빨아들일 것이며,
그러면 때로는 이 마음, 때로는 저 마음이 감동하여,
사람마다 자기 마음속에 간직하고 있는 것을 보게 되리다.
이들은 동시에 울고 웃을 준비가 되어 있으며,   180
감동을 숭상하기도 하고, 가상假像을 좋아하기도 하지요.
이미 완성된 인간에겐 어쩔 도리가 없지만,
생성되고 있는 인간들은 언제나 감사할 것이외다.

극작가

그렇다면 내게도 그 시절을 다시 돌려주시오.
나 자신이 아직 생성되고 있었으며,   185
용솟음치던 노래의 우물이
끊임없이 새로이 솟아오르던 그 시절을.
안개가 아직 나의 세계를 감싸주고 있었으며,
꽃봉오리들이 아직 수많은 기적을 약속해주고,
나 아직 모든 산골짜기에 충만해 있던   190
수천 가지 꽃들을 꺾던 그 시절을.
그때 내겐 아무것도 없었으나 충분히 갖고 있었으니,
진리에 대한 충동과 환상에 대한 쾌락이 있었다오.
아무런 속박도 받지 않던 저 충동을 돌려주시오!
괴로움으로 가득 찬 그 깊고 깊은 행복을,   195
그 증오의 힘과 사랑의 위력을,
그리고 나의 청춘을 다시 돌려주시오!

어릿광대

친구여, 부득이 그대가 청춘을 필요로 할 때란,
전쟁터에서 적들이 그대에게 밀어닥칠 때,
사랑스럽기 한량없는 소녀들이   200
전력을 다하여 그대 목을 끌어안고 매달릴 때,
빨리 달리기 경주의 월계관이[19] 멀리
도달하기 어려운 골인 지점에서 눈짓하고 있을 때,
회오리바람처럼 돌아가는 격렬한 춤을 춘 다음
주연을 베풀어 술 마시며 밤들을 지새울 때올시다.   205
그러나 대담하고도 우아하게
이미 익숙해 있는 현악을 연주하며,
자기 자신이 설정한 목표를 향하여
즐겁게 방황하며 소요逍遙해가는 것이,
노인장, 당신네들 의무올시다.   210
그렇다고 당신네에 대한 존경심이 적어지는 건 아니오.
사람들이 말하듯 늙으면 어려지는 게 아니라,
늙어서도 우린 어린애처럼 지내는 것이라오.

극단주

그만하면 말은 충분히 교환했으니,
끝으로 내게 실제 행위를 보여주게나!   215
자네들이 입에 발린 치사를 하고 있는 동안,
무엇이든 실속 있는 일을 해낼 수도 있으리라.
기분에 대해 아무리 이야기한들 무슨 소용이랴?
주저하는 자에겐 결코 기분이 나지 않는 법.
자네가 일단 극작가로 자처하고 나선 이상,   220
그 시문학에 한번 명령을 내려보게나.

우리가 필요로 하는 것은 자네도 잘 알고 있는 터,
우리는 독한 음료를[20] 마시고 싶어하니,
이제 지체 없이 그 술을 빚도록 하라!
오늘 이루어지지 않는 일은 내일도 못 하는 것이니,   225
단 하루도 헛되이 흘려보내서는 안 되느니라.
될 가능성이 있는 것은 과감하게 결심하고
즉시 그 기회를 포착해야 하리라.
그러면 결심은 그것을 놓치지 않으려 할 것이며,
그러지 않을 수 없기에 계속 일을 추진할 것이다.   230

자네들도 알다시피, 우리 독일 무대에서는
누구나 하고자 하는 것을 다 시험해보고 있으니,
오늘에 있어선 조금도 주저하지 말고,
무대의 배경이고 기계장치고 마음대로 사용하라.
크고 작은 하늘의 빛도[21] 사용하고,   235
별들도 마구 쓰도록 하라.
물과 불과 암벽들은 물론,
동물과 새들까지 빠진 것이 없다네.
이 비좁은 판잣집 안에서라고는 할지라도
창조의 온갖 영역을 두루두루 돌아다니고,   240
조심성 있는 속도를 유지하며
하늘로부터 세상을 통해 지옥으로 소요하도록 하라.

천상의 서곡[22]

주님, 천상의 무리들.
후에 메피스토펠레스.
세 명의 대*천사, 앞으로 나온다.

라파엘

태양은 옛날 그대로 굉굉히 울리며
형제지간의 별들과[23] 노랫소리 겨루고,
미리 정해진 그의 여정을   245
우레 같은[24] 걸음으로 다하는도다.
그 모습 천사들에게 힘을 주나니,
누구 하나 그 오묘한 이치를 알 수 없으나,
헤아릴 수 없이 지고한 창조의 업적
천지창조의 그날 그대로 장엄하도다.   250

가브리엘

그리고 빠르게, 상상할 수 없이 빠르게
찬란한 대지(大地)는 그 주위를 돌고 있으니,
천국처럼 밝은 대낮이
몸서리나는 깊은 밤과 교차되는도다.
바다는 드넓은 조류를 이루어   255
깊은 암벽에 부딪혀 솟아오르고,
바위도 바다도 영원히 빠른
천체의 운행 속에 이끌려가는도다.

미카엘

그리고 폭풍은 다툼을 하듯
바다에서 육지로, 육지에서 바다로 휘몰아치고,   260

성난 듯 그 주위에 심오한
작용의 사슬을 형성하는도다.
거기에 황폐하게 파괴하는 번갯불이
뇌성벽력을 앞질러 타오르고 있으나,
주여, 그렇지만 당신의 사자^{使者}들은[25]   265
온화한 당신의 날이 다가옴을 찬미하나이다.

셋이서

그 모습 천사들에게 힘을 주나니,
누구 하나 당신의 깊은 뜻 헤아릴 수 없으나,
당신의 지고한 업적 모두가
천지창조의 그날 그대로 장엄하도다.   270

메피스토펠레스

아, 주님이여, 당신이 또 한번 가까이 다가와
우리들의 모든 일이 어떻게 되어가는지를 물으시고,
게다가 평소에도 보통 나 같은 놈을 즐겨 맞아주시니,
보시다시피 이렇게 나도 시종들 틈에 끼었소이다.
죄송하지만 나는 고상한 말은 할 줄 모르니,   275
전체의 무리가 날 비웃는다 해도 할 수 없소이다.
내가 고상한 체하면 당신은 틀림없이 웃어버릴 텐데,
만일 당신이 웃음을 잊어버리지 않았다면 말이오.
태양이니 세상이니 하는 것에 대해선 할말이 없소이다.
나는 그저 인간들이 괴로워하는 꼴만 보고 있지요.   280
지상의 작은 신이라 자처하는 놈들은 언제나 판에 박은 듯,
천지창조의 그날 그대로 괴상망측하지요.
차라리 당신이 하늘의 빛을 비춰주지 않았더라면,
인간들이 조금은 더 잘 살아갈 수 있을 텐데요.

인간은 그걸 이성이라 부르며,   285
어떤 짐승보다 더 동물적으로 살아가는 데만 쓰고 있지요.
말씀드리기 죄송하지만,
인간들이란 다리가 긴 여치와 같다는 생각이외다.
언제나 나는 듯하다가는 팔딱팔딱 뛰어가서는
곧 풀숲에 처박혀 케케묵은 옛 노래나 불러대지요.   290
풀 속에라도 그냥 가만히 앉아 있으면 좋으련만!
놈들은 쓰레기 더미를 보기만 하면 코를 쑤셔박지요.

주님

내게 할말이 그것뿐인가?
너는 언제나 불평만 늘어놓으러 찾아오느냐?
지상의 일이 네겐 영원토록 못마땅하단 말이냐?   295

메피스토펠레스

그렇소! 늘 그렇지만 그곳은 딱 질색이오.
비참한 나날을 살아가는 인간들이 하도 딱해서,
나조차 그 가련한 놈들을 괴롭히고 싶지 않을 정도요.

주님

그대 파우스트를 아는가?

메피스토펠레스

             그 박사 말이오?

주님

                    나의 종이로다![26]

메피스토펠레스

진정! 그자는 독특하게 당신을 섬기고 있지요.   300
그 바보가 마시고 먹는 것은 지상의 것이 아닌가 싶소이다.
부글거리는 마음이[27] 그자를 먼 곳으로 몰아가곤 하는데,

그도 자신의 바보짓을 반쯤은 의식하고 있지요.

하늘로부터는 가장 아름다운 별을 원하고,

지상으로부터는 갖가지 최고의 쾌락을 요구하지만,　　305

가까이 있는 것이나 멀리 있는 것이나 모두

들끓는 그자의 가슴을 만족시키지 못하는가봅니다.

주님

그가 지금은 혼미한 가운데 나를 섬긴다 할지라도,

머지않아 나는 그를 명료한 곳으로 인도할 것이로다.

마치 정원사가 작은 나무가 푸르러질 때,　　310

머지않아 꽃이 피고 열매가 맺을 것임을 아는 것과 같으니라.

메피스토펠레스

무슨 내기를 하겠소? 그자를 잃고 말 것이오.

당신이 내게 허락만 해준다면,

그자를 나의 길로 슬쩍 끌고 가리다!

주님

그가 지상에서 살고 있는 동안에는,　　315

네가 무슨 일을 하든 금하지 않겠노라.

인간은 노력하는 한 방황하는 법이니라.

메피스토펠레스

고맙소이다. 나는 이제까지 한 번도

죽은 놈을 잡고 즐겨 상대하진 않았으니까요.

내 가장 좋아하는 것은 통통하고 싱싱한 뺨이올시다.　　320

송장이 찾아오면 난 집에 없다고 하지요.

나는 마치 고양이가 쥐를 만난 기분이라오.

주님

그럼 좋다. 그 일은 너에게 맡기겠노라!

그의 영혼을 근원으로부터[28] 끌어내어,

네가 그를 붙잡을 수 있다면,　　325

어디 너의 길로 유혹하여 이끌어가보려무나.

그러나 넌 언젠가 부끄러이 다시 나타나 고백하게 되리라.

선(善)한 인간이란 어두운 충동 속에서도

올바른 길을 잘 알고 있다고 말이다.

메피스토펠레스

좋아요, 좋아! 오래 걸리지도 않을 것이오.　　330

난 내기에 대해 조금도 걱정하지 않소이다.

내 목적을 달성하게 되면,

가슴 가득히 내 승리감을 맛보도록 해주시오.

그놈은 쓰레기를 처먹게 될 거요, 그것도 게걸스럽게,

우리 아주머니뻘 되는 저 유명한 뱀처럼[29] 말이외다.　　335

주님

그때에도 언제든 마음대로 찾아와도 좋다.

난 너와 같은 무리를[30] 한 번도 미워해본 적이 없노라.

부정(否定)을 일삼는 모든 정령들 중에서,

너 같은 익살꾼은 내게 조금도 부담이 되지 않는다.

인간의 활동이란 너무 쉽사리 느슨해지고,　　340

인간은 무조건 휴식하기를 좋아하니,

내 기꺼이 그에게 동반자를 붙여주어,

그들을 자극하고 일깨우면서 악마 역할을 다하도록

　　하겠노라ㅡ

그러나 너희들, 진정한 신의 아들들이여,[31]

이 활기로 가득 찬 아름다움을 즐기도록 하라!　　345

영원히 작용하고 살아가며 생성하는 것을,

사랑의 자비로운 울타리로 에워싸도록 하라.

그리고 흔들거리는 현상으로 부동하는 것을,

지속적인 사상으로 견고하게 붙들도록 하라.

(하늘이 닫히고 대천사들은 흩어진다.)

메피스토펠레스 (혼자서)

때로 저 노인을 만나는 게 즐겁단 말이야.　　　　　　　　350

그래서 나 그와 사이가 나빠지지 않도록 조심하고 있지.

위대한 주님으로서는 너무 마음씨가 고와서,

악마까지도 이처럼 인간적으로 대해주는 것이겠지.

비극 제1부

밤

높고 둥근 천장을 이룬 협소한 고딕 식 방,
파우스트, 불안하게 책상 앞 의자에 앉아 있다.

파우스트

아아! 나는 이제 철학도, [32]
법학도, 의학도,   355
유감스럽게 신학까지도,
온갖 노력을 기울여 속속들이 연구하였도다.
그러나 지금 여기 서 있는 난 가련한 바보에 지나지 않으며,
옛날보다 더 나아진 것 하나도 없도다!
석사님, 박사님이라는 소리를 들으며,   360
벌써 십여 년이란 세월 동안
위로 아래로, 이리저리로
내 학생들의 코를 잡아끌고 다녔을 뿐―
우리는 아무것도 알 수 없다는 것만 알게 되었구나!
이런 생각을 하니 정말 내 가슴이 타버릴 것 같구나.   365
하긴 나는 박사다, 석사다, 문필가다, 목사다 하는
온갖 멍청이들보다야 더 영리할 것이며,
나는 어떤 불안이나 의혹 따위로 괴로워하지 않고,
지옥이나 악마 따위도 두려워하지 않으니까―
그 대신에 내게선 모든 즐거움이 사라져버렸고,   370
무언가 올바른 것을 알고 있다는 자부심도 없으며,
인간들을 개선시키고 개종시키기 위해
무언가를 가르칠 수 있다는 생각도 들지 않는다.
또한 내게는 재산도 없고 돈도 없으며,

이 세상에서 누릴 명예나 영화도 없으니,   375
개라도 더이상 이렇게 살고 싶지 않으리라!
그래서 나는 마술에 몸을 맡겼으니,
정령의 힘과 말[■]을 빌려서
많은 비법을 교시받지나 않을까 해서이다.
그렇게 되면 더이상 쓰디쓴 비지땀을 흘려가며   380
나도 모르는 것을 지껄일 필요도 없고,
이 세상을 그 가장 깊은 내면에서
무엇이 다스리고 있는지를 인식하게 될 것이며,
그 모든 작용력과 근원을 관조해보고,
더이상 말소매상 노릇을 하지 않기 위해서이다.   385

오오, 너 온 누리에 가득한 달빛이여,
나의 고통을 비춰주는 것도 마지막이 되리라.
얼마나 허다한 밤에 나는 여기 이 책상 앞에서
네가 떠오르는 모습을 뜬눈으로 지켜보았던가.
그럴 때면 오오, 비애에 젖은 친구여,   390
너는 책과 서류들 너머로 나를 비춰주었지!
아아! 나 사랑스러운 너의 빛을 받으며
드높은 산 위를 거닐 수 있다면 좋으련만!
산마루동굴 주위에서 정령들과 더불어 노닐고,
어스름한 너의 빛을 받으며 초원 위를 거닐고,   395
온갖 지식의 혼탁한 연기로부터 해방되어
네 이슬에 흠뻑 몸을 적시고 싶구나!

슬프도다! 나 아직 이 감옥에[33] 갇혀 있단 말인가?

이 저주받을 답답한 벽 속의 구멍이여,
이곳엔 저 사랑스런 하늘의 빛까지도   400
채색된 창유리를 통해 침울하게 비쳐드는구나!
벌레들이 갉아먹고 먼지가 뒤덮인
책더미로 비좁아진 이곳에는,
높고 둥근 천장에 이르기까지
연기에 그을린 서류들이 가득 꽂혀 있구나.   405
갖가지 유리기구와 상자들이 사방에 둘려 있고,
여러 가지 실험기구들이 가득 들어차 있으며,
그 사이로 선조 대대로 물려오는 가재도구들이 가득 차
    있는데ㅡ
이것이 너의 세계라니! 이것도 하나의 세계란 말인가!

그런데 아직도 너는 묻고 있느냐? 어찌하여   410
네 가슴속의 심장이 불안하게 두근거리는가를?
어찌하여 까닭 모를 괴로움이
네 모든 삶의 충동을 억제하는가를?
신은 인간을 자연 속에 만들어 넣어주었는데,
그런 생동하는 자연 대신에,   415
연기와 곰팡이 속에 너를 에워싸고 있는 것은
동물의 뼈다귀와 죽은 인간의 해골뿐이로다.

도망쳐라! 일어나라! 드넓은 세계로 나가거라!
그리고 노스트라다무스가[34] 친히 집필한,
신비에 가득 찬 이 책,   420
이것이라면 너의 동반자로서 충분하지 않은가?

그러면 너는 별들의 운행을 깨닫게 되고,
자연이 너를 인도하게 되면,
그때는 네 영혼의 힘이 깨어나
정령과 정령이 어떻게 대화하는가를 알게 되리라.   425
그러나 여기에 앉아 메마른 생각만으로
저 성스러운 부적을 해명하려는 것은 헛된 일이다.
너희 정령들아, 너희는 내 곁에서 떠돌고 있구나.
내가 하는 말이 들리거든 대답해다오!
(파우스트, 책을 펼치고 대우주의 부적을[35] 바라본다.)
아아! 이것을 보노라니 갑자기 벅찬 환희가   430
온통 내 오관五官을 통해 흘러내리는구나!
젊고 성스런 삶의 행복이 새롭게 불타오르면서,
내 모든 신경과 핏줄을 통해 흘러드는구나.
이 부적을 쓴 자, 그이는 하나의 신이 아닐까?
이 부적은 광란하는 나의 내면을 진정시켜주고,   435
비참한 내 마음을 환희로 가득 채워주며,
신비에 가득 찬 충동으로
나를 둘러싼 자연의 힘들을 드러내 보여주는구나.
내가 신이 아닐까? 내 마음이 이렇게 밝아지다니!
나는 이 부적의 순수한 모습 속에서   440
자연의 섭리가 내 영혼 앞에 펼쳐지고 있음을 보게 되는구나.
이제야 비로소 나는 저 현인賢人의 말씀을 알겠노라.
"정령들의 세계가 닫혀 있는 게 아니라,
너의 오관이 닫혀 있고, 네 마음이 죽었노라!
일어나라, 학생들이여, 세속의 병든 가슴을   445
붉은 아침 햇빛 속에 끊임없이 씻어내도록 하라!"

(파우스트, 부적을 들여다본다.)

모든 개체들이 어울려 전체를 이루고,

하나가 다른 하나에 작용하며 살아가고 있구나!

하늘의 힘들이 오르내리며,

황금의 두레박들을 주고받고 있구나!   450

축복의 향기 가득 풍기고 흔들거리면서,

모든 것이 하늘로부터 내려와 대지를 통해 밀려들고,

조화롭게 삼라만상을 통해 울려퍼지는도다!

이 무슨 장관인가! 그러나 아아! 하나의 구경거리일 뿐이로다!

나 너를 어디서 잡을 수 있겠느냐, 무한한 자연이여?   455

너희 유방들이여,[36] 어디에서? 너희는 모든 생명의 근원,

하늘도 땅도 너희에게 매달려 있고,

시들어버린 가슴이 다투어 찾아가는 곳—

너희는 샘솟으며 물을 대주는데, 나만 헛되이 애태워야 하는가?

(파우스트, 불쾌하게 책장을 넘겨서 지령地靈의[37] 부적을 바라본다.)

이 부적은 내게 어찌도 이리 다르게 작용하는가!   460

대지의 정령이여,[38] 그대가 내게 더 가깝구나.

내 모든 힘이 벌써 드높아지는 것이 느껴지며,

새로운 술에 취한 듯 벌써 몸이 달아오르는구나.

나 자신 과감히 세상으로 내던질 용기를 느끼고,

지상의 고통과 지상의 행복을 이겨나가며,   465

사나운 폭풍과도 맞붙어 싸울 것이고,

부서지는 배의 삐걱거림 속에서도 겁내지 않으리라.

내 머리 위에 구름이 피어오르고—

달은 그 빛을 감추며—

등불이 꺼진다!   470

연기가 피어오르고— 붉은 광선이

내 머리 주위에 경련한다— 둥근 천장으로부터

몸서리나는 돌풍이 불어내려

나를 엄습하는구나!

갈망하던 정령이여, 내 주위에 떠도는 것을 나 느끼노라.   475

모습을 드러내라!

하! 내 심장이 이다지도 갈가리 찢어지다니!

새로운 감정으로

내 오관이 온통 들끓는구나!

마음이 송두리째 네게로 몰두해 있음을 느끼노라!   480

나타나라! 나타나야만 한다! 내 생명을 바쳐도 좋다!

(파우스트, 책을 움켜잡고 정령의 부적을 신비스런 어조로 낭독한다.

붉은 불꽃이 널름거리고, 그 불꽃 속에 정령이 나타난다.)

정령

누가 나를 부르는가?

파우스트 (외면하고서)

        흉측스런 모습이로다!

정령

그대는 나를 힘차게 끌어당기고,

나의 영역에서 오랫동안 젖을 빨더니,

그런데 이제는—

파우스트

        슬프도다! 난 너를 견디어내지 못하겠구나!   485

정령

그대는 숨막힐 지경으로 날 만나고자 갈망하였고,

내 목소리를 듣고, 내 얼굴을 보고자 했기에,
그대 영혼의 강력한 간청을 들어주려고,
나 여기 왔노라! — 그 무슨 비참한 공포가
초인超人[39] 그대를 사로잡는가! 영혼의 외침은
    어디 갔는가?   490
자기 내면에 하나의 세계를 창조하여 이끌고 간직했던 가슴,
우리 정령들과 같아지려고 기쁨에 몸부림치며 부풀었던
그 가슴은 지금 어디로 갔단 말이냐?
너 파우스트, 어디 있느냐? 그 목소리가 내게까지 울려왔고,
온 힘을 다하여 나에게 덤벼들었던 그대가 아닌가?   495
내 입김으로 감싸이자마자,
생명의 근원으로부터 부들부들 떨며,
겁에 질려 움츠리고 있는 벌레가 바로 그대란 말인가?

파우스트

불꽃의 형상이여, 내 너를 피할까보냐?
나다, 내가 파우스트다, 너와 같은 존재이다!   500

정령

생명의 흐름에서, 행위의 폭풍 속에서,
위로 아래로 물결치며,
이리저리로 분주히 활동하노라!
탄생과 무덤,
영원한 바다,   505
교차되는 직조織造,
타오르는 생명,
이렇게 나는 소란한 시간의 베틀에 앉아서
신성神性이 깃든 생생한 옷을[40] 짜노라.

파우스트

드넓은 세상을 떠돌아다니는 분주한 정령이여,   510
나 정말 너와 가깝다는 것을 느끼겠구나!

정령

그대가 닮은 것은 그대가 이해하는 정령이지,
내가 아니로다!

(정령, 사라진다.)

파우스트 (쓰러지면서)

네가 아니라고?
그럼 누굴 닮았단 말이냐?   515
신의 모상模像인[41] 나로다!
그런데 너마저 닮지 않았다니!

(문 두드리는 소리가 난다.)

이런, 제기랄! 알겠다— 저건 내 조수로다—
아름답기 그지없는 행복이 허물어지는구나!
환영幻影들이 이처럼 충만한 것을   520
저 무미건조한 염탐꾼 놈이 방해하다니!

(바그너, 잠옷을 입고 잠잘 때 쓰는 모자를 쓰고, 손에 등불을 들고
등장한다. 파우스트, 불쾌하게 몸을 돌린다.)

바그너

미안합니다만, 선생님께서 낭송하시는 소릴 들었습니다.
틀림없이 그리스 비극을 읽고 계셨겠지요?
이런 예술에서 저도 뭔가를 배워 얻고 싶습니다.
요즘 세상에는 그런 것이 유행이니까요.   525

저는 종종 이렇게 칭송하는 소리를 들었는데,

희극배우가 목사를 가르칠 수 있다는 것입니다.

파우스트

그래, 목사가 희극배우라면 그렇겠지.

때가 되면 그런 일이 생길 수도 있듯이 말이야.

바그너

아아! 이렇게 연구실에만 늘 처박혀 있고,　530

축제일에나 겨우 세상 구경을 하는데,

그것도 멀리에서 망원경을 통해 구경하는 거라면,

어떻게 세상 사람들을 설득해 인도한단 말입니까?

파우스트

진심으로 느끼질 못한다면, 사람들을 사로잡진 못하리라.

영혼으로부터 우러나와서,　535

원초적으로 강한 즐거움으로

모든 청중의 마음을 몰아가지 못한다면 말일세.

그저 계속 앉아만 있어보라지! 아교풀로 붙여도 보고,

남들이 남겨놓은 향연의 찌꺼기로 잡탕을 끓여보고,

자네들의 빈약한 잿더미 속에서　540

보잘것없는 불꽃을 불러일으켜보라!

어린아이들이나 원숭이 같은 놈들의 경탄은 받겠지.

그런 것이 자네들 입맛에 맞는다면 그만이겠지만—

그러나 마음에서부터 우러나오지 않는다면,

결코 사람의 마음을 사로잡지는 못할걸세.　545

바그너

강연하는 것만이 연설자를 행복하게 해주지요.

그런 건 잘 느끼고 있지만, 거기까지는 전 아직 멀었습니다!

파우스트

성실하게 성공하는 길을 찾도록 하게!

소리만 요란한 바보가[42] 되지는 말아야지!

이성이 있고 올바른 생각만 있으면,　550

기교를 부리지 않아도 연설은 저절로 나오는 법일세.

자네들이 말하고자 하는 것이 진지하다면,

말마디를 꾸미려고 애쓸 필요가 있겠는가?

그래, 자네들 연설이 그토록 찬란하게 빛난다 해도,

그 속에 인생의 휴짓조각을 구겨넣은 것과 같으니,　555

가을날 메마른 나뭇잎 사이로 살랑거리는,

축축한 안개바람처럼 불쾌한 것이로다!

바그너

오, 맙소사! 예술은 길고,

우리의 인생은 짧습니다.[43]

제가 하는 비판적 연구에 몰두해 있을 때,　560

저는 종종 머리와 가슴이 답답해집니다.

우리가 원천에까지[44] 거슬러올라갈 수 있는,

그 방법을 터득하기란 여간 어렵지 않습니다!

그 길 중간에도 다다르기 전에,

우리 같은 불쌍한 바보는 벌써 죽어야만 한답니다.　565

파우스트

그러면 고서古書들이[45] 신성한 샘물과 같아서,

그걸 한 모금 마시면 갈증을 영원히 진정시켜준단 말인가?

그것이 자네 자신의 영혼에서 솟아나지 않는다면,

결코 상쾌한 마음을 얻지는 못할 것일세.

바그너

　죄송한 말씀이오나, 크나큰 즐거움이 되는 것은,　　　　570

　우리 자신 여러 시대의 정신 속으로 되돌아가서,

　우리들 이전에 현자賢者들이 어떤 생각을 하였고,

　우리가 그것을 얼마나 찬란하게 발전시켰나 관찰하는 것입니다.

파우스트

　오, 그래, 별들에 이르기까지 멀리 발전시켜보라!

　이 사람아, 과거의 시대들이란　　　　575

　우리에겐 일곱 개의 봉인이 찍힌 책과[46] 같다네.

　자네들이 시대의 정신이라고 부르는 것,

　그것도 근본적으론 여러 현자들 자신의 정신으로서

　그 속에 여러 시대가 반영되고 있는 것일세.

　그러기에 실은 때때로 비참한 일이 생기곤 한다네!　　　　580

　사람들이 자네들을 보기만 해도 도망치는 형편이지.

　쓰레기통이나 너절한 잡동사니를 넣어두는 창고,

　기껏해야 커다란 국가적 사건을 취급한 역사극인데,[47]

　거기에다 허수아비들 구미에나 제대로 어울릴

　그럴듯한 실용적 격언들을 덧붙여놓은 정도니까!　　　　585

바그너

　그러나 이 세상! 인간의 심정과 정신!

　누구라도 그런 것을 어느 정도는 인식하고자 합니다.

파우스트

　그래, 그런 것을 인식이라고 말한다면 그렇겠지!

　그런데 누가 어린아이를 진정한 이름으로 부를 수 있을까?

　그것을 조금이나마 인식했던 극소수의 사람들은,　　　　590

　너무나 바보스럽게도 충만한 자기 마음을 간직하지 못하고,

천한 무리들에게 그들 감정, 그들 통찰을 계시해주었는데,

예로부터 세상은 그들을 십자가에 못 박고 불태워

　　죽였다네.[48]

여보게, 미안하네만 밤도 깊었으니,

오늘은 여기서 이야기를 끝내기로 하세.　　　　595

바그너

저는 언제까지나 잠도 자지 않고 기꺼이,

선생님과 이렇게 학문적인 이야기를 나누고 싶습니다.

그러나 내일, 부활절復活節 첫날에

한두 가지 질문을 하도록 허락해주십시오.

지금까지 저는 열성적으로 연구에 몰두하였고,　　　　600

이미 아는 것도 많지만, 저는 모든 것을 알고 싶습니다.

(퇴장)

파우스트 (혼자서)

어찌하여 저 인간에게는 모든 희망이 사라지지 않을까?

언제까지나 부질없는 사물에 달라붙고,

탐욕스런 손으로 금은보화를 캐내고자 하며,

지렁이라도 발견하게 되면 기뻐하고 있다니!　　　　605

저런 인간의 목소리가 여기, 정령들의 기운이 가득

나를 감싸고 있는 이 방에서 울려도 좋단 말인가?

그러나 아아! 이번만은 나 너에게 감사하노라.

모든 지상의 아들들 중에서도 가장 가련한 너에게.

너는 나의 감각을 이미 송두리째 파괴하려 했던　　　　610

절망으로부터 나를 구출해주었느니라.

아아! 그 정령의 모습이 너무나도 거대했기에,

나 자신은 진정 난쟁이처럼 느끼지 않을 수 없었노라.

신과 같은 모습을 지닌 나는, 이미

영원한 진리의 거울에 아주 가까이 왔다고 생각했고,   615

하늘의 광채와 청명함 속에서 자신을 향유하며,

지상의 아들이라는 옷을 훌훌 벗어버렸도다.

천사 케룹[49]보다도 더 위대한 나는, 이미

그 자유로운 힘이 자연의 혈관을 통해 흐르며,

창조하면서, 신들의 생활을 누리겠다는   620

예감에 가득 차 있었는데, 이 무슨 회개할 일이란 말인가!

우레 같은 한마디가 나를 완전히 절망케 하였도다.

나 감히 너와 닮으려 해서는 안 된단 말인가!

나 너를 끌어당길 힘은 가졌으나,

너를 붙잡아둘 힘은 없었구나.   625

저 거룩한 순간에

나 얼마나 왜소하게, 또 얼마나 위대하게 느꼈던가.

너는 무자비하게도 나를 다시,

불확실한 인간의 운명 속으로 밀어넣었다.

누가 날 가르칠 것인가? 난 무엇을 피해야 한단 말인가?   630

저 억누를 수 없는 갈망을[50] 따라야만 할 것인가?

아아! 우리의 고통과 마찬가지로 우리의 행위까지도,

우리들 생(生)의 앞길을 가로막는구나.

우리의 정신이 획득한 가장 훌륭한 것에까지도,

점점 더 이상스런 물질이 끊임없이 달라붙는구나.   635

우리가 이 세상의 선(善)에 도달한다 해도,

보다 더 선한 것이 이를 허위와 환상이라고 부르는도다.

우리에게 생명을 부여해준 화려한 감정들도,

어수선한 속세의 혼잡 속에서 마비되고 마는구나.

공상이란 평상시에는 대담한 날개를 펴고   640

희망에 부풀어 영원한 것으로까지 확대되다가,

기대했던 행복이 시대의 소용돌이 속에서 연달아 파멸하면,

이젠 조그마한 공간으로도 만족해버리고 만다.

근심은 곧 마음속 깊은 곳에 둥지를 틀게 되고,

거기에 남모르는 고통을 움트게 하고,   645

불안스레 흔들거리며 기쁨과 안식을 방해하는도다.

근심은 끊임없이 새로운 가면을 뒤집어쓰니,

집과 농장으로, 아내와 자식으로 나타나기도 하고,

불과 물, 비수와 독약의 모습이 되기도 한다.

그리하여 그대는 온갖 상관없는 일들 때문에 떨게 되고,   650

잃지도 않은 일 때문에 항상 눈물을 지어야만 하는 것이다.

난 신들을 닮지는 않았다! 이것이 뼈저리게 느껴지는구나.

나는 쓰레기 속을 파헤치고 있는 벌레를 닮았도다.

쓰레기 속에서 영양분을 빨아먹으며 살아가는 동안,

나그네의 발길에 짓밟혀 매장돼버리는 그런 벌레를.   655

이 높은 벽을 수백 칸으로 갈라놓으며,

내 주위를 비좁게 하는 이것들이 쓰레기가 아닌가?

이 벌레 먹은 세계에서 수천 가지 쓸데없는 것들로,

나를 짓누르고 있는 저 잡동사니들도 쓰레기가 아닌가?
이 속에서 나 내게 없는 것을 찾아야 한단 말인가?　660
세상 어디에서나 인간들이 고통을 당했었고,
어쩌다 행복한 자가 한 사람쯤 있었다는 것,
그걸 이 수많은 책들 속에서 읽어내야 한단 말인가?—
텅 빈 해골바가지야, 어찌하여 나를 보고 징글맞게 웃는가?
너의 두뇌도 옛날에는 나와 같이 방황하며　665
밝은 날을 찾고, 어스름 속에 답답해하며,
진리를 찾고자 비참하게 헤매었겠지?
수레바퀴와 톱니바퀴, 원통과 손잡이가 달린
기구들, 너희도 물론 나를 조롱하고 있구나.
내가 문[51] 앞에 섰을 때, 너희는 열쇠가 되어야만 했었다.　670
너희들 쇠끝은 뾰족뾰족하였으나, 빗장을 열어주진 못하였다.
밝은 대낮에도 신비스런 비밀에 가득 싸여
자연은 그 베일을 벗기게 하지 않았으니,
자연이 너의 정신에 계시하기를 원치 않는 것은,
지렛대나 나사조이개를 써서 억지로 얻어낼 수가 없느니라.　675
내겐 아무런 소용도 없는 낡은 기구들이여,
너희는 내 선친께서 사용하셨기에 여기 놓여 있을 따름이다.
너, 등을 매다는 낡은 줄아, 이 책상 옆의 희미한 등불이
연기를 내뿜는 한 그 연기에 그을려야만 하리라.
나 이 얼마 안 되는 재산을 짊어지고 땀을 흘리느니,　680
차라리 이 하찮은 걸 탕진해버렸으면 좋았을 것을.
조상들로부터 상속하여 물려받은 것은,
그저 소유하기 위해 취득했을 뿐이로다.
사용하지 않는 재산이란 무거운 짐이 될 따름이며,

우린 순간이 창조하는 것만을 이용할 수 있는 것이다.　685

그런데 어찌하여 내 눈길은 저곳으로만 달라붙는 것일까?
저기 있는 저 작은 병이 눈을 잡아끄는 자석이란 말인가?
마치 어두운 숲속에서 달빛이 우리를 비춰주는 것처럼,
어찌하여 내 마음이 갑자기 이리도 정겹게 밝아오는 것일까?

너 유일한 플라스크 병이여, 나 네게 인사를 하고,　690
이제 경건한 마음으로 이 아래로 내려오겠노라!
네 안에 들어 있는 인간의 지혜와 기술을 존경하노라.
너 자비로이 잠들게 하는 영액電液이여,
죽음을 가져오는 모든 미묘한 힘의 정수精髓여,
이제 너의 주인에게[52] 은혜를 베풀어다오!　695
너를 바라보니, 고통이 가벼워지고,
너를 손에 잡으니, 의욕도 줄어드는 것이,
정신의 조류가 썰물처럼 서서히 빠져나가는구나.
망망대해로 나 떠밀려 나가니,
거울과 같은 물결이 내 발치에서 반짝이며,　700
새로운 날이 나를 새로운 강변으로 유혹하는구나.

불타는 수레[53] 하나가 경쾌하게 흔들거리며
내게로 다가온다! 난 마음의 준비가 되었음을 느끼나니,
새로운 길을 떠나 창공을 꿰뚫으며,
순수한 활동의 새로운 영역으로 나아가리라.　705
이 드높은 생활, 이 신성한 환희,
아직 벌레 같은 네가 그것을 받을 자격이 있겠는가?

그래, 다정스런 지상의 태양에 대해서
결단코 너의 등을 돌리기만 하라!
누구나 살금살금 그 곁을 피해 지나가고자 하는   710
저 문을[54] 과감하게 박차고 나가려무나.
이제 때가 되었노라. 사나이의 위엄이란
신들의 권위도 피하지 않는다는 점을 행동으로 입증하고,
공상이 스스로의 고통을 만들며 저주하고 있는,
저 캄캄한 동굴 앞에서도 떨지 않으며,   715
그 좁은 입구에 온갖 지옥의 불길이 타오르고 있는
저 통로를[55] 향해 용감하게 나아갈 때가 되었다.
비록 허무 속으로 흘러들어갈 위험이 있다 해도,
명랑하게 이 발길을 옮기도록 결심할 때가 왔노라.

자, 이리 내려오라, 깨끗한 수정 술잔이여!   720
내 오랜 세월 동안 생각지 못하고 있던,
그 낡은 상자 속에서 이리 나오너라!
너는 조상들이 벌였던 즐거운 축제 때에 빛을 발하며,
한 사람이 다른 사람에게 너를 돌릴 때마다,
심각한 손님들을 명랑하게 해주었다.   725
예술적으로 화려한 수많은 그림들을 보고,
그것을 운韻에 맞춰 읊조리면서, 단숨에
잔을 비우는 것이 음주가飮酒家의 의무였으니,
내 젊은 시절의 많은 밤들을 상기시켜주는구나.
나는 이제 널 어떤 이웃에게도 건네주지 않을 것이며,   730
너의 예술에 대한 나의 재치도 보여주지 않으리라.
여기 빨리 사람을 취하게 만드는 즙이 있으니,

이 갈색 액체가 너의 빈속을 가득 채워주리라.
내 미리 준비하였다가 지금 선택하노니,
이 마지막 술잔을 이제 온 정성을 다 바쳐,   735
성대한 축제의 인사로 새 아침을 위해 바치노라!
(잔을 입에 갖다댄다.)

(종소리와 합창소리)

천사들의 합창

　　그리스도 부활하셨네!
　　인간들에 기쁨 있으리라.
　　몰래 기어들어 파멸로 이끄는,
　　대대로 이어지은 결핍에   740
　　에워싸인 인간들의 기쁨이어라.

파우스트

　　저 깊은 웅웅대는 소리, 저 밝은 음조가,[56]
　　어찌하여 단호하게 내 입에서 술잔을 떼게 하는가?
　　저 은은한 종소리는 벌써
　　부활절의 첫 축제 시간을 알려주는 것인가?   745
　　너희 합창대는 벌써 위안의 노래를 부르는 것이냐?
　　그 옛날[57] 어두운 무덤가에서 천사들 입에서 울려나와,
　　새로운 결속結束의 확신을 주었던 그 노래를?

여자들의 합창

　　그윽한 향유로
　　그의 몸 발라주고,   750
　　우리 충성된 여인들,
　　주님의 몸 누였도다.

천과 끈으로
정결하게 염[※]하였나니,
아아! 그리스도 이제   755
여기에 계시지 않네.

천사들의 합창
그리스도 부활하셨네!
사랑의 주님 복되도다.
슬픔 속에서,
구원과 단련의   760
수난을 이겨내신 주.

파우스트
너희 천상의 음조들이여, 너희 힘차고 부드럽게
무엇을 찾는가? 이 쓰레기 속에 처박힌 나를 찾는가?
저기 마음씨 고운 사람들이 있는 데로나 울려퍼져라.
복음의[58] 소리는 잘 들리지만, 내게는 믿음이 없도다.   765
기적이란 믿음이 낳은 가장 사랑스런 자식이니라.
자비로운 소식이 울려오는
저 영역으로 나는 감히 노력해 갈 수가 없구나.
그러나 어린 시절부터 저 소리에 익숙해 있었으니,
이제 그 음조가 나를 다시 삶 속으로 불러들이는구나.   770
옛날에는 엄숙한 안식일의 고요함 속에서,
천국 같은 사랑의 키스가 내게로 내려왔다.
그때 충만한 종소리는 예감에 가득 차 울려퍼졌고,
내 기도는 그래도 열렬한 즐거움이 되었었다.
말할 수 없이 감미로운 그리움이 나로 하여금,   775
숲과 초원을 지나 방황하도록 휘몰아갔고,

거기서 나는 한없이 뜨거운 눈물을 흘리며,
하나의 세계가 생성되는 것을 느끼었노라.
저 노랫소리는 젊은이들에게 즐거운 놀이를,
봄날 축제의 자유로운 행복감을 예고해주었지.   780
이런 추억이 이제 어린아이 같은 감정을 갖게 하여
나로 하여금 마지막 진지한 발걸음을 멈추게 하는구나.
오오, 계속 울려퍼져라, 너희 감미로운 천상의 노랫소리여!
눈물이 솟아오르고, 대지는 나를 다시 갖게 되었도다!

사도들의 합창
무덤에 묻히신 주님,   785
이미 하늘나라 가시고,
살아서 거룩하신 주,[59]
영화롭게 승천하시네.
생성하는 즐거움 속에
창조하는 환희에 가까우시니,   790
아아, 슬프게도 우리들은,
이 땅의 품에 안겨 있도다.
주님은 우리 사도들을[60]
애타게 여기에 남게 하시니,
아아, 우린 통곡하노라!   795
스승이여, 행복하소서!

천사들의 합창
그리스도 부활하셨네,
사멸의 품을 벗어나셨네.
너희도 모든 속박으로부터
즐거이 벗어날지어다!   800

행동으로 주를 찬미하고,

몸소 사랑을 증명하며,

우애롭게 음식을 나누고,

선교의 길을 떠나,

환희를 약속하는 자, 805

너희에게 주님 가까이 오시고,

너희 위해 주님 계시는도다!

성문 앞에서

각양각색의 산책하는 사람들이 밖으로 나온다.

젊은 직공 몇 사람

왜 그쪽으로 가려는 거지?

다른 직공들

우린 사냥꾼 집 쪽으로 가는 길이야.

첫번째 직공들

그런데 우린 물방앗간 집 쪽으로 가려 하는데. 810

젊은 직공 한 사람

물가 집으로 가는 게 좋을걸.

둘째 직공

그쪽으로 가는 건 정말 재미없어.

두번째 직공들

그럼 넌 어떻게 하겠니?

셋째 직공

　　　　　　난 다른 사람들과 함께 가겠어.

넷째 직공

산성^{山城} 마을로 올라가자. 가보면 알겠지만

거긴 여자들도 아주 예쁘고 맥주도 최고란 말이야. 815

게다가 싸움질도 한판 멋지게 할 수 있거든.

다섯째 직공

참, 어쩔 수 없는 자식이로군.

어디가 근질근질하냐? 이번이면 세번째야.

난 그런 곳엔 안 가. 생각만 해도 소름이 끼친다.

하녀

싫어, 싫어! 난 시내로 돌아가겠어. 820

다른 하녀

저 백양나무 있는 데 틀림없이 그이가 와 있을 거야.

첫째 하녀

와 있다 해도 내겐 좋을 게 없어.

그이는 네 곁에만 붙어다니고,

무도장에서도 너하고만 춤을 춘단 말이야.

네가 재미 보는데, 나와 무슨 상관이니! 825

둘째 하녀

오늘은 그이가 절대로 혼자 오지 않고,

그 고수머리 총각과 함께 나온다고 하더라.

학생

잠깐, 저 계집들 신나게 걸어가는 꼴 좀 보게!

이봐, 가자! 우리 저것들을 따라가보자.

독한 맥주에다 탁 쏘는 담배, 830

그리고 멋지게 치장한 계집, 이게 요즈음 내 취미야.

시민계급 아가씨

　저 멋쟁이 학생들 좀 봐요, 글쎄!

　정말이지 창피스런 일이에요.

　얼마든지 훌륭한 교제를 할 수 있을 텐데,

　저따위 하녀들 꽁무니만 따라다니니 말이에요!　　835

둘째 학생 (첫째 학생에게)

　너무 급히 서두르지 마! 저 뒤에도 둘이 오는걸.

　둘 다 아주 예쁘게 차려입었어.

　그중 하나는 우리 이웃집 처녀야.

　난 그 처녀에게 홀딱 반해버렸어.

　그들은 저렇게 얌전히 걸어가고 있지만,　　840

　결국엔 우리와 함께 가게 될 거야.

첫째 학생

　야, 그만둬! 얌전을 빼는 건 귀찮아.

　자, 빨리 가자! 저런 계집들을[61] 놓쳐선 안 돼.

　토요일에 빗자루를 들었던 손이,

　일요일엔 자네를 최고로 어루만져줄 거야.　　845

시민

　그래, 새로 온 시장市長은 마음에 들지 않아!

　시장이 되고 나더니, 이제 매일매일 거만해지고 있어.

　그런데 시市를 위해 그는 대체 뭘 한단 말인가?

　사정은 날이 갈수록 나빠지지 않는가?

　우린 여느 때보다도 더 복종해야만 하고,　　850

　세금은 이전보다도 더 많이 내야 한단 말이야.

거지 (노래한다.)

　착한 신사님들, 아름다운 아씨들,

　차림새도 멋지고 혈색도 좋으셔라.

　제발 덕분에 나를 좀 봐주시고,

　제 고난 살피시어 적선해주십시오!　　855

　여기 제 노랫소리 헛되게 하지 마세요!

　적선하는 사람만이 기쁘기도 하지요.

　여러분이 즐기시는 이 하루가

　제겐 추수의 날이 되게 하소서.

다른 시민

　일요일이나 축제일에는 무엇보다도,　　860

　전쟁과 전쟁의 함성에 대한 이야기가 제일이지요.

　저 뒤쪽 멀리 터키에서는

　백성들이 서로 맞붙어 싸우고 있다오.

　우리는 창가에 서서 술잔을 들이켜며,

　가지각색 배들이 강물에 떠가는 모습을 바라보다가,　　865

　저녁이 되면 즐거이 집으로 돌아와서,

　평화와 평화스런 시대를 축복하는 것이지요.

셋째 시민

　그렇소, 이웃 양반! 나도 마찬가지요.

　그들이야 대가리가 깨져도 상관없고,

　모든 게 엉망으로 뒤죽박죽이 돼도 상관없지요.　　870

　우리들 집만 옛날 그대로 무사하면 그만이지.

노파 (시민계급 아가씨들에게)

　아이, 곱기도 해라! 이 젊고 예쁜 아가씨들!

　너희들에게 반하지 않을 사람 누가 있겠나?—

　그렇게 시치미만 떼지 마요! 그만하면 됐어요!

　아가씨들 소망쯤은 나도 들어줄 수 있다오.　　875

시민계급 아가씨

아가테야, 빨리 가자! 저런 마귀할멈과

남 보는 데서 같이 다니지 않도록 조심해야 돼.

하긴 성^聖 안드레아 축젯날 밤에[62]

미래의 애인을 실물로 보여주긴 했지만.

다른 처녀

나에게도 수정 속에서[63] 애인을 보여주었어.　　　880

많은 용사들과 함께 있는 걸 보니 병사 같아.

그래 난 사방을 둘러보며 찾아보았지만,

아직 그런 사람은 만나지 못했어.

병사들

　　성곽이라면 드높은

　　담벼락과 견고한 총안^{銃眼},　　　885

　　처녀라면 오만스럽고

　　비웃는 듯한 모습,

　　나 그런 처녀 갖고 싶어라!

　　고생도 크다지만,

　　대가도 훌륭하다!　　　890

　　나팔 소리 우렁차면

　　우리들은 전진한다.

　　즐거움을 향해서든,

　　멸망을 향해서든.

　　이것이 돌격이다!　　　895

　　이것이 인생이다!

　　처녀들과 성곽을

　　굴복시키고야 말리라.

　　고생도 크다지만,

　　대가도 훌륭하다!　　　900

　　이렇게 병사들은

　　용감하게 전진한다.

(파우스트와 바그너 등장)

파우스트

자비로운 봄날의 눈길에 생기를 얻어

큰 강물도 시냇물도 얼음에서 풀려나고,

산골짜기에는 희망의 행복이 푸르러지는구나.　　　905

늙은 겨울은 그 힘이 쇠약해져서,

거친 산 속으로 물러갔도다.

그는 도망을 치면서도, 산 속으로부터

낟알 같은 얼음의 힘없는 소나기를 뿌려서

푸르러지는 들판에 줄무늬를 그리누나.　　　910

그러나 태양은 흰 것을 하나도 허락지 않으니,

어디를 가나 형성^{形成}과 노력이 꿈틀거리고,

태양은 만물^{萬物}을 생동케 하려는 것이다.

그러나 이 지역에는 아직 꽃이 피지 않아,

대신 울긋불긋 차려입은 사람들을 모여들게 하는구나.　　　915

자네 몸을 돌려 이 높은 언덕으로부터

저 시내 쪽을 바라보게나.

공허하고 컴컴한 성문으로부터

오색찬란한 군중들이 몰려나오고 있다.
오늘은 저마다 즐겨 햇볕을 쬐고 싶은 것이다.   920
그들은 주님의 부활을 축하하고 있지만,
그것은 그들 자신이 부활했기 때문이니라.
나지막한 집들의 어두컴컴한 방들에서,
수공업 직공이나 상인으로서의 구속받는 일에서,
박공^{博栱}이나 지붕들의 중압에서,   925
쥐어짜는 듯 협소한 거리들로부터,
교회당의 신성한 어둠 속으로부터,
그들 모두는 밝은 빛을 찾아 나온 것이다.
보라, 자, 보라! 얼마나 많은 사람들이 민첩하게도
정원이나 들판을 지나 흩어져가고 있는가.   930
그리고 강물은 너비와 길이로 꽉 들어차게,
저렇게 많은 즐거운 나룻배들을 흔들어주고 있으며,
이제 마지막 남은 저 배마저 가라앉을 만큼
사람을 가득 싣고 떠나가지 않는가.
저 아득한 산의 오솔길에서까지도   935
울긋불긋한 옷들이 아른거리는구나.
마을로부터 벌써 우글거리는 사람들 소리가 들려오니,
여기야말로 민중들의 진정한 천국이로다.
어른 아이 할 것 없이 모두 만족하여 환호성을 지르는구나.
여기서는 나도 인간이다, 여기서는 나도 인간이 되리라!   940

바그너

박사님, 박사님과 더불어 산책한다는 것은
영광스러운 일이며, 또한 얻는 바도 많습니다.
하지만 저는 거친 것이란 모두 적대시하고 있기에,

혼자서는 이런 곳을 돌아다니지 않을 것입니다.
깽깽이 켜는 소리, 고함 소리, 구주희^{九柱戱} 놀이 소리 따윈   945
제가 몹시도 싫어하는 소리들이랍니다.
사람들은 마치 악령에 쫓기듯 미쳐 날뛰면서,
그것을 즐거움이라 하고, 노래라고 한답니다.

(농부들, 보리수나무 아래에서 춤을 추며 노래한다.)

농부들

목동이 춤추러 간다고 단장하였네.
울긋불긋한 저고리, 댕기에다 화관 쓰고,   950
장신구까지 멋지게 달고 나왔네.
보리수나무 주위에는 벌써 사람들 가득,
모두가 미친 듯 춤을 추었네.
유헤! 유헤!
유헤이사! 헤이사! 헤!   955
깽깽이 소리 멋지게 울려퍼지네.

거기에 헐레벌떡 뛰어든 목동,
어쩌다가 팔꿈치로
어느 한 아가씨 찌르고 말았네.
싱싱한 그 아가씨 뒤돌아보며 하는 말,   960
아니, 이런 어리석은 수작을 하시다니!
유헤! 유헤!
유헤이사! 헤이사! 헤!
그런 버릇없는 짓일랑 그만두세요.

그러나 재빠르게 원을 그리며,   965
둘이는 바로 돌고 외로 돌며 춤을 추나니,
옷자락도 모조리 휘날리누나.
얼굴은 붉어지고 몸은 화끈 달아올라서,
둘이는 팔에 팔을 끼고 숨을 돌리네—
유헤! 유헤!   970
유헤이사! 헤이사! 헤!—
그러고는 팔로 허리를 감았네.

그렇지만 이렇게 정다운 체하지 마요!
수많은 세상 남자들, 자기 약혼녀까지
홀려놓고는 나 몰라라 버리지 않았던가!   975
그렇지만 목동은 아가씨 꾀어서 데리고 가니,
저 멀리 보리수나무 밑에서 울리는 소리.
유헤! 유헤!
유헤이사! 헤이사! 헤!
사람들 고함 소리와 깽깽이 소리.   980

늙은 농부

박사님, 정말로 친절하시게,
오늘까지도 우리를 업신여기지 않으시고,
우리 천한 백성들이 이렇게 들끓는 곳에,
대학자님의 높으신 신분으로 왕림해주셨군요.
그럼 새로 빚은 술로 가득 채운,   985
제일 멋진 이 술잔도 받아주십시오.

제가 이 잔을 올리며 소리 높이 소망하나니,
이는 박사님의 갈증을 진정시켜드릴 뿐만 아니라,
여기 담겨 있는 술 방울의 숫자 그대로가,
박사님 사시는 날에 더해지기를 축원합니다.   990

파우스트

그럼 새로운 활력을 주는 이 술을 받겠습니다.
여러분 모두에게 축복과 감사의 마음으로 보답합니다.

(군중들이 둥그렇게 그 주위에 모여든다.)

늙은 농부

정말이지, 이 즐거운 날에 박사님께서 나오시니,
이렇게 좋은 일이 어디 또 있겠습니까.
지나간 날 저희들이 역경에 처했을 때[64]   995
박사님께선 우리를 잘도 보살펴주셨지요!
박사님의 부친께서[65] 지독한 전염병을 막아주셨을 때,
무서운 고열高熱로 고생하던 사람들을
아슬아슬한 마지막 순간에 살려주셔서,
여기 이렇게 많은 사람들이 살아 있지요.   1000
그리고 박사님께서도, 당시엔 아직 젊으셨지만,
병원마다를 일일이 돌아보셨습니다.
허다하게 많은 시체들이 실려나갔지만,
박사님께선 아무 일 없이 건강하게 지내시며,
여러 가지 가혹한 시련을 이겨내셨지요.   1005
하늘의 돕는 자가 돕는 자를 도와주신 것입니다.

모두 함께

우리를 보호해주신 분께 건강을 주시어,

앞으로도 길이길이 도울 수 있도록 해주소서!

파우스트

저 하늘에 계신 분에게 경배하노니,

그분이 돕는 법 가르쳐주시고, 도와주셨지요.　　　　1010

(파우스트, 바그너와 함께 계속해서 걸어간다.)

바그너

오, 위대하신 선생님, 군중의 존경을 한 몸에 받으시니,

기분이 얼마나 좋으시겠습니까!

누구라도 자신의 재능으로 이러한 성공을

거둘 수 있다면, 아아, 얼마나 행복하겠습니까!

아버지는 자식에게 선생님을 본받으라 가르치고,　　　　1015

누구나가 물어보고 서로 밀치며 달려오고,

깽깽이 소리도 그치고 춤추는 사람들도 멈추니 말입니다.

선생님이 지나가시면, 사람들은 줄을 지어 늘어서고,

모자들이 공중으로 높이 날아오르니,

마치 성체聖體가[66] 거동할 때와 별 차이 없이,　　　　1020

모두가 무릎을 꿇어 경배할 것 같습니다.

파우스트

저 바위 있는 데까지 몇 걸음 더 올라가,

거기서 우리 산책길을 잠시 쉬도록 하세.

나는 때때로 생각에 잠겨 여기 혼자 앉아서,

기도와 단식으로 고행苦行을 했었네.　　　　1025

희망에 부풀고 믿음으로 확고한 채,

눈물을 흘리고 한숨을 쉬고 두 손을 비비면서

하늘에 계신 주님께 간청하여, 억지로라도

저 흑사병黑死病을 종식시키기로 생각했었네.

지금은 저 사람들의 찬사가 조롱처럼 들린다네.　　　　1030

오, 자네가 내 마음을 헤아릴 수 있다면 좋겠군.

사실 아버지와 그 아들인 나는

저런 칭찬을 받을 만한 가치가 없었다네!

나의 선친께선 어두운 영역에 대한 명인이셨는데,[67]

그는 자연과 그 성스런 영역에 대해서는　　　　1035

독실했지만, 자신의 독특한 방법에 따라

시름에 찬 노력으로 연구에 골몰하셨네.

연금술사들과 어울려서,

컴컴한 부엌에[68] 틀어박혀 문을 닫아걸고는,

무진장한 방문方文에[69] 따라　　　　1040

서로 상반되는 것들을 조화시키려 하셨지.

그러면 대담한 구혼자인 붉은 사자가[70]

미지근한 목욕탕 속에서 백합과[71] 혼인을 하게 되고,

그 다음 두 놈은 활활 타오르는 불꽃과 더불어,

이 신방新房에서[72] 저 신방으로 가는 고초를 겪었지.　　　　1045

그 다음에야 오색찬란한 색채를 띠며

젊은 여왕이[73] 유리그릇 속에 나타나는 것일세.

이것이 약藥이었는데, 환자들은 죽어나갔고,

완치된 사람 누구냐? 하고 묻는 사람 하나 없었다네.

이렇게 우리는 지옥과도 같은 탕약을 가지고,　　　　1050

이 골짜기, 저 산천을 찾아다니며

흑사병보다도 더 흉악하게 날뛰었던 것일세.

나 자신 수천 명에게 그 독약을 주었는데,

그들은 말라 죽고, 나는 이렇게 살아남아서,

이 파렴치한 살인자들을 찬양하는 소릴 들어야 하는 걸세.　1055

바그너

어찌하여 선생님은 그런 일로 상심하십니까!

자기에게 전해진 의술醫術을,

양심적으로 정확하게 시행만 하면,

선량한 인간으로 할 일을 다한 게 아닐까요?

선생님이 젊으셨을 때 부친을 존경하셨다면,　1060

그분에게서 전수傳受받는 건 당연한 일이지요.

또 선생님이 어른이 되어 이 학문을 보다 발전시킨다면,

선생님의 아들은 보다 높은 경지에 다다를 수 있을 것입니다.

파우스트

오, 누구라도 이 미혹迷惑의 바다에서

아직 헤어날 수 있다고 희망하는 자, 얼마나 행복하랴!　1065

우리는 알지 못하는 것을 바로 필요로 하고,

우리가 알고 있는 것은 써먹을 수가 없도다.

그러나 이 아름다운 황금 같은 시간을

그따위 우울한 생각으로 망치지 말도록 하세!

저 광경을 보라, 작열하는 저녁햇살 속에　1070

푸른 숲에 둘러싸인 오두막집이 얼마나 빛나고 있는가!

해는 기울어 물러가며, 오늘 하루의 생명을 다하고,

서둘러 저쪽 나라로 달려가 새로운 생명을 재촉하는구나.

아아, 내가 이 땅에서 떠올라 어디까지든지

저 태양을 쫓아 끝없이 날아갈 날개가 없음이 슬프도다!　1075

그러면 영원한 저녁노을 속에서

고요한 세계를 내 발밑으로 볼 수 있고,

봉우리마다 황혼이 불타오르고, 골짜기마다 고요가 깃들며,

은빛 시냇물이 황금빛 강물로 흘러드는 걸 볼 수 있을 텐데.

그러면 수많은 골짜기를 거느린 험준한 산이라 해도　1080

신神처럼 날아가는 내 길을 막지 못할 것이고,

따스해진 만灣을 낀 바다가 벌써

깜짝 놀라는 내 눈앞에 전개되리라.

그러나 태양의 여신은 결국 잠겨버리는 듯하리라.

그러면 내게는 새로운 충동만이 눈을 뜨고,　1085

나는 태양의 영원한 빛을 마시기 위해,

밝은 낮을 앞에 안고 어두운 밤을 등에 지고,

위로는 하늘, 아래로는 파도를 바라보며 급히 달려가리라.

이렇게 아름다운 꿈을 꾸는 동안에 여신이 사라지는구나.

아아! 정신의 날개는 이렇게 가벼운데,　1090

육체의 날개가 그에 어울려주지를 못하다니!

그러나 사람은 누구나 자기 감정을

위로 높이, 앞으로 멀리 이끌어가도록 타고났으니,

우리들 머리 위에 푸른 하늘로 사라져가며,

우짖는 종달새의 노랫소리가 울려퍼질 때,　1095

가문비나무 험준하게 들어선 산봉우리 위로

독수리가 날개를 활짝 펴고 떠돌 때,

그리고 드넓은 평원을 지나고, 호수를 넘어

두루미 제 고향 찾아 날아갈 때 그러하니라.

바그너

저 자신도 가끔 시름에 찰 때가 있습니다만,　1100

그런 충동은 아직 한 번도 느껴보지 못했습니다.

숲이나 들판을 바라보면 곧 싫증이 나게 되고,

새의 날개 같은 건 결코 부러워하지 않을 겁니다.
그것은 정신의 기쁨에 이끌려 이 책에서 저 책으로,
이쪽에서 저쪽으로 읽어가는 것과 너무나 다르지요!　　1105
그럴 때면 긴긴 겨울밤도 은혜롭고 아름다우며,
행복스런 생명이 온 사지^{四肢}를 따스하게 해주지요.
아아! 그때에 귀중한 양피지 책이라도 펼치게 되면,
천국이 온통 선생님께 내려오는 기분이 된답니다.

파우스트

자네는 오직 한 가지 충동만을 알고 있군.　　1110
오오, 결코 다른 하나의 충동을 알려고 하지 말게!
내 가슴속에는, 아아! 두 개의 영혼이 깃들어 있으니,
그 하나는 다른 하나와 떨어지기를 원하고 있다네.
하나는 음탕한 사랑의 쾌락 속에서,
달라붙는 관능으로 현세에 매달리려 하고,　　1115

다른 하나는 억지로라도 이 속세의 먼지를 떠나,
숭고한 선조들의 광야^{廣野}로 오르려 하는 것이다.
오오! 이 땅과 하늘 사이를 지배하며,
저 대기^{大氣} 속에 떠도는 정령들이 있다면,
황금빛 해미 속에서 내려와,　　1120
나를 새롭고 찬란한 삶으로 인도해다오!
그래, 마법의 외투라도 내 것이 있어서,
나를 미지의 나라로 데려다줄 수 있다면!
그것이 내겐 어떤 고귀한 의상보다도,
제왕의 외투보다도 훨씬 값진 것이 되리라.　　1125

바그너

세상이 다 아는 마귀의 무리를⁷⁴⁾ 부르지 마십시오.
그놈들은 대기 속에 흘러들어 넓게 퍼져서는,
사방팔방으로부터 인간에게
천태만상의 위험을 가하려 하고 있습니다.
북방으로부터는 날카로운 이빨이 달린 마귀가　　1130
화살처럼 뾰족한 혀를 가지고 선생님께 덤벼들고,
동방으로부터는 만물을 메마르게 하며 몰려와서는
선생님의 폐에서 양분을 빨아 살찌는 것입니다.
남방의 거친 사막에서 보내온 놈들은
선생님의 정수리에 계속적인 불길을 퍼부어대고,　　1135
서방에서 몰려온 무리는 처음엔 생기를 주는 척하다가,
마침내는 선생님과 밭과 초원까지 물로 뒤덮어버리지요.
놈들은 해치기를 좋아하면서도 말을 잘 듣고,
우리를 속이고자 하기에 즐겨 순종하기도 하지요.
그놈들은 마치 천상에서 보내온 것처럼 꾸미며,　　1140

거짓말을 하면서도 마치 천사인 양 속삭입니다.
하지만 이제 돌아가시지요! 사방이 벌써 어두워졌으며,
공기는 싸늘해지고, 안개가 내리고 있습니다!
저녁이 되니 비로소 집이 소중하다는 걸 느끼게 됩니다—
그렇게 서서 놀란 듯 무엇을 바라보십니까?   1145
어스름 속에서 무엇이 그렇게 선생님 마음을 사로잡습니까?

파우스트

묘목과 그루터기 사이를 배회하는 검은 개가[75] 보이는가?

바그너

벌써부터 보았지만, 저는 별로 대수롭지 않게 생각되는데요.

파우스트

잘 살펴보게! 자넨 저 짐승이 무엇이라고 생각하나?

바그너

삽살개지요. 그놈의 버릇대로   1150
주인의 발자취를 찾느라고 애쓰는 것이지요.

파우스트

저놈이 널찍하게 달팽이 같은 원을 그리며
우리들 주위로 점점 가까이 다가오는 것을 알겠는가?
그리고 내가 잘못 보지 않았다면, 저놈이 지나간 자리에는
불꽃의 소용돌이가 뒤따라 끌려가고 있다네.   1155

바그너

제겐 검은 삽살개밖에 보이지 않습니다.
아마도 선생님께서 허깨비를 보신 게지요.

파우스트

내 생각에는 저놈이 미래의 유대를 맺기 위해서,
우리의 발에 마법의 올가미를 치고 있는 것 같구면.

바그너

저놈은 불안하게 겁을 먹고 우리 주위를 뛰어다니는데,   1160
제 주인 대신 낯선 두 사람을 만났기 때문이겠지요.

파우스트

배회하는 원이 좁아지고, 벌써 가까이 왔구나!

바그너

보십시오! 한 마리의 개일 뿐, 마귀가 아닙니다.
그놈은 킁킁거리고 의심하며, 배를 깔고 엎드리는군요.
꼬리를 치기도 하구요. 모든 게 개의 버릇입니다.   1165

파우스트

이리 오너라! 이놈아, 우리와 함께 가자꾸나!

바그너

이놈 참 우스꽝스러운 짐승이로군요.
선생님이 발길을 멈추시면, 기다리고 있고,
무슨 말씀을 건네시면, 선생님에게 뛰어오르는군요.
무엇이라도 잃어버리시면, 그것을 찾아올 것이며,   1170
선생님의 지팡이를 찾아 물 속에라도 뛰어들겠습니다.

파우스트

자네 말이 맞는 모양이군. 정령의 흔적은
보이지 않고, 모든 것은 길들이기 탓이겠지.

바그너

제대로 잘 길들여진 개라면,
현명하신 분까지도 귀하게 여긴답니다.   1175
그렇지요, 이놈은 학생들 중에서도 훌륭한 학생이니,[76]
틀림없이 선생님의 귀여움을 받게 될 것입니다.

(파우스트와 바그너, 성문 안으로 들어간다.)

서재

파우스트 (삽살개를 데리고 들어오며)

내가 들판과 초원을 떠나오니,

깊은 밤이 그를 뒤덮고,

예감으로 가득한 성스러운 두려움으로   1180

우리 마음속엔 보다 고귀한 영혼이 깨어나는구나.

이제 거친 충동은 모두

갖가지 과격한 행위와 더불어 잠들었고,

인간의 사랑이 꿈틀거리고, 바야흐로

신에 대한 사랑도[77] 꿈틀거리는구나.   1185

조용해라, 삽살개야! 이리저리 뛰어다니지 마라!

여기 문지방에서 무슨 냄새를 맡고 킁킁거리느냐?

제일 좋은 방석을 네게 주겠으니,

저 난로 뒤에 가서 누워 있어라.

저 바깥 산길에서 네가   1190

이리 뛰고 저리 달리며 우릴 즐겁게 해주었으니,

이제 반갑고도 얌전한 손님이 되어,

나한테서도 대접을 받으려무나.

아아, 우리들의 이 비좁은 방에

등불이 정답게 다시 켜지게 되면,   1195

우리의 가슴속도 밝아지고,

자신을 아는 마음속도 밝아진다.

이성은 다시 말을 시작하고,

희망도 다시 꽃피기 시작한다.

우리는 삶의 시냇물을 그리워하고,   1200

아아! 삶의 원천을 그리워하게 되는구나.

으르렁거리지 마라, 삽살개야! 지금 내 영혼을

송두리째 감싸고 있는 이 신성한 음향에는,

짐승의 소리가 어울리지 않느니라.

우리 인간들은 자기가 이해하지 못하는 것을   1205

조소하고, 때때로 귀찮게 여겨지면

선善과 미美를 보고서도 투덜거리는,

그런 꼴을 지금까지 흔히 보아왔느니라.

개도 인간들처럼 으르렁거리고 싶단 말이냐?

그러나 아아! 아무리 지극한 의지를 지닌다 해도,   1210

이 가슴에선 만족감이 더이상 솟아나지 않음을 느끼노라.

그런데 어찌하여 삶의 강물은 이다지도 쉽사리 고갈되어,

우리들은 다시금 목마름에 허덕여야만 한단 말인가?

그것은 내가 너무나 여러 번 경험한 일이다.

그러나 이러한 결핍은 스스로 보상을 받고 있으니,   1215

우리가 초지상적超地上的인 것을 숭상하는 법을 배우고,

하늘의 계시를 간절히 그리워하는 것이 그 방법이다.

그런데 그 계시란 신약성서에 나타난 것보다

더 존귀하고 아름답게 빛나는 곳은 없도다.

이제 나 그 원전原典을[78] 펼쳐놓고,   1220

성실한 마음으로 한번

그 성스러운 원문原文을

내 사랑하는 독일어로 옮겨보고 싶구나.

(파우스트, 한 권의 책을 펼쳐놓고 번역을 시작한다.)

기록하여 가로되, "태초에 말씀이[79] 있었느니라!"

여기서 벌써 막히는구나! 누가 나를 도와 계속토록 해줄까? 1225

나는 말씀이란 것을 그렇게 높이 평가할 수는 없다.

정령으로부터 올바른 계시를 받고 있다면,

나는 이 말을 다르게 번역해야만 하겠다.

기록하여 가로되, 태초에 의미가 있었느니라.

너의 붓이 지나치게 서둘러 가지 않도록, 1230

첫 구절을 신중하게 생각하도록 하라!

만물을 작용시키고 창조하는 것이 과연 의미란 말인가?

이렇게 기록되어야 할지니, 태초에 힘이 있었느니라!

하지만 내가 이렇게 쓰고 있는 동안에,

벌써 그것도 아니라고 경고하는 것이 있구나. 1235

정령의 도움이로다! 갑자기 좋은 생각이 떠올라,

기쁜 마음으로 기록하노니, 태초에 행위(行為)가 있었느니라!

내가 너와 더불어 방을 나눠 쓰고 있을진대,

삽살개야, 그렇게 으르렁거리지 마라!

그렇게 짖어대지도 마라! 1240

이렇게 방해하는 친구를

나는 가까이에 그냥 놓아둘 수가 없다.

우리 둘 중 하나가

이 방을 떠나야만 하겠다.

내키지는 않으나 손님의 권리를 취소하겠노라. 1245

저기 문이 열려 있으니, 마음대로 나가려무나.

그런데 대체 저게 무엇이란 말인가!

저절로 저런 일이 일어날 수 있을까?

이것이 환영(幻影)이란 말인가? 현실이란 말인가?

내 삽살개가 가로로 세로로 저렇게 커지다니! 1250

그놈이 기를 쓰며 일어나는구나.

저건 개의 형상이 아니로다!

웬 도깨비를 집 안으로 끌어들였단 말인가!

벌써 그놈은 하마(河馬)와 같은 모습이 되어,

불같은 눈길에 무시무시한 이빨을 드러내고 있구나. 1255

아하! 네놈의 존재가 확실해졌노라!

저런 절반쯤 지옥에서 태어난 악당 놈에게는

솔로몬의 열쇠가[80] 효험이 있으리라.

정령들 (복도에서)

　저 안에 한 놈이 갇혔구나!

　밖에서 꼼짝 말고 아무도 따라가지 말라! 1260

　쇠 올가미에 걸린 여우처럼,

　지옥의 늙은 살쾡이 겁을 내고 있구나.

　그러나 주의해 보라!

　이리 둥실 저리 둥실,

　아래위로 둥둥 떠다니며, 1265

　그놈은 틀림없이 빠져나오리라.

　너희가 그놈을 도울 수 있다면,

　그놈을 그대로 버려두진 마라!

　우리 모두가 여러 가지로

　벌써 그놈의 신세를 져오고 있으니까. 1270

파우스트

우선 저런 짐승에 대항하려면,
네 가지 주문呪文이[81] 필요하리라.

살라만더여,[82] 불타올라라,
운디네여,[83] 굽이쳐라,
질페여,[84] 사라져라,   1275
코볼트여,[85] 수고하라.

이 사대원四大元을,
그 위력과
그 성질을
알지 못하는 자,   1280
정령을 다스릴 만한
위인이 되지 못하리라.

불꽃 속으로 사라져라,
살라만더여!
한데 모여 솨솨 흘러내려라,   1285
운디네여!
유성流星처럼 아름답게 빛나라,
질페여!
집안일을 돌보아라,
인쿠부스![86] 인쿠부스여!   1290
나타나서 끝을 맺어라.[87]

네 가지 중 어느 하나도
이 짐승 속에 박혀 있지 않구나.
저놈은 아주 침착히 누워서 나를 노려보는구나.
아직 놈에게 따끔한 맛을 보여주지 못했도다.   1295
네놈, 들어보라,
보다 강력한 주문을 들려주마.

너 이놈, 네놈은
지옥에서 도망친 놈이렷다?
그럼 이 부적을[88] 보라!   1300
이 앞에선 암흑의 마귀들도,
머리를 굽히고 마느니라!

놈은 벌써 까칠까칠한 머리털을 곤두세우며 부풀어오르는구나.

이 저주받을 놈아!
너 이것을[89] 읽을 수 있겠느냐?   1305
그분은 한 번도 싹튼 일이 없으며,
말로써 이야기된 적도 없고,
온 하늘에 가득 흘러넘치고,
참혹하게 못 박힌 분이시다.

난로 뒤에 갇힌 채,   1310
놈은 코끼리처럼 부풀어올라,
온 방 안을 가득 채우고,
안개가 되어 흩어지려 하는구나.

천장으로 올라가지는 마라!

이 스승의 발 아래 꿇어앉아라!   1315

내가 공연히 위협하는 게 아니란 걸 보여주겠다.

나, 신성한 불길로 네놈을 지져주리라!

세 겹으로 타오르는 불길을[90]

기대하진 마라!

내 술법術法 중 가장 강한 것을   1320

기대하지도 마라!

메피스토펠레스 (안개가 아래로 걷히면서, 여행하는 학생과 같은

　　　옷차림을 한 메피스토펠레스가 난로 뒤에서 걸어나온다.)

　　　왜 이리 시끄럽지요? 무슨 분부라도 있사옵니까?

파우스트

　　　그러니까 이것이 삽살개의 정체란 말이로구나!

　　　여행하는 학생이라?[91] 이것 참 날 웃기는구나.

메피스토펠레스

　　　학식 높으신 선생께 인사 올립니다!   1325

　　　당신은 내게 어지간히도 땀을 흘리게 했소이다.

파우스트

　　　네 이름이 무엇인가?

메피스토펠레스

　　　　　　　　그런 질문은 시시하군요.

　　　말이란 것을 그다지도 몹시 경멸하시고,

　　　일체의 가상假象도 멀리하신 채,

　　　오직 심오한 본질만 탐구하시는 분으로선 말이외다.   1330

파우스트

　　　자네 같은 부류의 경우엔 그 이름만 들어도

　　　보통 그 본질을 파악해낼 수 있는 법이다.

　　　너희들 이름이 악마왕, 파괴자, 사기꾼이라고[92] 한다면,

　　　그것으로 분명히 알아낼 수가 있거든.

　　　그래 좋다, 대체 자넨 누군가?

메피스토펠레스

　　　　　　　　　　　　언제나 악을 원하면서도,   1335

　　　언제나 선을 창조하는 힘의 일부분이지요.

파우스트

　　　그 수수께끼 같은 말은 무슨 뜻인가?

메피스토펠레스

　　　나는 항상 부정否定하는 정령이외다!

　　　그것도 당연한 일인즉, 생성하는 일체의 것은

　　　필히 소멸하게 마련이기 때문이지요.   1340

　　　그래서 아무것도 생성하지 않는 편이 더 낫다는 겁니다.

　　　그래서 당신네들이 죄라느니, 파괴라느니,

　　　간단히 말해서 악惡이라고 부르는 모든 것이

　　　내 본래의 특성이랍니다.

파우스트

　　　자넨 일부분이라 하면서, 완전한 존재로 서 있지 않은가?   1345

메피스토펠레스

　　　당신에게 약간의 진리를 말씀드리지요.

　　　조그마한 바보들의 세계인[93] 인간이란 보통,

　　　자기 자신을 전체라고 생각하고 있소만—

　　　나는 처음에는 전체였던 한 부분의 일부분이라오.

저 빛을 탄생시킨 암흑의 일부분이지요.　　　　　　　　1350
그런데 저 오만스런 빛은 그 모체母體인 밤을 상대로
옛날의 지위, 즉 공간을 빼앗으려 다투고 있지만,
그건 절대 안 될 일이지요. 빛이 아무리 몸부림쳐봐도,
빛은 결국 물체에 달라붙어 있으니까요.
빛은 물체에서 흘러나와 물체를 아름답게 하지만,　　　1355
물체는 또한 빛의 진로를 가로막고 있지요.

그러기에 내 바라는 대로, 오래지 않아서
빛은 물체와 더불어 멸망하고 말 것이오.

파우스트

이제 자네의 고상한 의무를 알겠노라!
자네는 대*세계에선 아무것도 파괴할 수 없으니까,　　　1360
이제 조그만 것에서부터 시작하려는 것이로구나.

메피스토펠레스

물론 많은 일을 해내지는 못했소이다.
무無에 대적하고 있는 그 어떤 것,
즉 이 졸렬하게 생겨먹은 세상에 대항해서,
벌써 그렇게 여러 가지로 시도해보았건만,　　　　　　1365
그놈은 도저히 이겨낼 도리가 없었소이다.
파도와 폭풍우, 지진과 화재로 별짓을 다 해보았지만—
바다와 육지는 결국 평온하게 남아 있단 말이오!
그리고 동물과 인간이라는 저주스런 족속들,
그들에겐 전혀 아무런 해도 끼칠 수가 없소이다.　　　1370
벌써 얼마나 많은 놈들을 매장해버렸던가요!
그런데 새롭고 신선한 피가 여전히 순환하고 있거든요.
일이 이처럼 계속되고 있으니, 정말 미칠 지경이외다!
공기에서도, 물에서도, 또 땅에서도
수천 가지 새싹이 돋아나고 있으며,　　　　　　　　　1375
메마른 곳, 습한 곳, 따스한 곳, 추운 곳에서도 마찬가지요!
만일 내가 불꽃이나마 남겨두지 않았더라면,
내겐 무엇 하나 특수한 것이 없을 뻔했지요.

파우스트

그래서 너는 영원히 활동하며,

은혜롭게 창조하는 힘에 대항하여   1380

차가운 악마의 주먹을 들이대는 모양인데,

아무리 음흉하게 주먹을 쥐어도 헛된 일이 되리라!

너 혼돈混沌이 낳은 괴상스런 아들놈아,

다른 무슨 일을 찾아 시작해보도록 하라!

메피스토펠레스

정말로 깊이 생각해볼 일입니다만,   1385

그에 관한 이야기는 다음번에 하기로 합시다!

이번에는 이만 물러가도 되겠나이까?

파우스트

왜 그런 질문을 하는지 모르겠구나.

이제 자네와도 아는 사이가 되었으니,

언제라도 마음 내키면, 찾아오게나.   1390

여기 창문이 있고, 저쪽에 출입문이 있으며,

굴뚝도 네겐 아주 적절한 통로가 되겠지.

메피스토펠레스

한 가지 고백하지요! 제가 나가려는데,

조그만 방해물이 길을 가로막고 있습니다!

선생님 문지방 위에 붙은 별 모양의 부적이—   1395

파우스트

저 오각형의 별이94) 너를 괴롭힌다고?

그럼 말해보아라, 너 지옥의 아들아.

저것이 너를 구속한다면, 여기는 대체 어떻게 들어왔는가?

그러한 정령이 대체 어떻게 속았단 말인가?

메피스토펠레스

자세히 보십시오! 제대로 그려지질 않았지요.   1400

바깥쪽으로 향한 한쪽 모서리가,

보시는 바와 같이, 약간 벌어져 있습니다.

파우스트

우연하게도 잘도 들어맞았군!

그렇다면 네놈은 내 포로가 되었단 말이지?

이거야말로 우연히 성공을 거둔 셈이로군!   1405

메피스토펠레스

삽살개가 뛰어들어올 땐 알아차리지 못했지만,

지금은 사정이 좀 달라졌소이다.

악마는 집 밖으로 나갈 수가 없게 됐습니다.

파우스트

한데 무엇 때문에 창문을 통해 나가지 않는가?

메피스토펠레스

악마와 도깨비들에겐 한 가지 법칙이 있답니다.   1410

반드시 숨어들어온 곳으로 나가야만 한다는 것이지요.

첫번째는 자유이지만, 두번째 것에는 노예가 되지요.

파우스트

지옥에도 법률이 있단 말이로구나?

그것 참 멋지구나. 그렇다면 신사들이여, 너희 같은 존재와도

안심하고 계약을 체결할 수가 있단 말이지?   1415

메피스토펠레스

약속한 것이라면, 온전히 누릴 수가 있지요.

그런 것을 조금이라도 떼어먹히지는 않을 겁니다.

그러나 그건 그렇게 간단히 이해할 수 없으니,

다음번에 다시 그 이야기를 하도록 합시다.

내 간절히, 간절히 부탁하건대,   1420

이번만은 나를 놓아주시기 바랍니다.

파우스트

그렇지만 잠시 더 머물러 있으면서,

우선 내게 그 재미있는 이야기를 들려주게나.

메피스토펠레스

지금은 날 놓아주십시오! 곧 돌아올 테니,

그때 마음대로 실컷 물어주시기 바랍니다.　　　　1425

파우스트

내가 너에게 올가미를 친 것이 아니라,

네놈 스스로가 그물에 걸려 들어온 것이었다.

악마를 잡았으면, 꼭 붙잡아둬야 하리라!

두번째는 그렇게 쉽사리 잡히지 않을 테니까.

메피스토펠레스

그렇게 원하신다면, 나도 큰마음 먹고　　　　1430

여기에 남아 당신의 친구가 되어드리겠소이다.

그렇지만 한 가지 조건이 있는데, 내 온갖 요술을 부려

당신의 시간을 값지게 보내도록 하자는 것입니다.

파우스트

그거 한번 보고 싶구나. 네 마음대로 하라.

다만 그 요술이 재미있어야 한다!　　　　1435

메피스토펠레스

친구여, 당신은 이 한 시간 동안에,

단조로운 일 년 동안에 누렸던 것보다

더 많은 관능적 즐거움을 얻게 될 것이오.

귀여운 정령들이 노래를 불러주며,

그들이 보여주는 아름다운 형상들은,　　　　1440

결코 공허한 마술의 장난이 아니올시다.

당신 후각도 즐거워할 것이고,

당신의 입 안에도 달콤한 맛이 날 것이며,

그리고 당신의 감정도 황홀해질 것이외다.

미리 준비할 필요도 없소이다.　　　　1445

우리 다 모여 있으니, 자, 시작하도록 하라!

정령들

사라져라, 저 위쪽의

캄캄한 둥근 천장아!

보다 매력적으로 친절하게

들여다보라,　　　　1450

파란 창공아!

검은 구름은

흩어져버려라!

작은 별들 반짝이고,

온화한 햇빛　　　　1455

방 안으로 비쳐든다.

하늘나라 아들들의

영기靈氣로운 아름다움,

흔들흔들 허리 굽혀

부유浮游하며 지나간다.　　　　1460

그리움에 젖은 마음으로

뒤를 따라 흘러가라.

여러 가지 옷들의

반짝이는 리본들은

들과 산을 덮어주고,
저 정자도 덮어준다.
한평생을 언약하고,
깊은 생각에 잠긴
두 연인들 깃들인 곳.
정자들 줄지어 서 있구나!
싹트는 덩굴들 기어오른다!
주렁주렁 달린 포도송이,
압착기에 짓눌려
술통으로 흘러든다.
거품 이는 포도주 되어
도랑물처럼 흘러가며,
깨끗하고도 고귀한
바위틈 사이로 졸졸거리고,
우뚝 솟은 높은 산을
배경 삼아 뒤에 두고,
푸른 언덕 기슭의
풍성한 곳 감돌아서
호수 되어 퍼져간다.
새의 무리들은
즐거움을 마시면서,
태양을 향해 날아가고,
파도 위에 표류하듯
둥실둥실 떠다니는,
밝은 섬들 향하여
훨훨 날아가는구나.

거기엔 환호하는 무리들
합창 소리 들려오고,
푸른 초원 위에
춤추는 무리 보이나니,
누구나 밖에 나와
즐거운 시간 보내누나.
어떤 사람들은
드높은 산 기어오르고,
또 어떤 사람들은
바닷물 속을 헤엄치고,
어떤 이는 붕붕 떠다닌다.
누구나 삶을 향하니,
모두가 사랑하는 별을 보고,
성스러운 축복을 누릴
먼 곳을 향하는구나.[95]

메피스토펠레스
놈이 자는구나! 잘했다, 대기의 귀여운 정령들아!
너희 충실히 노래 불러 놈을 잠들게 하였도다!
이번 합창으로 난 너희들에게 빚을 졌구나.
네놈은 아직 악마를 잡아둘 만한 사나이가 못 되느니라!
달콤한 꿈속의 형상들이나 놈에게 보여주어,
그자를 망상의 바다 속으로 침몰케 하라.
그런데 이 문지방의 금기禁忌를 부숴버리려면,
쥐들의 이빨이 있어야겠구나.
쥐들을 불러오는 데 오랜 주문을 외울 필요는 없으리라.

벌써 저기 한 놈이 바스락거리니, 곧 내 말을 알아듣겠지.   1515
큰 쥐, 작은 쥐, 파리, 개구리,
빈대와 이들의 나리께서[96] 명하나니,
어서 이리 몰려나와서
여기 이 문지방을 갉아버려라.
거기에다 맛 좋은 기름을 발라놓은 것처럼 말이다—   1520
저기 벌써 한 놈이 달려나왔구나!
당장 일을 시작하라! 날 속박하는 뾰족한 끝은
그 모서리의 맨 앞쪽에 있다.
한 번만 더 물어뜯어라. 자, 이젠 되었다—
그럼 파우스트여, 우리 다시 만날 때까지
　　실컷 꿈이나 꾸려무나.   1525

파우스트 (깨어나면서)

나는 다시 또 속았단 말인가?
내 꿈속에 악마를 속임수로 보여주고,
삽살개조차 달아나게 해놓고는,
정령들의 무리마저 이렇게 사라진단 말인가?

서재

파우스트, 메피스토펠레스.

파우스트

누가 왔나? 들어와요! 누가 날 또 괴롭히려는 걸까?   1530

메피스토펠레스

납니다.

파우스트

　　들어와요!

메피스토펠레스

　　　　세 번 말씀해주셔야 합니다.

파우스트

들어오라니까!

메피스토펠레스

　　　그러니 마음에 드는군요.
우리 서로 사이좋게 지낼 수 있기를 바랍니다!
당신의 온갖 시름을 몰아내주려고,
나 고상한 귀공자 차림으로 여기에 왔소이다.   1535
황금색 장식이 달린 빨간 옷에다,
바스락거리는 비단으로 만든 외투를 걸치고,
모자에는 깃털을 꽂았으며,
길고 뾰족한 칼도 하나 찼답니다.
한마디로 간단히 말씀드리건대,   1540
당장 나와 같은 옷차림을 하시지요.
그리고는 모든 속박에서 벗어나 자유로이,
인생이 무엇인지를 체험해보도록 하십시오.

파우스트

어떤 옷차림을 하든 나는 이 비좁은
지상생활의 고통을 느끼지 않을 수 없으리라.   1545
나는 그저 놀기만 하기에는 너무나 늙었고,
아무런 소망도 없이 살기에는 너무나 젊도다.

이 세상이 대체 내게 무엇을 줄 수 있단 말인가?
결핍을 참아라! 없는 대로 만족하라!
이것이 영원한 노래인즉,   1550
그 소리 누구에게나 귓전에 울려오고,
우리 한평생 긴 세월 동안,
시시각각 목이 쉬도록 노래 불러주는구나.
아침마다 난 두려운 마음으로 잠에서 깨어나고,
저 씁쓸한 눈물을 흘리며 울고만 싶어지니,   1555
온종일 다 가도록 한 가지 소망도,
단 한 가지도 이루어지지 않으리라 생각하고,
또한 모든 쾌락에 대한 예감조차도
집요한 비판으로 인해 감소되며,
내 가슴속에 약동하는 창조의 열정마저도   1560
갖가지 추악한 세상사로 방해받기 때문이다.
그리고 밤이 내려깔릴 때에도 나는
불안스런 마음으로 자리에 누워야만 하나니,
잠자리에서도 안식을 얻지 못하고,
사나운 꿈들의 시달림을 받아야 하느니라.   1565
내 가슴속에 살고 있는 신은
나의 내면內面을 깊이 흔들어놓을 수 있지만,
내 모든 힘 위에 군림하는 신은
외부를 향해 아무것도 움직일 수가 없다.
그러므로 내겐 존재한다는 것이 무거운 짐이 되고,   1570
죽음이 갈망되며, 산다는 것이 증오스럽구나.

메피스토펠레스

그렇다 해도 죽음이 환영받는 손님은 아니더이다.

파우스트

아아, 승리의 영광 속에서
피에 젖은 월계관을 머리에 쓰고 죽는 자,
미친 듯 돌아가는 춤을 추고 난 다음,   1575
소녀의 품안에서 죽음을 맞는 자, 행복하리라!
아아, 나도 저 위대한 정령의 위력 앞에서,[97]
황홀하게, 넋을 잃고 쓰러져 죽었더라면 좋았을 것을!

메피스토펠레스

그런데도 누군가는 그날 밤,
갈색 물약을 마시지 않았더이다.   1580

파우스트

염탐질하는 것이 네놈의 취미인 모양이로구나.

메피스토펠레스

모든 걸 다 알진 못해도, 난 아는 게 많소이다.

파우스트

무시무시하도록 심란한 마음으로부터
귀에 익은 감미로운 음조가[98] 나를 끌어내주고,
아직 남아 있는 내 어린 시절의 감정을   1585
즐거웠던 때의 여운餘韻으로 속여주었지만,
나, 저주하노라, 남의 영혼을
온갖 유혹과 현혹으로 사로잡아,
이 비애의 동굴[99] 속에다
눈속임과 감언이설로 얽매어놓는 모든 것을!   1590
무엇보다도 우리 정신이 사로잡혀 있는,
저 드높은 희망을 먼저 저주하노라!
우리의 관능에 밀어닥치고 있는

저 현상^{現象}의 눈속임을[100) 저주하노라!

갖가지 꿈 속에서 우리를 기만하는,

명성이나 불멸의 명예라고 하는 거짓을 저주하노라!

소유라고 일컬으며 우리에게 아첨하며,[101)

아내와 자식, 종복과 쟁기라고 하는 것을 저주하노라!

재신^{財神} 마몬이[102) 갖가지 재물로써

우리에게 무모한 행위를 하도록 충동질하고,

안일한 쾌락을 추구하도록 우리를 유인하여

편안한 자리를 깔아줄 때, 나 그를 저주하노라!

포도의 향기로운 즙을 저주하노라!

저 지고한 사랑의 은혜도[103) 저주하노라!

희망도 저주하노라! 믿음도 저주하고,

그 무엇보다 인내라는[104) 것을 저주하노라!

정령들의 합창 (모습은 보이지 않는다.)

슬프도다! 슬프도다!

그대는 아름다운 세계를,

그 억센 주먹으로,

산산이 부수었구나.

세상은 허물어져 쓰러지누나!

반신^{半神}이[105) 세상을 박살냈도다!

우리는 부서진 조각들을

허무 속으로 옮겨가며,

사라진 아름다움을[106)

슬퍼하노라.

지상의 아들 가운데

보다 강력한 자여,

훨씬 더 화려하게

세상을 다시 세우라.

그대의 가슴속에 일으켜세우라!

밝은 마음으로,

새로운 삶의 발걸음을

시작하라!

그러면 새로운 노래

울려퍼지리라!

메피스토펠레스

저것은 우리 집안의

어린 종들이외다.

들으시라, 환락과 행위를

얼마나 슬기롭게 권하는가를!

감각과 혈기가 막혀버린 듯한,

고독감으로부터,

드넓은 세상으로,

당신을 유인하려는 것이외다.

한 마리 독수리처럼[107) 당신의 생명을 쪼아먹는,

그 시름을 가지고 희롱하는 짓일랑 집어치우시오.

아주 형편없는 무리와 어울려 살기에,

당신도 인간과 더불어 사는 인간임을 느끼는 것이외다.

그렇다고 하여 당신을 천민들 속으로

떠밀어넣자는 뜻은 아니올시다.

난 결코 위대한 존재는 아니지만,

당신이 만일 나와 함께 어울려서,

인생의 발길을 옮겨보겠다는 뜻만 있다면,

나 기꺼이 순종하며,

당장에 당신의 것이 되겠습니다.   1645

나 당신의 동반자가 될 것이고,

만일 당신의 마음에 든다면,

당신의 하인이, 당신의 종이 되겠소이다!

파우스트

그럼 난 그 대가로 무엇을 해줘야 한단 말이냐?

메피스토펠레스

그러기에는 아직 오랜 기간이 남았습니다.   1650

파우스트

안 되지, 안 돼! 악마는 이기주의자라서,

다른 사람에게 이로운 일이라면, 그게 무엇이든

절대 그렇게 쉽사리 할 리가 없거든.

조건을 분명히 말하도록 하라.

그런 하인이란 집안에 화를 불러들이는 법이다.   1655

메피스토펠레스

나 여기 이 세상에서는 당신의 시중을 들며,

당신의 지시에 따라 쉬지 않고 일하겠소이다.

만일 우리가 저기 저세상에서 다시 만나게 되면,

당신이 내게 똑같은 일을 해주셔야 합니다.

파우스트

저세상은 나 별로 염려하지 않는다.   1660

네가 우선 이 세상을 산산조각 때려부순다면,

그 다음 어떤 다른 세상이 생겨나도 상관없다.

이 대지 위에서만 나의 기쁨이 솟아나고,

이 태양만이 나의 고통을 비춰줄 따름이다.

내가 우선 이것들과 헤어질 수 있다면,   1665

그 다음엔 무슨 일이 일어나도 좋으리라.[108]

미래에도 사람들이 서로 증오하고 사랑하는지,

또한 저세상에도

위와 아래의 구별이 있는지,

그런 이야긴 더이상 듣고 싶지 않다.   1670

메피스토펠레스

그런 생각이라면 한번 해보시지요.

결탁해보십시오. 그러면 며칠 이내에,

나의 재주를 재미있게 구경하게 될 것입니다.

아직 어떤 인간도 구경하지 못한 것을 보여드리겠나이다.

파우스트

너 같은 가련한 놈이 뭘 보여주겠다는 것이냐?   1675

지고한 노력을 하고 있는 인간의 정신이,

언제라도 너와 같은 것들에게 이해된 적이 있었느냐?

아니면, 너는 배부르게 하지 않는 음식이나,

수은水銀과도 같이 그칠 줄 모르고

손아귀에서 흘러내리는 붉은 금金이라도 가졌느냐?   1680

결코 한 번도 이겨보지 못하는 노름이나,

내 품에 안겨 있으면서도 벌써

이웃 남자와 눈짓을 하여 약속하는 처녀나,

유성流星과도 같이 사라져버리는

신적 쾌락을 안겨주는 아름다운 명예라도 가졌단 말이냐?   1685

우리가 따기도 전에 썩어버리는 열매나,

나날이 새롭게 푸르러지는 나무를 내보여보아라![109]

메피스토펠레스

그런 주문이라면 놀랍지도 않으니,

그런 값진 것들로 봉사할 수 있소이다.

그렇지만, 친구여, 우리가 편안하게 자리에 앉아,　　　　1690

무슨 맛있는 것을 먹고 싶을 때도 있는 법이라오.

파우스트

내가 편안하게 침상에 누워 허송세월을 한다면,

그때엔 나 당장 파멸해도 좋으리라!

너, 감언이설로 아첨하여 나를 속여서,

내가 나 자신에게 만족할 수 있다면,　　　　1695

너, 나를 환락으로 기만할 수가 있다면,

그것은 내게 최후의 날이 될 것이다!

자, 내기를 하자꾸나!

메피스토펠레스

　　　　　　좋소이다!

파우스트

　　　　　　　　　약속은 약속이다!

내가 순간을 향하여, 멈추어라!

너 정말 아름답구나! 하고 말을 한다면,　　　　1700

너는 나를 꽁꽁 묶어도 좋다!

그럼 나는 기꺼이 멸망하리라!

그때엔 조종弔鐘이 울려도 좋을 것이며,

너는 나에 대한 종노릇에서 해방되리라.

시계는 멈추고, 바늘이 떨어질 것이며,　　　　1705

나의 시간은 그것으로 끝나게 되리라!

메피스토펠레스

잘 생각하십시오, 우린 그걸 잊지 않을 것이외다.

파우스트

거기에 대해선 네가 전권全權을 갖도록 하라.

나는 경솔하게 그런 무모한 짓을 한 것이 아니다.

내가 한순간을 고집하게 된다면, 나는 즉시 종이 될 것이며,　　　　1710

그것이 너의 종이건, 누구의 종이건 상관하지 않겠노라.

메피스토펠레스

오늘 당장, 박사학위 축하연에 가서,

하인으로서의 내 의무를 다하겠나이다.

다만 한 가지! — 생전이든 사후든 확실히 해두기 위해,

한두 줄의 기록을 남겨주시기 바라나이다.　　　　1715

파우스트

이 고루한 놈, 무슨 증서까지 요구하느냐?

넌 대장부와 장부의 일언도 모른단 말이냐?

내 입에서 나온 말 한마디가 영원토록,

나의 일생을 지배한다는 것으로 충분치 않은가?

세상은 여러 갈래 물줄기로 쉬지 않고 흐르는데,　　　　1720

나만은 하나의 약속에 얽매여 있어야만 할 것인가?

그러나 이러한 망상은110) 우리 마음속에 깃들어 있는 것이며,

그 누가 그로부터 벗어나려 하겠는가?

신의를 순수하게 가슴속에 간직하는 자, 행복할 것이며,

어떠한 희생도 그에겐 후회됨이 없으리라!　　　　1725

그러나 문서로 기록되어 봉인된 양피지 고문서만은,

누구나가 꺼려하는 도깨비와도 같은 것이다.

말은 붓끝에서 이미 생명을 잃게 되고,

봉랍과 가죽끈[111] 같은 것이 지배권을 행사한다.
사악한 정령인 네놈은 내게서 무엇을 원하느냐?   1730
청동판이냐, 대리석이냐, 양피지냐, 종이냐?
철필로 쓸까, 끌로 쓸까, 아니면 붓으로 쓸까?
무엇을 택하든 네가 원하는 대로 해주겠다.

메피스토펠레스

어찌하여 그렇게 당장 열을 올리며,
과장하여 이야기하기를 좋아하시오?   1735
아무런 종잇조각이라도 좋소이다.
다만 한 방울의 피로 서명만 해주십시오.

파우스트

그것으로 네가 만족한다면,
어리석은 짓이지만 그렇게 하도록 하지.

메피스토펠레스

피라는 것은 아주 특별한 액체올시다.   1740

파우스트

내가 이 계약을 깨뜨릴까봐 염려할 것 없다!
내가 온 힘을 기울여 노력하는 바는
바로 내가 약속한 일을 지키는 것이다.
나 자신 너무 고고한 척 자만하고 있었는데,
그저 너 같은 정도의 존재일 따름이로다.   1745
저 위대한 정령은[112] 날 거들떠보지도 않았고,
자연도 내 앞에 문을 닫아버리고 말았다.
사색思索의 실마리마저 끊어져나갔으니,
오래 전부터 온갖 지식에 대해 구역질이 나는구나.
우리 이제 관능의 깊은 심연에 빠져   1750

불타오르는 정열을 진정시켜보도록 하자!
꿰뚫어볼 수 없는 마술의 덮개 속에다
갖가지 기적을 당장 준비하도록 하라!
살랑거리며 흘러가는 시간 속으로,
사건의 소용돌이 속으로 뛰어들도록 하자!   1755
거기에 고통과 향락이,
성공과 불만이
제멋대로 교차하며 닥쳐와도 좋다.
사내대장부란 오직 끊임없이 활동할 따름이니라.

메피스토펠레스

당신에겐 규준이나 제한이 정해져 있지 않소이다.   1760
마음 내키는 대로 어디에서건 집어잡수시고,
도망질 칠 때에도 무엇이든 낚아채오고,
마음에 드는 건 아무것이나 손에 넣으십시오.
언제나 잽싸게 휘어잡고 멍청하게 굴지는 마시오!

파우스트

아까도 말했지만, 쾌락이 문제가 아니라네.   1765
도취경에 내 몸을 맡기고, 가장 고통스런 향락에,
사랑에 빠진 증오에, 속이 후련해지는 분노에
　　빠져보자는 것이다.
지식에 대한 욕구로부터 치유된 내 가슴이,
앞으로는 어떠한 고통이라도 피하지 않고,
전 인류에게 부과된 바를   1770
내 내면의 자아自我로 향유하고자 함이로다.
내 정신으로 가장 높고 가장 깊은 것을 파악하고,
인류의 행복과 슬픔을 내 가슴에 쌓아올려서,

나 자신의 자아를 인류의 자아로까지 확대시켜,

결국은 인류와 마찬가지로 나 역시 파멸하고자 함이로다.　1775

메피스토펠레스

　오오, 수천 년 동안이나

　이 딱딱한 음식을 씹고 있는 내 말을 믿으시오.

　요람으로부터 죽음에 이를 때까지

　어떤 인간도 해묵은 효모酵母를113) 삭여내지 못했소이다!

　우리 같은 무리의 말을 믿으시오.　1780

　이 모든 것은 하나의 신만을 위해서 만들어진 것이외다!

　그자는 혼자서만 영원한 광명 속에 존재하며,

　우리들을 캄캄한 암흑 속으로 몰아넣고,

　당신네들에게만은 낮과 밤을114) 마련해주었답니다.

파우스트

　그렇지만 나는 해보겠노라!

메피스토펠레스

　　　　　　　　그거 듣기 좋은 말씀이오!　1785

　그런데 한 가지 염려되는 것이 있으니,

　세월은 짧고, 예술은 길다는 말씀이외다.

　생각건대, 당신은 배우기를 좋아하는 것 같소이다.

　그러니 어떤 작가와 친분관계를 맺고,

　그로 하여금 여러 가지 생각 속을 헤매게 하고는,　1790

　온갖 고상한 성품을 모조리

　영예로운 당신의 머리 속에 쌓아올리도록 하시오.

　사자의 용맹이나,

　사슴의 민첩성,

　이탈리아 사람의 뜨거운 피나,　1795

　북방인의 끈기 같은 것 말이오.

　작가로 하여금 오묘한 비밀을 찾아내게 하여,

　관대한 마음과 간계한 기지를 결부시키면서,

　당신은 뜨거운 청춘의 충동을 지니고,

　정해진 계획에 따라 사랑에 빠져보도록 하시오.　1800

　나 자신도 그런 양반을 사귀고 싶으니,

　그를 소우주小宇宙 선생이라115) 이름하고 싶소이다.

파우스트

　일체의 내 감관感官이 추구하는

　인생의 왕관을 얻을 수가 없다면,

　나란 존재는 대체 무엇이란 말인가?　1805

메피스토펠레스

　당신은 결국— 있는 그대로의 당신이지요.

　수백만의 고수머리털로 만든 가발을 쓴다 해도,

　굽이 한 자나 되는 높은 신발을116) 신는다 해도,

　결국 당신은 있는 그대로의 당신일 따름이지요.

파우스트

　나도 그걸 느끼노라. 아무런 쓸모도 없이　1810

　나는 인간 정신의 보화를 모두 긁어모아놓았는데,

　결국 이런 꼴로 주저앉아 있노라면,

　내면적으로 아무 새로운 힘도 솟아나지 않는구나.

　나는 머리카락만큼도 더 높아진 게 없으며,

　무한無限한 것에 더 가까이 가지도 못하였노라.　1815

메피스토펠레스

　이보시오, 선생, 당신은 사물 보기를

　세상 사람들이나 꼭 마찬가지로 보고 있소이다.

인생의 기쁨이 달아나버리기 전에,

우린 좀더 현명하게 행동해야만 합니다.

이런, 제기랄! 물론 손이나 발이나,   1820

그리고 대가리나 궁○○는[117] 당신의 것이죠.

그렇다고 해서 내가 새로이 즐기고 있는 모든 것이,

내 것이 되지 말라는 법이 있겠소?

가령 내가 여섯 마리의 말[馬] 값을 치를 수 있다면,

그놈들의 힘은 내 것이 아니겠소?   1825

그러니 나는 스물네 개의 다리라도 달린 듯,

신나게 달릴 수 있는 당당한 사나이지요.

그러니 기운내시오! 상념일랑 모두 던져버리고,

곧장 세상 속으로 함께 뛰어들어갑시다!

솔직히 말하건대, 여러 가지 상념에 빠져 있는 놈이란,   1830

악령에 이끌려 메마른 황야 위를

빙빙 헤매고 있는 짐승과도 같은 꼴이지요.

그런데 그 주위에는 멋지고 푸른 풀밭이 널려 있단 말이외다.

파우스트

그럼 어떻게 시작을 하지?

메피스토펠레스

　　　　　　　　　우선 당장 떠나야지요.

이 무슨 고문실과도 같은 곳이란 말입니까?   1835

자신은 물론 젊은 학생들까지 지루하게 하는 것이

어찌 인생을 살아가는 것이라 할 수 있소이까?

그런 것은 배불뚝이 동료에게나[118] 맡겨두시오!

낟알도 없는 지푸라기나 타작하며 왜 고생을 하시나요?

게다가 당신이 알아낼 수 있는 최고의 진리는   1840

학생놈들에게 함부로 이야기할 수도 없는 일이지요.

마침 복도에 학생 한 놈이 찾아온 것 같소이다!

파우스트

나는 그 학생을 만나볼 수가 없네.

메피스토펠레스

저 가련한 녀석 오랫동안 기다렸는데,

아무 위안의 말도 해주지 않고 돌려보낼 수야 없지요.   1845

자, 당신의 웃옷과 모자를 내게 빌려주시오.

이런 변장도 내겐 그럴듯하게 어울릴 것이외다.

(메피스토펠레스, 옷을 갈아입는다.)

이제 그 일은 내 재간에 맡겨두시오!

십오 분 정도의 시간이면 충분할 거요.

그 동안 당신은 멋진 여행을 할 준비나 하시구려!   1850

(파우스트, 퇴장한다.)

메피스토펠레스 (파우스트의 긴 옷을 입고)

인간의 최고의 힘이라고 하는,

이성이나 학문 따위를 경멸하도록 하라.

그저 현혹과 마술 속에서

거짓 정령에 이끌려 기운을 차리도록 하라.

그럼 네놈은 무조건 내 것이 되고 말 것이다—   1855

운명이 저놈에게 부여해준 정신이란,

무조건 언제나 앞으로만 치닫는 것이니,

그놈의 너무나 성급한 노력이

이 지상의 기쁨을 뛰어넘어버리고 만단 말이다.

내 저놈을 기어이 거친 생활 속으로,   1860

평범하고 무의미한 세속으로 이끌어가리라.

그놈이 내게 안달하고 고집하며 달라붙게[119] 할 것이며,
언제나 허기진 탐욕스런 입술 앞에는
진수성찬에 맛 좋은 술을 어른거리게 하리라.
저놈은 기운차릴 음식을 찾아 헛되이 애걸복걸할 것이며,   1865
그쯤 되면 혹 악마에게 자신을 넘겨주지 않는다 할지라도,
놈은 결국 파멸하고야 말 것이다!

(한 학생이 등장한다.)[120]

학생

저는 바로 얼마 전에 이 고장에 왔는데,
누구나 존경심을 가지고 그 존함을 일러주는
선생님을 한번 뵙고 말씀이라도 듣고자,   1870
경외하는 마음 가득히 이렇게 찾아왔습니다.

메피스토펠레스

자네의 정중한 인사를 받으니 기쁘군!
보다시피 나도 다른 사람들과 똑같은 인간이라네.
자넨 벌써 여러 곳을 두루 찾아다녀보았겠지?

학생

선생님, 부탁하건대, 저를 받아주십시오!   1875
저는 학자금도 넉넉하고 혈기도 왕성하여,
용기백배하여 이렇게 찾아왔습니다.
어머니께선 저를 떠나보내지 않으려 하셨지만,
저는 바깥세상에서 무언가 올바른 것을 배우고 싶습니다.

메피스토펠레스

그렇다면 자넨 올바른 곳을 찾아왔군.   1880

학생

솔직히 말씀드리면, 전 벌써 여길 떠나고 싶군요.
이 높은 담벼락과 이런 강의실에는
조금도 정이 들 것 같지 않습니다.
아주 비좁은 공간인데다가,
푸른 풀 한 포기, 나무 한 그루 보이지 않고,   1885
교실에 들어가 의자에 앉으면,
듣고 보고 생각하는 것이 모두 멍해집니다.

메피스토펠레스

그런 것은 습관 들이기에 달려 있다네.
갓난아이도 어머니의 젖을 처음부터
다짜고짜 기꺼이 빠는 것은 아니지만,   1890
오래지 않아 즐거이 젖을 빨며 자라나거든.
그와 같이 자네도 날이 갈수록
지혜의 젖가슴을 더욱 좋아하게 될걸세.

학생

지혜의 목이라면 기꺼이 매달리고 싶습니다.
말씀해주십시오, 어떻게 거기에 도달할 수 있는지요?   1895

메피스토펠레스

이야기를 더 하기 전에, 우선 말해보게.
자네 어떤 학부를 선택할 것인가?

학생

저는 훌륭한 학자가 되고 싶습니다.
기꺼이 저는 이 지상에서의 일과
천상에서의 일을 모두 파악하여,   1900
학문과 자연에 통달하고자 합니다.

메피스토펠레스

그렇다면 올바른 길을 찾아들었군.

하지만 잠시도 방심해서는 안 될걸세.

학생

몸과 마음을 다 바칠 생각입니다.

그러나 즐거운 여름축제일 같은 때에는   1905

약간이나마 자유를 얻어 오락을 즐기게 되면,

물론 더욱 기분이 좋아지리라 생각됩니다.

메피스토펠레스

시간은 빨리 흐르는 것이니, 아껴 쓰도록 하게.

그러나 규칙적인 생활을 하면 시간을 벌게 되지.

그래서 내 친애하는 자네에게 충고하건대,   1910

우선 논리학 강의를 듣도록 하게나.

그러면 정신이 자네를 잘 훈련시켜주고,

스페인 식 장화를[121] 신은 듯 잘 졸라매주어서,

그 덕에 사상의 길을 가는 데도

보다 신중하게 살금살금 걸어가게 되고,   1915

도깨비불 모양으로 가로로 세로로

이리저리 비틀거리지는 않을 것일세.

그 다음에는 여러 날에 걸쳐 자네는,

이제까지는 마음대로 먹고 마시는 것처럼,

한꺼번에 해치우던 일에도,   1920

하나! 둘! 셋! 하고 순서가 필요하다는 걸 배울 것이네.

사실 사상思想 공장이란

걸작의 직조물과 같은 것이어서,

한번 밟으면 수천의 실들이 움직이고,

조그만 북들이 이리저리 넘나들며,   1925

실들이 눈에도 안 보이게 흘러나와,

한 번을 쳐도 수천의 결합이 이루어진다네.

철학자가 강의실 안으로 들어와서

그것은 이래야만 한다고 논증할 것일세.

첫째가 이러하고, 둘째가 이러하므로,   1930

셋째와 넷째는 이러해야만 한다.

만일 첫째와 둘째가 이러하지 않다면,

셋째와 넷째는 절대 이러하지 않을 것이다.

이런 이론을 도처의 학생들이 찬양하지만,

훌륭한 직조공이[122] 된 사람은 아무도 없다네.   1935

살아 있는 것을 인식하고 서술하겠다는 사람들은,

우선 정신을 몰아내려고 애를 쓴단 말이야.

그렇게 하면 부분적인 것들은 손에 쥐게 되지만,

유감스럽게도 정신적인 연관성은 결여되게 마련이지!

화학에서는 이를 자연의 조작操作이라 말하지만,   1940

스스로를 조롱하는 것일 뿐, 그 근본 이치는 모르고 있어.

학생

선생님의 말씀을 제대로 이해할 수가 없군요.

메피스토펠레스

다음에는 좀더 잘 알아듣게 될걸세.

자네가 모든 것을 근원으로 환원시켜

같은 속성끼리 분류하는 법을 배운다면 말일세.   1945

학생

말씀을 듣고 있으려니 온통 바보가 되어,

머릿속에서 물방아 바퀴가 돌아가는 것 같습니다.

메피스토펠레스

그 다음에는 다른 모든 일에 앞서,

형이상학을 공부해야만 할걸세!

그러면 인간의 두뇌에 전혀 어울리지 않는 것도, 1950

심원한 의미를 붙여 파악하게 됨을 알게 될걸세.

두뇌 속에 용납되는 것에든 안 되는 것에든,

훌륭한 용어가 마련되어 있다네.

그러나 우선 반 년 동안은

모든 질서를 성실히 지키도록 하게나. 1955

매일 다섯 시간씩 강의를 하는데,

종소리와 더불어 강의실에 들어가 있도록 하게!

미리 예습을 잘 해두어야 하며,

강의 구절 하나하나를 잘 공부해두게.

그렇게 되면 나중에 선생이 책에 씌어진 것 이외엔 1960

아무것도 말하지 않는다는 사실을 잘 알게 될걸세.

그러나 필기만은 열심히 해두어야 한다네.

마치 성령聖靈이 받아쓰게 하는 것처럼 말이야!

학생

그런 것은 두말하실 필요도 없습니다!

그것이 얼마나 유용한지 저도 잘 알고 있습니다. 1965

흰 종이 위에 검게 필기해놓은 것만은,

기분 좋게 집으로 가져갈 수 있으니까 말입니다.

메피스토펠레스

어쨌거나 학부를 하나 택하도록 하게!

학생

아무래도 법률학에는 마음이 내키지 않는군요.

메피스토펠레스

자네가 그리 생각하는 걸 탓할 수가 없네. 1970

이 학문이 어떠하다는 것은 나도 잘 알고 있으니까.

대체로 법률이니 권리니 하는 따위는

영원한 질병처럼 계속해 유전되는 것으로서,

한 세대에서 다른 세대로 이어져내려가고,

이 지방에서 저 지방으로 슬쩍 옮겨간단 말이야. 1975

이성이 불합리로 변하고, 선행善行이 화禍로 변하니,

자네가 그 자손으로 태어난 것이 슬픈 일이네!

우리가 타고난 권리에 대해선,

유감스럽게도 한 번도 문제 삼는 일이 없단 말이야!

학생

선생님 말씀을 들으니 제 혐오감이 더 커지는군요. 1980

아아, 선생님의 가르침을 받는 자는 행복하겠습니다!

그렇다면 신학을 공부하면 어떨까 생각합니다.

메피스토펠레스

난 자넬 그릇된 길로 인도하고 싶지 않네.

이 학문에 관하여 말하자면,

그릇된 길을 피하기가 극히 어렵다네. 1985

그 속에는 감춰진 독毒이 하도 많아서,

약이 되는 것과 구별하기가 거의 불가능하지.

여기서도 가장 좋은 방법은, 자네가 한 스승만을 받들어,

그 선생님의 말씀을123) 절대적으로 신봉하는 것일세.

대체적으로 말해 — 말이란 것을 의지하도록 하게나! 1990

그렇게 되면 자넨 안전한 문을 통하여

확신의 전당으로 들어가게 될걸세.

학생

그러나 말에는 어떤 개념이 있어야만 하겠지요.

메피스토펠레스

그야 물론! 하나 지나치게 걱정해서는 안 되네.

왜냐하면 개념이 결여된 곳에는 바로,　　　　1995

말이란 것이 제때에 나타나는 법이니까 말일세.

말을 가지고 훌륭한 논쟁도 할 수 있고,

말로써 하나의 체계를 세울 수도 있으며,

말 자체를 그대로 믿을 수도 있는바,

한마디 말에서는 단 일 획도 빼놓을 수가 없다네.　　　　2000

학생

여러 가지 질문으로 괴롭혀드려 죄송합니다만,

한 가지만 더 폐를 끼쳐드려야 되겠습니다.

선생님께서 의학에 관해서도 역시

적절한 말씀을 몇 마디 해주시지 않겠습니까?

삼 년이란 기간은 짧은 세월인데,　　　　2005

정말이지, 그 분야는 너무 광범위해서 말입니다.

그 방향만이라도 지시받을 수 있다면,

벌써 한참 더듬어나온 듯한 느낌이 들겠지요.

메피스토펠레스 (혼잣말로)

이제 이따위 무미건조한 말투에는 싫증이 나는구나.

다시금 제대로 악마 노릇을 해야겠다.　　　　2010

(큰 소리로) 의학의 정신이란 쉽사리 파악할 수 있다네.

우선 대*세계와 소세계를 두루두루 연구하고,

다음엔 결국 신의 뜻대로,

되어가는 대로 내버려두는 것이지.

자네가 학문을 한답시고 떠돌아다녀도 소용없는 일,　　　　2015

누구나 자기가 배울 수 있는 것만 배울 따름이라네.

그러나 순간을 제대로 포착하는 자,

그자가 진정한 사나이라 할 수 있지.

자네는 아직 체격도 그럴듯하고,

뱃심도 없지 않은 것 같으니,　　　　2020

자네가 자네 자신을 신뢰만 한다면,

다른 인간들도 자네를 신뢰하게 될걸세.

특히나 계집들 다루는 법을 배워두게나.

계집들의 아프다, 괴롭다 하는 소리는 그칠 날 없고,

그것도 천태만상이지만,　　　　2025

딱 한 점으로부터[124] 치료해낼 수 있다네.

자네가 웬만큼 신용 있게 해나가기만 하면,

계집들을 모조리 자네 수중에 넣을 수 있을걸세.

우선 박사학위를 하나 받아, 자네의 의술[醫術]이

다른 어떤 기술보다 월등하다고 믿게 해야 한다네.　　　　2030

다른 사람들이 여러 해 동안 겉만 만지작거리던

온갖 소중한 것들을, 환영하는 뜻으로 덥석 만져보게나.

맥을 짚는 법도 잘 터득해야 한다네.

그리고 이글거리는 눈길을 교활하게 던지면서,

얼마나 단단히 졸라맸는지 알아보겠다는 식으로,　　　　2035

그 날씬한 허리를 대담하게 잡아보란 말일세.

학생

훨씬 멋져 보이는군요! 어딜 어떻게 할지 알겠습니다.

메피스토펠레스

여보게, 이론이란 모두 회색빛이고,

푸르른 것은 오직 인생의 황금나무뿐이라네.

학생

맹세코 말씀드리건대, 저는 꿈꾸는 것 같습니다. 2040

다음번에 다시 찾아뵙고, 선생님 지혜에 관해

철저히 여쭈어보아도 되겠습니까?

메피스토펠레스

내가 할 수 있는 일이라면 기꺼이 해주지.

학생

이대로 그냥 돌아갈 순 없습니다.

여기 제 서명첩을[125] 내놓아야만 되겠습니다. 2045

호의를 베푸시어 서명을 하나 해주십시오!

메피스토펠레스

그렇게 하지. (적어서 돌려준다.)

학생 (읽는다.)

너희 신과 같이 되어, 선과 악이 무엇인지 알게 되리라.[126]

(학생, 공손히 서명첩을 접어들고 하직한다.)

메피스토펠레스

옛 격언과 내 아주머니인 뱀의 말을 따르라!

언젠가는 네가 신과 닮았다는 것이 두려워지리라! 2050

(파우스트, 등장한다.)

파우스트

이제 어디로 갈 건가?

메피스토펠레스

당신 좋으신 데로 갑시다.

우선 조그만 세계를, 다음엔 큰 세계를[127] 보도록 하지요.

당신은 아주 즐겁게, 아주 유익하게

이 과정을 공짜로 수업하게 될 것이외다!

파우스트

나는 이 긴 수염 하나만으로도, 2055

그렇게 경박한 생활태도는 취하지 못할 것이다.

시도는 해보겠지만, 신통한 성과는 얻지 못하리라.

난 한 번도 세상과 어울려 지내보질 못했다.

다른 사람들 앞에만 서면 왜소하게 느껴지니,

나는 언제 어디서나 당황하고 말 것이다. 2060

메피스토펠레스

여보시오, 그런 건 모두 다 잘될 것이오.

자신만 믿으면, 곧 사는 방법도 알게 될 것이외다.

파우스트

그런데 이 집에서 어떻게 빠져나간단 말이냐?

말과 하인과 마차는 어디에 있느냐?

메피스토펠레스

그저 이 외투를 펼쳐놓기만 하면, 2065

그것이 우리를 싣고 하늘을 날아갈 것입니다.

이런 대담한 발걸음을 내딛는 때에

너무 커다란 짐만은 가져가지 마십시오.

내가 준비하게 될 약간의 불기운이[128]

우리를 기민하게 지상에서 들어올려줄 것이라오. 2070

우리가 가벼우면 그만큼 더 빨리 날아오를 겁니다.

그럼 당신의 새로운 인생길을 축하하는 바입니다!

라이프치히의 아우어바흐 지하 술집 [129]

유쾌한 녀석들의 술좌석.

프로슈

아무도 안 마시려나? 웃는 놈도 없나?

상판 찡그리는 맛을 좀 가르쳐줄까!

오늘은 어째 축축 젖은 지푸라기 같으냐.　　　　　　2075

전에는 늘 불처럼 활활 타오르던 놈들이.

브란더

그건 너 때문이다. 네놈이 아무 일도 벌이지 않으니까.

바보짓도 안 하고, 더러운 장난질도 안 하니까 말이다.

프로슈 (브란더의 머리 위에다 포도주 한 잔을 부으면서)

두 가지를 다 해주마!

브란더

이 쌍, 돼지 같은 놈이!

프로슈

그래주길 바랐으니까, 그렇게 하는 수밖에!　　　　　　2080

지벨

싸우는 놈들일랑 밖으로 꺼져버려라!

가슴 펴고 룬다 [130] 노래를 불러라, 술 마시고 소리를

　　질러라!

일어나라! 홀라! 호!

알트마이어

아이구 아이구, 나 죽겠다!

솜 좀 다오! 저 자식 때문에 귀청 터지겠다!

지벨

저 둥근 천장에 메아리칠 정도가 되어야,　　　　　　2085

진짜 저음低音의 근본 위력을 느끼게 되리라.

프로슈

맞았어, 불만 있는 놈은 밖으로 꺼져라!

아! 타라 랄라 라!

알트마이어

아! 타라 랄라 라!

프로슈

이제 목청이 맞는구나.

(노래한다.)

사랑하는 신성로마제국이여,　　　　　　2090

어찌하여 아직도 합쳐져 있나?

브란더

더러운 노래다! 퉤퉤! 정치적인 노래야,

듣기 싫은 노래다! 매일 아침 하나님께 감사나 드려라.

네놈들 로마제국을 걱정할 필요가 없게 됐으니 말이다!

나는 황제나 재상宰相이 되지 않은 것을,　　　　　　2095

최소한 아주 다행스런 일이라고 생각한다.

그러나 우리에게도 대장이 없어선 안 되겠으니,

우리 교황 같은 놈 하나 뽑기로 [131] 하자.

너희들 알겠지, 어떤 자질로 인해

그것이 결정되고, 그 사나이가 추대되는가를.　　　　　　2100

프로슈 (노래한다.)

날아올라라, 꾀꼬리 부인,

내 임에게 천만 번 안부 전해다오.

지벨

임에게 무슨 놈의 안부! 그런 소린 듣기 싫다!

프로슈

임에게 안부와 키스를! 네놈이 날 막진 못할걸!

(노래한다.)

　　빗장을 열어라! 고요한 밤에.　　　　　　　　2105

　　빗장을 열어라! 임이 기다린다.

　　빗장을 닫아라! 이른 새벽에.

지벨

그래, 불러라 불러, 그년이나 자랑하고 찬양하라!

언젠가는 내가 비웃어줄 때가 오리라.

그년은 나를 속였는데, 네놈에게도 그렇게 하리라.　　2110

그년의 애인으로는 도깨비가 제격이다!

그놈은 네거리에서도 그년과 장난질할 테니까.

그러면 브로켄 산에서 돌아오는 늙은 염소가,[132]

달려가며 잘 자라고 음매음매 울어주겠지!

순수한 혈통 출신의 성실한 녀석은　　　　　　　2115

그런 창녀 같은 년에겐 과분하단 말이야.

그런 년에게 안부는 고사하고,

그년의 창문에다 돌팔매질이나 하면 좋겠다!

브란더 (식탁을 두드리며)

조용해라! 조용해! 내 말 좀 들어보라!

여보게들, 솔직히 말해, 난 세상물정을 좀 알거든.　　2120

사랑에 빠진 친구들이 여기 앉아 있으니,

그들 신분에 어울리게, 저녁 인사로

무언가 멋진 것을 보여줘야지.

잘 들어보라! 최신형의 노래다!

후렴은 다 같이 힘차게 부르자!　　　　　　　　2125

(노래한다.)

　　지하실 구멍에 쥐가 한 마리,

　　지방脂肪과 버터만 먹고 살았네.

　　배때기에 살이 통통 쪄서는,

　　그 모습 영락없이 루터 박사님.

　　식모가 놓아둔 쥐약을 먹고는,　　　　　　　2130

　　세상이 온통 답답해졌네.

　　상사병에라도 걸린 놈처럼.

합창 (환성을 지르며)

　　상사병에라도 걸린 놈처럼.

브란더

　　이리 뛰고 저리 뛰고 들락거리며,

　　시궁창마다 찾아서 물을 마시고,　　　　　　　2135

　　온 집 안을 긁어대고 물어뜯어도,

　　온갖 발악 다 해봐도 소용이 없네.

　　두려워 팔딱팔딱 뛰기도 하며,

　　가련한 쥐새끼 별별 짓 다 해보네.

　　상사병에라도 걸린 놈처럼.　　　　　　　　2140

합창

　　상사병에라도 걸린 놈처럼.

브란더

　　답답하고 두려워서 밝은 대낮에

　　쥐새끼 부엌으로 달려와서는,

　　부뚜막 앞에 쓰러져 꿈틀거리며,

가련하게 가는 숨만 할딱거렸네.   2145

쥐약 먹인 식모년 깔깔대며 하는 말,

하하! 요놈 마지막 구멍으로 피리를 부네.

상사병에라도 걸린 놈처럼.

합창

상사병에라도 걸린 놈처럼.

지벨

저 저속한 놈들 기뻐하는 꼴이라니!   2150

불쌍한 쥐새끼에게 쥐약이나 뿌리는 것이,

고작해야 네놈들 재주로구나!

브란더

네놈은 쥐새끼를 꽤나 좋아하는 모양이지?

알트마이어

저 대머리 까진 배불뚝이 자식!

운이 없어서 놈이 양순해졌구나.   2155

그 퉁퉁 부어오른 쥐새끼를 보고서,

제 꼴을 닮았노라 생각하는 모양이군.

(파우스트와 메피스토펠레스가 등장한다.)

메피스토펠레스

이제 무엇보다도 먼저 당신을

이 유쾌한 녀석들에게로 데려가야겠습니다.

저들이 얼마나 쉽게 살아가는지 보시도록 말입니다.   2160

여기 모인 족속들에겐 매일매일이 잔칫날이지요.

재간은 별로 없어도 크게 즐거워하며,

고양이 새끼가 제 꼬리를 물고 도는 것처럼,

모두가 비좁은 원을 그리면서 춤을 추지요.

이자들은 머리통이나 아프지 않고,   2165

술집 주인이 외상술을 마시게만 해주면,

아무런 걱정 없이 만족해서 살아가지요.

브란더

저 자식들은 여행중인 것 같은데,

괴상한 꼬락서니를 보면 알아차릴 수 있거든.

여기 온 지 한 시간도 안 되는 모양이야.   2170

프로슈

그래, 네 말이 옳아! 난 라이프치히가 좋아!

작은 파리라고[133] 할 만해, 사람들도 교양 있고.

지벨

저 낯선 인간들 뭐 하는 놈들 같으냐?

프로슈, 내게 맡겨둬! 술을 한 잔 가득 먹여놓고,

어린아이들 이빨 뽑듯이,   2175

놈들의 정체를 간단히 알아내겠다.

출신 가문은 그럴듯한 것 같은데,

저놈들 꼴이 건방지고 불만스런 표정이야.

브란더

협잡꾼들임에 틀림없어. 내기를 해도 좋아!

알트마이어

그럴 거야.

프로슈

　　　두고 봐, 내 주리를 틀어놓을 테니까!   2180

메피스토펠레스 (파우스트에게)

이놈들, 악마도 몰라보는군요.

악마에게 제 목덜미를 잡혀도 그럴 테지요.

파우스트

여러분, 안녕하시오!

지벨

인사 말씀 감사하오.

(메피스토펠레스를 옆에서 바라보며 낮은 소리로)

이 녀석은 한쪽 다리를 절름거리고[134) 있잖아?

메피스토펠레스

당신들과 합석해도 되겠소?　　　　　　2185

맛 좋은 술은 있지도 않은 것 같으니, 대신

함께 어울려 즐겁게 지내보도록 합시다.

알트마이어

당신, 상당히 사치에 젖은 양반 같소이다.

프로슈

당신들 리파흐에서[135) 늦게야 떠나온 모양이지?

거기서 한스란[136) 놈과 성대한 저녁식사라도 하셨나?　　2190

메피스토펠레스

오늘은 그곳을 그냥 지나쳐 왔소이다!

지난번에 그 친구를 만났었지요.

자기 사촌들 이야기를 많이 하던데,

여러분 만나거든 인사를 전해달라고 하더이다.

(프로슈에게 허리를 굽혀 인사한다.)

알트마이어 (낮은 소리로)

한 방 먹었구나! 제법인데!

지벨

능청스런 놈이로군!　　　　　　2195

프로슈

어디, 두고 보자. 놈을 꺾어놓고 말 테니!

메피스토펠레스

내가 잘못 듣지 않았다면,

세련된 음성으로 합창을 하시던데요?

틀림없이, 노랫소리가 여기서는

저 둥근 천장에 부딪혀 제대로 잘 울리겠소이다!　　2200

프로슈

당신은 음악의 명수인 모양이지?

메피스토펠레스

오, 아니요! 능력은 없지만, 취미는 대단하죠.

알트마이어

노래 한 곡 부르시오!

메피스토펠레스

원하신다면야, 얼마든지.

지벨

단 최신 유행가를 부르도록 하시오!

메피스토펠레스

우린 방금 스페인에서 돌아오는 길인데,　　2205

포도주와 노래로 유명한 그 아름다운 나라에서 말이오.

(노래한다.)

옛날 옛적 임금님 한 분 계셨는데,

큼직한 벼룩 한 마리 길렀더래요—

프로슈

들어봐라! 벼룩이란다! 잘 알아들었냐?

벼룩이란 놈은 깨끗한 손님이거든.　　　　　2210

메피스토펠레스 (노래한다.)

옛날 옛적 임금님 한 분 계셨는데,

큼직한 벼룩 한 마리 길렀더래요.

마치 자기 친아들이나 되는 것처럼,

적지 않게 벼룩을 사랑했대요.

임금님 재단사를 부르라 명하시니　　　　　2215

지체 없이 재단사 대령하였네.

자, 귀공자님의 옷을 지어라!

바지도 알맞게 재단하여라!

브란더

잊지 말고 재단사에게 분부하게나.

한치도 틀림 없이 재단을 하고,　　　　　2220

그리고 제 목숨이 아깝거든,

바지에도 주름살이 없어야 한다고!

메피스토펠레스

비로드에 비단으로 만든 옷,

귀공자님 멋지게 차려입었네.

옷에는 갖가지 리본을 달고,　　　　　2225

십자가도 하나 달았더래요.

그러자 곧바로 재상宰相이 되고,

커다란 훈장도 하나 받았더래요.

그 다음엔 벼룩의 형제자매들까지,

궁중에서 자리 높이 출세했다네.　　　　　2230

궁중의 귀족이나 귀부인들은

벼룩에게 지독스레 고통당하고,

왕비님과 시녀들까지도

찔리고 물리고 하였더래요.

그렇다고 죽이는 건 금지되었고,　　　　　2235

가렵다고 긁어서도 아니 되었네.

우리네야 그놈이 물기만 하면,

단번에 으깨서 죽여버리리.

합창 (환성을 올리며)

우리네야 그놈이 물기만 하면,

단번에 으깨서 죽여버리리.　　　　　2240

프로슈

브라보! 브라보! 그거 정말 멋지다!

지벨

벼룩이란 놈은 모조리 그렇게 죽여버려라!

브란더

손가락 뾰족이 해서 재치 있게 잡아라!

알트마이어

자유 만세! 포도주 만세!

메피스토펠레스

자네들 술이 조금만 더 좋았더라면,　　　　　2245

자유를 높이 찬양하고자, 나도 한잔 마시고 싶었을 거요.

지벨

그따위 소리는 다시 듣고 싶지 않아!

메피스토펠레스

술집 주인장이 야단할까 걱정이지만,

그렇지만 않다면 이 귀한 손님들에게,
우리 지하실에서 제일 좋은 술을 대접할 텐데.　　　　2250

지벨

내놓기만 하시오! 그건 내가 책임지겠소.

프로슈

좋은 술만 가져온다면, 당신네를 찬양하리다.
그렇다고 감질나게 맛만 보여서는 안 될 것이오.
왜냐하면 내가 맛을 감정하려면,
제대로 입 안에 가득한 술이 필요하니까요.　　　　2255

알트마이어 (낮은 소리로)

놈들은 라인지방 출신인 것 같군.

메피스토펠레스

송곳이나 하나 가져오시오!

브란더

　　　　　　　　　그걸로 무엇 하려고?
문 밖에 술통을 가져다놓은 건 아니지 않소?

알트마이어

저 뒤쪽에 주인의 연장통이 놓여 있소.

메피스토펠레스 (송곳을 집어든다.)

(프로슈에게)
자, 말하시오. 어떤 술맛을 보고 싶소?　　　　2260

프로슈

무슨 말이오? 그렇게 여러 가지 술이 있단 말이오?

메피스토펠레스

누구에게나 원하는 대로 드리겠소이다.

알트마이어 (프로슈에게)

아이고, 네놈 벌써 입맛을 다시기 시작하는구나!

프로슈

좋소! 나더러 고르라면, 라인지방 포도주로 하겠소.
우리 조국이 최고의 선물을 선사해주고 있거든.　　　　2265

메피스토펠레스 (프로슈가 앉아 있는 식탁 가장자리에 구멍을 뚫으면서)

즉시 마개를 만들도록 밀랍을 조금만 가져오시오!

알트마이어

아, 이건 요술이로군.

메피스토펠레스 (브란더에게)

당신은요?

브란더

　　　　　　　　　난 샴페인으로 하겠소.
하지만 거품이 제대로 잘 이는 것으로 말이오!

메피스토펠레스 (구멍을 뚫는다. 한 사람이 그 동안에 밀랍으로
마개를 만들어 구멍을 막는다.)

브란더

외국산外國産이라고 늘 마다할 수는 없지.　　　　2270
때로는 훌륭한 것이 아주 멀리에 있단 말이야.
진정한 독일 사나이란 프랑스 놈들을 싫어하지만,
프랑스 산 포도주만은 즐겨 마신단 말이야.

지벨 (메피스토펠레스가 그의 좌석으로 가까이 다가올 때)

솔직히 말해서, 난 신 것은 좋아하지 않으니,
순수하고 달콤한 것으로 한 잔 주시오!　　　　2275

메피스토펠레스 (구멍을 뚫는다.)

당장 토카이 산 술이[137] 흘러나오도록 하겠소.

알트마이어

아니, 여보시오, 내 얼굴을 똑바로 보시오!

내 생각엔 당신이 우릴 그저 놀려먹자는 것 같소.

메피스토펠레스

아이, 무슨 말씀을! 이런 점잖은 손님을

놀려먹다니, 그건 좀 지나친 짓이겠지요.   2280

자, 어서요! 그저 솔직하게 말씀하십시오!

어떤 포도주를 대접해드리리까?

알트마이어

아무것이나 좋소! 자꾸만 묻지 말아주시오.

메피스토펠레스 (구멍을 모두 뚫고, 그 구멍을 막은 다음에)

(이상스런 몸짓을 하며)

포도송이는 포도나무에 열리고,

두 개의 뿔은 숫염소에 달렸다!   2285

포도주는 액체, 포도덩굴은 나무,

나무식탁에서도 포도주는 나온다.

자연을 꿰뚫는 심원한 눈초리!

여기 기적 일어나니, 믿을지어다!

자, 이제 그 마개를 뽑고 마셔보시오!   2290

모두들 (모두가 마개를 뽑으니, 저마다 원하던 술이

각자의 술잔에 흘러든다.)

오오, 정말 멋진 샘물이 우리들 잔에 흘러드는구나!

메피스토펠레스

조심하시오, 조금이라도 엎지르지 않도록!

(모두들 연거푸 마셔댄다.)

모두들 (노래 부른다.)

정말 카니발 때처럼 즐겁구나,

오백 마리 암퇘지가 행복한 것처럼!

메피스토펠레스

백성은 멋대로요. 얼마나 즐거워하나 보시오!   2295

파우스트

이제 난 그만 떠나고 싶구나.

메피스토펠레스

자, 우선 주의해 보십시오, 야수 같은 기질이

그야말로 현저하게 드러날 테니까요.

지벨 (조심성 없이 마시다가 술을 땅바닥에 흘리니까 불꽃이 일어난다.)

사람 살려! 불이야! 사람 살려! 지옥이 불탄다!

메피스토펠레스 (불꽃을 향해 주문을 말한다.)

진정하라, 친애하는 원소元素여!   2300

(지벨을 향하여)

이번에는 연옥煉獄의 불 한 방울에 불과할 따름이오.

지벨

이게 무슨 짓이냐? 기다려라! 비싼 대가를 치르게 하리라!

네놈 우릴 몰라보는 것 같구나.

프로슈

두 번 다시 그따위 짓을 해봐라!

알트마이어

내 생각엔, 저놈을 조용히 돌려보내는 게 좋겠는데.   2305

지벨

이봐, 뭐야? 네놈 여기에서 감히,

요술이라도 부려보겠다는 수작이냐?

메피스토펠레스

입 닥쳐, 늙은 술통 같은 놈아!

지벨

이 빗자루 같은 놈이!

그래도 우리들에게 대들어볼 작정이란 말이냐?

브란더

기다려라, 주먹세례를 내려주지!   2310

알트마이어 (식탁에서 마개를 뽑으니, 그에게로 불길이 솟아오른다.)

나 타 죽는다! 나 타 죽어!

지벨

이건 마술장난이다!

저놈 찔러 죽여라! 이런 놈은 죽어도 상관없다![138]

(그들은 칼을 뽑아들고, 메피스토펠레스에게 달려든다.)

메피스토펠레스 (진지한 몸짓으로)

거짓된 형상과 말[註]이여,

의미와 장소를 변경하라!

여기에도 저기에도 있어라!   2315

(그들은 놀란 채 그 자리에 서서 서로를 바라본다.)

알트마이어

여기가 어디냐? 정말로 아름다운 고장이로구나!

프로슈

포도원이로다! 제대로 본 건가?

지벨

포도송이가 손에 닿는구나!

브란더

여기 이 초록빛 잎사귀들 아래,

멋진 포도나무 좀 보라! 이 포도송이를 좀 봐라!

(브란더, 지벨의 코를 잡는다.

다른 사람들도 서로 코를 잡고 칼을 쳐든다.)

메피스토펠레스 (전과 같은 몸짓으로)

혼미함이여, 두 눈의 속박을 풀어주라!   2320

그리고 네놈들, 악마의 장난이 어떠한지 기억해두라.

(메피스토펠레스는 파우스트와 함께 사라지고,

녀석들은 서로서로 물러선다.)

지벨

어떻게 된 거지?

알트마이어

어찌됐지?

프로슈

이게 자네 코였나?

브란더 (지벨에게)

자네 코가 내 손에 잡혀 있었군!

알트마이어

한 방 얻어맞았구나. 사지가 온통 얼얼한데!
의자를 이리 가져오게, 나 쓰러질 것 같아!

프로슈

그래, 말 좀 해보게, 대체 어찌된 일인가?

지벨

그놈 어디 갔지? 놈을 찾아내기만 하면,
그냥 살려 보내진 않을 테다!

알트마이어

그놈이 술집 문 밖으로 나가서—
술통을 타고 가는 걸 보았어—
내 다리가 납덩이처럼 무거워지는구나.

(식탁 쪽으로 몸을 돌리며)

맙소사! 한데 아직도 포도주가 흘러나올까?

지벨

모두가 사기였어. 속임수이고 환상이었다.

프로슈

하지만 난 술을 마신 것 같은 생각이 드는걸.

브란더

그런데 그 포도송이는 어떻게 된 노릇이지?

알트마이어

이래도 기적을 믿어선 안 된다고 말할 놈 있을까!

마녀의 부엌

나지막한 아궁이 불 위에 커다란 가마솥이 걸려 있다.
솥에서 허공으로 높이 피어오르는 김 속에 여러 가지 형상이 나타난다.
꼬리가 긴 암원숭이[139] 한 마리가 가마솥 곁에 앉아 거품을 걷어내며,
솥이 흘러넘치지 않도록 돌보고 있다.
수원숭이는 새끼들과 함께 그 곁에 앉아 불을 쬔다.
사방의 벽과 천장은 마녀가 쓰는 이상스러운 가재도구들로
장식되어 있다.

파우스트, 메피스토펠레스

파우스트

이 미친 듯한 마술장난이 마음에 거슬리는구나!
이따위 미친 지랄 하는 쓰레기 속에서,
내가 치유될 수 있다고 장담하는 것이냐?
늙은 노파에게서 조언을 들어야 한다고?
그리고 이 지저분한 음식이
내 육신을 삼십 년이나 젊게 해준다고?
좀더 좋은 방법을 알지 못한다니, 슬픈 일이로다!
이미 희망은 내게서 멀리 사라졌노라.
대자연도, 그리고 고귀한 정령도 아직까지,

이렇다 할 영약^{靈藥}을 찾아내지 못했단 말인가?

메피스토펠레스

여보시오, 또 그 잘난 소리만 하시는구려!

당신을 젊게 만드는 데는 자연요법도 있소이다.

하지만 그건 다른 책에 씌어 있는 것으로,

기묘한 내용을 담고 있지요.　　　　　　　　　　2350

파우스트

그것을 알고 싶구나.

메피스토펠레스

　　　　　　　　좋아요! 그건 돈도 안 들고,

의사나 마술도 필요 없는 요법이지요.

당장 저 바깥 들판으로 나가셔서,

괭이로 갈고 땅을 파는 일을 시작하시고,

당신의 몸과 마음을　　　　　　　　　　　　2355

극히 제한된 생활권 안으로 국한하고,

가공되지 않은 음식으로 몸을 보양하고,

가축과 더불어 가축으로 살면서, 추수할 밭에다

몸소 거름 주는 일을 약탈이라고 언짢게 여기지 마시오.

이것이 믿을 수 있는 최선의 요법이니,　　　　　　2360

팔십 고령에도 당신을 젊게 유지해줄 것이오!

파우스트

난 그런 일에 익숙지 않다. 삽을 손에 든다는 것,

나 자신 그것을 감당할 수 없으리라.

그런 답답한 생활은 내게 전혀 어울리지도 않는다.

메피스토펠레스

그러니까 마녀 신세를 질 수밖에 없소이다.　　　　2365

파우스트

그런데 어찌하여 하필이면 늙은 노파란 말이냐!

너 스스로 그 물약을 제조할 순 없단 말이냐?

메피스토펠레스

그건 대단한 시간 낭비가 될 것이외다!

그럴 여유가 있다면 다리라도 수천 개 건설하겠소.

그저 기술과 학문뿐만이 아니라,　　　　　　　　2370

그런 영약을 만드는 데는 인내가 있어야 한답니다.

차분한 정령이 몇 년이고 그 일에 달라붙어야 하는데,

세월만이 그 섬세한 발효를 강화시켜준답니다.

그리고 그런 제조에 필요한 것 모두가,

아주 요사스런 물건들뿐이지요!　　　　　　　　2375

원래는 악마가 가르쳐준 것이지만,

악마 혼자서는 만들어낼 수가 없다오.

(짐승들을 바라보면서)

보시오, 얼마나 귀여운 놈들이란 말이오!

이놈은 하녀구요! 저놈은 머슴이올시다!

(짐승들에게)

주인마님은 집에 없는 모양이구나?　　　　　　　2380

짐승들

잔칫집에 가려고,

굴뚝으로 해서

집 밖으로 나갔지요!

메피스토펠레스

보통 얼마 동안이나 쏘다니곤 하느냐?

짐승들

> 우리가 앞발을 불에 쬐고 있는 동안이지요.　　　2385

메피스토펠레스 (파우스트에게)

> 저 귀여운 짐승들이 어떻소?

파우스트

> 이런 흉측한 놈들은 처음 보겠다!

메피스토펠레스

> 그렇소, 지금 주고받는 대화 같은 것이
>
> 바로 내가 가장 즐겨하는 것이외다!

> (짐승들에게)

> 저주받을 꼭두각시들아, 말해보아라,　　　2390
>
> 너희들이 휘젓고 있는 그 죽이 무엇이냐?

짐승들

> 거지들에게 나눠줄 묽은 죽을[140] 쑤는 거예요.

메피스토펠레스

> 그럼 손님이 대단히 많은 모양이로구나.

수원숭이 (가까이 다가와서 메피스토펠레스에게 아양을 부린다.)

> 자, 어서 주사위를 던져서
>
> 날 부자로 만들어주세요.　　　2395
>
> 그리고 날 당첨시켜주세요!
>
> 내 신세가 말이 아닌데,
>
> 나도 돈만 있으면,
>
> 그럼 제정신을 차리겠죠.

메피스토펠레스

> 원숭이도 로또에 돈을 걸 수 있다면,　　　2400
>
> 얼마나 행복하다고 뽐내겠는가!

> (그러는 동안에 꼬리 긴 원숭이 새끼들이 커다란 공을[141]
>
> 가지고 놀다가, 공을 굴리며 앞으로 나온다.)

수원숭이

> 이것이 세상이다.
>
> 올라갔다 내려갔다,
>
> 끊임없이 굴러간다.
>
> 유리처럼 울리더니—　　　2405
>
> 깨지기도 잘하누나!
>
> 안쪽은 텅 비었다.
>
> 이쪽에서 반짝이면,
>
> 저쪽에선 더욱 반짝,
>
> 나는야 살아 있다!　　　2410
>
> 사랑하는 내 아들아,
>
> 저만큼 비켜서라!
>
> 자칫하다 죽고 만다!
>
> 이 공은 점토로 빚었으니,
>
> 산산조각 파편이 튀리라.　　　2415

메피스토펠레스

> 저 체는[142] 무엇에 쓰는 것이냐?

수원숭이 (체를 내려온다.)

> 당신이 만일 도둑이라면,
>
> 이것으로 당장 알아내지요.

> (암원숭이한테로 달려가서, 체를 들여다보도록 한다.)

> 이 체를 통해 들여다보라!
>
> 도둑이란[143] 걸 알아차려도,　　　2420
>
> 그 이름을 밝힐 수 없다고?

메피스토펠레스 (불 있는 쪽으로 다가가며)

　　그럼 이 냄비는?

수원숭이와 암원숭이

　　　멍청한 바보양반!

　　　냄비도 몰라보고,

　　　가마솥도 몰라보네!　　　　　　　　　2425

메피스토펠레스

　　버르장머리 없는 놈 같으니라고!

수원숭이

　　　여기 이 털이개 잡으시고,

　　　여기 이 의자에 앉으시죠!

　　(메피스토펠레스를 억지로 자리에 앉힌다.)

파우스트 (그 동안 내내 거울 앞에 서서, 때로는 가까이 다가갔다 또 때로는

　　뒤로 물러섰다 한다.)

　　저게 무엇인가? 얼마나 천국 같은 모습이

　　이 마술의 거울 속에 나타난단 말인가!　　2430

　　오, 사랑의 신이여, 너의 가장 빠른 날개를 빌려주어,

　　저 사랑하는 여인의 광야로 날 데려가다오!

　　아아! 이 자리에 가만히 머물러 있지 않고,

　　감히 저 여인에게로 가까이 가려 하면,

　　그 모습은 안개에 휩싸인 것처럼 보일 따름이다! ―　2435

　　저건 한 여인의 가장 아름다운 모습이로다!

　　이런 것이 가능할까? 여자가 저처럼 아름답단 말인가?

　　이 날씬하게 쭉 뻗은 육체에서

　　천상의 온갖 정수精髓를 보게 되다니?

　　저러한 것이 지상에도 있을까?　　　　　2440

메피스토펠레스

　　물론이죠. 신이 우선 엿새 동안 고생을 하고,

　　마지막에 가서 스스로 만세를 부른다면,

　　근사한 무엇이 이루어졌음에 틀림없지요.

　　이번에는 눈요기나 실컷 해두도록 하시오.

　　저런 귀여운 계집 하나 물색해볼 테니까요.　2445

　　혹 운수가 대통해서 저런 계집을,

　　신랑이 되어 집으로 데려가는 자는 복될 것이오!

　　(파우스트는 계속해서 거울 속을 들여다본다.

　　메피스토펠레스는 의자에 기대앉아 털이개로 장난을 하면서

　　말을 계속한다.)

　　임금이 된 기분으로 나 여기 옥좌에 앉아 있으며,

　　왕홀王笏도 여기 들고 있는데, 아직 왕관이 빠져 있구나.

짐승들 (지금까지 뒤죽박죽 여러 가지 괴상한 동작을 하다가,

　　큰 소리를 지르며 메피스토펠레스에게 왕관을 하나 가져다준다.)

　　　오오, 제발 바라옵건대,

　　　땀과 피로써[144]

　　　이 왕관을 붙이옵소서!　　　　　　　2450

　　(짐승들이 왕관을 서툴게 취급하다가 두 조각으로 깨뜨리며,

　　그것을 들고 이리저리 뛰어다닌다.)

　　　이제 요 모양이 되었구나!

　　　우린 떠들며 구경도 하고,

　　　귀로 들으며 시도 짓는다.　　　　　　2455

파우스트 (거울을 향하여)

　　슬프도다! 나 정말 미칠 것 같구나.

메피스토펠레스 (짐승들을 가리키며)

　　이쯤 되니 내 대가리까지 어질어질하구나.

짐승들

　　우리가 성공만 한다면,

　　그리고 운이 따라준다면,

　　그럼 사상思想도 생기리라!145)　　　　　　　　　　　　2460

파우스트 (전과 같은 동작으로)

　　내 가슴에 불이 붙기 시작한다!

　　어서 빨리 이곳을 떠나도록 하자!

메피스토펠레스 (전과 같은 자세로)

　　이제, 이놈들이 정직한 작가란 점을,

　　아무튼 인정하지 않을 수 없구나.146)

(그때까지 암원숭이가 조심성 없이 내버려두었던 가마솥이

흘러넘치기 시작한다. 굉장한 불꽃이 일어나 굴뚝으로 빠져나간다.

마녀가 무서운 고함을 지르며 불꽃을 뚫고 아래로 내려온다.)

마녀

　　아우! 아우! 아우! 아우!　　　　　　　　　　　　　2465

　　저주받을 짐승놈! 망할 놈의 암퇘지년아!

　　가마솥을 그대로 두어, 주인마님을 그을리다니!

　　이 염병할 짐승놈들 같으니!

　　(파우스트와 메피스토펠레스를 바라본다.)

　　여기 이건 무엇이냐?

　　네놈들은 누구냐?　　　　　　　　　　　　　　　2470

　　여기서 뭘 하려는 거지?

　　어느 놈이 몰래 들어왔지?

　　골수에 사무치도록

　　불벼락 맛을 보여주마!

(마녀는 거품 걷는 국자를 가마솥에 집어넣었다가,

파우스트와 메피스토펠레스와 짐승들에게 불꽃을 뿌린다.

짐승들이 신음한다.)

메피스토펠레스 (손에 들고 있던 털이개를 거꾸로 돌려잡고,

　　유리그릇과 냄비들을 두드리면서.)

　　깨어져라! 두 동강 나라!　　　　　　　　　　　　2475

　　죽은 저기 엎질러져라!

　　유리그릇도 넘어져라!

　　이건 장난일 따름,

　　네 곡조에 맞춰주는

　　장단이다, 이 썩을년아.　　　　　　　　　　　　2480

(그러는 동안 마녀는 노여움과 놀라움으로 가득 차서 뒤로 물러선다.)

　　나를 알아보겠냐? 이 해골바가지야, 너 괴물 같은 년아!

　　네년의 주인이며 스승을 몰라본단 말이냐?

　　나를 방해하는 것은 모조리 갈겨주리라.

　　네년과 네 원숭이 도깨비들도 박살을 내겠다!

　　넌 이 빨간 재킷도 이제 두렵지 않단 말이냐?　　　　2485

　　이 수탉 깃털도 알아볼 수 없단 말이냐?

　　내가 이 상판대기를 감추기라도 했느냐?

　　내 이름을 나 스스로 대야만 하겠느냐?

마녀

　　아이고, 주인어른, 인사가 거칠어서 죄송합니다!

　　당신의 말발굽을 보지 못했어요.　　　　　　　　　2490

데리고 다니시던 까마귀[147] 두 마리는 어디 두셨나요?

메피스토펠레스

이번에는 그 정도로 용서해주마.

하긴 우리가 서로 만나지 못한 지도,

벌써 오랜 세월이 흘렀으니 말이다.

온 세상을 훑고 다니는 문화란 것이,   2495

이 악마에게까지 손을 뻗쳤단 말이야.

그래서 북방 도깨비 모습은 이제 보이지 않게 되었지.

뿔이며 꼬리며 발톱 같은 것이 어디 보이느냐?

이 발굽만 해도, 내게 없어선 안 되겠지만,

사람들 눈에 띄면 내게 손해만 끼친단 말이야.   2500

그래서 나도, 많은 젊은 놈들이 그렇게 하듯,

여러 해 전부터 가짜 장딴지를 달고 다닌단다.

마녀 (춤을 추며)

정말이지 나 정신이 나갈 것 같네.

귀공자 사탄님을 여기서 다시 뵙게 되다니!

메피스토펠레스

이 계집아, 그 이름일랑 입 밖에 내지 마라!   2505

마녀

왜요? 그 이름이 뭐 잘못됐나요?

메피스토펠레스

그 이름은 오래 전에 이야기책에나 씌어 있었다.

그로 인해 인간들이 아무것도 더 나아진 것은 없으니,

악마를 피했다는데, 무수한 악마들이 그대로 남아 있거든.

이제 나를 남작님이라 불러라. 그래야 일이 잘될 테니까.   2510

나는 다른 기사들과 마찬가지로 기사가 되었다.

넌 내 고귀한 혈통을 의심하지 않겠지만,

보아라, 이게 내가 지니고 있는 문장紋章이니라!

(그는 외설적인 몸짓을[148] 한다.)

마녀 (방정맞게 웃는다.)

하! 하! 그건 당신다운 짓이로군요!

언제나 그랬던 것처럼 당신은 장난꾸러기예요!   2515

메피스토펠레스 (파우스트에게)

여보시오, 잘 배워두시오!

이것이 마녀들을 다루는 방식이외다.

마녀

그럼, 두 분께선 무슨 일로 오셨는지 말씀해보세요.

메피스토펠레스

그 유명한 약을 한 잔 가득 달라는 걸세!

그러나 가장 오래된 것으로 부탁하네.   2520

해묵은 것일수록 약효가 배가될 테니까.

마녀

드리고말고요! 여기 한 병이 있는데,

나도 가끔 그걸 핥아먹곤 하지만,

이젠 지독한 냄새도 전혀 풍기지 않아요.

기꺼이 한 잔을 올리겠나이다.   2525

(낮은 소리로)

그러나 이 양반이 아무 준비 없이 마셨다간,

아시다시피 한 시간도 살지 못할 텐데요.

메피스토펠레스

그는 좋은 친구이니 잘되어야 한다.

네 부엌에서 가장 좋은 것을 그에게 대접하고 싶다.

동그라미를 그려놓고, 주문을 외우도록 하라.　　　　2530
그러고는 그에게 한 잔 가득 올리도록 하라!
(마녀는 이상스런 몸짓을 하며 동그라미를 그리고,
그 안에다 괴상한 물건들을 늘어놓는다.
그러는 동안에 유리그릇이 울리고 가마솥이 소리를 내며,
음악이 시작된다.
마지막으로 마녀는 커다란 책을 가져오고 꼬리 긴 바다 원숭이들을
원 안으로 끌어들여, 책상으로 쓰기도 하고, 횃불을 들고 있게도 한다.
마녀는 파우스트에게 손짓하여, 안으로 들어오라고 한다.)

파우스트 (메피스토펠레스에게)

그래, 말해보게. 이거 어떻게 되는 건가?
이 미친 듯한 물건들, 미쳐 날뛰는 몸짓,
극도로 입맛 떨어지게 하는 속임수,
그런 것쯤 나도 알고 있는데, 저주스런 것들이다.　　　　2535

메피스토펠레스

아이고, 우스개 장난이오! 그저 웃어넘기시오.
그렇게 꼬장꼬장한 양반이 되진 말아주시오!
저것도 의사로서 약효를 제대로 내게 하려면,
요술부리는 짓을 해야만 한답니다.[149]
(파우스트를 억지로 동그라미 속으로 들어가게 한다.)

마녀 (크게 강조하여 책을 낭송하기 시작한다.)

너는 알아야만 하리라!　　　　2540
하나에서 열을 만들고,
둘은 사라지게 하여,
즉시 셋을 만들지어다.
그러면 너 부유하리라.

넷을 잃도록 하라!　　　　2545
다섯과 여섯에서,
마녀가 명하나니,
일곱과 여덟을 만들지어다.
그리하여 완성되었나니,
아홉은 하나이고,　　　　2550
열은 공(空)이니라.
이것이 마녀의 구구법이니라.[150]

파우스트

내 생각엔 저 노파가 열병으로 헛소릴 하는 모양이다.

메피스토펠레스

저것이 다 끝나려면 아직도 멀었소이다.
내가 알기로, 저 책은 전체가 저런 소리들뿐이라오.　　　　2555
나도 저 책을 가지고 상당한 시간을 허비했는데,
완전한 모순이란 현자에게나 바보에게나
다 같이 신비로 가득 차 있기 때문이지요.
여보시오, 학예(學藝)란 낡고도 새로운 것이랍니다.
그 방식은 옛날이나 지금이나 마찬가지로,　　　　2560
셋은 하나, 하나는 셋이라고 하며,[151]
진리 대신에 오류를 전파하고 있소이다.
이렇게 지껄여대며 제멋대로 가르치는데,
누가 그런 바보들과 상종하려 하겠소이까?
인간이란 보통 그저 말만 듣고서도,　　　　2565
거기엔 뭔가 사색할 게 있다고 믿는단 말이오.

마녀 (계속한다.)

지고한 위력은

학문에도,
온 세상에도 숨겨져 있도다!
사색하지 않는 자,   2570
그에게 그것은 절로 주어지리니,
걱정 없이 그 위력 갖게 되리라.

파우스트

저 노파 무슨 쓸데없는 소릴 지껄여대는가?
머리가 당장 터질 것만 같구나.
내 생각엔, 무수한 바보들이 모여 떠들어대는   2575
합창 소리를 한꺼번에 듣는 것 같구나.

메피스토펠레스

됐다, 됐어. 이 당당한 무당년아!
너의 물약을 이리 가져와서,
어서 언저리까지 넘치도록 잔을 채워라.
내 친구에겐 이 약이 해롭지 않을 것인즉,   2580
그는 상당히 수준 높은[152] 분이시라,
여러 가지 좋은 약을 많이 마셔보았느니라.

마녀 (여러 가지 의식과 더불어 물약을 잔에 따른다.
파우스트가 잔을 입에 대자 가벼운 불꽃이 일어난다.)

메피스토펠레스

쭉 들이켜시오! 그대로 계속!
당장에 마음이 상쾌해질 것이외다.
당신은 악마와도 너나들이하는 사이인데,   2585
그따위 불꽃을 두려워한대서야 되겠소?
(마녀가 원을 풀어준다. 파우스트가 밖으로 나온다.)

메피스토펠레스

자, 빨리 이리 나오시오! 쉬어서는 안 됩니다.

마녀

당신에게 그 약 효험이 제대로 나타나길 바라옵니다!

메피스토펠레스 (마녀에게)

무엇이든 네 청을 들어줄 터이니,
발푸르기스의 밤에만[153] 말하도록 하라.   2590

마녀

여기 노래가[154] 하나 있어요! 때로 이 노랠 부르시면,
각별한 효험을 느끼게 될 거예요.

메피스토펠레스 (파우스트에게)

자, 빨리 오시오, 내가 안내하리라.
당신은 반드시 땀을 흘려야만 할 것이니,
그래야만 약 기운이 안팎으로 스며들 것이외다.   2595
그 다음에 고귀한 게으름 즐기는 법을 가르쳐드리리라.
곧 사랑의 신 큐피드가 발동하여 이리저리 뛰놀듯이,
당신 마음속이 즐거워지는 걸 느끼게 될 것입니다.

파우스트

잠깐만이라도 저 거울을 다시 들여다보게 해다오!
그 여인의 모습이 정말 너무나 아름다웠도다!   2600

메피스토펠레스

아니, 안 됩니다! 당신은 모든 여인의 전형을
이제 생생하게 눈앞에 보게 될 것이외다.
(낮은 소리로) 그 약 기운이 몸속에 들어갔으니,
네놈에겐 곧 여자가 모두 헬레나로[155] 보이게 되리라.

길거리

파우스트. 마가레테가 지나간다.

파우스트

아름다운 아가씨,[156] 감히 내 팔을 내밀어,　　　2605

당신을 댁까지 모셔다드려도 되겠습니까?

마가레테

전 아가씨도 아니고, 아름답지도 않아요.

바래다주시지 않아도 집까지 갈 수 있어요.

(마가레테, 뿌리치고 퇴장한다.)

파우스트

아, 정말로 저 처녀는 아름답구나!

나 이제까지 저런 애를 본 적이 없다.　　　2610

저렇게 정숙하고 얌전한데다가

동시에 약간 새침하기도 하구나.

저 빨간 입술, 그 환한 뺨,

이 세상 다하는 날까지 나 그애를 잊지 못하리라!

그녀가 두 눈을 아래로 내리뜨는 모습,　　　2615

여기 내 가슴속에 깊이 새겨졌도다.

그애가 쌀쌀맞게 구는 태도는,

정말로 황홀해질 지경이로다!

(메피스토펠레스, 등장한다.)

파우스트

여보게, 저 계집을 내게 안겨주게나!

메피스토펠레스

어떤 계집을요?

파우스트

　　　방금 이곳을 지나갔다.　　　2620

메피스토펠레스

저애요? 저 아이는 신부한테 갔다가,

모든 죄를 용서받고 돌아오는 길이지요.

내가 고해석 바로 옆을 슬쩍 지나가보았소이다.

저 아이는 너무나도 순진해서,

아무 죄도 없으면서 고해하러 갈 정도지요.　　　2625

저런 아이한테는 내 힘도 맥을 못 춘다오!

파우스트

그래도 열네 살은[157] 넘었을 테지.

메피스토펠레스

당신도 오입대장 한스처럼[158] 말씀하시는군요.

그자는 사랑스런 꽃이라면 모두 다 가져보길 갈망하며,

자기가 꺾을 수 없는 명예나 사랑이란　　　2630

있을 수 없노라고 생각하는 놈이죠.

그러나 무엇이든 언제나 가능한 것은 아니올시다.

파우스트

내 친애하는 도덕가 선생이시여,[159]

그런 도덕 율법으로 날 괴롭히지는 말게!

그리고 한마디로 잘라 말해두겠는데,　　　2635

만일 저 달콤한 젊은 계집이

오늘밤 내 품안에서 잠들지 않을 경우엔,

밤중에는 우린 헤어질 줄 알아라.

메피스토펠레스

생각해보시오. 되는 일, 안 되는 일이 있는 거요!

"

오로지 기회만 염탐해내는 데도 2640
최소한 두 주일의 시간이 필요합니다.

파우스트

내게 일곱 시간의 여유만 있다면,
저런 계집애쯤 하나 유인해내는 데,
악마의 힘을 빌릴 필요가 없을 것이다.

메피스토펠레스

당신은 벌써 프랑스 놈처럼[160] 말씀하시는구려. 2645
하지만 부탁하건대, 그렇게 화내지는 마십시오.
그렇게 다짜고짜 즐기는 게 뭐가 그리 좋겠소?
우선 이리저리 주물럭거리고,
오만 가지 장난을 치다가,
예쁜 인형으로 반죽하여 제대로 요리하는 것이, 2650
훨씬 더 재미가 있을 것이외다.
남쪽나라 이야기들이 숱하게 가르쳐주는 것처럼 말이오.

파우스트

그런 짓 하지 않아도 난 식욕이 왕성하다.

메피스토펠레스

이제 험구와 농담은 그만두도록 합시다.
말씀드리건대, 저 예쁜 계집아이는 2655
단번에 되지는 않소이다.
폭풍처럼 덤벼들어서는 아무것도 얻지 못할 테니,
우리 참으면서 계책을 꾸며야만 할 겁니다.

파우스트

저 귀여운 천사의 물건을 무엇이라도 가져다다오!
그녀의 안식처로 나를 데려다다오! 2660

그녀의 가슴에 걸었던 목도리라도 좋고,
양말 끈이라도, 내 사랑의 쾌락을 위해 가져다다오!

메피스토펠레스

괴로워하는 당신에게 내가 힘이 되고,
기꺼이 돕고 있다는 것을 보여드리기 위해,
잠시라도 시간을 지체하지 않고, 2665
오늘 당장 당신을 그애 방으로 안내하리다.

파우스트

그앨 만나게 될까? 가질 수 있을까?

메피스토펠레스

                    안 됩니다!
그 아이는 이웃 여인의 집에 가 있을 것이오.
그러는 동안 당신은 홀로
미래의 즐거움에 대한 온갖 희망을 꿈꾸며, 2670
그녀의 그윽한 향기를 마음껏 즐길 수 있을 것이오.

파우스트

지금 갈 수 있겠나?

메피스토펠레스

                    아직 너무 이릅니다.

파우스트

그 아이에게 줄 선물을 하나 준비토록 하라!
(파우스트, 퇴장한다.)

메피스토펠레스

당장에 선물이라? 잘됐군! 그럼 성공하리라!
나는 훌륭한 장소도 여러 군데 알고 있고, 2675
옛날에 묻어둔 보화들도[161] 많이 알고 있지.

어디 조사를 좀 해보아야겠군. (퇴장한다.)

저녁

자그마하고 깨끗한 방.[162]

마가레테 (머리를 땋아 묶으면서)

오늘 그분이 누구인지 알 수만 있다면,

나는 무엇이든 기꺼이 내놓겠는데!

그분은 정말로 늠름해 보였고,   2680

훌륭한 가문 출신 같았어.

그런 것이야 이마를 보고 알 수 있거든─

그렇지 않고서야 그렇게 대담하진 못했을 거야. (퇴장)

(메피스토펠레스와 파우스트, 등장한다.)

메피스토펠레스

들어와요. 아주 조용히, 자 들어와요!

파우스트 (잠시 침묵을 지키다가)

제발 부탁하는데, 날 혼자 있게 해다오!   2685

메피스토펠레스 (주위를 두루 살피며)

처녀라고 모두 이렇게 깨끗하게 해놓는 건 아니올시다. (퇴장)

파우스트 (주위를 둘러보며)

반갑구나, 달콤한 저녁놀이여,

너 이 성스런 전당을 가득 채워주고 있구나!

희망의 이슬을 먹으며 애타게 살아가고 있는,

너 달콤한 사랑의 고통이여, 내 마음을 사로잡아다오!   2690

이 주위에는 고요함의 감정이,

질서와 만족의 감정이 호흡하고 있구나!

이 가난함 속에 얼마나 충만함이 깃들어 있는가!

이 감옥 같은 곳에 얼마나 축복이 가득 차 있는가!

(침대 옆에 있는 가죽의자에 몸을 던진다.)

오오, 나를 받아들여다오! 너는 그애의 조상들을 이미   2695

즐거울 때나 괴로울 때나 팔을 벌려 맞아주었으리라!

아아! 이 집안 어른들 자리를 둘러싸고,

아이들의 무리가 얼마나 자주 매달리곤 했을까?

내 사랑하는 그 아이도 여기에서 통통하게 어린 뺨으로,

성탄절 선물에 감사를 드리고자, 경건하게   2700

할아버지의 시든 손에 키스를 하였으리라.

아아, 귀여운 소녀여, 그대의 충만함과 질서의 정신이

내 주위에서 살랑거리고 있음을 나 느끼노라.

그 정신이 어머니처럼 매일 그대를 가르치며,

식탁 위에는 깨끗이 보를 깔게 하고,   2705

발밑에는 모래를[163] 곱게 뿌리도록 하였으리라.

오오, 사랑스러운 그 손길! 마치 신의 손과도 같구나!

이 오막살이도 그대로 인해 천국이 되는구나.

그리고 이곳은! (침대 둘레의 커튼을 들어올린다.)

　　　　　　환희의 전율이 날 사로잡는구나!

나는 몇 시간이고 여기에 머물고 싶도다.   2710

자연이여! 그대는 여기에서 가벼운 꿈을 꾸며,

타고난 천사를 만들어낸 것이로다!

그 어린아이는 따스한 생명으로

달콤한 가슴을 가득 채운 채, 여기에 누워 있었으며,

그리고 여기에서 성스럽고 순수한 힘이 작용하여   2715

그 신적인 모습이 이루어진 것이로다!

그런데 너는! 무엇이 널 이곳으로 이끌어왔단 말이냐?
나, 얼마나 마음속 깊이 감동을 받고 있단 말인가!
넌 여기서 뭘 원하느냐? 어찌하여 가슴이 이렇게 답답해지는가?
가련한 파우스트여! 난 너를 더이상 알아보지도
　　못하겠구나.　　　　　　　　　　　　　　　　　　　　2720

여기에서 마술의 향기가 날 에워싸고 있단 말인가?
난 향락하고자 하는 충동만을 지니고 있었는데,
이젠 사랑의 꿈속으로 흘러들어가는 느낌이로다!
우리는 대기의 압력에 희롱당하는 노리개란 말인가?

그런데 그녀가 이 순간 들어오기라도 한다면,　　　　　2725
너는 이 무례한 짓을 어떻게 속죄하겠는가!
위대한 오입대장이, 아아, 이렇게도 소심해지다니!
녹아서 없어질 듯, 그녀의 발밑에 엎드릴 것 같구나.

메피스토펠레스

서둘러요! 저 아래 그애가 오는 게 보입니다.

파우스트

가자! 어서 가자! 난 결코 다시 돌아오지 않으리라!　　2730

메피스토펠레스

여기 제법 묵직한 조그만 상자가 있는데,
이건 다른 어떤 곳에서 가져온 것이외다.
이걸 여기 이 장롱 안에 그냥 넣어두시오.
맹세컨대, 그 계집애 정신이 아찔할 것이외다.

그 속에다 예쁜 장신구들을 넣어두었는데,　　　　　　2735
그건 다른 하나를 얻기 위해서지요.
아무튼 계집은 계집이고, 놀이는 놀이니까요.

파우스트

모르겠구나, 그래도 될까?[164]

메피스토펠레스

　　　　　　　　　　웬 말이 그리도 많소?
이 보물을 당신이 그대로 간직하고 싶은 것이오?
그렇다면 충고하건대, 그런 방탕한 짓일랑 집어치우고,　　2740
그 귀중하고 값진 시간을 허비하지 말고,
앞으론 내게도 이런 고생을 시키지 말아주시오.
난 당신이 너무 인색하길 바라진 않소이다.
나는 머리를 짜내고, 손을 비벼대며 전력을 다하고 있소—
(그 작은 상자를 장롱 안에 넣고 다시 자물쇠를 잠근다.)
자, 떠납시다! 빨리요!—　　　　　　　　　　　　　　2745
저 달콤하고 젊은 계집애가
당신 마음의 소망과 뜻에 응해주길 위해서올시다.
그런데 당신의 표정은
마치 강의실에라도 들어가야 하는 것 같고,
물리학이나 형이상학이　　　　　　　　　　　　　　2750
당신 앞에 회색 형상으로 서 있는 것 같소이다!
자, 갑시다! (퇴장한다.)

마가레테 (등불을 들고)

여긴 왜 이리 무덥고 답답할까.

(창문을 열어젖힌다.)

그런데 바깥은 지금 그리 덥지도 않은데.

웬일인지 모르겠지만, 내 기분이 그런가봐— 2755
어머니라도 집으로 돌아오시면 좋으련만.
온몸에 소름이 끼치는구나—
난 정말 바보같이 겁 많은 계집애인가봐!
(옷을 벗으면서 노래하기 시작한다.)

옛날 툴레에 어떤 임금님 계셨는데,[165]
무덤에 이르도록 약속을 지키셨네. 2760
사랑하는 왕비님 세상을 떠나시며,
임에게 황금술잔 하나 남겨주셨네.

이보다 더 소중한 것 있을 수 없어,
향연 때마다 그 잔을 비우시니,
임금님 두 눈에 눈물을 머금으며, 2765
마시고 또 마시며 못 잊어하시었네.

마침내 임금님도 가실 날 다다르니,
나라 안의 도시들을 모조리 헤아리어,
세자에게 모든 걸 상속해주었지만,
그 술잔 하나만은 물려주지 않으셨네. 2770

마지막 어연御宴에서 임금님 좌정하니,
기사들 모여와서 주위에 둘러앉았네.
저기 바닷가 성벽 위에 자리잡은,
선조 대대 내려오는 드높은 대청에서.

그때에 늙은 주객 서서히 일어서서, 2775
마지막 생명 불태울 그 잔을 비우시고,
이윽고 성스런 잔을 높이 들어
저 아래 바닷물 속으로 내던지셨네.

아래로 떨어져서 물에 잠기며,
바다 속 깊이 가라앉는 잔을 보시며, 2780
임금님 두 눈을 스르르 감으시고,
그 이후 한 방울도 마시지 않으셨네.

(옷을 정돈하려고 장롱을 열고는 작은 보석상자를 발견한다.)
이런 예쁜 상자가 어떻게 여기 들어와 있을까?
나는 틀림없이 장롱을 잠가놓았는데.
참 이상도 해라! 이 안에 뭐가 들었을까? 2785
아마 누군가가 저당물로 가져오고,
어머니께서 돈을 빌려주었는지도 몰라.
여기 이 끈에 열쇠까지 달려 있네.
나 이거 한번 열어볼까봐!
이게 뭐야? 아이고머니나! 이것 좀 봐! 2790
이런 건 내 생전 처음 보겠네!
패물이야! 이런 것이라면 어떤 귀부인이라도
최고의 축제일에 달고 나갈 수 있을 거야.
이 목걸이가 내게도 어울릴까?
이 값지고 귀한 것들이 대체 누구의 것일까? 2795
(마가레테, 그것으로 몸을 치장하고 거울 앞으로 간다.)
이 귀걸이 하나만이라도 내 것이라면 좋으련만!

이걸 다니 금방 아주 다른 사람처럼 보이는구나.
젊다는 것이나 예쁘다는 게 무슨 소용 있겠어?
그런 것도 다 좋기야 하겠고,
사람들도 그것이 전부라고들 말하곤 하지만,　　　　　2800
반쯤은 측은한 마음에서 칭찬해주는 거야.
그렇지만 모두가 황금을 향해 달려들고,
황금에만 매달려 있으니,
아아, 우리같이 가난한 것들 불쌍키도 하지!

산책길

파우스트, 생각에 잠겨 이리저리 거닐고 있다.
메피스토펠레스가 그에게로 다가온다.

메피스토펠레스

사랑하다 퇴짜나 맞아라! 지옥 불길에나 떨어져라!　　　　　2805
이보다 더 지독하게 저주할 말이 있었으면 좋겠구나!

파우스트

무슨 일이냐? 무엇이 그토록 너를 화나게 한단 말이냐?
내 평생 그렇게 험상궂은 얼굴 표정을 본 적이 없구나!

메피스토펠레스

나 자신이 악마만 아니라면,
나 자신을 당장 악마에게 넘겨주고 싶소이다!　　　　　2810

파우스트

네 머리통 속에 무엇이 고장이라도 났단 말이냐?
미친놈처럼 발광하는 꼴이 네게 잘도 어울리는구나!

메피스토펠레스

생각해보시오, 그레첸을 위해 마련한 보석을요.
그걸 신부란 놈이 낚아채갔단 말이오! —
그애 어미가 그 물건을 보고서는,　　　　　2815
당장에 두려운 생각을 하기 시작했소이다.
그 여편네는 후각이 아주 예민한데다가,
기도서에도 정탐하듯 늘 코를 킁킁대고 있으며,
가구란 가구는 모조리 냄새를 맡아보고,
그것이 정^淨한지 부정한지를 가려내고 있지요.　　　　　2820
그러니깐 그 보석들을 보고서, 거기엔
축성이 별로 깃들지 않았다는 걸 분명히 알아챘지요.
어미가 말하기를, 얘야, 부정한 재물이란
영혼을 사로잡고 우리의 피를 잠식하느니라.
우리 이것을 성모님께 바치기로 하자꾸나.　　　　　2825
그러면 하늘의 양식으로 우릴 기쁘게 해주시리라!
마가레테는 입을 뾰족이 내밀고 생각했지요.
이건 그냥 선물받은 말^馬일[166] 따름인데.
정말이지, 여기에 이런 물건을 갖다놓은 분은
절대로 신을 저버리진 않으셨을 거야!　　　　　2830
그렇지만 어미가 신부놈을 불러왔지요.
그놈은 채 이야기를 다 듣기도 전에
그 물건을 보고 홀딱 반해버렸단 말이오.
놈이 하는 말인즉, 참으로 잘 생각하셨습니다!
극기^{克己}하는 사람, 얻는 것도 많습니다.　　　　　2835
교회는 튼튼한 위장을 가졌으니,
온 나라를 집어삼키고서도,

아직 한 번도 체해본 적이 없습니다.
사랑하는 여인들이여, 오로지 교회만이
부정한 재물을 소화할 수 있을 것입니다.   2840

파우스트

그건 일반적으로 통하는 관습이다.
유대인이나 임금님도 그럴 수 있거든.

메피스토펠레스

그러고 나서 놈은 팔찌며 목걸이며 반지들을,
아무 가치도 없는 물건들처럼 쑤셔넣고는,
호두를 한 바구니 가득 얻었을 때보다,   2845
더하지도 덜하지도 않은 감사의 인사를 남긴 채,
온갖 하늘나라에서의 보답만을 약속했소이다—
그런데도 그 계집들은 아주 감격하고 있단 말이오.

파우스트

그런데 그레첸은?

메피스토펠레스

　　　　　　　　마음을 잡지 못하고 앉아서는,
무엇을 하고 싶은지, 무엇을 해야 할는지를 모르고,   2850
밤이나 낮이나 그 보석들만 생각하고 있는데,
그보다는 그걸 가져온 사람을 더욱 간절히 생각하더이다.

파우스트

그 사랑스런 애가 고통을 겪다니 마음이 아프구나.
당장 그녀에게 줄 새로운 보석들을 마련토록 하라!
먼저 것은 별로 대단치도 않았었다.   2855

메피스토펠레스

오, 그렇지요. 당신껜 모두 어린애 장난일 테니까요!

파우스트

자, 서둘러라, 모든 걸 내 뜻대로 하도록 하라!
그리고 넌 이웃집 여인에게 달라붙어봐라!
이 악마야, 그렇게 죽처럼 머무적거리지 말고,
보물을 새로 마련해오란 말이다!   2860

메피스토펠레스

네, 주인나리, 기꺼이 그렇게 하겠소이다.

파우스트 (퇴장한다.)

메피스토펠레스

저렇게 사랑에 빠진 바보놈은
해와 달과 온갖 별들까지도,
연인의 기쁨을 위해서라면 공중으로 폭발시켜버리리라.

(퇴장)

이웃 여인의 집

마르테 (혼자서)

하나님, 사랑하는 그 양반을 용서해주옵소서.   2865
그이가 내게 별로 잘해준 것도 없었지만요!
무작정 세상으로 달려나가서는,
나를 이렇게 생과부로 홀로 남겨놓았지요.
하지만 나는 진정 그 양반을 화나게 한 적도 없었고,
그일 진심으로 사랑한다는 걸, 하나님만은 아실 거야.   2870

(마르테, 운다.)

혹 그이가 죽었을는지도 몰라! — 아이고, 원통해라! —

사망증명서만이라도[167] 받을 수 있다면 좋을 텐데!

(마가레테가 온다.)

마가레테

마르테 아주머니!

마르테

그레첸이로구나, 웬일이냐?

마가레테

전 너무나 놀라서 주저앉을 뻔했어요!
글쎄, 흑단黑檀나무로 만든 이런 보석상자가   2875
제 장롱 안에 또 들어 있지 않겠어요.
이 안에 든 물건들도 정말로 화려하고,
먼젓번 것보다도 훨씬 더 많아요.

마르테

그건 어머니께 말씀드리지 말도록 해라.
그랬다간 곧장 고해할 때 또 가져가실 거야.   2880

마가레테

아아, 이걸 좀 보세요! 이것 좀 보세요!

마르테 (마가레테를 단장해준다.)

오오, 넌 정말 복도 많은 아이로구나!

마가레테

하지만 이렇게 꾸미고선 거리에도 못 나가고,
교회에도 나갈 수 없으니 슬픈 일이에요.

마르테

그럼 가끔 우리 집으로 건너와서는,   2885
여기서 몰래 이 보석들로 치장해보려무나.
한 시간쯤 거울 앞을 왔다갔다하면서,
우리 함께 기뻐해보자꾸나.
그러다가 기회가 있을 때, 축제일과 같은 때,
차츰차츰 사람들 눈에 띄게 하면 될 거야.   2890
처음에는 목걸이를, 다음에는 귀에다 진주를 다는 거야.
어머니가 눈치채지도 못하겠지만, 뭐 둘러댈 수도 있을
    거야.

마가레테

누가 이런 상자를 두 개씩이나 가져왔을까요?
아무래도 심상치가 않은 일이에요!
(문을 노크하는 소리가 들린다.)
아이고머니나! 어머님이 오셨나?   2895

마르테 (커튼 사이로 밖을 내다보며)

처음 보는 분인데 — 들어오세요!

(메피스토펠레스가 등장한다.)

메피스토펠레스

이렇게 함부로 불쑥 들어와서,
부인네들께 용서를 빌어야겠습니다.
(마가레테 앞에 공손히 경의를 표하고 뒤로 물러선다.)
마르테 슈베르틀라인 부인을 뵙고자 합니다만!

마르테

저예요, 무슨 일이신가요?   2900

메피스토펠레스 (마르테에게 낮은 소리로)

이제 이렇게 뵙게 되었으니, 전 그것으로 족합니다.
아주 귀한 손님이 와 계시는군요.

함부로 들어온 무례를 용서하십시오.

오후에 다시 오겠습니다.

마르테 (큰 소리로)

들어봐라, 애야, 원 세상에!　　　　2905

이분이 너를 글쎄 귀한 집 아가씨로 생각하시는구나.

마가레테

전 가난한 집 계집아이예요.

아이, 참! 신사분께선 너무나 착하시군요.

이 보석과 패물은 제 것이 아니에요.

메피스토펠레스

아아, 보석만 보고 드린 말씀이 아닙니다.　　　　2910

인품도 그렇고 눈초리도 아주 명민하시지요!

제가 여기 있어도 좋다 하시니, 정말 기쁩니다.

마르테

대체 무슨 일로 오셨나요? 몹시 궁금하군요―

메피스토펠레스

좀더 기쁜 소식이라면 좋았을 텐데!

그렇다고 나를 원망하지는 마시기 바랍니다.　　　　2915

댁의 남편이 세상을 떠났는데, 소식을 전해달라 했습니다.

마르테

돌아가셨다고요? 그 착한 양반이! 아이고 원통해라!

그이가 돌아가시다니! 아이고, 난 못 살아!

마가레테

아, 아주머니, 너무 낙심하지 마세요!

메피스토펠레스

그럼 그 슬픈 이야기를 들어보시지요!　　　　2920

마가레테

그래서 전 평생 사랑 같은 건 하고 싶지 않아요.

그이를 잃는다면 정말 죽을 지경으로 슬퍼질 테니까요.

메피스토펠레스

기쁨에는 슬픔이, 슬픔에는 기쁨이 따르게 마련이오.

마르테

우리 집 주인의 마지막 이야기나 들려주세요!

메피스토펠레스

그는 파도바에[168] 매장되어 있는데,　　　　2925

성 안토니우스[169] 묘지이지요.

잘 축성된 묘소로서

영원토록 시원한 안식처로 적합한 곳이지요.

마르테

그밖에는 내게 아무것도 전해줄 것이 없나요?

메피스토펠레스

있지요, 대단하고도 어려운 청을 하더군요.　　　　2930

그 사람을 위해 미사를 삼백 번이나 올려달라는 것입니다!

그 다음으론 내 주머니가 텅텅 비었다는 것이고요.

마르테

뭐라고요! 동전 하나, 패물 한 개도 없단 말인가요?

그런 것은 수공업 도제들까지도 전대 밑바닥에 넣어놓고,

기념품으로 잘 간직하면서,　　　　2935

굶주리거나 구걸질을 할망정 내놓지 않는 법인데!

메피스토펠레스

부인, 정말로 안됐습니다.

그렇다고 그가 혼자서 돈을 낭비한 것도 아니올시다.

그 사람도 자기 잘못을 몹시 후회하고 있었고,

그래, 그보다는 자기 불행을 더욱 한탄하곤 했소이다.　　2940

마가레테

아아! 인간이란 왜 이다지도 불행한 것일까요!

그래요, 전 그분을 위해 몇 번이고 진혼미사를 올리겠어요.

메피스토펠레스

그대는 곧 결혼을 해도 될 것 같군요.

정말로 사랑스러운 아가씨로군요.

마가레테

아, 아니에요, 아직 그럴 처지가 아니에요.　　2945

메피스토펠레스

남편이 아니라면, 얼마 동안 연인이라도 좋지요.

사랑하는 사람을 품에 안게 된다는 것은,

하늘이 내려준 가장 큰 은혜 중의 하나랍니다.

마가레테

그런 것은 이 고장 풍습이 아니에요.

메피스토펠레스

풍습이건 아니건! 그럴 수도 있는 법이라오!　　2950

마르테

그 이야길 더 해주세요!

메피스토펠레스

　　　　　　　　난 그가 임종하는 자리에 있었는데,

그것은 거름 더미보다는 좀 낫다고 하겠지만,

반쯤 썩은 거적[170] 위였지요. 기독교 신자로 죽긴 했으나,[171]

아직 갚아야 할 술빚이 많다는 걸 알고 있더이다.

이렇게 말하더군요. "내가 하던 사업도 내 아내도　　2955

이렇게 버리고 가다니, 나 자신이 온통 저주스럽구나!

아아, 그런 생각을 하니 죽을 지경이로다.

이 세상에 살아 있는 동안 아내가 날 용서해주기만 한다면!"

마르테 (울면서)

그 착한 양반! 난 오래 전에 그를 용서했는데.

메피스토펠레스

"하나님만 알겠지! 나보단 아내가 잘못이 더 많았어."　　2960

마르테

그건 거짓말이오! 뭐라고! 무덤가에서조차 거짓말을 하다니!

메피스토펠레스

내가 잘 알지는 못한다 할지라도,

그는 마지막 숨을 거두면서 헛소리를 한 것일 게요.

이렇게도 말하더이다. "난 잠시도 한가하게 지낸 적이 없어.

자식들이 생기고, 다음엔 그것들을 위해 빵을 벌어야

　　했는데,　　　　　　　　　　　　　　　　　　　2965

그것도 아주 넓은 의미에서의 빵을 말이오.

그런데 난 편안하게 내 몫을 먹어본 적이 한 번도 없었어."

마르테

그렇게 정성을 바치고, 온갖 사랑을 다 바치면서,

밤낮으로 갖은 고생을 했는데도 다 잊었단 말이군요!

메피스토펠레스

아니지요. 그 점은 진정으로 생각하고 있더이다.　　　2970

이렇게 말하던데요. "말타 섬을 떠나올 때 나는,

아내와 자식들을 위해 열심히 기도를 올렸었어.

그래서 그런지 하늘도 무심치 않아,

우리의 배가 터키 배를[172] 하나 나포하였는데,

그 배는 위대한 터키 황제의 보화를 잔뜩 싣고 있었지.　2975

그때에 용맹스런 싸움에 보답이 주어져서,

나도 내게 타당한 만큼의

내 몫을 톡톡히 배당받게 되었어."

마르테

그걸 어쨌죠? 어디 뒀나요? 혹시 묻어두었을까요?

메피스토펠레스

누가 알겠소, 바람이 불어 사방 어디로 날아갔는지.　　2980

그 사람이 낯선 나폴리를 이리저리 돌아다닐 때,

어느 예쁜 아가씨가[173] 그를 받아들였던 것이지요.

그 여자가 온갖 사랑과 정성을 다해 그를 보살펴주니,

죽어가는 마지막 순간까지 그걸 잊지 못하더이다.

마르테

악당 같으니라고! 자식들 몫까지 훔친 도둑이에요!　　2985

아무리 비참하고 아무리 궁하다 할지라도,

그 치욕스런 생활태도를 버리지 못한 거예요!

메피스토펠레스

그러니 보시오! 그 대가로 이제 그는 죽었소이다.

지금 내가 만일 당신의 처지에 있다면,

그 사람을 위해 일 년쯤 얌전하게 상복을 입고 있다가,　2990

기회를 보아 서서히 새 서방을 하나 물색해보겠소이다.

마르테

무슨 그런 말씀을! 하지만 첫 남편과 같은,

그런 사람을 이 세상에서 쉽사리 만나진 못할 거예요!

그런 마음씨 착한 바보 같은 양반이 어디 있겠어요.

그저 너무 떠돌아다니기를 좋아하고,　　　　　　　　2995

남의 계집이나 낯선 지방의 술, 그리고

그 망할 놈의 노름을 너무 좋아하는 게 탈이었어요.

메피스토펠레스

그렇지, 그렇지요, 당신 남편 쪽에서도

대략 그만큼 당신을 관대히 봐주었다면,

그럭저럭 서로 맞아들어간 셈이올시다.　　　　　　　3000

맹세코 말하건대, 그러한 조건이라면
나라도 한번 당신과 반지를 교환하고 싶소이다!

마르테

아이고, 선생께선 농담도 좋아하시네요!

메피스토펠레스 (혼잣말로)

이제 때를 봐서 도망쳐야겠구나!
이 계집은 악마의 말꼬리도 붙잡고 늘어지게 생겼단
　　말이야.   3005
(그레첸에게) 아가씨 심정은 대체 어떠한가요?

마가레테

그게 무슨 말씀이세요?

메피스토펠레스 (혼잣말로)

　　　　　　　　착하고 순진한 아이로구나!
(큰 소리로) 안녕히들 계시오!

마가레테

　　　　　　　안녕히 가세요!

마르테

　　　　　　　잠깐, 한마디만 해주세요!
제 남편이 언제 어디서 어떻게 죽어 매장되어 있는지,
그 증명서라도 하나 받고 싶은데요.   3010
저는 예전부터 일을 정확하게 해두는 것을 좋아해서,
주보訃報에서라도[174] 그이가 죽었다는 걸 읽었으면
　　해서요.

메피스토펠레스

네, 부인, 증인 두 사람의 입을 통해서라면,
어디에서나 그 사실이 증명되는 법입니다.

내게 아주 좋은 친구가 한 사람 있으니,   3015
당신을 위해 그를 재판관 앞에 세우기로 하지요.
그를 이리로 데려오겠소이다.

마르테

　　　　　　　오, 그렇게 해주세요!

메피스토펠레스

그런데, 이 아가씨도 여기에 있겠지요?
아주 훌륭한 총각이죠! 여행도 많이 했고,
아가씨들에 대한 예절도 아주 바르답니다.   3020

마가레테

그런 분 앞에선 전 얼굴이 빨개지고 말 거예요.

메피스토펠레스

세상 어떤 임금님 앞에서도 그럴 필요 없습니다.

마르테

그럼 우리 집 뒤 정원에서
오늘 저녁에 두 분을 기다리겠어요.

길거리

파우스트, 메피스토펠레스

파우스트

어떻게 됐나? 잘되겠지? 곧 어떻게 될 것 같은가?   3025

메피스토펠레스

아, 됐소이다. 당신 불덩이같이 달아오르는군요?
얼마 안 가서 그레첸은 당신 것이 될 것이외다.

오늘 저녁 이웃 여인 마르테 집에서 만나게 될 것이오.
그 계집은 뚜쟁이질이나 온갖 검은 짓거리에는
애초부터 아주 타고난 것 같더이다!   3030

파우스트

잘됐구나!

메피스토펠레스

　　　　　　하지만 우리에게도 바라는 게 있더이다.

파우스트

한 가지 일을 해준다면, 그 대가를 받는 게 당연하겠지.

메피스토펠레스

우린 다만 그녀 남편의 죽어 자빠진 육신이
파도바의 성스러운 묘소에 잠들어 있다는 걸,
법적으로 유효한 증언만 해주면 되는 것이외다.   3035

파우스트

아주 똑똑하구나! 그럼 우선 여행을 해야만 되겠군!

메피스토펠레스

고지식한 양반이로군![175) 그럴 필요는 없소이다.
별로 아는 사실이 없더라도, 그냥 증언만 하면 되는 거요.

파우스트

더 좋은 방법을 생각지 못한다면, 이 계획은 취소하겠다.

메피스토펠레스

오, 성스러운 양반이여! 이제 성인이 다 됐소이다!   3040
거짓 증언을 하는 것이,
당신 생전에 이번이 처음이란 말이오?
당신은 신과 세계와 그 내면에서 움직이고 있는 것,
인간과 그 인간의 머리와 가슴속에 꿈틀거리는 것에 대해,

자신만만하게 정의定義를 내린 적이 없었던가요?   3045
그것도 뻔뻔스런 얼굴과 오만한 가슴을 내밀고 말이오?
하지만 당신이 자신의 내면을 자세히 살펴보신다면,
그에 관해 당신은 슈베르틀라인 씨의 죽음에 대해서보다,
더 아는 게 없다는 사실을 고백하지 않을 수 없을 것이외다.

파우스트

네놈은 있는 그대로 거짓말쟁이요, 궤변가로구나.   3050

메피스토펠레스

내가 진상을 깊이 알지 못한다면 그렇겠지요.
내일이면 당신은 온갖 점잔을 부리면서도,
저 가련한 그레첸을 유혹해내려 하고,
온갖 영혼의 사랑을 맹세하지 아니하겠소?

파우스트

그것은 진정에서이다.

메피스토펠레스

　　　　　　모두 다 좋소이다!   3055
그렇다면 영원한 충성이니 사랑이니 하는 것,
유일하게 어디서나 통하는 충동이니 하는 것도—
모두 다 진정에서 우러나온 것이란 말이오?

파우스트

그만두라! 그건 진정이다! — 내가 진정으로 느끼는데,
그 감정을, 그 애절한 심정을 표현해줄   3060
이름을 찾아 헤매다 결국 아무것도 발견하지 못할 때,
온갖 심혈을 기울여 이 세상을 두루 헤매며,
모든 최고의 언어를 붙잡으려고 하다가,
내 몸을 불태우는 이 정열을

무한이라고, 영원, 영원이라고 이름한다 해서,   3065
그것이 악마들이 하는 거짓말놀이와 같단 말이냐?

메피스토펠레스

그래도 내가 옳지요!

파우스트

이봐! 이것만은 명심해라—
부탁하건대, 내가 너무 떠들어대지 않도록 해다오—
제가 옳다고 하려는 자가 한 가지 말만 고집한다면,
틀림없이 이기게 되겠지.   3070
자 가자, 난 쓸데없는 잡소리에 싫증이 난다.
그렇게 할 도리밖에 없으니, 네 말이 옳다고 해두자.

정원

마가레테는 파우스트의 팔을 끼고, 마르테는 메피스토펠레스와
이리저리 산책한다.

마가레테

당신이 절 아껴주시고, 제 뜻만 맞춰주신다는 걸,
전 알고 있어요. 그래서 부끄럽기만 해요.
여행을 많이 하시는 분은 마음이 넓으셔서,   3075
참고 이해해주시는 일에 익숙하신 거예요.
그렇게 경험이 많으신 분에겐 하잘것없는
제 이야기가 재미없으리란 것쯤은 저도 알고 있어요.

파우스트

당신의 눈초리, 당신의 말 한마디가

이 세상 어느 지혜보다도 즐겁답니다.   3080

(그녀의 손에 키스한다.)

마가레테

억지로 그러지 마세요! 어찌 키스까지 하시나요?
손이 이렇게 추하고, 이렇게 거친걸요!
전 일이라면 무엇이든 하지 않을 수 없었어요!
어머니가 너무나 엄격하시거든요.

(지나간다.)

마르테

그런데 당신은 언제나 그렇게 떠돌아다니시나요?   3085

메피스토펠레스

글쎄 말이오, 직업과 의무가 우릴 몰아대니까요!
마음이 아프게 떠나온 고장도 많았지만,
아무튼 그냥 한 곳에 머물러 있을 수는 없답니다!

마르테

젊은 시절에는 그렁저렁 자유로이,
세상을 두루 떠돌아다니는 것도 좋을 거예요.   3090
그러나 차츰 그러지도 못할 나이가 되어서,
홀아비 신세로 혼자 질질 발을 끌며 무덤을 향한다는 건,
누구에게나 마음 내키지 않는 일일 거예요.

메피스토펠레스

멀리서부터 그런 꼴이 보이니 무시무시하군요.

마르테

그러니 당신도 일찌감치 잘 생각해보세요.   3095

(두 사람, 지나간다.)

마가레테

그래요, 눈에 안 보이면, 생각도 멀어지는 거예요![176]

당신은 예절바른 태도가 몸에 배었어요.

당신에겐 친구분들도 많을 텐데,

모두가 저보다는 훨씬 훌륭하시겠죠.

파우스트

오, 사랑하는 아가씨! 그렇게 훌륭하다고 하는 데는,　　　3100

오히려 허영심과 경솔함이 더 많을 수도 있답니다.

마가레테

　　　　　　　　　　　　　　　뭐라고요?

파우스트

아아, 이렇게 소박하고 천진난만한 성품은 결코,

자기 자신과 자신의 성스러운 가치를 인식하지 못하는구나!

겸손이나 자신을 낮춘다는 것이 자애롭게 나누는 자연의

가장 고귀한 은혜라는 것을―　　　3105

마가레테

한순간만이라도 저를 생각해주세요.

저는 당신을 생각할 시간이 얼마든지 많을 거예요.

파우스트

당신은 혼자 있을 때가 많은 모양이지요?

마가레테

그래요, 우리 집 살림이야 보잘것없지만,

그래도 잘 보살펴주어야만 한답니다.　　　3110

하녀가 없어서, 제가 요리하고, 청소도 하고, 뜨개질이나

바느질을 하며, 새벽부터 밤늦게까지 뛰어다녀야만 해요.

그런데다 우리 어머니는 모든 일에

너무나 꼼꼼하세요!

그렇다고 너무 그렇게 아끼면서 살 필요는 없는데도요.　　　3115

다른 사람들보다는 훨씬 풍족하게 살 수도 있어요.

돌아가신 아버지께서 상당한 재산과 조그만 집,

그리고 교외에 자그마한 채마밭도 하나 남겨주셨거든요.

그렇지만 저는 요즈음 아주 한가한 날들을 보내고 있어요.

저의 오빠는 군[*]에 나가시고,　　　3120

어린 여동생은 죽었거든요.

전 그애 때문에 즐거운 고생도 많이 했어요,

하지만 그런 고생이라면 다시 한번 해보고 싶어요.

그 아이는 정말 귀여웠어요.

파우스트

　　　　　　　　　당신 닮았다면,

　　천사 같았겠군요.

마가레테

제가 키웠기 때문에, 그애는 무척 저를 따랐어요.　　　3125

아버님이 돌아가신 다음에 태어난 아이였어요.

그 당시 어머니는 비참하게 병석에 누워 계셨는데,

우린 어머닐 잃은 것으로 생각했어요.

그후 아주 서서히, 차츰차츰 회복하셨어요.

그러니 그 가엾은 어린것에게 어머니께서　　　3130

젖을 먹인다는 건 생각할 수도 없는 일이었지요.

그래서 제가 혼자 우유와 물을 먹여 길렀고,

그애는 제 아이가 되어버린 거예요.

제 팔에 안기고, 제 품에 안겨서

아기는 좋아하고, 발버둥치면서 무럭무럭 자랐어요.　　　3135

파우스트

당신은 진정 가장 순수한 행복을 맛보았구려.

마가레테

하지만 정말 괴로운 시간도 많았어요.
밤이 되면 아기의 요람을
제 침대 옆에 갖다놓았고, 그애가 조금만 움직여도,
저는 잠에서 깨어나곤 했어요.   3140
우유를 먹이기도 하고, 제 곁에 눕히기도 하고,
그래도 울음을 그치지 않으면, 자리에서 일어나
아기를 얼러주며 춤추듯 방 안을 서성거리곤 했어요,
그래도 날이 새면 일찍부터 빨래를 해야 하고요.
다음에는 시장에 갔다가 부엌일도 하면서,   3145
오늘이나 내일이나 줄곧 그렇게 지냈어요.
그러자니 언제나 신나는 건 아니었지만,
대신에 밥맛도 좋고, 잠자는 것도 꿀맛 같았답니다.
(지나간다.)

마르테

가련한 여자들이란 그런 때에 참 곤란하지요.
홀아비의 마음을 돌려놓기란 어려운 일이거든요.   3150

메피스토펠레스

나에게 어떤 좋은 일을 가르쳐주는 것은,
오로지 당신과 같은 사람에게 달린 것 같습니다.

마르테

솔직히 말해보세요. 그래, 아직 아무도 못 찾으셨나요?
마음이 어딘가에 매여본 적이 한 번도 없었나요?

메피스토펠레스

이런 속담도 있지요. 자기 집 아궁이와   3155
착실한 아내는 황금이나 진주 같은 가치가 있다고[177]
　　말이오.

마르테

제 말은 아직 한 번도 그럴 생각이 없었느냐고요!

메피스토펠레스

어디에서나 나는 제법 정중한 대접을 받았답니다.

마르테

제 이야기는 마음속에 진정을 느껴본 적이 없었느냐고요!

메피스토펠레스

감히 부인네들과 농담을 할 수는 없는 일이지요.   3160

마르테

아이고, 제 말을 못 알아들으시는군요!

메피스토펠레스

　　　　　　　　　　　　　　진정 유감이로소이다!
하지만 잘 알고 있지요 — 당신이 매우 친절하다는 건 말이오.
(지나간다.)

파우스트

오, 귀여운 천사여, 내가 정원에 들어섰을 때,
당신은 나를 곧바로 다시 알아보았단 말인가요?

마가레테

보지 못하셨나요? 전 눈을 내리깔고 있었어요.   3165

파우스트

그럼, 내 멋대로 저지른 무례한 짓도 용서하구요?
얼마 전 당신이 성당에서 돌아올 때,

감히 내가 뻔뻔스럽게 굴었던 짓을 말이오?

마가레테

전 깜짝 놀랐어요. 그런 일은 한 번도 없었거든요,

전 누구한테서고 욕먹을 만한 짓을 한 적이 없었는데요.   3170

아아, 저분이 내 행동에서 무슨 뻔뻔스럽고

얌전치 못한 점을 보시지나 않았나? 하고 전 생각했어요.

이런 계집하고는 당장에 수작을 걸어도 되겠다는

생각이 들어 그러시는 게 아닌가 여겨졌어요,

하지만 솔직히 고백하겠어요! 저도 그때는 몰랐지만,   3175

여기 이 가슴에 당신을 좋게 여기는 마음이 싹트기

　　시작했어요.

한 가지 확실한 것은, 당신에게 좀더 쌀쌀맞게 굴지 못했던

저 자신에게 정말로 화가 났었다는 거예요.

파우스트

요, 사랑스러운 것이!

마가레테

　　　　　잠깐만요!

(별꽃을 꺾어 그 잎을 하나하나 차례로 뜯어낸다.)

파우스트

　　　　　뭘 하지요? 꽃다발인가?

마가레테

아니, 그냥 장난이에요.

파우스트

　　　　　뭐라고?

마가레테

　　　　　저리 가세요! 비웃어도 좋아요.   3180

(잎을 하나씩 뜯으며 중얼거린다.)

파우스트

무얼 중얼거리는 건가요?

마가레테 (소리를 약간 높여)

　　　　　날 사랑한다 — 사랑하지 않는다.

파우스트

정말 귀여운 천국 같은 모습이로다!

마가레테 (계속한다.)

날 사랑한다 — 사랑하지 않는다 — 날 사랑한다 — 않는다 —

(마지막 꽃잎을 뜯으면서, 자애롭게 즐거워하며)

그이는 날 사랑하신다!

파우스트

　　　　　그렇소! 내 사랑, 이 꽃말을

신탁의 말씀으로 삼으시오. 그이는 당신을 사랑한다!   3185

그것이 뜻하는 바를 알겠소? 그이가 당신을 사랑하고 있소!

(마가레테의 두 손을 잡는다.)

마가레테

전 무서운 생각이 들어요.

파우스트

오오, 그렇게 떨지 말아요! 이 눈길과

이 맞잡은 손으로 하여금,

입으로 말할 수 없는 것을 말하게 해주오.   3190

내 온몸을 다 바칠 것이며, 그리고

영원해야만 할 환희를 느끼리라!

영원해야 하리라! — 그 종말은 절망이 되리라.

아니, 종말은 없다! 결코 종말은 없으리라!

마가레테 (파우스트의 두 손을 꼭 쥐었다가 뿌리치고 달아난다.

　　파우스트는 잠시 생각에 잠겨 서 있다가 그녀의 뒤를 따라간다.)

마르테 (등장하면서)

　　날이 저무는군요.

메피스토펠레스

　　　　　　　　그렇군, 이제 우린 떠나야겠구려.　　　　　　3195

마르테

　　여기에 좀더 계시라고 붙잡고 싶지만,

　　이곳은 정말 말이 많은 곳이라서요.

　　이웃 사람의 일거일동을 엿보는 일 빼놓고는,

　　모두가 아무런 할 일도 없고,

　　하는 일도 하나 없는 것 같아요.　　　　　　　　　　3200

　　그래서 어떻게 처신하든, 소문은 나게 마련이에요.

　　그런데 젊은 한 쌍은요?

메피스토펠레스

　　　　　　　　저쪽 길로 뛰어갔소이다.

　　바람난 나비들 같소!

마르테

　　　　　　　　그분이 그애를 좋아하는 모양이에요.

메피스토펠레스

　　그녀도 그를 좋아하고요. 세상일이 다 그런 것이외다.

정자

마가레테, 뛰어들어와서 문 뒤에 몸을 숨긴다.

손가락 끝을 입술에 대고는 문틈 사이로 밖을 엿본다.

마가레테

　　그이가 오신다!

파우스트 (등장한다.)

　　　　　　　　요, 장난꾸러기, 나를 놀리는군!　　　　　3205

　　자, 잡았다! (그녀에게 키스한다.)

마가레테 (그를 잡고 키스하며)

　　　　　　　　다정한 분이시여! 진정으로 당신을 사랑해요!

(메피스토펠레스가 문을 두드린다.)

파우스트 (발을 구르며)

　　누구야?

메피스토펠레스

　　　　친구올시다!

파우스트

　　　　　　　　짐승 같은 놈!

메피스토펠레스

　　　　　　　　　　작별할 시간이 되었소.

마르테 (등장하며)

　　그래요, 늦었어요.

파우스트

　　　　　　　바래다주면 안 될까요?

마가레테

하지만 어머니께서 절 — 안녕히 가세요!

파우스트

꼭 가야 한단 말인가?

그럼 안녕히!

마르테

안녕히들 가세요!

마가레테

곧 다시 만나주세요!   3210

(파우스트와 메피스토펠레스, 퇴장한다.)

마가레테

고맙기도 하지! 저런 분은

하나하나 모르는 게 없으셔!

그분 앞에 서면 그저 부끄럽기만 하고,

무슨 일에든 네네, 라고밖에 말할 수 없어.

난 아무것도 모르는 가련한 계집애인데,   3215

왜 나 같은 걸 마음에 두시는지 모르겠어. (퇴장한다.)

숲과 동굴

파우스트 (혼자서)

고귀한 정령이여,[178] 내가 소망하던 바를,

당신은 내게 모두 다 베풀어주셨습니다. 불꽃 속에서

당신의 얼굴을 내게 돌려준 것도 헛된 일이 아니었습니다.

화려한 대자연을 내게 왕국으로 주셨고,   3220

그 자연을 느끼고 향유할 수 있는 힘도 주셨나이다.

싸늘하게 놀라는 방문만을 허락해주신 것이 아니라,

친구의 품속처럼 심오한 대자연의 품속을

관조해보는 은혜까지도 베풀어주셨습니다.

당신은 생명 있는 존재들의 대열을 인도하여   3225

내 앞을 지나가게 하시고, 고요한 숲과 공기와

물 속에 사는 내 형제들을 사귀게 해주셨습니다.

또한 폭풍우가 숲속에서 솨솨 소리내어 울어대고,

거대한 가문비나무가 쓰러지며 이웃 나무의 가지들과

이웃 나무의 둥치에 스쳐 삐걱거리는 소리를 내고,   3230

그 낙하 소리로 인해 구릉지가 둔탁하고 공허하게 울릴 때,

그러할 때 당신은 나를 안전한 동굴로 인도하여,

나 자신을 스스로 성찰케 하셨으니, 내 가슴속에는

은밀하고도 심오한 기적이 저절로 전개되곤 했습니다.

그리고 내 눈앞에 맑은 달빛이 떠올라   3235

마음을 달래주는 듯 흘러가면, 갖가지 층암절벽에서,

이슬을 머금은 덤불숲으로부터,

선조들의 은빛 모습들이 은은히 피어올라

성찰에 대한 강렬한 욕구를 진정시켜주었나이다.

오오, 인간에겐 완전한 것이 하나도 주어지지 않았음을   3240

나 이제 뼈저리게 느끼노라. 당신은 나로 하여금

　신들에게로

가까이, 점점 더 가까이 다가가게 하는 환희에다가,

이젠 더이상 떼어버릴 수도 없는 동반자를 하나

붙여주셨는데, 그놈은 냉혹하고도 철면피하게, 당장

나로 하여금 나 자신 앞에 스스로 비굴하게 만들며,   3245

한마디 말로 당신의 은혜를 무^無로 돌려버리고 있나이다.
그놈은 내 가슴속에 저 아름다운 모습을[179) 연모하는
거친 불길을 부산하게 부채질해대고 있답니다.
그리하여 나는 욕망으로부터 향락으로 비틀거리며,
또한 향락 속에서 욕망을 애타게 그리워하고 있나이다.   3250
(메피스토펠레스, 등장한다.)

메피스토펠레스

그런 생활은 이제 충분히 해보지 않았소이까?
어쩌면 그렇게 질질 끌어가며 즐길 수 있소이까?
물론 한번쯤 시험해본다는 것은 좋겠지만,
그 다음엔 무언가 새로운 일을 시작해야지요!

파우스트

이 행복한 시간에 나를 괴롭히는 것보다는,   3255
네놈에게 다른 할 일이 좀더 많았으면 좋겠구나.

메피스토펠레스

좋소이다! 나도 당신을 그대로 놔두고 싶으니,
그렇게 정색을 하고 말할 필요도 없소이다.
당신처럼 무뚝뚝하고 거칠며 광기까지 있는 친구는,
잃어버린다 해도 별로 손해볼 것이 없지요.   3260
온종일 할 일은 얼마든지 있소이다!
게다가 무엇을 좋아할는지, 어떤 것을 버려둬야 할는지,
당신 눈치만 보아가지고는 알 수가 없단 말이외다.

파우스트

그러니까 그게 네놈의 올바른 말투로구나!
나를 따분하게 해놓고도 감사의 인사를 받으려 하다니.   3265

메피스토펠레스

당신과 같은 가련한 지상의 아들이,
내가 없었더라면 그 인생을 어떻게 살았겠소이까?
환상의 잡동사니 속에 사로잡혀 있는 것을
얼마 동안만이라도 내가 고쳐주었지요.
그리고 만일 내가 없었더라면, 당신은 벌써   3270
이 지구상에서 사라지고 말았을 것이외다.
대체 어찌하여 당신은 이런 동굴 속, 바위틈 사이에
마치 부엉이처럼 쑤셔박혀 있는 것이오?
어째서 축축한 이끼와 물이 뚝뚝 떨어지는 바위에서,
마치 두꺼비처럼 양분을 빨아먹고 있단 말이오?   3275
참으로 훌륭하고 달콤하게 시간을 낭비하고 있소이다!
당신 몸엔 아직도 그 박사님 때가 달라붙어 있는 것이외다.

파우스트

이 황량한 곳을 방랑하는 중에, 내게
얼마나 새로운 생명력이 솟아나는지를 네놈이 알겠느냐?
그래, 만일 네놈이 그것을 예감이라도 할 수 있다면,   3280
네놈은 지독한 악마라서, 그런 행복을 즐기지 못하게
   했으리라.

메피스토펠레스

초지상적^{超地上的}인 즐거움이겠구려!
밤에는 이슬을 맞으며 산 위에 누워,
대지와 하늘을 환희에 젖어 감싸안으며,
마치 신이라도 되려는 듯 스스로 부풀어오르고,   3285
온갖 예감의 충동으로 대지의 골수를 파고들어,
육 일간에 걸쳐 이룩한 신의 업적을 가슴 깊이 느끼면서,

오만스런 힘으로 무엇인지도 모르는 것을 즐기고,

때로는 사랑의 환희에 취해 만물 속에 흘러들어서,

대지의 아들 모습은 완전히 사라져버리고,　　　　3290

다음에는 그 고상한 직관直觀을―

(제스처를[180] 취하면서)

그 끝장이 ― 어찌되리라는 건 차마 말 못 하겠소이다.

파우스트

이 더러운 자식!

메피스토펠레스

　　　　　　기분 좋을 리가 없으시겠죠.

당신에겐 더러운 자식이라고 점잖게 욕할 권리야 있지요.

순결한 사람이라도 그런 것 없이는 살 수 없다는 걸,　　　　3295

순결한 귀에 대고서 말해서는 안 된다는 것이겠군요.

간단히 잘라 말하건대, 때때로 자신을 속여넘기는,

그런 재미를 보도록 나 당신에게 허락하리다.

그러나 그런 것도 오래 견뎌내지 못할 것이오.

당신은 벌써 또 싫증이 나버린 것 같은데,　　　　3300

이런 식으로 좀더 지속된다면, 완전히 녹초가 되어,

미쳐버리거나 불안과 공포에 휩싸이게 될 것이오!

이쯤 해둡시다! 그런데 당신의 애인은 방 안에 틀어박혀,

세상만사를 답답하고 슬프게만 여기고 있소이다.

그녀의 마음에서 당신이란 자가 도무지 떠나지를 않으니,　　　　3305

그녀는 당신을 너무나 지나치게 사모하고 있단 말이오.

처음에는 당신 사랑의 열정이 넘쳐흐르며,

작은 시냇물이 눈 녹은 물로 범람하듯 하였지요.

그런 열정을 그녀의 가슴에 마구 쏟아붓더니,

지금은 당신의 개울물이 다시 말라붙은 것이지요.　　　　3310

내 생각으론, 이런 숲속에 제왕처럼 앉아 있느니보단,

저 가련하고 어린 계집아이에게

사랑의 보답이라도 해주는 것이

위대하신 나리에게 더욱 어울릴 것 같소이다.

그애한테는 시간이 비참할 정도로 길게 느껴져,　　　　3315

창가에 기대서는, 낡은 성벽 위로

흘러가는 구름만 하염없이 바라보고 있습지요.

그러고는 이 몸이 새라면![181]이란 노래만을

하루 종일, 한밤중까지 부르고 있답니다.

어쩌다 명랑할 때도 있지만, 대개는 침울해 있고,　　　　3320

한번 실컷 울기라도 하면,

다시 가라앉은 것처럼 보이지만,

사랑에 빠져버린 마음은 늘 그대로랍니다.

파우스트

이 뱀 같은 놈! 뱀 같은 놈!

메피스토펠레스 (혼잣말로)

그래! 난 네놈을 잡은 거야!　　　　3325

파우스트

이 흉측한 놈! 썩 물러가거라.[182]

그 아름다운 여인 이야기는 입에 담지도 마라!

반쯤 미쳐버린 내 마음에 다시는

그 달콤한 육체에 대한 욕망을 불러일으키지 마라!

메피스토펠레스

어쩌자는 것이오? 그앤 당신이 도망쳤다 여기고,　　　　3330

당신은 사실상 반의 반쯤은 뺑소니친 셈이니 말이오.

파우스트

난 그녀 가까이에 있다. 이렇게 멀리 떨어져 있다 해도,

난 그녀를 결코 잊을 수도 없고, 잃을 수도 없다.

이러는 동안에도 나는 그녀가 입술을 대고 있는,

주님의 성체聖體까지[183] 질투하게 된단 말이다.　　　　3335

메피스토펠레스

그러실 테죠! 나도 때로는 당신이 부럽더이다.

장미꽃 속에 묻혀 풀을 뜯는 쌍둥이가[184] 되었으면 하구요.

파우스트

물러가라, 뚜쟁이 놈아!

메피스토펠레스

　　　　　　　　　좋소이다! 욕하시오. 난 웃어야겠소.

처녀와 총각을 만들어낸 하나님 또한,

스스로 기회까지 만들어주는 것이,　　　　3340

아주 고귀한 직무라는 점을 동시에 인식하고 있었소이다.

어서 가보시오. 불쌍하기 짝이 없는 일이외다!

당신이 사랑하는 애인의 방으로 가라는 것이지,

죽으러 가라는 게 아니올시다.

파우스트

그녀 품안에서 얼마나 천국 같은 기쁨을 맛보았던가?　　　　3345

그녀의 가슴에 안겨 내 몸을 따스하게 해보자꾸나!

나는 줄곧 그녀의 괴로움을 느끼고 있지 않았더냐?

난 도망자가 아니란 말인가? 집도 없는 자가 아닌가?

목적도 없고 안정도 찾을 길 없는 비인간非人間이며,

폭포수와도 같이 이 바위에서 저 바위로　　　　3350

심연을 향해 탐욕스레 분노하며 쏟아져내리는 놈이

아닌가?

그런데 다른 한편 그녀는 어린애 같은 둔감한 마음으로,

알프스 산의 조그마한 들판 위에 있는 오두막집에서,

집안 살림을 꾸려가는 그 모든 것을

이 작은 세계에 한정시키고 있단 말이다.　　　　3355

그런데 신의 미움을 받은 나란 놈은,

암벽들을 모조리 움켜쥐고,

그것을 산산조각나도록 부숴버리고서도,

마음이 시원치가 않았다!

그리하여 그녀를, 그녀의 평화를 파괴해버리고 말았구나!　　　　3360

지옥 같은 놈, 이런 희생을 치러야만 했단 말이냐!

도와다오, 악마여! 내게 이 고통의 시간을 단축시켜다오!

어차피 일어날 일이라면, 당장 일어나도록 하라!

그녀의 운명이 내 머리 위에 무너져내려,

그녀가 나와 함께 멸망해도 좋으리라!　　　　3365

메피스토펠레스

다시금 부글거리고, 또다시 불이 붙었구려!

어서 가서 그애나 위로해주시구려, 이 바보 같은 양반아!

이런 조그만 대갈통은 나갈 구멍이 보이지 않으면,

당장에 끝장만을 생각한단 말이야.

용감하게 견뎌나가는 자만이 살아남을 것이외다!　　　　3370

뿐만 아니라 당신도 이전에는 제법 악마답게 굴었소이다.

이 세상에 절망하여 허둥대는 악마보다,

더 입맛 떨어지는 꼴은 없을 것이외다.

그레첸의 방

그레첸 (홀로 물레 앞에 앉아서)

마음의 평화는 사라지고,
가슴은 한없이 답답하네.   3375
그 평화 이제는 못 찾으리,
결코 다시는 찾지 못하리.

그이가 계시지 않은 곳,
내게는 어디나 무덤.
온 세상 돌아본다 해도   3380
내게는 쓰디쓴 고난일세.

가련한 내 머리는
미칠 듯 어지럽고,
가련한 내 심정은
산산조각나고 말았네.   3385

마음의 평화는 사라지고,
가슴은 한없이 답답하네.
그 평화 이제는 못 찾으리,
결코 다시는 찾지 못하리.

행여나 그이 오실까   3390
창문으로 내다보고,
행여나 그이 만날까

집 밖으로 나가보네.

그이의 의젓한 걸음걸이,
고귀한 그의 모습,   3395
입가에 흐르는 미소,

눈길에 담긴 그 정기,

거기에 마술처럼 흐르는
그이의 오묘한 말씀,
꼭 잡아주는 손길,   3400
그리고 아 그분의 키스!

마음의 평화는 사라지고,
가슴은 한없이 답답하네.
그 평화 이제는 못 찾으리,
결코 다시는 찾지 못하리.   3405

애달픈 내 가슴은
그이를 향해 사무치네.
아아 나 그이를 붙잡아,
내 곁에 모셔두고,

내 마음 찰 때까지,   3410
키스를 하고 싶어라.
그의 키스를 받으며,
사라진다 할지라도!

마르테의 집 정원

마가레테, 파우스트

마가레테

하인리히,[185] 약속해주세요!

파우스트

                      내가 할 수 있는 일이라면!

마가레테

그럼 말씀해주세요. 종교를 어떻게 생각하시나요?[186]   3415
당신은 진정으로 착하신 분이긴 하지만,
종교는 별로 중하게 여기시지 않는 것 같아요.

파우스트

그런 얘긴 그만둬요! 당신은 내가 착하다는 걸 느끼고 있어.
내 사랑하는 사람을 위해선 피와 살을 다 바치겠지만,
누구에게서도 그의 감정이나 교회를 빼앗고 싶지는 않아.   3420

마가레테

그건 옳지 않아요. 믿으셔야만 해요!

파우스트

그래야만 할까?

마가레테

             아아! 당신께 뭐라도 해드릴 수만 있다면!
당신은 교회의 성사^{聖事}조차도 존중하지 않으시죠.

파우스트

존중하고 있어.

마가레테

          하지만 진심으로 원해서가 아니잖아요.

미사에도 안 가시고, 고해도 하지 않은 지 오래되었어요.   3425
하나님을 믿으시나요?

파우스트

　　　　　　　　여봐요, 누가 감히 말할 수 있겠소,
내가 하나님을 믿는다고!
성직자나 현인[*]에게 물어보아도 좋지만,
그들 대답은 마치 그런 걸 물어보는 사람을
조롱하는 것처럼 들릴 것이오.

마가레테

　　　　　　　　그럼 믿지 않으시는군요?   3430

파우스트

내 말을 오해하지 말아요, 사랑스런 사람이여!
누가 감히 하나님을 이름할 수 있겠소?
나는 하나님을 믿는다고,
누가 감히 고백할 수 있을까.
마음에 느끼고 있는 사람이,   3435
또 누가 감히 나 그를 믿지 않는다고,
잘라서 말할 수가 있을까?
만물을 포괄하는 자,
만물을 보존하는 자,
그는 당신을, 나를, 그리고 자기 자신을   3440
포괄하며 보존하고 있지 않은가?[187]
하늘은 저기 저렇게 높이 둥글게 덮여 있지 않은가?
대지는 여기에 이렇게 단단히 놓여 있지 않은가?
그리고 영원한 별들은 친절한 눈길을 보내며
이렇게 떠오르고 있지 않은가?   3445

내가 당신과 더불어 눈과 눈을 마주 보고 있노라면,
당신의 머리와 당신의 가슴속으로
이 모든 것이 밀려들어오지 않소?
그리고 영원한 비밀에 싸여 눈에 보일 듯 안 보일 듯
당신 곁에서 떠돌고 있지 않소?   3450
아무리 크더라도 당신 가슴을 그것으로 가득 채우구려.
그리고 그런 감정에 젖어 성스러운 기분을 느낀다면,
그것을 행복! 마음! 사랑! 혹은 하나님! 이라고 부르든,
당신이 원하는 대로 이름을 붙이도록 해요!
나는 그것을 무엇이라고 이름해야 할는지   3455
모르겠소! 내겐 감정이 전부요.
이름이란 음향이나 연기와 같고,
안개 속에 뒤덮인 하늘의 불길과도 같다오.

마가레테

그것은 모두 정말 아름답고 훌륭한 말씀이에요.
신부님 말씀도 대강 그와 비슷한데,   3460
하시는 말들이 약간 다를 뿐이에요.

파우스트

맑은 하늘 아래 사는 사람들은
어디를 가든지 모두가,
자기 말투에 따라 이야기를 하는 법인데,
어찌하여 나는 내 식대로 말해선 안 된단 말이오?   3465

마가레테

그런 말씀을 들으면, 그럴듯하다는 생각이 들어요.
하지만 늘 어딘가 잘못된 점이 남아 있는 것 같은데,
그건 당신이 기독교를 믿지 않기 때문인가봐요.

파우스트

이 귀여운 사람!

마가레테

전 벌써부터 마음이 아팠어요.
당신이 그 친구와 함께 다니시는 걸 볼 때마다요.　　3470

파우스트

어째서요?

마가레테

당신 곁에 늘 붙어다니는 그 사람을,
저는 깊은 마음속으로부터 증오하고 있어요.
제가 지금까지 살아오는 동안
그 사람의 거슬리는 얼굴만큼,
제 가슴에 못을 박은 것은 없었어요.　　3475

파우스트

인형처럼 사랑스럽군. 그를 두려워할 것 없어요!

마가레테

그 사람이 있으면 저는 피가 끓어올라요.
그 외의 모든 사람들을 전 호의적으로 대하고 있어요.
그런데 당신이 보고 싶어 몹시 그리워할 때에도,
그 사람을 생각하면 웬일인지 오싹 소름이 끼치고,　　3480
그 사람이 악당 같다는 생각이 들어요.
제가 그를 잘못 보았다면, 하나님께 용서를 빌겠어요!

파우스트

그런 괴상한 녀석도 있어야 하는 법이라오.

마가레테

전 그런 사람과는 함께 지내고 싶지 않아요.

그가 문으로 들어설 때면, 언제나　　3485
그렇게 남을 조롱하는 듯 바라보고,
반쯤은 분노에 찬 것 같아요.
그는 남이야 어찌되건 아무런 관심도 없는 듯이 보이고,
그 이마에는 어떤 사람도 사랑할 수 없다는
사실이 역력히 씌어 있어요.　　3490
전 당신의 품안에 있으면 그렇게도 행복하고,
그렇게도 자유스러우며, 모든 것을 내맡긴 듯 따스한데,
그 사람만 있으면, 내 마음이 꼭 죄어드는 것 같아요.

파우스트

당신은 예감으로 충만한 천사로구려!

마가레테

그런 감정이 저를 너무나 압도해서,　　3495
우리 둘이 있을 때 그 사람이 들어오기라도 하면,
당신을 더이상 사랑할 수 없다는 생각까지 들어요.
게다가 그가 있으면 기도조차 드릴 수 없으니,
그것이 제 심장을 쪼아먹는 것 같아요.
하인리히, 당신도 틀림없이 그럴 거예요.　　3500

파우스트

당신은 선천적인 혐오감을 느끼고 있는 거요!

마가레테

이제 가봐야겠어요.

파우스트

아아, 단 한 시간만이라도
마음 놓고 당신의 품에 안기며, 가슴과 가슴을,
영혼과 영혼을 서로 맞대고 있을 수가 없단 말이오?

마가레테

아, 제가 혼자서만 잔다면 얼마나 좋겠어요!　　　　　　3505

오늘밤에 당신을 위해 대문 빗장을 열어놓겠어요.

하지만 제 어머님은 잠을 깊이 주무시지 않으세요.

그러다가 어머니한테 들키기라도 한다면,

전 그 자리에서 당장 죽은 목숨이에요!

파우스트

천사 같은 당신, 그런 건 염려할 것 없어.　　　　　　3510

여기 조그만 약병이 있소! 단 세 방울만

어머니가 마시는 음료에 섞어넣으면,

세상 모르고 깊은 잠을 주무시게 될 거요.

마가레테

당신을 위해서라면 무엇인들 못 하겠어요?

어머니께 해롭지는 않았으면 좋겠어요!　　　　　　3515

파우스트

해로운 것이라면 내가 어찌 권하겠소?

마가레테

사랑하는 분이시여, 당신을 만나기만 하면,

당신 뜻대로만 응하게 되니, 어쩐 일인지 저도 모르겠어요.

당신을 위해 벌써 너무나 많은 일을 하였기에,

이젠 더이상 할 일이 아무것도 없는 것 같아요. (퇴장)　　　　　　3520

(메피스토펠레스, 등장한다.)

메피스토펠레스

그 풋내기 계집, 가버렸소?

파우스트

또 엿들었구나?

메피스토펠레스

자초지종을 상세히 잘 들었소이다.

박사님께서 교리문답을 당하시더이다.

훌륭한 소득이 있길 바라는 바입니다.

계집애들이란 옛날 버릇 그대로 어떤 남자든 간에,　　　　　　3525

신앙심이 있는지, 순박한지에 지대한 관심을 갖고 있지요.

그런 일에 굴복하면, 자기들 말도 잘 따르리라 생각하거든요.

파우스트

네놈 같은 괴물은 알지 못하리라.

저 진실하고 사랑스러운 아이는,

오로지 그 믿음만으로도　　　　　　3530

그녀를 성스럽게 해주는 신앙심으로 충만하여,

가장 사랑하는 애인을 잃었다고 여길 정도로,

진정 성스럽게 걱정하고 있는 것이다.

메피스토펠레스

초^超관능적이면서도 관능적인 구혼자여,

어린 계집이 당신을 우롱하고 있소이다.　　　　　　3535

파우스트

이 똥물과 불이 희롱하다 태어난 놈 같으니라고!

메피스토펠레스

그런데 그 계집은 관상도 제법 잘 보더이다.

내가 있으면, 왠지 모르게 이상한 기분이 된다니,

말하자면 내 상판이 숨은 뜻을 예언한다는 게지요.

그 계집은 내가 틀림없이 천재일[188] 거라고,　　　　　　3540

어쩌면 악마일지도 모른다고 느끼고 있는 것이외다.
그런데, 오늘밤엔?—

파우스트

　　　　　그게 네놈에게 무슨 상관이냐?

메피스토펠레스

그렇지만 난 나대로 그것이 반가우니까요!

우물가에서

그레첸과 리스헨이 물동이를 잡고서 이야기한다.

리스헨

너 베르벨헨에 대한 소문 하나도 못 들었니?

그레첸

전혀 못 들었어. 난 사람들 많은 데는 별로 가지 않으니까.　3545

리스헨

확실해, 오늘 시빌레가 그러더라!
그앤 결국 홀딱 속았다는 거야.
그렇게 얌전한 척하더니만!

그레첸

　　　　　어떻게 됐는데?

리스헨

　　　　　　　　　냄새가 난다더라!
이젠 먹고 마시는 것이 두 사람 몫이라야 한다는 거야.

그레첸

맙소사!　3550

리스헨

결국 당연한 일이 일어난 거야.
얼마나 오랫동안이나 그 녀석을 따라다녔다고!
산책을 한다 하고,
마을로, 무도장으로 안내를 한다 하면서,
어딜 가나 제일가는 여자라고 추어올려놓고는,　3555
언제나 파이와 포도주를 시키며 비위를 맞춰줬거든.
그러니까 그애도 제가 으뜸가는 미인으로 착각하고,
여러 가지 선물을 받고서,
부끄러워할 줄도 모를 정도로 뻔뻔해졌지 뭐니.
둘이서 애무하며 핥고 빨고 하다가,　3560
이제 그만 그 작은 꽃도[189] 떨어지게 된 거야!

그레첸

가엾은 것!

리스헨

　　　　　그런 계집애를 가엾게 여기다니!
우리 같은 애들이 물레 곁에 앉아 있고,
밤이면 어머니가 밖에 내보내주지 않았을 때에도,
그 계집애는 애인 곁에 붙어앉아 단맛을 보고,　3565
문 앞의 벤치에서나 어두컴컴한 골목에서,
시간이 가는 줄도 모르고 지내지 않았니.
그러니 이제 어딜 가나 고개를 들지 못하고,
죄수옷을 입고 교회에 나가 참회해야[190] 할 거야!

그레첸

그이가 그앨 틀림없이 아내로 맞아들일 거야.[191]　3570

리스헨

그렇다면 그가 바보지! 약삭빠른 사내들이란

다른 곳에서도 얼마든지 놀아날 기회가 있단 말이야.

벌써 달아나버렸대.

그레첸

그거 정말 안됐구나!

리스헨

그애가 그 남자와 결혼한다면, 혼을 내줄 거야.

사내들이 그애의 화관花冠을 뜯어버릴 것이고,   3575

우린 그 집 앞에 여물을 뿌려놓을[192] 거야! (퇴장)

그레첸 (집으로 돌아가면서)

어떤 가련한 여자애가 잘못을 저지르면, 예전엔

나도 얼마든지 신이 나서 헐뜯을 수 있었는데!

다른 사람들의 죄에 대해선, 혀끝이 당해내지 못할 만큼

나도 그렇게 많은 비난을 퍼부어대곤 했었는데!   3580

남이 저지른 짓이 검게 보이면, 더욱 검은 칠을 해도

마음에 흡족토록 검게 여겨지지가 않았었고,

죄 없는 나 자신을 축복하며 그렇게도 잘난 체를 했었는데,

그런데 이제는 나 자신이 죄지은 신세가 되었구나!

하지만 — 나를 그리로 몰아간 그 모든 것은,   3585

아아, 하나님! 그처럼 달콤했어! 아, 너무나 사랑스러웠어!

성벽의 안쪽 길[193]

성벽의 움푹 파인 곳에 고난의 성모상이 서 있고,

그 앞에 꽃병이 놓여 있다.

그레첸 (싱싱한 꽃을 꽃병에 꽂는다.)

수많은 고난을 겪으신 성모님,

당신의 얼굴을 드리우시어 자비로이

저의 곤경을 굽어보아주소서!

가슴에 칼날을 맞으시고,   3590

무수한 고통을 겪으시며

아드님의 죽음을 목도하시나이다.

하늘에 계신 아버지를 우러러보시며,

아드님과 당신의 고난을 위해

애통의 한숨을 보내고 계시나이다.   3595

제 골수에 얼마나 고통이

사무쳐오는가를,

그 누가 느끼겠나이까?

가련한 제 마음이 여기 이렇게 두려워하고,

몸을 떨면서, 무엇을 갈구하는지   3600

오로지 당신, 당신만이 알고 계시나이다!

저는 언제 어디를 가든,

여기 이 가슴속이

아프고, 아프고, 또 아프답니다!
아아, 저는 혼자 있기만 하면,   3605
울고, 울고, 또 울어서,
심장이 갈기갈기 찢어지는 듯합니다.

이른 아침 당신에게 바치려고
이 꽃을 꺾을 때, 아아,
창문 앞에 놓인 화분을 저는   3610
눈물로 적시었나이다.

이른 새벽 태양이
제 방 안을 환하게 비춰줄 때면,
저는 온갖 슬픔에 싸여
벌써 자리에 일어나 앉아 있사옵니다.   3615

도와주소서! 치욕과 죽음에서 절 구해주소서!
수많은 고난을 겪으신 성모님,
당신의 얼굴을 드리우시어 자비로이
저의 곤경을 굽어보아주소서!

밤

그레첸의 집 대문 앞 거리.

발렌틴 (군인, 그레첸의 오빠)
누구나 제 자랑 늘어놓기 좋아하는   3620
술자리에, 내가 이렇게 앉아 있었을 때,
동료들은 내 앞에서 꽃 같은 처녀들을
소리 높여 찬양하고는,
그녀의 건강을 위해 가득 찬 술잔을 비워댔지.
그럴 때 난 팔꿈치를 괴고서   3625
여유 만만하게 자리를 잡고 앉아,
그 모든 허풍치는 소리를 듣고 있다가,
입가에 미소를 띤 채 수염을 쓰다듬으며,
넘치는 술잔을 손에 들고 이렇게 소리쳤지.
그야 모두가 제멋대로이니까!   3630
하지만 온 천하를 샅샅이 찾아본다 해도,
내 귀여운 그레첸과 비길 만한 아이가 있겠느냐?
내 동생의 시중이라도 들 만한 처녀가 있단 말이냐?
옳다! 옳아! 찡그렁! 쨍그렁! 이렇게 잔은 돌아갔지.
그러면 한 패가 소리치기를, 그의 말이 맞아,   3635
그녀는 온 여성의 자랑거리야! 라고.
그러면 자랑하던 패들이 모두 벙어리가 되어버렸지.
그런데 지금은 어떤가! — 머리털을 쥐어뜯어도,
담벼락을 기어오른다 해도, 무슨 소용 있겠는가! —
갖가지 말로 빈정거리고, 코를 찌푸려대면서,   3640
온갖 잡놈들이 나를 욕하고 있으니 말이다!

나는 악독하게 빚진 놈처럼 앉아 있어야만 하고,

우연히 지나가는 말에도 진땀을 빼는 꼴이 되었구나!

그놈들을 모조리 박살내주고도 싶지만,

놈들을 거짓말쟁이라고 말할 수도 없구나.　　　　　　3645

저기 오는 게 뭐지? 살금살금 다가오는 놈들이 누구지?

잘못 본 게 아니라면, 저게 바로 그 두 놈이로구나.

저게 만일 그놈이라면, 당장에 멱살을 움켜잡아,

이 자리에서 놈을 살려 보내지는 않으리라!

(파우스트, 메피스토펠레스 등장한다.)

파우스트

저기 저 성물납실聖物納室의 창문으로부터　　　　　　3650

영원한 등불의 불빛이[194] 위쪽으로 비쳐 올라가고,

옆으로 퍼져 점점 그 빛이 가물가물 희미해져서,

결국 그 주위에 캄캄한 암흑이 밀려들고 있구나!

그처럼 내 가슴속도 한밤중처럼 어둡게 보이는구나.

메피스토펠레스

그런데 내 마음은, 소방용 사다리 곁을 지나,　　　　　　3655

살금살금 담벼락을 끼고 남몰래 기어가는,

열망에 가득 찬 고양이새끼와도 같답니다.

게다가 난 아주 도덕적이긴 하면서도,

도둑질 욕망도 좀 있고, 교미하고픈 욕구도 좀 있소이다.

그러니 벌써 내 사지에 온통 저 화려한　　　　　　3660

발푸르기스의 밤 축제 기분이 출몰하는 것 같습니다.

내일모레면 다시 그날이 닥쳐오는데,

거기 가보면, 사람들이 왜 밤을 새우는지 알게 될 겁니다.

파우스트

저기 뒤편에 불꽃이 번쩍이는 게 보이는데,

아마도 땅 속의 보물이[195] 밀고 올라오는 것이겠지?　　　　　　3665

메피스토펠레스

보물항아리를 캐내는 즐거움을,

당신도 머지않아 체험할 수 있을 것이외다.

얼마 전에 슬쩍 곁눈질로 훔쳐보았는데,

굉장한 사자무늬 은화가[196] 잔뜩 들어 있더이다.

파우스트

내 사랑하는 애인을 치장해줄 만한,　　　　　　3670

보석이나 반지는 없더란 말이냐?

메피스토펠레스

그런 물건도 하나 들어 있었는데,

끈에다 진주를[197] 꿰어놓은 것 같더군요.

파우스트

그렇다면 잘됐구나! 선물도 없이,

그녀를 찾아간다는 게 마음 아프단 말이다.　　　　　　3675

메피스토펠레스

무엇이든 공짜로 재미 본다는 따위의,

불쾌한 일이 생기지 않도록 해드리겠소이다.

마침 하늘에는 별들이 온통 반짝이고 있으니,

진짜 예술적인 노래를 한 곡 들려드리지요.

그 계집을 좀더 확실하게 미혹시키기 위해,　　　　　　3680

아주 도덕적인 노래를 불러준단 말입니다.

(기타에 맞춰 노래한다.)

　이렇게 이른 새벽에,

　카타리나 아가씨야,

　여기 애인의 문 앞에서

　그대 무엇 하느냐?　　　　　　　　　　　　　　　3685

　아서라, 제발 그만둬라!

　그자는 그대를 불러

　숫처녀로 들어오게 하지만,

　숫처녀로 돌려보내진 않으리라.

　너희 정신들 차려라!　　　　　　　　　　　　　　3690

　일단 일을 치르고 나면,

　그 다음은 안녕이란다.

　이 가련하고 불쌍한 것들아!

　너희들 몸을 아끼려면,

　도둑놈을 경계하고,　　　　　　　　　　　　　　3695

　사랑일랑 아예 하지를 마라,

　손가락에 반지 낄 그날까지는.[198]

발렌틴 (앞으로 나온다.)

　이 망할 자식! 여기서 누굴 유혹하느냐?

　이 저주받을 쥐잡이[199] 놈들 같으니!

　먼저 그 깽깽이 통부터 없애버리겠다!　　　　　3700

　다음은 노래하는 놈을 악마에게 보내주마!

메피스토펠레스

　기타가 두 동강 났군! 이걸론 안 되겠다.

발렌틴

　이번엔 대갈통을 부숴놓겠다!

메피스토펠레스 (파우스트에게)

　박사님, 물러서지 마시오! 기운을 내시오!

　내게 딱 달라붙어서 시키는 대로만 하시오.　　3705

　그 먼지털이개를[200] 뽑으시오!

　찔러대기만 하시오! 내가 막아낼 테니까요.

발렌틴

　이걸 막아봐라!

메피스토펠레스

　　　　　　　못 막을 게 뭐냐?

발렌틴

　이것도!

메피스토펠레스

　　　　　　　물론!

발렌틴

　　　　　　이건 악마가 싸우는 것 같구나!

　이게 웬일인가? 벌써 손이 마비되다니.　　　　3710

메피스토펠레스 (파우스트에게)

　찌르시오!

발렌틴 (쓰러진다.)

　　　　　　아, 분하구나!

메피스토펠레스

　　　　　　　　　이 쌍놈, 이제 얌전해졌군!

하지만 튑시다! 우린 당장 도망쳐야만 합니다.
벌써 살인했다는 소동이 일고 있으니까 말이오.
경찰쯤이야 멋지게 해치울 수 있지만,
형사재판에 연루되는 건 딱 질색이란[201] 말이오.

마르테 (창가에서)

나와봐요! 나와보세요!

그레첸 (창가에서)

　　　　　등불 좀 가져오세요!

마르테 (전과 같이)

욕하고 쥐어뜯고, 악을 쓰며 싸우고 있어요.

사람들

저기 벌써 한 사람이 죽어 넘어졌구나!

마르테 (앞으로 나오며)

살인자들은 벌써 도망쳤나요?

그레첸 (앞으로 나오며)

쓰러진 사람이 누구예요?

사람들

　　　　　　　　네 어머니의 아들이다.

그레첸

오, 하나님! 이게 어찌된 일인가요!

발렌틴

나는 죽는다! 말도 곧 해야겠지만,
나는 그보다 더 먼저 죽게 될 것이다.
여인들이여, 무엇 때문에 거기 서서 울고불고 야단이오?
이리 가까이 와서 내 말을 들어보시오!
(모두들 발렌틴의 주위로 다가간다.)
봐라! 그레첸아, 너는 아직 어리고,
제대로 철도 나지 않았으니,
네 일조차 그르치고 있단다.
네게만 남몰래 일러두는 바이지만,
아무튼 이제 너는 창녀가 되고 말았다.
그게 당연한 노릇인지도 모르겠다.

그레첸

오빠! 아, 하나님! 그게 무슨 말씀이세요?

발렌틴

농담으로라도 주 하나님을 입에 담지 마라.

유감스럽지만 일어난 일은 일어난 일이며,

그리고 그 일은 되어갈 대로 될 것이다.　　　　　　　　　3735

너는 단 한 놈과 은밀하게 시작했지만,

곧 그놈들의 숫자가 늘어날 것이고,

한 다스쯤 되는 놈들이 너를 맛보게 되면,

그럼 온 도시가 너를 갖게 되는 것이다.

치욕의 씨앗이라도 잉태하게 되면,　　　　　　　　　　3740

그 아일 남모르게 세상에 낳아놓겠지.

그리고 그놈의 머리와 귀를

어둠의 베일로 푹 덮어놓을 수도 있겠지.

그래, 그놈을 죽여버리고도 싶어질 것이다.

그러나 그놈이 자라서 크게 되면,　　　　　　　　　　3745

대낮에도 얼굴을 내밀고 쏘다니게 되겠지만,

치욕의 씨앗이란 아름다워지는 법이 없느니라.

그놈의 얼굴이 추해지면 추해질수록,

더욱 더 대낮의 광명을 찾게 될 것이다.[202]

나는 진정 그때가 눈앞에 보이는 것 같구나.　　　　　　3750

이 도시의 모든 선량한 사람들이,

전염병에 걸려 죽은 시체라도 대하는 것처럼,

창녀가 다 된 너를 피해 지나가는 꼴을 말이다!

그 사람들이 네 눈을 바라볼 때면,

네 몸뚱이 속의 심장은 얼마나 기가 꺾이겠느냐!　　　　3755

이젠 금목걸이도 걸고 다닐 수 없으리라![203]

교회에서는 제단 앞에 설 수도 없으리라!

아름다운 레이스를 단 옷을 입고,

춤추며 즐거워할 수도 없을 것이다!

캄캄한 비탄의 구석에 쑤셔박혀,　　　　　　　　　　3760

걸인과 병신들 틈에 몸을 숨기고 지내야 할 것이며,

비록 하나님께서 널 용서하신다 할지라도,

이 세상에서는 저주받은 몸이 되리라!

마르테

하나님께 당신 영혼에 대한 은총이나 구하세요!

남을 비방하는 죄까지 덮어쓰려고 그러세요?　　　　　3765

발렌틴

이 치욕스런 뚜쟁이 계집년아!

네 말라빠진 몸뚱이를 비틀어 죽였으면 좋겠다.

그렇게 하여 내 모든 죄에 대한

용서를 충분히 받을 수 있었으면 좋겠구나.

그레첸

오빠! 이 무슨 지옥과도 같은 고통이에요!　　　　　　3770

발렌틴

말해두건대, 눈물일랑 거두도록 하라!

네가 명예를 버리고 말을 하기에,

내 마음은 가장 심한 충격을 받았단다.

나는 죽음이란 잠을 통하여

군인으로서 씩씩하게 하나님에게로 가겠노라. (죽는다.)　3775

성당

장례 미사. 오르간과 노랫소리.

그레첸이 많은 사람들 사이에 앉아 있다.

그레첸 뒤에 악령이[204] 있다.

악령

그레첸, 너도 많이 변했구나,

네가 아직 천진난만했을 때는,

여기 이 제단 앞에 나가서

낡은 기도책을 펼쳐들고,

반은 어린아이들 장난으로   3780

반은 마음에 하나님을 생각하면서,

더듬더듬 기도를 올렸었다!

그레첸!

너의 정신은 어디로 갔느냐?

너의 가슴속에는   3785

그 어인 못된 행위인가?

넌 너로 인해 기나긴 고통 속으로[205] 잠들어간,

네 어머니의 영혼을 위해 기도하는가?

너의 집 문지방에는 누구의 피가[206] 흘렀느냐?

― 그리고 네 가슴 아래에서는   3790

죄악의 씨가 벌써 솟아올라 꿈틀거리며,

예감에 가득 찬 현존^{現存}으로써,

너와 그 자신을 두렵게 하고 있지 않느냐?

그레첸

괴로워라! 괴로워라!

내 마음속을 오락가락하며,   3795

나를 책망하는

이런 생각에서 벗어나면 좋으련만!

합창

노여움의 날, 그날이 오면,

세상은 녹아서 재가 되리라.[207]

(오르간 소리)

악령

분노가 너를 사로잡으리라!   3800

나팔소리가 울려퍼지리라!

무덤들이 진동하리라!

그리고 너의 마음은,

재와도 같은 안식으로부터

이글대는 불꽃의 고통으로   3805

다시 피어올라,

벌벌 떨게 되리라!

그레첸

여기를 떠날 수만 있다면!

저 오르간 소리는

내 숨통을 틀어막고,   3810

노랫소리는 내 심장을

속속들이 녹여버리는 것 같구나.

합창

그리하여 심판관 자리에 앉게 되면,

숨겨진 일 모조리 밝혀지고,

벌받지 않는 일 하나도 없으리라.   3815

그레첸

> 너무나 답답하다!
> 저 벽기둥들이
> 날 사로잡는구나!
> 저 둥근 천장이
> 나를 짓누르는구나! — 공기를!   3820

악령

> 숨어보라! 그러나 죄와 치욕은
> 감추어지지 않으리라.
> 공기라고? 광명이라고?
> 불쌍하도다!

합창

> 가련한 나 그때는 무엇이라 말하리?   3825
> 어느 정령에게 내 보호를 갈구하랴?
> 정의로운 사람마저 불안스런 그때에.

악령

> 죄를 씻은 자들은 네게서
> 얼굴을 돌리리라.
> 순결한 자들은 네게   3830
> 손 내밀기를 몸서리치리라.
> 슬프도다!

합창

> 가련한 나 그때는 무엇이라 말하리?

그레첸

> 옆에 계신 아주머니! 그 향수병을[208] 좀! —
> (기절하여 쓰러진다.)

발푸르기스의 밤

하르츠의 산중, 시에르케와 엘렌트[209] 지방.

파우스트와 메피스토펠레스

메피스토펠레스

빗자루 같은 것 필요하지 않소이까?   3835

나는 아주 억센 숫염소라도[210] 한 마리 있었으면 좋겠소.

목적지까지 가려면 길이 아직도 멀었소이다.

파우스트

두 다리에 아직 싱싱한 기운이 느껴지는 한,

나는 이 마디투성이의 지팡이로 충분하다.

길을 그렇게 재촉한들 무슨 소용 있겠느냐!   3840

미로와 같은 계곡들을 천천히 걸어서,

샘물이 끊임없이 솟아올라 떨어져내리는

이 바위들을 타고 올라가는 것이,

이런 험한 길을 가는 데 흥을 돋워주는 즐거움이로다!

봄은 벌써 자작나무숲 속에서 꿈틀거리고,   3845

가문비나무들까지도 이미 봄기운을 느끼고 있구나.

그러니 우리들 사지에도 그 영향이 미치지 않겠느냐?

메피스토펠레스

사실, 나는 아무것도 느끼지 못하겠소이다!

이 몸뚱이 속은 한겨울과도 같으니,

우리가 가는 길에 눈과 서리라도 내렸으면 좋겠군요.   3850

저 이지러진 모양의 붉은 달이

때 아닌 빛을 발하며 구슬프게 떠오르고 있지만,

그 빛이 너무 미약하여 한 걸음, 한 걸음 옮길 때마다

나무에 걸려, 혹은 바위에 걸려 넘어질 것 같소이다!

미안하지만, 도깨비불에게 부탁 좀 하겠소이다!   3855

저기 마침 신나게 불타는 놈이 하나 보이는군요.

이봐! 친구! 자네 이리 좀 와주겠는가?

그렇게 쓸데없이 빛을 내고 있을 필요가 있겠는가?

부탁하네만, 우리가 올라가는 길을 좀 밝혀주게나!

도깨비불[211]

황송하옵니다. 가볍게 흔들거리는 제 천성을,   3860

어떻게든지 억눌러 잘 해보도록 하겠나이다.

우리의 걸음걸이는 지그재그로 되는 게 보통이니까요.

메피스토펠레스

허허! 네놈이 인간을 흉내낼 모양이로구나.

악마의 이름으로 명하건대, 똑바로 걸어가도록 하라!

그러지 않으면 펄럭이는 네 생명의 불꽃을 꺼버릴 테다.   3865

도깨비불

나리께서 우리 집 주인이란[212] 걸 잘 알고 있사오니,

기꺼이 나리의 분부대로 따르겠사옵니다.

한 가지 생각해주십쇼! 오늘 이 산중이 온통 미쳐

　　날뛰고 있는데,

도깨비불이 나리의 길을 밝혀 안내해야만 한다면,

나리께서도 너무 까다롭게 굴진 말아주십시오.   3870

파우스트, 메피스토펠레스, 도깨비불 (교대로 노래를 부른다.)

꿈의 나라, 마술의 영역으로

어느덧 우리 들어온 모양이다.

우릴 잘 모셔 영광을 찾으라.

우리들 급히 앞으로 달려가

넓고 황량한 공간에 다다르리라!   3875

나무들 뒤에 또 나무들이,
재빨리 스쳐 지나가고,
스스로 허리 굽히는 암벽들,
길게 뻗어내린 바위의 콧날들,

드르렁 코 골며 숨을 뿜어대누나!   3880

돌뿌리 맴돌고 풀밭을 헤치며,
산골 물, 시냇물이 흘러내린다.
들리는 저 소리, 물소리냐? 노랫소리냐?
달콤한 사랑의 하소연인가,
천국 같던 젊은 날의 목소리던가?   3885
우린 무엇을 희망하고, 무엇을 사랑하는가!
지나간 시절의 옛이야기처럼,
메아리 그윽하게 울려오누나.

우후! 슈우후! 가까이서 울어대는
올빼미, 푸른 도요, 어치의 울음소리,   3890
모두가 아직도 잠 깨어 있었더냐?
덤불 속 기어가는 것은 도롱뇽인가?
다리는 긴데다, 배는 뿔룩하구나!
암벽과 모래밭에서 뱀처럼,
비비 꼬여 솟아나온 나무뿌리들,   3895
이상한 띠를 내뻗쳐
우리를 놀라게 해 잡으려 하는구나.
살아 있는 듯 거친 옹이자리에서
해파리인 양 섬유질이 뻗어나와
나그네 가는 길을 가로막는다.   3900
쥐들은 가지각색으로 떼를 지어서,
이끼와 잡초 속을 헤매는구나!
그리고 수많은 반딧불도

우글우글 여러 개로 떼를 지어서,
혼잡스런 길잡이로 날고 있구나. 3905

그런데 말해보라, 우린 서 있는 것이냐,
아니면 계속해 가고 있는 것이냐?
모든 것이 모조리 도는 것만 같구나.
암벽과 나무들은 얼굴을 찡그리고,
혼란스런 도깨비불은 3910
점점 늘어나며 부풀어만 가는구나.

메피스토펠레스

내 옷자락을 꼭 잡으시오!
여기는 중턱쯤 되는 봉우리로,
마몬 님이[213] 산중에서 얼마나 빛나는지,
모두들 보고 놀라는 곳이외다. 3915

파우스트

먼동이 틀 때처럼 불그레하고 희미한 빛이
저 깊은 계곡에 정말로 이상스레 빛나고 있구나!
그리고 그 빛은 깊고 깊은 심연의
목구멍까지 은은하게 비춰주고 있구나.
저기엔 증기가 피어오르고, 김이 서리기도 하며, 3920
여기에선 해미와 안개 속에서 화염이 빛나고 있다.
그 화염은 가냘픈 실처럼 살금살금 기어가기도 하고,
그 다음엔 샘물처럼 솟아오르기도 하는구나.
여기서는 수많은 광맥을 이루어
계곡을 온통 감돌아들기도 하고, 3925

저기서는 비좁은 구석에 몰려
갑자기 따로 떨어져 있기도 한다.
그 가까이에서 이산[離散]하는 불꽃들은
마치 황금 모래알을 뿌려놓은 것과 같다.
그런데 저걸 보라! 저 바위절벽엔 3930
밑에서 꼭대기까지 온통 불이 붙었구나.

메피스토펠레스

오늘의 축제를 위해 온 궁전을
마몬 님께서 화려하게 불 밝혀놓은 게 아니겠습니까?
당신이 저걸 구경하다니, 정말 복받은 것이외다.
벌써 미친 듯 날뛰는 손님들이 몰려드는 느낌입니다. 3935

파우스트

회오리바람이 공중에서 미친 듯 휘몰아치는구나!
몹시도 심악스레 내 목덜미를 후려치고 있구나!

메피스토펠레스

암벽의 늙은 갈비뼈를 꽉 붙잡도록 하시오.
그러지 않으면 심연의 무덤 속으로 날아가버릴 것이외다.
안개가 피어올라 밤을 더욱 짙게 하는군요. 3940
산림이 얼마나 와지끈거리는지 들어보시오!
부엉이 놈도 질겁해서 날아가버리는군요.
들어보시오, 영원히 푸르른 궁전의
기둥들이 산산이 부서져나가는 소리를요.
가지들도 우지직 부러지는군요! 3945
나무둥치들도 꽝꽝히 소리내며 쓰러집니다!
뿌리들은 삐걱삐걱하며 입을 딱 벌리고 있고요!
무시무시하게 헝클어져 쓰러지며

모든 것이 뒤죽박죽 비명을 지르고 있소이다.

그리고 부서진 파편들로 가득 찬 골짜기에는   3950

바람소리만 윙윙거리며 울부짖고 있습니다.

저 높은 곳에서 울려오는 소리가 들립니까?

저 멀리에서, 그리고 가까이에서 들리는 소리두요?

그렇소이다. 미친 듯 날뛰는 마술의 노랫소리가

이 산중을 온통 뒤흔들며 울려퍼지고 있소이다!   3955

마녀들 합창

　　마녀들 브로켄 산에 모여드니,

　　그루터기는 노란색, 묘목은 초록색.

　　거기에 굉장한 무리 모여 있는데,

　　우리안[214] 두목이 상좌에 앉으시네.

　　돌뿌리 나무뿌리 넘어서 오니,   3960

　　마녀는 방ㅇ를 뀌고, 숫염소는 똥냄새 풍기누나.

목소리

　　바우보[215] 할멈은 혼자 오는데,

　　새끼 밴 어미돼지 타고 오신다.

합창

　　존경받을 사람은 존경해야지!

　　바우보 할멈 앞장서서, 안내하시라!   3965

　　당당한 돼지에다 그 위에 탄 어머니,

　　그러기에 마녀들 모조리 뒤따라간다.

목소리

　　넌 어떤 길로 왔니?

목소리

　　　　　　　일젠슈타인을[216] 넘어왔지!

그때에 올빼미 보금자리를 들여다보았지.

두 눈을 부릅뜨고 있더라!

목소리

　　　　　　　아이고, 지옥으로나 꺼져라!   3970

넌 어찌하여 그렇게 빨리 달려가는가!

목소리

　　그년이 날 살갗이 까지도록[217] 꼬집었소.

　　여기 이 상처 좀 보시오!

마녀들 합창

　　길은 드넓고, 갈 길은 먼데,

　　왜 미친 듯 밀쳐대며 야단인가?   3975

　　쇠스랑은[218] 찌르고, 빗자루는 할퀴고,

　　애새끼는 질식하고, 어미는 배 터진다.[219]

마녀 대장[220] 절반의 합창

　　우린 껍질 쓴 달팽이처럼 엉금엉금 가는데,

　　계집들은 모조리 앞서 갔구나.

　　악마의 집을 찾아갈 때면,   3980

　　계집들이 천 걸음이나 앞서 가니까.[221]

나머지 절반

　　여자들이 천 걸음쯤 앞서 가는 것,

　　우리는 그런 따위 상관치 않네.

　　그것들이 제아무리 서두른다 해도,

　　사나이는 한걸음에 따라가니까.[222]   3985

목소리 (위에서)

　　같이 가자, 바위틈 늪에서 나와 같이 가자!

목소리들 (아래에서)[223]

우리도 높은 곳에 올라가고 싶어요.

날마다 몸을 씻어 그야말로 반짝반짝하지만,

우린 영원히 임신을 하시는 못한다오.

두 합창

바람은 잠자고, 별은 달아나며,　　　　　　　3990

침울한 달빛도 그 모습 감추네.

소란스런 마법의 합창 속에

무수한 불꽃이 뛰어오르네.

목소리[224] (아래에서)

기다려! 기다려다오!

목소리 (위에서)

저기 바위틈에서 누가 부르는가?　　　　　　3995

목소리 (아래에서)

나를 데려가다오! 날 데려가!

난 벌써 삼백 년째 오르고 있지만,

봉우리까진 도달할 수가 없구나.

우리 패거리들과 함께 어울리면 좋겠는데.

두 합창

빗자루도 태워주고, 막대기도 태워준다.　　　4000

쇠스랑도 태워주고, 숫염소도 태워준다.

오늘도 오를 수 없는 자는,

영원토록 버림받은 놈이니라.

반＊마녀 (아래에서)

전 오랜 세월 아장아장 따라가는데,

남들은 벌써 저렇게 멀리 가 있어요!　　　　4005

가만히 집에 있어도 안절부절못하겠고,

그렇다고 여기에 와보아도 따를 수가 없어요.

마녀들의 합창

고약은[225] 마녀들에게 용기를 주나니,

넝마라도 돛으로 달 수 있고,

반죽통이라도[226] 훌륭한 배船가 된다.　　　　4010

오늘 날지 못하는 자, 영원히 날지 못하리라.

두 합창

우리들 산봉우리 주위에 몰려들 때,

너희들 땅바닥을 기어가면서,

넓고도 아득한 황야를 뒤덮으려무나.

너희 떼지어 몰려드는 마녀들이여.　　　　　4015

(마녀들, 앉아서 쉰다.)

메피스토펠레스

밀리고 밀치며, 덤벼대고 우당탕거린다!

식식거리고 빙빙 돌며, 잡아당기고 종알거린다!

빛나고 불꽃을 튀기며, 똥냄새를 풍기고 불타오른다!

이것이야말로 진정한 마녀들의 본성이로다!

날 꼭 잡으시오! 그러지 않으면 당장 떨어져버릴 거요.　4020

대체 어디 있나요?

파우스트 (멀리에서)

　　　　　　여기다!

메피스토펠레스

　　　　뭐! 벌써 거기까지 밀려갔소이까?

이쯤 되면 집안의 권한을 행사할 수밖에 없겠구나.

비켜라! 볼란트[227] 공자께서 나가신다. 비켜라!

    귀여운 것들아, 비켜라!
박사님, 여기요, 날 꼭 잡으시오! 그리고 이제 한번
    펄쩍 뛰어,
이 혼란한 무리 속에서 빠져나가도록 합시다.   4025
이건 나 같은 놈에게까지도 너무 미친 짓 같소이다.
저 옆에 뭔가 아주 특별하게 빛나는 것이 있군요.
뭔가 저 수풀 있는 쪽으로 내 마음이 끌리는데요.
자, 가봅시다! 저 안으로 슬쩍 들어가봅시다.

파우스트

너 모순 덩어리 놈아! 좋다, 가보자! 어디로든 안내하라.   4030
그러나 내 생각해보니, 꽤나 영리한 척했구나.
발푸르기스의 밤에 브로켄 산을 찾아왔는데,
이제 와서 제멋대로 이런 곳으로 동떨어져 나오다니.

메피스토펠레스

얼마나 오색찬란한 불꽃인지 좀 보시오!
제법 신나는 패들이 함께 모여 있소이다.   4035
숫자가 적다고 해서 외로운 건 아니올시다.

파우스트

하지만 난 차라리 저 위쪽으로[228] 가보고 싶다!
벌써 작열하는 불길과 소용돌이치는 연기가 보이는구나.
저기 악령을 향해 수많은 무리가 몰려가고 있으니,
거기선 틀림없이 여러 가지 수수께끼가 풀릴 것이다.   4040

메피스토펠레스

그러나 여러 가지 수수께끼가 얽히기도 하지요.
커다란 세계는 그냥 떠들게 내버려두고,
우린 여기 이 조용한 곳에 자리를 잡읍시다.

커다란 세계 속에 조그만 세계를 만드는 것은,
오래 전부터 전해오는 풍습이올시다.   4045
저기 젊은 마녀들은 온통 벌거벗고 있는데,
늙은 것들은 용하게 몸을 가리고 있는 게 보입니다.
나를 봐서라도 좀 친절하게 대해주시오.
조금만 애를 쓰면, 즐거움은 클 것이외다.
무슨 악기 울리는 소리가 들리는군요!   4050
망할 놈의 소리로군! 우선 거기에 익숙해져야겠소.
자, 갑시다! 함께 갑시다! 다른 도리가 없소이다.
내가 먼저 가서 당신을 끌어들여,
새로운 인연을 맺어드리리다.
어떻소이까? 절대로 작은 장소가 아니올시다.   4055
자, 한번 보시오! 끝이 안 보일 지경이오.
수백 개의 불이 줄지어 타고 있소이다.
춤추고 떠들어대고, 요리하고 술 마시고 사랑을 하고,
말해보시오, 이보다 더 좋은 곳이 어디 있겠소?

파우스트

그런데 우리가 여기에서 한몫 끼려면,   4060
넌 마술사 노릇을 할 것인가, 악마 노릇을 할 것인가?

메피스토펠레스

난 신분을 감추고 다니는 일에 익숙하지만,
이런 축제일엔 그래도 훈장을 내보이고 싶어한답니다.
양말 대님쯤으론[229] 날 역력히 드러낼 수가 없지만,
말발굽만은 여기 이 집안에서 대단한 존경을 받지요.   4065
저기 달팽이가 보입니까? 이쪽으로 슬슬 기어오는데,
저놈의 더듬거리는 촉각으로

벌써 내게서 무슨 냄새를 맡은 모양입니다.
아무리 해도 여기서는 내 정체를 숨길 수가 없소이다.
자, 갑시다! 이 불에서 저 불로 돌아다녀봅시다.   4070
나는 중매쟁이고, 당신은 구혼자올시다.
(꺼져가는 숯불 주위에 둘러앉아 있는 몇 사람에게)
노인장들, 이런 한쪽 구석에서 무얼 하고 계시나요?
당당하게 저 한가운데로 썩 나가시어,
떠들썩하게 놀아나는 젊은 것들 사이에 끼는 게
    좋겠습니다.
외롭게 혼자 있는 건 누구나 집에서도 할 수 있으니까요.   4075

장군[230]

누가 국민을 믿고 싶겠소.
그들을 위해 그렇게도 많은 공을 세웠는데,
백성들이란, 마치 여자들과 같아서,
언제나 젊은 놈들만 최고로 추어올린단 말이오.

장관

요즘 사람들은 정도正道에서 너무 벗어나고 있어요.   4080
난 선량했던 옛사람들을 칭송하고 싶답니다.
물론 우리가 모든 일에 관여하고 있던,
그때가 진정 황금시절이었기 때문이지요.

벼락부자

우리는 사실 멍청하지는 않았지만,
때로는 해서는 안 되는 일도 했답니다.   4085
그러나 막 한몫을 단단히 잡으려는 판국에,
모든 것이 홀렁 뒤집어지고 말았습니다.

저술가[231]

요즈음에 와서 도대체 어느 누가,
비교적 현명한 내용이 담긴 책을 읽으려 한단 말이오!
게다가 요사이 젊은 놈들을 두고 말하자면,   4090
이처럼 시건방지게 굴어본 때가 없었지요.

메피스토펠레스 (갑자기 아주 늙은 모습으로 나타난다.)

내가 마지막으로 이 마녀들 산에 올라와보니,
이 군중에게 최후 심판의 날이 다가온 것 같소이다.
내 술통의 술이 탁하게 흘러나오는 것을 보니,
이 세상도 다 기울어진 모양입니다.   4095

고물상 마녀

여러분, 그냥 그렇게 지나가지 마세요!
이런 좋은 기회를 놓치시면 안 돼요!
우리 집 상품을 주의 깊게 살펴보시면,
정말로 오만 가지 물건이 다 있답니다.
이 세상 어느 것과도 비길 수 없는,   4100
우리 집 상점 안에는 어느 하나도,
인간과 세상에 대해 크나큰 화를
입히지 않은 물건이란 하나도 없습니다.
여기엔 피를 흘려놓지 않은 비수도 없고,
아주 건강한 육신에다가 그 생명을 빼앗는   4105
뜨거운 독약을 부어넣지 않은 술잔도 없으며,
사랑스러운 계집을 유혹하지 않은 패물도 없고,
굳게 맺은 약속을 깨뜨리지 않았거나,
상대방을 등뒤에서 찌르지 않은 칼도 없답니다.

메피스토펠레스

아주머니! 당신은 세상물정을 잘 모르십니다.   4110

행해진 것은 지난 일이고, 지난 것은 행해진 일이오!

좀 새로운 것들을 내놓도록 하시오!

새로운 것들만이 우리의 마음을 끌 것이외다.

파우스트

나 정신이나마 잃지 않았으면 좋겠구나!

이건 마치 대목장이라도[232] 열린 것 같군!   4115

메피스토펠레스

전체의 무리가 위로만 올라가려 하는군요.

당신은 밀고 있다고 생각하지만, 실은 밀리고 있는 겁니다.

파우스트

대체 저게 누구냐?

메피스토펠레스

　　　　　자세히 보십시오!

릴리트올시다.[233]

파우스트

　　　　　누구라고?

메피스토펠레스

　　　　　　　아담의 첫번째 부인 말이오.

저 여자의 아름다운 머리카락을 조심하시오.   4120

그녀가 유일하게 자랑으로 여기는 보물이올시다.

그것으로 젊은 남자를 휘감아 손아귀에 넣으면,

쉽사리 다시 풀어주질 않는답니다.

파우스트

저기 둘이 앉아 있구나, 늙은 여인과 젊은 여자가.

벌써 어지간히 춤을 추어댄 모양이구나!   4125

메피스토펠레스

오늘은 휴식이 없는 날이외다.

춤이 새로 시작되는군요. 자, 가서 한바탕 춰봅시다!

파우스트 (젊은 마녀와 춤을 추면서)

언젠가 나는 멋진 꿈을 꾸었지.

사과나무 한 그루 꿈속에 보았는데,

예쁜 사과 두 개가[234] 반짝였지.   4130

너무나 내 마음 끌기에 올라가보았네.

예쁜 마녀

이미 천국에 살던 때부터,

당신네는 사과를 탐냈어요.

내 정원에도 그런 사과 열렸으니,

너무나 즐거워 부들부들 떨려요.   4135

메피스토펠레스 (늙은 마녀와 더불어)

언젠가 나는 황량한 꿈을 꾸었지.

찢어진 나무 한 그루 꿈속에 보았는데,

그 나무에 ○○^{구멍}이 하나 뚫렸었지.

○○^{크기}는 했어도 내 마음에 들었네.

늙은 마녀

말발굽 달고 있는 기사님에게   4140

온갖 정성 다하여 인사드려요!

그대 그 ○○^{구멍}이 싫지 않으시면,

알맞은 ○○^{마개}를 준비하세요.

궁둥이 관령술자^{觀靈術者}[235]

이 저주받을 놈들아! 대체 무슨 짓들을 하는 거냐?

도깨비가 온전한 다리로 걸어다니지 못한다는 것은,　4145

이미 오래 전에 증명되지 않았더냐?

그런데도 네놈들은 다른 우리 인간들처럼 춤을 추다니!

예쁜 마녀 (춤을 추면서)

저이는 무도회에 와서 어쩌자는 건가요?

파우스트 (춤을 추면서)

괜찮아! 저놈은 어디나 참견이지.

다른 사람들이 춤추는 모습을 보고 비평이나 하는 놈이야.　4150

그자가 잔소리를 해대지 않는 스텝이란,

그건 밟아보지 않은 스텝이나 마찬가지란 거야.

춤추며 앞으로 나아가는 것이 저놈에겐 가장 질색이야.

그러나 낡아빠진 물방아가[236] 돌아가듯,

한 군데서 원을 그리며 빙빙 돌기만 하면,　4155

여하튼 그런 것을 좋다고 하는 거야.

정중하게 인사라도 한다면, 특별한 평을 받기도 하지.

궁둥이 관령술자

아직도 여기 있다니! 그래, 그건 있을 수 없는 일이다!

빨리 꺼져버려라! 그렇게 계몽을 시켜주었는데도!

도깨비 무리란 법칙도 무시하는 놈들이로구나.　4160

우리가 이렇게 개명했는데도, 테겔 지방에 마귀가

　　출몰하다니.[237]

그다지도 오랜 세월 동안 미신을 쓸어버리려 했는데,

아직 깨끗해지지 않았으니, 이건 정말 있을 수 없는 일이로다!

예쁜 마녀

우리 흥을 깨뜨리는 소릴랑은 그만 집어치우세요!

궁둥이 관령술자

너희 도깨비들 얼굴에다 대고 말하건대,　4165

도깨비의 독재적 통치를 난 견딜 수가 없다.

그리고 내 정령은 그러한 짓을 할 수도 없느니라.

(모두가 계속하여 춤을 춘다.)

오늘은 아무런 일도 제대로 될 것 같지 않구나.

그러나 여행기만은[238] 언제나 가지고 다니니,

마지막 발걸음을 내딛기 전에 어떻게 해서든지,　4170

악마와 작가들만은 혼을 내주고 말아야겠다.

메피스토펠레스

저놈은 곧 시궁창에 주저앉을 것이오.

그렇게 기분을 푸는 것이 저놈의 방식이지요.

그래서 거머리가 저놈의 궁둥이 피를 빨아먹으면,

놈은 도깨비들과 정령으로부터 해방되는 것이지요.　4175

(춤추는 데서 빠져나온 파우스트에게)

춤을 추면서 그렇게도 귀엽게 노래 부르던,

저 예쁜 계집애를 왜 달아나게 그냥 놔두지요?

파우스트

에이, 더러운 것! 노래를 한창 부르고 있는데,

빨간 쥐새끼 한 마리가 입 안에서 튀어나왔단 말이다.

메피스토펠레스

그거 진짜로군! 심각하게 여길 것 없소이다.　4180

그 쥐새끼가 회색이 아니라서 다행이로소이다.

한참 재미 보는 순간에 누가 그런 걸 따지겠소이까?

파우스트

그 다음 내가 본 것은—

메피스토펠레스

　　　　　　뭐지요?

파우스트

　　　　　　메피스토야, 저기에

창백하고 예쁜 아이가 홀로 멀리 서 있는 게, 너도 보이느냐?

그 자리에서 천천히 밀고 가는 것으로 보아,　　　　　4185

저 여자는 두 발이 묶인 채 걷는 것 같구나.

솔직히 말하자면, 난 저애가

그 착한 그레첸 같다는 생각이 드는구나.

메피스토펠레스

내버려두시오! 누구에게도 좋을 게 없소이다.

저건 마술의 영상이오. 생명 없는 환상이라오.　　　　　4190

저런 것과 부딪치면 좋을 게 없습니다.

저 마비된 눈길을 보면 인간의 피가 굳어지고,

잘못하다간 돌로 변해버릴 것입니다.

당신도 메두사에[239] 관한 이야기를 들었을 것이오.

파우스트

정말이지, 저건 사랑하는 사람의 손이,　　　　　4195

감겨주지 않은 죽은 여인의 눈길이로다.

저건 그레첸이 내게 바쳐주었던 젖가슴이다.

그리고 저건 내가 즐겼던 달콤한 육체로구나.

메피스토펠레스

저건 마술이오. 걸리기도 잘하는 바보양반아!

저 계집애는 누구에게나 자기 애인처럼 보이니까 말이외다.　4200

파우스트

이 무슨 환희인가! 이 무슨 고통이란 말인가!

나는 저 눈길로부터 헤어날 수가 없구나.

저 아름다운 목을 단 하나의 빨간 끈으로[240]

단장하고 있으니, 참으로 이상스럽기도 하구나.

칼등만큼도 넓지 않은 끈으로 말이다!　　　　　4205

메피스토펠레스

옳은 말씀이오! 내게도 그렇게 보이는군요.

저 계집은 대가리를 팔에 끼고 다닐 수도 있답니다.

페르세우스가[241] 그 목을 잘라버렸으니까요—

늘 그런 환상만 즐겨 해서 되겠소이까!

자, 이 작은 언덕을 올라가봅시다.　　　　　4210

여기는 프라터만큼이나[242] 재미있는 곳이외다.

내가 잘못 본 것이 아니라면,

제대로 연극도 구경할 수 있을 것이오.

어이, 거기 뭐가 있나?

안내원

다시 곧 시작합니다.

새로운 것인데, 일곱 편 중 마지막 작품입니다.　　　4215

그처럼 많이 보여드리는 게[243] 이곳의 풍습이지요.

작품을 쓴 자도 아마추어이고,

연극하는 자들도 아마추어입니다.

미안합니다만, 여러분, 나도 잠깐 물러가야겠나이다.

나도 아마추어로, 막 올리는 역할을 하고 있지요.　　　4220

메피스토펠레스

브로켄 산에서 너희들을 만나게 되다니,

그것 참 잘됐다. 너희는 이곳에 잘도 어울리니 말이다.

발푸르기스의 밤의 꿈
혹은
오베론과 티타니아의[244] 금혼식

막간극墓劇

무대주임

오늘 우리 한번 놀아보세,

미딩의[245] 훌륭한 제자들이여.

해묵은 산과 축축한 골짜기,　　　4225

이것이 전부 우리 무대일세!

선전주임

금金이라는 혼인예식은

오십 년이 지나야 치르는데,

부부싸움 모두 다 지나고 나니,

그 금이 나는 더욱 좋구나.　　　4230

오베론

정령들아, 너희 가까이에 있으면,

이 순간 모두들 모습을 나타내어라.

왕과 왕비께서, 새로이

기약을 맺으시는 자리이니라.

푸크

푸크가[246] 와서 멋지게 한 바퀴 돌고　　　4235

미끄러지는 스텝으로 줄지어 나가는데,

수백 명이 그 뒤를 따르며,

그와 더불어 즐기고자 하노라.

아리엘

천상의 맑은 목소리로

아리엘이[247] 노래를 불러줍니다.　　　4240

그 소리에 끌려 못난이도 몰려들지만,

아름다운 자들도 유혹해온답니다.

오베론

부부간에 금실 좋게 지내려는 자,

우리 두 사람의 본을 받아라!

두 사람이 사랑을 해야 한다면,　　　4245

헤어져서 살아볼 필요가 있다.

티타니아

남편이 화를 내고 아내가 뽀로통하면,

재빨리 두 사람 잡아가지고,

여자는 남쪽으로 보내버리고,

남자는 북쪽 변방으로 보내는 게 좋아요!　　　　4250

관현악 연주 (최강음으로)

파리 주둥이와 모기의 코,[248]

그리고 그들의 일가친척들,

나뭇잎의 개구리와 풀숲의 귀뚜라미,

이것이 우리의 연주자들입니다!

독창

보아라, 저기 풍적風笛이 온다!　　　　4255

저것은 비눗방울이로구나.[249]

납작한 코 속에서 나오는

슈네케슈니케슈나크 소릴 들어보세요.

갓 형성된 정령

거미 다리에 두꺼비 배때기,[250]

그런 미물에 날개까지 달렸구나!　　　　4260

이런 작은 짐승 있을 리 없지만,

그래도 시詩의 세계엔 존재하노라.

젊은 한 쌍

종종걸음과 뛰는 걸음으로

달콤한 이슬과 향기를 헤치고 간다.

너 아무리 아장아장 달려가도,　　　　4265

하늘 높이 날아오르진 못하리라.

호기심 많은 나그네[251]

이건 가면무도회 장난이 아닌가?

내 두 눈을 믿어도 좋을까.

아름다운 신 오베론님을

오늘 여기에서 뵙게 되다니!　　　　4270

정통파 신자[252]

발톱도 없고 꼬리도 없다!

하지만 의심할 여지도 없이,

그리스 신들과 마찬가지로,

저놈 역시 마귀가 틀림없구나.[253]

북방의 화가[254]

내가 붙들고 있는 건 오늘날까진,　　　　4275

물론 하나의 스케치에 지나지 않는다.

그러나 언젠가는 기회를 잡아,

이탈리아 여행을 준비하리라.

정화주의자[255]

아아! 불행하게도 이런 곳엘 왔구나.

여긴 정말로 방탕한 곳이로다!　　　　4280

이곳 모든 마녀들의 무리 중에서

분을 발라 단장한 건 둘뿐이로다.

젊은 마녀[256]

화장을 하고 옷차림을 꾸미는 것은

늙어서 백발이 된 할멈이나 할 짓이에요.

그래서 난 벌거벗은 채 숫염소 등에 앉아　　　　4285

포동포동한 내 육체를 자랑하지요.

늙은 귀부인[257]

우리는 행실이 너무나 단정하여,

여기서 너희들과 입씨름은 않겠다만,

너희들 육체가 젊고 보드랍다고 하는데,

있는 그대로 썩어버렸으면 좋겠구나.　　　　　4290

악장樂長

파리 주둥이와 모기의 코,

벌거벗은 여자에게 몰려들지 말라!

나뭇잎의 개구리와 풀숲의 귀뚜라미,

너희들도 박자 좀 맞추도록 하라!

풍향기[258] (한쪽을 향하여)

소망할 만한 아가씨들이다.[259]　　　　　4295

정말로 훌륭한 신붓감들이로다!

젊은 총각 여러분도 하나하나,

앞날이 창창한 신랑감이로다.

풍향기 (다른 쪽을 향하여)

이 대지가 입을 크게 벌려,

저놈들을 모조리 삼켜버리지 않는다면,　　　　　4300

차라리 내가 빨리 달음박질쳐서

곧장 지옥으로 뛰어들고 싶구나.

크세니엔[260]

작고 날카로운 집게발을 가지고,

우린 곤충의 모습으로 찾아왔지요.

우리의 아빠 마왕님에게,　　　　　4305

지당한 인사를 올리려고요.

헤닝스[261]

보라, 저놈들 빽빽이 무리지어

순진한 척 농※질하고 있는 모습을!

저러고도 마지막에 말하기를,

자기네는 마음이 착하다고 하겠지.　　　　　4310

무사게트[262]

난 이 마녀들 대열에 한몫 끼어

자신을 잃도록 놀아보고 싶구나.

물론 나는 뮤즈를 다루는 것보다,

마녀들 이끄는 법을 잘 알고 있으니까.

전前 **시대정신**[263]

훌륭한 놈들과는 무엇이든 이루게 된다.　　　　　4315

자, 이리 와서 내 옷자락을 꼭 잡아라!

브로켄 산은 독일의 파르나스처럼,[264]

산봉우리가 상당히 넓으니까 말이다.

호기심 많은 나그네

이봐요, 저 무뚝뚝한 남자는 누군가요?

걸음걸이가 제법 거만하군요.　　　　　4320

그자는 캐낼 수 있는 것은 캐내는 놈이라오.

"예수회의 흔적을 냄새 맡고 다닌다"[265]는 거요.

두루미[266]

난 맑은 물에서 고기 잡기를 좋아하지만,

흐린 물에서 잡기도 하지요.

그러기에 당신들은 매우 경건한 양반이　　　　　4325

악마들과 어울리는 모습도 보게 되는 것이라오.

세속인[267)]

그래, 신앙적으로 경건한 사람들에겐,

세상만사가 하나의 방편에 불과할 것이오.

그래서 이곳 브로켄 산에서까지도 그들은

여러 가지 비밀회합을 한단 말이오.　　　　　　4330

춤추는 무리

저기 새로운 합창단이 오는 모양이지?

멀리서 북 치는 소리가 들려오는군.

방해하지 마시오! 저건 갈대밭 속에서

합창을 하고 있는 왜가리들이라오.[268)]

댄스 교사

저마다 다리를 잘도 들어올린다!　　　　　　4335

능력껏 잘 보이려 애쓰는구나!

꼽추는 깡충깡충, 뚱보는 뒤룩뒤룩,

제 꼴이 어떤지는 상관하지 않는구나.

바이올린 주자

저 악당놈들은 서로를 증오하여,

나머지 숨길이 다할 때까지 싸우면서도,　　　　4340

오르페우스의 칠현금에[269)] 짐승들 모여들듯,

여기서는 풍적 소리에 맞춰 하나가 되는구나.

독단론자[270)]

비판론이나 회의론을 내걸고 아무리 외쳐도,

나는 결코 혼란에 빠지지 않으리라.

악마도 틀림없이 그 무슨 존재일진대,　　　　　4345

그렇지 않다면 어찌 악마가 있을 수 있겠는가?

이상주의자

이번에는 상상력이 내 마음속에서

너무나 지나치게 활개를 치는구나.

정말로 이것이 내 모든 자아라면,

나도 오늘은 바보같이 되겠구나.　　　　　　4350

현실주의자

존재란 정녕 나의 두통거리로,

나를 무조건 괴롭히고 있구나.

나 여기에 처음으로 찾아와보니,

내 발밑이 확고하지 못함을 느끼겠구나.

초자연주의자

즐거운 마음으로 나 여기에 왔으며,　　　　　4355

이들과 더불어 흥겨워하는도다.

왜냐하면 악마들로부터 시작하여, 나는

선량한 정령들까지 아우를 수 있으니까.

회의론자

이놈들은 작은 불꽃의 뒤를 따라와서,

보물 가까이에 와 있다고 생각하는구나.　　　　4360

악마^{Teufel}에는 회의^{Zweifel}가 운이 맞으니,

내가 이 자리에 온 것은 당연한 일이로다.

악장

나뭇잎의 개구리와 풀숲의 귀뚜라미,

저주받을 아마추어 놈들이로다!

파리 주둥이와 모기의 코,　　　　　　　　　4365

그래도 너희는 쓸 만한 연주자들이로다!

처세에 능한 자들[271]

천하태평, 이것이 우리들,

즐거운 친구들 모임의 이름이니라.

두 발로 다니는 시절이 지나갔기에,

이제 우리는 머리로 걸어다니느니라.   4370

궁핍한 자들[272]

이전엔 아첨으로 많이도 얻어먹었지만,

그러나 이제는 모두 다 틀려버렸어요!

우리들 신발은 춤으로 다 닳아버렸고,

이제는 맨발로 다니는 신세가 되었어요.

도깨비불[273]

우리는 처음 늪에서 생겨났는데,   4375

거기에서 이곳으로 찾아왔지요.

하지만 춤추는 대열에 끼자마자,

제법 번쩍거리는 멋쟁이가 되었다오.

유성[274]

별처럼 반짝이고 불처럼 빛나면서

나는 하늘 높은 곳에서 떨어져내렸어요.   4380

지금은 풀숲에 가로누워 있는데, —

누가 나를 도와 일으켜주시겠소?

뚱뚱보들[275]

비켜라, 비켜! 저만치 물러서라!

초목들도 이렇게 납작 엎드리니,

도깨비들 나가신다. 그 도깨비 역시   4385

뚱뚱한 팔다리를 달고 있단 말이다.

푸크

코끼리 새끼처럼 뚱뚱한 몸으로,

그렇게 우둔하게 나오지 마라.

오늘의 제일가는 뚱뚱보는

이 우악스런 푸크 님뿐이로다.   4390

아리엘

자비로운 자연과 성스런 정령이

너희에게 날개를 주셨나니,

나의 가벼운 발길을 따라,

저 장미의 언덕으로[276] 올라오너라!

관현악 (아주 약하게)

흐르는 구름과 안개의 장막이[277]   4395

위로부터 점점 밝아오누나.

나뭇잎과 갈대 사이 바람이 일어,

만물이 자취 없이 흩어졌구나.

흐린 날, 벌판[278]

파우스트, 메피스토펠레스

파우스트

비참하도다! 절망이로다! 가엾게도 오랜 세월 동안 이 세상을 방황하다가 이제 잡힌 몸이 되었구나! 그다지도 사랑스럽고 불행한 사람이 죄수로서 감옥에 갇혀 무시무시한 고통을 당하다니! 그렇게까지 되다니! 그렇게까지! — 이 배반자놈, 아무짝에도 쓸모없는 악령놈아, 그런 사실을 이제까지 내게 숨겨왔던 것이로구나! — 그렇게 우두커니 서 있기만 해라, 서 있어! 원망스럽다는 듯이 그 악마의 눈알을 네 대갈통 속에서 이리저리 뒤룩거리기나 해라! 그렇게 서서 네놈의 그 견딜 수 없는 모습으로 내게 반항해보라! 그녀가 감옥에 갇혀 있단 말이다! 돌이킬 수 없는 곤경에 빠져 있는 것이로다! 악령들의 손에 넘겨지고, 재판을 한다는 냉혹한 인간들에게 맡겨진 것이다! 그러는 동안 네놈은 날 구미에 당기지도 않는 소일거리에[279] 끌고 다니며, 날로 더해가는 그녀의 고통을 감쪽같이 숨긴 채, 아무런 도움도 주지 않고 그녀를 파멸하도록 내버려두었단 말이구나!

메피스토펠레스

그애가 처음 당하는 것은 아니올시다.

파우스트

이 개자식아! 흉측스런 짐승놈아! — 무한한 정령이여![280] 이놈을, 이 버러지 같은 놈을 다시 개의 형상으로[281] 변신시켜다오. 이놈은 그런 모습으로 야밤중에 내 앞을 이리저리 뛰어다녔으며, 무심히 지나가는 나그네의 발치에서 뒹굴다가, 그 사람이 쓰러지면 어깨를 물어뜯곤 하였도다. 이놈을 다시 제가 좋아하는 형상으로[282] 변신시켜다오. 그러면 내 앞에서 모래 위에 배를 깔고 기어가겠지. 그때 난 그놈을 두 발로 짓밟아주리라. 이 저주받을 놈을! — 그애가 처음이 아니라니! — 비참한 일이로다! 비참한 일이로다! 인간의 마음으로는 전혀 이해할 수가 없구나. 이런 비참한 불행의 심연 속에 빠진 것이 한 사람만이 아니라니! 영원히 용서하시는 하나님의 눈앞에서 첫번째 사람이[283] 굽이치는 죽음의 고통을 겪었는데도, 다른 사람의 잘못을 속죄할 수가 없었다니 말이다! 나는 이 단 한 여인의 슬픔만으로도 뼈와 살을 깎아내는 것 같구나. 그런데도 네놈은 수많은 사람들의 운명을 보면서도 태연하게 비웃고만 있다니!

메피스토펠레스

우린 다시 또 지혜의 한계에 도달한 것이오. 당신네 인간들은 정신을 잃고 실성하게 될 것이외다. 끝까지 해낼 수도 없으면서, 당신은 무엇 때문에 우리와 손을 잡았소이까? 날고는 싶지만 현기증이 나서 자신이 없다는 것이오? 우리가 당신에게 달라붙었소, 아니면 당신이 우리에게 달라붙었소?

파우스트

그 탐욕스런 네놈의 이빨을 내 앞에 드러내지 말라! 구역질이 난다! — 위대하고 장엄한 정령이여, 그대는 내게 그대의 모습을 보여주었을 뿐만 아니라, 내 마음과 영혼을 잘 알고 있을진대, 그런데 어찌하여 인간의 재앙을 보고 좋아하며, 파멸을 보고 즐거워하는 이런 치욕스런 동료를 내게 붙여주었나이까?

메피스토펠레스

말 다 했소이까?

파우스트

그녀를 구해내라! 그러지 않으면 요절을 내주겠다. 몇천 년을 걸

고 네놈에게 가장 흉악한 저주를 퍼붓겠노라!

메피스토펠레스

나는 심판자가 묶어놓은 사슬을 풀 수도 없고, 그 빗장을 열 수도 없소이다— 그녀를 구해내라니요!— 그 계집을 파멸로 몰아넣은 게 누구였소? 나요, 아니면 당신이오?

파우스트 (거친 눈초리로 주위를 휘둘러본다.)

메피스토펠레스

벼락이라도 붙잡으려는 것이오? 그런 것이 당신네 비참한 인간들에게 주어지지 않은 게 다행이외다! 이렇게 순진하게 상대해주는 자를[284] 박살내려 하다니. 그런 건 당황한 나머지 화풀이를 해대는 폭군이나 하는 짓이라오.

파우스트

날 그곳으로 데려가다오! 그녀를 구해내야만 되겠다!

메피스토펠레스

당신이 당할 위험은 어쩌시고요? 시내에는 아직 당신이 저지른 살인죄가 남아 있다는 걸 아셔야지요. 그 살해된 놈의 묘지 위에는 복수의 영들이 떠돌며, 다시 돌아올 살인자를 기다리고 있소이다.

파우스트

네놈 입에서 아직도 그런 소리가 나오느냐? 이 세상의 온갖 살인죄와 죽음의 저주를 뒤집어쓸 이 괴물 같은 놈아! 날 그리로 데리고 가서, 그녀를 구해내란 말이다!

메피스토펠레스

데려다드리지요. 하지만 내가 뭘 할 수 있는지, 들어보시오! 내가 천상에서나 지상에서나 모든 권한을 가지고 있는 줄 아시오? 나는 간수의 정신을 몽롱하게 해놓을 테니, 당신이 열쇠를 빼앗

아 인간의 손으로 그애를 구출해내도록 하시오! 파수는 내가 보겠소이다! 마법의 말[馬]을 준비해놓았다가 당신들을 도망치게 하겠소이다. 그게 내가 할 수 있는 일이외다.

파우스트

자, 떠나자!

밤, 광활한 벌판

파우스트와 메피스토펠레스, 검은 말을 타고 쏜살같이 달려간다.

파우스트

저것들은 저기 형장[刑場][285] 근처에서 뭘 하고 있느냐?

메피스토펠레스

무엇을 끓이고 무엇을 만드는지 모르겠소이다.　　　　4400

파우스트

떠올랐다 내려왔다, 고개를 숙였다 허리를 굽혔다 하는구나.[286]

메피스토펠레스

마녀들의 무리올시다.

파우스트

무엇을 뿌리고[287] 축성을 드리기도 하는구나.

메피스토펠레스

그냥 갑시다! 그냥 지나가요!

감옥

파우스트 (열쇠꾸러미와 등불을 들고, 조그만 철문 앞에서)

오랫동안 잊었던 두려움이 나를 엄습하고,   4405

인류의 온갖 비애가 나를 사로잡는구나.

이런 축축한 담벼락 뒤에 그녀가 갇혀 있는데,

그녀의 죄란 한낱 선량한 망상에 불과하였다!

그런데 너는 그녀에게 가기를 주저하는구나!

그녀를 다시 만나는 것을 두려워하고 있다니!   4410

어서 가자! 네가 망설이면 그녀의 죽음을 재촉할 따름이다.

(파우스트, 자물쇠를 잡는다. 안에서 노랫소리가 들린다.)

우리 엄마 창녀라서,

나를 죽여버렸네!

우리 아빠 악당이라,

나를 먹어버렸네!   4415

우리 작은 여동생

나의 뼈를 찾아다가,

시원한 데 묻었다네.

그래 나는 예쁜 숲새가 되어,

저 멀리 날아가네, 날아가네![288]   4420

파우스트 (자물쇠를 열면서)

저 아이는 자기 애인이 쇠사슬 찰칵거리는 소리를 듣고,

지푸라기 바스락거리는 소리에 귀 기울이는 것도 모르는구나.

(감옥 안으로 들어간다.)

마가레테 (짚으로 만든 자리에 몸을 숨기며)

아이고! 이를 어쩌나! 그들이 온다. 참혹한 죽음이![289]

파우스트 (낮은 소리로)

조용! 조용해! 당신을 구하러 왔소.

마가레테 (그의 앞에 엎드리면서)

당신도 사람이라면, 제 고통을 헤아려주세요.   4425

파우스트

그렇게 소리 지르면 파수꾼이 잠을 깨겠어!

(쇠사슬을 잡고 그것을 풀려고 한다.)

마가레테 (무릎을 꿇고)

형리여, 누가 당신에게

날 죽이라는 권리를 주었단 말이에요!

한밤중에 벌써 나를 끌어내다니요.

제발 불쌍히 여겨 날 살려주세요!   4430

내일 아침이라도 시간은 충분하지 않겠어요?

(일어선다.)

난 아직도 이렇게 젊어요, 이렇게 젊어요!

그런데 벌써 죽어야만 하다니요!

난 예쁘기도 했었는데, 그것이 화가 된 거예요.

다정한 분이 가까이 있었지만, 이젠 멀리 떠나버렸어요.   4435

화환은[290] 찢어지고, 꽃들은 흩어지고 말았고요.

날 그렇게 함부로 잡지 마세요!

날 좀 봐주세요! 내가 당신에게 무슨 잘못을 했나요?

제 애원이 헛되지 않도록 해주세요.

평생에 당신을 한 번도 뵌 일이 없었잖아요!   4440

파우스트

　　이 비참한 꼴을 어찌 견뎌낼 수 있으랴!

마가레테

　　이제 나는 완전히 당신 손에 달렸어요.

　　우선 아기에게 젖이나 좀 먹이게 해주세요.

　　밤새도록 이 아이를 품에 안고 있었는데,

　　날 괴롭히려고 사람들이 빼앗아갔어요.　　　　　　　4445

　　그러고는 내가 그애를 죽였다는 거예요.

　　난 결코 다시는 즐거워질 수 없을 거예요.

　　그들은 날 비방하는 노랠 불러대요! 정말 나쁜 사람들이에요!

　　어떤 옛날 동화가 그렇게 끝나고 있지만,

　　누가 그걸 풀이해달라고 했나요?　　　　　　　　　4450

파우스트 (꿇어앉으며)

　　사랑하는 사람이 당신 발 아래 꿇어앉아,

　　이 비참한 노예 상태에서 당신을 구하려 하고 있소.

마가레테 (그의 옆에 꿇어앉으며)

　　오오, 우리 함께 꿇어앉아[291] 성자님들께 빌어요!

　　보세요! 이 계단 아래,

　　이 문지방 아래에는　　　　　　　　　　　　　4455

　　지옥이 들끓고 있어요!

　　마귀가

　　무섭게 분노하며,

　　요란한 소릴 내고 있어요!

파우스트 (큰 소리로)

　　그레첸! 그레첸!　　　　　　　　　　　　　4460

마가레테 (귀를 기울이며)

　　저건 그분의 목소리야!

　　(벌떡 일어난다. 쇠사슬이 땅에 떨어진다.)

　　그인 어디 계실까? 그이가 부르는 소릴 들었는데.

　　나는 살았어! 아무도 날 막지 못할 거야.

　　그분의 목으로 날아가서,

　　그이의 품에 안겨야지!　　　　　　　　　　　4465

　　그인 그레첸! 하고 불렀어. 저 문지방 위에 서 계셨어.

　　지옥이 울부짖고 으르렁대는 속에서,[292]

　　성난 마귀들이 조롱하는 가운데서,

　　난 그이의 달콤하고 사랑스런 목소리를 들었어.

파우스트

　　나란 말이오!

마가레테

　　　　　　　당신이로군요! 오, 다시 한번 말해주세요!　　　4470

　　(파우스트를 붙잡으며)

　　그이야! 그분이야! 온갖 고통은 어디로 사라졌나?

　　감옥의 공포는 어디로 갔나? 쇠사슬의 불안은?

　　당신이로군요! 나를 구하러 오셨군요!

　　이제 난 살았어요! ─

　　벌써 그 거리가 다시 보여요.　　　　　　　　　4475

　　당신을 처음 만났던 거리 말이에요.

　　그리고 즐거웠던 정원도요.

　　저와 마르테가 당신을 기다렸던 곳 말예요.

파우스트 (데리고 나가려고 애쓰면서)

　　자, 같이 가요! 같이 가요!

마가레테

　　　　　잠깐만 머물러요!

전 정말 당신이 머무는 곳에 머물고 싶어요!　　　　　4480

(그를 애무한다.)

파우스트

서둘러요!

만일 서두르지 않으면,

우린 비싼 대가를 치러야만 할 거요.

마가레테

왜 그러세요? 이젠 키스할 줄도 모르시나요?

당신, 잠시 떨어져 있었다고 해서,　　　　　4485

키스하는 것도 잊으셨나요?

당신 목을 끌어안고 있는데 왜 이리 두려울까요?

전에는 당신의 말씀을 듣고, 당신의 눈길을 받으면,

온 천국이 내려와 날 감싸주었는데,

그리고 당신의 키스를 받으면, 숨이 막힐 것 같았는데요.　　　　　4490

키스해주세요!

그러지 않으면 제가 하겠어요!

(파우스트를 끌어안는다.)

아이고, 슬퍼라! 당신의 입술은 차갑기만 하고,

말씀도 없으시군요.

당신의 사랑은 어디로　　　　　4495

가버렸나요 ?

누가 내 사랑을 빼앗아갔나요?

(그에게서 몸을 돌린다.)

파우스트

자, 갑시다! 날 따라와요! 용기를 내요!

나중에 천 배나 뜨거운 정열로 당신을 안아주겠소.

지금은 날 따라오기만 해요! 이 청만 들어줘요!　　　　　4500

마가레테 (파우스트를 향해 몸을 돌리고서)

그런데 이게 정말 당신인가요? 틀림없이 당신인가요?

파우스트

정말 나요! 자, 갑시다!

마가레테

　　　　　당신은 사슬을 풀어주시고,

나를 다시 당신 품에 안아주시는군요.

날 꺼려하지 않으시다니, 어찌된 일인가요?—

여보, 당신은 대체 누굴 구해주는 건지 알기나 하세요?　　　　　4505

파우스트

자, 갑시다! 어서 가요! 벌써 날이 새고 있소.

마가레테

나는 어머니를 죽였고,

우리 아기를 물 속에 빠뜨렸어요.

그 아이는 당신과 내게 주어진 선물이 아니었나요?

당신께도요— 정말 당신이군요! 믿어지지가 않아요.　　　　　4510

손을 좀 쥐어보세요! 이건 꿈이 아니로군요!

그립던 당신의 손!— 아, 그런데 그 손이 축축하네요!

어서 닦으세요! 거기 묻은 것이,

피[293] 같아요.

아, 맙소사! 무슨 짓을 저질렀단 말인가!　　　　　4515

칼을 집어넣으세요,

제발 부탁이에요!

파우스트

지난 일은 지나간 것으로 해둡시다.

그 말을 들으니 죽을 것만 같아.

마가레테

아녜요, 당신은 살아남아야만 해요!　　　　　4520

당신에게 묏자리를[294] 일러드리겠어요.

내일이라도 곧

그걸 살펴봐주셔야겠어요.

어머니를 제일 좋은 자리에 모시고,

오빠를 바로 그 옆에,　　　　　4525

나는 좀 떨어진 곳에 묻어주세요.

하지만 너무 멀리 떨어지면 안 돼요!

그리고 아기는 내 오른쪽 가슴 쪽이고요.

그 밖엔 내 곁에 아무도 묻어선 안 돼요!

당신 곁에 몸을 맞대고 있었던 일은,　　　　　4530

내겐 정말 감미롭고 자비로운 행복이었어요!

그러나 그런 일이 다시는 이루어지지 않을 거예요.

어쩐지 내가 당신에게 억지로 매달리는 것 같고,

당신이 나를 밀쳐버리는 것만 같아요.

하지만 당신이 틀림없고, 눈길도 여전히 다정하고

　　경건하세요.　　　　　4535

파우스트

내가 틀림없다는 것을 느낀다면, 어서 나갑시다!

마가레테

저 밖으로 말이에요?

파우스트

저 밖으로.

마가레테

　　　　밖에 무덤이 있다면,

죽음이 날 기다리고 있다면, 그럼 가겠어요!

여기에서 영원한 안식처로 가서,　　　　　4540

더이상은 한 걸음도 움직이지 않겠어요—

당신 이제 떠나시나요? 오 하인리히, 함께 갈 수만 있다면!

파우스트

함께 갈 수 있소! 마음만 먹으면 돼! 문은 열려 있어.

마가레테

가서는 안 돼요. 내겐 아무런 희망도 없는걸요.

도망친다고 무슨 소용 있겠어요? 모두들 날 노리고

　　있는데요.　　　　　4545

걸식을 해야만 한다는 건 정말 비참한 일인데,

게다가 양심의 가책까지 받아야 하는걸요!

낯선 고장을 헤매고 다닌다는 것도 너무나 비참한 일인데,

그래도 결국 난 붙잡히고 말 거예요!

파우스트

내가 당신 곁에 머물러 있을 거요.　　　　　4550

마가레테

빨리요! 빨리 가세요!

당신의 불쌍한 아기를 구해주세요.

어서 떠나세요! 저 길로 계속

냇물을 따라 올라가세요.

징검다리를 건너,　　　　　4555

숲속으로 들어가면,

왼편에 널빤지가 서 있는데,

그 연못 속이에요.

빨리 그엘 붙잡으세요!

떠올라오려고,   4560

아직도 허우적거리고 있어요!

구해주세요! 구해주세요!

파우스트

제발 정신 좀 차려요!

한 걸음만 나가면, 당신은 자유란 말이오!

마가레테

이 산▥만 좀 지나갔으면!   4565

저기 바위 위에 어머니께서 앉아 계시는데,

섬뜩하게 내 머리채를 잡아채는 것 같아요!

저기 바위 위에 어머니께서 앉아 계시는데,

머리를 흔들흔들하는 것 같아요.

눈짓도 안 하고, 고갯짓도 안 하시는데, 머리가

   무거운가봐요.   4570

그렇게 오랫동안 주무시니, 깨어나질 못하시네요.²⁹⁵⁾

우리가 재미를 볼 수 있도록 주무시고 계셨던 거예요.

그땐 참 행복한 시절이었어요!

파우스트

아무리 간청해도 소용없고, 타일러도 소용없으니,

당신을 안고서라도 나가야겠소.   4575

마가레테

놓으세요! 싫어요. 억지로 그러는 건 싫어요!

그렇게 죽일 듯이 날 잡지 마세요!

그 외엔 당신을 위해 모든 걸 기꺼이 해드렸어요.

파우스트

날이 새고 있소! 여보! 여보!

마가레테

날! 그래, 날이 새는구나! 마지막 날이 밝아오는군요.   4580

내 결혼식 날이 될 거예요!

아무에게도 그레첸 곁에 있었다고 말하시면 안 돼요.

화환은 찢어지고 말았어요!

일은 저질러진 거예요!

우린 다시 만나겠죠.   4585

하지만 춤추는 곳에선 싫어요.

군중들이 밀려와요.²⁹⁶⁾ 그들 소리는 들리지 않는데요.

광장에도, 골목길에도,

더이상 설 자리가 없어요.

종이 울리고, 막대기가 부러져요.²⁹⁷⁾   4590

사람들이 나를 묶어 꽁꽁 동여매는군요!

벌써 참수대까지 끌려왔어요.

내 목에 떨어질 칼날이 벌써,

사람들 목을 향해 흔들거리고 있어요.

세상은 무덤처럼 고요하군요!²⁹⁸⁾   4595

파우스트

아아, 나 차라리 태어나지 않았더라면!

메피스토펠레스 (문 밖에 나타난다.)

떠납시다! 그러지 않으면 당신네는 끝장이오.

왜 쓸데없이 망설이는 거요! 우물쭈물 사설만 늘어놓다니!

내 말들이 떨고[299] 있소이다.

먼동이 트고 있단 말이오.   4600

마가레테

저 땅바닥에서 솟아오르는 게 무엇인가요?

저자예요![300] 저자예요! 저자를 쫓아버리세요!

이 성스러운 곳에서[301] 무슨 짓을 하려는 걸까요?

날 잡아가려는 거예요!

파우스트

당신은 살아야만 해!

마가레테

하나님, 심판하소서! 당신의 손에 절 맡기겠나이다!   4605

메피스토펠레스 (파우스트에게)

갑시다! 가요! 그러잖으면 그 계집과 함께 버려두겠소이다.

마가레테

아버지시여, 저는 당신의 것이옵니다! 구원해주소서!

천사들이여! 천상의 거룩한 무리들이여,

내 주위를 에워싸고, 나를 보호해주소서!

하인리히! 전 당신이 무서워요.   4610

메피스토펠레스

그애는 심판받았소!

목소리 (위에서)

구원되었도다!

메피스토펠레스 (파우스트에게)

이리 나오시오!

(파우스트와 함께 사라진다.)

목소리 (안으로부터, 점점 작아지면서)

하인리히! 하인리히!

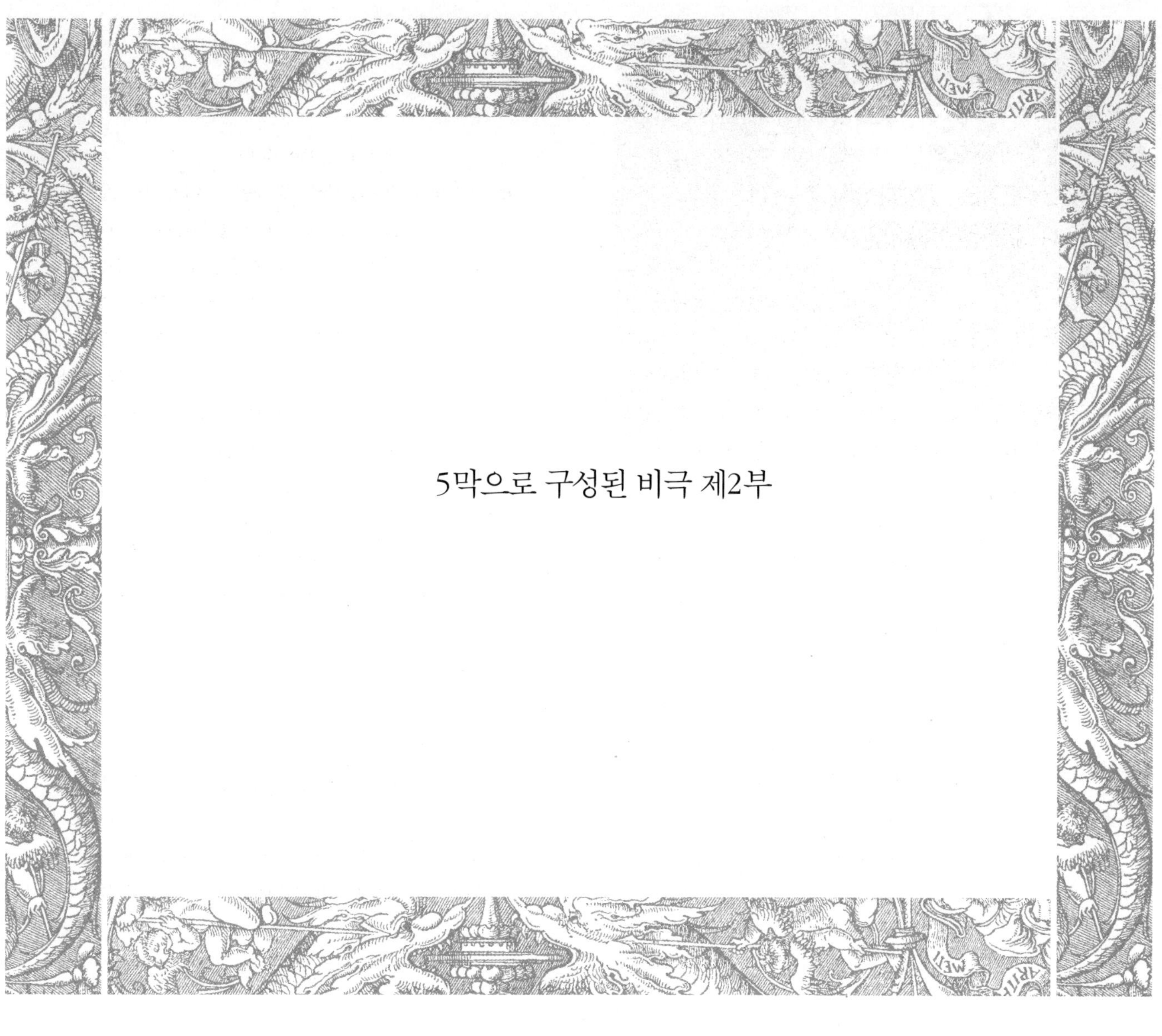

5막으로 구성된 비극 제2부

제1막

우아한 고장

파우스트, 꽃이 만발한 풀밭에 누워 피로하고
불안한 듯 잠을 청하고 있다.
황혼이 깃들 무렵.
정령들의 무리, 우아하고 작은 모습으로 공중에 떠다닌다.

아리엘[302] (노래, 에올스의 하프에 맞추어)

    만발한 꽃잎들이 봄비 내리듯

    모든 사람 머리 위에 뿌려지고,

    들판에 가득한 푸른 축복이   4615

    세상에 태어난 모든 사람들에게 빛날 때,

    작은 요정들 그 위대한 정신으로

    구원을 베풀 수 있는 곳으로 달려가나니,

    성스러운 자이건, 흉악한 인간이건,

    불행에 처한 자 불쌍히 여기는도다.   4620

이 사람의 머리 위를 감돌며 공중에 떠다니는 요정들아,
너희 고귀한 방식대로 여기에서 요정의 힘을 보여다오.
고통에 휩싸인 마음의 투쟁을 달래어주고,
불타는 듯 괴로운 비난의 화살을 뽑아내어,
이제까지 받은 공포에서 그의 마음을 깨끗이 씻어다오.   4625
밤의 시간이란 네 가지로 나눌[303] 수 있으니,
이제 지체하지 말고 그 시간들을 정답게 채워주라.
먼저 그의 머리를 시원한 베개 위에 눕히고,
다음은 레테 강물의[304] 이슬 속에 그를 목욕케 하라.
그가 기운을 차려 아침을 고요히 기다릴 때면,   4630

경련으로 굳어진 사지도 곧 부드러워지리라.
요정들의 가장 아름다운 의무를 다하여,
그를 성스런 광명으로 다시 돌려주도록 하라.

합창 (한 사람씩, 혹은 두 사람이나 여럿이 교대로, 또는 함께 모여서)
산들바람 훈훈하게
초록빛 평원에 가득 차고,   4635
황혼이 깃들며 달콤한 향기,
자욱한 안개를 불러내린다.
감미로운 자장가 속삭여주고,
마음을 달래어 아기처럼 잠들게 하라.
여기 이 고달픈 사람의 눈앞에서   4640
하루의 문을 닫아주어라.

밤의 장막이 벌써 내리깔리고,
별들은 성스럽게 서로 어울려,
커다란 불빛, 작은 불꽃

가까이 반짝이고 멀리에서 빛난다.   4645
여기 호수에 반사하여 반짝이고,
저기 맑은 밤하늘에 빛나며,
깊은 휴식의 행복 약속하면서
영화로운 달빛 하늘 가득 흐르누나.

어느새 몇 시간이 흘러 지나가고,   4650
괴로움도 행복도 멀리 사라졌으니,
우선 느껴보라! 그대는 건강해지리라.
새날의 밝은 빛을 믿으려무나.
무성한 숲은 안식할 그늘을 이루나니,   4655
은빛 물결 속에 춤을 추며
추수를 앞둔 오곡이 물결치누나.

가지가지의 소원을 이룩하려면,
저기 아침의 광채를 우러러보라!
그대는 가볍게 사로잡혀 있을 뿐,   4660
잠은 껍질이니, 그것을 벗어던져라!
다른 무리들 주저하며 방황할지라도,
그대는 주저하지 말고, 용감히 일어서라.
사리에 밝고 재빨리 실천하는 자,
그런 고귀한 자, 무엇이든 이룰 수 있으리라.   4665

(요란한 굉음이 태양이 가까워옴을 알린다.)

아리엘

들어라! 호렌의[305] 폭풍 소리를 들어라!
요정들의 귀에 요란한 소리 울리며
벌써 새로운 날이 밝았도다.
암벽의 문들 요란하게 열리고,
푀부스의[306] 수레바퀴 요란하게 구르는데,   4670

광명도 이렇게 굉음을 낸단 말인가!
크고 작은 나팔 소리 울려퍼지고,
눈은 깜박이고 귀가 놀라니,
들을 수 없는 것을 듣지 못할 뿐이라.
화관花冠 속으로 살짝 숨어들어라.   4675
조용히 살려면 깊숙이, 더욱 깊숙이,
바위틈 사이로, 나뭇잎 아래로 숨으려무나.
그 소리에 부딪히면 귀머거리 되리라.

파우스트

생명의 맥박이 새로운 힘을 얻어 고동치며,
밝아오는 하늘을 향해 부드러운 인사를 보내노라.   4680
대지여, 그대는 지난밤에도 변함이 없더니,
새로이 기운을 얻어 내 발밑에서 숨을 쉬고,
벌써 나를 즐거움으로 감싸주기 시작하는구나.
그리고 날 자극하고 강한 결심을 발동케 하여,
최고의 존재를 향해 끊임없이 노력케 하는구나―   4685
세상은 이미 아침 여명 속에 활짝 열려 있고,
숲속에선 오만 가지 생명의 소리가 울려퍼지고,
골짜기마다 길게 뻗은 안개가 쏟아져내리는데,
그러나 하늘의 맑은 빛은 깊은 곳까지 스며들고,
큰 가지, 작은 가지들은 새로운 힘을 얻어,   4690
가라앉아 잠자던 향기로운 심연에서 새 움이 트는구나.
온갖 영롱한 색깔이 대지로부터 떠오르고 있으며,
꽃과 꽃잎에 흔들거리는 진주이슬이 떨어져내리리니―
내 주위 온 누리가 천국 같아지는구나.

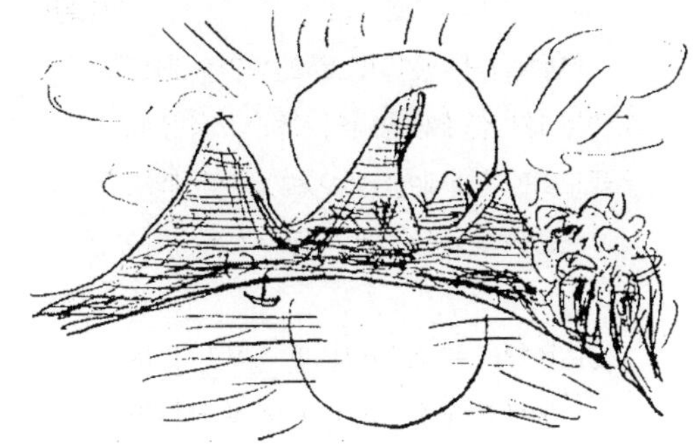

위를 쳐다보라! — 거인처럼 우뚝 솟은 산봉우리들이   4695
벌써 지극히 장엄한 시간을 알려주고 있구나.
봉우리들은 영원한 빛을 먼저 향유할 수 있지만,
그 빛은 이어서 이곳 우리에게로 내려오게 된다.
이제 알프스의 푸르게 구릉진 초원 위에
새로운 광채와 명백한 빛이 비쳐들더니,   4700
단계적으로 차츰 더 아래로 뻗치는구나 —
태양이 솟는다! — 한데 슬프게도 벌써 눈이 부시고,
눈에 스미는 아픔으로 나는 몸을 돌리고 마는구나.

애달프게 그리던 희망이 최고 소망을 향해
끈질기게 치닫다가, 그 성취의 문이   4705
활짝 열렸음을 발견하게 되면, 이런 기분이리라.
그러나 저 영원한 밑바닥으로부터[307] 거대한 불길이
터져나오면, 우리는 당황하여 발길을 멈추게 된다.
우린 다만 생명의 횃불을[308] 불붙이려 했는데,

불바다가 우릴 휘감아버리니, 이 어찌 된 불이란 말인가!   4710
우릴 둘러싸고 타오르는 저 불길은 사랑일까? 증오일까?
고통과 환희가 교차하며 무시무시하게 엄습하니,
우리는 다시금 지상으로 눈길을 돌려,
싱싱한 속세의 베일 속에 몸을 숨기려 하노라.

그러니 태양은 내 등뒤에 그냥 머물러다오!   4715
바위틈 사이로 굉굉히 쏟아져내리는 폭포수를,
나는 점점 커지는 황홀감에 젖어 바라보노라.
줄지어 떨어지는 폭포수는 이제 수천 갈래로,
다음엔 다시 수만 갈래로 흩어져 쏟아지며,
하늘 높이 공중으로 끝없는 물거품 되어 튀어오른다.   4720
그러나 이 폭포수에서 생겨나는 오색찬란한 무지개는[309]
변화무쌍한 모습으로 무지개다리 그려내니, 이 얼마나
    아름다운가.
때로는 그 모습이 또렷하다가 때로는 공중으로 흩어지며,
사방으로 향기롭고 시원한 비를 뿌려주기도 한다.
무지개는 인간의 노력을 반영해주고 있구나.   4725
그것을 보고 생각하면, 보다 정확하게 이해하게 되리니,
우리 인생은[310] 채색된 영상映像에서 파악될 뿐이로다.

황제의 궁성, 옥좌가 있는 궁실

각료들이 황제를 기다리고 있다.

나팔 소리.

여러 계층의 신하들이 화려한 옷차림으로 등장한다.

황제가 옥좌에 좌정하고, 그 오른쪽에 천문박사가 자리한다.

황제

짐은 먼 곳, 가까운 곳에서 모여든

충성스럽고 친애하는 경들에게 경의를 표하노라―

현명한 점성술사는 내 옆에 보이는데,　　　　　　　4730

어릿광대 바보놈은 어디에 갔단 말인고?

귀공자

바로 폐하의 옷자락 뒤를 쫓아오다가

그놈은 계단 위에서 고꾸라졌습니다.

누군가가 그 뚱뚱보 놈을 떠메고 나갔습니다만,

그놈이 죽은 건지 술에 취한 건지 알 수가 없습니다.　　　4735

둘째 귀공자

바로 그때 놀라우리만큼 재빠르게,

다른 놈 하나가 그 자리를 밀고 들어왔사옵니다.

제법 값진 옷차림을 하고 있지만,

하는 꼴이 우스워서 누구나 놀랄 정도입니다.

파수병이 창극槍戟을 열십자로 내밀며,　　　　　　4740

문턱에서 그놈을 가로막고 있었습니다만―

그런데도 저 뻔뻔스런 놈은 벌써 여기에 와 있사옵니다.

메피스토펠레스 (옥좌 앞에 무릎을 꿇으며)

불청객이면서도 언제나 환영받는 게 무엇이겠습니까?

"

새로 들어온 어릿광대라— 또 골치 아프게 생겼군—
저놈은 어디서 왔지?— 저놈이 어떻게 들어왔지?—
먼젓놈은 고꾸라졌다는군— 그놈 볼 장 다 본 거야—
그놈은 술통 같았는데— 이놈은 나무쪽 같군—   4760

황제

자, 그러면 충성스런 경들, 친애하는 경들이여,
먼 곳에서, 가까운 곳에서 찾아준 것을 환영하는 바이오!
경들은 운수 대길한 별들 아래 모였으니,
저 하늘에는 행운과 축복이 적혀 있도다.
그런데 말해보시오. 이 즐거운 날에 우리는   4765
온갖 근심 걱정을 털어버리고,
가장무도회 때처럼 가면을 쓰고서,
그냥 흥겹게 놀아보려 했는데,
어찌하여 회의를 열어 고생을 하려는 것인가?
그러나 다른 도리가 없었다는 경들의 의견이라,   4770
이렇게 된 것이니, 그럼 시작하도록 하시오.

재상

최고의 성덕이 마치 성인들의 후광처럼
황제 폐하의 머리를 감싸고 있사오니, 오직 폐하만이
그 성덕을 적절하게 발휘하실 수 있사옵니다.
그것은 정의의 덕이옵니다!— 만백성이 좋아하고,   4775
만인이 요구하고 소망하며 없으면 괴로워하는,
이런 성덕을 백성에게 베푸는 것은 오직 폐하께 달렸사옵니다.
그렇지만 아아! 나라 안이 온통 열병에 걸린 듯 뒤끓고,
흉악한 일이 또 흉악한 일을 낳고 있으니,

늘 그리워하면서도 언제나 쫓겨나는 게 무엇이겠습니까?
끊임없이 보호받고 있는 것은 무엇이겠습니까?   4745
지독한 욕을 먹고 잔소리를 듣는 건 무엇이겠습니까?
폐하께서 불러들여선 안 될 자가 누구이겠습니까?
누구나 그 이름을 듣고 싶어하는 자는 누구겠습니까?
폐하의 옥좌 계단에 가까이 다가오는 놈이 누구겠습니까?
자기 스스로 추방을 당하도록 한 놈은 누구겠습니까?   4750

황제

지금은 그런 말들을 삼가도록 하라!
여기는 수수께끼놀이를 하는 곳이 아니다.
그런 것은 여기 이 사람들의 소관이니라—
어디 맘대로 풀어보도록 하라! 짐도 기꺼이 들어주겠노라.
전에 있던 짐의 어릿광대가 멀리 떠나버린 듯하니,   4755
그대가 그 자리를 맡아, 짐의 곁에 와 있도록 하라.
(메피스토펠레스, 계단을 올라가서 황제의 왼쪽에 선다.)

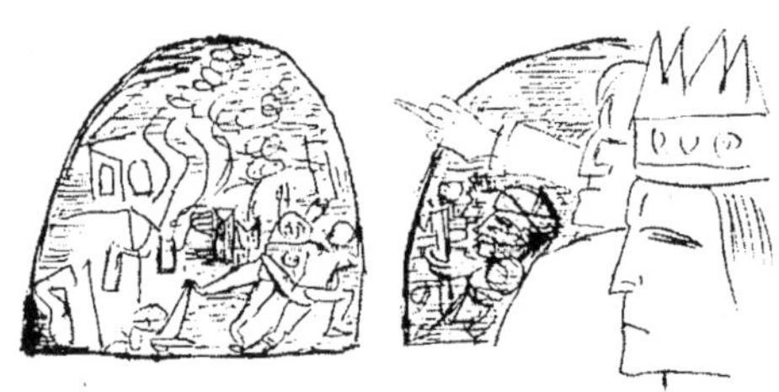

인간의 정신에 이성이, 마음에 선량함이,　　　　　　4780
그리고 손에 열성이 다 무슨 소용 있겠나이까?
누구라도 이 높은 대궐에서 넓은 나라 안을
내려다보면, 모든 것이 나쁜 흉몽처럼 여겨질 것이며,
괴물들이 흉측한 모습으로 맹위를 떨치고,
불법이 합법적으로 날개를 펴고,　　　　　　4785
오류에 찬 세상이 눈앞에 전개될 것이옵니다.

가축을 훔치고 부녀자를 약탈하고,
제단에서 성배, 십자가, 촛대를 훔쳐간 놈도
여러 해 동안 털끝 하나 다치는 일 없이,
건전하게 제가 한 짓을 자랑하고 있사옵니다.　　　　　　4790
이제는 고소인들이 법정으로 몰려오는데,
재판관들은 높은 보료 위에 앉아 거드름만 피우고 있으며,
그러는 동안에 어지러운 폭동은 점점 커져서
성난 파도처럼 물결치고 있나이다.
권세 있는 공범자들에게 의지하고 있는 놈은　　　　　　4795
극악무도한 짓을 하고서도 큰소리를 치고 있사오며,
죄 없는 자가 자기 자신만을 의지하게 된다면,

유죄! 라는 언도를 받게 됩니다.
이렇게 세상은 산산이 조각나고,
당연한 것을 파멸시키려 하고 있으니,　　　　　　4800
우리를 오로지 올바른 길로 인도할
판단력이 어찌 전개될 수 있겠습니까?
올바르고 착한 사람도 결국에는
아첨하고 뇌물이나 쓰는 인간으로 기울어지고,
법대로 처벌할 수 없는 재판관은　　　　　　4805
결국엔 범법자와 한 패거리가 되는 것입니다.
소인이 검게만 말씀드린 것 같사옵니다만,
차라리 두꺼운 포장으로 그 그림을 덮어버리고 싶나이다.

(잠시 쉬었다가)

이젠 결단을 내리심이 불가피하게 되었사온즉,
모두가 가해자가 되고 모두가 피해자가 되는 날이면,　　　　　　4810
폐하의 엄위殿威마저 도둑맞게 될 것이옵니다.

병무상

이 난세에 미쳐 날뛰는 꼴은 차마 볼 수가 없나이다!
저마다 남을 치고 또 얻어맞고 하는 터라,
아무리 호령을 내려도 귀가 먹은 듯 듣지 않사옵니다.
시민들은 그들 성벽 뒤에 모여서,　　　　　　4815
기사들은 암벽 위의 소굴에서,
서로들 작당하여 우리에게 항거하며,
저들의 힘을 공고히 하고 있나이다.
용병들은 조급하게 안달하며
그들의 임금을 과격하게 요구하고 있는데,　　　　　　4820
우리가 빚진 게 없이 다 갚아주는 날이면,

놈들은 모조리 도망치고 말 것이옵니다.
누구라도 그들의 요구를 거절이라도 한다면,
벌통을 쑤셔놓은 꼴이 될 것이오며,
그들이 수호해야 할 이 제국은   4825
약탈당하고 황폐해진 채 버려져 있나이다.
놈들이 미쳐 날뛰는 횡포를 그대로 버려두고 있으니,
국토의 절반은 벌써 잃은 것이나 다름없사오며,
변두리에 아직 왕들이 있다고는 하지만,
누구 하나 자기 일처럼 걱정하는 사람 없습니다.   4830

재무상

누가 맹방 왕후들을 믿을 수 있겠나이까!
우리에게 약속했던 조공마저,
수돗물 막히듯 끊어지고 말았나이다.
그뿐이겠습니까, 폐하, 이 광대한 국토 안에서,
그 소유권이 누구의 손으로 넘어갔다고 생각하십니까?   4835
어디를 가나 새로운 집이 크게 들어서서,
아무런 간섭도 받지 않은 채 살려고 하오니,
우린 그자가 하는 짓을 그냥 바라볼 수밖에 없나이다.
너무나도 많은 권리를 넘겨주었기 때문에,

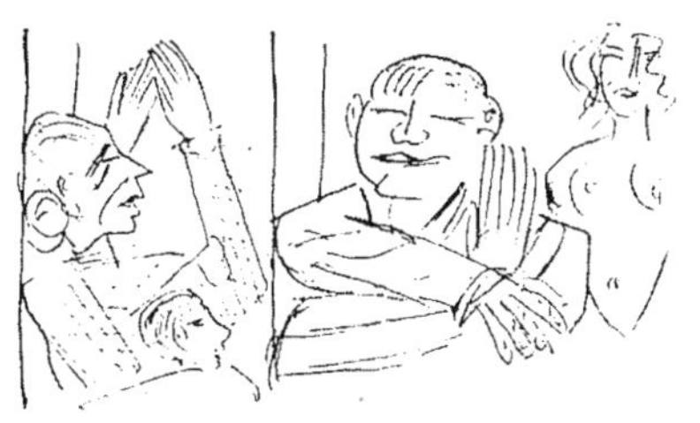

우리에게 남은 권리란 하나도 없는 것 같사옵니다.   4840
그들이 말하는 대로 당파라고 하는 것까지도
오늘날에 와서는 전혀 믿을 수가 없습니다.
그들이 비난을 하건 찬양을 하건,
사랑과 증오가 다 같은 것으로 되어버렸나이다.
황제파이건 교황파이건 모두 다 몸을 숨기고,   4845
안일한 생활만을 탐하고 있나이다.
이제 와서 누가 이웃을 도우려 하겠나이까?
모두들 제 할 일에만 매달려 있습니다.
금고의 문이 폐쇄되어 있기는 합니다만,
저마다 긁어내고 후벼파고 모아서,   4850
우리의 국고는 텅 비어 있는 상태이옵니다.

궁내상

소신 역시 지독한 곤경을 당하고 있사옵니다!
매일매일 절약을 해보려고 하지만,
나날이 지출은 늘어만 가고 있으니,
소신의 걱정도 날마다 더해갈 따름입니다.   4855
물자가 모자라도 요리사들이야 아직 걱정할 게 없지요.
멧돼지, 사슴, 산토끼, 노루,
칠면조, 닭, 거위와 오리 따위는
확실한 토지 수입의 공물로서,
아직도 상당히 들어오고 있기 때문입니다.   4860
그러나 결국 포도주가 떨어지게 되었습니다.
이전에는 지하실에 술통들이 가득 쌓이고,
그 산지産地와 연도年度도 최고의 것뿐이었는데,
귀하신 어른들께서 끊임없이 퍼마시는 바람에

이젠 마지막 한 방울까지 동이 나게 되었사옵니다.　　　　4865
시청에 저장된 것까지 소매로 사들이고 있지만,
저마다 큰 잔으로 들이켜고 대접으로 마시는 바람에,
진수성찬이 상 밑에 쏟아지기 일쑤입니다.
그걸 셈해주고 임금 치르는 일을 소신이 해야만 하지요.
유대인 장사꾼은 인정사정도 없이,　　　　4870
세입稅入을 담보로만 돈을 꾸어주기 때문에,
일 년을 앞당겨 먹고 마시는 셈이 됩니다.
돼지는 살이 찔 겨를도 없고,
침상 이부자리마저도 저당으로 잡혀먹게 되어,
수라상의 빵도 외상으로 올려야 할 지경이옵니다.　　　　4875

황제 (잠시 생각에 잠겼다가 메피스토펠레스에게)

여봐라, 이 바보 녀석, 네겐 아무런 어려운 일이 없느냐?

메피스토펠레스

소인 말씀인가요? 없나이다. 폐하와 귀하신 분들의
빛나는 광채만을 두루두루 우러러보고 있나이다.
폐하께서 아무도 거역할 수 없는 명령을 내리실 수 있고,
마련된 권능으로 적대적인 놈들을 물리칠 수 있는데,　　　　4880
또한 힘차게 지혜가 따르는 선의와 다양한 활동력을

장악하고 계시는데, 어찌 신망이 부족하다 하겠나이까?
이렇게 귀하신 분들이 별처럼 빛나고 있는데,
무엇이 작당하여 불행과 암흑을 초래할 수 있겠나이까?

중얼거리는 소리

교활한 놈이로다 — 제법 사리가 있는데 —　　　　4885
거짓으로 알랑대는구나 — 거짓말이 얼마나 갈까 —
난 훤히 알겠어 — 숨겨둔 속셈이 무엇인지를 —
대체 앞으로 어떻게 나올까? — 꿍꿍이가 있을 거야 —

메피스토펠레스

이 세상에 부족함 없는 곳이 어디 있겠나이까?
여긴 이게 없고 저긴 저게 없는데, 이 나라엔 돈이
　　　부족합니다.　　　　4890
물론 마룻바닥에서 돈을 긁어모을 수는 없지만,
지혜의 힘을 빌리면 아무리 깊은 것이라도 파낼 수가 있지요.
산중의 광맥이나 돌담의 밑바닥에서도,
주조鑄造한 금화나 주조되지 않는 걸 찾아낼 수 있나이다.
그런데 그것을 누가 캐낼 것이냐고 물으신다면,　　　　4895
재능 있는 사나이의 본성과 정신의 힘이라고 말하겠나이다.

재상

본성과 정신이라[311] — 그건 기독교인에게 할 말이 아니다.

그따위 언사란 매우 위험스러운 것이기 때문에,

무신론자들을 불에 태워 죽이느니라.

본성이란 죄악이며, 정신이란 악마이다.   4900

이 두 가지가 서로 어울리면, 의혹이라고 하는

불구의 잡종 자식을 탄생시키게 되느니라.

여기선 그리 되지 않으리라! ― 폐하의 오랜 이 제국에는,

오직 두 계통의 씨족만이 존립하여,

그들이 위풍 있게 옥좌를 받들어 모시고 있느니라.   4905

그것은 바로 성직자와 기사들인데,

그들은 어떤 폭풍우도 가로막고 나섬으로써,

그 대가로 교회와 국가를 위임받고 있느니라.

그러나 정신이 혼란한 천민들의 근성으로부터는

오직 반역만이 번성하게 마련인데,   4910

이단자와 마법사들이 바로 그들이리라!

그런 자들이 도시와 나라를 망치고 있느니라.

너는 지금 그런 작자들을 철면피한 농담을 하며,

이 존엄한 대궐 안으로 슬쩍 끌어들이려 하는 것이로다.

너희는 썩어빠진 마음을 품어 기르고 있으니,   4915

그놈들은 이 바보 광대와 가까운 친척지간이로다.

메피스토펠레스

말씀을 듣자니 학식 있는 분임을 알겠소이다!

당신네가 손으로 만져보지 않은 것은 수십 리 밖에 있고,

당신네가 잡지 못한 것은 아예 존재하지도 않으며,

당신네가 계산하지 못한 것은 사실이 아니라 생각하고,   4920

당신네가 달아보지 않은 것은 전혀 무게가 없으며,

당신네가 주조한 돈이 아니면 통용될 수 없다고 생각하시죠.

황제

그리 말한다 해도 우리의 부족함이 해결되는 건 아니니라.

그런 사순절 설교와도 같은 소리로 무슨 말을 하려는 것이냐?

이러면 어떨까, 저러면 어떨까 계속하는 소리엔

　　진력이 났다.   4925

여기엔 돈이 없다. 그러니 돈을 만들어내도록 하라.

메피스토펠레스

원하시는 대로 만들어내죠. 그 이상 만들겠나이다.

그것은 손쉬운 일입니다만, 쉬운 일이 어려운 법이죠.

돈은 이미 여기 있습니다. 그것을 손아귀에 넣는 일,

그것이 기술이지요, 누가 그 일을 시작하겠소이까?   4930

잘 생각해보십시오. 인간의 무리가 홍수처럼 밀려와서,

나라와 백성을 삼켜버렸던 저 공포의 시절에,

누구누구 할 것 없이 모두가 지독히 놀랐을지라도,

가장 귀한 물건만은 여기저기 숨겨놓았단 말입니다.

이런 일은 강력했던 로마시대로부터 시작되어   4935

어제까지, 아니 오늘까지도 계속되고 있나이다.

그리하여 이 모든 보물은 땅 속에 묻혀 있는데,

토지는 폐하의 것이오니, 폐하께서 가지심이[312] 지당하지요.

재무상

바보치고는 말하는 것이 그럴듯하군,

사실 그것은 옛날부터 황제의 권리로 되어 있지요.   4940

재상

마귀가 경들에게 금실로 짠 올가미를 치고 있는 것이오.

되어가는 꼴이 참되고 온당한 일 같지가 않소이다.

궁내상

궁정에서 필요한 재물만 만들어준다면야,

나는 약간의 부정한 일이라도 눈감고 싶소이다.

병무상

누구에게나 필요한 걸 약속하니, 그 바보놈 영리하군.　　4945

병사들이야 그 돈이 어디서 나왔는지 묻지도 않을 것이오.

메피스토펠레스

여러분께서 내게 속는다고 생각하시면,

여기 훌륭한 분이 계십니다! 그 천문박사께 물어보십시오!

이분은 시수時數며 십이궁十二宮을 속속들이 알고 계시니,

말씀해보시지요. 오늘의 천문天文은 어떻습니까?　　4950

중얼거리는 소리

두 놈이 다 악당이다— 서로 통하는구나—

바보놈과 망상가로다— 옥좌에 그렇게 가까이 있다니—

싫증이 나도록 불러대던— 낡아빠진 가락이다—

바보놈이 불어넣어주고— 박사가 지껄이는구나—

천문박사 (메피스토펠레스가 불어넣어주는 대로 지껄인다.)

태양만 하더라도 그 자체가 순금인313) 것입니다.　　4955

그 사자使者인 수성은 총애와 급료 때문에 따라다니고,

금성으로 말하자면 여러분을 유혹하여,

아침부터 밤늦게까지 사랑스런 눈짓만 보내고 있습니다.

정절을 지키는 달님은 시름에 젖어 변덕을 부리고,

화성은 맞히지는 않아도 그 힘이 여러분을 위협하지요.　　4960

그리고 목성은 언제나 가장 아름다운 빛을 내고 있으며,

토성은 크기는 하나 안계眼界에는 멀어 작게 보이지요.

그것은 금속으로서 별로 환영을 받지 못하고 있으니,

무게는 대단하면서도 그 값어치는 없단 말입니다.
그렇소이다! 해와 달이 정답게 어울리기만 한다면!   4965
금과 은이 화합하는 것이니 즐거운 세상이 되며,
그 나머지는 모두가 소원 성취하게 되리라.
궁궐이건 정원이건, 유방이건 불그레한 뺨이건,
위대한 학자라면 이 모든 것을 다 만들어낼 수 있으니,
그는 아무도 할 수 없는 일을[314] 해낼 수 있습니다.   4970

황제

저 사람이 하는 말은 이중으로[315] 들려서,
그 뜻이 무엇인지 도대체 납득이 가지 않는구나.

중얼거리는 소리

그게 무슨 소용이냐? — 알맹이 없는 재담이다—
책력䷀으로[316] 점치는 수작이야 — 연금술 따위야—
저런 소릴 종종 들었지만 — 늘 속기만 했다—   4975
저자가 온다 해도 — 틀림없이 사기꾼일 거야—

메피스토펠레스

여러분은 빙 둘러서서 탄복만 하시면서,
이 고귀한 발견發見을 믿지는 않으시고,
어떤 이는 알라우네[317] 짓이라고 헛소리를 하는가 하면,
어떤 이는 검은 개의[318] 짓이라고 터무니없는 말만
    하십니다.   4980
어떤 사람은 약은 체하며 비난을 해대고,
어떤 사람은 마술을 쓴다고 야단이지만, 그게 무슨 소용입니까.
그도 한번쯤은 발바닥이 근질근질해지고,
확실하던 발걸음이 휘청거릴[319] 때가 있을 텐데요!

여러분들도 모두 영원히 지배하는 자연의   4985
신비로운 작용을 몸에 느끼고 있는 것이지요.
그리고 가장 깊은 대지의 밑바닥으로부터
생동하는 흔적이 위를 향하여 솟아오르는 것입니다.
만일 온 사지가 꼬집히는 듯하거나,
서 있던 곳이 어쩐지 섬뜩해지거나 하면,   4990
지체 없이 그 자리를 파헤쳐보십시오.
거기에 악사樂師가 있거나 보화가 묻혀 있을 것이외다!

중얼거리는 소리

나는 발이 납덩이처럼 무거워진다—
나는 팔에 경련이 이는걸 — 이건 통풍痛風이다—
나는 엄지발가락이 근질거리는데 —   4995
나는 등이 온통 쑤시는데 —
이런 징조로 본다면 아마도 여기에
엄청난 보물이 묻혀 있는 것 같군.

황제

자, 서둘러라! 너는 다시 빠져나가지 못하리라.
그 물거품 같은 거짓말이 사실임을 증명해 보이고,   5000
그 고귀한 장소를 당장 우리에게 알리도록 하여라!
네 말이 거짓이 아니라면, 짐은 여기에
검劍과 홀笏을 내던지고 이 고귀한 손으로
친히 그 사업을 완성토록 하리라.
하나 그것이 거짓이라면, 네놈을 지옥으로 보내버릴
    것이다!   5005

메피스토펠레스

지옥으로 가는 길은 물론 잘 알고 있습니다만 —

도처에 주인 없이 파내주기만 기다리며 묻혀 있는
그 많은 보화들을 일일이 다 알려드릴 수는 없나이다.
쟁기로 밭고랑을 갈던 농부가
흙덩이와 함께 황금단지를 파내는 수도 있고,   5010
진흙 담벼락에서 초석^{硝石}이나 파내려 하다가,
황금빛도 찬란한 돈 꾸러미를 발견하고는 기절초풍하며
가난으로 여윈 두 손에 쥐고 기뻐하는 수도 있나이다.
아무리 훌륭한 아치건물이라도 폭파해버려야만 하고,
어떠한 바위틈이나 어떠한 갱도에라도   5015
보물이 있는 곳을 아는 자는 밀고 들어가야만 하나니,
바로 지옥의 근처까지라도 육박해가야만 하는 법입니다!
옛날부터 간직되어온 널찍한 지하실에 당도하면,
황금으로 된 큰 잔이나 대접이나 접시들이
줄지어 진열되어 있는 것을 발견하게 되지요.   5020
홍옥으로 만든 다리가 긴 잔도 있어서,
그것으로 한잔 마시려고 한다면,
바로 그 곁에는 수천 년 묵은 술도 있습지요.
하지만 — 이 일에 정통한 내 말을 믿으실지 모르겠지만 —
그 술통의 나무는 이미 오래 전에 썩어 문드러지고,   5025
주석^{酒石}이 굳어 포도주 담는 통 노릇을 하고 있답니다.
황금과 보석뿐만이 아니라
이런 고귀한 술의 정수까지도
어둠과 무서운 곳에 휩싸여 있습지요.
현자는 이러한 곳을 끊임없이 찾고 있소이다.   5030
밝은 대낮에 인식한다는 것은 어린애 장난이며,
신비란 암흑 속에 자리를 잡고 있는 법이외다.

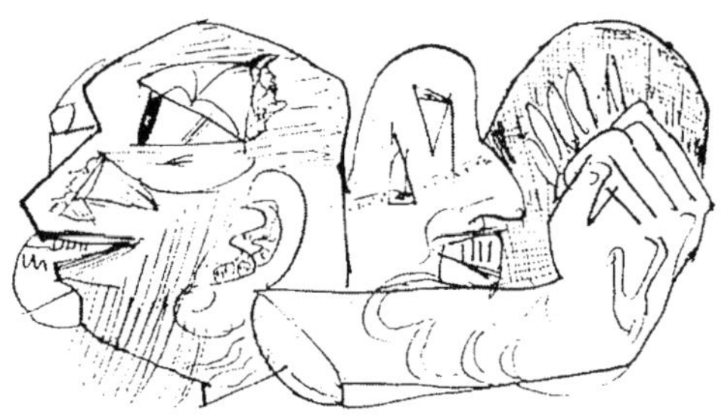

황제

그런 것은 네게 맡기겠노라! 암흑이 무슨 소용이냐?
값진 게 있다면, 무엇이든 백일하에 드러내놓아야 하느니라.
깊은 밤에 누가 악당인들 제대로 구분할 수 있겠는가?   5035
암소는 검고 고양이는 회색빛으로 보이게 마련이다.
황금이 무겁게 가득 찬 땅속의 항아리들을—
쟁기로 갈아 밝은 곳으로 파내도록 하라.

메피스토펠레스

괭이와 삽을 들고 친히 파내도록 하십시오.
농부의 일은 폐하를 위대하게 해줄 것이며,   5040
금송아지들의 무리가³²⁰⁾ 떼를 지어
땅속에서부터 쏟아져나올 것입니다.
그렇게 되면 아무런 거리낌 없이 황홀한 기분으로,
폐하 자신과 사랑하는 여인을 치장하실 수 있을 것입니다.
빛깔이며 광택이 찬란한 보석은   5045
제왕의 아름다움과 그 위엄을 더욱 높여줄 것이옵니다.

황제

당장 시작토록 하라! 당장에! 언제까지 질질 끌 작정인가!

천문박사 (앞에서와 같이)

　폐하, 그렇게 성급한 욕망을 진정하시고,

　가지가지의 즐거운 놀이를 우선 끝내도록 하십시오.

　마음이 산란하다면 목적에 다다를 수가 없나이다.　5050

　우선 우리는 마음을 가다듬고 속죄를 하여,

　천상의 것을 통하여 지하의 것을[321] 얻어야만 합니다.

　선한 것을 원하는 자는 우선 자신이 착해야 하며,

　즐거움을 원하는 자는 자신의 혈기를 달래야 할 것이며,

술을 갈망하는 자는 무르익은 포도알을 짜야 할 것이며,　5055

기적을 원하는 자는 자신의 믿음을 굳게 해야 할 것이외다.

황제

그렇다면 유쾌하게 시간을 보내도록 하라!

마침 성회[聖灰] 수요일도[322] 다가오고 있구나.

아무튼 간에 그 동안 우리는 더욱더 흥겹게,

성대한 사육제를 즐기도록 하자꾸나.　5060

(나팔 소리, 퇴장)

메피스토펠레스

업적과 행복이 서로 얽혀 있다는 사실을

저 바보놈들은 결코 깨닫지 못하는구나.

저자들이 비록 현자의 돌을[323] 가졌다 할지라도,

그 돌에는 현자가 따르지 않는단 말이다.

곁방들이 딸린 넓은 홀

가면무도회를 위해 단장되어 있다.[324]

의전관

여러분은 악마춤, 바보춤, 해골춤이 난무하는　5065

독일 국경 안에 있다고 생각하지 마십시오.

신나는 축제가 여러분을 기다리고 있습니다.

폐하께서는 로마 원정길을 떠나서,

자신의 필요 때문에, 또 여러분의 즐거움을 위하여,

험준한 알프스 산들을 넘으시고,　5070

이 명랑한 제국을 손에 넣으셨습니다.

황제께선 교황의 성화^{聖靴}에 입 맞추시고,

먼저 통치를 위한 권리를 간구하여 얻으셨으며,

황제의 관^冠을 받으러 행차하셨을 때에는,

우리를 위하여 방울 달린 벙거지까지 가져오셨습니다.　　　5075

이제 우리 모두는 새로 태어난 것이나 다름없으니,

처세에 능한 사람은 누구나 할 것 없이

그 모자를 머리에서 귀에까지 푹 눌러써보십시오.

그러면 미쳐버린 바보들과 흡사한 것 같지만,

벙거지 밑에선 무슨 짓이든 할 수 있게 총명해진답니다.　　　5080

저기 벌써 떼를 지어 몰려오는 모습이 보이고,

비틀거리며 떨어졌다가, 다시 정답게 짝을 짓기도 하는군요.

합창대들도 꼬리에 꼬리를 물고 밀려들고 있습니다.

들어오고 나가고 끊임이 없습니다만,

오만 가지 익살을 다 부린다 해도　　　5085

결국 이 세상이란 예전이나 마찬가지로

오로지 크나큰 바보에 불과할 것입니다.

여정원사들 (만돌린 반주에 맞추어 노래한다.)

　　　여러분의 칭찬을 받고 싶어,

　　　우리 피렌체 젊은 아가씨들,

　　　오늘밤 이렇게 몸단장하고서　　　5090

　　　화려한 독일 궁중 찾아왔어요.

　　　갈색으로 곱슬곱슬한 머리에는

　　　만발한 꽃들을 멋으로 꽂았어요.

　　　비단실과 비단송이도³²⁵⁾ 여기에선

　　　제 역할 찾아 치장해주지요.　　　5095

공들여 우리 단장했으니,
온갖 칭찬도 받을 만하지요.
우리 손으로 만든 찬란한 꽃들,
사시사철 언제나 피어 있어요.

오색으로 물들인 색종이들을   5100
좌우 똑같은 꼴로 맞추었어요.
조각조각 보시면 비웃으시겠지만,
전체를 보시면 마음이 끌릴 거예요.

우리 깔끔한 꽃 가꾸는 여인들,
보시면 귀여워 정이 가지요.   5105
여인들이 타고난 천성부터가
너무나도 예술과 가까우니까요.

의전관

너희들 머리에 이고 가는 꽃바구니,
팔에 안고 가는 꽃바구니에서 넘실거리는,
그 알록달록 풍부한 꽃들을 보여드리고,   5110
누구에게나 마음에 드는 걸 골라드려라.
자, 어서 서둘러 이 정자와 통로들을
꽃이 만발한 정원으로 변하게 하라!
꽃 파는 아가씨들이나 꽃들이나 모두,
모여들어 구경할 가치가 있습니다.   5115

여정원사들

흥겨운 곳에서 꽃을 사세요,
그러나 여기는 장터가 아니에요!
의미 깊게 짤막한 몇 마디로
사신 꽃의 꽃말을 알려드리죠.

열매 달린 올리브나무 가지[326]

난 어떤 꽃송이도 질투하지 않고,   5120
싸움이라면 언제나 피한답니다.
그런 건 내 천성에 맞지 않으니까요.
이 몸은 원래가 땅의 정수로서,
틀림없는 담보물과 같은 것이라,
어디에서나 평화의 상징이 되지요.   5125
오늘 내가 바라는 바는, 아리따운 머리를
품위 있게 장식하는 것이랍니다.

이삭 화환 (황금색)

체레스의[327] 선물로 치장하시면,
아담하고 사랑스럽게 어울릴 거예요.
실용적이라 환영받는 이 이삭이   5130
당신들 장식품으로도 아름다울 거예요.

환상의 화환

당아욱 비슷한 오색찬란한 꽃들이,
이끼에서 피어나니 이상도 하구나!
자연에는 그린 일 있을 수 없더라도,
유행이란 이런 것도 만들어내지요.   5135

환상의 꽃다발

내 이름을 여러분에게 가르쳐주는 일은,
테오프라스트[328] 박사라도 못 할 거예요.
그러나 모든 사람에게는 아니라 하더라도,
많은 여인들의 마음에 들고 싶어요.
나 여인들의 소유가 되고 싶으니,   5140
날 머리에 꽂아주시거나,
마음을 정하시어 앞가슴에라도,
내 자리를 마련해주셨으면 합니다.

장미꽃 봉오리 (도전)[329]

오색찬란한 환상의 꽃들은
나날의 유행 따라 피어도 좋으리라.   5145
자연에는 한 번도 나타난 적 없는,
경이로운 모습을 보여줌도 가하리라.
초록빛 줄기에 황금빛 방울꽃이,
탐스런 고수머리 사이로 눈짓을 하네! ―
그러나 우리는 ― 숨어서 있으리니,   5150
신선한 우리 모습 찾아내는 자 복되리라.
여름이 왔노라 소식을 알려오고,
장미꽃 봉오리에 불이 켜지면,
누가 가히 그런 행복 마다할까?
약속하고 그것을 지키는 일은,   5155
꽃들 나라에선 눈매와 생각과
마음을 동시에 다스리는 것이랍니다.

(정자로 통하는 푸른 산책길에서 여정원사들이
그들의 상품을 곱게 장식하고 있다.)

정원사들 (테오르베의[330] 반주에 맞추어 노래한다.)

보십시오, 꽃들이 고요히 피어나서,
그대들의 머리를 곱게 단장해주는 것을.
열매는 유혹하려 들지 않으니,   5160
그것을 맛보며 즐기셔도 좋습니다.

버찌며 복숭아며 자두의 열매들이

풍성하게 붉어진 얼굴을 내밀었으니,
사십시오! 혀와 입에 비한다면,
눈만으로 제대로 판단할 수 없지요.   5165

어서 오십시오, 무르익은 이 과일을
맛있고 즐겁게 잡수십시오!
장미라면 시로도 읊을 수 있지만,
사과는 입으로 깨물어봐야 알지요.

당신네 풍성한 젊음의 꽃들 사이에   5170
우리도 함께 어울리도록 허락해주오.
우리도 이웃답게 잘 익은 열매들을
푸짐하게 쌓아올려 이 자리 꾸미리다.

흥겹게 엮어놓은 나뭇가지 밑에서,
장식도 아름다운 정자 한구석에서,   5175
무엇이든 당장 발견할 수 있습니다.
꽃봉오리와 나뭇잎, 꽃과 열매들을.
(기타와 테오르베의 반주에 맞추어 교대로 노래하며, 두 패의 합창대는
계속해서 그들의 상품을 층층으로 높이 쌓아올려 진열해놓는다.)

(어머니와 딸, 등장한다.)

어머니

아가야, 네가 세상에 태어났을 때,
너를 고깔 씌워 단장해주었더니,
얼굴이 정말 귀엽기도 하고   5180

작은 몸매 정말 보드랍기도 하였단다.
당장에 새색시나 된 듯이 생각되고,
당장 부잣집 신랑에게 시집을 가서
벌써 새아씨가 된 것처럼 생각했단다.

아아! 그런데 어언간 많은 세월이   5185
덧없이 무상하게 흘러가버렸구나.
이런저런 구혼자가 무리지어 오더니만,
순식간에 모두가 사라져버렸구나.
한 남자와 날렵하게 춤을 추면서,
다른 총각에게 예쁜 눈짓을 하며   5190
팔꿈치로 살짝 찌르기도 했었지.

이런저런 잔치를 열어보아도
아무런 소용이 없었으며,
벌금놀이, 술래잡기를 해보아도
아무런 도움이 되지 못했지.   5195
오늘은 누구나 바보처럼 놀아나고 있으니,
아가야, 너도 가슴 살짝 열어 보이렴.
뉘라도 한 녀석 걸려들지 모르니까.
(젊고 아름다운 여자 친구들이 몰려와서 어울리고,
정다운 잡담 소리가 드높아진다.

어부와 새 사냥꾼들이 그물, 낚싯대, 끈끈이장대,
그리고 다른 도구들을 가지고 등장하여 아름다운 소녀들 사이에 섞인다.
양편이 서로 유혹하고 환심을 사려 하며,

도망치고 잡으려 하면서, 즐거운 대화의 장을 만들어낸다.)

나무꾼 (사납고도 불량한 태도로 등장하여)

비켜라! 물러서라!

우린 공간이 필요하다.   5200

우리가 나무를 찍으면,

우지끈 쿵쾅 쓰러진다.

나무를 메고 갈 때면,

여기저기 부딪히게 마련이다.

우리 자랑 한마디 할 테니   5205

이것만은 똑똑히 알아두라.

거칠게 일하는 일꾼들

이 나라에 없다면,

약은 체한다지만,

귀하신 양반네들   5210

어떻게 살아가노?

이것만은 명심하라!

우리네가 땀 흘리지 않으면,

당신네는 얼어 죽소.

어릿광대 (미련하게, 거의 바보같이)

너희는 바보들,   5215

날 때부터 꼬부라졌지.

우리는 영리하여,

짐져본 일 아예 없다.

우리들의 벙거지,

저고리건, 누더기옷이건   5220

가볍게 입을 수 있지.
기분 좋게 우리는
언제나 놀고먹고,
슬리퍼 신은 발로,
장터나 구경터로 5225
이리저리 다니면서
멍청하게 서 있다가,
욕설도 얻어먹지.
그런 소리 울려오면,
밀고 밀치는 사람들 사이로 5230
뱀장어처럼 빠져나가,
한데 얼려 날뛰고,
한데 뭉쳐 발광하지.
너희가 칭찬을 하건
우리에게 욕설을 퍼붓건, 5235
그런 게 무슨 상관이야.

식객들331) (비위를 맞추며, 탐이 나는 듯)
당신네 씩씩한 나무꾼들,
그리고 당신네 의형제인
숯 굽는 사람들,
우리에겐 모두가 소중한 분들이오. 5240
모든 일에 굽실거리고,
지당한 말씀이라 끄덕이며,
속 뻔한 빈말도 하고,
따스해졌다 차가워졌다,
두 가지 숨을 쉬면서, 5245

상대방 기분 맞추는데,
그게 무슨 상관 있겠소?
하기야 저 하늘에서
무시무시한 불이
내려올 수도 있겠지만, 5250
아궁이 넓이대로
작열하며 불타오를,
장작이나 숯바리가
없을 수 있겠는가.
그래야 굽고 끓이고, 5255
지지고 볶아 요리하지요.
진정한 식도락가,
접시까지 핥는 자,
구운 고기 냄새도 맡아보고,

보지 않고도 생선인 줄 알아내지요.   5260
그래야 주인나리 식탁에서
실력 발휘를 할 수 있지요.

술주정꾼 (제정신을 잃고)

오늘은 어떤 놈도 내 앞에 얼씬 마라!
날아갈 듯 내 멋대로 자유로운 기분이다.
신선한 기쁨과 즐거운 노래들,   5265
그것도 내가 손수 가져온 것이다.
그러니 술을 마신다! 마시자, 마셔!
술잔을 부딪쳐라! 쨍그랑, 쨍그랑!
저기 뒤에 있는 양반,[332] 이리 오시오!
자, 건배합시다. 옳지, 됐소이다.   5270

내 마누라가 분통 터져 소리치며,
얼룩진 옷을 보고 얼굴을 찡그렸지.
아무리 내가 폼을 낸다 해도,
난 허수아비 옷걸이 같다고 욕을 하더군.

에라 마시자! 마시자. 마셔!   5275
잔을 부딪쳐라! 쨍그랑, 쨍그랑!
허수아비 옷걸이들아, 건배하자!
쨍그랑 소리 나니, 그럼 됐다, 됐어.

나를 길 잃은 놈이라고 말하지 마라.
이래도 난 마음 내키는 곳에 와 있는 것이다.   5280
주인이 거절하면 안주인이 외상 주고,
끝판에는 색시가 외상을 준다.
언제나 난 마신다! 마시자, 마셔!
자, 여러분 일어나라! 쨍그랑, 쨍그랑!
술잔을 돌려라! 계속해 돌려라!   5285
옳지, 제대로 잘되는 것 같구나.

어디서 어떻게 내가 재미를 보든,
멋대로 하도록 내버려두라.
날 누워 있는 곳에 그대로 내버려두라.
더이상 서 있고 싶지가 않단 말이다.   5290

합창

형제 여러분, 술을 마시자, 마셔!
신나게 건배하며 쨍그랑, 쨍그랑!
의자나 널빤지 위에 단단히 앉아라!
상 밑에 쓰러지면 그것으로 끝장이다.

(의전관이 각종 시인들의 등장을 알린다.

자연시인, 궁정시인, 기사시인, 정감(情感)시인, 열광시인 등이다.
저마다 서로 앞을 다투는 까닭에 다른 시인에게 낭독의 기회를
주지 않는다. 한 시인이 몇 마디 시구를 낭송하며 지나간다.)

풍자시인

그대들은 아는가, 시인인 나를   5295
진정 즐겁게 해주는 것이 무엇인가를?
어느 누구도 듣기 원치 않는 것을,
나 노래하고 말할 수 있음이니라.

(밤의 시인과 묘지시인이[333] 나오지 못한다고 전갈을 보낸다.
그들은 방금 새로 나타난 흡혈귀들과[334] 흥미진진한 대화를
나누고 있는 중이며, 거기서 아마도 새로운 시의 유형이
발전해나올 수도 있다는 것이다. 의전관은 부득이 그것을 인정해주고,
그 동안에 그리스 신화의 인물들을 불러낸다. 그들은 현대적 가면을
쓰고 있기는 하나 그 특성이나 매력을 잃지 않고 있다.)

우미(優美)의 여신들[335]

아글라이아

우리는 인생에 우아함을 부여하나니,
주는 데에도 우아함이 깃들도록 하라.   5300

헤게모네

받는 데에도 우아함이 있어야 하리니,
소원을 성취하는 것은 즐거운 일이로다.

오이프로지네

평온한 나날의 울타리 속에서 사노라면,

감사의 마음도 진정 우아해야 하리라.

운명의 여신들[336]

아트로포스

나이 많은 이 몸이 이번에   5305
실을 자으라고 초대를 받았네.
가냘픈 생명의 실을 잣고 있노라면
생각할 것도 많고 궁리할 것도 많아요.

유연하고 부드러운 실이 되도록,
제일 섬세한 아마亞麻를 가려내었네.   5310
매끈하고 날씬하고 곧은 실이 되도록
재치 있는 손가락으로 매만질 거예요.

즐거움에 젖거나 춤을 출 때에
당신들 너무 지나치게 흥에 겨우면,
이 실의 한계도 생각하시고,   5315
끊어지지 않도록 조심하세요!

클로토

지난 며칠 동안 이 가위가
내 손에 맡겨진 걸 알아두세요.
우리 노파들이 하는 행동에서
아무도 감동받지 않기 때문이에요.   5320

아무런 쓸모 없는 실오리들은

햇빛과 바람 속에 오래 잡아매놓고,
희망에 부푼 훌륭한 실들은
잘라서 묘혈 깊이 이끌어가지요.

그러나 나 또한 젊은 혈기에   5325
벌써 몇백 번 잘못을 저질렀어요.
오늘은 나 자신 억제하려고,
가위를 상자 속에 넣어두었어요.

그리고 나 이렇게 기꺼이 속박당하며,
다정한 마음으로 이 자리를 바라보지요.   5330
당신들 이 자유로운 시간만이라도
마음대로 계속 도취해보시라고요.

라케시스

나 혼자만이 사리에 밝아서
질서를 지키는 임무를 맡고 있어요.
내 물레는 언제나 생생하게 돌아가며,   5335
한 번도 성급하게 굴어본 적이 없어요.

실오리가 나오면 도투마리에 감아놓고,
실 가닥마다 제 갈 길을 찾아주어요.
어느 하나 빗나가게 하지 않으니,
빙글빙글 도는 대로 감기게 되지요.   5340

내가 한번 정신을 놓는 날이면,

세상이 어찌 될지 두려워져요.
시간을 헤아리고 세월을 저울질하며,
직조공이 운명의 고삐를 잡고 있어요.

의전관

여러분이 고서古書에 아무리 박식하다 할지라도,   5345
지금 나오는 여신들은 알지 못할 것입니다.
그렇게 못된 짓을 많이 하고 다닐지라도 그들을 보면,
씽수로 환영하는 손님들이라 말하실 것입니다.

아무도 믿지 않겠지만, 그건 복수의 여신들입니다.
예쁘고 몸매도 날씬하고 친절한데다가 나이도 젊지요.   5350
저들과 한번 사귀어보면, 이런 비둘기들이
뱀처럼 무서운 상처를 입힌다는 걸 알게 될 것입니다.

물론 음흉스럽긴 하지만, 오늘과 같은 날에는
누구나 바보 되어 자기 결점을 자랑하는 판이니,
그들도 천사로서의 명성을 바라지 않고,   5355
도시나 시골에서의 재앙거리로 자처하고 있지요.

복수의 여신들337)

알렉토

무슨 소용 있겠어요? 결국 우릴 믿게 될 거예요.
우리는 예쁘고 젊은데다가 고양이처럼 알랑거리니까요.
당신네 중에 누구든 귀여운 애인을 가진 자가 있으면,
우리는 귀가 간지럽도록 아양을 떨어 가까워져서는,   5360

마지막엔 눈과 눈을 마주 보며 이렇게 말할 거예요.
그년은 당신뿐만 아니라 이놈 저놈에게 추파를 던지고,
우둔한 머리통에 허리는 굽은데다 다리까지 저니,
당신의 신붓감으론 정말 아무런 쓸모가 없다고요.

그 신붓감에게는 이렇게 말하며 괴롭힐 거예요.   5365
그런데 당신 애인이 몇 주일 전에,
어떤 여자한테 당신을 모독하는 말을 하더라고요!―
이러면 화해를 한다 해도 꺼림칙한 마음이 남을 거예요.

메게라

그 정도는 장난에 불과해요! 그들이 일단 맺어지면,
내가 그 일을 도맡아서, 어떠한 경우라도   5370
아름다운 행복을 근심으로 넌더리나게 해놓겠어요.
사람도 변하고, 시간도 계속 변하는 것이니까요.

아무도 소망하던 바를 품안에 간직하고 있지는 못해요.
최고의 행복에 곧 익숙해지고 습관이 되면, 누구나
어리석게도 보다 소망하는 그 무엇을 동경하게 되지요.   5375
태양을 멀리하고, 차가운 서리를 따뜻하게 하려는 격이에요.

나는 이런 모든 일을 처리하는 재주를 타고났기에,
내 절친한 친구 아스모디를338) 불러들여,
적당한 시기에 불행의 씨를 뿌려놓고,
짝을 지은 인간 족속들을 파멸시켜버리지요.   5380

티시포네

배반자에게 나는 독설을 퍼붓는 대신에
독약을 타 먹이고 칼날을 세우리라.
다른 계집을 사랑하게 되면, 이르든 늦든 간에,
파멸이란 것이 너를 엄습하게 되리라.

잠시 동안의 달콤한 재미가   5385
거품이 부글대는 독약으로 변하리라!

여기엔 흥정도 없고 에누리도 없나니 ―
저지른 죗값은 그대로 치러야만 하리라.

용서를 찬양하여 노래하지 마라!
나 암벽을 향해 내 사정을 호소하나니,   5390
들어보라! 산울림은 복수! 라고 메아리친다.
여자를 바꾼 자, 죽어 마땅하리라.

의전관

여러분, 저쪽 옆으로 좀 비켜주십시오.
지금 등장하는 것은 당신네와 같은 부류가 아니기 때문이오.
보시는 바와 같이 산더미가[339] 들이닥치고 있습니다.   5395
옆구리에는 현란한 양탄자를 자랑스럽게 늘어뜨리고,
머리에는 긴 이빨과 뱀 같은 코를 달고 있는데,
신비스럽긴 하지만 내가 그걸 푸는 열쇠를 보여드리지요.
목덜미에 말쑥하고도 사랑스런 여인이 앉아,
가냘프고 조그만 채찍으로 정확하게 몰고 갑니다.   5400
그 위에는 다른 여인이 장엄하고 품위 있게 서 있는데,
광채로 둘러싸여, 너무나 내 눈이 부십니다.
그 곁에는 고귀한 여인들이 사슬에 묶인 채 걸어가는데,
한 명은 불안해 보이고, 다른 한 명은 즐거워 보입니다.
한 명은 자유를 갈망하고, 다른 한 명은 자유를
　　얻은 것 같군요.   5405
자, 자기가 누구인지 각자 밝히도록 하시오.

공포

그을음을 내뿜는 횃불, 등불, 촛불들이
혼잡스런 축제를 어스름하게 비춰주고 있구나.
헛된 환상이 가득한 이 가면들 사이에
아아, 쇠사슬이 날 꽁꽁 묶어놓는구나.   5410

물러가라, 너희 웃음 짓는 무리들아!
히죽거리는 당신네 웃음이 수상하기만 하다.
나를 모함하는 원수의 무리들이
오늘밤 내게로 달려들고 있구나.

보라! 여기 한 친구가 벌써 원수가 되었으니,   5415
나는 그가 쓴 가면을 벌써 알고 있다.
저자는 나를 찔러 죽이려 했지만,
이제 탄로가 나니 슬금슬금 도망을 치는구나.

아아, 어느 쪽으로 가든 이 세상을
빠져나가 도망칠 수 있다면 얼마나 좋겠는가.   5420
하지만 저세상으로부터 파멸이 날 위협하며,
어두움과 두려움 속에 날 잡아놓고 있구나.

희망

안녕들 하세요, 정다운 자매들이여!
오늘도 어제도 당신들은 벌써
가장무도회에 흥겹게 빠져 있지만,   5425
내일이면 모두가 그 가면을 벗으리란 걸,

난 너무나 분명히 알고 있어요.
그리고 이런 횃불 아래서는
우리 별나게 즐겁진 않지만,
명랑하게 햇빛 비치는 대낮에는   5430
우리들 마음대로 행동할 수 있으니,
때로는 친구들과 어울려서, 때로는 혼자서
아름다운 들판을 자유로이 거닐기도 하고,
마음 내키는 대로 쉬기도 하고 움직이기도 하며
근심 걱정 모르는 생활 속에서   5435
아쉬운 것 없이 언제나 노력하고,
어디서나 환영받는 손님이 되어,
우리는 안심하고 삶을 살아가지요.
틀림없이 어디에서라도 최고의 것을
찾아낼 수 있게 마련이지요.   5440

지혜

인간에게 가장 큰 적敵 두 가지,
공포와 희망을 쇠사슬에 묶어서,
이를 군중으로부터 떼어놓으련다—

길을 비키시라! ─ 그대들은 구원되었도다.

보시라, 탑처럼 높은 짐을 실은   5445
이 살아 있는 거상^{巨像}을 나 몰고 가나니,
한 걸음 한 걸음 가파른 길을
그놈은 끈기 있게 거닐고 있도다.

그러나 저 높은 뾰족탑 위에는
여신이 민첩하고도   5450
넓은 날개를 펴고, 승리를 거두려고
사방을 두루 살피고 있구나.

여신을 에워싼 영광과 광채는
사방으로 멀리까지 빛나고 있나니,
스스로 승리자라 이름하는 그녀는   5455
모든 활동을 다스리는 여신이니라.

초일로 ─ 테르시테스³⁴⁰⁾

허허! 이것 참, 내가 마침 잘 왔군.
당신네들 모두가 형편없다고 욕을 해야겠소!
하지만 내가 목표로 삼고 있는 것은,
저 위에 있는 승리의 여신 빅토리아올시다.   5460
하얀 날개를 두 개씩이나 달고 있으니,
제가 독수리나 된 것처럼 느껴지는 모양이오.
아무 곳으로나 얼굴을 돌리기만 하면,
백성이건 땅이건 모두 제 것이 되는 줄 착각하니 말이오.

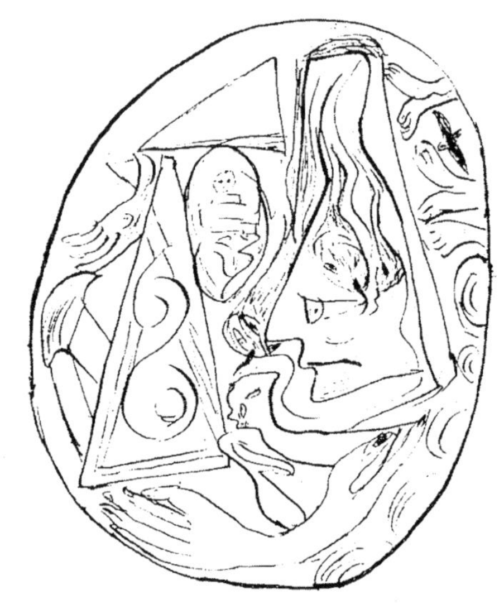

그런데 무언가 명예스런 것이 이루어지면,   5465
나는 당장에 화가 나서 죽을 지경이외다.
낮은 것을 높다 하고, 높은 것을 낮다 하며,
굽은 것을 곧다 하고, 곧은 것을 굽다 하고 싶소이다.
그렇게 해야만 내 직성이 풀리니,
난 세상만사를 그렇게 해놓고 싶소이다.   5470

의전관

너 개 같은 악당놈아, 이 거룩한 몽둥이로
능숙하게 내려치는 일격의 맛 좀 보아라!
당장 구부러지며 몸을 비트는구나! ─
난쟁이를 쌍으로 겹쳐놓은 것 같은 몸뚱이가
저렇게 빨리 구역질나는 덩어리로 뭉쳐버리다니! ─   5475

놀라운 일이로다! — 덩어리가 계란이 되고,
계란이 부풀어오르더니 두 조각으로 터지는구나.
그 속에서 이제 쌍둥이 같은 것이 튀어나오는데,
하나는 살모사요 하나는 박쥐로다.[341]
살모사는 쓰레기 속을 계속 기어다니고,   5480
박쥐는 시커멓게 천장으로 날아오른다.
놈들이 서로 합치려고 서둘러 밖으로 나가는데,
나는 그들과 한패가 되고 싶지가 않다.

중얼거리는 소리

　　기운 내! 저 안에선 벌써 춤을 추고 있어 —
　　싫어요! 난 진작 떠나버리고 싶었어 —   5485
　　저 귀신 같은 녀석들이
　　우릴 에워싸고 있다는 걸 느끼겠니? —
　　내 머리 위에서 무슨 쐐쐐 하는 소리가 나는데 —
　　그런데 난 발에서 그런 것 같아 —
　　우리 중에는 아무도 다친 사람이 없는데 —   5490
　　하지만 모두가 겁에 질려 있어 —
　　재미 보기는 이제 다 틀려버렸군 —
　　그 짐승 같은 놈들이 그러려고 했던 거야.

의전관

　　가장무도회가 열릴 때마다
　　의전관의 직무를 위임받은 이래,   5495
　　여러분의 이런 즐거운 자리에
　　어떤 해로운 게 숨어들지 못하도록,
　　저는 단호하게 문간을 지키고 서서,
　　전혀 동요하지도 물러서지도 않았습니다.

그러나 바람을 타고 다니는 유령들이   5500
창문을 통해 들어오지나 않을까 걱정입니다.
그런 도깨비나 마법에 대해서는
저도 여러분을 지켜드릴 수가 없습니다.
그 난쟁이 놈도 수상쩍은 짓을 하고 있는데,
보세요! 저 뒤에서 억세게 밀려드는 게 있습니다.   5505
저 형상이 의미하는 바를
제 직책상 설명해드리고 싶습니다.
하지만 이해할 수 없는 것이란,
저라도 설명할 수가 없으니,
여러분 도움을 얻어 저도 좀 배워야겠습니다! —   5510
저 군중 속을 흔들거리며 밀려오는 것이 보입니까?
네 마리 용마龍馬가 끄는 화려한 수레가
모든 것을 헤치며 달려오고 있습니다.
그런데 그 수레는 사람들을 갈라놓지도 않고,
어디서도 혼란이 일어나는 게 보이지 않습니다.   5515
멀리에서 형형색색의 빛이 번쩍이고,
마법의 등불에서 비쳐오는 듯
오색찬란한 별들이 요란스레 반짝이며,
용마들이 콧숨을 내뿜으며 폭풍처럼 달려옵니다.
비키십시오! 저도 소름이 끼칩니다!

수레 모는 소년[342]

　　　　　　　　　　　　　　　　　멈추어라!   5520
용마들아, 너희 날개를 접어라.
이 익숙한 고삐를 느낀다면,
내가 너희를 제어하듯 너희 스스로를 제어하라.

내가 정기를 불어넣을 때만 달려가도록 하라 —

이 공간에서는 점잖게 존경을 받도록 하자!　　　　5525

주위를 둘러보라, 감탄하는 사람들이

점점 그 수가 늘어 몇 겹으로 우릴 에워싸고 있구나.

자! 의전관 어른! 당신 나름대로,

우리가 이곳에서 다시 떠나기 전에

우리를 설명하고 소개해주시구려.　　　　5530

우리는 알레고리이기 때문이오.

이렇게 말하면 우리의 정체를 아시겠지요.

의전관

자네의 이름을 댈 수는 없지만,

보이는 대로 설명이야 할 수 있지.

수레 모는 소년

그럼 한번 해보시오!

의전관

솔직히 말하건대,　　　　5535

첫째로 자네는 젊고 잘생겼어.

자네는 어른이 되다 만 소년이야. 그렇지만 여인들은

자네가 완전히 성숙한 모습을 보고 싶어할 거야.

내가 보기엔 자넨 장차 여자깨나 희롱할 것 같아.

정말로 타고날 때부터 바람둥이라 할 수 있지.　　　　5540

수레 모는 소년

그거, 들을 만한 소리군요! 계속해보세요.

수수께끼를 풀듯 즐거운 말을 찾아내보세요.

의전관

검은 번개 같은 두 눈, 칠흑 같은 고수머리,

보석 박아 장식한 허리띠에 잘도 어울리는군!

그리고 곱게 치장한 옷자락이								5545

어깨로부터 발끝까지 흘러내리는데,

자줏빛 단에 반짝거리는 금을 박은 옷이로군!

자네를 어딘지 계집애 같다고 탓할 수도 있겠으나,

좋으니 나쁘니 해도 자네는 벌써

아가씨들에게 대단한 인기를 끌고 있을 것이며,						5550

그들이 사랑의 에이 비 시를 가르쳐주겠군.

수레 모는 소년

그럼 여기 수레 위 옥좌에

위엄 있게 좌정하신 이분은 누구겠소?

의전관

부유하고 인자하신 임금님으로 보이는데,

그분의 은혜를 입는 자는 복될지어다!							5555

더이상 얻으려 노력할 필요도 없으시니,

어디 모자라는 곳이 없는지 살피다가

은혜를 베푸는 순수한 즐거움이

재산이나 행복보다 훨씬 더 클 것이로다.

수레 모는 소년

여기서 그쳐서는 아니 됩니다.								5560

그분을 좀더 상세히 설명토록 하십시오.

의전관

저 품위 있는 모습은 설명할 수가 없네.

하지만 달과 같이 둥글고 건강한 얼굴,

오동통한 입과 꽃이 핀 듯한 두 뺨이

보화로 장식된 터번 아래 화려하게 빛나고 있군.						5565

주름 많은 옷을 입으시고 아주 편안한 모습이야!

고매한 몸가짐에 대해 무슨 말을 해야 할까?

저분은 통치자로서 이미 유명한 것 같다네.

수레 모는 소년

실은 부귀의 신 플루투스[343]이십니다!

이분이 이 화려한 차림으로 거동하신 것은,						5570

지엄하신 황제께서 간곡히 청하셨기 때문이오.

의전관

자네 자신은 무엇 하는 누구인지 말해보게!

수레 모는 소년

나는 낭비라오. 시(詩)입니다.

가장 소중한 재물을 아낌없이 낭비함으로써

스스로를 완성시키는 시인이지요.								5575

나 역시 헤아릴 수 없을 정도로 부유하기에

감히 플루투스와 비등하다고도 자부하고 있지요.

저분의 무도회나 향연을 꾸며 활기 있게 해주며,

저분에게 없는 것을 내가 나누어주고 있지요.

의전관

그 뽐내는 모습이 자네에게 아주 잘 어울리는데,						5580

그럼 자네의 재주를 한번 보여주게나.

수레 모는 소년

자 보세요, 이렇게 손가락을 튀기기만 하면,

벌써 수레 주위가 번쩍번쩍, 반짝반짝거리지요.

여기 진주목걸이도 튀어나오고요!

(계속해서 손가락을 튀기면서)

자, 황금으로 된 목걸이와 귀걸이를 받으세요.							5585

나무랄 데 없는 금빗도 나오고 금관도 나오고,

반지에 박을 아주 값진 보석도 있습니다.

때때로 조그마한 불꽃도[344] 뿜어내는데,

혹시 어디 태울 만한 곳이 있나 기대하면서 말입니다.

의전관

저 많은 자들이 움켜쥐고 잡아채고 하는 꼴 좀 보시오!　5590

저러다간 주는 사람이 치여 죽을 지경이로군요.

그는 마치 꿈속인 것처럼 보석을 튀겨내고 있으며,

넓은 홀 안의 모든 사람이 그걸 주우려 야단법석입니다.

그런데 이번엔 새로운 술책을 쓰는군요.

한 사나이가 그렇게 부지런히 주워모았는데,　5595

그 주운 것들이 저렇게 훨훨 날아가버리다니,

그자는 정말로 허탕친 꼴이 되고 말았군요.

진주알을 꿰고 있던 끈이 풀어지더니,

그의 손 안에는 딱정벌레들이 우글거리는군요.

저 가련한 녀석이 그것을 내동댕이치니까,　5600

벌레들이 그의 머리 주위를 윙윙 날아다니고 있습니다.

다른 사람들도 실속 있는 물건인 줄 알고 잡았는데,

잡고 보니 고약스런 나비들이었습니다.

저 악당 같은 놈이 그렇게 큰소리를 치더니,

내준 것은 금빛으로 번쩍이는 것들뿐이로군요!　5605

수레 모는 소년

알고 보니, 당신은 가면에 관한 건 잘 전해주는데,

껍질 속에 쌓인 본질을 파헤치는 일은,

궁정 의전관이 맡아야 할 소임이 아닌가 싶군요.

그런 일에는 좀더 날카로운 안목이 필요하지요.

하지만 나는 어떤 일로도 다투는 것이 싫습니다.　5610

주인어른, 당신에게 직접 물어봐야겠습니다.

(플루투스에게로 몸을 돌리고)

당신께서는 제게 이 바람처럼 빠른

사두[四頭]의 용마차를 맡겨주시지 않았습니까?

분부하시는 대로 탈 없이 수레를 몰지 않았나이까?

당신이 뜻하시는 곳으로 가지 않은 적이 있었습니까?　5615

그리고 대담하게 날아서 당신을 위해

승리의 종려나무를 따다 드리지 않았나이까?

자주 저는 당신을 위해 결투를 하였으며,

그때마다 번번이 승리를 거두었지요.

당신의 이마를 월계관으로 장식하게 된 것도,　5620

제가 손과 마음을 바쳐 엮어드린 게 아니겠습니까?

플루투스

나 너에게 증명하는 말을 해줄 필요가 있다면,

넌 내 정신의 정신이라고 말해주고 싶도다.

너는 언제나 나의 뜻에 따라 행동하고,

나 자신보다도 훨씬 더 부유하도다.　5625

너의 공로에 보답하기 위하여 나는 어느 왕관보다도,

이 푸른 월계나무 가지를 더욱 값지게 여기노라.

모든 사람에게 내 진심의 말을 전하노니,

사랑하는 아들아, 너는 진정 내 마음에 드는구나.

수레 모는 소년 (군중을 향하여)

보세요! 제 손에 있는 가장 큰 선물들을,　5630

저는 제 주위에 두루두루 뿌렸습니다.

이 사람 저 사람의 머리 위에서

제가 뿌린 작은 불꽃이 작열하고 있습니다.
그 불꽃은 이 사람에게서 저 사람에게로 튀기도 하고,
어떤 이에겐 그대로 있는데, 어떤 이에게선 달아나기도
　　합니다.　　　　　　　　　　　　　　　　　　　5635
아주 드문 일이긴 하지만 어떤 때는 불길이 솟아올라,
순식간에 훨훨 불꽃이 피어나기도 합니다.
그러나 대부분은 알아차리기도 전에,
슬프게도 타버려 완전히 꺼져버립니다.

여인들의 재잘거리는 소리

저 사두의 수레 위에 앉아 있는 놈,　　　　　　5640
그놈은 틀림없이 사기꾼일 거예요.
바로 뒤에 쭈그리고 앉은 어릿광대놈은,
굶주리고 목이 말라 바싹 말랐나본데,
저런 꼴은 아직 한 번도 본 적이 없어요.
꼬집어댄다 해도 놈은 아픈 줄도 모를 거예요.　　5645

말라빠진 남자[345)]

내 몸 가까이 오지 말라, 구역질나는 계집들아!
내가 너희들 마음에 들어본 적이 없다는 건 잘 알고 있다—
여자들이 아직 부엌일을 돌보고 있었을 때는,
나는 알뜰한 살림꾼이란 소릴 들었었다.

그때엔 우리 집 형편도 넉넉했었으니,　　　　　5650
들어오는 것은 많고 나가는 건 없었단 말이다!
나는 상자와 장롱을 열성으로 보살폈는데,
자칫 그것이 악덕이 될 정도였다.
그런데 요 근년에 와서는
계집들은 전혀 절약하는 습관이 없어지고,　　　5655
누구나 할 것 없이 모두가 지독한 빚쟁이처럼,
가진 돈보다도 훨씬 더 욕심을 부린단 말이다.
그러니 남편이란 온갖 고생을 겪어야 하고,
어디를 둘러보아도 빚투성이뿐이란 말이다.
계집들은 긁어낼 수 있는 것은 모조리 긁어내서　5660
몸치장을 하거나, 정부놈한테 갖다 바쳐버리는 거야.
게다가 치근거리며 희롱하는 사내놈들과 어울려
먹기도 더 잘 처먹고 마시기도 더 잘 마셔댄단 말이다.
그리하여 나는 돈에 대한 욕심이 더욱 커져서,
남성명사 중에서도 가장 지독한 탐욕이 된 것이다!　5665

여인의 우두머리

용은[346)] 용들끼리 다투는 게 좋겠어요.
결국엔 모든 게 거짓이고 속임수일 텐데요!
저자는 남자들을 선동하려고 온 거예요.
그러잖아도 사내들이란 귀찮은 존재인데 말예요.

여인들의 무리

저 허수아비 같은 놈! 따귀나 한 대 갈겨주지그래!　5670
저런 나무십자가 같은 놈이 우릴 위협하겠다고?
저따위 상판을 보고 우리가 무서워하겠나!
용이란 것들도 나뭇조각과 갑종이로 만든 것이니,

자, 기운을 내어 저놈을 무찔러버립시다!

의전관

내 권장權杖을 걸고 명하건대, 조용히들 하시오! —   5675

하지만 내가 나설 필요도 없겠군요.

자, 보십시오. 저 성난 괴물들이

날쌔게 밀고 들어온 공간에서 움직이며,

두 개의 이중 날개를 활짝 펼쳤습니다.

용들이 비늘로 덮인 커다란 아가리를   5680

분노한 듯 불을 내뿜으며 흔들어대고 있습니다.

군중은 다 도망치고 그 자리가 텅 비어 있군요.

(플루투스가 수레에서 내려온다.)

의전관

수레에서 내리는 모습, 제왕과도 같구나!

그가 눈짓을 하니, 용들이 움직이며,

황금과 탐욕이 든 상자들을   5685

수레에서 내려놓았군요.

상자는 이제 그분의 발치에 놓여 있습니다.

어떻게 저런 일이 일어나는지 기적 같군요.

플루투스 (수레 끄는 소년에게)

이제 너는 성가신 이 일에서 벗어났으며,

자유로이 해방되었으니, 이제 힘차게 네 영역으로 가거라!   5690

여긴 너의 영역이 아니다! 여기서는 일그러진 형상들이,

잡다하게 뒤엉켜, 사납게 우리에게로 몰려들고 있다.

네가 명료하게 사랑스런 명료함을 바라볼 수 있는 곳,

오직 네가 너 자신의 것이 되며 자신만을 믿을 수 있는 곳,

미美와 선善만이 마음에 드는 그곳,   5695

그 고독의 영역으로[347] 가거라! — 거기서 너의 세계를

창조하라.

수레 모는 소년

그럼 저는 딩신의 값진 사자使者로 자처하고,

가장 가까운 친척으로서의[348] 당신을 사랑하겠나이다.

당신이 머무는 곳에는 충만함이 깃들고,

제가 있는 곳에서는 누구나 화려한 이득을 느낄 것입니다.   5700

때로는 당신에게 몸을 바쳐야 할는지? 저를 따라야 할는지?

모순적인 삶 속에서 방황하는 자도 있을 것입니다.

당신을 따르는 자는 물론 한가롭게 지낼 수 있겠지만,

저를 따르는 자들은 언제나 할 일이 많을 것입니다.

저는 남몰래 일을 수행할 수가 없으니,   5705

제가 숨만 쉬어도, 벌써 탄로가 나고 만답니다.

그럼 안녕히 계십시오! 당신은 제게 행복을 베풀어주셨습니다.

가만히 속삭이기만 하셔도, 저는 당장 다시 돌아오겠나이다.

(등장하던 때와 같은 모습으로 퇴장)

플루투스

이제 보화들을 풀어놓을 시각이 되었도다!

의전관의 지팡이를 빌려 내 이 자물쇠를 열겠노라.   5710

자, 열려라! 이걸 보시라! 청동의 가마솥 안에서

펼쳐져서는 황금의 피처럼 끓어오르는도다.

먼저 왕관, 목걸이, 반지 등의 보물이 쏟아져나온다.

너무 부풀어올라서 보물들을 녹여 삼켜버릴 것 같구나.

군중이 번갈아가며 고함치는 소리

이것 좀 봐, 아, 저기! 엄청나게 솟아오르는군.   5715

상자 가장자리까지 가득 차 넘치는구나—

황금으로 만든 그릇이 녹아버리고,

동전 꾸러미들이 마구 뒹구는구나—

지금 막 찍어낸 금화들이 튀어나오니,

아아, 내 가슴이 너무나 두근거리는군—   5720

탐나는 것을 여기에서 모두 다 보게 되다니!

저기 땅바닥으로 굴러떨어지는구나—

당신네에게 주어진 것이니, 당장 이용토록 하고,

그저 허리만 굽혀 주워가지고 부자가 되어라—

우리 다른 패들은 번개같이 날쌔게,   5725

저 상자를 몽땅 집어가도록 하자.

의전관

이게 무슨 꼴이오, 바보 같은 양반들아? 대체 무슨 짓이오?

이건 단지 가장무도회의 장난일 따름이오.

오늘밤엔 더이상 욕심을 부리지 마시오.

여러분에게 정말 황금이나 값진 보물을 줄 거라 믿습니까?   5730

이런 놀이에서는 거스름 동전일지라도

여러분에겐 너무 과할 것입니다.

어리석은 양반들 같으니라고! 재주를 부린 가상^{假象}이

당장 천박한 진실이 되어야 하다니.

여러분의 진실이 대체 무엇이란 말이오?— 여러분은   5735

막연한 망상의 꽁무니만 붙잡고 있는 것입니다—

가면 쓴 플루투스여, 이 가장무도회의 주인공이시여,

이 군중을 제발 이 마당에서 몰아내주시오.

플루투스

그대의 권장은 이럴 때 쓰자고 마련된 것이려니,

그것을 잠시 나에게 빌려주시오—   5740

이 권장을 재빨리 타오르는 불길 속에 집어넣겠소―
자, 가면 쓴 자들이여, 조심할지어다!
번쩍번쩍하고 타닥거리며 불똥이 튀어오른다!
지팡이가 벌써 시뻘겋게 달아올랐다.
누구든 너무 가까이 달려드는 자는,   5745
당장 무참하게 태워죽이리라―
자, 이제 한번 돌아보리라.

비명과 혼란

　　아이고! 우린 다 죽는다―
　　도망칠 수 있으면 어서 도망쳐라!―
　　뒤에 있는 양반, 어서 물러나요, 물러나!―   5750
　　뜨거운 불똥이 내 얼굴에 튀는구나―
　　시뻘겋게 단 지팡이가 무겁게 나를 짓누르네―
　　우리는 모두 다 끝장이로다―

가면 쓴 무리여, 물러나라, 물러나!
이 정신 나간 무리여, 비켜라, 비켜!―   5755
아아, 날개가 있다면, 날아서라도 도망갈 텐데―

플루투스

둘러섰던 무리가 이제 모두 물러났도다.
불에 타 죽은 자, 아무도 없을 것이다.
군중은 물러가고,
다 쫓겨나고 말았노라―   5760
그러나 이러한 질서를 보증하기 위해
나 보이지 않는 끈을 둘러쳐놓으리라.

의전관

훌륭한 일을 해내셨습니다.
현명히 처리해주신 데 대해 감사드립니다!

플루투스

여보게, 좀더 참아봐야 할 것이야.   5765
아직 여러 가지 소동이 벌어질 것 같다네.

탐욕

이제는 하고 싶은 대로 마음 놓고,
여기 둘러선 무리들을 구경할 수 있겠구나.
뭣이고 구경거리가 있거나, 먹을 것이 있는 곳엔,
언제나 여자들이 먼저 덤벼드니까 말이야.   5770
난 아직 그렇게 완전히 녹이 슬진 않았거든!
예쁜 계집이란 언제 봐도 예쁘단 말이야.
게다가 오늘은 돈도 한푼 들지 않으니,
마음 놓고 계집 사냥이나 해보자꾸나.
그러나 이렇게 사람들로 가득 찬 곳에서는   5775

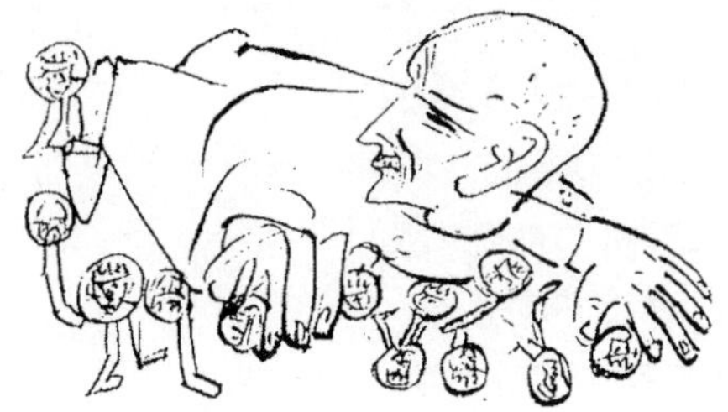

말하는 소리가 어떤 귀에도 제대로 들리지 않을 테니,
재주껏 굴어대며, 몸짓으로 내 뜻을 전해볼
작정인데, 틀림없이 성공하게 될 거야.
손짓, 발짓, 몸짓만으로는 충분치가 않을 테니,
익살극이라도 하나 벌여보아야 되겠어.   5780
금을 한번 젖은 진흙처럼 주물러보기로 하자.
이 금속은 무엇으로라도 변화시킬 수 있으니 말이야.

의전관

저 말라빠진 바보놈, 무슨 짓을 할 작정인가!
저렇게 굶주린 놈도 유머를 할 줄 안단 말인가요?
저놈은 금을 모조리 반죽으로 만들고 있습니다.   5785
저놈의 손아귀에 들어가면 금이 물렁물렁해지는군요.
아무리 이겨대고 아무리 둥글게 뭉쳐대도,
계속해 흉악한 형상 그대로 남아 있군요.
이제 저쪽 여자들에게로 몸을 돌리니,
모두 비명을 지르고 달아나려 하며,   5790
정말로 싫어서 못 견디겠다는 몸짓을 합니다.
저 악당놈이 정말 흉측한 짓을 해대는군요.
저놈은 풍기를 문란하게 해놓는 것이,

즐기는 것이라 생각하는 모양입니다.
그렇다면 내가 잠자코 있을 수 없으니,   5795
저놈을 쫓아버리도록 권장을 이리 주십시오.

플루투스

밖에서 무슨 일이 닥칠지, 그놈은 예측도 못 하고 있다.
그 바보짓을 하도록 그냥 내버려두라!
그런 장난질을 할 여지가 곧 없어지리라.
법률도 강력하지만, 필연의 힘은 더욱 강력하니라.   5800

혼잡과 노래

드높은 산에서 깊은 계곡에서,
사나운 무리들 어울려왔도다.
막을 길 없이 밀려들어와서,
위대한 판^{Pan} 신을 제사하는도다.
아무도 알지 못하는 것, 그들은 알고,   5805
텅 빈 구역으로[349] 몰려들어간다.

플루투스

난 너희와 너희의 위대한 목양신 판도[350] 알고 있노라!
너희들 한데 어울려 대담한 수작을 하였구나.
아무도 알지 못하는 것을 나는 익히 알고 있으니,
그 대가로 이 비좁은 구역을 열어주겠노라.   5810
그들에게 멋진 행운이 따르기를 바라노라!
지극히 경이로운 일이 일어날 수도 있으니,
그들은 그들이 어디를 가고 있는지 알지 못하며,
자신의 앞일도 전혀 예측하지 못하는구나.

거친 노래

이봐, 단장한 친구들, 겉만 번지르르하구나!   5815

상스럽게 걸어오고, 야만스레 달려오는구나.

껑충껑충 높이 뛰고 잽싸게 달리면서,

거칠고도 기운차게 발을 굴러대누나.

숲의 신 파운들

즐겁게 춤추는

파운의 무리들,   5820

곱슬곱슬한 머리에

떡갈나무 관을 썼네.

예쁘고 뾰족한 귀

고수머리 위에 솟아나오고,

납작코에 넓적한 얼굴이지만,   5825

여자들에게 흉이 되진 않는다네.

파운이 손 내밀어 춤을 청하면,

절세미인이라도 쉽게 거절하지 못한다네.

산림의 신 사티로스

다음으론 사티로스가 염소 발에

바싹 마른 다리로 뛰어나옵니다.   5830

다리는 말랐어도 힘줄은 강해야 하나니,

산양들처럼 높은 산 위에 서서

사방을 두루 살펴보기를 좋아하기 때문이라.

자유로운 공기로 원기를 북돋우며,

저 깊은 계곡의 안개와 연기 속에서   5835

그래도 삶을 사노라고 안일하게 생각하는

여자나 남자나 아이들을 비웃고 있답니다.

정결하고 방해받지 않는 곳, 저기

저 높은 산은 그들만의 세계이기 때문이지요.

지신^{地神} 그놈들

여기 난쟁이 무리가 아장아장 나오나니,   5840

그들은 서로서로 짝짓는 것을 싫어하지요.

이끼로 지은 옷에 초롱불 밝혀 들고는,

뒤엉켜서 재빠르게 오락가락하면서,

저마다 지신을 위해 혼자서 일하는데,

빛을 내는 개미들처럼 우글거리지요.   5845

그러고는 분주하게 이리저리 오가면서,

가로로 세로로 한없이 바쁘게 움직이지요.

경건한 자선요정들과 가까운 친척이며,

암벽의 외과의사로도[351] 명성이 드높지요.

우리는 높은 산에서 피를 뽑기도 하고,   5850

그 풍부한 맥관에서 뽑아내기도 합니다.

복 나와라! 복 나와라! 인사를 나누며,

우리들은 금속을 산더미처럼 파 내놓지요.

이것도 원래 선의에서 하는 일이니,

우리는 선량한 사람들의 친구랍니다.   5855

하지만 우리가 금을 백일하에 파 내놓으면,

사람들은 도둑질하고 간음하려 하며,

오만스런 사나이에겐[352] 무기를 제공하게 되어,

대량학살을 꿈꾸게 하지요.

세 가지의 계율을[353] 범하는 자는,   5860

다른 계율 역시 지키지 않지요.

그러나 이 모든 것이 우리의 죄는 아니니,

여러분도 우리처럼 참고 견디도록 하시오.

거인들

  난폭한 사나이들이라 불리기에,

  하르츠 산중에선 이름이 났노라.   5865

  타고난 벌거숭이로 힘은 강하며,

  모두 함께 거인답게 걸어나온다.

  전나무 지팡이 오른손에 들고,

  울퉁불퉁한 동아줄 허리에 두르고,

  가지와 잎으로 만든 우악스런 앞치마를 둘렀으니,   5870

  교황께서도 갖지 못한 호위병들이라.

물의 요정 님프들의 합창 (위대한 목양신 판을 에워싸고서)

  저분도 오셨구나! —

  이 세상 만물은

  위대한 판 신에

  구현되어 있도다.   5875

  명랑한 요정들아, 저분을 에워싸고,

  너울너울 현혹적인 춤을 추어라.

  엄하면서도 착하신 분이시니,

  모두가 즐겁게 놀기를 바라시기 때문이라.

  푸르른 창공 아래서도   5880

  그분은 언제나 잠 깨어 계시니라.

  하지만 시냇물 졸졸 흘러내리고,

  산들바람 솔솔 불어 그분을 부드럽게 잠재우리라.

  그리하여 한낮에 그분이 잠드시면,

  나뭇가지 잎조차 움직이지 않으며,   5885

  싱싱한 초목의 싱그리운 향기가

  소리 없이 고요한 대기 속에 가득 차리라.

  물의 요정들도 깨어 있을 수 없으니,

  서 있던 자리에서 잠이 들지요.

  그러다가 판 신의 목소리가   5890

  우렛소리처럼, 바다의 파도처럼,

  예기치 않게 우렁차게 울려퍼지면,

  그 누구도 어찌할 바 알지 못하고,

  싸움터의 용맹스런 군사들도 산산이 흩어지며,

  그 소동 속에서 영웅도 몸을 벌벌 떨지요.   5895

  그러니 존경받아 마땅한 분에게 존경을 바치고,

  우릴 인도해주신 분께 영광을 바치자!

지신 그놈들의 대표 (위대한 판 신을 향하여)

  저렇게 번쩍이는 풍부한 보화가

  실오리 같은 광맥으로 바위틈을 흐르나니,

  오직 영악스러운 마술의 지팡이만이[354]   5900

  그 얽힌 미로迷路를 가리켜주느니라.

  캄캄한 굴 속에 우리들 집을 지어

  혈거穴居하는 민족처럼 그 속에 살았나니,

  당신은 한낮의 맑은 바람 속에서

  갖가지 보화들을 자비롭게 나누어주나이다.   5905

이제 우리 바로 이 곁에서
경이로운 샘을[355] 하나 찾았나니,
그 샘은 그렇게도 얻기 어려운 것들을,
선선히 내줄 것을 약속하는 샘이지요.

이런 일은 당신만이 하실 수 있으리니,   5910
주여, 당신의 보호 아래 두옵소서.
어떤 보물이든 당신 손에 들어가야
온 세상에 복이 될 것이옵나이다.

플루투스 (의전관을 향하여)
　우리는 마음을 굳건히 가다듬고,
　일어날 일은 그대로 일어나도록 내버려두어야 할 것이다.   5915
　그대는 이전에도 용기로 충만해 있지 않았던가.
　이제 곧 지극히 무서운 일이 눈앞에 전개되리라.
　현세나 후세 사람들이 그것을 완강히 부인할 것이니,
　그대는 사실 그대로 그대의 기록 속에 남기도록 하라.
의전관 (플루투스가 손에 들고 있던 권장을 받아쥐면서)
　난쟁이들이 위대한 판 신을 살며시   5920
　불을 내뿜는 샘으로 인도해 갑니다.
　샘은 깊은 나락으로부터 끓어올랐다가
　다시금 맨 밑바닥으로 가라앉으니,
　떡 벌어진 아가리는 더욱 캄캄해 보입니다.
　그러다가 다시 작열하는 불길이 솟아오르고,   5925
　위대한 판 신 즐거운 기분으로 거기에 서서,

그 이상스런 물건들을 바라보는데,
진주알의 거품이 좌우에 휘날리고 있습니다.
어찌하여 저분이 이런 걸 믿을 수 있을까요?
그는 몸을 굽혀 깊은 속을 들여다보는군요.   5930
그런데 수염이 그 속으로 떨어져버렸습니다!—356)
저렇게 매끈한 턱을 가진 사람이 대체 누구일까요?
우리가 보지 못하도록 손으로 가리는군요—
그런데 이제 정말 큰일이 났군요.
그 수염에 불이 붙어 다시 날아오더니,   5935
그분의 관(冠)과 머리와 가슴에 불을 붙이는군요.
환락이 변하여 고통이 되어버린 것이지요—
불을 끄려고 사람들이 달려가지만,
누구 하나 불길에서 헤어나질 못하는군요.
아무리 두들겨대고 아무리 쳐보아도,   5940
새로운 불길만 일어날 뿐입니다.
온통 화염에 휩싸여서,
가장한 무리가 몽땅 불타버립니다.

그런데 귀에서 귀로, 입에서 입으로,
우리에게 들려오는 소리 그 무엇인가!   5945
아아, 영원토록 불행한 밤이여,
어찌 이런 고통을 우리에게 안겨주었는가!
누구도 듣고 싶어하지 않는 이 소식은,
내일이면 전파되어 모두 다 알게 되겠지.
벌써 여기저기서 고함치는 소리가 들려옵니다.   5950
"황제께서 그런 화를 당하셨다"라고.

아아, 그것만은 사실이 아니었으면!
황제께서 그리고 그 신하들이 타고 있는 것입니다.
황제 폐하를 유혹하여, 송진 바른
나뭇가지를 엮어 몸에 두르시게 하고는,   5955
울부짖듯 노래하고 미쳐 날뛰며,
모두를 몰락하게 한 그놈 저주를 받아라.
오오, 청춘이여, 청춘이여, 그대는 결코
환락의 절도를 깨끗하게 지킬 수 없단 말인가?
오오, 폐하여, 폐하여, 그대는 결코   5960
전능하신 것처럼 현명하게 행동할 수 없으신가요?

산림도357) 벌써 불길에 휩싸였습니다.
불길은 그 뾰족한 혀를 날름거리며
나무로 지은 막사 지붕까지 치솟아오르니,
어디나 온통 불길에 휩싸일 기세입니다.   5965
재난의 한도가 이제 넘어섰으니,
누가 우릴 구해줄는지 모르겠습니다.
그렇듯 풍성하던 황제의 영화도 내일이면
하룻밤의 잿더미로 변하는 것입니다.

플루투스

이만하면 충분히 놀랐을 터이니,   5970
이제 구원의 손길을 뻗치도록 하라!—
대지가 진동하고 울리도록,
신성한 권장을 힘껏 내리치도록 하라!
너, 광활하게 사면에 퍼진 대기여,
냉랭한 향기를 가득 채우도록 하라!   5975

물기를 품고 줄줄이 뻗어나간 자욱한 안개여,
이리로 불어와서 여기에 떠돌며,
불길에 싸인 혼잡한 무리를 덮어버려라!
살랑살랑 보슬비 뿌려주고, 안개구름 일으켜,
구르며 미끄러져 들어와 살며시 누르며,   5980

어디에서나 불길을 잡아다오.
불길을 진압하는 축축한 너희들,
저토록 공허한 불꽃의 장난을
한 줄기의 번갯불로 변하게 하라! ―
정령들이 우리를 해치려 하면,   5985
마법이 그 위력을 보여줘야 하리라.

유원지

아침 해.

황제와 신하들. 파우스트와 메피스토펠레스.
두 사람은 눈에 띄지는 않으나
풍습에 맞는 점잖은 옷을 입고, 무릎을 꿇고 있다.

파우스트

    폐하, 현혹적인 불꽃놀이를[358] 용서해주시겠나이까?

황제 (일어서라고 손짓하면서)

    짐은 그러한 장난을 심히 원하고 있노라―
    갑자기 작열하는 불바다에 갇힌 자신을 보니,
    짐은 마치 지하의 신 플루토가 된 느낌이었도다.   5990
    암흑과 석탄으로 된 암석 바닥이 깔려 있는데,
    화염으로 불타오르는 듯했노라. 여기저기 틈새로부터
    수천 갈래의 거친 불길이 소용돌이치며 솟아오르고,
    하나의 둥근 천장 모양으로 뭉게뭉게 타올랐노라.
    가장 높은 용마루에도 불길이 혀를 날름댔기에,   5995
    그 용마루가 계속 보였다 사라졌다 하였노라.

뒤틀린 불기둥이 넘실대는 드넓은 홀을 통해
백성들이 길게 줄지어 지나가는 것이 보였는데,
그들은 커다란 원을 그리며 가까이 밀려오더니
언제나 그러했듯이 짐에게 충성을 표시했노라.   6000
그중에는 궁중의 신하들도 한두 사람 눈에 띄었는데,
짐은 마치 수많은 잘라만더의[359] 제왕이 된 기분이었노라.

메피스토펠레스

폐하, 그건 사실이옵니다! 왜냐하면 사대원소가
폐하의 엄위를 무조건 인정하고 있기 때문입니다.
이제 불이 충성한다는 것은 시험해보셨나이다.   6005
이번엔 사나운 파도가 발광하는 바다에 뛰어들어보십시오.

폐하께서 진주들이 즐비하게 깔린 해저를 밟자마자,
물이 솟아올라 화려한 둥근 자리를 만들어드릴 것입니다.
자주색 단을 장식한 엷은 초록빛 파도가 위아래로 움직이며,
폐하를 중심으로 아름다운 궁전으로 부풀어오르는 것을   6010
보시게 될 것입니다. 그리고 폐하께서 옥보玉步를 옮기시어
가시는 곳마다, 그 궁전들도 어디나 따라다닐 것이옵니다.
물로 된 벽 자체가 생명을 향유하고 있어,
화살같이 빠르게 떼를 짓고 이리저리 몰려다니고 있나이다.
바다의 괴물들이 그 새로 생긴 부드러운 빛을 향해
　　몰려들어,   6015
마구 덤벼대고 있지만, 한 놈도 안으로 들어올 수는 없소이다.
그곳엔 오색찬란한 황금빛 비늘로 뒤덮인 용들이 노닐고,
상어란 놈도 입을 벌려대지만, 폐하께선 그 입 속을 보고
　　웃으리다.
지금도 온 대궐이 폐하를 모시고 흥겹게 지내고는 있지만,
그렇게 흥청대는 바다 속 모습은 보신 적이
　　없을 것이옵니다.   6020
하지만 그곳에는 아주 사랑스러운 것들도 없지 않습니다.
호기심으로 가득 찬 네레우스의 딸들이[360]
영원한 신선미를 지니고 화려한 대궐을 구경하러 올 것입니다.
젊은 것들은 물고기처럼 수줍어하면서도 음탕하며,
나이든 것들은 영리하지요. 큰언니 테티스가 벌써
　　알아차리고,   6025
폐하를 제2의 펠레우스로[361] 알고 손과 입을
　　내밀 것이외다—
그 다음 자리를 올림포스 산[362]으로 옮기게 되면……

황제

그런 허공의 세계는 그대에게 맡기겠노라.

그런 옥좌라면 훨씬 더 일찍이 오를 수 있으리라.

메피스토펠레스

그리고 폐하! 대지는 이미 폐하의 소유이옵니다.　6030

황제

마치 『천일야화』에서 직접 튀어나온 것처럼,

그대가 이곳에 온 것은 그 얼마나 다행스런 일인가?

그대의 재간이 셰에라자드와[363] 견줄 만큼 풍부하다면,

짐은 그대에게 최고의 은총을 보증하리라.

종종 그러하듯 이 현실의 세계가 지긋지긋해지면,　6035

그대를 부를 것이니, 항상 대기하고 있도록 하라.

궁내상 (황급히 등장한다.)

황제 폐하, 저는 살아생전에 이런 최상의 행복을

어전에 고할 수 있으리라고는 생각지 못하였나이다.

그러나 폐하께 이런 일을 고하게 되다니,

신은 너무나 행복하여 황홀할 지경이옵니다.　6040

부채라는 부채는 모조리 정리되었으며,

고리대금업자의 성화도 이제 잠잠해졌습니다.

그 지옥 같던 고초에서 벗어나게 되었으니,

천국에 간다 해도 이보다 즐거울 수는 없을 것 같습니다.

병무상 (황급히 뒤따라 등장한다.)

군인들 봉급은 할부로 지불키로 하였으며,　6045

군대 전체가 새로 계약을 맺었나이다.

사병들은 싱싱한 피가 끓는 듯 느끼는데,

술집 주인과 작부들까지 좋아하고 있습니다.

황제

경들은 가슴을 활짝 펴고 숨을 쉬고 있구나!

그 주름 잡혔던 얼굴에도 희색이 만면하구나!　6050

경들은 어찌하여 이다지도 황급히 달려들어오는가!

재무상 (이미 등장해 있다.)

이 사업을 완수한 이 두 사람에게 물어보시옵소서.

파우스트

이런 일은 재상께서 말씀드리는 것이 좋겠습니다.

재상 (천천히 다가온다.)

오래 살다보니 이런 행복한 일을 보게 되었습니다—

그럼 모든 고통을 행복으로 바꾸어놓은　6055

이 역사적인 문서를 보시고 또 들어주십시오.

(낭독한다.)

"알고자 하는 모든 사람에게 고하노라.

여기 이 지폐는 일천 크로네로 통용한다.

제국의 영토 내에 매장되어 있는 무진장한 보화를,

그 확실한 담보로 제공할 것임을 보증한다.　6060

이 풍부한 보물을 곧 발굴하여,

태환용兌換用으로 사용하도록 조치하였다."

황제

철면피한 짓이, 엄청난 사기가 벌어진 것 같구나!

누가 여기에 황제의 서명을 위조했단 말이냐?

이런 범법행위를 했는데도 처벌되지 않았단 말인가?　6065

재무상

기억을 더듬어보십시오! 폐하 스스로 서명하셨나이다.

바로 어젯밤 일입니다. 폐하께서 위대한 판 신으로 계실 때,

그리고 그런 은혜가 만백성에게 골고루 미치도록,

소신들도 당장 연명으로 날인하였으니,

십, 삼십, 오십, 일백 크로네짜리 지폐가 마련된 것입니다.　　6075

그것이 얼마나 백성들을 기쁘게 했는지 상상도

　　못 하실 것입니다.

시내를 돌아보십시오! 반쯤 죽은 듯 곰팡이가 슬어 있던 것이,

지금은 모두 소생하여 환락에 젖어 들끓고 있사옵니다!

폐하의 이름은 오래 전부터 세상을 복되게 했었지만,

이번만큼 만백성이 우러러본 적은 없었나이다.　　6080

다른 글자들은 이제 무용지물이 되었고,

어명의 서명 글자 속에서만 모두가 행복을 느끼고 있답니다.

황제

그럼 백성들에게 그것이 금화 대신 통용된단 말이오?

군대나 궁중에서도 완전한 급료로 지불되고 있단 말이오?

몹시 놀라운 일이긴 하나, 그대로 인정하지 않을 수 없도다.　　6085

궁내상

순식간에 퍼져버린 것들을 회수하기란 불가능합니다.

번개처럼 빨리 흩어져 유통되고 있습니다.

환금換金 은행들은 모조리 문을 열어놓고 있습지요.

한 장 한 장의 지폐에 대해 당연히 할인은 하지만,

금화나 은화로 바꾸어주고 있습니다.　　6090

이제 사람들은 푸줏간, 빵집, 술집으로 달려가고 있으니,

세상 사람 절반은 오직 먹는 것만 생각하고,

나머지 절반은 새옷 해 입고 뽐내려는 것 같습니다.

소매점에선 옷감을 끊어주고, 재단사는 옷을 짓고 있나이다.

지하 술집에서는 "황제 만세!" 소리가 들끓고,　　6095

재상께서 신들과 함께 나아가 진언드렸사옵니다.

"이 성대한 잔치가 백성들의 행복이 될 수 있도록,

몇 글자 적어주시옵소서" 라고 했습니다.　　6070

폐하께서 순순히 적어주셨고, 그날 밤으로 즉시

만능술사를 시켜 수천 장을 만들어냈습니다.

지지고 굽고, 달그락거리는 접시 소리가 요란합니다.

메피스토펠레스

누구든 테라스 위를 홀로 산책하고 있으면,

화려하게 차려입은 아름다운 여인이

자랑스러운 공작털 부채로 한쪽 눈을 살짝 가리고,

방긋이 웃으면서 그런 지폐를 곁눈질해본답니다.   6100

어떤 위트나 재담으로보다도, 이런 것이라야

풍성한 사랑의 재미를 더욱 빨리 안겨줄 수 있지요.

지갑이나 돈주머니처럼 거추장스럽지도 않고,

지전 한 장이야 가슴에 품고 다니기도 간편하며,

연애편지와 짝짓기하기도 편하단 말입니다.   6105

신부는 경건하게 기도책 속에 끼워가지고 다닐 테고,

병사들은 허리에 찬 전대가 빨리 가벼워져서,

그만큼 재빠르게 동작 방향을 바꿀 수 있지요.

너무 사소한 것까지 아뢰어 이 위대한 업적을

천하게 보이도록 했다면, 폐하께 용서를 비는 바입니다.   6110

파우스트

무진장한 보화가 폐하의 영토 안에

깊은 땅속에 묻힌 채, 때를 기다리며

이용되지 않고 있습니다. 아무리 원대한 사상일지라도,

이러한 재보에 비하면 한없이 보잘것없는 것입니다.

또한 공상이 제아무리 높이 날아올라,   6115

노력한다 할지라도, 그것은 충분히 성취할 수가 없나이다.

그러나 깊이 통찰할 수 있는 고귀한 정신은

무한한 것에 무한한 신뢰를 갖는 법입니다.

메피스토펠레스

황금이나 진주를 대신하는 이런 지폐는,

아주 편리하고, 자기가 얼마를 갖고 있는지도

     알 수 있소이다.   6120

그래서 우선 흥정을 한다거나 환전할 필요도 없으며,

마음껏 사랑이나 술에 취할 수가 있습니다.

금속으로 된 돈을 원하면, 환전소가 준비되어 있고,

그곳에도 금이 없으면, 잠시 동안 파내면 되지요.

파낸 잔이나 목걸이를 경매에 붙여서,   6125

당장 지폐를 상환해주면 될 것이니,

우리를 건방지게 비웃던 놈들이 창피하게 될 것입니다.

사람들이 지폐에 익숙해지면, 다른 것은 원치 않을 겁니다.

그리하여 이제부터는 황제의 영토 어디를 가나,

보석과 황금과 지폐가 얼마든지 넘쳐날 것이옵니다.   6130

황제

우리 제국이 크게 번영함은 그대들의 덕택이로다.

가능한 한 그 공로에 어울리는 상을 내리고 싶구나.

제국의 땅속을 그대들에게 맡기겠으니,

그대들은 보물의 가장 훌륭한 관리자가 되도록 하라.

보물이 간직되어 있는 넓은 곳을 잘 알고 있을 터이니,   6135

그것을 파낼 때엔 그대들의 말을 따르도록 하겠노라.

우리 보물을 관리하는 그대 두 사람은 힘을 합하여,

맡은 바 임무를 즐거운 마음으로 완수토록 하라.

지상의 세계와 지하의 세계가 서로

즐겁게 일치단결하여, 협력해야 하리라.   6140

재무상

소신들 사이에 어떤 불화도 생기지 않게 하겠나이다.

마술사를 동료로 맞게 되어 신도 기쁘옵니다.

(파우스트와 함께 퇴장)

황제

궁중의 한 사람 한 사람에게 얼마씩 선물을 할 터인즉,

그 돈을 어디에 쓸 것인지 말해보도록 하라.

시동侍童 (돈을 받으면서)

흥겹고 명랑하게, 재미있게 살겠나이다.   6145

다른 시동 (마찬가지로 돈을 받으면서)

저는 당장 애인에게 목걸이와 반지를 사주겠나이다.

시종侍從 (돈을 받으며)

이제부터는 갑절 좋은 술을 마시겠습니다.

다른 시종 (마찬가지로 돈을 받으며)

주머니 속에서 주사위가 벌써 근질거리고 있습니다.

기수旗手364) (신중하게)

성과 전답을 잡힌 빚을 갚겠나이다.

다른 기수 (마찬가지로 신중하게)

이 보물을 다른 보물들과 함께 저축해야겠습니다.   6150

황제

짐은 새로운 활동을 위한 흥미와 용기를 기대하였노라.

그러나 너희를 아는 사람이면 쉽사리 그 마음을 짐작하겠지.

짐도 알 수 있는바, 아무리 보화가 꽃핀다 해도,

너희들 생각은 예나 지금이나 다름이 없도다.

어릿광대 (앞으로 다가오면서)

은혜를 베푸시려면, 소인에게도 베풀어주시옵소서!   6155

황제

다시 살아났다 해도, 네놈은 이걸 다 술마셔버리겠지.

어릿광대

마술로 얻은 지폐라! 전 도무지 알 수 없는 일이옵니다.

황제

아마 그럴 게다. 네놈은 그걸 제대로 쓸 줄도 모를 테니까.

어릿광대

여기 지폐가 또 떨어졌군요. 어찌 해야 할지 모르겠군요.

황제

그냥 받아두어라. 그건 네 몫으로 떨어진 것이니라. (퇴장)   6160

어릿광대

오천 크로네나 내 손에 들어오다니!

메피스토펠레스

두 발 달린 술통 같은 놈아, 다시 살아났구나?

메피스토펠레스

그걸로 목구멍이나 배때기가 원하는 걸 사고말고.

어릿광대

그럼 밭이나 집이나 가축도 살 수 있단 말이오?

메피스토펠레스

물론이다! 그걸 내놓으면 못 사는 것이 없을 것이다.

어릿광대

숲과 사냥터와 양어장이 딸린 성도 살 수 있소?

메피스토펠레스

물론이다!

네놈이 지엄하신 성주가 된 모습을 보고 싶구나!　6170

어릿광대

오늘밤엔 대지주가 된 꿈이나 꾸어보자! — (퇴장)

메피스토펠레스 (혼자서)

누가 우리 어릿광대들의 재간을 의심할 자 있겠는가!

어두운 복도

파우스트, 메피스토펠레스

메피스토펠레스

어찌하여 날 이 음산한 복도로 끌어내는 겁니까?

저 안에서는 아직도 즐거움이 충분치 못하단 말이오?

오만 궁중 사람들이 빽빽하게 몰려 있는 곳에선　6175

장난질이나 속임수로 재미 볼 기회가 없단 말인가요?

어릿광대

가끔 있는 일이지만, 지금처럼 좋아본 적은 없었다오.

메피스토펠레스

너무나도 좋아서 땀에 푹 젖었구나.

어릿광대

이것 좀 보시오. 이게 돈으로 쓰인단 말이죠?　6165

파우스트

그따위 말은 그만둬라. 그런 짓은 이미

옛날에 싫증이 나도록 해보지 않았는가.

하지만 지금 네가 이리 피하고 저리 피하는 것은,

오직 내게 확실한 이야기를 하지 않으려는 수작이로다.　　　6180

그러나 나는 싫어도 해야만 할 일이 있다.

궁내상과 시종이 날 몰아붙이고 있단 말이다.

황제께서 헬레나와 파리스를 눈앞에 보고 싶다면서,

그것도 지금 당장 해내라는 것이다.

즉 남자와 여자의 이상전인 전형을　　　6185

분명한 형상으로 보고 싶다는 것이다.

당장 일을 시작하라! 난 그 약속을 어길 수가 없다.

메피스토펠레스

경솔하게 그런 약속을 하다니, 어처구니없소이다.[365]

파우스트

네 마술이 우릴 어디로 이끌어갈지,

네놈은 생각도 못한 모양이로구나.　　　6190

우리가 황제를 부자로 만들어놓았으니,

이제 그를 즐기도록 해주어야 할 것이로다.

메피스토펠레스

그런 일이 척척 이루어질 거라고 망상하시는군요.

이번 일은 험난한 단계에 부딪히게 되었소이다.

전혀 생소한 영역에 손을 내밀었으니,　　　6195

결국에는 무모하게도 새로운 빚을 지게 될 것이오.

대체 헬레나를 금화 대신 쓰는 종이도깨비처럼,

그렇게 쉽사리 불러낼 수 있다고 생각하다니요—

각종의 마녀나 바보년, 엉터리로 만든 도깨비들,

목에 혹 달린 난쟁이 같은 것들이야 당장 대령시키겠지만,　　　6200

비난할 데는 없다 할지라도, 악마의 정부 따위를

그 유명한 여자 대신 내세울 수는 없는 노릇이외다.

파우스트

또다시 옛날 칠현금 같은 잔소리를 늘어놓는구나!

너한테 걸리면 언제나 이야기가 불확실해진단 말이야.

너는 모든 일을 방해하는 놈들의 아비답게,　　　6205

어떤 방법을 강구할 때마다 새로운 대가를 요구하는구나.

주문을 잠깐 지껄이기만 하면, 다 된다는 것을 알고 있다.

뒤 한번 돌아보는 사이에 그들을 이 자리에 불러올 수

　　있으리라.

메피스토펠레스

그런 고대의 이교도들과는 난 아무 상관 없소이다.

놈들은 자기들만의 독자적인 지옥에 살고 있지요.　　　6210

방법이 하나 있긴 하지만.

파우스트

　　　　　　　　　　말하라, 지체하지 말고!

메피스토펠레스

그런 지고한 비밀을 털어놓고 싶진 않소만,

그 여신들은 적막한 곳에 도도하게 좌정하고 있는데,

그들 주위에는 공간도 없고 시간도 없소이다.

그들에 대한 이야기를 하는 것조차가 당황스럽지요.　　　6215

그것은 어머니들이외다![366]

파우스트 (깜짝 놀라서)

　　　　　　　　어머니들이라!

메피스토펠레스

소름이 끼치나이까?

파우스트

어머니들! 어머니들이라! — 이상스럽게 들리는구나!

메피스토펠레스

사실 이상스럽지요. 죽을 운명의 인간들에겐
알려지지도 않았고, 우리도 부르기를 꺼려하는 여신들올시다.
그들 처소에 가려면 가장 깊은 곳으로 숨어들어가야
　　합죠.　　　　　　　　　　　　　　　　　　　　　　　6220
그런 것들을 필요로 하다니, 당신 <u>스스로</u> 저지른 잘못이오.

파우스트

그 길이 어디냐?

메피스토펠레스

길은 없소이다! 아직 가본 적도 없고,
발을 들여놓을 수도 없는 길이죠. 부탁받은 일도 없고,
부탁할 수도 없는 길이오. 마음의 준비가 되었나이까? —
열어젖혀야 할 자물쇠도 없고 빗장도 없으며,　　　　　6225
그저 온갖 적막함에 시달림을 당하게 될 것이외다.
황량함이나 고적함이 무엇인지 알고 계시나이까?

파우스트

그런 틀에 박힌 말은 안 해도 되리라 생각한다.
여기에서도 마녀의 부엌 같은 냄새가 풍기는데,
이건 이미 오래 전에 사라진 지난날의 냄새로다.　　　　6230
이제까지 나도 세상과 교제하지 않았더냐?
공허함을 배우고, 공허를 가르치지 않았더냐?—
내가 관조한 바를 이치에 맞게 말할라치면,

그 반대의 소리가 갑절이나 드높게 울려왔었지.
그리하여 그 귀찮은 세상일들을 피하여,　　　　　　　6235
고적한 곳으로, 황량한 곳으로 도망쳐야만 했었다.
그런데 완전히 버림받은 채 홀로 살지 않으려고,
결국엔 악마에게 내 몸을 맡기고 말았노라.

메피스토펠레스

그런데 당신이 망망대해를 헤엄쳐 다니면서,
끝없이 아득한 바다를 바라본 적이 있다고 하신다면,　　6240
물 속에 빠져죽을까봐 두렵긴 하겠지만,
거기에선 그래도 계속 밀려오는 파도를 볼 수 있었을 것이오.
아무튼 무엇이든 볼 수가 있지요. 고요한 바다의
푸른 물 속을 지나가는 돌고래라도 볼 테지요.
흘러가는 구름이나 해와 달과 별들이라도 보겠지요—　　6245
그러나 영원토록 공허한 저 먼 곳에서는 아무것도 보이지 않고,
당신이 걷는 발소리도 들리지 않으며,
몸을 쉬려 해도 견고한 자리조차 찾을 수 없을 것입니다.

파우스트

네놈은 자고로 새로 들어온 충실한 제자를 속여먹는,
비교秘敎의 도사들 중 제일가는 놈처럼 말하는구나.　　6250

그 반대일 뿐이겠지. 네놈은 나를 공허한 곳으로 보내어,
거기에서 내 기교와 힘을 증진시켜주겠다는 것이리라.
네놈은 저 뜨거운 불 속에서 알밤을 꺼내다주는
암고양이처럼 날 취급하려 드는구나.
자, 계속해보자! 밑바닥까지 밝혀내보자꾸나.　　　　6255
네가 말하는 무無 속에서 나는 삼라만상을 찾아내리라.

메피스토펠레스

당신이 떠나가기 전에 칭찬을 해드려야겠소.
당신은 악마를 너무나 잘 알고 있다는 사실을 알겠나이다.
여기 이 열쇠를 받으시오.

파우스트

　　　　　　　　이런 조그만 것을!

메피스토펠레스

우선 손에 받으시고, 그걸 과소평가하진 마시오.　　　　6260

파우스트

손에 잡으니 커지는구나! 번쩍번쩍 빛도 나는구나!

메피스토펠레스

가지고 있는 게 무슨 물건인지 이제 알아차리겠소?
그 열쇠가 올바른 장소를 냄새로 알아낼 것이외다.
그놈을 따라 내려가시오. 어머니들에게로 안내해줄 것입니다.

파우스트 (몸을 떨면서)

어머니들이라! 들을 때마다 한 대씩 얻어맞는 기분이로다!　　6265
나 정말 듣고 싶지 않으니, 무슨 말이 그러할까?

메피스토펠레스

새로운 말을 싫어할 만큼 옹졸하단 말이시오?
언제나 들어오던 말만 듣기를 원하십니까?

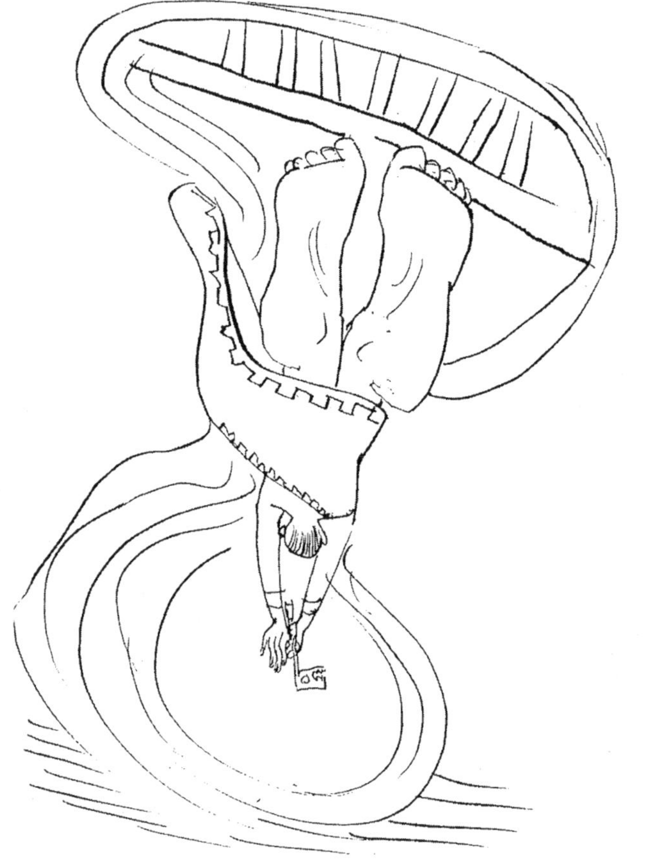

벌써 오래 전부터 이상스런 일에 익숙해왔으니,

앞으로 어떤 소리가 들려도 그걸 싫어하지 않도록 하시오.　6270

파우스트

그러나 난 마비된 상태에서 내 행복을 찾지는 않겠다.

전율이란[367] 인간이 지닌 가장 훌륭한 감정이니라.

세상이 인간에게 그런 감정을 쉽게 주진 않을지라도,

그런 감정에 사로잡혀야 거대한 일을 깊이 느끼게 되느니라.

메피스토펠레스

그럼 내려가시오! 올라가시오! 라고 말해도 되겠지요.　6275

그건 마찬가지니까요. 이미 생성된 것에서 빠져나와[368]

매인 곳이 없는 형상들의 나라로 가도록 하시오!

이미 오래 전부터 존재하지 않았던 것을 즐겨보십시오.

이리저리 떠다니는 구름처럼 달라붙는 것이 있을 테니,

이 열쇠를 휘둘러 몸에 닿지 않도록 하시오!　6280

파우스트 (열광하여)

좋다! 열쇠를 꽉 잡으니 새로운 힘이 솟는구나.

가슴을 활짝 펴고, 위대한 일을 향해 나아가리로다.

메피스토펠레스

활활 타오르는 삼발이 향로香爐가[369] 보이게 되면,

당신은 깊고 깊은 맨 밑바닥에까지 다다른 것이오.

향로의 불빛을 받아 어머니들을 보게 될 터인데,　6285

앉아 있는 이도 있고 서 있는 이도 있으며, 방금 오는 것처럼

걸어가기도 할 것이오. 형상이 생기기도 하고 바뀌기도 하며,

영원한 의미의 영원한 유희를 하고 있을 것이오.

주위에는 온갖 피조물의 영상이 떠돌고 있지만,

그들은 당신을 보지 못할 것이오.

그림자만 볼 수 있기 때문이오.   6290
그러나 위험이 크니 마음을 단단히 가다듬고,
저 삼발이 향로가 있는 데로 곧장 걸어가서는,
이 열쇠로 그것을 건드리도록 하시오!

파우스트 (열쇠를 가지고 단호하게 명령하는 듯한 태도를 취한다.)

메피스토펠레스 (그를 바라보면서)

　　　　　　　　　　그 정도면 됐소이다!

그러면 향로가 당신에게 붙어 충실한 하인처럼 따라올
　　것이외다.
침착하게 계속 올라오시면, 행운이 당신을 끌어올릴
　　것이니,   6295
어머니들이 알아차리기 전에 향로를 가지고 되돌아오게
　　됩니다.
일단 향로를 이곳으로 끌어오기만 하면,
남녀 영웅들을 밤의 세계로부터 불러낼 수가 있으니,
당신은 감히 이런 일을 해낸 최초의 사람이 되는 것이외다.
그 일이 성취되면, 당신이 그것을 이룩한 것이 되지요.   6300
그 다음엔 마술을 써서 조작을 하게 되면 틀림없이,
향로의 연기가 여러 가지 신들 모습으로 변할 것이외다.

파우스트

그럼 이제 어떻게 한다?

메피스토펠레스

　　　　　　　　혼신을 다해 아래로 내려가시오.
발을 구르며 내려갈 것이며, 다시 발을 구르며 올라오도록
　　하시오.

파우스트 (발을 구르며 아래로 내려간다.)

메피스토펠레스

열쇠가 제대로 위력을 발휘해주었으면 좋겠군!   6305
그가 다시 돌아올 수 있을는지 궁금하구나.

밝게 불이 켜진 홀들

황제와 제후들, 그리고 부산하게 움직이는 신하들

시종 (메피스토펠레스에게)

유령이 나오는 장면을 우리에게 보여준다고 했지요.
빨리 시작하시오! 폐하께서 안달하고 계시오.

궁내상

방금도 폐하께서 어찌 되었나 물으셨소.
이봐요! 폐하께 무엄할 정도로 우물거리지 마시오.   6310

메피스토펠레스

나의 동료가 그 일 때문에 떠났소이다.
어떻게 해야만 되는지, 그 친구가 잘 알고 있으며,
혼자 조용히 틀어박혀 실험을 하고 있는데,
그야말로 온갖 심혈을 다 기울이고 있답니다.
미美라고 하는 보물을 끌어오려는 자는,   6315
현자賢者의 마술이라는 최고의 기술이 필요하니까요.

궁내상

어떠한 기술을 필요로 하는지 상관할 바 아니지만,
황제 폐하께서는 빨리 끝나기만 바라고 계십니다.

금발의 여인 (메피스토펠레스에게)

여보세요, 한 말씀만! 보시다시피, 제 얼굴이 이렇게 깨끗한데,

그 지겨운 여름이 오면 그렇지를 못해요!   6320
갈색의 붉은 반점이 수없이 돋아나서,
이 하얀 살결을 덮어버리니 정말 지긋지긋해요.
약이 없을까요!

메피스토펠레스

안됐소이다! 이처럼 찬란한 미인에게
오월이 되면 얼룩고양이처럼 반점이 생기다니요.
개구리 알과 두꺼비 헛바닥으로 맑은 즙을 내서,   6325
보름달이 되었을 때 조심스레 증류를 시켰다가
다시 달이 기울거들랑 깨끗하게 바르도록 하시오.
봄이 다시 돌아와도 반점은 돋아나지 않을 것이외다.

갈색 머리의 여인

모두들 당신을 에워싸고 몰려드는군요.
제게도 처방 좀 해주세요! 발에 얼음이 박혀서   6330

걷는 데도 춤을 추는 데도 고통스럽고,
인사할 때도 움직이기가 어설프고요.

메피스토펠레스

실례지만 내 발로 한번 밟아드리지요.

갈색 머리의 여인

그런 건 애인들끼리나 하는 짓인데요.

메피스토펠레스

아가씨, 내가 밟는 데는 더 큰 의미가 있다오.   6335
어떤 병에 걸려 있든, 이열치열하는 법이오.[370]
그러니 발은 발로 고치고, 다른 사지도 모두 마찬가지라오.
이리 와요! 조심하시오! 그렇다고 내 발을 다시 밟아서는
　　안 돼요.

갈색 머리의 여인 (소리를 지르며)

아야! 아야! 타는 것 같아요! 지독하게 밟으시는군요.
말발굽에[371] 밟힌 것 같아요.

메피스토펠레스

　　　　　　　　　　　　　이제 치료되었소이다.   6340
지금부터는 마음대로 춤을 출 수 있을 것이며,
식사중에 애인과 마주 앉아 발장난도 할 수 있을 겁니다.

귀부인 (밀고 들어오며)

나 좀 들어갑시다! 난 너무나도 고통스러워요.
가슴속이 온통 뒤끓으며 부글거리고 있어요.
어제까지만 해도 그이가 내 눈길에서 행복을 찾았는데,   6345
다른 년과 소곤거리며 내게 등을 돌리고 말았어요.

메피스토펠레스

그것 참 심각하군요. 하지만 내 말을 들으시오.

어떻게 해서든 그에게 살짝 다가가도록 하시오.

이 숯을 가지고 가서, 그분의 소매나 외투나 어깨나,

칠하기 좋은 곳에 줄을 하나 그어놓도록 하시오.   6350

그러면 그는 마음속에 은은한 후회의 정을 느끼게 될 거요.

하지만 당신은 그 숯을 당장 삼켜야만 하는데,

포도주나 물을 입에 대서는 아니 됩니다.

그러면 오늘밤 그이가 당신 대문 앞에서 한숨 지을 것이오.

귀부인

독약은 아니겠지요?

메피스토펠레스 (격분해서)

　　　　　　　　존경할 만한 것은 존경하도록 하시오!   6355

이런 숯을 구하려면 사방을 헤매고 다녀야만 할 거요.

그것은 우리가 예전에 열심히 불을 질렀던

화형장의 장작 더미에서 가져온 것이란 말이오.

시동

저는 사랑에 빠져 있는데, 사람들이 어른 취급을 해주지 않아요.

메피스토펠레스 (옆으로 혼잣말로)

누구의 말을 먼저 들어야 할지 모르겠군.   6360

(시동에게)

너무 젊은 계집에게서 재미 보려 하지 말게나.

나이깨나 먹은 여자라야 자네를 소중히 여겨줄 걸세―

(다른 사람들이 밀려온다.)

벌써 또다른 사람들이 몰려오는군! 이거 정말 악전고투로다!

결국 진실을 털어놓고 곤경을 벗어나야겠구나.

아주 형편없는 발뺌이로다!

하지만 고통이 너무나 크단 말이야―   6365

오, 어머니들, 어머니들이여! 제발 파우스트를 놓아주시오!

(주위를 돌아보며)

홀 안의 밝은 불빛들이 벌써 희미해지고,

궁중의 온 무리가 갑자기 술렁이는구나.

모두들 점잖게 줄을 지어서 긴 복도와

멀리 뻗은 회랑 길을 지나가는 게 보이는구나.   6370

그래! 옛날 기사의 방이었던 드넓은 홀로 모이고 있는데,

저 홀 안에 다 들어갈 것 같지가 않구나.

드넓은 벽에는 양탄자들이 장식되어 있고,

여러 구석과 벽감에는 갑옷들이 걸려 있구나.

이런 곳이라면 마술의 주문도 필요 없겠는걸,   6375

유령들이 저절로 나타날 것 같으니 말이다.

기사의 방

어둑어둑한 조명.

황제와 신하들이 등장해 있다.

의전관

연극을 통고하는 나의 오랜 소임도,

유령들의 은밀한 작용으로 인해 어렵게 되었습니다.

그렇게 얽히고설킨 사건을 이치가 분명하도록

설명한다는 것은 아무래도 헛된 일인 듯합니다.   6380

의자나 걸상들은 벌써 준비가 다 되어 있고,

황제 폐하를 바로 벽 앞쪽에 모셨으니,

벽걸이 양탄자에 그려진 전성시대의 전투를

아주 편안하게 구경하실 수 있을 것입니다.

이쪽에는 폐하와 신하들이 모두 둘러앉아 계시고, 6385

그 뒤쪽에는 긴 의자들이 꽉 들어차 있습니다.

유령이 나오는 음산한 시각에도, 연인들은

바로 연인 곁에 정답게 자리를 차지하고 있습니다.

자, 이렇게 모든 사람이 제게 어울리는 자리를 잡았으니,

준비는 다 되었군요. 유령들이여 이제 나타나라! (나팔 소리) 6390

천문박사

당장에 연극을 진행시키도록 하라.

폐하께서 분부하신다. 벽들아, 열려라!

아무것도 거칠 것이 없다. 여기는 마술의 세상이니라.

양탄자는 불길에 휘말린 것처럼 사라지고,

담벼락도 갈라져서 빙빙 돌아가고 있으니, 6395

심연의 무대가 마련되는 것 같고,

신비에 찬 불빛이 밝혀지는 것 같도다.

난 무대 앞쪽으로 올라가보아야겠다.

메피스토펠레스 (프롬프터가 들어앉는 구멍에서 모습을 나타내며)

나는 여기서 구경꾼들의 총애나 받아보아야겠다.

대사를 속삭여주는 것이 악마의 화술이니까. 6400

(천문박사에게)

당신은 별들이 운행하는 박자까지도 알고 있으니,

내가 속삭여주는 것도 능란하게 알아들을 수 있겠지요.

천문박사

불가사의한 힘으로 여기 눈앞에 나타난 것은,

거대하기 이를 데 없는 고대의 신전입니다.[372]

옛날 하늘을 떠받치고 있던 아틀라스와도 같이, 6405

거대한 기둥들이 줄지어 늘어서 있습니다.

기둥 두 개면 거대한 건물도 떠받칠 수 있을 정도이니,

이 정도면 바위산의 무게라도 능히 지탱할 수 있으리라.

건축가

저게 고대 양식이군요! 훌륭하다고는 못 하겠는데요.

우악스러운데다 너무 육중하다고 해야겠습니다. 6410

조야한 것을 고상하다 하고, 볼품없는 것을 위대하다

　　하는군요.

내가 좋아하는 건 끝없이 위로 뻗어간 좁다란

　　기둥이지요.[373]

끝이 뾰족한 천장天障은 인간 정신을 고양시켜주는바,

그런 건축물이라야 우리를 진정으로 감동시킨답니다.

천문박사

성운^{星運} 좋은 이 시각을 경건한 마음으로 맞으시오.　　　　6415

이성일랑 마법의 주문으로 묶어놓으시고,

그 대신 화려하고도 대담한 상상력을

자유자재로 폭넓게 이끌어오도록 하시오.

여러분이 대담하게 갈망하던 것을 이제 눈으로 보십시오.

그것이 불가능한 것이기에,

　　　믿을 만한 가치가 있을 것입니다.[374]　　　　6420

(파우스트가 무대 앞쪽의 다른 편에서 솟아오른다.)

천문박사

사제복을 입고 관을 쓴 요술사가 나타나서,

자신 있게 시작했던 일을 이제 완수하려 합니다.

삼발이 향로가 공허한 동굴로부터 함께 올라오고 있는데,

그 향로에서 벌써 향연^{香煙}이 피어오르는 것 같습니다.

그가 이 대사업을 축복하고자 만반의 준비를 갖추고

　　　있으니,　　　　6425

이제부터는 행복스러운 일만 일어날 것입니다.

파우스트 (장엄하게)

나 그대들 이름으로 행하노라, 어머니들이여.

끝없는 곳에 좌정하여 영원히 고적하게 지내지만,

　　　그래도 한곳에

모여 살아가는 그대들이여, 그대들의 머리 위에는

생명의 형상들이 생명 없이 움직이며 떠돌고 있도다.　　　　6430

그 옛날 언젠가 온갖 광채와 가상^{假象} 속에 존재했던 것이,

거기서 움직이고 있으니, 그것은 영원하기를 원하기 때문이다.

전능의 위력을 지닌 그대들은 그것을 나누어서,

대낮의 천막으로, 밤의 지붕 밑으로[375] 보내고 있도다.

어떤 자는 즐거운 인생 행로를 잡을 것이고,　　　　6435

어떤 자는 대담한 마술사를 찾아가리라.

마술사는 자신만만하게 누구나 소망하는 것을,

그 기적 같은 일들을 아낌없이 보여주리라.

천문박사

작열하는 열쇠가 향로를 건드리자마자,

안개가 뭉게뭉게 피어올라 당장 방 안을 뒤덮는군요.　　　　6440

안개는 살금살금 기어들어 구름처럼 피어오르고,

늘어졌다 뭉쳤다, 얽혔다 갈라졌다, 다시 짝을 짓습니다.

자, 이제 정령들의 걸작품을 보도록 하십시오!

정령들이 떠다니는 데 따라 음악 소리가 일어납니다.

공중에 흐르는 음향에서 뭔가 알 수 없는 것이 솟아나고,　　　　6445

정령들이 움직이는 대로 모든 것이 멜로디가 됩니다.

기둥들은 물론 세 줄기 장식까지[376] 울려퍼지니,

마치 신전 전체가 노래를 부르는 것 같습니다.

안개가 차츰 가라앉더니, 그 가벼운 베일 속에서

아름다운 젊은이가 박자에 발맞춰 걸어나옵니다.　　　　6450

여기서 내 소임도 끝낼 것인즉, 그의 이름을 댈 필요도

　　　없겠습니다.

어느 누가 그 잘생긴 파리스를[377] 알지 못하겠습니까!

(파리스가 나타난다.)

귀부인

　　오! 피어오르는 청춘의 힘이 어쩌면 저렇게도 찬란할까!

둘째 귀부인

　　싱싱하고도 즙이 풍부한 복숭아 같군요!

셋째 귀부인

　　예쁘고도 달콤한 저 포동포동한 입술!

넷째 귀부인

　　넌 저 입술을 술잔처럼 빨고 싶은 모양이지?

다섯째 귀부인

　　기품은 없을지라도 정말 미남이로군요.

여섯째 귀부인

　　조금만 더 민첩했으면 좋으련만.

기사

　　양치는 목동을[378] 바라보는 느낌이로군.

　　귀공자 같지도 않고 궁중 예법도 모르는 것 같습니다.

다른 기사

　　그렇군요! 반나체의 젊은이라 아름다운 것 같은데,

　　일단 갑옷을 입혀놓고 봐야겠지!

귀부인

　　자리에 앉는군요, 얌전하고도 편안하게.

기사

　　그의 품에 안기면 기분 좋으시겠군요?

다른 귀부인

　　머리에다 팔을 괸 모습이 정말 우아하군요.

시종

　　버릇없는 짓이오! 저건 참을 수 없는 일이야!

귀부인

남자분들은 매사에 흠만 잡으려 하는군요.

시종

황제 폐하의 어전에서 저런 버릇없는 짓을 하다니!

귀부인

저건 연기일 뿐이에요! 그는 혼자 있다고 생각하는 거예요.

시종

연극일지라도 여기선 예의를 지켜야만 합니다.   6470

귀부인

저 사랑스런 사람이 고이 잠들었군요.

시종

곧 코를 골겠지요. 완전히 생긴 대로 노는군!

젊은 귀부인 (황홀하여)

여기 향연에 섞여 나는 냄새는 무엇일까요?

내 가슴 깊은 곳까지 시원해지는 것 같아요.

중년 귀부인

정말이에요! 그 향내가 마음속 깊은 곳까지 스며드는군요.   6475

저분에게서 풍겨오는 거예요!

노년 귀부인

          그건 청춘의 꽃냄새라오.

젊은이의 몸 속에서 영약으로 마련되어

주변의 대기 속으로 퍼지는 것이라오.

(헬레나가 나타난다.)

메피스토펠레스

바로 이 여자로군! 이것 같으면 난 안심이다.

예쁘기는 하지만, 내 구미에는 맞지 않는다.   6480

천문박사

명예를 존중하는 사람으로서 솔직히 고백하건대,

이번에는 나로서도 더이상 할말이 없습니다.

저런 미인이 나오면 불같은 혀를 가졌대도 어찌할 수 있으랴! ─

미^美에 대해선 옛날부터 무수히 찬양의 노래가 있었지만 ─

저런 미녀를 보게 되면, 누구나 정신을 잃을 것이고,   6485

저런 여자를 소유했던 자는 너무나 행복했을 것입니다.

파우스트

내 눈이 아직 제대로 붙어 있는가? 마음속 깊이에서

아름다움의 샘물이 철철 넘쳐흐르는 게 보이는 것일까?

무시무시한 여행에서 난 가장 성스러운 선물을 가져왔구나.

세상은 나에게 얼마나 무가치하고 폐쇄되어 있었던가!   6490

그런데 내가 사제가 된[379] 이후 세상은 어떻게 변했는가?

이제야 바람직하고 근본이 있고 영속적인 것이 되었도다!

만일 내가 언제고 다시 그대와 떨어지게 된다면,

차라리 내 생명의 숨결이 사라지는 게 좋으리라! ─

예전에 마술의 거울[380] 속에 나타나 날 즐겁게 하고,   6495

또 나를 황홀하게 했던 그 아름다운 형상은,

이런 미인에 비하면 한낱 물거품 같은 모상^{模像}에 불과하도다! ─

내가 온갖 힘의 충동을, 내 정열의 정수를,

그대를 향한 동경을, 사랑을, 염원을, 광란을

모두 바칠 사람은 바로 그대로다.   6500

메피스토펠레스 (프롬프터의 상자 안에서)

정신 차리고 맡은 역할을 잊지 마시오!

중년 귀부인

키도 크고 몸매도 예쁜데, 머리가 너무 삭군요.[381]

젊은 귀부인

저 발 좀 보세요! 어쩌면 저렇게 투박할까!

외교관

제후의 부인들 중에서 저런 모습을 본 적이 있습니다.
머리에서 발끝까지 정말 아름답다고 생각됩니다.   6505

궁신

잠자고 있는 젊은이에게로 살며시 다가가는군요.

귀부인

저 순결한 젊은이의 모습에 비하면 정말 못생겼네요!

시인

그녀의 아름다움으로 인해 젊은이가 빛나는 것입니다.

귀부인

엔디미온과 루나[382] 같아요! 꼭 그림 같군요!

시인

그렇습니다! 여신이 몸을 숙이는 듯한 모습입니다.   6510
젊은이 위에 몸을 굽히고 그의 입김을 들이마시는군요.
질투가 나는걸! ─ 키스를 하는군! ─ 이거 너무 지나치군.

궁녀장宮女長

모든 사람들 앞에서 그러다니! 저건 미친 짓이에요!

파우스트

애송이한테 지나친 정을 주는구나! ─

메피스토펠레스

쉿! 조용히 하시오!

유령이 하고 싶은 대로 하도록 그냥 내버려두시오.   6515

궁신

여인이 사뿐히 물러나고, 젊은이가 잠에서 깨어나는군.

귀부인

그녀가 돌아다보는군요. 내 그럴 줄 알았어요.

궁신

그가 놀라는군! 그에게 기적 같은 일이 일어났으니까.

귀부인

여자로선 눈앞에 벌어진 일이 기적이랄 게 없어요.

궁신

그녀가 얌전히 그에게로 돌아가는군요.   6520

귀부인

그럴 테지요. 그 젊은이를 가르치려는 거예요.

이런 경우 남자들이란 모두가 멍청하단 말예요.

저 젊은이도 제가 첫번째라고 생각할 테지요.

기사

꼭 내 마음에 드는군요! 품위가 있고 고상해요! ―

귀부인

음탕한 여자예요! 저런 걸 천하다고 하는 거예요! 6525

시동

내가 저 사람 입장이라면 얼마나 좋을까!

궁신

저런 그물에 걸려들지 않을 사람 누가 있겠는가?

귀부인

저 패물은 벌써 여러 사람의 손을 거쳐간 거예요.

금박 입힌 칠도 벌써 상당히 벗어져버렸고요.

다른 귀부인

여남은 살 때부터[383] 저 여잔 벌써 못쓰게 되었어요. 6530

기사

사람은 누구나 그때그때 최상의 것을 취하게 마련이지요.

나는 저 아름다운 여인의 찌꺼기라도 갖겠습니다.

학자

나도 저 여인을 똑똑히 보고 있지만, 솔직히 고백하건대,

저 여인이 진짜인지 아닌지 의심이 가는군요.

눈앞에 보이는 것은 과장하도록 유인하기에, 6535

난 무엇보다도 기록된 것을 중히 여긴답니다.

기록을 읽어보니, 저 여인은 실제로 트로야의
수염 난 노인들에게 각별한 사랑을 받았다고 합니다.
그것이 이번에도 꼭 들어맞는다는 생각이 드는군요.
사실 난 젊지도 않은데, 저 여인이 마음에 들거든요.　　　　6540

천문박사

이젠 소년이 아니로군요! 대담한 용사가 되어
여자를 끌어안으니, 그녀는 저항을 할 수도 없습니다.
억센 팔로 그 여인을 높이 들어올렸는데,
그녀를 유괴하려는 것일까요?

파우스트

　　　　　　　　　　　　　이 철면피한 바보놈아!
감히 그런 짓을! 들리지 않느냐! 멈춰라!
　　　그건 너무 심하다!　　　　6545

메피스토펠레스

그런 도깨비장난은 당신 자신이 하고 있는 것이오!

천문박사

한마디만 더 하겠습니다! 이제까지의 사건 전모로 보아,
이 연극작품은 헬레나의 납치라고 부르겠습니다.

파우스트

뭐, 납치라니! 내가 쓸데없이 이 자리에 있는 줄 아느냐!
이 열쇠가 아직도 내 손아귀에 있지 않느냐!　　　　6550
이것이 저 적막한 영역의 공포와 파랑波浪을 뚫고,
이 확고한 해안으로 나를 인도해준 것이다.
여기에 나는 발을 딛고 서 있다! 여기에 현실이 있으며,
이곳으로부터 정신은 정령들과 싸울 수가 있고,
위대한 이중세계를[384] 세울 수 있으리라.　　　　6555

그렇게 아득한 곳에 있던 여인이 어찌 더 가까울 수 있겠는가!
내가 그녀를 구하리라. 그럼 그녀는 이중으로[385]
　　　내 것이 되리라.
자, 용기를 내자! 어머니들이여! 어머니들이여!
　　　용납해야 하리라!
저 여인을 알게 된 자, 그녀를 놓칠 수는 없으리라.

천문박사

무슨 짓을 하시오, 파우스트! 파우스트! ─ 힘으로　　　　6560
그 여인을 잡다니, 벌써 그 형상이 흐려지는구나.
이젠 열쇠를 젊은이에게로 돌려,
그의 몸에 대는구나! ─ 아이고! 저런! 순식간에!

(폭발. 파우스트 바닥에 쓰러진다. 유령들은 연기 속으로 사라진다.)

메피스토펠레스 (파우스트를 어깨에 걸머지고)

자, 이것 보시오! 바보 녀석을 떠맡게 되면,
결국 악마 자신까지 손해를 본단 말이야.　　　　6565

(암흑, 소동)

제2막

높고 둥근 천장을 이룬 협소한 고딕 식 방

옛날 파우스트의 방, 변한 것이 없다.

메피스토펠레스 (휘장 뒤에서 나타난다. 그가 휘장을 들고 뒤를 돌아보는

동안, 고풍스런 침대에 누워 있는 파우스트의 모습이 보인다.)

여기 누워 있어라. 헤어나기 어려운,

사랑의 굴레에 유혹당한 불행한 친구여!

헬레나로 인해 기절한 자는,

쉽게 정신을 차리지는 못할 것이다.

(주위를 돌아본다.)

위를 쳐다보고, 여기저기를 돌아보아도,　　　　　　6570

조금도 변한 것이 없고 옛날 그대로구나.

채색된 창유리가 약간 더 탁해진 것 같고,

거미줄이 좀더 많아졌구나.

잉크는 말라붙었고, 종이는 누렇게 색이 변했다.

그러나 모든 것이 제자리에 그대로 있구나.　　　　6575

파우스트가 악마에게 계약서를 써준

그 펜까지도[386] 여기 그대로 놓여 있구나.

그렇다! 내가 멋지게 속여 빼앗은 피 한 방울이,

아직도 이 펜대 깊숙한 곳에 엉켜 있겠지.

하나밖에 없는 이런 진품珍品을 얻어주어　　　　　6580

위대한 수집가라도 기쁘게 해주었으면 좋겠구나.

저 낡은 모피옷까지도 옛날 옷걸이에 걸려 있으니,

그때 엉터리 같은 소리로 장난치던 생각이 난다.

언젠가 내가 그 학생에게 가르쳐준 대로,

그놈은 청년이 되어서도 그걸 되씹고 있을 거야.　　6585

은밀히 한 마리씩
우리를 심어놓으셨기에,
아버지시여, 수천의 무리 되어,
우리 여기 춤을 춥니다.
약은 놈은 가슴속에   6600
깊숙이 숨어 살지만,
털옷 속의 이들은
일찌감치 이렇게 나왔나이다.

포근하고 따스한 털외투여, 너를 몸에 걸치고,
세상 사람들이 언제나 옳다고 생각하고 있는
대학교수가 되어 다시 한번 뽐내보고 싶은
생각이 진정 간절하게 떠오르는구나.
학자라면 성취하는 법을 알겠지만,   6590
악마에게는 이미 오래 전에 지나간 일이로다.
(옷걸이에서 모피옷을 내려 턴다.
귀뚜라미, 딱정벌레, 나방들이 튀어나온다.)

곤충들의 합창
　　어서 오세요! 어서 오세요.
　　옛날 우리의 보호자시여!
　　우리는 날고 노래 부르며
　　당신을 벌써 알아보았죠.   6595

메피스토펠레스

이 작은 녀석들을 뜻밖에 만나니 기쁘구나!

씨를 뿌려놓으면, 언젠가는 수확을 하기 마련이로다.　　6605

이 낡은 옷을 다시 한번 털어보자.

여기저기에 또 한 마리씩 튀어나오는구나—

뛰어올라라! 이리저리 흩어져라! 이 귀여운 녀석들아,

어서어서 수많은 구석 찾아 숨어들어가거라!

저기 낡은 상자들이 놓여 있는 곳이나,　　6610

여기 이 갈색으로 변한 양피지 책 속이나,

먼지가 뒤덮인 깨진 항아리 조각 속이든지,

저 해골바가지의 눈구멍 속에라도 숨어라.

이렇게 지저분하고 곰팡이가 낀 곳에는

언제든지 벌레가 우글거려야 하는 법이다.　　6615

(모피옷을 걸쳐입는다.)

자, 내 어깨를 다시 한번 덮어다오!

오늘은 내가 다시 일류교수가 되었다.

그러나 날 그렇게 불러본들 아무 소용 없구나.

나를 인정해줄 사람들이 어디 있단 말인가?

(그가 초인종 줄을 잡아당기자,

날카롭게 울리며 가슴을 파고드는 소리가 울려퍼진다.

그로 인해 집 안이 온통 진동하고 문들이 튕겨나가듯 활짝 열린다.)

조수 (길고 어두운 복도를 비틀거리며 걸어온다.)

이 무슨 소리인가! 이 어인 진동인가!　　6620

층계가 흔들리고 벽이 진동하는구나.

덜컹거리는 채색된 유리창 너머로는

번갯불이 번쩍번쩍 빛나는 게 보인다.

마룻바닥이 파열하고, 천장으로부터는

석회와 흙덩이가 밀려 흘러내린다.　　6625

단단히 잠가놓았던 문들이

알 수 없는 힘으로 인해 열려버렸다—

저것 좀 보게! 무시무시하구나! 거인 같은 사나이가

파우스트 박사님의 낡은 모피옷을 입고 서 있다니!

그의 눈초리나 그의 손짓에도　　6630

나는 그 자리에 주저앉아버릴 것 같구나.

달아나야 할까? 그냥 서 있어야 할까?

아아, 나는 대체 어떻게 될 것인가!

메피스토펠레스 (손짓을 하면서)

여보게, 이리 오게!— 자네 이름이 니코데무스지.

조수

그렇습니다. 존경하는 선생님!— 기도를 올려야겠군요.　　6635

메피스토펠레스

그런 건 그만두게!

조수

　　　　　　저를 알고 계시니 기쁩니다!

메피스토펠레스

잘 알고 있네. 나이는 먹었어도 아직 학생이군.

만년학생이겠지! 비록 학자라 할지라도

어쩔 도리가 없으니, 그렇게 계속 공부나 하는 것이야.

그리하여 상당한 공중누각을 세울 수는 있지만,　　6640

아무리 위대한 인간이라도 그걸 완성시킬 수는 없다네.

하지만 자네의 선생은 정말 훌륭한 분이야.

지금 학계에서 제일인자가 되신,

그 고귀한 바그너 박사님을[387] 누가 모르겠나!
학계를 지탱하고 있는 유일한 분으로서   6645
매일매일 지혜를 증진시키고 계시는 분이지.
온갖 지식을 갈망하는 청강생들이
떼를 지어 그분의 주위에 몰려들고 있어.
강단에선 오직 그 한 분만이 빛나고 있으며,
그분은 마치 성 베드로처럼 열쇠를[388] 사용하여,   6650
지상의 것이건 천상의 것이건 다 해명해주시지.
그 누구보다도 광채를 발하며 빛나고 있기에,
어떤 명성도, 어떤 명예도 그에게 맞설 수가 없다네.
파우스트 박사의 이름조차 희미해지고 있으니,
독창적인 인재는 오직 그분뿐일세.   6655

조수

존경하는 선생님! 이런 말씀을 드린다면,
말대꾸를 하는 것 같아 죄송합니다만,
지금 말씀하신 것은 모두 문제가 되지 않습니다.
겸손이야말로 그분의 타고난 천성이십니다.
저 고명한 박사님께서 불가사의하게 실종되신 후   6660
그분은 어찌할 바를 모르고 계시며,
박사님이 돌아오시는 것만이 위안이며 행복이라 염원하십니다.
이 방도 파우스트 박사님이 계시던 때와 마찬가지로,
떠나신 이후로 아직 손 하나 댄 일 없이
옛 주인이 돌아오시기만을 기다리고 있습니다.   6665
저 같은 건 감히 이 방에 들어올 엄두도 내지 못한답니다—
대체 지금의 성시星時는[389] 어찌 되어 있습니까?
벽들이 모두 겁에 질려 있는 것처럼 보이고,

문설주도 흔들리고 빗장도 모두 튕겨져버렸습니다.
그렇지 않았다면 선생님도 들어오지 못하셨을 겁니다.   6670

메피스토펠레스

자네 선생님은 어디 가셨단 말인가?
나를 그분에게 안내하거나, 그분을 이리 모셔오게나!

조수

아이고! 그분의 분부가 너무나 엄하셔서,
제가 감히 그렇게 해도 되는지 모르겠습니다.
위대한 작업[390] 때문에 벌써 여러 달 동안을,   6675
아주 조용히 파묻혀 지내고 계십니다.

학자들 중에서도 가장 나약한 분인데도,
마치 숯 굽는 일꾼 같은 모습으로,
귀밑에서 코끝까지 검정칠을 하고 계시죠.

불을 부느라고 두 눈이 충혈이 된 채,   6680

매 순간마다 정말로 애태우고 계시는데,

불집게 달가닥거리는 소리가 음악처럼 울린답니다.

메피스토펠레스

내가 들어가는 걸 그분이 거절할 수 있겠나?

나는 그의 성공을 촉진시켜줄 사람이라네.

(조수는 퇴장하고, 메피스토펠레스는 거드름을 피우며 자리에 앉는다.)

내가 여기에 자리를 잡자마자,   6685

저 뒤편에 안면 있는 손님이 하나 나타나는군.

하지만 저자도 이제 최신학파에 속하고 있으니,

이번엔 한없이 뻔뻔스럽게 굴어대겠지.

학사博士 (복도를 마구 달려오면서)

대문도 방문도 다 열려 있구나!

이제 드디어 희망이 보인다.   6690

지금까지처럼, 곰팡이 속에서

살아 있는 사람이 죽은 사람같이

오그라들고 썩어가며,

산 채로 죽어가는 일은 없으리라.

이 담들도, 이 벽들도 곧   6695

기울어지고, 마침내 쓰러질 테니,

우리가 빨리 피하지 않으면,

무너지는 밑에 깔려버리리라.

난 어느 누구보다 대담하지만,

더이상은 들어가진 못하겠구나.   6700

그런데 오늘은 이상한 일도 다 있구나!

이곳은 벌써 여러 해 전에 내가,

착하디착한 학생으로서,

두려워 가슴 죄며 찾아왔던 곳이 아니냐?

그리고 저 수염 난 작자들을 믿고,   6705

그들의 허튼소리에 감동하던 곳이 아닌가?

케케묵은 낡은 책들 속에서,

그들이 알아낸 것으로 나를 속였지.

자신이 아는 것조차 믿지 않으며,

그들과 나의 인생을 앗아가버렸지.   6710

저게 뭐지? — 방 안의 저쪽 뒤편

어두컴컴한 속에 아직 한 놈이 앉아 있구나!

가까이 다가가보니 놀랍게도,

저 작자는 정녕 내가 떠날 때와도 같이

갈색 모피옷을 입고 앉아 있구나.   6715

아직도 저 거친 털옷에 싸여 있다니!

그때는 내가 제대로 알질 못해서,

저 작자가 노련하게 여겨졌었지.

오늘은 아무것도 소용없을 것이니,

당당하게 그자에게 부딪쳐보자!   6720

노老선생님, 망각의 강 레테의 탁한 물결이

비스듬히 숙여진 선생님 대머리를 씻어버리지 않았다면,

대학의 채찍질을 벗어난 지 이미 오래된,

옛 학생이 이렇게 찾아온 것을 알아보실 겁니다.
제가 보기에 선생님은 처음 뵈었을 때나 그대로인데, 6725
저는 다른 사람이 되어 다시 찾아온 것입니다.

메피스토펠레스

초인종 소리를 듣고 자네가 와주어 기쁘군.
그 당시에도 자네를 과소평가하지는 않았다네.
애벌레나 번데기를 보면, 그것이 장래에
오색찬란한 나비가 되리란 것을 알 수 있는 법일세. 6730
자네는 고수머리에다가 옷깃에는 레이스를 달고,
어린아이다운 기쁨을 느끼고 있었다네—
자네는 머리를 땋아내린 적이[391] 없는 모양이지?—
오늘은 스웨덴 식으로 머리를 짧게 깎았군.
아주 과단성 있고 씩씩하게 보이기는 하지만, 6735
절대주의자가[392] 되어 집으로 돌아가진 말게나.

학사

노선생님! 우리가 옛날과 같은 장소에 있긴 하지만,
새로워진 시대의 흐름을 잘 생각하시어
애매모호한 말씀일랑 삼가주시지요.
우린 이제 완전히 다른 것에 관심을 기울이고 있습니다. 6740
선생께선 착하고도 성실한 젊은이를 우롱하셨고,
아무런 재주도 없이 그런 일에 성공을 거뒀지만,
오늘날에는 누구도 감히 그러지 못할 것입니다.

메피스토펠레스

젊은 사람에게 순수한 진리를 말해주면,
아직 주둥이도 노란 것들이 전혀 좋아하질 않는단 말이야. 6745
그러나 그뒤에 여러 해가 지나서,

모든 것을 직접 자기 피부로 경험하고 나서는,
그것이 마치 자기 머리에서 나온 것처럼 착각하며,
선생님은 바보였노라고 떠들어댄단 말이야.

학사

사기꾼이라고 하겠죠! — 왜냐면 대체 어떤 선생이 6750
우리 얼굴에다 대고 직접 진리를 말해준단 말입니까?
선생이란 누구나 적당히 보태기도 하고 빼기도 하면서,
순진한 학생들을 근엄하게, 또 친절하게 대하기도 하지요.

메피스토펠레스

배우는 데는 물론 때가 있는 법인데,
보아하니 자네는 벌써 가르칠 준비가 되어 있는 것 같군. 6755

그 이후 벌써 여러 달이 지나고 여러 해가 지났으니,

자네도 제법 풍부한 경험을 쌓았겠구먼.

학사

경험이라고요![393] 그건 물거품이나 연기와 같은 것이오!

결코 정신과 같은 종류의 것이 아닙니다.

솔직히 고백하시지요! 이제까지 알고 있던 것은,   6760

전혀 알 만한 가치가 없는 것이라고 말입니다.

메피스토펠레스 (잠시 쉬었다가)

오래 전부터 그렇게 생각하고 있었네. 내가 바보였지.

이제는 내가 정말 멍청하고 우둔하다는 생각이 든다네.

학사

아주 반가운 말씀이군요! 분별 있는 말씀을 들었습니다.

이성 있는 노인장을 만난 게 이번이 처음입니다!   6765

메피스토펠레스

나는 숨겨진 황금보화를 찾으러 나섰다가,

몸서리나는 석탄만 캐내온 꼴이라네.

학사

솔직히 말씀하십시오. 선생님의 두개골과 대머리가

저기 있는 텅 빈 해골보다 값지다고는 못하시겠죠?

메피스토펠레스 (유유하게)

여보게, 자넨 자네가 얼마나 난폭한지 모르는 모양이군?   6770

학사

독일에서는 점잖게 말할 때 거짓말을 한답니다.

메피스토펠레스 (바퀴 달린 의자를 무대 전면으로 가까이 밀고 나와,
관람객들을 향하여)

여기 높은 데 있으니 눈이 부시고 숨이 막힐 것 같습니다.

나도 여러분들 틈에 자리 하나 얻을 수 있겠습니까?

학사

시대에 뒤떨어져 더이상 아무것도 아닌 것이,

제법 무엇이나 되는 척하는 놈을 난 건방지다고 봅니다.   6775

인간의 생명이란 피 속에서 살아가는 것인데,

젊은이에게서처럼 피가 약동하는 곳이 어디 있습니까?

새로운 생명을 생명으로부터 창조해내는 것은,

싱싱한 힘을 지니고 살아 있는 피지요.

거기에서 모든 것이 약동하고 무엇인가가 이루어지며,   6780

약한 것은 쓰러지고 유용한 것은 뻗어나갑니다.

우리가 이 세상의 절반을 점령하는 동안에

당신네들은 대체 무엇을 하였나이까? 졸다가 생각하다,

꿈을 꾸다가, 궁리하다가, 언제나 계획만을 세웠지요.

확실합니다! 노령 老齡이란 차가운 열병과 같아서,   6785

변덕스러운 고민으로 오한을 일으키고 있는 것이죠.

누구나 나이 서른이 넘으면,[394]

이미 죽은 것이나 마찬가지입니다.

당신네들은 적당한 때에 때려죽이는 게 상책일 겁니다.

메피스토펠레스

이쯤 되면 악마도 더이상 할 말이 없겠군.　　　　　　　6790

학사

내가 원치 않으면, 악마도 존재할 수가 없소이다.

메피스토펠레스 (옆쪽으로 떨어져서)

그 악마가 이제 네놈의 다리를 걸어 넘어뜨릴 것이다.

학사

이것이 젊은이들의 가장 고귀한 사명이올시다!

세계는 내가 창조해내기 전에는 존재하지 않았고,

태양은 내가 바다에서 끌어올린 것이며,　　　　　　　6795

달도 그 교차하는 운행을 나와 더불어 시작하였고,

하루하루는 내가 가는 길을 장식해주고 있으며,

대지는 나를 맞아 푸르러지고 꽃을 피우는 것입니다.

수많은 모든 별들도 저 첫날 밤에,

내 눈짓 하나로 찬란한 빛을 내게 되었지요.　　　　　6800

속물적으로 편협한 사상의 굴레에서

당신네들을 해방시킨 것이 내가 아니고 누구였습니까?

그러나 나는 정신이 일러주는 대로 자유로이,

내 내면의 빛을 즐거운 마음으로 따라가며,

광명을 앞으로 하고 암흑을 뒤로 물리고서,　　　　　6805

독자적인 황홀경에 젖어 재빠르게 나가고 있습니다. (퇴장)

메피스토펠레스

괴상한 놈, 너 좋을 대로 계속해보라! —

그러나 우매한 생각이든, 슬기로운 생각이든,

옛사람들이 이미 생각지 못한 것이 없다는 사실을

깨닫게 되면, 네놈도 몹시 마음이 아프겠지? —　　　6810

하지만 저런 놈이 있다 해서 우린 위험할 게 없으니,

몇 해만 지나면 그것도 달라질 것이다.

포도즙이 아무리 괴상하게 끓어오른다 해도,

결국에는 포도주가 되고 말거든.

(박수를 치지 않는 관람석의 젊은이들을 향하여)

자네들은 내 말을 듣고서도 냉담한데,　　　　　　　6815

선량한 아이들이라 그냥 내버려두겠네.

잘들 생각해보게. 악마는 늙은이니까,

자네들도 늙으면, 그의 말을 이해할걸세!

실험실

중세풍의 실험실.

공상적인 목적을 위한, 사용하기 어려운 잡다한 기구들이 있다.

바그너 (화로 곁에서)

무시무시하게 초인종이 울리면서,

그을음투성이의 벽들이 뒤흔들리는구나.　　　　　　6820

이렇도록 진지한 기대가 불확실하게

더이상 오래 지속될 수는 없다.

저 캄캄한 암흑이 벌써 밝아지고,

시험관의 가장 깊은 내면에서 벌써

살아 있는 석탄과 같은 것이 불타오른다.　6825

그래, 극도로 찬란한 홍옥과 같은 것이,

어둠을 뚫고 번개처럼 빛을 발산하고 있다.

밝고도 하얀 빛이 나타나는구나!

아아, 이번에는 실패하지 말아야지! ─

아니, 저런! 문이 어째서 저렇게 덜거덕거릴까?　6830

메피스토펠레스 (들어오면서)

안녕하시오! 호의로 찾아왔소이다.

바그너 (불안스럽게)

성운星運이 좋은 때에 잘 오셨습니다!

(낮은 소리로)

그러나 입을 꼭 다물고 숨을 죽이고 계십시오.

곧 굉장한 일이 이루어질 것입니다.

메피스토펠레스 (더욱 낮은 소리로)

대체 무슨 일이지요?

바그너 (더욱 낮은 소리로)

　　　　　　　　　인간을 만드는395) 중입니다.　6835

메피스토펠레스

인간이라고요? 그럼 사랑에 빠진 한 쌍을,

이 연기 나는 구멍에 가두어놓았단 말인가요?

바그너

천만의 말씀! 이제까지 유행하던 생산 방법을,

우리는 허영에 찬 장난이라고 선언하는 바입니다.

생명이 튀어나온 그 보드라운 결합점이나,　6840

체내에서 밀고 나와 받거니 주거니 하면서,

자신의 모습을 본떠내고, 처음에는 가까운 것을,

다음에는 낯선 것을 자기 것으로 만드는

그 사랑스런 힘은 이제 그 가치를 잃고 말았습니다.

동물들은 앞으로도 그런 짓을 계속 즐길지 모르지만,　6845

위대한 천성을 타고난 인간이라면,

장차 보다 고귀하고 고상한 근원에서 태어나야지요.

(화로 쪽으로 몸을 향하고서)

빛나고 있군요! 보십시오! ─ 이젠 정말 희망이 보입니다.

우린 수백 가지의 물질을 혼합해서 ─

하긴 그 혼합이 제일 중요한 것이지만, ─　6850

인간의 원질原質을 적절히 구성해냅니다.

그리고 그것을 시험관 속에 넣어 밀봉하고,

그에 적당하게 증류시키면,

은밀히 그 일이 이루어지는 것입니다.

(다시 화로 쪽으로 향하고서)

생성되고 있군요! 덩어리가 더욱 맑게 움직이고 있습니다!　6855

확신하고 있던 바가 점점 진실이 되어갑니다.

우리가 자연의 신비라고 찬양해오던 것을,

감히 오성悟性의 힘으로 실험해보고,

이제까지는 자연이 유기적으로 빚어내던 것을,

우리가 결정結晶시켜 만들어내는 것입니다.　6860

메피스토펠레스

오래 살다보면, 여러 가지 경험을 하게 되는데,

그런 사람에겐 이 세상에 새로운 일이란 있을 수 없소이다.

나는 벌써 두루 방랑을 하고 다니던 시절에,

결정으로 이루어진 인간의 무리를 본 적이 있소이다.

바그너 (그때까지 계속 시험관을 주시하고 있다.)

이제 올라옵니다. 빛이 나고 한데 모여듭니다.　　　　　6865

이제 곧 이루어질 것입니다.

위대한 계획이란 처음에는 미친 듯이 보이지만,

앞으로는 우연이란 걸 비웃어버려야겠습니다.

그리고 탁월한 생각을 해야 할 두뇌도,

앞으로는 사상가가 만들어낼 것입니다.　　　　　　6870

(황홀하게 시험관을 들여다보며)

사랑스러운 힘에 의해 유리병이 울리는군요.

흐릿해졌다가 맑아지는군요. 틀림없이 생성될 것입니다!

저렇게 조그마한, 귀여운 인간이

사랑스런 모습으로 몸짓하는 게 보입니다.

우린 뭘 바랄 것이며, 세상이 더이상 뭘 바라겠습니까?　　6875

신비가 백일하에 드러났는데 말입니다.

이 소리에 귀를 기울여보십시오.

저것이 목소리가 되어, 말로 변할 것입니다.

호문쿨루스[396] (시험관 속에서 바그너에게)

안녕하세요, 아빠! 이건 농담이 아니었군요.

가까이 오셔서 절 포근하게 가슴에 안아주세요!　　　　6880

그러나 유리가 깨지지 않도록, 너무 꼭 껴안진 마세요.

사물의 특성에 대해 말씀드리건대,

자연적인 것에는 우주 공간도 충분치 않지만,

인공적인 것은 제한된 공간을 필요로 합니다.

(메피스토펠레스에게)

장난꾸러기 아저씨![397] 당신도 마침 요긴한 순간에　　6885

여기에 와 계셨군요. 정말로 감사해요.

정말 운수가 좋아서 당신을 이리로 들어오게 했는데,
저도 이렇게 존재하는 동안 활동을 해야겠어요.
당장 일을 시작할 준비를 하고 싶어요.
아저씬 노련하시니, 빠른 방법을 가르쳐주세요.   6890

바그너

나도 한마디만 하자! 지금까지 늙은이고 젊은이고
여러 가지 문제를 가지고 몰려드는 게 난 질색이었다.
예를 들자면, 이건 아직 아무도 파악하지 못한 일인데,
영혼과 육체란 그다지도 잘 어울리고,
결코 서로 떨어질 수 없이 단단히 결합해 있는데,   6895
그런데도 언제나 서로를 싫어하는 이유가 무엇일까.
그리고 또—

메피스토펠레스

　　　　　멈추시오! 나라면 차라리 이렇게 묻겠소.
어찌하여 남자와 여자는 그다지도 사이가 나쁘냐고요?
여보시오, 당신은 이에 대해 분명한 대답을 못 할 것이외다.
여기 할 일이 하나 있는데, 바로 그걸 꼬마가 하려는 거요.   6900

호문쿨루스

　　할 일이 뭔가요?

메피스토펠레스 (옆문을 가리키며)

　　　　　여기서 네 재주를 보여다오!

바그너 (여전히 시험관을 들여다보며)

　　정말, 너는 사랑스럽기 한이 없는 아이로구나!

(옆문이 열리고, 침상에 누워 있는 파우스트가 보인다.)

호문쿨루스 (놀라면서)

　　굉장하군요! —398)

(시험관이 바그너의 손을 빠져나와 파우스트 위에서 맴돌면서
그를 환하게 비춰준다.)

　　　　　사방이 아름답구나! — 무성한 숲속에
맑은 물이 흐르고 있구나! 여자들이 옷을 벗는데,
진정 아름다운 여인들이로다! — 볼수록 멋진 광경이로다.   6905
그중에도 뛰어나게 빛나는 한 여인이 있으니,
지고한 영웅들의 혈통일까, 신들의 혈통일까.
그 여인이 투명하도록 맑은 물에 발을 담그니,
고귀한 육체의 우아한 생명의 불길이
유순한 수정 같은 물결 속에 식어가는도다—   6910
그러나 이 무슨 성급하게 활개치는 소리일까!
무엇이 수런거리고 찰싹이며, 잔잔한 수면을 교란시킬까?
처녀들은 질겁해서 달아나는데, 그 여왕만은
홀로서 태연하게 그것을 바라다보고,
백조들의 왕이 집요하고도 유순하게 그녀의 무릎으로   6915
파고드는 모습을 자랑스러운 여인의 흐뭇한 기분에 젖어
바라보고 있도다. 백조왕은 거기에 익숙해지는 것 같네—
그런데 갑자기 안개구름이 솟아올라
가늘게 짠 엷은 비단 폭으로
무엇보다도 가장 매력적인 그 장면을 덮어버리네.   6920

메피스토펠레스

못 할 소리 없이 잘도 지껄이는구나!
몸은 그렇게 작아도 넌 굉장한 공상가로다.
난 아무것도 안 보이는데—

호문쿨루스

그럴 거예요. 당신은 북쪽 출신으로,[399]

안개처럼 모호한 시대에 어린 시절을 보냈고,

기사와 성직자가 판치는 혼란 속에서 자랐으니,　　　　6925

어떻게 당신 눈이 트이겠어요!

암흑의 세계만이 당신의 고향이지요.

(사방을 둘러보면서)

이끼가 뒤덮이고 구역질나는 갈색으로 변한 돌벽이,

뾰족한 홍예처럼[400] 알록달록하게 내려앉아 있구나! —

이 사람이 여기서 깨어나면, 새로운 고통이 생길 테니,　　　6930

당장 그 자리에서 죽어버리고 말리라.

숲속의 샘물, 백조들과 벌거벗은 미녀들,

이것이 그분의 예감에 찬 꿈이었는데,

어찌 그가 이런 곳에서 살고자 하겠습니까!

모든 일에 잘 순응하는 나조차도 참을 길이 없는데요.　　　6935

그분을 데리고 떠납시다!

메피스토펠레스

그 방법이 괜찮겠군.

호문쿨루스

전사들은 싸움터로 가도록 명하시고,

처녀들은 춤추는 곳으로 데려가세요.

그러면 모든 일이 당장 해결됩니다.

갑자기 생각난 것인데, 오늘은 마침　　　　6940

고전적 발푸르기스의 밤 축제가 벌어지는 날이에요.

우리가 잡을 수 있는 최선의 기회지요.

그분을 자기 본성의 영역으로[401] 데리고 갑시다!

메피스토펠레스

그런 축제가 있다는 걸 들어본 적이 없는데.

호문쿨루스

어찌 그런 이야기가 당신 귀에 들어가겠어요?　　　6945

당신네는 그저 낭만적 유령들만 알고 있을 뿐인데요.

진정한 유령이란 역시 고전적이어야만 합니다.

메피스토펠레스

그럼 대체 어느 쪽으로 떠나야 한단 말이냐?

고풍적인 친구들이란 말만 들어도 거슬리는구나.

호문쿨루스

마귀 아저씨, 당신의 환락 구역은 서북쪽이지만,　　　6950

이번에는 동남쪽으로 돛을 달도록 하지요 —

광활한 평원에 페네이오스 강물이[402] 유유히 흐르며,

조용하고 습한 만灣이 수풀과 나무로 둘러싸여 있어요.

수많은 산골짜기에는 평원이 넓게 퍼져 있는데,

그 위에 신구新舊의 파르살루스[403]시가 자리잡고 있습니다.　　　6955

메피스토펠레스

아이고, 맙소사! 그만두어라!

폭군과 노예들의 그 싸움일랑 집어치우도록 해라.

난 지루해서 죽을 지경이다. 거의 끝났는가 하면

놈들은 싸움을 처음부터 다시 시작하기 때문이다.

그런데 사실은 악령 아스모데우스가[404] 뒤에 숨어서　　　6960

농락하는 건데, 그걸 아무도 알아차리지 못하고 있어.

놈들은 자유권을 위해 싸운다고 말하지만,

자세히 보면 노예가 노예들과 싸우는 것이야.

호문쿨루스

　　인간의 호전적 기질은 어쩔 수 없는 일이지요.

　　누구나 어린 시절부터 할 수 있는 한, 자신을 방어해야 하며, 6965

　　그렇게 하다가 결국엔 어른이 되는 것이거든요.

　　지금 문제는 어떻게 이 사람을 치유할 수 있느냐는 거예요.

　　방법이 있으시면, 그걸 여기서 시험해보세요.

　　그렇게 할 수 없으면, 나에게 맡겨두시구요.

메피스토펠레스

　　브로켄 산의 마술은 시험해볼 만한 것도 많지만, 6970

　　이교도들의 빗장은 내게 단단히 잠겨 있다는 생각이 든다네.

그리스 백성이란 별로 쓸모가 없는 종족이지!

그런데도 방종한 관능의 유희로써 너희를 현혹시키고,

인간의 마음을 즐거운 죄악으로 유혹하고 있거든.

그러니 우리의 죄악은 언제나 더욱 음산해 보일 테지. 6975

그런데 어떻게 한다?

호문쿨루스

　　　　　　당신은 이전엔 별로 멍청하지 않았어요.

내가 테살리아의 마녀들에[405] 대한 이야기를 했다면,

해야 할 말은 다 한 것으로 생각되는군요.

메피스토펠레스 (음탕하게)

테살리아의 마녀들이라! 좋아! 그건 내가

이미 오랫동안 찾고 있던 계집들이야. 6980

밤마다 그것들과 함께 산다면,

기분이 썩 좋으리라 생각하진 않지만,

시험 삼아 한번 찾아가보는 건—

호문쿨루스

　　　　　　그 망토를 이리 주세요.

여기 이 기사騎士님을[406] 둘러싸주세요!

이 포대기가 예전이나 마찬가지로 6985

당신네 두 사람을 날라다줄 거예요.

내가 앞에서 불을 밝히지요.

바그너 (불안하게)

　　　　　　그럼 나는?

호문쿨루스

　　　　　　아, 그렇지,

당신은 집에 남아서 아주 중요한 일을 해주세요.

그 옛날 양피지 책을 펼쳐놓고,

처방에 따라 모든 생명의 원소들을 모아   6990

이것저것을 조심스레 배합시켜보세요.

무엇을보다는 어떻게 할 것인가를 더 생각하세요.

그 동안 나는 세상 구석을 두루 돌아보며,

i자의 윗점 하나쯤은 발견해내겠어요.

그렇게 되면 위대한 목적은 달성되는 것입니다.   6995

그만한 노력에는 그만한 대가가 따르는 법이죠.

황금이나 영광, 명성이나 건강한 장수,

그리고 아마도― 학문과 덕망까지 얻을 수 있겠죠.

안녕히 계세요!

바그너 (침울하게)

잘 가거라! 내 마음이 미어지는구나.

다시는 널 만나지 못할까 걱정이 되는구나.   7000

메피스토펠레스

자, 페네이오스 강으로 힘차게 내려가보자!

조카님도 업신여겨선 안 될 인물이로군.

(관객을 향해서)

결국 우리는 우리가 만들어낸,

인간에게 끌려다니는 신세가 되었구나.

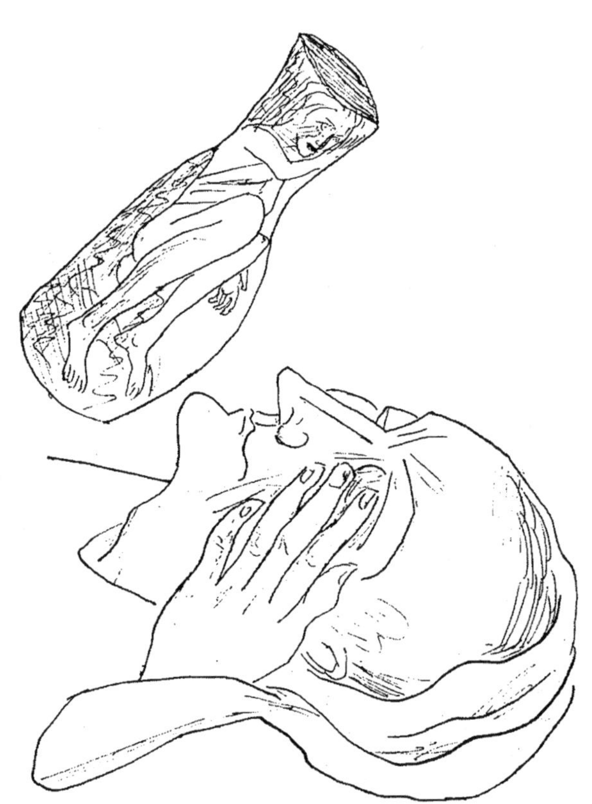

고전적 발푸르기스의 밤[407]

파르살루스의 들판

암흑

마녀 에리히토

음산한 마녀인 나 에리히토는[408] 전에도 그랬듯이,　　　　7005
오늘밤에도 저 몸서리나는 축제에 참석토록 하겠어요.
그 불쾌한 시인놈들이 지나치게 나를 욕하고 있지만,
그 정도로 흉측하진 않답니다…… 시인들이란 칭찬하는 것도
비난하는 것도 끝이 없어요…… 저 멀리 저 골짜기는
회색 천막들이 물결치는 바람에 희뿌옇게 보이는데,　　　　7010
그것은 걱정과 공포가 충만했던 밤의 잔상이에요.
벌써 얼마나 자주 되풀이되었는지 몰라요! 앞으로도
영원히 되풀이되겠지요…… 어느 누구도 자기 나라를
남에게 넘겨주려 하지 않고, 힘으로 빼앗아 강력하게 다스리는
사람에게도 맡기지 않지요. 왜냐하면 내면의 자아를　　　　7015
다스릴 줄 모르는 자는, 누구나 자기의 오만한 뜻에 따라,
이웃 사람의 의지를 지배하려 하니까요……
하나의 커다란 예로 여기에서도 처절한 싸움이 벌어졌었어요.
폭력이 보다 더 강한 폭력에 맞서 싸우고,
수천 가지 꽃으로 엮은 자비로운 자유의 화환은 찢어지고,　　　　7020
딱딱하게 굳어버린 월계관이 승자의 머리에 씌워졌지요.
여기에서 폼페이우스 대왕은 지난날의 위대한 전성 시절을
　　　꿈꾸었고,
저기서는 케사르가 흔들리는 운명의 저울침 가늠하며
　　　밤을 새웠죠!

우열은 가려지겠지요. 어느 쪽이 이겼는지는 세상이
　　　다 알고 있어요.

화톳불은 시뻘건 불꽃을 올리며 훨훨 타오르고,　　　　7025
대지는 수없이 흘린 피의 반사를 냄새 맡고 있는데,
흔히 볼 수 없는 이 밤의 기이한 불빛에 이끌려,
그리스 전설에 나오는 수많은 군대들이 몰려드는군요.
화톳불마다 그 주위에는 옛날이야기에 나오는 듯한 형상들이,
불안스럽게 흔들거리기도 하고 쾌적하게 앉아 있기도
　　　합니다.　　　　7030
보름달은 아닐지라도 환하게 빛나는 달이

솟아올라, 부드러운 광채를 사방에 뿌려주고 있으니,
천막들의 환상은 사라지고, 불은 파랗게 타오르는군요.

그런데 내 머리 위에는! 이 무슨 예기치 않은 유성인가요?
그것은 반짝반짝 빛나며 육체와도 같은 공을 비춰주고
　　있군요.　　　　　　　　　　　　　　　　　　　　7035
생명의 냄새가 나는군요, 내가 해를 끼치게 될
생명체에 가까이 다가간다는 것은 내게 어울리지 않아요.
그런 일은 나쁜 소문만 가져오지, 덕 될 것이 없어요.
벌써 내려오는군요. 나는 조심해서 피해야 되겠군요!
(마녀 에리히토, 퇴장한다.)

(공중을 나는 자들, 위에서)

호문쿨루스

　　이 몸서리쳐지는 곳과 불꽃 위를　　　　　　　　7040
　　다시 한번 빙 돌며 날아봅시다.
　　골짜기나 바닥이나 모두가
　　정말 도깨비가 나올 것 같아요.

메피스토펠레스

　　그 옛날 창문 너머로 북방의
　　혼란과 무시무시한 꼴을 보듯이,　　　　　　　　7045
　　여기서도 온통 흉측한 유령들을 보게 되니,
　　저기나 여기나 모두 집에 있는 듯하구나.

호문쿨루스

　　보세요! 저기 키가 큰 여자[409] 하나가
　　우리들 앞을 성큼성큼 걸어가고 있어요.

메피스토펠레스

　　그녀는 마치 겁을 내는 것 같군.　　　　　　　　　　　　7050

　　우리가 공중으로 날아오는 것을 보고서 말이야.

호문쿨루스

　　그냥 가도록 내버려두세요! 당신의 기사 양반,

　　그분이나 내려놓으세요. 그러면 당장

　　그의 생명이 다시 돌아올 거예요.

　　옛이야기 속에서[410] 생명을 찾고 있으니까요.　　　　7055

파우스트 (땅바닥에 닿자마자)

　　그녀는 어디 있는가?—

호문쿨루스

　　　　　　　　　　그건 모르겠습니다만,

　　아마도 여기에서 물어볼 수 있을 거예요.

　　날이 새기 전에 어서 서둘러

　　화톳불마다 차례로 찾으며 다녀보세요.

　　감히 어머니들한테까지 찾아갔던 분이니까　　　　　7060

　　그 이상 견뎌내야 할 것은 없을 거예요.

메피스토펠레스

　　나도 여기서 볼일이 있긴 하지만,

　　우리 모두가 즐겁게 지낼 가장 좋은 방법은,

　　각자가 흩어져 화톳불 주위를 돌아다니며,

　　스스로의 모험을[411] 시험해보는 것이겠네.　　　　　7065

　　그리고 우리가 다시 만나기 위해서라면,

　　꼬마 친구야, 자네 빛을 소리내며 빛내도록 하게나.

호문쿨루스

　　이렇게 빛을 내고 이렇게 소리를 내겠어요.

（유리가 울리며 소리를 내고 강한 빛을 발한다.）

　　그럼 기운을 내서 신기한 것들을 구경하러 갑시다!

파우스트 (혼자서)

　　그녀는 어디 있는가?— 지금은 더이상 묻지

　　　　않으리라……　　　　　　　　　　　　　　　7070

　　이 흙덩이는 그녀가 밟던 흙이 아닐지라도,

　　이 물결이 그녀를 향해 밀려왔던 파도가 아닐지라도,

　　이 공기는 그녀의 말을 전하던 공기로다.

　　여기! 기적에 의해 나는 여기 그리스 땅에 와 있노라!

　　나는 내가 서 있는 땅이 어디인가를 곧 느꼈노라.　　7075

　　잠자던 나에게 새로운 정신이 불타오르자,

　　나는 생기를 되찾은 안테우스와[412] 같은 기분으로 여기

　　　　서 있다.

　　그리고 어떤 기괴한 것들이 한데 모여 있다 해도,

　　나는 저 불꽃의 미로를 샅샅이 찾아다니리라.

（퇴장한다.）

페네이오스 강 상류

메피스토펠레스 (사방을 살피면서)

　　이 화톳불 주위를 두루 돌아다녀보니,　　　　　　　7080

　　나는 아무래도 완전히 낯설다는 생각이 드는구나,

　　거의 모두가 벌거숭이이고, 어쩌다 내복만 입었을 뿐이다.

　　스핑크스는[413] 수치심을 모르고 그라이프는[414] 철면피하고,

　　앞에서나 뒤에서 눈에 비쳐 들어오는 것은

모두가 고수머리에다가 날개를 달지 않은 것이 없구나—　　7085
우리들도 속마음이 별로 얌전한 편은 아니지만,
고대의 것들은 너무나 노골적이란 말이야.
최신의 감각으로 이런 것들을 휘어잡아,
유행에 맞도록 다채롭게 겉칠을 해야겠구나—
불유쾌한 족속이로다! 하지만 불쾌한 표정을 짓지 말고,　　7090
새로 온 손님으로서 얌전하게 인사를 하자—
안녕하시오, 어여쁜 아가씨들과 현명하신 그라이스^{늙은이}들!

그라이프 (카랑카랑한 목소리로)

그라이스가 아니야! 그라이프란 말이야! — 누구를 막론하고
늙은이라 부르는 소리를 듣기 싫어해. 어떤 말이건
그 의미를 규정하는 어원에 따라 소리 나기 마련이지.　　7095
회색, 분노한, 불만스런, 잔인스런, 무덤들, 격분한 등은
어원학상으로 다 같은 음^音에 속하는 말들로
우릴 화나게 하지.

메피스토펠레스

　　　　　　　하지만 너무 딴 데로 빗나가진 맙시다.
존함 그라이프의 첫머리 '그라이'는 '거머잡다'는 뜻이니
　　마음에 들 테죠.

그라이프 (여전히 카랑카랑한 목소리로, 그리고 계속 그렇게)

물론이야! 그 말이 닮았다는 것을 시험해보면서,　　7100
때로 욕도 많이 먹었지만, 칭찬을 더 많이 들었어.
계집이고 왕관이고 황금이고 마구 거머잡도록 해.
행운의 여신도 대개는 거머잡는 놈을 친절히 대하거든.

개미들 (아주 거대한 종류)

황금 이야기들을 하시는데, 우리들도 잔뜩 모아

암벽과 동굴 속에 남몰래 묻어두었지요.　　7105
그런데 외눈박이 아리마스펜 족이⁴¹⁵⁾ 그 냄새를 맡고는,
그걸 훔쳐 멀리 달아나서는 저기서 웃고 있답니다.

그라이프들

우리가 그놈들을 잡아 자백을 시키도록 하지.

아리마스펜

이 자유분방한 환락의 밤에만은 그만두세요.
내일까지면 모든 것을 다 탕진해버리고 말 테니까.　　7110
이번에는 우리 어쩌면 성공할 것 같아요.

메피스토펠레스 (스핑크스들 사이에 자리를 잡고 앉았다.)

이곳이라면 쉽사리, 그리고 즐겨 살겠구나,
한 놈 한 놈 말하는 것을 다 이해할 수 있으니까.

스핑크스

우리는 유령의 소리를 입김으로 뿜어낼 뿐인데,
당신네가 그것을 구체적인 말로 바꾸어놓는 거예요.　　7115
앞으로 서로 알게 되겠지만, 우선 이름을 말해주세요.

메피스토펠레스

사람들은 날 여러 이름으로 부르고 있소이다—
여기 영국 사람 있소이까? 그자들은 여행을 너무 많이 해서
옛 전쟁터나 폭포수, 허물어진 성벽들 할 것 없이,
고전적으로 음산한 장소는 모조리 찾아다니지요.　　7120
그러니 이곳도 그들에겐 어울리는 목적지가 되겠소이다.
그들이 만들어낸 것이지만, 옛날 무대연극에서는
나를 늙은 악덕이라고⁴¹⁶⁾ 간주했지요.

스핑크스

왜 그런 생각을 했을까요?

메피스토펠레스

　　　　　왜인지는 나도 모르겠소.

스핑크스

그럴 수도 있지요! 별자리에 대해서 아는 게 있나요?　　　7125

현재의 시각에 대해 어떤 말을 할 수 있어요?

메피스토펠레스 (위를 쳐다보며)

별이 별을 쫓아 쏜살같이 달리고, 이지러진 달이 밝기도 하구나.

그리고 나는 이렇게 정다운 자리에 앉아,

그대의 사자털에 싸여 몸을 따스하게 하고 있다네.

일부러 하늘나라까지 올라간다는 것은 손해날 일이니,　　　7130

차라리 수수께끼라도 물어다오. 글자 맞추기라도 좋지.

스핑크스

당신 자신 이야길 하면, 그게 벌써 수수께끼가 될 거예요.

당신 자신을 한번 자세하게 풀어보도록 하지요.

"착한 이에게나 악한 이에게나 다 필요한 존재로서,

착한 이에게는 금욕을 위해 싸우는 갑옷이 되고,　　　7135

악한 이에게는 미친 짓을 하기 위한 동료가 되는 것,

그 두 가지가 모두 제우스 신을 즐겁게 하기 위한 것이다."

첫째 그라이프 (카랑카랑한 목소리로)

난 저놈이 싫어!

둘째 그라이프 (더욱 카랑카랑한 목소리로)

　　　　　저놈이 여기서 어쩌자는 거지?

둘이 함께

저 추악한 놈을 여기에 그냥 둘 수가 없다!

메피스토펠레스 (난폭하게)

네놈은 이 손님의 손톱이 네놈의 날카로운 발톱만큼　　　7140

할퀼 수가 없을 것이라고 생각하는 모양이지?

자, 한번 해보자!

스핑크스 (온건하게)

　　　　　얼마든지 여기 계시구려.

우리들 가운데서 당신 스스로가 달아나버릴 텐데요.

당신네 나라에선 그래도 행복하게 지내신 모양인데,

내가 잘못 보지 않았다면, 여기선 기분이 언짢은 것 같아요.　　　7145

메피스토펠레스

당신은 상반신을 보니 구미가 당기는데,

아래통의 짐승 모습을 보니 소름이 끼치는구려.

스핑크스

당신 같은 거짓말쟁이는 지독히 후회하게 될 거예요.

우리들의 앞발이 그야말로 억세니까요.

당신의 그 오그라든 말발굽을 가지고서야　　　7150

우리들 사이에 끼여 어찌 마음이 편하겠어요.

(바다의 요정 지레네들이[417] 위쪽에서 전주곡을 노래한다.)

메피스토펠레스

저 강물 같은 백양나무 가지에 앉아,

흔들거리며 노래하는 새들은 무엇이오?

스핑크스

조심하셔야 돼요! 가장 훌륭한 분들도

저 노랫소리에는 넘어가고 말았으니까요.　　　7155

지레네들

아아, 어찌하여 그런 추하고 괴상한 것들

사이에서 더러운 생활을 하려 하시나이까!

들어주세요, 우리들 떼지어 여기에 와서

가락이 맞는 음조로 노래를 부르니,

이것이 지레네들에 어울리는 모습이에요.   7160

스핑크스들 (같은 멜로디로 조롱하며 노래한다.)

억지로라도 그네들을 내려오도록 하세요!

그네들은 추악한 매의 발톱을

저 나뭇가지들 속에 숨겨놓고 있어요.

만일 그대가 귀를 기울이고 있으면,

그대를 사로잡아 파멸로 이끌어가요.   7165

지레네들

증오를 버리세요! 질투를 버리세요!

하늘 아래 여기저기 흩어져 있는

정갈한 즐거움을 모으도록 합시다!

물 위에서나 땅 위에서나,

가장 명랑한 몸짓을 하며,   7170

우리의 손님을 환영합시다.

메피스토펠레스

이것은 정갈한 신곡新曲들이로구나.[418]

목구멍에서 나는 소리와 현에서 나는 소리가

서로서로 얽히고설키는 소리로구나.

이렇게 떨리는 소리란 내게 아무런 효과가 없으니,   7175

귓전은 기분 좋게 간질여주지만,

가슴속까지는 스며들지 못하는구나.

스핑크스들

가슴속이란 말은 하지 마세요! 그건 허영이에요.

그보다는 쭈글쭈글한 가죽주머니라는 게,

당신의 얼굴에는 더욱 잘 어울려요.   7180

파우스트 (가까이 다가오며)

정말 경이로운 일이로다! 보기만 해도 마음이 즐겁다.
이 흉측한 형상들 속에도 위대하고 건실한 모습이
　　깃들어 있구나.
나는 벌써 축복받은 운명을 예감하겠는데,
이 진지한 눈길은 나를 어디로 데려갈 것인가?
(스핑크스들에 관련해서)
이런 것들 앞에 언젠가 오이디푸스가 서 있었단 말이지.　　7185
(지레네들에 관련해서)
이런 것들의 유혹이 두려워 율리시즈는 삼끈으로
　　몸을 묶도록 했지.
(개미들에 관련해서)
이런 것들에 의해 최고의 보화가 저장되었으며,
(그라이프들에 관련해서)
그리고 이것들에 의해 충실하고도 틀림없이 보관되었단
　　말이지.
나는 새로운 정신이 마음속에 스며드는 것을 느끼겠구나.
형상들이 위대한 만큼 그 추억들도 위대하도다.　　7190

메피스토펠레스

전에는 이런 것들을 저주하며 물리치더니,
지금은 이런 것도 마음에 드시는 모양이외다.
하기야 애인을 찾아다니는 마당에선,
괴물들까지도 반가우실 테니까요.

파우스트 (스핑크스들을 향하여)

너희 여인상들이여, 내게 말해보아라.　　7195
그대들 중 누가 헬레나를 본 사람 있는가?

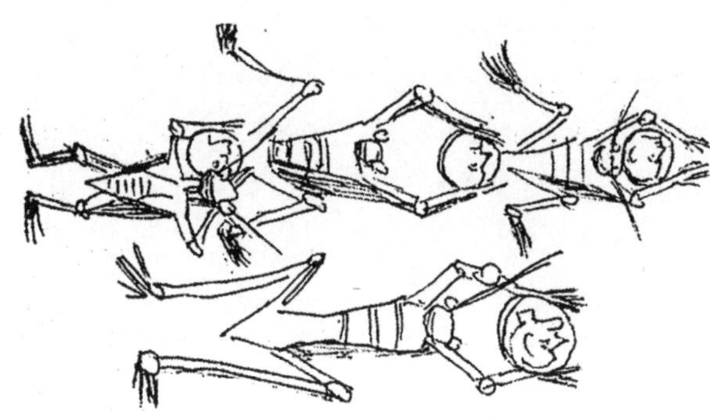

스핑크스들

우리는 그녀가 살던 시대까지 미치지를 못해요.
우리의 막내가 헤라클레스에게[419] 맞아 죽었어요.
그건 히론에게[420] 물어보도록 하세요.
그는 이런 유령들 축제일 밤에는 이리저리 뛰어다니고
　　있어요.　　7200
그를 붙잡아 세우기만 한다면, 당신은 대성공이에요.

지레네들

당신에게도 틀림없이 말해드리겠어요!—
우리를 업신여기며 급히 지나가지 않고,
율리시즈가 우리들 있는 곳에 머물렀을 때,
그분은 여러 가지 이야기를 들려주었어요.　　7205
당신이 푸른 바닷가에 뻗어 있는
우리가 사는 평원을 찾아주신다면,
그 모든 이야기를 들려드리겠어요.

스핑크스

귀하신 손님, 저런 말에 속지 마세요.

율리시즈가 자신의 몸을 묶도록 했던 대신,　　　　7210

우리들의 친절한 충고에 마음을 묶어보세요.

그 고귀한 히론만 찾아낼 수 있으시면,

제가 장담해드린 것을 다 알게 될 거예요.

(파우스트, 떠나간다.)

메피스토펠레스 (화를 내며)

날개치며 까옥까옥 울고 가는 것이 무엇이냐?

눈에 보이지도 않을 정도로 저렇게 빨리,　　　　7215

계속 줄을 지어 지나가고 있으니,

사냥꾼이라도 지쳐버리고 말겠구나.

스핑크스

겨울에 휘몰아치는 폭풍과도 같이 빠르고,

알키데스의[421] 화살도 당할 수 없겠어요.

저것은 슈팀팔리덴 호수의[422] 쏜살같이 빠른 새들이며,　　　　7220

독수리 같은 주둥이와 거위 같은 발을 가졌으나,

까옥까옥 우는 것은 호의적으로 인사하는 것이지요.

저들은 원래 우리들 틈에 끼어들어서,

자기도 친척 사이임을 보이고 싶어하는 거예요.

메피스토펠레스 (겁나는 것처럼)

그 중간 중간에 쉿쉿거리는 것이 또 있는데.　　　　7225

스핑크스

이런 건 조금도 겁낼 것 없어요!

저건 레르나의 뱀대가리들이에요.[423]

허리통이 잘려나갔는데도, 아직 무엇인 척하는 거지요.

그런데 대체 당신은 어떻게 되신 거예요?

그렇게 불안한 몸짓을 하니 어쩐 일이죠?　　　　7230

어디로 가시려는 거예요? 그럼 떠나도록 하세요! ―

알겠어요, 저기 있는 저 합창단에게로

당신은 목을 돌리고 계시는군요. 억지로 그럴 것 없이,

어서 가보세요! 얼굴이 매력적인 그들에게 인사라도 하세요!

저건 라미에들이에요.[424] 쾌락을 주는 예쁜 매춘부들로,　　　　7235

입가엔 미소를 짓고 뻔뻔스런 이마를 하고 있어,

사티로스 족속에겐[425] 대환영을 받지요.

염소 발굽을 가진 자라면 저기서 무슨 짓이라도 할 수 있어요.

메피스토펠레스

그대들은 여기 남아 있겠지? 다시 만나야겠는데.

스핑크스들

그럼요! 가셔서 저 경박한 것들과 어울려보세요!　　　　7240

우리는 이집트 시대로부터 이제까지 수천 년 동안

우리들끼리 이렇게 앉아 있는 데 습관이 들었어요.

하지만 우리들이 앉아 있는 위치를[426] 유의하도록 하세요.

이렇게 우리는 음력과 양력을 조정하고 있거든요.

민족들의 최후의 심판을 보려고,　　　　7245

우리는 피라미드 앞에 마주 앉았습니다.

홍수가 나고 전쟁이 일고 평화가 찾아와도 ―

우리는 얼굴 한번 찡그리지 않았답니다.

페네이오스 강 하류

강물의 신 페네이오스가 늪과 물의 요정 님프들에 둘러싸여 있다.

페네이오스

솔솔 일어라, 갈대의 속삭임이여!

고요히 숨쉬어라, 다정하게 늘어선 갈대들이여,　　　　7250

살랑거려라, 늘어진 버들가지여,

속삭여라, 떨고 있는 백양나무 가지들아,

깨져버린 꿈길을 더듬어서! ─

멀리에서 울리는 무시무시한 천둥 소리,

남몰래 만물을 흔들어대는 진통이,　　　　7255

물결 속에 잠들어 쉬던 나를 깨우는구나.

파우스트 (강물로 다가가면서)

내가 올바로 들은 것이라면,

이 나뭇가지와 관목들의

나뭇잎이 얼기설기 얽힌 속에서,

사람의 속삭임 소리가 울리는 듯하구나.　　　　7260

물결도 무엇인가 재잘거리는 것 같고,

살랑거리는 바람도 ─ 흥겨운 이야기 같구나.

님프들 (파우스트에게)

그대에게 바람직한 일은,

여기에 몸을 눕히고,

피로한 그대의 몸을　　　　7265

시원한 곳에서 쉬게 하며,

언제나 그대를 피하는

휴식을 즐기는 거예요.

우리는 살랑거리고 졸졸거리며,

그대에게 살며시 속삭이리다.   7270

파우스트

정녕 이건 꿈이 아니로다! 오 그대로 노닐게 하라,

비할 데 없이 아름다운 저 형상들을.[427]

저 여인들은 거기서 내 눈이 본 그대로구나!

너무나도 경이롭게 내 마음속을 파고드는구나!

이것이 꿈일까? 아니면 추억일까?   7275

이미 너는 한 번 이렇게 행복한 적이 있었노라.

부드럽게 흔들거리는 빽빽한 수풀의

상쾌한 사이를 가만히 흐르고 있는데,

살랑거리지도 않고 졸졸거리는 소리도 나지 않는다.

수백 줄기의 물이 사방에서 흘러와,   7280

목욕하기 알맞게 평평한 웅덩이를 이루면서

깨끗하고 맑은 물이 한곳에 모이는도다.

건강하고 젊은 여인들의 팔다리가

거울 같은 수면에 비쳐 이중으로

황홀한 나의 눈을 즐겁게 해주는구나!   7285

여인들은 한데 어울려 즐겁게 목욕하고,

대담하게 헤엄치고 두려운 듯 물 속을 거닐기도 하더니,

끝내는 소리를 지르며 물싸움을 시작한다.

나는 이 광경으로 만족해야 할 것이고,

내 눈은 이것만 즐겨야 할 것일진대,   7290

내 관능은 점점 더 멀리로 치닫고 있구나.

눈길은 날카롭게 저 가려진 곳을 꿰뚫어보고 있으니,

초록빛으로 뒤덮인 무성한 나뭇잎 속에

지고하신 여왕님이 숨어 있지 않을까 해서이다.

이상도 하구나! 후미 쪽으로부터   7295
백조들도 당당하게 정결한 모습으로
이리로 헤엄쳐 오는구나.
유유히 떠다니며 정답게 어울리지만,
오만스럽게 자기 만족을 하는 듯
머리와 주둥이를 놀려대고 있구나―   7300
그중 한 마리가 다른 것들보다도
가슴을 활짝 펴고 자신만만한 것 같은데,
모든 무리를 헤치고 재빨리 앞으로 헤엄쳐간다.
온몸의 깃털을 부풀릴 대로 부풀리고,[428]
주름지는 물결 위에 큰 물결을 일으키며   7305
저 신성한 장소로 돌진해 들어간다―
다른 백조들은 조용히 깃털을 반짝이면서
이리저리 헤엄치며 왔다갔다하다가는,
때로는 활발하고 화려한 싸움도 벌이는데,
그것은 수줍은 처녀들의 마음을 딴 데로 돌려,   7310
여왕을 수호하는 임무를 잊게 하고,
오로지 자신의 안전만을 생각하게 하는구나.

님프들

여보세요, 이 강변의 초록빛 언덕에
귀를 대고 가만히 들어보세요.
내가 제대로 들었다면, 어쩐지   7315
말발굽 소리가 울리는 것 같아요.
대체 누가 오늘밤 축제에
급한 소식 전하러 오는 걸까요.

파우스트

성급한 말발굽 소리에 울려,
대지가 쾅쾅히 울리는 것 같구나.   7320
내 눈길아, 저쪽을 보라!
은혜로운 행운이,
벌써 나를 찾아드는 것이런가?
아아, 비할 데 없는 기적이로다!
기사가 한 사람 달려오고 있는데,   7325
재치와 용기를 타고난 것 같으며,
틀림없다, 나 그를 이미 알고 있나니,
눈부시게 하얀 말을 타고 있구나……
필리라의 유명한 아들이로다! ―[429]
멈추시오, 히론! 멈춰요! 나 그대에게 할말이
    있소이다……   7330

히론

무슨 일이오? 왜 그러시오?

파우스트

                                그대의 발걸음을 늦추도록 하시오!

히론

나는 쉬어갈 수가 없소.

파우스트

                                그럼 부탁이오! 나를 데려가주시오!

히론

올라타시오! 그럼 마음대로 물어볼 수 있을 것이오.
어디로 가는 길이오? 그대는 이 강변에 서 있는데,

나 그대를 이 강을 건네줄 준비가 되어 있소.　　　　　7335

파우스트 (올라타면서)

그대 마음대로 가시오. 영원히 나 그대에게 감사하리오……

그대는 위대한 인물이고 고귀한 교육자이시오.

영웅의 일족을 길러 유명하게 하였고,

저 아르고 호를 탔던[430] 훌륭한 무리들과

시인들 세계의 소재가 된 모든 영웅들을 길러냈소.　　　　7340

히론

그런 이야기는 그만두기로 하시오!

팔라스[431]조차도 교육자로선 영광을 얻지 못했소.

제자들이란 마치 교육을 받지 않은 것처럼,

결국엔 제멋대로 해나가는 법이니까 말이오.

파우스트

그대는 의사로서 온갖 식물 이름을 다 알고,　　　　　7345

그 뿌리들을 심오한 데까지 다 알아내어,

병자를 고쳐주고 상처의 아픔을 덜어주고 있으니,

나 여기 온갖 정신력과 체력을 다해 그대를 붙잡고 있소!

히론

내 곁에서 영웅이 부상을 당하면,

나 그를 치료하고 돌봐주었소.　　　　　7350

그러나 내 치료 기술도 결국에는

약초 캐는 무녀나 목사들에게 맡겨버렸소.

파우스트

그대는 진정 위대한 인물이라,

칭찬의 말조차 듣지 않는구려.

겸손해서 말을 피하려 하며,　　　　　7355

자기 같은 것은 얼마든지 있는 듯한 태도이시오.

히론

그대는 아첨하는 기술이 능한 것 같으니,

군주나 백성들에게도 비위를 잘 맞추겠소.

파우스트

그렇지만 이것만은 내게 말해주어야겠소.

그대는 그대 시대의 위대한 영웅들을 보았고,　　　　7360

행위에 있어선 고결한 인물들을 본받으려 하였으며,

반신#神처럼 성실하게 매일매일을 살아왔소.

그렇다면 수많은 영웅적인 인물들 중에서,

그대는 누구를 가장 위대한 사람이라 생각하시오?

히론

아르고 호에 탔던 저 숭고한 용사들은　　　　7365

저마다 자기의 독자적 방식에 따라 훌륭하였고,

각자가 지녔던 역량에 따라

서로 모자라는 점을 보충해주었소.

충만한 청춘과 아름다움을 숭상하는 곳에서는

제우스의 쌍둥이 형제가[432] 언제나 승리를 거두었소.　　　　7370

결단력과 민첩한 행동으로 남을 구원하는 데는

보레아스의 두 아들이[433] 훌륭한 몫을 했지요.

신중하고 힘세고 총명하며 조언도 잘하는데다가,

여인들에게도 인기가 높았던 것은 야손이[434] 지배적이었소.

그 다음 오르페우스는[435] 얌전하고 항상 고요하고 침착하며, 7375

어느 누구보다도 뛰어나게 칠현금을 뜯었소.

눈길이 날카로운 린코이스는[436] 밤낮을 가리지 않고,

암초와 언덕을 피하며 거룩한 배를 몰았지.

모두가 협력을 해야만 위험을 이겨낼 수 있으니,

한 사람이 활동하면 다른 사람은 모두 칭찬을 하지요.　　　　7380

파우스트

헤라클레스에[437] 관해서는 한마디도 하지 않겠소?

히론

오오, 슬프도다! 내 그리운 마음을 건드리지 마시오.

나는 태양신 푀부스를[438] 한 번도 본 적이 없고,

아레스며 헤르메스라고[439] 하는 자들도 본 일이 없지만,

모든 사람들이 신처럼 찬양하는 그분만은,　　　　7385

바로 내 눈앞에 서 있는 것을 보았소.

그는 천성적으로 왕으로 태어났고,

젊었을 때엔 그야말로 훌륭한 모습이었으며,

사촌 형님에게도 잘 순종하고,

사랑스런 여인들에게도 상냥하였소.　　　　7390

대지의 여신 게아도[440] 다시는 그런 자를 낳지 못할 것이며,

청춘의 여신 헤베도[441] 그를 결코 하늘로 보내지 않을 것이오.

노래로 불러보고자 해도 헛된 수고만 할 뿐이오,

돌에 새겨보고자 해도 헛된 고생만 할 따름이오.

파우스트

조각가가 아무리 그를 열심히 다루어본다 한들,　　　　7395

결코 그렇게 훌륭하게는 표현해내지 못할 것이오.

그대가 가장 훌륭한 남자에 대한 이야기를 하였으니,

이제 가장 아름다운 여자에 대한 이야기를 해주시오!

히론

뭐라고!…… 여자의 아름다움이란 이렇다 할 만한 것이

　　없으니,

자칫하다간 딱딱하게 굳어버린 모습이 되기 쉽소.   7400
내가 찬양할 수 있는 미의 본질이란 오로지,
즐겁고 삶을 향락하는 데서 솟아나오는 모습이오.
아름다운 미녀란 그 자체 성스럽게 머물기 쉬운데,
애교가 있어야 거역할 수 없게 되지요.
내가 태워다주었을 때의 헬레나처럼 말이오.   7405

파우스트

그대가 태워다 주었소?

히론

　　　　　　　그래, 여기 이 등에 태웠었지.

파우스트

그렇지 않아도 난 몹시 당황하고 있지 않나?
이런 자리에 앉았으니 행복하기 한량없구나!

히론

헬레나도 내 머리채를 꽉 잡고 있었소,
지금 그대처럼.

파우스트

　　　　　　　아아, 이거야말로 진정   7410
나 정신을 잃을 것 같구나! 어찌된 건지 이야기해주시오.
그녀만이 내가 갈망하는 유일한 사람이오!
아아, 그대는 어디에서 어디로 그녀를 태워다주었소?

히론

그런 질문은 쉽사리 대답할 수가 있소.
제우스의 쌍둥이 형제가 그 당시에   7415
어린 누이동생을 도둑떼의 손에서[442] 구출해냈소.
그러나 한 번도 져본 일이 없는 도둑떼는

다시 기운을 차리고 그 뒤를 추격해왔소.
그때에 엘레우시스 도시[443] 근처의 늪들이
그 남매들의 바쁜 걸음을 가로막았지요.   7420
형제는 걸어서 건너고, 난 그녀를 태우고 물을 치며
　　헤엄쳐 건넜소.
그녀가 펄쩍 뛰어내리고서 물에 젖은
나의 갈기를 쓰다듬으며, 사랑스럽고 영리하게
애교를 부리고 또 자신만만한 모습으로 감사하였소.
얼마나 매력적이었는지! 젊은 것이 늙은이까지 즐겁게 했소!   7425

파우스트

겨우 열 살쯤 되었는데!

히론

　　　　　　　내 알기로는 문헌학자들이
그대는 물론 자기 자신까지도 속였던 것이오.
신화 속에 나오는 여자란 아주 독특한 존재로,
시인들이 필요한 대로 표현해놓는단 말이오.
그러기에 어른이 되지도 않고 결코 늙지도 않으며,   7430
언제 보아도 식욕을 돋우는 모습을 하고 있어,
어려서도 유혹을 당하고 늙어서도 청혼을 받고 있으니,
요컨대 시인들이란 시간의 속박을 받지 않는단 말이오.

파우스트

그렇다면 그녀도 시간의 속박을 받지 않아야 할 것이오!
아킬레스가 페레 시에서[444] 그 여인을 만났던 것도   7435
모든 시간을 초월한 것이었소. 얼마나 희귀한 행복이오.
운명을 거역하고 사랑을 얻었으니 말이오!
그러니 나도 그리움에 가득 찬 힘으로,

오직 하나인 그 여인의 모습을 살려낼 수는 없겠소?

그 위대하고 상냥하며, 고상하고도 사랑스러우며, 7440

신들과도 비길 수 있는 영원한 그 모습을?

그대는 옛날에 그녀를 보았지만, 나는 오늘[445] 만나보았는데,

아름답고 매력적이며, 그리움을 자아내는 아름다움이었소.

이제 내 감각, 내 마음이 무섭게 사로잡혔으니,

나 그녀를 얻을 수가 없다면, 살아갈 수가 없소. 7445

히론

낯선 분이시여! 인간으로서의 그대는 감격적이지만,

정령들 사이에선 미친 것처럼 보일 것이오.

그런데 여기 그대를 위해 다행한 일이 있소.

물론 잠깐씩이긴 하지만 해마다 나는

의술의 신 아스클레피우스의 딸 만토한테[446] 7450

들러보곤 한다오. 그녀는 조용히 기도를 드리며,

자기 아버지께 제발 아버지의 명예를 위해서라도,

의사들의 마음을 이제 그만 거룩하게 만들어주시고,

무모하게 사람 때려죽이는 일이 없도록 해달라고 간청하지요.

무당들 중에서 그녀가 가장 사랑스러운 것으로, 7455

보기 흉하게 까불어대지도 않고, 정답게 상냥한 처녀라오.

잠시 그애의 집에 머물면서 약초 뿌리의 힘으로 치료하면,

그대의 병을 근본적으로 고칠 수 있을 것이오.

파우스트

난 치료 따위는 받고 싶지 않소. 내 심신은 건전하오.

그렇게 되면 나도 다른 사람들처럼 속물이 되고 말 거요. 7460

히론

고귀한 샘물로[447] 치료할 수 있는 기회를 놓치지 마시오!

빨리 내리시오! 이제 다 왔소이다.

파우스트

말하시오! 이 무시무시한 밤에 그대는

자갈 깔린 강물을 건너, 나를 어느 곳으로 데려왔소?

히론

여기는 로마와 그리스가[448] 서로 맞서 싸우던 곳이오.　　　　　7465

오른쪽에 페네이오스 강이 흐르고,

　왼쪽에 올림포스 산이 솟아 있소.

그 위대한 제국이 덧없이 사라지고,

제왕은 도망치고, 시민들이 승리를 외쳤던 곳이오.

위를 쳐다보시오! 저기 아주 가까운 곳에

불멸의 신전이[449] 달빛을 받으며 서 있소이다.　　　　　7470

만토 (안에서 꿈을 꾸듯이)

　이 거룩한 계단에

　말발굽 소리 울리며,

　반신^{半神}께서 오시는군요.

히론

　바로 맞았다!

　눈이나 떠보아라!　　　　　7475

만토 (잠을 깨면서)

　어서 오세요! 거르지 않고 오실 줄 알았어요.

히론

　너의 신전도 언제나 그대로 서 있으니까!

만토

　당신은 여전히 쉬지 않고 쫓아다니시나요?

히론

네가 언제나 고요히 평화롭게 살고 있는 것처럼,

나는 계속 돌아다니는 것이 즐겁단다.   7480

만토

제가 가만히 기다리고 있으면, 시간이 제 주위를 돌아요.

그런데 이분은?

히론

　　　　　　소문이 자자한 오늘밤의 축제가

소용돌이치듯이 이 사람을 이곳으로 데려왔단다.

헬레나를, 미친 듯한 심신으로

헬레나를 손에 넣겠다고 하면서,   7485

어떻게 어디서 시작해야 할지조차 모르고 있단다.

누구보다도 아스클레피우스의 치료가 필요할 것이다.

만토

불가능한 것을 갈망하는 자, 전 그런 사람을 좋아해요.

(히론은 벌써 멀리 가버렸다.)

만토

들어가세요, 과감한 분이시여, 그리고 기뻐하세요!

이 캄캄한 길은 지하의 여신 페르세포네로[450] 통하고

　　　있어요.   7490

그녀는 올림포스 산의 공허한 기슭에서,

남몰래 금지된 인사에 귀를 기울이고 있어요.

언젠가 저는 여기서 오르페우스를[451] 몰래 들여보내주었어요.

그분보다 더 잘해보세요! 기운 내세요! 마음을 단단히 하세요!

(그들은 아래로 내려간다.)

페네이오스 강 상류

지레네들 (이전 장면과 같이)

페네이오스 강물 속으로 뛰어들어요!   7495

거기서 철썩철썩 헤엄을 치고,

불쌍한 족속들을[452] 생각해주어,

노래에 노래를 부릅시다.

물이 없으면 행복도 있을 리 없어요!

우리들 밝은 무리 떼를 지어서   7500

서둘러 에게 해로 내려가면,

가지가지 즐거움을 맛보게 되지요.

(지진)

지레네들

물결은 거품 일며 되돌아오고,

낮아진 강바닥엔 물도 흐르지 않아요.

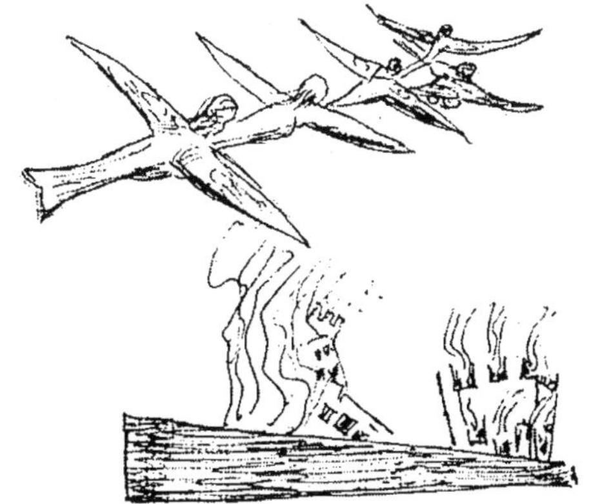

땅바닥이 진동하고 물이 요동치며,　　　　　　7505
자갈밭과 언덕이 갈라져 연기를 뿜어요.
피하세요! 모두들 오세요, 어서 오세요!
이런 괴변이 아껴줄 사람은 아무도 없어요.

자, 갑시다! 즐겁고 고귀한 손님들이여,
바다에서 일어나는 명랑한 축제 보러 갑시다.　　7510
떨리는 물결이 반짝반짝 빛나면서,
조용히 굽이쳐서 기슭을 적셔요.
밝은 달빛은 이중으로 빛나면서,
성스러운 이슬로 우리를 적셔주어요.
그곳에는 자유로운 삶이 깃들고,　　　　　　7515
이곳에는 무서운 지진이 일었어요.
영리한 분이라면 모두모두 서둘러 갑시다!
이 고장은 너무나 몸서리가 쳐져요.

세이스모스[453] (깊은 땅속에서 으르렁거리며 쿵쿵 소리를 낸다.)
한 번 더 힘을 내어 밀어젖히고,
용감하게 어깨로 들어올려라!　　　　　　　7520
그래서 우리가 땅 위로 나가면
모두가 겁이 나서 피할 것이다.

스핑크스들
얼마나 불쾌한 진동인가요.
추악하고 무시무시한 날씨로군요!
이 무슨 요동이며, 이 무슨 지진이,　　　　　7525
그네 뛰듯 이리저리 흔들흔들하나요!
정말로 견딜 수 없이 불쾌한 기분이군요!

하지만 지옥이 송두리째 터진다 해도,
우리는 앉은 자리를 옮기지 않아요.

이제는 이상스럽게도 둥근 천장 같은 것이 7530
솟아올라오네요. 저것은 바로
이미 오래 전에 백발이 된 그 노인이에요.
그는 해산의 고통을 당하는 여인을[454] 위해,
물결치는 파도를 헤치고 델로스 섬을
밀어올려 만드신 분이에요. 7535
저분은 기를 쓰며 밀어대고 눌러대고,
두 팔을 쭉 뻗고 등을 구부리고,
아틀라스와[455] 같은 몸짓을 하고서,
땅바닥이건 잔디밭이건 대지건 간에,
그리고 자갈이나 왕모래, 가는 모래나 진흙까지도 7540
우리의 고요한 강 언덕을 밀어올려요.
그리하여 골짜기의 조용한 대지를
가로질러 한 조각 찢어놓았어요.
아무리 기운을 써도 결코 지치지 않으니,
거대한 여상女像의 기둥과 같은데, 7545
무시무시한 돌 바탕을 치켜들고 있지만,
가슴 아래는 아직 땅속에 묻혀 있군요.
그러나 그 이상은 올라오지 못하리니,
스핑크스들이 이렇게 자리잡고 있으니까요.

세이스모스

이 모양을 오직 나 홀로 만들었다는 것을, 7550
세상 사람들도 결국엔 인정해줄 것이다.

만일 내가 흔들어대고 밀어대지 않았던들,
이 세계가 어떻게 이처럼 아름다울 수 있으랴?
그림같이 황홀한 모습을 하고 있는 저 산들도
만일 내가 밀어내주지 않았더라면, 7555
저 화려하게 순수한 파란 창공에
어찌 저렇게 높이 솟아 있을 수 있겠는가?
밤과 혼돈이라는 최고의 조상들 앞에서,
내가 있는 힘을 다 발휘하여,
거인들과 어울려 공놀이를 하듯이, 7560
펠리온 산이나 옷사 산을[456] 마구 던지곤 했을 때,
우리는 젊은 혈기에 미친 듯 장난을 하다가,
마침내 놀기에도 싫증이 나자 마지막으로,
페르나소스 산에다가[457] 이중 모자를 씌우듯이
오만하게도 저 두 개의 산을 올려놓았지 — 7565
지금은 아폴로가 행복스런 뮤즈들의 무리와 더불어
저기에서 즐거운 세월을 보내고 계시다.
우레의 신 주피터와[458] 그 번개를 위해서도
앉을 의자를[459] 높이 치켜들어주었다.
그리하여 지금도 섬뜩할 정도의 노력으로, 7570
저 깊은 땅속으로부터 밀고 올라와서,
즐겁게 살고 있는 주민들에게 큰 소리를 지르며
새 생활을 하도록 요구하고 있는 것이다.

스핑크스들

여기에 이렇게 우뚝 솟은 산들이,
땅속에서부터 질식하듯 빠져나오는 꼴을, 7575
만일 우리가 직접 눈으로 보지 않았다면,

태고로부터 여기 있었다고들 말할 테지요.
무성한 숲이 계속 위로 퍼져나가고,
아직도 바위들이 계속 움직이며 몰려들고 있지만,
스핑크스라면 그런 것쯤은 조금도 개의치 않고,   7580
성스러운 그 자리에 꼼짝 않고 앉아 있을 거예요.

그라이프들

종이쪽 같은 황금, 번지르르한 황금이
바위틈에서 번쩍번쩍하는 것이 보이는구나.
저런 보물을 빼앗겨서는 안 될 것이니,
개미들아, 자, 어서 저것을 파내려무나!   7585

개미들의 합창

거인들이 저 산을
밀어올린 것처럼,
아장거리는 발을 가진 너희들도,
빨리 위로 올라가거라!
재빠르게 들락날락하라!   7590
이런 바위틈에서는
아무리 조그만 부스러기라도
간직할 만한 가치가 있느니라.
모든 구석 샅샅이
서둘러 드나들며,   7595
어떤 작은 것이라도
찾아내야 하느니라.
너희 우글대는 무리들아,
부지런히 일해서,
돌들일랑 버려두고,   7600

황금만을 물어오라!

그라이프들

들어오라! 들어와! 황금을 쌓아올려라!
우리가 그것을 발톱으로 짓누르고 있을 것이니,
자물쇠로서는 최고의 종류가 될 것이고,
최고의 보화라도 안전하게 간직되리라.   7605

피그메들[460]

우리들 이렇게 자리를 잡기는 했지만,
어떻게 된 일인지는 알 수 없어요.
우리가 어디서 왔는지는 묻지 마세요.
아무튼 이렇게 여기에 와 있으니까요!
인생을 즐겁게 지내는 곳이라면,   7610
그 나라가 어디든 다 적합할 것인즉,
바위에 틈이 생기기만 하면,
난쟁이도 벌써 자리를 잡게 되지요.
남녀 난쟁이 모두 부지런하여,
어느 쌍이든 부부의 모범이 되지요.   7615
그 옛날 천국에서도 벌써
그러했었는지는 나도 모르지요.
하지만 우리는 여기가 제일 좋으니,
별들의 축복에 감사를 드려야겠죠.
동쪽에서건 서쪽에서건   7620
어머니 대지는 즐겨 생명을 낳으니까요.

닥틸레들[461]

어머니 대지는 하룻밤 사이에
조그만 어린애들을 낳았어요.

아주 작은 어린애도 낳을 테니까,
그에 어울리는 상대도 생겼겠지요.   7625

피그메의 최고령자

　어서어서 서둘러 편안한
자리를 마련하라!
서둘러 일들을 하라!
기운 대신에 재빠르게!
세상은 아직 평화로우나,   7630
대장간을 세워놓고,
갑옷과 무기를 만들어
군대들을 무장시켜라.

　너희 모든 개미들은,
떼를 지어 일을 하며   7635
쇠붙이를 날라오라!
가장 작고 수가 많은
꼬마난쟁이 닥틸레들은,
너희에게 명하나니,
장작을 가져오라!   7640
그것을 쌓아올려
가마 불에 구워내서,
검정 숯을 만들어라.

장군

　화살과 활을 메고
기운차게 나가거라!   7645
저기 저 연못가에

무수하게 집을 짓고,
교만하게 뽐내는
학들을[462) 쏘려무나.
한꺼번에 모조리,   7650

한 마리도 남김없이!
그것으로 우리는 투구를
장식하고 나타나리라.

개미들과 닥틸레들

누가 우리를 구해주겠는가!
우리가 쇠붙이를 마련해오면,   7655
저들은 쇠사슬을 만들어내네.
우리들 뿌리치고 달아나기엔,
아직 때가 되지 않았으니,
고분고분 참는 것이 좋으리라.

이비쿠스의 학들[463]

죽이는 고함소리, 죽어가는 탄식소리!   7660
두려움에 날개를 푸드덕거리는 소리!
이 무슨 신음 소리, 이 무슨 비탄의 소리가
여기 이 높은 데까지 밀려오고 있는가!
저들은 벌써 모두가 맞아 죽어서,
호수는 그들 피로 빨갛게 물들었구나.   7665
흉악한 무리들의 탐욕이
백로의 고귀한 장식을 빼앗아가는구나.
하지만 저 배불뚝이 꾸부정다리 악한들의
투구 위에서 깃털은 벌써 나부끼고 있구나.
너희 우리 무리의 친구들이여,   7670
줄을 지어 바다를 방랑하는 동료들이여,
우리의 가까운 친척들이 당한 일에,
복수로써 대할 것을 요구하노라.
누구든지 힘이나 피를 아끼지 말고,

저 악한 족속들의 영원한 원수가 되라!   7675

(까옥까옥 울어대며 공중으로 흩어진다.)

메피스토펠레스 (평지에서)

저 북녘 마녀들은 쉽사리 다룰 수가 있었는데,
이곳 낯선 유령들은 내 마음대로 되지가 않는구나.
브로켄 산은 정말로 있기 편안한 곳이라서,
어디를 가든지 자기 있는 곳을 알 수 있었단 말이야.
마누라 일제는[464] 그녀의 바위 위에서 우릴 지켜주고,   7680
하인리히도 자기 언덕 위에 있으니 즐거울 거야.
드르렁 바위는 엘렌트 마을을 마주 보고 코를 골아대지만,
천 년이 지나가도 모든 것은 그냥 그대로란 말이야.
그런데 이곳에선 어디를 가든지, 어디에 서 있든지,
제 발 밑의 땅바닥이 부풀지 않으리라고
　　　누가 알겠는가?……   7685
내가 평평한 골짜기를 기분 좋게 거닐 때면,
내 뒤에서 갑자기 산이 하나 솟아오른단 말이야.
하긴 산이라고 부를 것까지야 없겠지마는,
그래도 스핑크스들과 나를 갈라놓을 정도로는
높단 말이다— 여기에서 골짜기를 따라 내려가면서   7690
아직도 많은 화톳불이 빛나며 이상한 것들을
　　　비추고 있구나……
우아한 계집들이 아직도 나를 유혹하는 듯 피하는 듯,
교활하게 너울거리고 이리저리 춤을 추며 떠다니고 있구나.
어디 슬슬 가볼까! 무엇이든 훔쳐먹는 데는 익숙한지라,
여기가 어디든 간에 무엇이든 가로채보기로 하자.   7695

요녀 라미에들 (메피스토펠레스를 유인하면서)

빨리, 좀더 빨리 해라!

좀더 앞으로

그러곤 다시 주저주저하며,

재잘대며 떠들어라.

저 늙어빠진 죄인을

우리한테로 끌어다가   7700

심한 속죄를 시키면,

정말 재미있는 일이로다.

굳어버린 발굽으로

절름거리고 비틀거리며[465]   7705

이쪽으로 따라온다.

발굽을 질질 끌며,

우리가 도망치는 대로

곧장 뒤를 쫓아오는구나!

메피스토펠레스 (걸음을 멈추면서)

재수 더럽구나! 속임수에 넘어간 놈이 됐군!   7710

아담 때부터 사내들이란 꾐에 넘어간 얼간이였지!

제대로 나이는 처먹어도, 똑똑한 놈 누가 있담?

그만하면 바보짓도 할 만큼 하지 않았던가!

저런 허리통을 졸라매고, 얼굴에 잔뜩 화장을 한

족속들이란 애당초 아무런 쓸모가 없다는 것 다 알고 있지.   7715

어디를 만져보아도 성한 데라곤 하나 없이,

사지가 모두 썩어 문드러졌단 말이다.

그런 것쯤은 보아서도 알고 만져서도 알고 있는데,

그 썩은 계집들이 피리를 불면 춤을 추게 된단 말이야!

라미에들 (멈춰 서면서)

잠깐만! 저 작자 생각에 잠겨 주저하며 서 있구나!   7720

도망가지 못하도록 저 작자를 잘 맞이하도록 하라!

메피스토펠레스 (계속해 걸어가며)

계속해보자꾸나! 어리석게도

의혹의 올가미에 걸려들지는 말아야지.

대체 이 세상에 마녀들이 없다면,

어떤 악마가 악마 노릇을 하겠나!   7725

라미에들 (온갖 아양을 떨며)

이분 주위에 둘러서봐요!

그러면 틀림없이 어느 한 사람에 대한 사랑이

이분의 마음속에 싹틀 거예요.

메피스토펠레스

희미한 불빛에 비추어보는 것이지만,

당신들은 아름다운 아가씨들 같구려.   7730

그러니 나 당신네를 비난하고 싶지가 않소이다.

엠푸제[466] (뛰어들면서)

나도 욕하지 마세요!

친구로서 나도 당신네들을 뒤따르게 해줘요.

라미에들

저애가 우리한테 낀다는 건 너무 심해요.

언제든지 우리들의 놀이를 망쳐놓는단 말예요.   7735

엠푸제 (메피스토펠레스에게)

사촌여동생 엠푸제 인사를 받으세요!

당나귀 발굽을 가진 가까운 사이예요.

당신은 말발굽만을 가지고 계시지만,

그래도 사촌오빠, 인사를 받으세요!

메피스토펠레스

여기엔 온통 낯선 자들만 있는 줄 알았는데,   7740

재수 없게도 가까운 친척을 만나게 되었군.

옛날 책이라도 한번 떠들어봐야겠군.

하르츠로부터 헬라스까지 어디에나 친척들이라니!

엠푸제

저는 당장에 무엇이든 해낼 수 있으며,

저 자신 여러 가지로 변신할 수도 있어요.   7745

하지만 이번에는 당신에게 경의를 표하려고

조그마한 당나귀 머리를[467] 얹어놓았어요.

메피스토펠레스

알고 보니, 이 족속들에게서는

일가친척이라는 게 큰 의미를 지니는 것 같군.

하지만 설사 무슨 일이 일어난다 할지라도,   7750

당나귀 대가리만은 제발 치워주었으면 좋겠군.

라미에들

그런 추한 여자는 내버려두세요.

그 여자는 아름답고 사랑스럽다고 여겨지는 건 모조리

　　쫓아버려요.

무엇이든 아름답고 사랑스러운 것이 있다고 해도

저 여자가 나타나면 그만 없어지고 말아요!   7755

메피스토펠레스

이 상냥하고 나긋나긋한 아가씨들도,

내게는 모두가 수상쩍기만 하단 말이야.

저렇게 장미꽃 같은 얼굴 뒤에도

괴이한 변형이 숨어 있다는 생각이 드는군.

라미에들

우리는 이렇게 많이 있으니, 한번 해보세요!　　　　7760

잡아보세요! 그리고 이 놀이에서 운수가 좋으면,

가장 좋은 제비를 골라잡게 될 거예요.

음탕한 몸짓으로 우물쭈물대야 무슨 소용이겠어요?

당신은 참으로 형편없는 구혼자예요.

오만스레 돌아다니며 잘난 척이나 하구요! ―　　　7765

이제 저 작자가 우리들 패거리에 걸려들었다.

하나하나 가면들을 벗어던지고

너희들의 정체를 드러내도록 하라.

메피스토펠레스

최고의 미녀를 하나 골라잡았다……

(그녀를 껴안으며) 이런, 제기랄! 이건 말라빠진 빗자루로군!　　　7770

(다른 여자를 붙잡는다.)

그럼 요것은?…… 지독한 상판대기로군!

라미에들

그보다 더 좋은 걸 바라다니? 생각도 말아야지.

메피스토펠레스

작은 계집을 하나 꽉 잡으려 했더니……

도마뱀처럼 내 손아귀에서 빠져 달아났구나!

매끈하게 땋아내린 머리채가 뱀처럼 미끈거렸어.　　　7775

그 대신에 이번에는 키다리 계집을 잡았더니……

주신 바쿠스의 지팡이를[468] 잡은 것 같고,

그 끝에는 솔방울 같은 대가리가 달려 있구나!

자, 어떻게 한다?…… 뚱뚱보 계집을 한번 잡아보자.

이것이라면 아마 재미 좀 볼 수 있을 거야.　　　7780

이게 마지막 판이다! 자, 해보자꾸나!

정말로 물컹물컹하고 허벅허벅하군.

동양인들이라면 비싼 값을 치르겠구나……

그런데 이것 봐라! 말불버섯이 두 조각이 났구나!

라미에들

자, 서로들 헤어져요, 번갯불처럼　　　　7785

둥실둥실 날아가서 이곳에 뛰어든 마녀의 자식놈을

검은 날개로 새까맣게 에워쌉시다!

그리고 불확실하고 무시무시한 굴레를 만듭시다!

박쥐들처럼 소리 없는 날갯짓을 합시다!

그래도 저놈은 용케 이곳을 빠져나갔어.　　　7790

메피스토펠레스 (몸을 떨면서)

나도 별로 더 똑똑해지지는 못한 모양이로군.

북쪽에서도 엉망이더니 이곳에서도 엉망이란 말이야.

유령들이란 여기서나 저기서나 모두 비틀어졌고,

민중이나 시인놈들은 모두 멋이 없단 말이야.

마침 이곳에도 가장 무도회가 열리고 있는데,　　　7795

세상 어디서고 마찬가지로 감각적 춤이야.

나도 귀여운 상판을 한 놈들을 따라가보았지만,

소름이 끼치는 놈을 붙잡고 말았지……

그나마도 좀더 오래 지속될 수만 있다면,

알고도 모르는 척 속아주려 했었지.   7800

(바위들 사이를 헤매고 다니며)

도대체 여기가 어디지? 어디로 빠져나간담?

전에는 소로였는데, 이젠 자갈밭이 되었군.

나는 평평한 길들을 걸어왔는데,

지금은 굉장한 돌멩이들이 앞을 가로막고 있구나.

아무리 올라갔다 내려왔다 하더라도 소용없으니,   7805

그 스핑크스들은 어디에서 다시 찾게 될까?

이렇게 미친 짓은 생각도 못 했거늘,

하룻밤 사이에 이런 산이 생기다니!

이건 마녀들이 신이 나서 날아올 때,

브로켄 산까지 날아온 것이라 말할 정도로군.   7810

오레아스[469] (천연바위 위에서)

이리 올라오세요! 나의 산은 오래된 것으로,

원래의 모습 그대로 서 있어요.

이 험준한 바위산 소로를 존경하세요,

핀두스 산맥에서[470] 뻗어나온 마지막 줄기예요!

폼페이우스가 나를 넘어 도망쳤을 때에도,   7815

나는 꼼짝도 하지 않고 이렇게 서 있었어요.

이 옆에 서 있는 환상의 형상들은[471]

닭이 울기만 해도 벌써 사라져버리지요.

그와 같은 환상적 이야기들은 생겨났다가

갑자기 다시 사라져버리곤 한답니다.   7820

메피스토펠레스

존경할 만한 산이여, 경의를 표하겠소이다.

높다란 떡갈나무숲이 힘차게 둘러섰구나!

한량없이 밝은 달빛이라도

숲속의 어두운 곳을 뚫고 들어가진 못하리라—

그런데 저 숲을 옆으로 하고   7825

은근히 작열하는 불빛이 지나가고 있구나.

이 모든 것이 대체 어찌된 셈인가!

그렇지, 저건 틀림없이 호문쿨루스이다!

이봐, 꼬마친구, 자넨 어디서 오는 길인가?

호문쿨루스

난 이렇게 이곳저곳으로 떠돌아다니고 있는데,   7830

어떻게든 최선의 의미로 생성^{生成}하고 싶으며,[472]

이 유리를 깨뜨리고 나가고 싶어 못 견딜 지경이에요.

그러나 내가 지금까지 본 바로는,

어느 한 군데도 들어가고 싶은 곳은 없었어요.

다만 당신에게만 믿고 말씀드리건대,　　　　　　　7835

나는 지금 두 사람의 철학자[473] 뒤를 쫓고 있어요.

귀를 기울여 들어보니 자연, 자연! 이라고 해요.

나는 이들 두 사람에게서 떨어지고 싶지가 않은데,

그들은 어쨌든 지상의 일을 잘 알고 있을 테니까요.

그리고 결국에 가서는 내가 어디에 몸을 의탁하는 것이　　7840

가장 현명한지를 저들에게서 배우게 될 거예요.

메피스토펠레스

그것은 너 혼자의 힘으로 하는 것이 좋다.

유령들이 자리를 잡고 있는 곳이라면,

철학자도 대환영을 받으니까 말이다.

사람들이 그의 기술과 호의를 보고 기뻐하도록,　　　　7845

그는 당장에 한 다스쯤 새 유령들을 만들어낸단 말이야.

너도 방황을 하지 않으면, 오성에 도달하지 못하리라.

네가 생성하기를 원한다면, 혼자의 힘으로 생성하라!

호문쿨루스

훌륭한 충고는 역시 물리칠 수가 없어요.

메피스토펠레스

그럼 어서 떠나라! 우리 두고 보자꾸나. (헤어진다.)　　　7850

아낙사고라스[474] (탈레스에게)

자네의 그 고집스런 생각은 전혀 굽힐 줄을 모르는군.

자네에게 확신을 시키려면 무엇이 더 필요한가?

탈레스[475]

파도는 어떤 바람에게나 기꺼이 순종하지만,

완강한 바위를 만나면 멀리 피해서 지나간다네.

아낙사고라스

그런 바위도 화염의 연기로 생겨난 것일세.　　　　　　7855

탈레스

생물은 모두가 습기 속에서 생겨났지.

호문쿨루스 (두 사람 사이에 끼여서)

나도 두 분 곁에서 걸어가도록 해주세요.

나도 간절하게 생성되기를 원하고 있어요!

아낙사고라스

여보게 탈레스, 자네는 하룻밤 사이에

진흙으로 이런 산을 만들어낸 적이 있었나?　　　　　　7860

탈레스

자연이나 또 자연의 생생한 흐름이란

결코 낮이나 밤이나 시간 등에 얽매여 있지 않다네.

자연은 어떠한 형상이라도 그 법칙에 따라 형성하는데,

위대한 것일지라도 절대 폭력을 쓰지는 않는다네.

아낙사고라스

하나 여기선 그랬다네! 저승의 왕 플루토의 성난 불길과,　　7865

바람의 신 에올스의 무서운 연기가 폭발하는 힘으로

평평한 대지의 해묵은 표피가 파열되고,

당장에 새로운 산이 하나 생겨났단 말일세.

탈레스

그러고 나서 그 다음은 어떻게 됐는가?

산은 생겨난 것이니, 그건 그렇다고 해두세.　　　　　　7870

이러한 논쟁으로 우리가 시간을 낭비할 뿐이며

참을성 많은 민중들을 이리저리 끌고 다닐 따름이라네.

아낙사고라스

산에는 개미처럼 잽싼 미르미도네 족이[476] 들끓으며,

찢어진 바위틈에 자리잡고 살게 되었지.

이를테면 피그메 족과 개미들과 난쟁이들과,　　　　　　7875

그밖에도 부지런히 일하는 조그만 족속들이 우글거린다네.

(호문쿨루스를 향하여)

자네는 한 번도 위대한 것을 추구하지 않고,

은둔자처럼 제한된 생활을 하고 있구먼.

만일 자네가 지배자의 생활에 익숙할 수 있다면,

나는 자네를 왕으로 제관祭冠시켜주겠네.　　　　　　7880

호문쿨루스

탈레스 선생은 어찌 생각하시죠?

탈레스

　　　　　　　　　　　　권하고 싶지 않네.

작은 놈들과는 작은 일을 하게 마련인데,

큰 놈들을 상대하면 작은 놈도 커지는 법이지.

저걸 좀 보게! 저 시커먼 학의 무리들을!

저들은 흥분해서 날뛰는 족속을 위협하고 있는 것인데,　　7885

국왕에게라도 저렇게 위협을 가할 것일세.

학들은 날카로운 주둥이와 예리한 발톱으로

저 작은 무리를 향해 내리 치닫고 있으니,

불길한 운명은 벌써 번개처럼 빛나고 있군.

그것은 고요하고 평화로운 연못을 둘러싸고,　　　　　　7890

백로들을 무참히 죽인 만행의 대가일세.

그러나 저 살육의 빗발 같은 화살은

무섭게 피비린내나는 복수심을 만들어내어,

난쟁이 피그메들의 흉포한 피를 요구하는
가까운 친척인 학들의 분노를 자극한 것일세.　　　　7895
이제 와서 방패나 투구나 창이 무슨 소용이겠나?
학들 깃의 광채가 난쟁이들에게[477] 무슨 도움이 되겠나?
꼬마난쟁이 닥틸레들과 개미들이 숨는 꼴을 보라!
저 무리는 벌써 뒤흔들리고 도망치고 무너지고 있네.

아낙사고라스 (잠시 후에 장엄하게)

지금까지 나는 지하세계의 위력을 찬양해왔지만,　　　　7900
이런 경우에는 하늘을 향하여 몸을 돌려야겠네……
그대여! 천상에서 영원히 늙지 아니 하고,
세 가지 이름에 세 가지 형상을[478] 지닌 자여,
우리 백성들이 고난을 당하기에 나 그대를 부르나니,
달의 여신 디아나여, 루나여, 헤카테여![479]　　　　7905
그대 가슴을 펴게 하고 가장 깊이 생각하는 자여,
그대 고요히 내리비치고 강력하며 은근한 자여,
그대 그림자의 무서운 입을 벌려서,
옛날의 그 위력을 아무런 마술 없이 나타내주소서!

(잠시 쉬었다가)

내 소원을 너무나 빨리 들어준 것일까?　　　　7910
저 하늘을 향한
나의 기원이
자연의 질서를 문란케 했는가?
둥글게 에워싸인 여신의 옥좌가,
벌써 점점 더 커져서 가까이 다가오니,　　　　7915
보기에도 무섭고 어마어마하구나!
어스름한 곳으로 그 붉은 빛이 비쳐오고……

더이상 가까이 오지 말라, 위협적으로 거대한 둥근 달이여!
그대는 우리를, 육지와 바다를 파멸시키려는가!

그럼 그것이 사실이었던가? 테살리아의 마녀들이[480]　　　　7920
모독적으로 마술로써 정다운 체하며
그대를 그대의 궤도로부터 노래를 불러 끌어내리고,
가장 큰 재앙을 그대로부터 탈취했다는 것이 사실인가?……
빛나는 원반[圓盤]의 주위가 어두워지며,
갑자기 폭발하여 번쩍번쩍하며 불꽃이 튀기는구나!　　　　7925
저 터지는 소리! 저 칙칙거리는 소리!
그 사이사이에 천둥 소리와 폭풍 소리가 울려온다?—
나는 공손하게 옥좌의 계단 앞에 엎드리리라!—
용서하소서! 내가 불러내린 일이올시다.

(땅바닥에 얼굴을 대고 엎드린다.)

탈레스

이 사람은 안 듣는 게 없고 안 보는 게 없구나!　　　　7930
우리에게 무슨 일이 일어났는지 나는 전혀 알 수가 없고,
그가 말하는 것을 느껴보지도 못하겠구나.
솔직히 말하자면, 지금은 미칠 듯한 시각이다.
그리고 달의 여신 루나는 예나 다름없이,
그 자리에 안일하게 떠 있구나.　　　　7935

호문쿨루스

저 피그메들이 있는 자리를 보세요!
둥그렇던 저 산이 지금은 뾰족해졌어요.[481]
나는 무시무시한 충격을 느꼈었는데,
저 바위산이 달에서 떨어졌던 거예요.

이것저것 물어볼 것도 없이 다짜고짜로   7940
저 산은 친구든 적이든 닥치는 대로 으깨 죽였어요.
하지만 저는 그런 기술을 찬양하지 않을 수 없어요.
단 하룻밤 사이에 창조적으로,
아래로부터 또한 동시에 위로부터,
이런 산을 만들어낸 기술을 말예요.   7945

탈레스

진정하게! 그건 그저 생각한 것에 불과하네.
그런 흉측한 난쟁이 무리는 없어져야 한다네!
자네가 왕이 되지 않은 것은 다행일세.
자, 이제 즐거운 바다의 축제에나 가보도록 하세.
거기서는 진귀한 손님들을 환대하고 존중한다네.   7950
(퇴장한다.)

메피스토펠레스 (반대쪽에서 기어올라오며)

내가 이렇게 가파른 바위 층계 길이나,
늙은 떡갈나무의 딱딱한 뿌리를 헤치고 다녀야만 하다니!
내 고향 하르츠 산에서는 송진부터가
역청과도 같은 냄새가 나고, 더욱이 마음에 드는 것은
유황도 있었는데…… 여기 이 그리스인의 나라에선   7955
그와 같은 냄새라곤 맡아보려야 흔적도 없구나.
그런데 호기심이 나는 것은, 그리스인들은
지옥의 고통이나 불꽃을 무엇으로 마련하느냐는 것이다.

드리아스[482]

고향인 당신 나라에선 영리했던 모양인데,
이 낯선 고장에선 당신도 별수 없는 모양이군요.   7960
생각을 그렇게 고향으로만 돌리지 마시고,

여기 이 신성한 떡갈나무의 가치도 알아주세요.

메피스토펠레스

누구나 버리고 온 것을 그리워하는 법이거늘,

자기가 살던 고장은 언제나 천국과 같은 곳이지.

그런데 말해보게, 저기 저 동굴 속에 희미한 빛을 받으며 7965

세 겹으로 쭈그리고 앉아 있는 친구는 누구인가?

드리아스

암흑의 여인 포르키아스들이에요.[483] 무섭지 않으시면,

그곳으로 다가가서 그들과 이야기를 해보세요.

메피스토펠레스

왜 못하겠나! — 하지만 보고는 놀라겠다!

나도 오만스럽기 이를 데 없지만, 저런 것들은 7970

아직 한 번도 본 일이 없다고 고백하지 않을 수 없군.

저것들은 뿌리의 요정 알라우네보다도 더 고약하구나……

이 세 겹으로 된 괴물을 한번 보기만 하면,

태곳적부터 비난을 받고 있는 죄악들도

조금도 추하다고 생각하지 않을 것 같군. 7975

우리 고장에선 가장 소름끼치는 지옥의

문턱일지라도 저런 것을 두고는 참지 못할 것이다.

저런 것이 여기 이 미美의 나라에 뿌리박고 있는데,

그것을 고대적이라고 부르며 명성이 높다니……

저놈들이 움직인다, 내 냄새를 맡은 모양이다. 7980

저 박쥐 같은 흡혈귀들이 피리 소리를 내며 지저귀는구나.

포르키아스

동생들아, 눈을 좀 이리 다오. 우리들의 성전에

감히 이렇게 가까이 다가온 것이 누구인지 알아봐야겠다.

메피스토펠레스

존경하는 아주머니들이여! 실례입니다만,

여러분들 가까이 가서 삼중으로 축복을 받고 싶소이다.　　7985

아직은 잘 알지 못하는 자로서 이렇게 찾아왔지만,

내가 잘못 아는 것이 아니라면, 먼 친척이 됩니다.

예로부터 존경받는 신들은 벌써 뵈었으며,

오프스와 레아 여신[484] 앞에서도 공손하게 인사를

　　　드렸고요.

혼돈의 아이이며 당신들과 자매 관계인 운명의 여신　　7990

파르체들도[485] 어제던가 — 아니 그저께 만나뵈었지요.

그러나 당신 같은 분들은 한 번도 만나본 적이 없소이다.

나는 지금 말도 못 하겠고, 그저 황홀하게만 느끼고 있지요.

포르키아스들

이 정령은 제법 사리를 잘 아는 것 같군.

메피스토페레스

당신들을 찬양하는 시인이 없으니 이상할 따름이오.　　7995

그게 대체 어찌된 일이지요? 어찌 그런 일이 있을 수 있소?

그림에서도 당신네처럼 고상한 분들을 본 적이 없소이다.

조각가의 끌도 유노나 팔라스나 비너스와[486] 같은 것들이

　　　아니라,

당신네들의 모습을 아로새기도록 해야 했을 텐데요.

포르키아스들

고독과 고요한 암흑 속에 틀어박혀 있기에,　　8000

우리들 셋은 미처 그런 생각을 해보지 못했어요!

메피스토펠레스

어떻게 그런 생각을 하겠소? 이렇게 세상을 등지고,

아무도 만나지 않고 아무도 당신들을 보지 못하니 말이오.

당신들도 화려함과 예술이 같은 자리에 앉아 있고,

대리석 덩어리가 날마다 영웅의 모습으로 변하여,　　8005

이중의 발걸음으로 민첩하게 세상으로 걸어나오는,

그러한 고장에 살았어야 했을 것입니다.

그곳에는—

포르키아스들

그만두세요. 그리고 우리의 욕정을 돋우지 말아요!

그것이 더 좋다는 걸 안다고 해서 무슨 소용이겠어요?

밤에 태어나서, 어두운 밤의 것들과 친척이 되어,   8010

어느 누구도 모르고 우리 자신도 거의 모르고 지내는걸요.

메피스토펠레스

경우가 그렇다면 별로 드릴 말씀도 없지만,

자기 자신을 다른 사람에게 맡겨볼 수도 있는 일이지요.

당신네 셋은 눈 하나, 이빨 하나면 충분하지요.

그러나 세 분의 본질을 두 분으로 줄이고,   8015

세번째 분의 모습을 나에게 맡겨주신다 해도,

신화학적으로 볼 때 가능한 일이지요.

잠시 동안만 말씀이오.

한 포르키아스

어떻게들 생각해? 괜찮을까?

다른 포르키아스들

한번 해봐요? ― 하지만 눈과 이빨은 안 돼요.

메피스토펠레스

그럼 당신네가 가장 좋은 것을 빼앗아가는 셈인데,   8020

그래서야 어떻게 그대로 꼭 닮은 형상이 되겠나!

한 포르키아스

한쪽 눈을 감으세요, 쉽게 할 수 있어요.

그리고 당장 앞니를 하나 드러내 보이세요.

그러면 옆모습은 우리들과 똑같아지고,

우리와 동기간처럼 그대로 닮아버릴 테니까요.   8025

메피스토펠레스

영광이오! 해봅시다!

포르키아스들

해보세요!

메피스토펠레스 (포르키아스와 같은 옆모습으로)[487]

이렇게 난 벌써,

혼돈세계의 총애를 받는 아들이 되었소이다!

포르키아스들

우리들은 두말할 것도 없이 혼돈세계의 딸들이고요.

메피스토펠레스

이제 자웅동체라고[488] 비난받을 테니 창피하군.

포르키아스들

새로 생겨난 세 자매는 정말 미인들이야!   8030

우린 이제 눈도 둘이고 이빨도 둘이 되었어.

메피스토펠레스

나는 모든 사람들의 눈을 피해 숨어 있어야겠군.

지옥 진흙탕 속의 악마들까지 놀라게 할 정도니까. (퇴장한다.)

에게 해의 암석으로 된 만灣

달이 중천에 떠 있다.

지레네들 (절벽 위에 여기저기 자리를 잡고 피리를 불며 노래한다.)

언젠가 밤이 두려울 때

테살리아의 마녀들이 뻔뻔스럽게도   8035

당신을 하늘에서 끌어내렸지요.

오늘은 당신의 밤하늘에서

떨리는 물결 위에 부드럽게 반짝이는

저 현란한 빛의 무리를 조용히 바라보소서.

그리고 파도를 헤치고 솟아나온,   8040

저 혼란스런 무리를 비추어주소서!

당신을 위하는 일에 몸 바치겠으니,

아름다운 루나여, 자비를 베풀어주소서!

네레우스의 딸들과 트리톤들[489] (바다의 요괴들로서)

광막한 바다에 울려퍼지도록,

드높이 날카로운 소리 내어,   8045

깊은 바다 속의 무리를 불러내어라!

맹렬한 폭풍의 무서운 나락을 벗어나서

고요하기 한이 없는 육지로 피했더니,

사랑스런 노랫소리 우릴 이끄는구나.

보시라! 우리는 너무나 황홀하여   8050

황금의 사슬로 몸을 단장하고,

화려한 왕관에다 보석이 박힌

팔찌와 허리띠까지 갖추었지요!

이것은 모두가 당신네가 마련해준 선물이라오.

파선하여 여기에 침몰한 이 보물들은,   8055

우리들 만(灣)에 사는 정령인 당신네들이,

노래 불러 우리에게 모아준 것이지요.[490]

지레네들

우리는 알아요, 시원한 바다에서

물고기들이 근심 없이 떠돌며,

유쾌하고 평탄하게 잘 산다는 것을.   8060

그러나 축제하러 모여든 무리들이여,

오늘 우리는 알고 싶어요,

그대들이 물고기보다 훌륭하다는 것을.

네레우스의 딸들과 트리톤들

우리가 이곳에 도착하기 전에,

벌써부터 그런 생각을 하고 있었지요.   8065

형제들아, 자매들아, 어서들 서둘러라!

오늘은 잠깐 길을 떠나서,

완벽하게 증명해야 하리라.

우리가 물고기보다 훌륭하다는 것을. (퇴장한다.)

지레네들

순식간에 다들 떠나갔군요!   8070

곧장 사모트라체를[491] 향하여

순풍을 타고 사라졌군요. 고귀한 카비레들의[492] 나라에

　　가서,

무슨 일을 하려고 생각하는가?

그것은 기이하기 그지없는 신들이에요.   8075

끊임없이 자기 자신을 낳고 있으면서도,

자신이 누구인지를 전혀 모르고 있지요.

자비로운 루나여, 은혜롭게

하늘 높이 머물러 계시옵소서.

밝은 대낮이 우리를 몰아내지 못하도록,   8080

어두운 밤이 오래오래 남아 있도록!

탈레스 (해변에서 호문쿨루스에게)

자네를 네레우스 노인에게로[493] 데리고 가도 좋아.

그가 살고 있는 동굴이 멀지는 않지만,

그는 지독하게 고집이 센 분으로

심통이 사나운 영감태기란 말일세.   8085

성미가 까다로운 그 노인에겐

인간세계의 일이 하나도 마음에 들지 않는다네.

하지만 그는 미래의 일을 잘 알아맞히기에,

그 점에서는 누구나 경의를 표하고,

그 노인을 그 자리에 앉혀놓고 있다네.   8090

사실 여러 사람에게 좋은 일도 많이 했거든.

호문쿨루스

우리도 시험 삼아 문을 한번 두드려보지요!

당장에 유리나 불꽃이 희생되지는 않겠지요.

네레우스

내 귀에 들리는 것은 인간의 목소리가 아닌가?

당장 내 가슴속에 화가 치밀어오르는구나!   8095

저 형상들은 신들의 영역에까지 도달하려 애쓰지만,

언제나 자기 자신과 같은 존재로 머물도록 저주받았지.

나는 옛날부터 신들처럼 편안히 쉴 수도 있지만,

훌륭한 자에게 잘해주고픈 충동에 사로잡혀 있단 말이야.

그런데 마지막에 놈들이 해놓은 것을 보면,   8100

충고를 해주지 않은 것이나 꼭 마찬가지란 말이야.

탈레스

그렇지만, 바다의 노인이여, 모두들 당신을 믿고 있지요.

당신은 현인이시오. 우리를 여기서 내쫓진 마세요!

이 불꽃을 보십시오. 인간의 모습을 닮긴 했지만,

전적으로 당신의 충고에 몸을 맡기려 하고 있습니다.   8105

네레우스

뭐 충고라고! 충고 따위가 인간에게 도움 된 적이 있었던가?

현명한 말도 굳어버린 귀에는 마비되고 마는 법이지.

저지른 일로 인해 화를 내며 수없이 자책하고 있을지라도,

인간 족속은 예나 다름없이 제 고집만 부린단 말이야.

저 파리스만 하더라도 그의 욕정이 외국 계집에게

　　얽매이기 전에,　　　　　　　　　　　　　　　8110

내가 아버지처럼 얼마나 경고를 해주었던가![494]

그가 그리스의 해안에 대담하게 서 있었을 때,

나는 내 정신 속에서 본 것을 그에게 일러주었지.

공중으로 연기가 피어오르며 사방으로 번져가는 붉은 불길,

불길이 치솟고 있는 대들보와 그 아래 벌어지는

　　살육과 참사,　　　　　　　　　　　　　　　8115

이런 트로야 심판의 날은 시구[詩句]로 엮어져서,

수천 년 동안 전해질 무시무시한 사실이 되리라고 했지.

이 노인의 말이 그 건방진 놈에겐 한낱 장난처럼 여겨졌고,

놈은 자기 정욕을 따랐으며, 결국 일리오스는[495]

　　멸망하고 말았어 —

오랜 고통 끝에 굳어버린 거대한 시체는,　　　　　8120

핀두스의 독수리들에겐[496] 아주 반가운 먹이가 되었지.

오디세우스도 그랬어! 그에게도 내가 미리 말해주지 않았던가?

마녀 치르체의[497] 간계며, 애꾸눈 치클로프의[498]

　　잔인성을 말이야.

게다가 그놈 자신의 우유부단함이며, 부하들의

　　경거망동까지도

모두 다 일러주었지! 그것이 놈에게 무슨 소용이 있었던가?　8125

한없이 풍랑에 시달린 다음, 그것도 너무나 뒤늦게야

물결 덕분으로 간신히 호의적인 해안에 다다를 수가 있었지.

탈레스

그러한 행동이 현명하신 분에게 고통을 주었겠지만,

그래도 선량한 분이라면 다시 한번 해보시겠지요.

사소한 감사라 할지라도 현인을 크게 만족케 하여,　　8130

엄청난 배은망덕을 완전히 상쇄해줄 것입니다.

우리가 간청하는 것도 결코 사소한 것이 아니기 때문인즉,

여기 이 아이가 현명하게 생성되길 소망하고 있는 것입니다.

네레우스

모처럼 맛보는 내 이 즐거운 기분을 망치지 말게!

오늘은 그런 것과는 아주 다른 할 일이 있다네.　　8135

도리스가 낳은 나의 딸들인

저 바다의 여신 그라치에들을 모두 불러놓았지.

올림포스 산에도, 자네들의 고장에도,

그렇게 애교 있게 구는 예쁜 아이들은 없을걸세.

그애들이 정말로 우아한 몸짓으로,　　　　　　　8140

해룡[海龍]에서 넵튠의 말로[499] 옮겨타는 모습이란,

물거품이 그들을 높이 들어올려주기라도 하는 듯,

물과 그 성품이 너무나 섬세하게 어울린단 말일세.

제일 예쁜 딸 갈라테아는[500] 비너스 여신의

오색찬란한 조개수레를 타고 올 것인데,　　　　　8145

그애는 키프리스가 우리를 등지고 떠나간 이후로,

바다의 도시 파포스에서 여신으로 숭배되고 있다네.

그 귀여운 아이는 비너스의 상속녀로서 벌써 오래 전부터

신전이 있는 도시와 수레옥좌를 차지하고 있지.

물러가게! 아버지로서의 즐거움을 누리고 있는 이 시각에 8150
가슴에 증오를 품고, 입에 욕지거리를 올리는 건 어울리지
　않네.
프로테우스나[501] 찾아가보게! 그 기적의 친구에게,
어떻게 하면 생성하고 변신할 수 있는지를 물어보게나.
(바다 쪽으로 사라진다.)

탈레스

이 방법으로는 아무것도 얻어내지 못했군.
프로테우스를 만난다 해도 그 역시 곧 사라져버릴걸세. 8155
만일 그가 자네를 만나준다고 해도 결국에는,
깜짝 놀랄 이야기만 하고, 우릴 당황하게 만들걸세.
하지만 자네는 어쨌든 그런 충고가 필요할 테니까,
우리 한번 시험 삼아 발길을 돌려보도록 하세!
(퇴장한다.)

지레네들 (위쪽 바위 위에서)

파도치는 바다 저 멀리로부터 8160
미끄러지듯 헤치고 오는 것은 무엇이런가?
마치 바람이 조정하는 데 따라
흰 돛이 이끌려가는 듯하니,

찬란하게 빛나는 바다의 처녀들은
보기에도 눈이 부실 정도로군요.
자, 우리 저 아래로 기어내려가,
저들의 목소리를 들어봅시다.

네레우스의 딸들과 트리톤들

우리들이 손에 받쳐들고 온 것은,
여러분 모두를 기쁘게 할 것입니다.
거대한 거북요정 첼로네는[502]
근엄한 형상으로 번쩍이고 있어요.
우리가 모셔온 것은 신들이니,
거룩한 노래들을 부르도록 하세요.

지레네들

모습은 작아도,
지닌 힘은 위대하니,
난파한 자를 구하는 이,
태고부터 모셔온 신들이에요.

네레우스의 딸들과 트리톤들

평화로운 축제를 벌이기 위해
우리들 카비레들을 모시고 왔어요.
이분들이 성스럽게 다스리는 곳에선,
넵튠도[503] 얌전하게 굴 테니까요.

제레네들

우리는 당신네에게 뒤지고 있어요.
배가 난파하게 되면,
대적할 수 없는 힘으로
사공들을 보호해주세요.

네레우스의 딸들과 트리톤들

세 분을 우리는 모셔왔는데,
네번째 분은 오시려 하지 않았어요.
자기는 그들 모두를 위해 생각하는
진정한 신이라고 말하셨어요.

지레네들

한 분의 신이 다른 신들을
아마도 조롱하는 모양이군요.
하지만 은총이라면 모두 존중하고,
앙화라면 모두 두려워해야 합니다.

네레우스의 딸들과 트리톤들

신들은 본래 일곱 분이지요.

지레네들

나머지 세 분은 어디 있나요?

네레우스의 딸들과 트리톤들

그것은 우리도 알지 못하니,
올림포스 산에 가서 물어보세요.
거기엔 아직 어느 누구도 생각지 못한
여덟번째 신도[504] 계실 거예요!
그들은 자비롭게 우리를 돌봐주고 계시지만,
모두가 다 완성된 것은 아니지요.
비길 데 없는 이 신들은
언제나 계속해 소망하며,
도달할 수 없는 것을 얻고자 하는
동경에 찬 굶주림에 시달리는 자들이지요.

지레네들

> 신들이 어디에 좌정하였든,
>
> 태양이나 달을 향해 기도를
>
> 올리는 것은 우리의 습관,
>
> 그 보답은 있게 마련이에요.

네레우스의 딸들과 트리톤들

> 이런 축제를 인도하는   8210
>
> 우리의 명예는 얼마나 드높이 빛나겠는가!

제레네들

> 고대 영웅들의 명예가
>
> 어디서 얼마나 빛났다 해도,
>
> 이처럼 빛나지는 못했을걸요.
>
> 그들은 황금모피를 얻었다지만,   8215
>
> 당신들은 카비레 신들을 모셔왔어요.
>
> (전원의 합창으로 되풀이된다.)
>
> 그들은 황금모피를 얻었다지만,
>
> 우리들은
>
> 당신들은 카비레 신들을 모셔왔어요.

(네레우스의 딸들과 트리톤들은 지나간다.)

호문쿨루스

> 저 괴상한 모습들을[505] 보고 있자니,
>
> 흙으로 만든 형편없는 항아리 같군요.   8220
>
> 그런데 현인들은 그것들과 맞붙어서,
>
> 그 딱딱한 머리들을 깨뜨리고 있군요.

탈레스

> 저런 것이 바로 모두들 갈망하는 것이라네.

동전도 녹이 슬어야 값이 나가는 법이거든.

프로테우스 (모습은 나타나지 않고)

나같이 늙은 공상가에겐 저런 것이 마음에 든단 말이야!   8225

이상하면 이상할수록 더욱 훌륭하게 여겨지거든.

탈레스

프로테우스, 자네 어디 있나?

프로테우스 (복화술로[506] 때로는 가까운 데서, 때로는 먼 데서)

여기 있네! 이번엔 여기고!

탈레스

자네가 예로부터 해오는 농담을 나무라진 않겠지만,

친구한테는 그런 공허한 소릴랑은 집어치우게!

난 자네가 엉뚱한 곳에서 말하고 있다는 걸 알고 있다네.   8230

프로테우스 (먼 곳에서인 것처럼)

잘 있게!

탈레스 (낮은 소리로, 호문쿨루스에게)

그는 아주 가까이 있어. 불을 환히 밝혀보게!

그는 물고기처럼 호기심이 많아서,

어디에 어떤 모습을 하고 처박혀 있든,

불꽃을 밝히면 유인해낼 수 있지.

호문쿨루스

당장에 수많은 빛을 쏟아내겠지만,   8235

유리가 깨지지 않도록 조심해야겠어요.

프로테우스 (거대한 거북의 형상으로)

저렇게 우아하고 아름답게 빛나는 것이 무엇인가?

탈레스 (호문쿨루스를 덮어 가리면서)

좋아! 보고 싶다면 좀더 가까이에서 볼 수도 있지.

하지만 약간의 수고를 불쾌하게 여기지 말고,

사람처럼 두 발로 선 모습으로 나타나주게.   8240

우리가 감추어 가지고 있는 것을 보려는 자는

우리의 호의, 우리의 의사대로 따라야 할걸세.

프로테우스 (고귀한 모습으로)

자네는 처세술의 잔꾀를 여전히 잘 알고 있군.

탈레스

모습을 즐겨 바꾸는 게 여전히 자네 도락이로군.

(호문쿨루스를 벗겨 보인다.)

프로테우스 (깜짝 놀라서)

빛을 발하는 난쟁이라! 아직 한 번도 본 적이 없는걸!   8245

탈레스

조언을 구하여 생성하고 싶어한다네.

내가 그에게서 들은 바로는, 이상스럽게도 자기는

그저 반쪽으로 이 세상에 태어났다는 것일세.

정신적인 특성에서는 결여된 바가 없지만,

손에 잡힐 수 있는 유용성은 전혀 없다는 것일세.   8250

지금까지는 오로지 저 유리가 무게를 주고 있는데,

어떻게 해서든지 우선 육체를 가졌으면 한다네.

프로테우스

너야말로 진짜 숫처녀의 아들이로구나.

존재해야 하기도 전에 벌써 존재하고 있으니 말이다!

탈레스 (낮은 소리로)

다른 면에서도 의심스러워 보이는걸.   8255

저 친구는 아무래도 자웅동체 같은[507] 생각이 든단 말이야.

프로테우스

그렇다면 일은 그만큼 더 잘될 것이네.

그가 어디에 가건 거기에 제대로 순응할 테니까.

하지만 여기서 여러 가지 생각을 할 필요는 없고,

드넓은 바다에서 시작해보면 될걸세!　　　　　　　　　8260

처음에는 우선 조그마한 것에서 시작하여,

아주 작은 놈을 삼키는 것으로 만족해야지.

그렇게 하여 점차로 크게 자라나서,

보다 높은 완성을 향해 형성해나가는 것이지.

호문쿨루스

이곳엔 아주 부드러운 바람이 불고 있군요.　　　　　　8265

신록의 냄새가 풍기니, 그 향기가 정말 기분 좋군요!

프로테우스

그럴 것이다, 귀여운 아가야!

좀더 가면 훨씬 더 기분이 상쾌해질 것이다.

혓바닥처럼 생긴 이 해변에는

쾌적한 향내가 형언할 수 없을 정도란다.　　　　　　8270

저 앞에까지 나가면 지금 막 떠오르는

행렬이 아주 가까이에 보일 것이다.

자, 함께 그리로 가자!

탈레스

　　　　　　　　　　나도 함께 가겠네.

호문쿨루스

정말로 진귀한 세 유령의[508] 행차로군요!

(로두스 섬의 텔히네 족들이[509] 말의 몸체에 물고기 꼬리 모습의

괴수와 해룡을 타고, 넵튠의 삼지창을 휘두르며 등장한다.)

합창

광란하는 거센 파도를 진정시켜주도록,　　　　　　　8275

우리는 넵튠에게 삼지창을 만들어드렸지요.

우레의 신이 먹구름을 가득히 펼쳐놓으면,

그 무시무시하게 구르는 소리에 넵튠이 대적하지요.

위로부터 날카로운 번갯불이 내리칠 때면,

아래로부터는 물결에 물결을 계속 뿌려대지요.　　　　8280

그사이에 겁에 질려 싸우는 자는,

오랫동안 휘둘린 끝에 깊은 물 속에 가라앉지요.

그러기에 넵튠이 오늘 우리에게 그 창을 맡겨주었으니—

축제일답게 안심하고 신나게 떠오르도록 합시다.

지레네들

태양신 헬리오스에게[510] 귀의하고,　　　　　　　　8285

밝은 대낮의 축복을 받은 그대들이여,

달의 여신 루나를 높이 찬양하고 싶은

이 시각이라도 반가운 인사를 받으세요!

텔히네 족

창공에 높이 떠 계신 경애하는 여신이여!

당신의 오빠를 찬양하는 이 소리를 기꺼이 들어주소서.　8290

기쁨에 넘치는 로두스 섬에 귀를 기울이시면,

거기에선 헬리오스 찬양 소리가 영원히 솟아오르리다.

그분이 하루의 여정을 시작하여 과업을 성취하시면,

불같은 광선의 눈길로 우리를 내려다보십니다.

산들도 도시들도, 해변도 물결도　　　　　　　　　　8295

신의 마음에 들어 사랑스럽고 화창합니다.

안개조차 우리를 에워싸는 일이 없고, 어쩌다 끼어들어도

한 줄기 햇살이나 약간의 바람만 불면, 섬은 다시 맑아집니다!
지고한 신은 수백 가지 형상으로 나타나시니,
젊은이나 거인으로, 위대한 자나 부드러운 자로도
　　보이지요.　　　　　　　　　　　　　　　　8300
신들의 위풍을 존귀한 인간의 모습으로[511]
처음 그려낸 것은 바로 우리들이었습니다.

프로테우스

　마음대로 노래하고 자랑하도록 내버려두라!
　태양의 성스런 생명의 광선에 비하면,
　생명 없는 작업이란 농담에 불과하다.　　　　8305
　지치지도 않고 만들었다 녹였다 하면서
　청동으로 주조해 만들어놓고는,
　제법 그럴듯한 것이라고 생각한단 말이다.
　이 오만한 무리가 결국 무엇이란 말인가?
　신들의 형상들이 거창하게 서 있긴 하지만—　　8310
　지진이 일어나 그것들을 파괴해버렸고,
　또다시 하나로 녹아버린 지도 오래되었다.
　지상에서 하는 일이란 그것이 어떻든 간에,
　언제나 한낱 헛수고에 지나지 않는다.
　살아가는 데는 파도가 더욱 유용하리라.　　　8315
　영원한 물의 세계로 너를 데리고 가는 것은
　프로테우스 돌고래이다.[512]

　(변신한다.)

　　　　　　　　　자, 이제 되었다!
이제 너도 틀림없이 성공하게 되리라.
내가 너를 등에 태워가지고 가서,

탈레스

생명의 창조를 처음부터 시작하려는

그 기특한 소망에 찬사를 보내노라!

신속하게 작용하도록 준비하라!

영원한 규범을 따라 활동하며,

수천, 수만의 형태를 거쳐서,　　　　　　　　　　8325

인간에 이르기까지는 많은 시간이 걸리리라.

(호문쿨루스는 프로테우스 돌고래에 올라탄다.)

프로테우스

정신만의 존재로 습기 찬 넓은 나라로 가자.

거기서 너는 당장 종횡무진으로 살 수 있고,

마음 내키는 대로 활동할 수 있을 것이다.

다만 보다 높은 대열에 끼려고 노력하지 마라.　　　8330

네가 일단 인간 같은 것이 되어버리고 나면

너라는 존재도 완전히 끝장날 테니까[513] 말이다.

탈레스

그건 그때의 사정에 달렸겠지. 자기가 사는 시대의

멋진 사나이가 되는 것도 좋은 일일 걸세.

프로테우스 (탈레스에게)

자네와 같은 사나이 말이로군!　　　　　　　　　8335

그것이라면 아직 한참 동안은 지탱할 수 있겠지.

창백한 유령들의 무리 속에 끼여 있는 자네를

벌써 수백 년 전부터 만나보고 있으니 말일세.

지레네들 (바위 위에서)

달님 주위에 두껍게 원을 이루고

구름의 고리처럼 둘러친 것이 무엇인가?　　　　　8340

그것은 사랑에 불타는 비둘기들이지요.

그 날개는 햇빛처럼 하얗답니다.

정열에 불타는 저 새의 무리들은

파포스에서 보내온 것이지요.[514]

우리의 축제는 한 고비를 넘어서,　　　　　　　　8345

명랑한 환희가 가득하고 청명하구나!

네레우스 (탈레스에게로 다가가면서)

발길을 재촉하는 나그네는 저 달무리를

공기의 현상이라고 했다지만,

우리 정령들은 완전히 다르게 생각하는데,

그것이 유일하게 옳은 생각일 것이오.　　　　　　8350

저것은 옛날 옛적에 배워 익힌,

특별한 방법으로 기묘하게 비행하면서,

나의 딸이 조개수레를 타고 올 때,

그 길을 인도하는 비둘기들이올시다.

탈레스

　나도 그것이 가장 옳다고 생각합니다.　　　　　8355

　조용하고 따스한 보금자리 속에서

　신성한 것이 살아서 움직인다면,

　훌륭한 사나이의 마음에도 드는 법이지요.

프실레 족과 마르세 족515) (물소와 물송아지와 물양들을 타고서)

　키프로스 섬의 거친 동굴 안에,

　바다의 신에게도 파묻히지 않고,　　　　　8360

　지진의 신에게도 무너지지 않고,

　영원한 산들바람에 둘러싸여,

　아득한 옛날에 있던 그대로,

　고요한 가운데 즐거운 마음으로

　우리는 키프로스의 수레를 간직했어요.　　　　　8365

　그리고 밤들이 조용히 살랑거릴 때,

　사랑스럽게 물결치는 곳을 통해서,

　새로운 종족의 눈을 피하여,

　한없이 귀여운 따님을516) 모셔왔어요.

　우리 가만히 일만 하는 무리들은,　　　　　8370

　독수리도 날개 돋친 사자도,

　십자가도 저 달도517) 겁내지 않아요.

　저 위에 살며 통치하는 자,

　얼마든지 교체되고 흔들린대도,

　쫓고 쫓기며 죽인다 해도　　　　　8375

　곡식과 도시가 망한다 해도요.

　우리는 언제나 변함없이,

　귀여운 아가씨를 모셔오지요.

지레네들

　경쾌하게 움직이며 알맞은 속도로,

　수레 주위를 몇 겹으로 둘러싸고　　　　　8380

　행렬과 행렬이 서로 얽히며,

　뱀처럼 줄줄이 늘어서서,

　가까이 오라, 민첩한 네레우스의 딸들아.

　밉지 않게 사나운 강건한 여인들이여,

　사랑스러운 도리스의 딸들이여, 모셔오라,　　　　　8385

　어머니의 모상인 갈라테아 아가씨를.

　아가씨는 신들을 닮아 진지하시고,

　존귀한 불멸의 모습이지만,

　사랑스러운 인간의 여인과도 같이

　매혹적인 우아함도 갖추셨군요.　　　　　8390

도리스의 딸들 (합창하며 네레우스의 곁을 지나간다.
　모두들 돌고래를 타고 있다.)

　루나여, 빛과 그림자를 빌려주시어,

　이 젊은 꽃들을 밝게 비춰주소서!

　우리들은 아버님께 간청을 드려,

　사랑하는 남편을 보여드리려 하니까요.

(네레우스에게)

　이들은 파도의 성난 이빨 속에서,　　　　　8395

　우리가 구해낸 젊은이들이에요.

　갈대와 이끼 위에 눕혀놓고서,

　따뜻이 감싸주어 세상의 빛을 보게 하였더니,

　그들은 이제 뜨거운 키스로써

　진심으로 우리에게 보답하고 있어요.　　　　　8400

사랑스런 이들을 너그러이 보아주소서!

네레우스

일거양득이란 높이 평가해야지.

인정을 베풀고 동시에 자신도 즐거우니 말이다.

도리스의 딸들

아버님, 우리들이 한 일을 가상히 여기시고,

우리가 얻은 기쁨을 너그러이 허락하신다면,　　8405

이 사랑하는 이들을 불사의 몸으로 만들어,

영원히 젊은 이 가슴에 단단히 안기게 해주소서.

네레우스

너희들이 사로잡은 그 아름다운 것을 마음껏 기뻐하고,

그 젊은이들을 너희의 남편으로 길러내어라.

하지만 제우스 신만이 허락해줄 수 있는 것을[518]　　8410

내가 혼자서 베풀어줄 수는 없느니라.

너희들을 출렁출렁 뒤흔들고 있는 파도는,

사랑도 영원히 지속되게 하지는 않을 것이니,

현혹적으로 사랑하는 마음에서 깨어나거든,

그들을 조용히 육지로 돌려보내주도록 하여라.　　8415

도리스의 딸들

사랑스런 젊은이들, 너무나 소중하건만,

할 수 없이 슬픈 이별을 해야만 되겠어요.

우리는 영원한 정절을 갈망했건만,

신들이 그것을 용서하지 않는다오.

젊은이들

우리는 젊고 성실한 선원들,　　8420

언제까지나 그렇게 보양保養해주소서.

이렇게 행복한 때 일찍이 없었고,

더이상 복된 것도 바라지 않소.

(갈라테아, 조개수레를 타고 다가온다.)

네레우스

너로구나, 귀여운 내 딸아!

갈라테아

오, 아버님, 반가워요!

돌고래야, 멈추어라, 저 눈길이 나를 잡아매고 계신다.   8425

네레우스

벌써 지나가버렸구나, 그것들이 원을 그리듯

펄쩍펄쩍 뛰면서 지나가버렸구나.

마음속이 아무리 요동한들 무슨 소용이랴!

아아, 그들이 나도 데리고 간다면 좋으련만!

하지만 단 한 번 바라본 즐거운 눈길이,   8430

일 년은 충분히 보상해줄 수 있으리라.

탈레스

만세! 만세! 또다시 만세!

미美와 진眞이 온몸에 스며드니,

꽃피는 듯한 기쁨을 느끼겠노라……

만물은 물에서 생겨났도다!!   8435

만물은 물에 의해 생명이 유지되리라!

대양이여, 그대의 영원한 지배를 베풀어다오.

만일 그대가 구름을 보내지 않았다면,

수많은 개울을 흐르게 하지 않았다면,

여기저기에 냇물을 굽이치게 하지 않았다면,   8440

그리고 여러 강물을 이루어놓지 않았다면,

산들은 어찌되고, 평야와 세계는 어찌되었겠는가?

싱싱한 생명을 유지해주는 것은 바로 그대뿐이다.

메아리 (등장인물 전체의 합창)

싱싱한 생명을 솟아나게 하는 것은 바로 그대뿐이다.

네레우스

파도에 흔들리며 내 딸들이 아득히 되돌아가니,   8445

이제는 더이상 눈과 눈을 마주 볼 수도 없구나.

길게 늘어선 쇠사슬같이 원을 그리며,

축제에 어울리는 기분을 내려는 듯,

무수한 무리들이 빙빙 돌고 있구나.

그러나 갈라테아의 조개껍데기 옥좌는   8450

아직도 보이고, 또다시 보인다.

그것은 저 군중을 뚫고

별처럼 반짝이고 있다.

사랑스런 그 모습이 빽빽한 무리 속에 빛나는구나!

저렇게 아득히 멀어졌어도[519)]   8455

언제까지나 가깝고 진실하게,

밝고 맑게 반짝이는구나.

호문쿨루스

> 자비로운 물의 세계에서는
>
> 내가 여기서 무엇을 비춰보아도.
>
> 모든 것이 매력적으로 아름답구나.　　　　　8460

프로테우스

> 생명의 물 속에서야말로
>
> 네가 비추는 빛도 비로소
>
> 화려한 소리를 내며 빛나리라.

네레우스

> 저 무리의 한가운데에서 무슨 새로운 신비가
>
> 우리들의 눈에 계시되려 하는 것일까?　　　　8465
>
> 조개수레 옆, 갈라테아의 발치에서 반짝이는 게 무엇일까?
>
> 때로는 강렬하게, 때로는 사랑스럽게 또 달콤하게
>
> 　불타오르는데,
>
> 마치 사랑의 맥박으로 감동이라도 받은 듯하구나.

탈레스

> 저것은 호문쿨루스요. 프로테우스의 꾐에 빠져서……
>
> 달랠 길 없는 그리움에 빠진 징조들로,　　　　8470
>
> 몸부림치며 괴로워하는 신음 소리가 들리는 듯하구나.
>
> 반짝반짝 빛나는 옥좌에 부딪혀 산산조각나지나 않을까.
>
> 불꽃이 이는구나. 번쩍번쩍 빛나며, 벌써 녹아
>
> 　흘러내리는구나.

지레네들

> 서로 부딪쳐서 번쩍번쩍 빛나며 깨지는 파도를,
>
> 변용시켜 보여주는 저 기이한 불꽃은 무엇인가?　　8475
>
> 저렇게 빛을 내고 흔들거리며, 이쪽을 밝혀주고 있네요.

저 물체들은 어두운 물길 위에서 작열하고 있는데,
사면에는 모든 게 불길에 싸여 흘러내리고 있어요.
만물을 시작하신 에로스 신이여,[520] 이대로 다스리소서!

거룩한 불길에 둘러싸인   8480
바다여, 만세! 파도여, 만세!
물이여, 만세! 불이여, 만세!
희귀한 위업이여,[521] 만세!

모두 함께

부드러운 바람이여, 만세!
비밀에 가득 찬 동굴이여, 만세!   8485
이 세상에 있는 것 모두, 축복받으라,
사대원소[522] 모두, 축복받으라!

제3막

스파르타에 있는 메넬라오스 왕의 궁전 앞

헬레나, 사로잡힌 트로야 여인들의 합창단과 함께 등장.

판탈리스, 합창을 지휘하는 여인

헬레나

경탄도 많이 받고 비난도 많이 받은 헬레나입니다.
지금 막 우리가 상륙한 해변에서 오는 길입니다.
아직도 거센 파도로 격심하게 흔들리는 듯 어지러워요.　　　8490
프리기아의[523] 드넓은 평원에서부터 높이 치솟아오르는
파도의 등을 타고서, 바다의 신 포세이돈의[524] 은총과
남동풍 오이로스의[525] 힘을 빌려 조국의 만에 당도했습니다.
저 아래 해변에서는 메넬라오스 왕이[526] 자기 용사들 중
가장 용맹스런 자들과 함께 개선을 축하하고 있습니다.　　　8495
그러나 거룩한 궁전이여, 그대는 나를 반가이 맞아다오.
이것은 부왕 틴다레오스께서[527] 귀국하시면서
팔라스 구릉의[528] 산허리 가까이에 건립하신 것인데,
나는 여기에서 클리템네스트라와[529] 자매지간으로
또한 카스토르와 폴룩스와도[530] 즐겁게 노닐며
　　　자라났어요.　　　8500
그땐 스파르타의 어느 집보다도 화려하게 꾸며져 있었지요.
너희 청동으로 만든 문짝들이여, 내게 인사해다오!
옛날에 너희들이 손님을 영접하며 활짝 열려 있을 때,
많은 여인 중에서 간택된 내 눈앞에
메넬라오스 님이 찬란한 신랑의 모습으로 나타나셨지.　　　8505
날 위해 문을 다시 한번 열어다오. 왕비에 어울리게 입성하여,
전하의 시급한 분부를 충실히 수행하도록 해다오.

날 안으로 들게 해다오! 그리고 여기에 이르기까지 운명적으로,
날 엄습하여 괴롭히던 것은 모두 뒤로 넘겨버리도록 하지요.
그도 그럴 것이 나 아무런 걱정 없이 이 문지방을 넘어가서,　　　8510
성스런 의무를 다하고자 키테라의 신전을[531] 찾아갔다가,
거기서 프리기아의 도둑에게 잡혀간 이래로,
여러 가지 일이 일어났으며, 그것은 널리 세상 사람들의
즐거운 이야깃거리가 되었지요. 그러나 자기 이야기가 커져서
장황한 소설처럼 늘어난다면, 누구나 듣기 좋지는
　　　않을 테니까요.　　　8515

합창

업신여기지 마세요, 고귀하신 왕비님,
당신이 지니신 최고의 보배를!
최고의 행복은 당신에게만 주어졌으니,
미인이란 명성은 무엇보다 뛰어나지요.
영웅들은 우선 그 이름을 울려대고,　　　8520
그것을 자랑삼아 활보하고 다니지만
모든 것을 무찌르는 아름다움 앞에서는
아무리 고집 센 사내라도 뜻을 굽히고 말지요.

헬레나

그만 됐어요! 난 남편과 함께 배를 타고 왔지만,
그이의 분부대로 먼저 성내로 들어온 거예요.　　　8525
그러나 그이가 무슨 생각을 품고 있는지는 나도 모르죠.
내가 아내로 돌아온 걸까요? 왕비로 돌아온 걸까요?
아니면 왕의 쓰라린 고통이나 오랫동안 참아온
그리스인들의 불운에 대한 희생물로 오게 된 걸까요?
난 사로잡히고 말았어요. 포로가 된 것인지도 모르겠어요!　　　8530

아름다운 자태를 지닌 나의 의심스런 동반자로서,
저 불사의 신들은 내게 이중적 의미가 있는
명성과 운명을 정해주었으며, 이 문지방 옆에서도 그것들이
음흉하고 위협적인 모습으로 바로 곁에 붙어 있는 것 같아요.
그도 그럴 것이 텅 빈 배 안에 있을 때에도 남편은   8535
나를 쳐다보는 일도 드물었고, 위로의 말도 해주지
     않았으니까요.
마치 불길한 일을 생각이라도 하는 듯 나와 마주 앉아 있었어요.
그런데 오이로타스 강의[532] 깊숙한 만 해변으로 항해하여
앞서가던 배들의 뱃머리가 육지에 닿자마자,
그이는 신의 계시라도 받은 듯 이렇게 말했어요.   8540
"우리 군사들은 규정에 따라 여기서 하선하오.
바닷가에 정돈시키고 내가 점검을 해야 하오.
그러니 당신은 계속해 가시오. 신성한 오이로타스 강의
비옥한 기슭을 따라 계속 거슬러올라가서,
촉촉이 젖은 꽃장식 같은 초원 위로 말을 몰아가시오.   8545
그러면 가까이에 엄숙한 산들로 둘러싸인
저 아름다운 평원에 당도하게 될 것이니, 그곳은 한때
비옥하고 광활한 들판에 라케데몬이 건설해놓은 곳이오.[533]
그 다음 성탑도 높이 솟은 왕궁으로 들어가서,
총명하고 나이 많은 시녀장을 거느리고,   8550
내가 남겨두고 왔던 시녀들을 점검토록 하시오.
그녀로 하여금 풍성하게 쌓아놓은 보화들을 내보이게 하시오.
그것은 당신 아버지께서 당신에게 남기신 것과,
나 자신이 전시나 평화로운 시절에 계속 불려 모아둔 것이오.
그 모든 것이 잘 정돈되어 있음을 알게 될 것이오.   8555

왕이 집으로 돌아올 때 모든 것이 전과 다름없고,
두고 나온 것들이 모두 제자리에 그대로
놓여 있다는 것을 확인하는 것이 왕의 특권이니까요.
신하들의 힘으론 아무것도 변경할 수 없기 때문이오."

합창

계속 늘어나기만 한 멋진 보화들로,   8560
이제 눈과 마음에 위안을 주도록 하세요!
화려한 목걸이와 왕관의 보석들이,
교만스레 뽐내고, 무엇이나 된 듯 생각하지만,
한 걸음 들어가서 분부만 내리시면,
그것들 재빨리 준비를 갖출 거예요.   8565
황금이나 진주나 보석을 상대로, 당신의
아름다운 자태와 겨루는 걸 보고 싶어요.

헬레나

그러고 나서 주인은 계속 이런 분부를 내리셨어요.
"그 모든 것을 정돈된 상태로 두루 살펴본 다음에는,
당신이 필요하다고 생각하는 많은 삼발이 향로와   8570
성스러운 제사를 올리기 위해 제주祭主가 사용하게 될
여러 가지 제기들을 꺼내놓으시오.
가마솥이며 납작하고 둥근 접시는 물론,
거룩한 샘물에서 길어 온 정한 물은 길쭉한 항아리에
담아놓고, 그러고는 또 불꽃이 빨리빨리 타오를 수 있는   8575
바싹 마른 장작도 다 준비해놓도록 하시오.
잘 갈아 날을 세운 칼도 없어서는 안 될 것이지만,
그 외의 다른 것은 모두 당신 재량에 맡기겠소."
이렇게 말하면서 그이는 내게 떠나갈 것을 재촉했어요.

그러나 지시하시는 왕께선 올림포스 신들을
　　경배하기 위해,　　　　　　　　　　　　　　　　　8580
살아 숨쉬는 생명을 도살하시겠다는 말씀은 하지 않으셨어요.
그것이 이상스럽기는 했지만, 나는 더이상 걱정하지 않고,
모든 것을 지고하신 신들의 뜻에 내맡겨두었어요.
신들은 그들 뜻대로 생각하신 바를 수행하고 계시니,
그것이 인간에게 이롭게, 혹은 해롭게 뜻하신 것일지라도,　　8585
죽을 운명을 지닌 우리는 그걸 참아가고 있지요.
지금까지도 벌써 여러 번 희생을 바치는 제주가 축성드리며,
땅바닥에 수그린 짐승의 목에 무거운 도끼를 들어올렸지만,
그것을 내리칠 수 없었던 일이 있었으니, 그것은
가까운 적이나 신의 간여로 그것을 막았기 때문이지요.　　8590

합창

　　무슨 일이 일어날지 다 알 수 없으니,
　　왕비님이여, 용기를 내시어,
　　앞으로 나아가소서!
　　좋은 일이건 나쁜 일이건
　　인간에겐 기약 없이 닥쳐오지요.　　　　　　　　　　8595
　　미리 안다 해도 우리는 그것을 믿지 않아요.
　　트로야가 불탔고, 우리는 그 죽음을,
　　그 치욕스런 죽음을 눈앞에 보았지요.
　　그런데도 우리 행복스런 여인들은
　　여기 이렇게 당신을 모시고 기꺼이 시중들며,　　　　　8600
　　저 하늘에서 찬란하게 빛나는 태양과
　　이 지상에서 가장 아름다운 모습인
　　당신을, 은혜로운 마음으로 바라보지 않나요?

헬레나

될 대로 되어라! 앞에 무슨 일이 가로막힌다 할지라도,
지체 없이 왕궁으로 올라가는 것이 내게는 당연할 것이오.　　8605
오랫동안 애타게 그리워했으며 하마터면 잃을 뻔했던 왕궁,
이 왕궁을 다시 눈앞에 보게 되니, 내 마음 어쩔 바를
　　모르겠어요.
어릴 때에는 단숨에 뛰어오르던 이 높은 계단을
지금은 발걸음 대담하게 걸어올라갈 수가 없군요. (퇴장한다.)

합창

　　슬프게도 사로잡혀온　　　　　　　　　　　　　　　8610
　　자매들이여, 온갖 쓰라림을
　　저 멀리 던져버려요!
　　귀향이 늦어지긴 했지만,
　　그만큼 더 확실한 걸음으로
　　선조가 살던 옛 집으로　　　　　　　　　　　　　8615
　　즐겁게 다가가시는
　　여왕과 기쁨을 나눠가져요,
　　헬레나의 행복을 함께 가져요.

　　행복을 마련해주시고,
　　고향으로 인도해주신　　　　　　　　　　　　　　8620
　　거룩한 신들을 찬양하세요!
　　풀려난 자는 그래도
　　날개 돋친 듯, 아무리 험한 곳도
　　둥둥 떠서 날아가지만,
　　감금된 자는 그리움에 젖어　　　　　　　　　　　8625

감옥의 성가퀴 너머로 헛되이 팔을 뻗쳐,
고심하여 한없이 여위어만 가지요.

하지만 신께서 손을 뻗쳐,
멀리 떠나셨던 여왕을 붙잡아,
일리오스의[534] 폐허로부터   8630
단장도 새로 한 이곳,
옛 조상의 궁전으로
다시 모셔왔어요.
이루 다 말할 수 없는
기쁨과 슬픔을 겪으신 후에   8635
옛날의 청춘 시절을
생생하게 생각하실 수 있도록.

판탈리스 (합창을 지휘하는 여인으로서)
이제 기쁨으로 에워싸인 노래의 소로를 떠나시어,
출입구의 활짝 열린 대문으로 눈을 돌려보세요!
이게 무슨 일일까요, 자매들이여? 왕비님께서   8640
몹시 격한 걸음으로 우리들 쪽으로 돌아오시지 않나요?
위대하신 왕비님, 무슨 일이신가요? 하인들의 인사 대신에
당신 궁전의 드넓은 홀에서 대체 무슨
충격을 받을 만한 일이 일어났나요? 숨기지 마세요.
불쾌하신 빛이[535] 이마에 역력히 나타나 있는데,   8645
고귀한 분노가 놀라움과 싸우고 있는 것 같아요.

헬레나 (문짝을 열어젖힌 채 그대로 두고, 흥분해서)
제우스의 딸인 나에게 웬만한 두려움쯤은 어울리지 않고,
순간에 지나가는 가벼운 놀라움 따위에는

손도 까닥하지 않아요.
하지만 태초의 암흑의 품안에서 솟아오르며,
갖가지 형상으로 변하여 마치 화산의 불구덩이에서   8650
작열하는 구름처럼 치솟아오르는 경악이라면,
영웅의 억센 가슴이라도 뒤흔들어놓을 것입니다.
오늘은 지옥의 일당들이 무시무시하게도
내가 이 집에 들어오리란 것을 미리 점찍고 있었어요.
그래서 나는 마치 내쫓긴 손님처럼, 그렇게도 자주 드나들고, 8655
오랫동안 그리워하던 문지방을 멀리 떠나고 싶을 정도예요.
하지만 안 되겠어요! 내가 햇빛이 비치는 곳까지
    피하긴 했지만,
너희가 어떠한 요괴일지라도 나를 더이상 쫓지는 못하리라.
축성을 올릴 생각을 해야겠다. 그러면 정화된
아궁이의 불은 안주인인 나를 주인처럼 맞아주리라.   8660

합창을 지휘하는 여인
고귀한 왕비님, 당신을 공경하며 받드는
시녀들에게도 무슨 일이 있었는지 말씀해주세요.

헬레나
태초의 저 암흑이 당장 그가 낳은 형상들을
자신의 심오하고 기괴한 품 속으로 다시 삼키지 않는다면,
너희들도 내가 본 것을 직접 눈으로 보게 될 것이다.   8665
하지만 너희들도 알 수 있도록 몇 마디 이야기해주마.
내가 우선 당장 해야 할 일을 생각하면서,
왕궁의 엄숙한 내실로 경건하게 발을 들여놓았을 때,
나는 그 황량한 복도가 괴괴하게 조용한 데 깜짝 놀랐다.
부지런히 오가는 사람들의 발소리도 들리지 않았고,   8670

바쁘게 서둘러 일하는 모습도 눈에 보이지 않았으며,

하녀도 하나 나타나지 않고, 이전에는

어떤 손님이든 친절하게 맞이하던 시녀장도 보이지 않았지.

그러나 내가 부엌의 아궁이로 가까이 다가가서

식어가는 재의 미지근한 나머지 불빛에 비추어보니,   8675

땅바닥에 복면을 한 덩치 큰 여자가 앉아 있었는데,

잠자는 것 같지는 않고 생각에 잠긴 것 같았어.

추측건대 남편께서 조심스런 나머지 그녀를 고용하여

뒤에 남겨놓은 시녀장이라고 나는 생각하고,

안주인다운 말로 일어나 일을 하라고 명했지.   8680

그러나 그녀는 주름 잡힌 옷을 휘감은 채 꼼짝도 하지 않았어.

내가 위협을 하니 결국 오른쪽 팔을 겨우 움직였는데,

마치 나를 부엌과 홀에서 몰아내려는 것 같았단다.

나는 화가 나서 그녀로부터 몸을 돌려 곧장

이 계단 쪽으로 달려왔는데, 그 위쪽에는 부부의 침실이   8685

높이 솟아 있고, 그 옆에 보물창고가 있었어.

그런데 그 괴물이 재빨리 바닥에서 일어나서는

도도하게 내 길을 가로막고 섰는데, 그 모습은

바싹 마른 큰 키에, 눈은 움푹 파인데다 핏발이 서고

    음산했으며,

눈과 마음을 혼란시키는 괴상한 형상이었어.   8690

하지만 난 쓸데없이 말하는 것 같아요. 아무리 말을 한들

모든 형상을 조물주처럼 창조해낼 수는 없을 테니까.

저기 저것을 보세요! 그 여자가 감히 밝은 곳까지 나왔구나!

여기서는 주인인 왕께서 돌아오실 때까지 우리가 주인이다.

저 흉측한 암흑의 요물을 미^美의 친구이신   8695

퓌부스 신께서 동굴 속에 가두거나 묶어놓을 것이다.

(포르키아스, 문설주 사이로 해서 문지방에 나타난다.)[536]

합창

청춘의 고수머리가 관자놀이 주위에
물결치지만, 나는 많은 것을 경험했어요!
흉악한 일, 전쟁의 참상 같은 것도
이 눈으로 많이 보았지요. 일리오스가   8700
함락되던 날 밤에요.

밀려오는 군사들이 구름 같은 먼지를 일으키며
미친 듯 날뛰는 가운데 신들이 무시무시하게
울부짖는 소리를 들었으며, 싸움을 야기하는
청동 같은 목소리가 들판을 가로질러 성벽 쪽으로   8705
울리는 소리를 들었지요.

아아! 일리오스의 성벽이 아직은 굳건히
서 있었건만, 충전하는 불길이 벌써
이웃에서 이웃으로 번져갔고,
자신이 불러일으킨 세찬 바람에 불려,   8710
이곳에서 저곳으로 퍼져가니,
밤의 도읍을 완전히 뒤덮고 말았네.

도망치면서 나는 연기와 화염,
혀를 날름거리며 활활 타는 불꽃을 통해
잔인하도록 분노한 신들이 가까이 다가오고,   8715

기괴한 현상으로 거인과 같이
불길로 휩싸인 암흑의 연기를 뚫고
어정어정 걸어오는 모습을 보았어요.

그렇게 혼란스런 참상을 내가 직접 눈으로
보았을까요, 아니면 공포에 휩싸였던 내 마음이   8720
상상해낸 것일까? 아무튼 무어라
말할 수가 없군요. 하지만 여기에서
그런 무서운 일을 두 눈으로 보았다는 것,
그런 것은 확실히 알 수가 있어요.
두려운 마음이 그런 위험스런 것에서   8725
나를 뒤로 잡아당기지만 않는다면,
그것을 두 손으로 잡아볼 수도 있을 거예요.

포르키아스의 딸들 중에서
너는 대체 어느 딸인가?
나는 너를 그 족속과   8730
비교할 수 있기에 묻는 것이다.
아마도 너는 태어날 때부터 백발로,
눈 하나와 이빨 하나를
번갈아가며 사용하고 있는
포르키아스들 중 하나가 이리 온 것이겠지?   8735

너와 같은 흉측한 괴물이
이 아름다운 여왕과
전문가의 눈을 가진 퓌부스[537] 앞에

감히 모습을 나타낼 수 있느냐?
그렇지만 일단 한번 나와보라.   8740
푀부스의 신성한 눈길은 아직 한 번도
그림자를 보신 일이 없는 것처럼,
추악한 것도 보시지 않기 때문이다.

하지만 애통하게도 슬픈 운명은 아아,
죽어갈 운명의 우리를 강요하여   8745
형언할 수 없는 눈의 고통을 느끼게 하시니,
그것은 추악하고 영원히 저주받은 존재가
미美를 사랑하는 이에게 일으켜주는 고통이리라.

그렇다면 들어라. 네가 철면피하게도
우리들 앞에 나타난다면 저주의 소리를 들어라.   8750
신들에 의해 만들어진,
복된 사람들의 저주하는 입에서 나오는
온갖 욕설과 비난의 소리를 들어라.

포르키아스

부끄러움과 아름다움이 손에 손을 잡고 나란히,
이 지상의 푸른 길을 함께 가는 일이 없다는 말은   8755
옛날부터 전해지고 있는데, 여전히 고상하고 진실하단
    말이야.
이 두 가지에는 옛날부터의 증오가 깊이 뿌리박고 있어서,
언제 어떤 길에서 만난다고 할지라도,
이 두 원수는 서로 등을 돌려댄단 말이야.

그러고는 격렬한 발걸음으로 서둘러 멀리 떠나가버리는데,   8760
부끄러움은 슬픔에 잠기고 아름다움은 철면피한 생각을 하지.
만일 노년이 와서 그들을 미리 다스려놓지 않는다면,
결국 지옥의 공허한 암흑에 휩싸일 때까지 그럴 것이다.
내 너희를 보아하니, 너희 철면피한 계집들은
낯선 곳에서 오만스럽게 찾아온 모양인데, 마치   8765
시끄럽고 목쉰 소리로 울어대는 학들의 행렬과 같으니,
우리 머리 위에선 긴 구름처럼 날아가며 요란한 울음소리
아래로 질러대며, 조용히 길 가는 나그네로 하여금 위를
쳐다보도록 유혹하는 격이야. 하지만 그들은 제 갈 길을 가느니,
나그네도 자기 길을 갈 것인즉, 우리도 역시 그렇게
    될 것이다.   8770
지고한 왕궁의 주위에서 메나데와[538] 같이 거칠게 날뛰고
술 취한 년들처럼 미쳐 날뛰다니, 너희들은 대체 누구란
    말이냐?
달을 보고 짖어대는 개떼처럼 이 왕궁의
시녀장을 보고 소리를 질러대다니, 너희가 대체 누구란
    말이냐?
전쟁이 낳고 전투가 길러낸 너 젖비린내 나는 계집아,   8775
너희 성분이 어떤가를 내게 숨길 수 있다고 망상하느냐?
너 이 화냥년아, 사내들이나 유혹하고 유혹당하며,
전사와 시민의 기운을 모조리 마르게 하는 년들아!
너희가 떼지어 있는 것을 보니, 메뚜기떼가
푸른 곡식밭을 뒤덮으며 엄습하는 것 같구나.   8780
다른 사람의 근면한 노력을 갉아먹는 년들!
이제 싹트는 복지를 좀먹어 파멸시키는 년들!

약탈이나 당하고, 시장에서 팔리고 바꾸기나 할
　　물건 같은 년들!

헬레나

안주인의 면전에서 하녀들을 비난하는 자는,

주제넘게도 그 부인의 집안 다스리는 권리를
　　침해하는 것이다.　　　　　　　　　　　　　8785

왜냐하면 칭찬할 것을 칭찬하고 벌줄 것을 벌하는 것은,

오로지 안주인에게만 주어진 권한이니까.

더구나 일리오스의 강력한 힘이 포위되고,

함락되고 멸망했을 때, 저들이 내게 보여준

성실한 봉사에 대하여 나는 진정 만족하고 있으며,
　　또한 우리가　　　　　　　　　　　　　　8790

길을 잃고 가지가지의 고통스런 고초를 겪을 때,

누구나 우선 제 몸이나 돌볼 지경에서도 그에 못지않았다.

여기에서도 나는 이 명랑한 무리의 똑같은 봉사를
　　기대하고 있으며,

주인은 하인이 누구냐를 보지 않고, 어떻게 봉사하느냐를
　　묻는 법이다.

그러니 그대로 입을 다물고, 더이상 그들을 비난하지
　　말라.　　　　　　　　　　　　　　　　8795

그대가 지금까지 안주인을 대신해서 이 왕궁을

훌륭히 지켜왔다면, 그것은 가히 칭찬을 받을 만하지만,

이제 안주인 자신이 돌아왔으니, 그대는 물러가도록 하라.

벌어놓은 상 대신에 벌이나 받지 않도록 말이다.

포르키아스

집안 일꾼을 책하는 것은, 분명 신의 축복을 받은　　　8800

고귀한 왕비님께서 오랜 세월 동안 현명하게 가사를 이끌어온

보답으로 얻은 커다란 권리임에는 틀림없지요.

이제 당신이 새로 인정을 받고 여왕으로서,

안주인으로서의 옛 자리를 다시 차지하게 되신다니,

오랫동안 느슨해진 고삐를 다잡아 다스리시고,　　　8805

온갖 보물은 물론 우리들도 함께 거두어주십시오.

그러나 무엇보다도 백조같이 아름다운 당신 곁에서,

털도 제대로 나지 않은 채 빽빽거리는,

저 거위 같은 계집들 앞에서 이 늙은이를 두둔해주십시오.

합창을 지휘하는 여인

아름다운 분 곁에 추물醜物이 나타나니 더욱 추하구나.　　8810

포르키아스

현명한 분 곁에 무식한 것이 나타나니 더욱 무식하구나.

(여기서부터는 합창단에서 한 사람씩 앞으로 나와 응답한다.)

합창단 여인 1

아비는 에레부스고,[539] 어미는 밤이라고 고백해라.

포르키아스

그럼 네 친언니 스킬라에[540] 대한 이야기나 하려무나.

합창단 여인 2

너의 집 족보는 수많은 괴물들로 올라가는 모양이구나.

포르키아스

지옥에나 가보렴! 거기서 네 살붙이들이나 찾아보아라.　　8815

합창단 여인 3

지옥에 사는 것들도 네게 비하면 모두 너무 어릴 텐데.

포르키아스

넌 눈먼 늙은이 테이레시아스하고나[541] 화냥질하렴.

합창단 여인 4

오리온의[542] 유모가 네 고손녀^{高孫女}가 된다지.

포르키아스

괴물 하르피엔이[543] 널 똥오물 속에서 길러냈다지.

합창단 여인 5

무엇을 먹고 컸기에 넌 그렇게 제대로 깡말랐니?　　　　8820

포르키아스

네가 그렇게도 빨아먹고 싶어하는 피는 아니다.

합창단 여인 6

자신이 역겨운 송장이면서 송장을 먹고 싶은 모양이구나!

포르키아스

네 철면피한 아가리 속에서 흡혈귀의 이빨이 번쩍이는구나.

합창을 지휘하는 여인

네가 누구인지를 폭로하면, 네 입도 막힐 것이다.

포르키아스

네 이름을 먼저 말하면, 수수께끼는 저절로 풀릴 것이다.　　8825

헬레나

화난 것이 아니라 슬픈 기분으로 너희들 사이에 나와,

그렇게도 횡포하게 서로 말다툼하는 것을 나 금지하노라!

충직한 하인들 사이에 은밀히 조성되는 불화만큼,

주인 된 사람에게 해가 되는 것은 없으니까 말이다.

그렇게 되면 그가 내린 명령의 메아리가　　　　8830

재빨리 실현된 행위로서 화음을 이루어 돌아오지 않는다.

오히려 그 메아리는 자신도 당황하여, 헛된 욕설만 퍼붓는

주인을 에워싸고, 멋대로 들끓으며 발광하게 될 것이다.

그것뿐이 아니다. 너희들이 예의를 잃고 분노한 나머지

불길한 자들의 무시무시한 형상들을 불러냈기 때문에,[544]   8835
그것들이 내 주위에 몰아닥쳐서 나는 고향 땅에 와 있으면서도,
내 몸은 자꾸만 지옥으로 이끌려가는 듯한 느낌이구나.
이것이 추억인가? 아니면 나를 사로잡는 망상이었던가?
도시들을 황폐하게 하는 저 여인의 무시무시한 꿈의 형상은,
과거의 나였던가? 현재의 나인가? 미래의 나일 것인가?   8840
시녀 아이들은 떨고 있는데, 가장 나이 많은 너,
그대는 태연하게 서 있으니, 내게 알아듣도록 말을 해다오.

포르키아스

오랜 세월 동안 맛본 가지가지의 행복을 회상해보면,
결국은 지고한 신들의 은총까지도 한낱 꿈같이 여겨지지요.
그러나 당신은 아주 특별하게 한없이 높은 은총을
　　받은 분이라서,   8845
일생에 만났던 남자들은 어떤 대담한 모험이라도
당장에 해치울 만큼 사랑에 불타는 사람들이었지요.
일찍이 테세우스가[545] 탐욕적으로 열을 올리며
　　당신을 앗아갔었는데,
그는 헤라클레스처럼 강하고 몸매가 아주 훌륭한 사나이였지요.

헬레나

열 살밖에 안 된 호리호리한 사슴 같은 나를 유인하여,   8850
아티카에 있는 아피드누스의[546] 성에 가두어놓았었지.

포르키아스

그러나 곧 카스토르와 폴룩스에 의해 구출되어,
당신은 뛰어난 영웅들 간에 구혼의 대상이 되었지요.

헬레나

솔직히 털어놓아서 내가 누구보다도 은밀히 좋아한 것은,

펠리데를 그대로 닮은 파트로클루스였다오.[547]   8855

포르키아스

그렇지만 아버지의 뜻에 따라 대담한 항해자이며,
또한 내정에도 뛰어난 메넬라오스 왕과 혼인을 했지요.

헬레나

아버지께선 딸은 물론 나라의 통치권까지도 그에게 내주셨고,
그 다음 그 결혼생활에서 헤르미오네가 태어났지.

포르키아스

그러나 유산으로 받은 크레타 섬을 용감히 싸워 찾으려고   8860
멀리 떠났을 때, 외로운 당신에게 너무나 아름다운 손님이[548]
　　나타났죠.

헬레나

어찌하여 그대는 그때의 과부나 다름없던 생활과,
거기서 생겨난 그 무서운 앙화를 내게 회상시키려 하느냐?

포르키아스

그 원정이 또한 자유의 몸으로 태어난 크레타 여인인 나를,
포로로 잡아다가 오랜 세월 동안 노예로 부려먹었지요.   8865

헬레나

그이는 그대를 곧 이곳의 시녀장으로 임명하여,
성곽이나 용감히 탈취해온 보화들을 그대에게 맡기셨지.

포르키아스

당신은 이 성을 버리고, 탑들로 둘러싸인 일리오스의 도읍과
지칠 줄 모르는 사랑의 환희에 열중하셨죠.

헬레나

환희였다는 생각은 하지도 말라! 이 가슴과 머리에   8870
너무나도 고달픈 고통이 끝없이 쏟아내리지 않았느냐.

포르키아스

하지만 사람들은 말하기를 당신은 두 개의 모습으로,

일리오스에도 나타나고 이집트에도[549] 계셨다고 하던데요.

헬레나

미칠 지경으로 거칠어진 내 마음을 혼란시키지 말아다오.

지금까지도 어느 것이 과연 나인지를 모르고 있단다.　　8875

포르키아스

이런 말도 있더군요. 공허한 그림자의 나라에서

아킬레스도[550] 올라와 열정적으로 당신을 쫓고 있다고요!

그는 예전에도 온갖 운명을 거역하면서 당신을 사랑했었지요.

헬레나

그건 환영으로서의 내가 환영인 그분과 인연을 맺은 것이다.

그것은 꿈이었기에, 말들 자체도 그렇게 하고 있는 것이다.　　8880

나는 이대로 사라져서 스스로 환영이 되고 싶구나.

(합창단의 한쪽 사람들 팔에 쓰러진다.)

합창

입을 닥쳐라, 입 닥쳐라!

흉측하게만 보고, 비뚤어진 말만 하는 너!

외이빨의 잔인스런 입술에서,

무섭고 흉악한 그런 목구멍에서라면,　　8885

무슨 좋은 말이 나오겠는가!

겉으로는 정답게 보이지만 순 악질,

양가죽을 덮어쓴 늑대의 심보,

대가리가 셋 달린 개의[551] 아가리보다도

나는 그가 더 무시무시해요.　　8890

우리는 불안하게 엿듣고 있었으니,

깊이 잠복해 사람을 노리는 그 괴물의

그렇게 음흉한 흉계가

언제? 어떻게? 어디서? 터져나올까 하고.

정답게 위로할 수 있는 풍부한 말들,　　8895

근심 걱정 잊게 할 부드러운 말들 다 버리고,

과거를 모조리 더듬어

좋은 일보다는 나쁜 일을 들추어내고,

현재의 찬란한 광채도,

미래의 은은하게　　8900

비추어 오는 희망의 빛도

너는 동시에 어둡게만 만드는구나.

입을 닥쳐라, 입 닥쳐라!

왕비님의 영혼이

벌써 떠나갈 채비를 했는데,　　8905

태양이 비추어본 어느 모습보다도,

가장 아름다운 이 모습을

아직 단단히 붙잡아두어야 하리라.

(헬레나, 원기를 회복하여 다시 중앙에 선다.)

포르키아스

안개에 가려도 황홀케 하고, 이제 찬란한 광채로 다스리는

높이 솟은 오늘의 태양이시여, 흘러가는 구름에서

나와주소서.   8910

이 세상이 당신 앞에 전개된 모습을 자비로운 눈길로

　　보아주소서.

저들이 나를 추하다고 비난하지만, 나도 아름다운 것은

　　잘 안다오.

헬레나

현기증이 났을 때, 날 감싸던 황량한 상태에서

　　비틀거리며 나왔더니,

또다시 휴식을 취하고 싶구나. 사지가 너무나 피로한 탓이로다.

하지만 어떤 예기치 못한 위험이 닥쳐온다 할지라도

　　정신을 가다듬고,   8915

기운을 차리는 것이 왕비에게 어울리고,

　　모든 사람에게 어울리리라.

포르키아스

당신은 지금 위대하고 아름답게 우리들 앞에 서 계시지만,

당신의 눈길은 분부를 내리는 듯하니, 무슨 분부인지?

　　말씀하십시오.

헬레나

너희가 싸움질하느라고 시간을 허비했으니 그것을 보상하도록,

왕께서 명하신 대로 제사를 지낼 수 있게 서둘러

　　제물을 준비하라.   8920

포르키아스

모든 것이 집 안에 다 준비되어 있지요. 접시, 삼발이 향로,

날카로운 도끼, 정한 물과 피울 향도요. 바칠 제물만

　　말씀하세요!

헬레나

　왕께선 그건 말씀하시지 않으셨다.

포르키아스

　　　　　　　　　말씀 안 하셨다고요?

　　오, 슬픈 일이로다!

헬레나

　무엇이 그리 슬프단 말이냐?

포르키아스

　　　　　　　　　왕비님이시여, 당신이 바로

　제물이올시다!

헬레나

　내가?

포르키아스

　　　이 계집들도요.

합창

　　　슬픈 일이로다!

포르키아스

　　　　　　　당신은 도끼로 목이 떨어질 것이오.　8925

헬레나

　무섭구나! 짐작은 했건만, 신세가 가련하구나!

포르키아스

　　　　　　피할 길이 없는 것 같소이다.

합창

　아! 우리는요? 어떻게 되죠?

포르키아스

　　　　　　왕비께선 고귀한 죽음을 맞으실

것이다.

하지만 너희들은 지붕 처마를 받치고 있는 저 안쪽 높은

　　　대들보에,

그물에 걸린 지빠귀처럼 줄줄이 매달려 버둥거리며

　　　죽어갈 것이다.

(헬레나와 합창단은 미리 준비해둔 의미심장한 군상이 되어 놀라고,

겁에 질린 표정으로 서 있다.)

포르키아스

이 망령들아![552] ― 원래 너희 소속도 아닌 대낮과 이별을

　　　한다 해서,　　　　　　　　　　　　　　　8930

너희는 소스라치게 놀라 마치 굳어버린 동상들처럼 서 있구나.

너희들과 똑같이 모조리 망령들뿐인 인간들도

숭고한 태양빛을 즐겨 단념하려 들지 않는단 말이야.

그러나 그들을 위해 탄원하고 종말로부터 구해줄 자 아무도

　　　없어.

그들도 모두 그걸 알고 있지만, 순순히 굴복하는 놈은

　　　별로 없더라.　　　　　　　　　　　　　　8935

어쨌든 네놈들은 끝장이다! 그러니 이제 일을 시작해볼까.

(포르키아스, 손뼉을 친다. 그러자 문간에 가장한 난쟁이들이[553]

나타나서, 내려진 명령을 재빠르게 수행한다.)

이리 오너라, 이 음산하고 공같이 둥근 괴물놈아!

이리로 굴러오라, 여기에 신나게 망쳐놓을 것이 있다.

황금뿔이[554] 달린 희생의 제단을 제자리에 차려놓고,

도끼는 은빛나는 가장자리에 번쩍번쩍하게 올려놓고,　8940

검은 피로 무시무시하게 더러워진 곳을

씻어내야만 할 테니, 저 항아리에 물을 가득 채워놓아라.

그리고 여기 이 먼지 위에 보기 좋게 양탄자를 깔아놓아라.

희생의 제물인 왕비가 제왕답게 무릎을 꿇고,

머리가 떨어지면 당장 그걸 둘둘 말아서,　　　　8945

지체에 어울리도록 훌륭하게 장사를 지내야 할 테니까 말이다.

합창을 지휘하는 여인

왕비께선 생각에 잠겨 한옆에 서 계시고,

시녀들은 베어놓은 목초牧草와도 같이 시들하구나.

그러니 태곳적 할머니여, 당신과 이야기를 해보는 것은

제일 나이 많은 나의 신성한 의무라고 여겨지는군요.　　　　8950

이 아이들이 당신을 잘못 알고 버릇없이 굴어댔을지라도,

경험 많고 현명하신 당신은 우리에게 호의적인 것 같아요.

그러니 무슨 구원될 가능성을 알고 있으면 말해주세요.

포르키아스

말해주기야 쉽지. 자기 자신을 보존하고,

덤으로 너희들도 살릴 길은 오로지 왕비에게 달렸지.　　　　8955

결심이 필요한데, 그것도 시급히 해야 된단 말이야.

합창

파르체들 중에서 가장 존경받을 당신, 가장 현명한 무당인 당신,

황금의 가위는555) 접어두시고, 우리에게 햇빛과 구원을

　　　일러주세요.

자그마한 우리의 사지는 우선 춤을 추며 즐기다가,

다음에는 사랑하는 이의 품에 안겨 쉬고 싶은데,　　　　8960

벌써 공중에 매달려 흉측스럽게 흔들거리는 느낌이에요.

헬레나

이 아이들은 겁이 나겠지! 난 괴롭기는 하나 두렵진 않다.

하지만 그대가 살아날 길을 안다면, 감사히 받아들이겠네.

현명하고 안목이 넓은 사람에게는 불가능한 일도
때로는 가능한 일로 나타나는 법이지. 어디 그 방법을
　　말해보게.　　　　　　　　　　　　　　　　　　　8965

합창

말해주세요, 어서 말해주세요. 지독스런 목걸이가 되어,
우리의 목에 씌워지려는 그 무섭고 추악한 올가미를
어떻게 하면 모면할 수 있나요? 모든 신들의
거룩하신 어머니 레아,556) 당신이 불쌍히 여기지 않으신다면,
가련한 우리는 미리 숨이 끊어지고 질식해 죽을 것만
　　같습니다.　　　　　　　　　　　　　　　　　　　8970

포르키아스

이야기가 길게 늘어져도 조용히 참고서
들을 수 있겠나? 여러 가지 이야기가 있으니 말이다.

합창

참고말고요! 듣고 있는 동안엔 그래도 살아 있을 텐데요.

포르키아스

집 안에서 기다리며 귀중한 보물을 간수하고,
드높은 궁궐의 담벼락에 난 틈을 때우고,　　　　　　　8975
비가 새지 않도록 지붕을 보전할 줄 아는 자는,
긴 평생의 나날을 편안히 살아갈 수 있을 것이다.
그러나 자기 집 문지방의 신성한 경계선을 경솔하게
덧없는 걸음걸이로 무도하게 넘어나간 자는,
다시 돌아와 옛날의 그 자리를 돌아볼 때,　　　　　　8980
무너진 것은 하나 없더라도 모든 게 변했다고 생각하지.

헬레나

무엇 때문에 다 알고 있는 그런 말들을 늘어놓는가?

그대가 이야기를 한다 했으니, 불쾌한 일일랑 들춰내지 마라.

포르키아스

이건 역사적 사실이지, 결코 비난하는 게 아닙니다.
메넬라오스 왕은 해적질을 하면서 이 만에서 저 만으로,　　8985
해변이나 섬들을 모조리 원수처럼 휩쓸고 다녔으며,
노획물을 가지고 돌아와 궁궐 안에 쌓아놓았지요.
일리오스를 침략하는 데는 십 년이란 긴 세월이 걸렸지만,
귀향길엔 얼마만한 세월이 걸렸는지 나도 모르죠.
그러나 틴다레오스의 장엄한 궁전은 어찌 되었나요?　　8990
그리고 그 주변의 국토는 대체 어떻게 되었나요?

헬레나

그대는 욕지거리하는 것이 완전히 몸에 배어서,
비난하는 소리가 아니면 입술을 놀릴 수가 없는 모양이구나?

포르키아스

스파르타의 뒤쪽에서 타이게토스 산을 등지고,
북쪽으로 드높이 솟아 있는 계곡지대는557) 그렇게도　　8995
여러 해 동안 사는 이도 없이 버려져 있는데, 거기에서
힘찬 냇물이 오이로타스 강으로 흘러내려, 이 골짜기의
갈대밭을 넓게 스치고 흐르며 백조들을 먹여 기르고 있지요.
그 뒤쪽 계곡 고요한 곳에 어느덧 킴메리아의 암흑세계로부터
밀고 내려온 대담한 종족이558) 이주해와 살고 있는데,　　9000
기어오를 수도 없는 견고한 성을 쌓아올리고,
그곳으로부터 제멋대로 나라와 백성들을 괴롭히고 있지요.

헬레나

그런 짓을 할 수가 있었을까? 전혀 있을 수 없는 일 같구나.

포르키아스

시간이 걸렸지요. 아마도 이십 년은 되었을 것이외다.

헬레나

두목은 하나인가? 도적들은 많은가? 도당을 맺은 것도

　　있는가?　　　　　　　　　　　　　　　　　　9005

포르키아스

도둑들은 아니지만, 두목은 하나 있지요.

나도 한 번 습격을 받긴 했지만, 그자를 비난하진 않아요.

무엇이든 다 빼앗아갈 수도 있었지만, 자진해서 얼마간

기부해준 것으로 만족하며, 공물貢物은 아니라고 했소이다.

헬레나

어떻게 생겼던가?

포르키아스

　　　　　　　　흉하진 않아요! 내 마음엔 들더군요.　9010

아주 명랑하고 대담하며 체격이 좋은 사람으로,

그리스인들 사이에선 보기 드문 이해심 많은 사나이였어요.

사람들은 그 종족을 야만족이라고 비난하지만,

일리오스 성을 공격한 많은 그리스 영웅들이 식인종같이 굴던

것에 비한다면, 한 사람도 야만스럽다는 생각이 들지

　　않더이다.　　　　　　　　　　　　　　　　9015

나는 그의 위대성을 존경하며, 그를 믿고 있지요.

그리고 그의 성城! 그걸 당신네도 두 눈으로 보셔야 해요!

그것은 외눈박이 거인 치클로프가559) 제멋대로 집을 짓듯이,

당신네 조상들이 아무런 생각도 없이 거친 돌 위에

거친 돌을 굴려 마구 쌓아올린 볼품없는　　　　　9020

성벽들과는 완전히 다르지요. 그와는 반대로 거기에는

모든 것이 수직이고 수평이며 규칙적으로 되어 있습죠.

밖에서 보십시오! 하늘 높이 치솟아올라가고 있는데,

너무나 견고하고 이은 자리 하나 없이 강철처럼

　　반질반질합니다.

이런 델 기어오르다니요 — 생각조차 미끄러져 떨어질

　　지경이죠.　　　　　　　　　　　　　　　　9025

안쪽에는 널찍한 마당이 크게 자리를 잡고, 그 주위는

온갖 목적에 따라 쓸 수 있는 건축물이 둘러서 있습죠.

거기에다 큰 기둥, 작은 기둥, 수많은 큰 홍예와 작은 홍예가

　　있고,

들여다보고 내다볼 수 있는 발코니와 복도들이 있으며,

문장紋章들도 있습죠.

합창

　　　　　　　文章이란 무엇이죠?

포르키아스

　　　　　　　　　　아약스가560) 그의

　　방패에다　　　　　　　　　　　　　　　　　9030

도사린 뱀을 새겨넣은 것을 너희들도 보았으리라.

테베를 공격한 칠 인의 용사들도561) 각자가

자기 방패에다가 의미심장한 무늬들을 붙이고 있었다.

거기에는 캄캄한 밤하늘에 반짝이는 달과 별이 있었고,

여신이나 영웅이나 사닥다리, 칼들이나 횃불도 있었으며,　9035

선량한 도시를 참혹하게 위협하는 물건들도 있었지.

우리가 말하는 용사의 무리도 선조 대대로부터

여러 가지 색깔로 반짝이는 그러한 무늬를 달고 있었죠.

사자라든가 독수리, 사나운 발톱이나 새 주둥이,

물소의 뿔이라든가 날개, 장미꽃이나 공작새 꼬리,   9040
게다가 금색, 흑색, 은색이나 파랑, 빨강으로 줄무늬 진 것도
    있었죠.
그러한 것들이 커다란 홀 안에, 이 세상이 넓은 것처럼
끝이 없이 넓은 홀 안에 줄줄이 계속 걸려 있었죠.
너희는 거기서 춤도 출 수 있을걸!

합창

                            거기엔 춤추는 남자들도
있었나요?

포르키아스

가장 멋진 자들이지! 금발 고수머리에 싱싱한 젊은이들이야. 9045
그들은 청춘의 향기를 풍기지! 파리스가 왕비에게 가까이
    왔을 때,
오로지 그만이 그런 향기를 풍겼지.

헬레나

                            그대는 완전히
그대 역할에서 벗어났도다. 마지막 결론을 말해보아라!

포르키아스

결론은 당신이 말씀하셔야죠. 진지하고 명백하게 좋다! 라고
    하시죠.
그러면 당장에 당신을 그 성으로 안내하겠나이다.

합창

                            어서 말씀하세요!   9050
어서 그 한마디를 하셔서 당신을 구하시고 우리도 구해주소서!

헬레나

뭐라고? 메넬라오스 왕께서 그렇게도 참혹하게,

나를 해칠 일을 할 것이라고 두려워해야 한단 말이냐?

포르키아스

당신은 전사한 파리스의 동생인 데이포부스가,[562]

과부가 된 당신을 제멋대로 자기 소유로 만들어,   9055

복되게도 첩으로 삼았다고 해서, 왕께서 그를 처참하게

난도질한 사실을 잊으셨나요? 코와 귀를 잘라내고,

또다른 것을 불구로 만들었는데, 보기에도 잔인스런

　　참상이었지요.

헬레나

그 남자에게 그런 짓을 했는데, 그건 나 때문이었어.

포르키아스

그 남자 때문에 왕께선 당신께도 똑같은 짓을 할 것이외다.   9060

아름다움이란 나누어 가질 수 없는 것이죠. 그런 미인을

　　독점한 자는,

나누어 가진다는 것을 저주한 나머지 차라리 파멸시켜

　　버린답니다.

(멀리서 나팔 소리가 들리고, 합창단은 깜짝 놀란다.)

저 날카롭게 울려퍼지는 나팔 소리가 귀와 오장육부를

갈기갈기 찢어놓는 것처럼, 왕의 가슴속에서는

질투심이 미친 듯 할퀴어대고 있습죠. 그는 예전에

　　가졌던 걸   9065

이제는 상실하여 더이상 소유할 수 없음을 잊지 못하는

　　것이외다.

합창

저 뿔피리 소리가 들리지 않으세요? 무기 번쩍이는 것이

　　안 보이세요?

포르키아스

어서 오십시오, 주인이신 국왕이여, 상세히 보고하겠습니다.

합창

하지만 우리는?

포르키아스

　　　　　　분명히 알고 있겠지만, 왕비의 죽음을 눈앞에 보고,

저 안에 너희들 죽음이 있음을 알라. 살아난다는 건

　　어림도 없다.   9070

(잠시 후에)

헬레나

우선 급한 대로 내가 할 수 있는 일을 생각해보았다.

그대가 좋지 못한 악령이라는 것을 잘 알고 있으며,

선한 것을 악한 것으로 바꿔놓을까봐 두렵구나,

하지만 나는 무엇보다도 그 성으로 그대를 따라가리라.

그 밖의 일은 내가 알아서 하겠다. 이때에 왕비로서   9075

가슴속 깊이 비밀로 간직하고자 하는 것은

누구에게도 알리고 싶지가 않다. 할멈, 자, 앞장을 서라!

합창

오, 우리는 발걸음 재촉하며,

기쁨에 넘쳐 걸어갑니다.

죽음을 뒤로하고,   9080

치솟은 성채의

넘을 수 없는 성벽을

우리 앞에 바라보면서.

저 일리오스의 성곽처럼

왕비님을 잘 지켜다오.   9085

그 성곽도 끝내는 비열한
음모로[563) 함락되긴 했지만.
(안개가 퍼지며 뒤쪽 배경을 덮어버리고, 가까운 곳도
적당하게 가린다.)

그런데, 이건 대체 어인 일인가?
자매들이여, 주위를 돌아보세요!
밝은 대낮이 아니었나요?   9090
오이로타스의 신성한 강물에서,
안개가 줄줄이 피어오르고 있어요.
갈대의 왕관을 쓴 아름다운 강변도
벌써 눈에서 사라졌어요.
자유롭고 우아하고 오만스럽게,   9095
떼를 지어 흥겹게 수영하며
부드럽게 미끄러져 다니던 백조들도
아아, 이제는 더이상 보이지 않는군요!

그렇지만, 아아, 그렇지만
백조들의 울음 소리가,   9100
멀리서 울리는 목쉰 소리가 들려옵니다.
죽음을 예고하는 소리라고들 했는데.
약속된 구원의 복음 대신에,
저것이 우리의 마지막 몰락을 알리는
소리가 아니었으면 좋겠어요.   9105
저 백조와도 같이 희고 긴,
아름다운 목을 가진 우리들도 그렇지만,

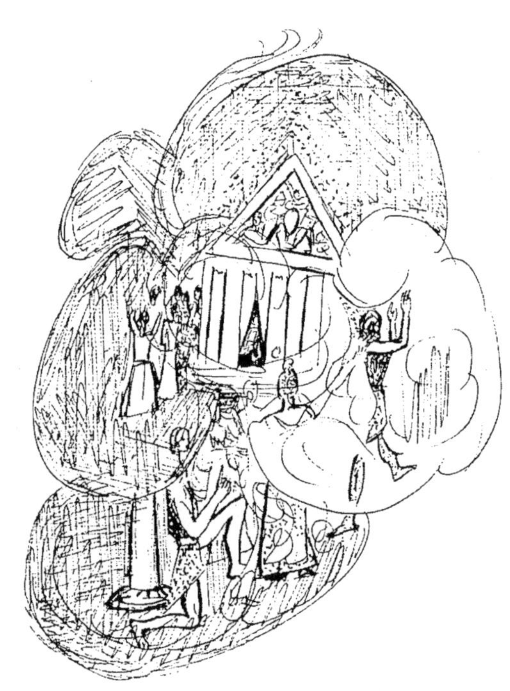

아아, 백조의 후예이신 우리 왕비님.
슬프도다, 슬프도다, 슬프도다!

주위의 모든 것이 벌써   9110
안개로 뒤덮여버렸구나.
우리들도 서로가 보이지 않는구나!
어쩐 일인가? 우리들은 가고 있는가?
땅바닥에 발걸음을 아장거리며
그저 둥둥 떠 있는 것일까?   9115
아무것도 보이지 않는가? 헤르메스 신이[564] 앞장서서
떠가는 것이 아닐까? 황금지팡이를 번쩍이며
우리에게 명하여, 회색으로 날이 밝고,
알 수 없는 형상들이 가득하며,
가득히 넘쳐흘러도 영원히 공허하고 불유쾌한   9120
지옥으로 우리를 다시 데려가는 것이 아닐까?

아니, 갑자기 컴컴해졌어요. 안개는 광채도 없이
어두운 회색으로, 담벼락 같은 갈색으로 사라지고요.
    성벽이 눈앞에,
환하게 트인 눈앞에 나타났구나. 안마당인가? 깊은 웅덩이인가?
경우야 어떻든 무시무시하구나! 자매들이여, 아아!
    우리는 사로잡혔어.   9125
전에 없던 식으로 잡혀버린 거야.

성채의 안마당

중세의 환상적인 건물들이 즐비하게 둘러서 있다.

합창을 지휘하는 여인

경솔하고 어리석은 것이 진정 전형적인 여인상이로구나!
순간적인 일에 사로잡혀 행이냐 불행이냐 하는
낌새에 따라 놀아나다니! 너희는 행이나 불행이나
    어느 하나도
태연하게 견뎌낼 줄 모르는구나. 한 아이가 언제나   9130
다른 아이에게 격렬히 대들고, 다른 아이들이 거꾸로
    그녀에게 대들지.
즐거울 때, 슬플 때만은 같은 음조로 울고 웃고 하는구나.
자, 조용히들 해라! 그리고 왕비님께서 자신과 우리를 위해,
어떤 고매하신 결정을 하실는지 귀를 기울여 들어보아라.

헬레나

이름이야 어떻든, 피토니사인가[565] 하는 그대, 어디 있는가? 9135
이 음침한 성채의 둥근 천장에서 이리로 나오너라.
만일 그대가 저 경이로운 성주에게
내가 온 것을 알리고, 환영할 준비를 하러 갔다면
감사한 일이며, 나를 서둘러 그에게로 인도하도록 하여라.
방랑생활을 끝내고 싶다. 휴식을 취하고 싶을 따름이다.   9140

합창을 지휘하는 여인

사방을 아무리 둘러보셔도 소용없는 일입니다, 왕비님.
그 보기 싫은 형상이 사라졌어요. 어찌된 영문인진 모르겠으나,
우리가 이상스런 발걸음으로 재빨리 이곳으로 빠져나온,
저기 저 안개 속에 혹시 그대로 남아 있는 게 아닐까요.

아니면 영주다운 화려한 환영을 준비하기 위해,   9145
경이롭게도 여러 채가 하나로 된 성채의 미로를 헤매며,
절망적으로 성주를 찾아다니고 있는지도 모르겠어요.
그런데, 저길 보세요. 저기 저 위에 떼를 지어서,
여러 복도에도 창문에도 문간에도 수많은 하인들이
바쁜 듯이 재빠른 걸음으로 이리저리 움직이고 있어요.   9150
고상하고도 반갑게 손님을 영접하려는 것 같군요.

합창

이제 가슴이 후련하군요! 오오, 저것 좀 보세요.
젊고 귀여운 남자들이 질서정연하게 줄을 지어,
조심스런 걸음걸이로 품위 있고 예의 바르게
걸어오고 있어요. 어떻게? 누구의 명령을 받고,   9155
저런 젊은이들의 훌륭한 무리가
이처럼 일찍 열을 지어 정돈하고 나타났을까요?
가장 경탄할 것이 무엇일까요? 멋진 걸음걸이일까,
반짝이는 이마에 물결치는 고수머리일까,
아니면 복숭아처럼 빨갛고, 보드라운 솜털이   9160
가지런히 돋아난 조그만 양쪽 뺨일까요?
한번 물어뜯고 싶으나 그것도 겁이 나는군요.
말하기도 소름끼치는데, 언젠가 이와 비슷한 경우에
입 안이 온통 재로 가득 찼던 적이[566] 있었으니까요.

그런데 제일 잘생긴 애들이   9165
이쪽으로 오고 있는데,
무엇을 가져오는 것일까요?
옥좌에 올라가는 계단,

양탄자와 보료,
휘장과 천막처럼 생긴   9170
장식품들이로군요.
왕비께서 초대받으시어
벌써 화려한 옥좌에 오르시니,
그의 머리 위에는,
장식들이 구름관을 이루어,   9175
너울거리고 있어요.
앞으로 나아가서,
한 계단 한 계단
엄숙하게 줄을 서세요.
오, 멋져라, 멋지고도 또 멋지니,   9180
이러한 영접에 축복이 깃들리라!

(합창단이 말한 모든 것이 하나하나 이루어진다.
파우스트. 소년들과 시동들이 긴 행렬을 지어 내려온 다음에,
그가 중세 기사들의 궁중예복을 입고 나타나서, 품위 있는 모습으로
천천히 걸어내려온다.)

합창을 지휘하는 여인 (주의 깊게 파우스트를 바라보면서)
신들이 종종 그러는 것처럼, 이분에게
잠시 동안만 저 놀랄 정도로 품위 있는 모습과,
고귀한 태도와 사랑스러운 풍모를
임시로 빌려드린 것이 아니라면, 이분은   9185
무슨 일을 시작하든, 사나이들 사이의 싸움에서나
아름다운 여인과의 사소한 다툼에서나 매번 성공할 것입니다.

평판이 자자한 분들을 이 눈으로 자주 보았지만,
이분은 진정 어느 누구보다도 뛰어나십니다.
성주께서는 서서히 진지하고 엄숙한 걸음걸이로   9190
나오고 계십니다. 오, 왕비님이여, 그리로 몸을 돌려보세요!

파우스트 (옆에 결박당한 사나이를 데리고 다가온다.)
이런 자리에 어울리는 장엄한 인사 대신에,
그리고 공경심으로 가득 찬 환영 대신에 나는
이 하인을 쇠사슬로 단단히 결박하여 데리고 왔습니다.
이자는 자기 의무를 저버려 제 의무도 다하지
    못하게 했습니다.   9195
여기에 꿇어앉아 이 지고하신 부인에게
네가 지은 죄를 실토하도록 하라.
숭고하신 여왕이시여, 이 사나이는 유별나게도
눈이 날카로워서, 높은 탑 위에서 사방을
잘 감시하라는 소임을 맡았지요. 저 하늘이나   9200
드넓은 대지를 날카롭게 살피고 있다가,
여기저기서 혹 어떤 일들이 일어나는지,
언덕에서부터 골짜기의 견고한 성채에 이르기까지
가축떼든 군대든 움직이는 것은 모두를
보고해야 하지요. 우리는 가축이라면 보호하고,   9205
적군이라면 대항합니다. 그런데 오늘은 임무를 태만히 했지요!
당신이 오시는데도 그가 보고를 하지 않아,
이처럼 귀하신 손님을 영광스럽고 공손하게
영접하지 못하게 되었습니다. 무엄한 죄를 지었기에
당연히 사형에 처해져서, 이미 그 죽음의 피 속에   9210
쓰러져 있어야 할 것이지만, 처벌하시든 용서하시든,

오로지 당신 뜻에 맡기오니 마음대로 하십시오.
헬레나
재판을 하라, 명령을 하라고 하시며,
그렇게도 대단한 권한을 제게 맡겨주셨는데,
그저 저를 시험해보시려 한다는 생각이 들어요—   9215
그렇지만 재판관의 첫번째 의무로 행하고자 하는 것은
죄인의 진술을 들어보는 거예요. 자, 말해보아라.
망루지기 린코이스[567]
무릎 꿇게 해주십시오. 우러러보게 해주십시오.
저를 죽여주십시오. 저를 살도록 해주십시오.
저는 신께서 보내주신 이 부인에게   9220
이미 제 몸을 바쳤으니까요.

아침의 환희를 기다리면서,
동쪽에서 해가 뜨는 것을 살피고 있는데,
태양은 갑작스럽게
이상하게도 남쪽에서[568] 솟아올랐습니다.   9225

골짜기나 산들 대신에,
드넓은 대지나 하늘을 바라보는 대신에,
그쪽으로 눈길을 돌려
오로지 당신 한 분만을 살펴보았나이다.

높은 나무에 앉아 있는 살쾡이처럼,   9230
광선 같은 눈길을 받은 저였습니다만,
이번에는 깊고도 어두운 꿈에서 깨어나듯

애를 쓰지 않을 수 없었나이다.

이 몸이 어디 있는지 알 수 있었던가요?
성가퀴인지? 망루인지? 닫힌 대문인지?   9235
안개가 요동하고, 안개가 사라지더니,
이러한 여신께서 나타나셨습니다!

눈과 가슴을 여신에게로 향하고,
부드러운 광채를 마음껏 마셨지요.
눈을 부시게 하는 이 아름다움이,   9240
이 가련한 자를 완전히 현혹시켰나이다.

저는 망루지기의 임무를 잊고,
뿔피리 부는 맹세도 완전히 잊었나이다.
저를 죽이겠노라고 말씀해주십시오.
당신의 아름다움이 온갖 분노를 억제해줄 것입니다.   9245

헬레나

제가 초래한 죄를 제가 벌할 수는 없어요.
저 자신이 슬프군요! 얼마나 혹독한 운명이
저를 따라다니기에, 어디를 가나 남자들의 가슴을
저토록 유혹해서, 그들로 하여금 자기 자신이나
그 외의 귀한 임무마저 저버리게 한단 말인가.   9250
반신半神들, 영웅들, 신들, 심지어는 악령까지도[569] 나를 빼앗고,
유혹하고, 쟁탈전을 벌이고, 이리저리 몰고 다녀서,
나는 여기저기를 방황하며 이끌려다녔어요.

제가 이 세상을 어지럽힌 것은 한 번이 아니고 곱절도 더 되며,
이젠 세 번, 네 번 재앙에 재앙을 초래하고 있습니다.[570]   9255
이 착한 사람을 데려가시어, 그를 풀어주도록 하세요.
신에게 기만당한 사람을 치욕스럽게 할 수는 없는 일이에요.

파우스트

놀랍습니다, 왕비님. 내가 여기에서 동시에 보고 있는 것은
사랑의 화살을 확실히 쏘는 여인과 그 화살에 맞은
　사나이입니다.
내가 본 활은 화살을 날려 저 사나이에게   9260
상처를 입혔습니다. 그 화살은 연달아 날아오며
내 몸에 꽂히고 있습니다. 사방 어디를 보아도 이 성채 안에는
깃털 달린 화살이 이리저리 윙윙 날고 있는 것 같군요.[571]
이제 나는 어떻게 되겠습니까? 단번에 당신은
가장 충성스런 부하들까지도 내게 반기를 들도록
　만드셨고,   9265
내 성벽도 위태롭게 했습니다. 그러니 나의 군대가
승리만 하고 패배한 일이 없는 부인께만 충성할까 두렵습니다.
이렇게 되면 나 자신은 물론 내 것이라고 망상하던 모든 것을,
당신에게 바치는 도리밖에 무슨 다른 방도가 있겠습니까?
당신의 발 아래 엎드려 자유로이 충성을 다하여,   9270
이 성에 들어오자마자 모든 재산과 옥좌를
차지하신 당신을 안주인으로 섬기게 해주십시오.

린코이스 (상자 하나를 들고 등장, 그 뒤에 상자를 든 남자들이 따라나온다.)

왕비님, 왕비님을 뵈러 다시 돌아왔나이다!
부자라도 한번 뵙기를 애걸해서
당신을 뵈오면, 당장에 거지처럼 가난하고   9275

제왕처럼 부유한 감정을 동시에 느낄 것입니다.

과거에 저는 무엇이었죠? 지금은 무엇입니까?
무엇을 바랄 수 있을까요? 무엇을 할 수 있을까요?
번개처럼 예리한 눈길이 무슨 소용입니까?
당신 옥좌에 부딪혀 다시 튀어나오고 맙니다.   9280

우리는 동쪽으로부터 이곳에 왔는데,
서쪽에서는 야단이 났습니다.
길고 폭넓은 민중의 행렬을 이루어,
맨 앞사람은 끝 사람을 알지 못할 정도였나이다.

첫째 사람이 쓰러지면, 둘째 사람이 일어서고,   9285
셋째 사람은 창을 들고 대적하지요.
사람마다 수백 배 원기가 강해져서,
천 명쯤 죽어도 눈치도 못 챕니다.

우리는 계속 돌진하고 계속 밀고 들어갔으며,
이 고장에서 저 고장으로 정복해나갔지요.   9290
오늘 내가 지배하며 명령하던 곳을,
내일이면 다른 자가 도적질하고 약탈하나이다.

우리는 살펴보았나이다— 서둘러서 살폈지요.
어떤 자는 제일 예쁜 여자를 붙잡았고,
어떤 자는 걸음이 확실한 황소를 잡았으며,   9295
말 같은 것은 누구나가 끌어갔습니다.

그러나 제가 좋아했던 것은 아무도 보지 못한
가장 진귀한 것을 찾아내는 것이었지요.
다른 사람도 가지고 있는 것이라면,
제게는 말라버린 풀잎과도 같았습니다.   9300

나는 여러 가지 보물을 추적하며,
날카로운 내 눈길만을 따라갔지요.
어떤 주머니라도 나는 꿰뚫어볼 수가 있고,
장롱들도 모두가 투명해 보였습니다.

산더미 같은 황금이 제 것이 되었지만,   9305
가장 화려한 것은 보석입니다.
그중에서도 이 에메랄드만이
당신 가슴을 푸르게 장식할 수 있나이다.

귀와 입 사이에 흔들거리게 하시려면,

바다 밑에서 건져낸 물방울 진주가 있나이다.   9310
홍옥 따위는 완전히 쫓겨버리고 말 텐데,
당신의 붉은 뺨이 그것들을 무색하게 할 테니까요.

그리고 이렇게 저는 최고의 보물들을
여기 당신의 옥좌 앞에 가져다놓겠나이다.
피비린내나는 수많은 전투에서 얻은 것들을   9315
이렇게 당신 발 아래 바치나이다.

이렇게 많은 상자들을 끌고 왔지만,
철로 된 상자들은 더 많이 있습니다.
제가 당신의 뒤를 따르도록 허락해주신다면,
보물 창고를 하나 가득히 채워드리겠나이다.   9320

당신이 옥좌에 올라가시자마자
이성도 부귀도 권력도,
비길 데 없이 유일한 당신의 모습 앞에
벌써 머리를 숙이고 허리를 굽힐 테니까요.

이제까지 제 것이라고 간직하던 모든 것들이,   9325
이제는 저를 떠나 당신의 것이 됩니다.
값지고 귀하고 비싼 것이라고 여겼었는데,
지금은 보잘것없는 것으로 생각됩니다.

제가 소유했었던 것은 사라지고,
베어져 시들어버린 풀잎이 되었나이다.   9330

오오, 당신의 명랑한 눈길을 한번 보내주시어,

원래의 가치를 그 보물에 되돌려주소서!

파우스트

　용감하게 싸워 얻은 짐짝들을 빨리 치우도록 하라.

　야단을 치진 않겠지만, 칭찬도 할 수가 없다.

　이 성의 품안에 감추어져 있는 것은 모두가　　9335

　이미 이분의 소유인즉, 특별히 이분께 바친다는 것은

　쓸데없는 짓이니라. 어서 가서 보물들을 잘 정돈하여

　차곡차곡 쌓아올려라. 이제까지 보지 못한 화려하고도

　고상한 광경을 이룩해놓아라! 홍예천장을

　신선한 하늘처럼 반짝이게 하고, 생명 없는 생명으로　　9340

　생생한 천국을 마련하도록 하라.

　왕비님 가시는 길에는 앞질러 달려가서 꽃무늬 새긴

　양탄자를 줄지어 펼쳐놓아, 보드라운 바닥에

　발길을 옮기시도록 할 것이며, 바라보시는 눈길에는

　거룩하신 분 눈부시지 않게 최상의 광채를 비추도록 하라.　　9345

린코이스

　성주님께서 내리신 분부는 쉬운 일이기에,

　하인이 하기에는 노는 것이나 마찬가지입니다.

　하지만 재물이나 사람의 생명은 바로

　이 아름다운 분의 위력이 지배하고 있지요.

　군대 전체가 벌써 맥이 풀려 있고,　　9350

　창검도 모두 무뎌지고 마비되었으며,

　저 화려한 모습 앞에서는

　태양조차 무색하고 차가워집니다.

눈에 보이는 것이 풍성한 나머지

모든 것이 공허하고 무가치해집니다. (퇴장한다.)　　9355

헬레나 (파우스트에게)

　당신과 말씀을 나누고 싶은데, 우선

　제 곁으로 올라오세요! 여기 빈자리가

　주인을 청하고 있는데, 그러면 제 자리도 안전해지겠지요.

파우스트

　우선 무릎을 꿇고 당신에게 충성을 바치도록

　허락해주십시오. 고귀하신 부인이시여, 나를 당신 곁으로　　9360

　이끌어올리시는 이 손에 키스하게 해주십시오.

　나를 경계도 모를 만큼 넓은 당신 나라의 공동통치자로

　인정해주시고, 당신의 숭배자, 하인, 보호자를 모두

　이 한 몸에 겸비한 사람으로 나를 받아주십시오!

헬레나

　여러 가지 경이로운 일들을 보고 들었기에,　　9365

　저 자신 깜짝 놀라 많은 것을 물어보고 싶어요.

　그러나 저 사나이의 말이 어찌하여 제게 이상하게,

　아니, 이상하면서도 정답게 들리는지 이유를 가르쳐주세요.

　하나의 소리가 다른 소리를 따라가는 듯하고,

　하나의 말이 귀에 들어오면, 다음 말이　　9370

　따라나와서 첫번째 말을 애무하고 있었어요. [572]

파우스트

　우리 백성들의 말투가 벌써 마음에 드신다면,

　오오, 노래도 틀림없이 당신을 황홀하게 할 것이며,

　귀와 마음 깊은 곳까지 만족시켜드릴 것입니다.

　그러나 가장 확실한 것은 우리 당장 연습해보는 것이지요.　　9375

말을 주고받으며[573) 그것을 꾀어내고 불러내는 것입니다.

헬레나

말해주세요, 어떻게 하면 저도 그토록 아름답게 말할 수 있나요?

파우스트

아주 쉬운 일이지요. 마음에서 우러나오면 됩니다.
그리고 가슴이 그리운 정으로 넘쳐흐르게 되면,
뒤를 돌아보며 묻지요―

헬레나

　　　　　　　누가 즐거움을 함께할 것이냐고요. 9380

파우스트

이제 마음은 앞을 내다보지도 않고 뒤도 돌아보지 않으니,
지금의 이 현재만이―

헬레나

　　　　　　우리들의 행복이에요.

파우스트

현재만이 보물이고 이득이며, 소유이고 담보인데,
보증, 그 보증은 누가 하나요?

헬레나

　　　　　　저의 손이에요.

합창

누가 의심할까요?　　　　　　　　　　　　9385
우리 왕비님이 성주님에게
정다운 모습을 보였다는 걸.
솔직히 말하건대 우리는 모두가
포로의 몸인걸요. 일리오스가
수치스럽게도 함락된 이후,　　　　　　　9390

불안하고 고통스런 미로 같은 길을 떠난 후
이미 자주 포로의 신세가 되었던 것처럼.

사나이들 사랑에 익숙한 여자들은,
이것저것 가려 고르지는 않지만,
그 맛만은 정통하게 알고 있지요.   9395
그러기에 금발 고수머리 목동에게든,
까칠까칠한 검은머리 호색한에게든,
기회가 오기만 하면,
포동포동 살찐 자기의 팔다리를
마음대로 하라고 내맡겨주지요.   9400

두 분은 가까이, 점점 더 가까이 앉아서
벌써 서로에게 기대어 있군요.
어깨와 어깨, 무릎과 무릎을 맞대고,

손에 손을 마주 잡으시고서,
폭신폭신하게 쿠션 넣은 화려한 옥좌 위에서   9405
몸을 흔들거리고 계시는군요.
지체 높은 분들이란 사양함도 없이,
은밀해야 할 즐거움까지도
백성들의 눈앞에서
거리낌 없이 보여주시는가봐요.   9410

헬레나

저는 멀리 있는 듯, 바로 가까이 있는 듯한 기분이에요.
그러면서도 기꺼이 저 여기 있어요! 여기! 하고 말하고 싶어요.

파우스트

나는 숨이 막힐 지경이며, 몸도 떨리고 말이 막힙니다.
시간도 장소도 다 사라져버렸으니 이건 꿈과도 같습니다.

헬레나

저는 삶을 다 산 것도 같고 새로 시작하는 것도 같아요.   9415
낯선 당신에게 정성을 다 바쳐 하나로 짜인 듯도 해요.

파우스트

단 하나뿐인 운명을 너무 깊이 생각지 마십시오!
그것이 비록 순간이 될망정, 현존한다는 것은 의무입니다.

포르키아스 (황급히 등장하면서)

사랑의 ABC를 공부하시고,
시시덕거리며 연애장난에만 몰두하시고,   9420
한가하게 골똘하게 사랑놀이만 계속하고 있는데,
지금은 그럴 시간이 아니올시다.
둔탁하게 울리는 천둥 소리가 들리지 않소?
저 나팔 소리만이라도 들어보시구려.

멸망이 멀지 않았소이다.   9425

메넬라오스 왕이 파도 같은 군대를 이끌고[574]

당신네들을 치러 진군해오고 있으니,

혹독한 전투를 치를 준비를 하시오!

당신은 승리자들의 무리에 에워싸인 채,

데이포부스처럼 난도질을 당하고,   9430

여자를 앗아간 값을 치러야 할 것이외다.

우선 이 경박한 계집들이 목매달리고,

당장 이 여인이 희생될 제단에

새로 간 도끼가 준비되리라.

파우스트

무엄한 방해꾼들이로다! 귀찮게 밀려오는구나.   9435

위험에 처해 있다 할지라도 나는 무의미하게 날뛰지는

　　않으리라.

가장 아름다운 사신이라도 불길한 소식 전해오면 추악해지는데,

가장 추한 너는 좋지 못한 소식만 전하는구나.

하지만 이번에는 네게 걸려들지 않으리라. 공허한 숨길

　　헐떡이며

공기나 흔들어대려무나. 여기엔 아무런 위험도 없다.   9440

설령 위험이 있다 해도 그것은 헛된 위협에 불과할 것이다.

(신호 소리, 망루로부터의 폭음, 여러 가지 나팔 소리, 군악과
대군大軍이 행진하며 지나가는 소리.)

파우스트

　　그래, 일치단결된 용사들의 무리를

여기 집합시켜 당신께 보여드리겠습니다.

억센 힘으로 여자를 보호할 수 있는 자만이,

그들의 사랑을 받을 자격이 있는 것이지요.   9445

(대열을 떠나서 가까이 다가오는 지휘관들을 향하여)

고요히 간직했던 분노를 가지고 나아가라,

그것이 틀림없이 승리를 가져다주리라.

그대 북방의 젊은 꽃들이여,[575]

그대 동방의 꽃다운 힘들이여.[576]

강철로 몸을 싸고 광채에 둘러싸여,   9450

나라에 나라를 무찌른 용사들이여,

그대들이 나타나면 대지가 진동하고,

그대들이 지나가면 우렛소리 요란하도다.

우리는 필로스에[577] 상륙했건만,

노장老將 네스토르는 이미 없었다.   9455

그리고 조그만 왕국들을 모두

자유분방한 우리 군대가 분쇄하였다.

이제 지체 말고 이 성곽으로부터

메넬라오스를 다시 바다로 몰아내어라.

거기서 헤매고 약탈하며 잠복토록 하라.   9460

그것이 그의 버릇이요 운명이었다.

스파르타 왕비의 명을 받고,

나 그대 장군들에게 인사하노라.

산과 계곡을 쟁취하여 왕비 앞에 바치도록 하라.
그 땅의 소득은 그대들의 것으로 하리라. 9465

그대 게르만 족 장군이여! 그대는 방벽을 쌓아
코린투스의 만을 방어하도록 하라!
그리고 수많은 협곡을 이룬 아카이아는,
고트 족의 장군, 그대가 방어할 것을 명하노라.

엘리스 쪽으로는 프랑켄 족 군사가 진격하고, 9470
메세네는 작센 족에게 맡기겠노라.
노르만 족의 군사는 바다를 소탕하고,
아르골리스 반도를 얻어 영토를 확장하라.

그런 다음 각자가 그 땅에 정착하게 되면,
국력과 국위를 밖으로 떨치게 하라. 9475
그러나 왕비께서 장구한 세월 기거하셨던
스파르타는 그대들 위에 군림하게 하리라.[578]

아무런 아쉬움 없는 그 땅에서 그대들 하나하나가
복락을 누리는 것을 왕비께선 보시리라.
그대들은 안심하고 왕비의 발 아래에서 9480
보증과 권리와 광명을 찾을 수 있으리라.

(파우스트는 자리에서 내려오고, 영주들은 더욱 자세한 명령과 지시를
받기 위해 그의 주위를 둘러싼다.)

합창

> 최고의 미인을 얻고자 원하는 자는,
> 무엇보다도 유능해야 하고,
> 슬기롭게 무기를 돌보아야 하지요.
> 저이는 이 세상에서 가장 훌륭한 것을,　　9485
> 미소하는 얼굴로 획득하긴 했지만,
> 안심하고 언제나 소유할 순 없지요.
> 남몰래 들어와 교활하게 유인해 가는 자도 있고,
> 대담하게 앗아가는 도둑들도 있으니,
> 그것을 막아낼 방도를 생각해야죠.　　9490
>
> 그러기에 우리의 성주님을 찬양하고,
> 다른 사람들보다 훌륭하게 평가하지요.
> 성주님 현명하게 용사들과 손을 잡고 계시니,
> 어떠한 지시를 내린다 해도
> 힘센 용사들 순순히 복종하며 따라나서죠.　　9495
> 그들은 명령을 충실히 수행하니,
> 그것은 각자가 자기 자신을 위함이라.
> 성주님도 감사하여 포상을 하시니,
> 양편이 모두 드높은 명예를 얻게 되지요.
>
> 이제 와서 어느 누가 왕비님을　　9500
> 저렇게 강한 주인에게서 앗아갈 수 있으랴?
> 왕비는 저분의 것, 그분의 것이 되어야 해요.
> 왕비와 함께 우리까지도 안으론 견고한 성벽으로,
> 밖으론 비길 데 없이 강력한 군대로 지켜주시니,

> 우리는 갑절로 그렇게 되길 빌고 있어요.　　9505

파우스트

> 여기서 이 용사들에게 하사한 상금이란 —
> 각자에게 풍성한 영토 하나씩인즉 —
> 크고도 훌륭한 것이로다. 자, 진군토록 하라!
> 우리는 여기 중앙에서 수비하고 있으리라.
>
> 저들이 앞을 다투어 방어해야 할 곳은,　　9510
> 사방에서 높은 파도가 밀어닥치면,
> 나지막한 언덕들이 줄지어 서 있는,
> 유럽의 마지막 산맥에 연결된 반도이니라.
>
> 태양이 비춰주는 어느 나라보다도
> 이 나라 종족에 영원히 행복이 있으리라.　　9515
> 일찍이 왕비를 우러러본 이 나라는
> 이제 왕비님의 영토가 되었느니라.
>
> 오이로타스 강의 갈대들 속삭임과 더불어
> 껍질을 깨고[579] 빛나면서 탄생하셨을 때,
> 왕비께서는 고귀한 어머니나 동기들보다도　　9520
> 두 눈에 어린 광채가 훨씬 영롱했었다.
>
> 오로지 당신만을 향하고 있는 이 나라는
> 비길 데 없는 번영의 꽃을 피울 것이오.
> 세상의 온 나라가 당신의 것이라 하더라도,

오오, 당신의 조국을 무엇보다 소중히 여기소서!   9525

뾰족뾰족한 산봉우리가 그 등성이에
아직 차가운 태양빛을 감수하고 있으나,
바위들은 벌써 푸르스름한 빛을 보이니,
염소들은 인색한 먹이를 탐내어 뜯고 있구나.

샘물이 솟아나와 냇물이 되어 흘러내리고,   9530
골짜기와 산허리와 풀밭들은 벌써 푸르러졌도다.
평야에 늘어서 있는 수많은 언덕 위에
양떼들이 흩어져나가는 것을 보시라.

이리저리 흩어져서 조심스런 발걸음으로
뿔 달린 황소들이 험준한 절벽길을 걸어가지만,   9535
암벽들이 수많은 아치 모양의 동굴을 이루어,
온갖 짐승들의 피난처를 마련해놓고 있도다.

거기에는 판 신이 그들을 지켜주고, 생명의 요정들은
숲속 깊은 골짜기 습하고 시원한 곳에 살고 있으며,
빽빽하게 들어선 나무들은 가지를 뻗어   9540
드높은 하늘을 그리워하며 치솟아오른다.

이것이 태고의 숲이로다! 떡갈나무 힘차게 솟아올라,
가지에 가지가 고집스럽게 서로 얽혀 있구나.
단풍나무는 온순하게 달콤한 물기를 머금고,
순수하게 뻗어올라 자기 잎들과 희롱하는구나.   9545

고요한 나무그늘에서는 미지근한 젖이 솟아나와,
어린아이와 어린 양들을 어미답게 기르고 있다.
평원의 무르익은 음식인 과일들도 가까이 있고,
오목하게 팬 나무둥치에서는 꿀이 흐른다.

이곳은 쾌적한 생활이 상속되고 있기에,   9550
뺨에도 입에도 상쾌한 기분이 감돌며,
누구나가 그 자리에서 불사신이 되니,
그들은 만족스럽고 건강하도다.

이렇게 순수한 날에 사랑스런 아이들은
자라나서, 아버지로서의 힘을 얻는도다.   9555
우리는 그저 놀랄 뿐이며, 그들이 신인지,
아니면 인간인지? 하는 문제는 그대로 남는다.

그리하여 아폴로는[580] 목동의 모습을 하였고,
목동 중 가장 아름다운 자가 아폴로를 닮았도다.
자연이 순수하게 다스리는 곳에서는   9560
모든 세계가 감동하여 화합하기 때문이리라.
(헬레나 옆에 앉으며)
이렇게 나도 성공하고 당신도 성공했으니,
과거는 우리 뒤에 묻어두기로 합시다!
오오, 당신은 최고의 신에게서[581] 태어났음을 느끼시오.
당신 혼자만이 최초의 세계에[582] 속해 있습니다.   9565

견고한 성채라고 당신을 가두어놓을 수는 없소!
스파르타의 이웃에 있는 아르카디아가,[583]
환희에 가득 찬 세월을 보낼 수 있도록
아직도 영원한 청춘의 힘으로 우리를 감싸고 있습니다.

성스러운 땅에 살도록 권유를 받아,   9570
당신은 한없이 명랑한 운명으로 도망쳐온 것이오!
옥좌는 그대로 변하여 정자가 될 것이니,
우리 행복도 아르카디아에서처럼 자유로워지리라!

(무대 장면이 완전히 바뀐다.
일렬로 늘어선 암벽 동굴에 문이 닫힌 정자들이 기대어 있다.
그늘진 숲이 주위에 둘러서 있는 절벽까지 계속된다.
파우스트와 헬레나는 아직 보이지 않는다.
합창단은 잠이 든 채 여기저기 흩어져 누워 있다.)

포르키아스

이 계집들이 얼마나 오래 잠들어 있는지 모르겠구나.
내가 두 눈으로 밝고 분명하게 본 것을   9575
이 아이들도 꿈에서 보았는지, 그것도 알 수 없구나.
그러니 이것들을 깨워보자. 이 젊은 족속을 깜짝 놀래줘야지.
믿을 만한 기적의 해결을 끝까지 보겠다고,
저 아래 고집스레 앉아 있는 당신네 털보들도[584] 놀랄 것이오.
자, 일어나라! 일어나! 그 고수머리를 빨리 털어라!   9580
눈에서 잠을 쫓아내라! 그렇게 깜박거리지 말고 내 말 들어라!

합창

합창

어서 말해주세요, 무슨 놀라운 일이 있었는지 이야기해주세요!
우리가 가장 듣고 싶은 것은 도저히 믿을 수 없는 일이에요.
이런 암벽이나 바라보고 있는 것은 지루하기 짝이 없으니까요.

포르키아스

겨우 눈을 비비고 일어났는데, 얘들아, 벌써 지루하단
　　말이냐?　　　　　　　　　　　　　　　　　　　　9585
그럼 들어보아라. 이 구멍, 이 동굴, 이 정자 안에는,
목가에 나오는 연인들처럼 우리의 성주와 왕비님께서
세상의 눈을 피해 숨어 계신다.

합창

　　　　　　　　　뭐, 저 안에 말예요?

포르키아스

　　　　　　　　　　　　속세를 떠나서,
오직 나 하나만 불러, 은밀히 시중을 들게 하고 계신단다.
각별한 대접을 받아 곁에서 모시지만, 그 신임에 어울리게　9590
나도 딴전을 피우며 이것저것 구경하지. 이곳저곳으로
　　돌아다니며
약효를 잘 알고 있는 풀뿌리나 이끼나 나무껍질을 찾는 거야.
그래야 저렇게 두 분만 남게 되니까 말이야.

합창

당신은 저 안에 마치 온 세상이 깃들어 있는 듯 말하시는데,
숲과 초원, 냇물과 호수가 다 있다니,
　　그 무슨 엉터리이야기인가요!　　　　　　　　　　9595

포르키아스

물론이다, 이 철부지들아! 저기는 알 수 없는 깊은 곳이란다.

홀과 홀이 늘어섰고 뜰과 뜰이 즐비한 것을 내 조심스레
　　살펴보았다.
그런데 갑자기 커다란 웃음소리가 동굴 속에서 메아리처럼
　　울려왔다.
그래서 살펴보니, 어린 사내아이가[585] 왕비님 품에서
　　성주님 품으로,
성주님 품에서 왕비님 품으로 뛰어다니며 재롱을
　　피우더구나.　　　　　　　　　　　　　　　　9600
바보처럼 귀여워하며 놀려대고, 장난으로 떠들고 환호하는
　　소리가
엇갈리며 내 귀가 멀 지경이었다.
벌거숭이였는데 날개 없는 천사 같고, 단단한 땅바닥 위에서
파운처럼[586] 튀어오르는데 짐승은 아니더라.
　　한데 바닥에 탄력이 생겨,
그 아이를 공중 높이 솟아오르게 하니, 두 번 세 번 뛰니까　9605
높은 천장에 가 닿더란 말이다.
걱정스런 어머니가 소리 치더라. 네 마음대로 몇 번이고 뛰어라,
그러나 나는 것은 안 된다, 자유롭게 나는 것은 금지되었다.
아버지도 진정으로 경고하더라. 대지에는 탄력이 깃들어
　　있어서,
널 그렇게 위로 밀어올리는 것이다, 발가락을 바닥에
　　대기만 하면,　　　　　　　　　　　　　　　　9610
너는 대지의 아들 안테우스처럼[587] 곧 힘을 얻는 것이다.
그리하여 그 아이는 거대한 암벽으로 뛰어올라가,
공이 부딪쳐 튀어오르듯 이 끝에서 저 끝으로 뛰어
　　돌아다녔단다.

그러다 갑자기 거친 계곡 갈라진 틈으로 사라지고 말았는데,
그 아이는 이제 끝장난 것 같더라. 어머니는 울고
　　아버지는 위로하고,　　　　　　　　　　　　　　　　9615
나도 불안하게 어깨를 움찔대며 서 있었다. 한데 그때 다시
　　나타나다니!
그 속에 보물이라도 숨겨져 있었던가? 그 아이는 꽃무늬 진 옷을
고상하게 차려입고 있단 말이다.
양쪽 소매에는 술이 흔들리고, 가슴에는 매듭이 펄렁거리고,
마치 어린 푀부스와도 같이 황금의 칠현금을 손에 들고,　　9620
불쑥 솟아오른 바위 모서리에 기분이 좋아 나타났지.
　　우린 놀랐단다.
양친은 기쁜 나머지 서로를 번갈아가며 부둥켜안더라.
그애 머리가 얼마나 빛을 발했던가? 뭐가 반짝였는지
　　나도 모르니,
그것이 황금의 장식일까, 아니면 강력한 정신력의 불꽃일까?
이렇게 그는 어린아이로서 벌써, 장래에는 영원한 멜로디가　9625
몸 전체를 통해 흘러가는 모든 아름다움의 대가라는 것을
예고하며 거동하고 있다. 너희들도 그의 말소리를 듣고,
그의 모습을 한번 본다면, 정말 감탄하지 않을 수 없으리라.

합창

　　당신은 그것을 기적이라 하시나요,
　　크레타 출신의 아주머니?[588]　　　　　　　　　　　　9630
　　노래에 담긴 교훈적인 말에
　　한 번도 귀를 기울인 적이 없는 모양이죠?
　　먼 조상 때부터 전해오는

신들과 영웅들에 대한 그 많은
이오니아의 전설도 아직 듣지 못하고,　　　　　　　　9635
헬라스의[589] 이야기도 들어보지 못했나요?

오늘날 일어나고 있는
모든 일은,
화려했던 조상들 시절의
슬픈 여운이지요.　　　　　　　　　　　　　　　　9640
당신이 하신 이야기는
마야의 아들을[590] 노래한,
진실보다도 더 믿을 수 있는
저 귀여운 거짓말과는 비교도 안 돼요.

이 아이는 우아하고 건강하지만,　　　　　　　　　　9645
아직 갓 태어난 젖먹이이기에,
조잘거리기 잘하는 유모들이
철없이 망상을 하여,
깨끗한 강보에 포근히 싸서
값진 장식끈으로 묶어놓지요.　　　　　　　　　　　9650
그러나 억세고 귀여운
장난꾸러기 아기는
보드라우나 탄력 있는 사지를
재치 있게 빼내고, 걱정스러워
폭 싸둔 보랏빛 포대기를　　　　　　　　　　　　　9655
그 자리에 그대로 내버려두어요.
그것은 마치 성숙한 나비가

딱딱하고 답답한 고치 속에서
날개를 펴고 잽싸게 빠져나와,
햇빛이 고루 비치는 대기 속을   9660
대담하고 즐겁게 날아다니는 것 같아요.

또한 민첩하기 그지없는 그 아이는
도둑들이나 악한들에게나,
그 밖의 모든 욕심쟁이들에게까지도, [591)
영원히 은혜로운 악령이라는 것을,   9665
교묘하기 한이 없는 재주로
곧 실증해 보여주지요.
바다를 지배하는 신으로부터는
재빠르게 삼지창을 훔쳐내고, 아레스로부터는
교활하게 칼집에서 검을 뽑아내지요.   9670
푀부스로부터는 활과 화살을,
헤페스토스로부터는[592) 불집게를 훔쳐내고요.
만약 불에 놀라지만 않는다면,
아버지인 제우스의 번갯불도 빼낼 거예요.
하지만 에로스와 맞붙어 싸우면서   9675
다리를 걸어 이겨내고,
키프리아 여신이[593) 그를 애무해줄 때는
그녀의 가슴에서 허리띠를 훔칠 거예요.

(매혹적이고 순결한 멜로디의 현악 소리가 동굴에서부터 울려나온다.
모두가 귀를 기울이며, 곧 진정으로 감동한 듯이 보인다.
여기서부터 다음에 언급된 '휴식' 때까지[594) 계속 완전한 화음의

음악이 연주된다.)

포르키아스

기막히게 사랑스런 음악이나 들으면서,
그런 멋대로 꾸민 이야길랑 냉큼 집어치워라!   9680
너희들 신들의 낡은 무리 따위는
꺼져버려라, 그런 시대는 다 지나갔다.

아무도 너희들을 이해하려 하지 않지만,
우리는 보다 많은 세금을 요구해야겠다.
사람 마음에 감동을 주려 한다면,   9685
마음에서 우러나와야만 하는 법이니까.

(바위 쪽으로 물러간다.)

합창

무시무시한 존재인 당신도
이처럼 은근한 음악은 좋아하는군요.
우리는 상쾌하게 병이 다 나아서,
눈물이 날 정도로 마음이 부드러워졌어요.   9690

태양의 광채 따위는 사라져라.
우리의 영혼에 날이 밝으면,
온 세상이 거절하고 있는 것을,
자신의 마음속에서 찾을 테니까.

(헬레나, 파우스트, 그리고 위에 서술한 복장을 입은 오이포리온 등장.)

오이포리온

노랫소리를 들으시면,   9695

그건 곧 두 분의 즐거움이 되지요.

박자에 맞추어 제가 뛰는 것을 보시면,

두 분의 가슴은 어버이답게 뛸 거예요.

헬레나

인간다운 행복을 누리게 하기 위하여

사랑은 고귀한 두 사람을 가깝게 하지만,   9700

신과 같은 황홀함을 맛보게 하기 위해서는,

사랑은 귀중한 세 사람을[595] 만들어놓아요.

파우스트

이렇게 모든 것이 이루어졌소.

나는 당신의 것, 당신은 나의 것,[596]

이렇게 우리 인연을 맺었으니,   9705

이것이 변해서는 아니 되겠소!

합창

여러 해에 걸친 행복한 생활이

아드님의 부드러운 모습 되어

이 한 쌍의 부부에게 모였습니다.

오, 이 얼마나 감동적인 결합인가!   9710

오이포리온

저를 뛰어오르게 해주세요.

이제 뛰어오르게 내버려두세요!

어디든지 공중으로

치솟아오르고 싶은 것이

저의 열망이에요.   9715

벌써 저는 이 열망에 사로잡혔어요.

파우스트

그저 적당히! 적당히 해라!
무모한 짓은 하지 말고,
떨어지거나 다치는 일이
없도록 하라!   9720
그렇게 되면 소중한 아들이
우리를 파멸케 하리라!

오이포리온

더이상 땅바닥에
처박혀 있고 싶지 않아요.
제 손을 놓으세요.   9725
제 머리를 놓아주시고,
제 옷을 놓아주세요!
그것은 모두 제 것이에요.

헬레나

오, 생각해보아라! 생각해봐!
넌 대체 누구의 자식인가를!   9730
간신히 아름답게 성취한
나의 것, 너의 것, 저분의 것을,
네가 만일 부숴버린다면,
우리 마음 얼마나 아프겠는가.

합창

저들의 결합이 곧   9735
깨어질까 겁이 납니다!

헬레나와 파우스트

참아다오!
지나치게 활발하고
격렬한 충동을,
부모를 생각해서 참아다오!   9740
전원 속에 살면서 고요히
이 무도장을 장식해다오.

오이포리온

두 분의 뜻에 따라
전 참고 있는 거예요.
(합창단원들의 사이를 누비고 다니면서, 그들을 춤추도록 이끌어낸다.)
여기 이 즐거운 여자들 주위를   9745
빙빙 도는 게 훨씬 더 쉽군요.
멜로디는 이만하면 될까요?
몸짓도 이러면 좋을까요?

헬레나

그래, 아주 잘했다.
저 예쁜 여인들을 인도하여   9750
멋진 윤무를 추도록 하여라.

파우스트

이런 짓은 끝났으면 좋겠다!
이런 속임수 놀이는
조금도 즐겁지가 않구나.

(오이포리온과 합창단원들이 춤추고 노래하며,
서로 얽힌 윤무 속에 움직이고 있다.)

합창

그대가 두 팔을   9755
사랑스럽게 놀리시고,
반짝이는 고수머리
흔들면서 움직이면,
그대 스텝이 경쾌하게
대지 위를 미끄러져가고,   9760
이리로 또 저리로
손발을 이끌어 다니시면,
사랑스런 아기님,
그대는 목적을 이룬 거예요.
우리들 모두의 마음은   9765
모두 그대에게 기울어졌어요.

(사이)

오이포리온

모두가
발걸음도 가벼운 사슴들이다.
새로운 놀이를 할 테니
기운차게 달려 나오라!   9770
나는 사냥꾼이고
너희는 짐승들이다.

합창

우리를 잡으시려거든,
그렇게 빨리 지나치지 마세요.

우리들의 소망은   9775

결국 한 가지,

그대를 품에 안아보는 것이죠.

그대 아름다운 모습을!

오이포리온

숲속으로 달려라!

나무토막과 바위를 향해!   9780

쉽사리 붙잡힌 놈은

마음에 들지 않고,

강제로 얻은 놈만이

실로 나를 즐겁게 한단다.

헬레나와 파우스트

이 무슨 방자한 짓인가! 무슨 미친 짓인가!   9785

적당히 하기를 바랄 수도 없구나.

마치 뿔피리라도 부는 것처럼

계곡과 숲들이 꽝꽝히 울리고 있으니,

이 무슨 난동인가! 무슨 절규인가!

합창 (한 사람씩 급히 등장하면서)

우리 곁을 그냥 지나가셨어.   9790

우리들 무시하고 경멸하시며,

이 많은 무리 중에서 하필이면

제일 사나운 계집을 끌고 오시네.

오이포리온 (한 젊은 처녀를 안고 등장한다.)

이 거친 꼬마 계집을 끌고 와서

강제로라도 재미 좀 봐야겠다.   9795

나의 환희와 나의 쾌락을 위해,

반발하는 가슴을 끌어안고서,

거역하는 입에 키스를 하며,

내 힘과 의지를 보여줄 테다.

처녀

날 놓아주세요! 내 이 몸 속에도   9800

정신의 용기와 힘이 깃들어 있어요.

당신과 마찬가지로 우리의 의지도

쉽사리 앗아가지는 못할 거예요.

내가 궁지에 몰렸다고 생각하나요?

당신의 완력을 너무 믿으시는군요!   9805

단단히 잡으세요, 나도 장난삼아서

바보 같은 당신을 불로 지져드릴 테니까요.

(그녀는 불꽃이 되어 공중으로 타오른다.)

가벼운 공기 속으로 날 따라오세요,

딱딱한 동굴 속으로 날 따라오세요.

사라져버린 목표물을 붙잡아보세요!   9810

오이포리온 (마지막 불꽃을 털어버리며)

여기 울창한 숲 사이에

암벽으로 첩첩이 싸여 있는 곳,

나는 젊고 싱싱한데,

이 비좁은 곳에서 뭘 한단 말인가.

바람이 쇄쇄 불어오고,   9815

파도가 철썩거리고 있다.

그러나 둘 다 멀리서 들려오니,

나 가까이 가보고 싶구나.

(점점 더 높이 암벽을 뛰어오른다.)

헬레나와 파우스트와 합창

너는 산양과 같이 되고 싶으냐?

떨어질까 두려워 소름이 끼치는구나.　　　　　9820

오이포리온

더 높이 올라가야지.

점점 더 멀리 바라봐야지.

이제 내가 어디에 있는지 알겠구나!

섬 한가운데로구나.

육지와 바다가 맞닿아 있는,　　　　　9825

펠로프스의 땅[597] 한가운데로다.

합창

산과 숲속에서 평화롭게

살고 싶지는 않은가요?

그러면 우리들이 곧

줄지어 선 포도며,　　　　　9830

언덕 끝에 있는 포도,

무화과며 황금사과를 찾아오겠어요.

아, 이 온화한 땅에 그대로

온화하게 머물러주세요!

오이포리온

평화의 날을 꿈꾸고 있는가?　　　　　9835

꿈꾸고 싶은 자는 꿈이나 꾸도록 하라.

전쟁! 이것이 구호이다.

승리! 이것이 뒤따라 울리는 소리다.

합창

평화로운 시대에 살면서

돌이켜 전쟁을 원하는 자는,   9840
희망에 찬 행복으로부터
이별을 고한 사람이에요.

오이포리온

이 나라가 위험한 속에서
위험 속으로 낳아놓고,
무한한 용기를 지녀 자유롭고,   9845
자기 피를 아낌없이 흘리는 사람들,[598]
억제할 수 없는
거룩한 뜻을 위해
싸우는 모든 자들에게
보답이 있으리라!   9850

합창

위를 보세요, 너무 높이 올라갔군요!
그런데도 작아 보이지는 않아요.
갑옷을 입고 승리를 위해 나간 듯,
그 모습이 청동이나 강철로 된 것 같아요.

오이포리온

소용없고, 성벽도 소용없고,   9855
각자는 자기 자신만을 믿을 뿐이다.
끝까지 버텨내는 견고한 성채란
강철 같은 사나이의 가슴뿐이다.
너희가 정복당하지 않고 살고자 한다면,
경쾌하게 무장하고 어서 싸움터로 나가라.   9860
여자들은 아마존 왕국의 여걸같이[599] 되고,
어린아이는 누구나 영웅이 되라.

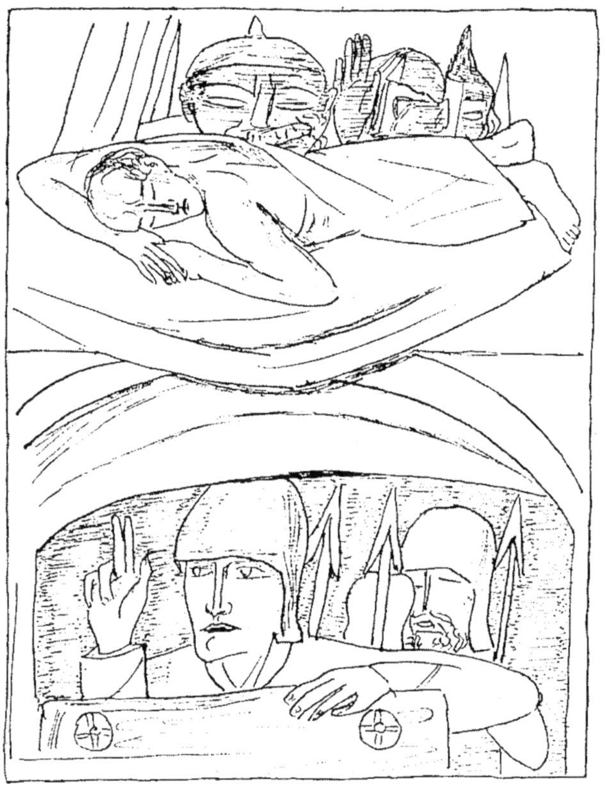

합창

거룩한 시로군요.[600]

하늘까지 올라가세요!

아름답기 그지없는 별이여,　　　　　　9865

멀리, 더 멀리에서 빛나세요!

그래도 여전히 우리에게 비쳐오고,

그 시가 들려오니,

우리 그 소리 즐겨듣고 있어요.

오이포리온

난 어린아이로 나온 게 아니라.　　　　　9870

무장한 젊은이로 찾아온 것이다.

강한 자, 자유로운 자, 대담한 자들과 어울려,

정신 속에선 벌써 일을 다 해치웠다.

자, 나가자!

저기에 이제　　　　　　　　　　　　9875

명예를 향한 길이 열려 있다.

헬레나와 파우스트

겨우 이 세상에 태어나,

밝은 날을 구경하자마자,

너는 현기증 나는 계단에 올라

고통으로 가득 찬 공간을 그리워하는구나.　9880

그렇다면 우리는 네게

아무것도 아닌 존재란 말이냐?

이 단란한 인연도 하나의 꿈이란 말이냐?

오이포리온

바다 위에서 천둥치는 소리가 들리십니까?

저기 골짜기마다에서 다시 우렛소리 울리고,　9885

먼지와 파도 속에 군사들이 맞붙어 싸우고,

밀고 밀리면서 악전고투를 하고 있습니다.

그리고 죽음이란

천명이지요.

그것은 너무나 자명한 일입니다.　　　　9890

헬레나와 파우스트와 합창

놀라운 일이구나! 끔찍한 일이로다!

대체 죽음이 너의 천명이란 말이냐?

오이포리온

먼 데서 그냥 보고만 있으란 말입니까?

아닙니다! 난 근심과 고난을 함께 나누겠습니다.

앞의 사람들

무모하고 위험한 짓,　　　　　　　　9895

죽을 운명이로다!

오이포리온

그렇지만요! ― 양쪽 날개가

활짝 펼쳐집니다.

저쪽으로! 가야 합니다! 가야만 합니다!

날도록 허락해주세요!　　　　　　　　9900

(오이포리온, 공중으로 몸을 던진다. 옷자락이 잠시 동안 그를 지탱한다.
그의 머리에서 광채가 나며, 불빛의 꼬리가 길게 뻗친다.)

합창

이카루스![601] 이카루스와 같구나!

너무나 슬픈 일이로다.

(잘생긴 젊은이가 양친의 발 앞에 떨어진다. 시체를 보니
잘 아는 모습을[602] 보는 것 같다. 그러나 육체는 곧 사라지고,
후광이 혜성처럼 하늘로 올라간다. 옷과 외투와 칠현금만이 남아 있다.)

헬레나와 파우스트

    즐거움 뒤에는 이내

    무서운 슬픔이 따르는구나.

오이포리온의 목소리 (깊은 땅속에서)

    어머니, 이 캄캄한 나라에 나를,   9905

    혼자 내버려두지 마세요!

(사이)

합창 (조가弔歌)[603]

    혼자가 아니에요! ─ 그대가 어디에 계시든,

    우리는 그대를 알고 있다고 생각하니까요.

    아아! 그대가 이 세상을 갑자기 떠난다 해도,

    누구의 마음도 그대에게서 떠나진 않을 거예요.   9910

    우리는 탄식할 줄조차 모른다 해도,

    그리워하며 그대 운명을 노래한답니다.

    맑은 날에나 궂은 날에나 그대의

    노래와 용기는 아름답고 위대했다고.

    오오! 귀하신 조상과 위대한 능력 지니고서,   9915

    이 세상의 행복 누리도록 태어났건만,

    슬프게도 그대는 일찍 세상을 떠나,

청춘의 꽃은 져버리고 말았습니다!
세상을 투시하는 날카로운 눈초리를 지니고,
사람들 마음의 충동도 함께 느끼고,　　　　　　　　　　9920
훌륭한 여인들에겐 사랑을 불태우면서
그지없이 독자적인 노래도 지으셨지요.

그러나 그대는 억제할 길 없이 자유롭게
의지도 없는 그물 속으로 줄달음쳐서,
풍습과 법률에　　　　　　　　　　　　　　　　　9925
거센 충돌을 하셨습니다.
그래도 끝내 지고한 생각이
순수한 용기를 소중히 여기고,
훌륭한 과업을 이룩하려 하였건만,
그대는 성공을 거두지 못하셨나이다.　　　　　　　9930

누가 성공을 거둘까? — 이 침울한 질문에는,
운명조차 얼굴을 가려버릴 지경이지요.
비길 데 없이 불행한 그날에[604]
온 국민이 피를 흘리며 침묵하던 그때에도.
그러나 새로운 노래를 소생시켜주시고,　　　　　　9935
더이상 깊이 머리 숙인 채 서 있지 마세요.
대지는 지금까지 늘 그러했듯이,
앞으로도 끊임없이 노래를 지어낼 테니까요.

(완전한 휴식. 음악도 그친다.)

헬레나 (파우스트에게)

행복과 아름다움은 지속적으로 합일되지 않는다는,
옛말이 유감스럽게도 제게서 증명되고 있어요.　　　9940
생명의 줄도 끊어지고 사랑의 끈도 끊어지고 말았으니,
두 가지를 애통해하면서 쓰라린 이별을 고하겠어요.
다시 한 번만 당신의 품에 안기겠어요.
지옥의 여신이여, 자식과 나를 데려가소서!
(헬레나가 파우스트를 포옹하자 육체는 사라지고, 옷과 면사포만이
그의 팔에 남는다.)

포르키아스 (파우스트에게)

그 남은 것이나마 단단히 붙잡으시오.　　　　　　9945
그 옷을 놓쳐서는 안 돼요. 악령들이 벌써
그 옷자락을 잡아당기면서, 지옥으로
가로채 가려 하니까요. 단단히 잡으시오!
당신이 잃어버린 여신은 존재하지 않지만,
그것은 신적입니다. 헤아릴 수 없이　　　　　　　9950
드높은 은혜를 이용하여 위로 올라가십시오.
그것은 당신의 생명이 지속될 수 있는 한 빨리
온갖 속된 것을 초월해 당신을 천공으로 데려갈 것이오.
그럼 다시 만납시다. 먼 곳에서, 여기로부터 아주 먼 곳에서.[605]

(헬레나의 옷이 구름이 되어 흩어지며, 파우스트를 감싸가지고
하늘 높이 들어올려, 그를 데리고 날아간다.)

포르키아스 (오이포리온의 옷과 외투와 칠현금을 땅에서 집어들고
무대 전면으로 나와서, 벗어놓은 옷들을 높이 치켜들면서 말한다.)

다행히 이것만이라도 찾아냈구나!　　　　　　　　　　　9955
불꽃은 물론 사라져버렸지만,
그런 것은 조금도 섭섭하지 않소이다.
이것으로도 충분히 시인들에게 비법을 전수할 수 있고,
동업자와 수공업자들의 질투심을 야기할 수 있소이다.
내가 재능을 부여해줄 수는 없을지라도,　　　　　　　　9960
최소한 이 옷을 빌려줄 수는 있으니까요.
(그녀는 무대 전면의 기둥에 기대앉는다.)

판탈리스

자, 서둘러라, 아가씨들! 우리는 이제 마술에서 풀려났고,
그 늙은 테살리아 마녀의[606] 거친 정신적 억압에서도
　　해방되었다.
귀를 어지럽히고 더욱 마음속을 교란시키던,
요란하게 얽히고설킨 음악의[607] 도취에서도 깨어났다.　　9965
지하의 나라로 내려가자! 왕비님께선 진지한 걸음으로
서둘러 내려가셨다. 충실한 시녀들이라면
곧바로 왕비의 발자취를 따라가야 하리라.
우린 정체 모를 분의[608] 옥좌 곁에서 왕비님을 만나게 되리라.

합창

왕비들이라면 물론 어디나 기꺼이 가시겠지요.　　　　　9970
지옥에 가서도 높은 자리에 앉아 계시고,
오만스럽게 자기와 같은 분들과 어울리시며,
페르세포네 여왕님과도 정답게 지내시겠지요.
그러나 우리 따위는 수선화가[609] 무성한
깊숙한 초원 저 뒤 구석에 앉아서,　　　　　　　　　　　9975
길게 뻗은 백양나무나

열매도 맺지 못하는 수양버들과 어울리게 되니,
무슨 재미있는 소일거리가 있겠어요?
박쥐들처럼 찍찍 소리를 내며 울어대거나,
유령들처럼 재미도 없이 속삭일 따름이죠.   9980

판탈리스

명성도 얻지 못하고 고상한 짓을 원치도 않는 자는,
사대원소의 세계에 속해야 하느니라. 자, 어서 떠나가자!
왕비님과 함께 있는 것이 내 뜨거운 열망이다.
공로만이 아니라 충절이 우리 인격을 지켜주느니라.
(퇴장한다.)

모두 함께

우리는 태양빛 밝은 곳으로 돌아왔어요.   9985
이젠 인간이 될 자격이 없다는 것을
느끼기도 하고 알고도 있지만,
지옥으로는 결코 다시 돌아가지 않겠어요.
영원히 살아 있는 자연이
우리 정령들에게 요구하듯이,   9990
우리도 자연에게 당연한 요구를 할 거예요.

합창단 일부[610]

우린 수많은 가지들이 속삭이듯 떨고 살랑살랑 흔들리는 속에
장난하듯 자극하며, 뿌리로부터 살며시 생명의 원천을
가지로 끌어올려요. 때로는 잎들로 때로는 꽃들로 풍성하게
덥수룩한 머리털 단장하고서 자유로이 공중으로 자라나게
　　하지요.   9995
열매가 떨어지면, 즐거운 인간의 무리와 가축들이 당장
　　몰려들어,

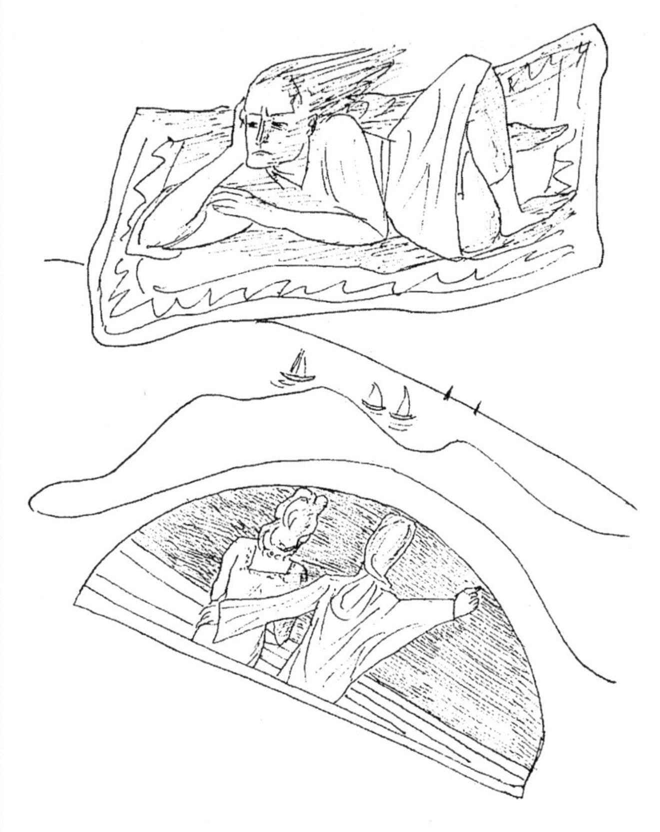

그걸 주워 먹으려고 급히 달려들며, 엎치락뒤치락 밀어대지요.
최고의 신들 앞에서인 것처럼 모두가 우리 주위에서
　　허리를 굽히지요.

다른 일부

우리는 멀리까지 반짝이는 거울처럼 매끄러운 이 절벽에,
잔잔한 파도처럼 움직이며 아첨하듯 찰싹 달라붙어
　　있어요.　　　　　　　　　　　　　　　　　　　10000
새의 노래, 갈대의 피리 소리, 판 신의 무서운 목소리라
　　할지라도,
어떤 소리에든 조용히 귀 기울이다가 당장 대답을 준비하지요.
졸졸거리는 소리에는 졸졸거리며 대답하고, 천둥 소리 들려오면,
두 곱, 세 곱, 열 곱으로 진동하는 뇌성으로 되돌려 대꾸하지요.

또다른 일부

언니들! 마음이 성급한 우리들은 냇물 따라 서둘러 갑니다. 10005
저 멀리 풍성하게 단장한 언덕 모습들이 마음에 들어서요.
더 아래로 점점 더 깊이 메안더 강물처럼[611] 굽이치며 흘러서,
이번엔 초원, 다음엔 목장, 그러곤 집 주위의 정원을
　　적셔주어요.
저기 측백나무의 날씬한 가지가 평야와 강기슭과
거울 같은 물결 넘어 창공으로 솟아 있는 곳이 우리
　　목표죠.　　　　　　　　　　　　　　　　　　10010

나머지 일부

모두들 좋은 데로 흘러가세요. 우린 포도 덩굴이
받침대에 푸르러지는 저 무성한 포도밭을 휘감으며 흐르겠어요.
거기서는 매일 종일토록 일하는 포도 재배자의 정열과
아무리 부지런해도 수확을 염려하는 광경을 볼 수 있어요.

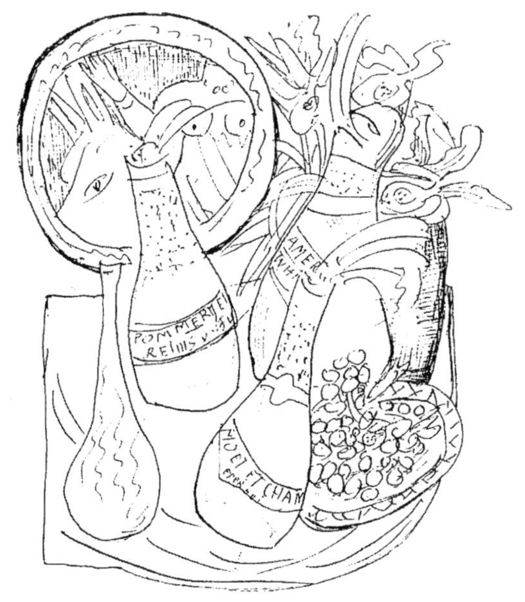

때로는 괭이로, 때론 삽으로 흙을 파고 자르고 묶고
　　하면서,　　　　　　　　　　　　　　　　　　10015
그는 모든 신들에게, 특히 태양신에게 열렬히 기도하지요.
도락가인 주신 바쿠스는 이 충실한 하인을 걱정하지도 않고,
정자에서 쉬거나 동굴에 기대앉아 가장 젊은 파운과
　　잡담이나 하지요.
주신이 비몽사몽 상태로 취하는 데 필요한 술은
수많은 가죽자루나 술항아리나 술통에 담아서,　　　　10020
서늘한 지하실에 좌우로 즐비하게 영원토록 저장되어 있습니다.
그러나 모든 신들이, 특히 태양의 신 헬리오스가
공기, 습기, 온기, 열기를 주며 포도 송이를 산더미처럼

쌓아올리면,
포도 재배자가 조용히 일하던 곳이 갑자기 활기를 띠고,
정자 안마다 술렁대고, 그 소리 줄기에서 줄기 사이로
　　번져갑니다.　　　　　　　　　　　　　　　　　　10025
바구니 우직거리고 물통이 달가닥, 메고 가는 통도 삐걱거리며,
모든 것이 큰 통으로 옮겨져 포도 짜는 일꾼은 힘차게 춤을
　　추지요.
이리하여 성스럽도록 풍성하게 갓 태어난 즙 많은 포도알들이
마구 밟혀 거품을 내고 물을 뿌리며 형편없이 깨어져 한데
　　섞인답니다.
그런데 이제는 심벌즈 타악기와 징소리가 날카롭게 울려
　　퍼지는데,　　　　　　　　　　　　　　　　　　　10030
그것은 주신 디오니소스가 신비의 장막을 걷고
　　나타났기 때문이죠.
염소 발굽을 단 남자와 여자들이 몸을 흔들어대며 함께
　　나오는데,
그 사이사이 질레누스를[612] 태운 귀 큰 짐승이 마구 날카롭게
　　울어댑니다.
인정사정 하나도 없군요! 갈라진 발굽들이 모든 예절을
　　짓밟아버리고,
온갖 관능이 비틀비틀 소용돌이치며, 조야한 소리에
　　귀가 멀 지경입니다.　　　　　　　　　　　　　　10035
주정꾼들은 더듬더듬 술잔을 찾고, 머리와 배는 술로 가득
　　찼으며,
한두 사람 염려하여 소리치지만, 소란만 더욱 더 크게 할
　　뿐이랍니다.

새 술을 담으려면, 서둘러 묵은 술 부대를 비워야 할 테니까
　　말입니다!

(막이 내린다. 무대 전면에 앉아 있던 포르키아스가 거인처럼 일어선다.
그러나 키를 커 보이게 하기 위한 굽 높은 장화를 벗어놓고, 가면과
베일을 뒤로 밀어젖히며 메피스토펠레스의 정체를 드러낸다.
그것은 필요한 경우 에필로그에서 이 연극에 대한 주석을 붙이기
위해서이다.)

제4막

높은 산악지대[613]

우뚝 솟은 뾰족뾰족한 암벽 꼭대기. 한 덩어리의 구름이 가까이

날아와서 바위에 기대 있다가, 앞으로 튀어나온 너럭바위 위에

내려앉는다. 구름이 갈라진다.

파우스트 (앞으로 나타난다.)

가장 심오한 고독을 내 발 아래 내려다보면서,

나 조심스럽게 이 산꼭대기의 바위 끝에 발을 내려놓고,　　　10040

여러 맑은 날에 육지와 바다를 건너 부드럽게

나를 실어다준 구름수레에 이별을 고하노라.

구름은 흩어지지도 않고 서서히 내게서 떠나가는구나.

그 덩어리는 둥그렇게 뭉쳐서 동쪽으로 흘러가는데,

내 눈은 깜짝 놀라 감탄하며 그 뒤를 쫓아가는도다.　　　10045

구름은 유유히 방황하고 물결치며 그 모양이 변하는구나.

어떤 모습을 나타내려 하는구나—— 그래! 내 눈은

　　못 속인다!——

햇빛 반짝이는 보료 위에 우아하게 누워 있는,

거인처럼 크긴 하지만, 신들을 닮은 여인의 모습을

나 보고 있노라! 유노와도, 레다와도, 헬레나와도 닮은　　　10050

존엄하고도 사랑스런 모습이 내 눈앞에 어른거린다.

아아! 벌써 사라지려 하는구나! 형상도 없이 넓게 솟아올라

아득한 얼음산과도 같이 동쪽 하늘에 머물러,
무상한 시절의 위대한 의미를 눈부시게 반영하고 있구나.

그러나 보드랍고도 밝은 안개자락이 아직 내 가슴과 이마를 10055
감싸고 돌면서, 기분을 즐겁게 하고 시원케 하며 아양을
    떠는구나.
이번에는 그것이 경쾌하고도 주저하는 듯 점점 높이 올라가서,
모두가 하나로 합치는구나― 저 황홀한 모습은 잃은 지도
    오래된
아득한 청춘 시절의 최고의 보배라면 내가 착각하는 것일까?
가슴속 깊이 간직했던 옛날의 보물들이 하나하나
    솟아오르는구나. 10060
저것은 경박하게 날뛰던 아우로라와의[614] 사랑을 일러주나니,
재빠르게 느끼기는 했으나 제대로 알지도 못했던 첫 눈길,
그 눈길을 꽉 잡고 보니 어떤 보물보다도 찬란하게 빛났었지.
저 사랑스런 형상은 아름다운 영혼으로 승화해 올라가고,
서로 흩어지지도 않은 채 창공으로 떠오르며, 10065
내 마음속 가장 소중한 것을 함께 이끌어가는구나.

(마법의 칠 마일 장화[615] 한 짝이 철썩하고 나타난다. 다른 한 짝이
곧 뒤따라 나온다. 메피스토펠레스가 내려온다. 장화들은 계속 급히
걸어간다.)

메피스토펠레스

이쯤 되면 결국 상당한 진전이 있었다고 해야겠지!
그런데 말해보시오, 당신은 대체 무슨 생각이 들었지요?

이런 소름끼치는 곳 한가운데,
흉측스레 아가리를 벌리고 있는 바위 틈새에 내리다니요? 10070
내가 잘 알고 있지만, 여긴 내릴 장소가 아니오.
원래 이것은 지옥의 맨 밑바닥 돌이었으니까요.

파우스트

네놈은 어리석은 전설 이야기를 늘어놓지 않을 때가 없구나.
여기서도 또 그따위 이야기를 시작할 모양이로구나.

메피스토펠레스 (진지하게)

주님이신 신께서― 그 이유는 소인도 잘 알고
    있습니다만― 10075
우리들을 천공에서 깊은 지하 세계로[616] 추방했을 때,
그 한가운데서는[617] 작열하는 불꽃을 사방에 튀기면서
영원한 불길이 훨훨 타오르고 있었는데,
우리들은 그 불빛이 너무나 휘황하게 밝아서
아주 답답하고 불편한 자세를 취하고 있었습죠. 10080
악마들은 모두가 기침을 하기 시작하였고,
위에서고 아래서고 훅훅 불을 끄려 불어대기 시작했소이다.
그런데 지옥은 유황 냄새와 황산으로 꽉 들어차더니,
결국은 가스가 발생했습죠! 그것이 엄청난 일로 변하여,
나라마다 평평했던 지반이, 비록 두껍긴 했을지라도, 10085
당장에 요란한 굉음을 내며 파열해버리고 말았소이다.
그리하여 지금 우리는 다른 끝에 매달려 있는 것인즉,
옛날에 맨 밑바닥이었던 것이 지금은 봉우리가 된 셈이죠.
세상에서 가장 낮은 것이 가장 높은 것으로도 뒤바뀐다는,
저 그럴듯한 학설도 바로 여기에 근본을 두고 있는
    것이외다. 10090

아무튼 우리는 비참하게 뜨거운 불구멍에서부터
자유로운 공기가 충만한 곳으로 빠져나왔으니까요.
이것은 공공연한 비밀이지만, 잘 간직해두었다가,
후일에 가서야 세상 사람들에게 알려질 것이외다.
(에베소서 제6장 12절)[618]

파우스트

거대한 산은 내게 의연하게 침묵하고 있나니,　10095
나는 산이 어디로부터, 왜 생겨났는지를 묻지 않겠다.
자연이 자기 자신 속에 스스로를 기초하였을 때,
이 지구를 순수하리만치 둥글게 만들었고,
산봉우리와 계곡들을 만들어 즐거워했으며,
암벽과 암벽, 그리고 산과 산을 줄지어 늘어놓고,　10100
그 다음 언덕을 쾌적하게 아래로 경사지도록 형성하여,
부드러운 모습으로 골짜기로 흘러가도록 한 것이다.
거기에 초목이 푸르게 자라고 있으니, 자신을 즐기기 위하여
자연은 미친 듯한 천재지변을 필요로 하지는 않느니라.

메피스토펠레스

그렇게 말하겠지요! 당신네는 그걸 명백하다 여기겠지만,　10105
그 자리에 있었던 자는 다르게 알고 있소이다.
아직도 저 밑에서 심연이 끓어오르며 부풀고,
흘러가며 불길을 토하고 있을 때, 나 그곳에 있었습죠.
그때 몰로흐의[619] 망치가 바위와 바위를 두들겨대며,
험준한 산의 파편들을 멀리 날려보냈다오.　10110
이 땅엔 아직 낯선 데서 온 육중한 바윗덩이가 깔려 있는데,
이런 것을 내던질 수 있는 힘을 누가 설명하겠나이까?
철학자 따위는 그런 사실을 파악할 수가 없지요.

거기에 바위가 있으니, 그대로 놓아두는 수밖에 없다는 식이며,

우리도 벌써 여러 가지를 생각해보았으나

　　헛된 일이었지요—　　　　　　　　　　　　　　10115

충직하고 순박한 백성들만이 그 사실을 잘 알고 있으며,

자기 생각을 조금도 방해받지 않고 있소이다.

그것은 기적이며, 악마의 공로라고 하는

지혜를 그들은 오래 전부터 터득하고 있었던 것이지요.

그러기에 날 신봉하는 순례자는 신앙의 지팡이를 짚고,　　10120

악마의 바위나 악마의 다리[註]를 절름대며 찾아다니고 있소이다.

파우스트

악마가 자연을 어떻게 관찰하고 있는가를 살펴보고,

거기에 주의를 기울이는 것도 가치 있는 일이리라.

메피스토펠레스

그게 무슨 상관이오! 자연 같은 건 아무래도 좋소!

중요한 점은, 악마가 그 자리에 있었다는 것이죠!　　　　10125

우리는 위대한 일을 해낼 수 있는 무리란 말이오.

난동, 폭력, 발광 같은 것 말이오! 이 표지[標識]를 보시오! —

그렇지만 이제 알아듣기 쉬운 말을 하겠는데,

이 지구 표면에 아무것도 마음에 드는 게 없단 말이오?

당신은 무진장하게 넓은 이 세상에서　　　　　　　　　10130

여러 나라들과 그 영화로움을 둘러보셨소이다.

(마태복음 제4장)

그런데도 있는 그대로 만족하지 못하고 있으니,

당신은 어떠한 즐거움도 느껴보지 못했겠지요?

파우스트

그렇지 않다! 위대한 것이 내 마음을 끌고 있다.

알아맞혀보게나!

메피스토펠레스

그런 것쯤 당장 알아맞히겠소이다.　　　　　　　　　10135

나 같으면 이런 대도시를 하나쯤 찾아내보겠소.

중심가엔 시민의 생활필수품 가게들이 무섭게 복작거리고,

꾸불꾸불하고 좁은 골목길과 뾰족한 지붕들이 있으며,

비좁은 장터에 배추, 무, 양파들이 잔뜩 쌓였는가 하면,

기름진 고기를 맛있게 먹어보겠다고　　　　　　　　　10140

쇠파리들이 잔뜩 붙어 있는 푸줏간도 있는 곳을 말이오.

어느 때 가보든지 그런 곳에는 확실히

냄새가 진동하고 활기가 넘쳐나지요.

그 다음에는 드넓은 광장이나 넓은 도로들이

건방지게도 점잖게 버티고 있으며,　　　　　　　　　10145

끝으로 성문이 가로막지 않는 곳에는,

외곽 도시가 끝없이 연장되고 있습지요.

이런 곳에서 나는 바퀴 달린 마차들이

이리저리 시끄럽게 굴러다니고,

흐트러진 개미떼가 바글대듯 사람들이　　　　　　　　10150

끝없이 이리저리 바쁘게 오가는 꼴을 즐긴답니다.

그리고 마차를 타고 가거나, 말을 타고 가거나,

난 언제나 그들 중앙에 나타나,

수많은 인간들의 존경을 받는단 말이외다.

파우스트

그런 것으로 나는 만족할 수가 없다.　　　　　　　　10155

백성들의 숫자가 증가하고, 누구나 자기 방식대로

편안하게 살아가며, 심지어는 교육도 받고,

학문도 하는 것을 사람들은 좋아하고 있지만—

그건 오로지 반역자들만 양성해내는 것이지.

메피스토펠레스

그 다음에는 내 뜻대로 호화스럽게,　　　　　10160

즐거운 유원지에다 환락의 별장을 하나 짓겠소이다.

숲과 언덕과 평야와 초원과 들판을

화려한 정원으로 주위에 손질해놓고요.

푸른 울타리 앞에는 비단 같은 잔디밭을 만들고,

똑바른 길에 예술적으로 다듬은 나무 그늘,　　　　10165

바위에서 바위로 층층이 떨어지는 인공폭포,

거기에다 여러 가지 분수를 설치해놓겠는데,

물이 당당하게 높이 솟아오르게도 하지만, 한편에서는

수천의 가는 물줄기가 각양각색으로 치솟게도 하겠소이다.

그 다음에는 그러나 절세미인들을 위해　　　　　10170

은밀하고도 쾌적한 정자를 짓도록 하여,

거기에서 아기자기하고 한적하게 어울려서

끝도 없는 긴 세월을 보내겠나이다.

내가 미인들이라고 말했는데, 어떻든 나는

미인이라면 복수複數로 생각하고 있으니까요.　　　　10175

파우스트

좋지 못한 현대식이군! 사르다나팔 왕과[620] 같구나!

메피스토펠레스

당신이 뭘 추구하려 했는지 알아맞혀볼까요?

그것은 정말로 숭고하리만큼 대담한 것이었습죠.

당신은 달나라에까지도 그만큼 가까이 떠올랐었으니,

당신의 병적 욕망이 당신을 그리로 이끌어갔겠지요?　　10180

파우스트

당치도 않은 소리! 이 지구상에는

아직도 위대한 일을 할 여지가 남아 있다.

경탄할 만한 일을 성취해야만 하겠다.

나는 대담한 노력을 하고 싶은 힘을 느끼노라.

메피스토펠레스

그러니까 명성을 얻고 싶은 것이로군요?　　　　10185

당신은 여걸들과[621] 헤어져 왔으니 그럴 법도 하겠군요.

파우스트

지배권을 얻고 소유권을 획득하는 것이다!

행위가 전부이며, 명성이란 아무것도 아니다.

메피스토펠레스

그렇지만 시인들이 나타나서,

후세에 당신의 영광됨을 전하고,　　　　10190

바보 같은 소리로 바보 같은 짓을 선동하겠지요.

파우스트

이 모든 것이 네게 온당한 건 하나도 없겠지.

인간이 무엇을 갈망하는지 너 따위가 알겠는가?

너같이 심술궂고 가혹하고 악랄한 존재가

인간이 무엇을 필요로 하는지 알 턱이 있겠는가?　　　　10195

메피스토펠레스

그렇다면 당신의 뜻대로 하십시오!

당신의 그 기상천외한 생각이나 말씀해보시지요.

파우스트

나의 눈길은 저 드높은 바다로 이끌리고 있다.

바다는 부풀어오르고 저절로 높이 솟아올랐다가는,

다시 가라앉는 듯하더니만 거대한 파도를 일으켜,　　　　10200

평평한 해변의 넓은 들판을 엄습해버린다.

나는 그것이 불쾌하다. 그것은 마치 오만불손한 마음이

정열적으로 요동하고 있는 혈기를 믿고서,

모든 권리를 소중하게 여기는 자유로운 정신을

불쾌한 감정으로 뒤바꿔놓는 것과 같단 말이다.　　　　10205

나 그걸 우연이라 생각하고 날카로운 눈길로 바라보니,

거센 파도는 멈추었다가 다시 굴러가며,

오만하게 점령했던 목표물에서 멀어져갔지만,

때가 되니 그런 장난을 또 되풀이하더구나.

메피스토펠레스 (관람객을 향하여)

그런 이야기라면 내게 조금도 새로울 것이 없소이다.　　　　10210

그런 것쯤은 벌써 수십만 년 전부터 알고 있으니까요.

파우스트 (격정적으로 말을 계속한다.)

파도는 그 자체 비생산적인 것이, 비생산적인 성질을

사방팔방에 뿌리기 위하여 살금살금 다가오고 있다.

부풀어오르고 높이 솟아올라 굴러가서는

황량한 지대의 불쾌한 지역을 뒤덮어버린다.　　　　10215

밀려오고 밀려가는 파도가 힘에 넘쳐 그곳을 지배하지만,

그것이 물러간 다음에는, 나를 절망할 지경으로

불안하게 만들 만한 걸 아무것도 이룩하지 못하고 있다!

억제를 모르는 사대원소의 맹목적인 힘일 따름이다!

그리하여 내 정신은[622] 내 힘에 겨운 일을 계획하나니,　　　　10220

나는 여기서 싸우고 싶고, 그것을 정복하고 싶은 것이다.

그리고 그것은 가능한 일이다! ─ 파도는 아무리 넘친다 해도,

언덕이 있으면 그 모두를 피해 돌아가느니라.
파도가 그렇게 오만불손하게 날뛰고 있다 해도,
보잘것없는 언덕이라도 그에 도도하게 맞서며,　　　　　　10225
보잘것없는 웅덩이라도 그것을 힘차게 끌어들인다.
그리하여 나는 마음속에서 급히 계획에 계획을 세웠노라.
저 광포한 바다를 해변에서 몰아내고,
습기찬 넓은 지역의 경계선을 좁히면서,
파도를 저 멀리 바다 속으로 밀어버림으로써　　　　　　10230
진정으로 값진 즐거움을 얻어보겠노라고.

나는 이 계획을 하나하나 검토해보았노라.
이것이 내 소망이니, 이 일을 추진하도록 하라!

(북소리와 군악 소리가 관객들 뒤쪽,[623] 멀리 오른쪽으로부터
들려온다.)

메피스토펠레스

그건 쉬운 일이올시다! 저 멀리 북소리가 들리지요?

파우스트

또 전쟁이로구나! 현명한 자라면 듣기 싫은 소리이니라.　　　　10235

메피스토펠레스

전쟁이건 평화이건 간에, 현명한 것은
무엇이든 자기 이득이 되는 것을 끌어내는 노력이지요.
유리한 순간은 어떤 것이든 정신 차리고 기다려야죠.
자, 기회는 왔소이다. 파우스트 선생, 그걸 잡으시오!

파우스트

그런 수수께끼 같은 장난은 집어치우도록 하라!　　　　　　10240
간단히 말해서, 어쩌라는 건가? 분명히 설명해보라.

메피스토펠레스

이곳으로 오는 도중에 들은 이야기인데,
그 선량한 황제가 크나큰 걱정 속에 빠져 있답니다.
당신도 그를 알고 있지요. 우리가 그의 시중을 들어주고,
가짜 재산을 손아귀에 넣어주었을 때에는,　　　　　　10245
온 세상이라도 값싸게 사들일 만한 정도였지요.
그런데 너무 어린 나이에 옥좌에 올랐기 때문에,
통치하는 것과 동시에 향락하는 것이,

충분히 양립할 수 있으며,

그것이 정말 바람직하고 아름다운 일이라고   10250

멋대로 그릇된 판단을 했던 것입니다.

파우스트

커다란 잘못이다. 명령을 내려야 하는 자는

명령하는 것에서 행복을 느껴야 하는 법이니라.

그의 가슴이 드높은 의지로 가득 차 있다 할지라도,

그가 원하는 바를 어느 누구도 알게 해선 안 되는 일이다.   10255

그가 가장 충성스런 신하의 귀에 속삭인 것은,

일단 실행되어야 하고, 다음에 온 세상이 놀라야 한다.

그렇게 되면 그는 언제나 최고의 통치자가,

최고의 권위자가 될 것이다 — 향락은 비천하게 만드느니라.

메피스토펠레스

그분은 그렇지 않소. 스스로 향락했지요, 대단히!   10260

그러는 동안에 제국은 무정부 상태로 붕괴하고,

높은 자, 낮은 자 가릴 것 없이 서로 뒤엉켜 싸움질을 하고,

형제들끼리도 서로 몰아내고, 죽이고,

성채는 성채끼리, 도시는 도시끼리,

노동조합은 귀족에 대항하여 반목하고,   10265

주교는 성당 참사회와 교구와 알력다툼을 하니,

서로 얼굴만 맞대면 모두가 원수였습죠.

교회 안에서 살인과 타살 행위가 자행되고,

성문 밖에서는 상인과 나그네들이 목숨을 잃었지요.

그리하여 모든 사람들이 적지 않게 담대해졌는데,   10270

산다는 건 곧 방어한다는 뜻이었지요 — 그렇게 되었습죠.

파우스트

그렇게 되었겠지 — 절름거리다 넘어졌다 다시 일어나고,

그 다음 또 곤두박질하여 흉한 덩어리가 되어 굴러가겠지.

메피스토펠레스

이런 상태를 아무도 비난할 수는 없소이다.

누구나 잘난 체하려 했고, 또 그럴 수도 있었지요.   10275

가장 형편없는 자까지도 한몫하는 걸로 통했으니까요.

하나 결국 선량한 자들이 이건 너무 미친 짓이라 생각했지요.

유능한 인사들이 실력으로 봉기하고,

이렇게 선언했습죠. 군주란 우리 안정을 보장해야 한다.

황제는 그럴 능력도 없고 의사도 없다 — 그러니 우리가   10280

새로운 황제를 선출하여 국가에 새 기풍을 불어넣도록 하자.

그러면 그가 각자의 안정을 확보해줌으로써,

새로이 이룩된 이 세상에서

평화와 정의가 결합할 것이다라고요.

파우스트

그 소리 성직자 냄새가 나는구나.

메피스토펠레스

        그건 사실 성직자들이었는데,   10285

그자들은 잘 먹어 살찐 배를 안전하게 하려는 것이었습죠.

누구보다도 그 작자들이 가장 많이 가담했고요.

폭동은 확대되고, 폭동은 성스럽게 축성도 받았지요.

우리가 즐겁게 해드렸던 황제가 이곳으로

진군해오고 있는데, 아마도 최후의 결전을 할 모양이외다.   10290

파우스트

그분이 애처롭구나. 그렇게 선량하고 마음이 트인 분이었는데.

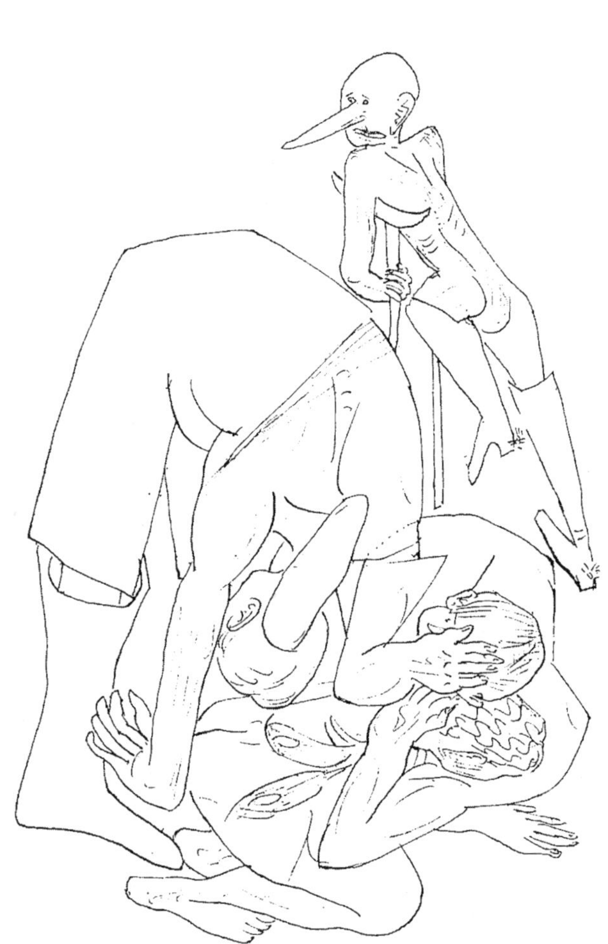

메피스토펠레스

자, 구경이라도 갑시다! 산 사람은 희망을 가져야죠.

이 협소한 계곡에서 우리가 그를 구해냅시다!

이럴 때 한 번 구해주면, 천 번 구해준 것이나 마찬가지죠.

주사위가 어떻게 던져질는지 누가 알겠소이까?　　　　10295

그리고 그가 운이 있다면, 부하들도 따를 것입니다.

(그들은 중간 산맥을 넘어가서 군대가 계곡에 배치된 상황을 관찰한다.

아래쪽에서 북소리와 군악이 울려온다.)

메피스토펠레스

진지는 제대로 잘 잡은 것같이 보이는군요.

우리가 가담한다면, 승리는 틀림없겠습니다.

파우스트

여기서 네게 뭘 기대할 수 있겠나?

기만! 마술의 속임수! 헛된 겉치레 따위겠지.　　　　10300

메피스토펠레스

전투에 이기기 위한 전략이오!

당신도 하고자 하는 목적을 생각하시고,

위대한 뜻을 가지도록 단단히 각오하시오.

우리가 황제에게 옥좌와 제국을 보존케 해드리면,

당신은 그 앞에 무릎을 꿇고 끝도 없이 넓은　　　　10305

해안지대를 봉토로 하사받게 될 것이외다.

파우스트

자네는 벌써 여러 가지 일을 잘해냈으니,

그럼, 이번 이 전투에도 이기도록 하라!

메피스토펠레스

아니, 당신이 이겨야지요! 이번에는

당신이 총사령관입니다.　　　　　　　　　　10310

파우스트

아무것도 모르면서 명령을 해야 한다는 게,

내게 어울리는 드높은 자리란 말이로구나!

메피스토펠레스

참모부로 하여금 일을 처리하도록 하시고,

야전군 사령관께서는 안전하게 계십시오.

전쟁의 위험을 벌써부터 느끼고 있었기에,　　10315

원시적 산악지대 출신의 원시인들로

미리 전쟁 참모들을 구성해놓았습죠.

그들을 긁어모은 자가 행운을 잡을 것이외다.

파우스트

저기 무기를 가지고 있는 것들이 무엇이냐?

네가 산악지방 백성들을 선동한 것이로구나?　10320

메피스토펠레스

아니올시다! 하지만 페터 스켄츠[624] 씨처럼,

전체의 놈팡이들 중에서 정예들만 골라놓은 것입니다.

(세 사람의 강력한 용사가[625] 등장한다. 사무엘 하 제23장 8절.)

메피스토펠레스

여기 내 부하들이 왔소이다!

보시다시피, 나이들도 아주 다르고,

갑옷이나 무기들도 모두 다르지만,　　　　　10325

그들과 함께 다니셔도 그리 나쁘진 않을 것입니다.

(관객을 향하여)

요즈음 젊은 아이들은 누구나 할 것 없이
갑옷이나 기사들의 옷깃을 너무나 좋아하더군요.
그리고 이 건달놈들은 비유적인 존재들이니,
그만큼 더 여러분 마음에 드실 겁니다.　10330

싸움쟁이 (젊은이로 가벼운 무장을 하고, 화려하게 옷을 입고 있다.)

어떤 놈이건 내 눈을 들여다보기만 하면,
당장 주먹으로 아가리를 갈겨버릴 테다.
비겁한 놈이라서 도망을 치면,
뒤통수 머리칼을 낚아채리라.

날치기 (청년으로 제대로 무장을 했으며, 호사스런 옷을 입었다.)

그런 실속 없는 싸움은 장난질이니,　10335
그러다간 쓸데없이 세월만 허비하지.
오로지 날치기에만 정진하라.
다른 일은 모두가 나중 문제다.

뚝심쟁이 (노인으로 중무장을 했고, 옷은 입지 않았다.)

그렇게 한다 해도 별 소득이 없지!
거대한 재산도 곧 녹아 없어지고,　10340
인생의 흐름 속에 흘러가버리지.
날치기도 좋지만, 뚝심 있게 붙잡고 있는 게 제일이야.
이 늙은 놈에게 관리를 맡겨준다면,
어떤 놈도 당신 것을 앗아가지는 못하지.

(그들은 모두 함께 아래로 내려간다.)

앞산 위에서

북소리와 군악 소리가 아래서 울려온다.

황제의 천막이 설치된다.

황제와 총사령관과 친위병들

총사령관

우리가 이런 요지인 골짜기로　10345
전 군대를 후퇴시켜 집결시킨 것은,
아무리 보아도 용의주도한 전략 같습니다.
이 선택이 승리를 가져오리라 확신합니다.

황제

어떻게 될는지 곧 알게 될 것이오.
그러나 짐은 패주나 다름없는 후퇴가 불쾌하오.　10350

총사령관

폐하, 저기 아군의 우익右翼을 좀 보십시오!
저런 지형이야말로 전략상 이상적인 곳입니다.
언덕이 가파르지도 않지만, 쉽사리 접근할 수도 없으며,
아군에겐 유리하고 적군에겐 휘몰릴 위험이 있사옵니다.
파도 모양의 지형을 이용해 아군을 반쯤 숨겨놓으면,　10355
적군의 기병대도 감히 접근하지 못할 것입니다.

황제

짐으로서는 칭찬 말고는 할 말이 없소.
여기에서 기량과 충성심을 시험해볼 수 있을 것이오.

총사령관

여기 이 가운데 초원의 평평한 공간에서
밀집방어진을 펴고 용감하게 싸우는 것을 보십시오.　10360

창끝이 아침안개 속에서 햇빛을 받아
창공에 반짝반짝 빛나고 있습니다.
네모로 정렬된 강한 보병들이 얼마나 검게 물결치고
　　있습니까!
수천의 군사들이 여기서 큰 공을 세우려 열을 올리고
　　있습니다.
저만하면 대군의 병력임을 인식할 수 있는바,　　　　　　10365
적군의 병력을 흐트러트릴 수 있으리라 믿사옵니다.

황제

이렇게 아름다운 광경은 처음 보겠소.
이러한 군대라면 갑절 되는 위력을 발휘할 것이오.

총사령관

아군의 좌익에 대해선 보고드릴 것도 없습니다.
험준한 암벽을 용감한 군사들이 지키고 있으며,　　　　10370
지금 무기로 반짝이는 저 층암절벽이
이 좁은 계곡의 중요한 통로를 엄호하고 있나이다.
여기에서 적의 병력이 예기치도 않았다가,
유혈이 낭자한 결전에 패망하리란 걸 예측할 수 있습니다.

황제

저기 가짜로 인척지간이라고 하는 자들이 오는구나.　　10375
저자들은 짐을 숙부니, 사촌이니, 형제라 부르면서,
날이 갈수록 점점 더 안하무인이 되어,
왕홀에서는 권위를, 옥좌에서는 존경심을 앗아가더니,
종국에는 저희들끼리 불화를 일으켜 나라를 황폐케 하고,
이제는 모두가 한통속이 되어 짐에게 모반까지 하였노라.　10380
민중들은 확실한 생각을 하지 못해 요동하다가는,

결국엔 물결이 흐르는 대로 휩쓸려갈 따름이로다.

총사령관

충직한 부하를 하나 첩자로 파견했었는데,
급히 암벽을 뛰어내려옵니다. 성공했으면 좋으련만!

첫째 첩자

교묘하고 용감한 우리의 계략은,　　　　　　　　　　10385
다행스럽게도 성공을 거두어,
여기저기로 잠입해 들어가긴 했지만,
신통한 정보는 얻어오지 못했습니다.
여러 충직한 무리들과 같이 폐하께,
진심으로 충성을 맹세하는 자들도 많지만,　　　　　　10390
수수방관만 하며 변명만 늘어놓는 자들은,
내란이니, 민중의 위험이니 떠들고들 있습니다.

황제

자기 자신만 살자는 것은 이기주의의 신조인 만큼,
감사고 정이고, 의무고 명예고 다 소용이 없느니라.
너희가 충분히 계산을 해본다면, 이웃집의 화재가　　　10395
너희까지 삼켜버릴 것이라는 점을 생각지 못하겠는가?

총사령관

두번째 첩자가 오는데, 아주 천천히 내려옵니다.
피로해진 저 사나이의 팔다리가 온통 떨리고 있나이다.

둘째 첩자

처음에 우리들은 느긋한 마음으로
난동분자들이 헤매는 꼴을 보고 있었나이다.　　　　　10400
예기치도 않았는데, 눈 깜짝할 사이에
새로운 황제가 나타났습니다.

그리고 민중들은 미리 정해진 길을 따라

들판을 가로질러 행진해갔나이다.

모두가 새로 펼친 가짜 깃발을   10405

따라가더군요— 양떼 같은 근성입지요!

황제

적군 황제가 나타난 것은 짐에게 이로울 것인즉,

이제야 비로소 짐이 황제라는 것을 느끼겠노라.

짐은 군사로서 이 갑옷을 입었을 따름인데,

이제는 보다 드높은 목적을 위해 입은 것이로다.   10410

축제가 열릴 때마다 모든 것이 그다지도 찬란하고,

없는 것이 없었지만, 짐에게는 위험이 결여되었던 것이다.

그대들도 잘하던 말 타고 고리 꿰는 놀이를 권했을 때도,

내 가슴은 뛰었고 마상^{馬上} 창시합의 묘미를 만끽하였노라.

그대들이 짐에게 전쟁을 만류하지만 않았던들,   10415

지금쯤은 벌써 영웅적인 공훈으로 빛나고 있으리라.

사면에 휩싸인 불길 속에 내 모습을 비춰보았을 때에는

짐의 가슴이 자주 독립으로 낙인 찍힌 것을 느꼈노라.

그 불길이 무시무시하게 짐에게로 엄습해왔었는데, [626]

그건 환영일 따름인데, 그러나 그 환영만이 위대했노라.   10420

짐은 승리와 명성에 대해 막연하게 꿈꾸고 있었지만,

모독적으로 게을리했던 바를 이제야 되찾게 되었구나.

(적군 황제에게 도전을 통고하기 위해 사신이 파견된다.

파우스트는 갑옷을 입고, 얼굴을 반쯤 가린 투구를 쓰고 있다.

세 사람의 강력한 용사는 위에서와 같은 무장과 옷차림을 하고 있다.)

파우스트

저희들이 나섰다고 책망하시지 않기를 바라옵니다.

다급할 것은 없다 할지라도 조심하는 것이 상책입니다.

폐하께서 아시다시피 산악 사람들은 생각과 궁리가 많고,　　10425

자연의 문자나 암석에 나타난 문자에도 정통해 있습니다.

정령들은 이미 오래 전에 평지를 떠나서,

전보다도 훨씬 바위산에 마음을 두고 있사옵니다.

그들은 철분 향내가 물씬 풍기는 고귀한 가스 속에서,

미로 같은 골짜기를 누비면서 조용히 활동하고 있사온데,　　10430

간단없이 분해하고 시험하고 결합시키고 하면서,

새로운 것을 발명해내는 것이 그들의 유일한 충동이랍니다.

영적인 힘이 깃든 조용한 손가락으로

그들은 투명한 형상들을 만들어내고,

영원히 침묵하며 수정 같은 결정체 속에서　　10435

지상 세계의 사건들을 살피고 있사옵니다.

황제

그런 이야기를 짐도 들은 바 있어 그대의 말을 믿겠소.

하지만 용사여, 그게 여기서 무슨 소용 있는가? 말해보시오.

파우스트

사비니 사람으로 노르치아에[627] 사는 무술사巫術師가

폐하의 충성스럽고 정직한 신하로 있나이다.　　10440

잔인스런 운명이 무시무시하게 한때 그를 위협했었지요!

섶나무는 훨훨 타오르고, 벌써 불길이 날름거리는데,

주위에 쌓아올린 바싹 마른 장작 더미에는

역청과 유황 다발이 섞여 있었지요.

인간은 물론, 신도 악마도 그를 구할 길이 없었는데,　　10445

폐하께서 벌겋게 달아오른 쇠사슬을 끊어주셨나이다.

그건 로마에서의 일이었지요. 그래서 그는 크게 은혜를 입고,

언제나 걱정스럽게 폐하의 가시는 길을 살피고 있었습니다.

그 시각부터 그자는 완전히 자기 자신을 잊고,

오직 폐하를 위해서만 별자리와 지리를 살피고 있나이다.　　10450

화급한 일이라고 폐하를 돕도록 우리에게 부탁한 것도

바로 그 사나이올시다. 산의 위력이란 참으로 위대하지요.

거기서 자연은 절대적으로 자유롭게 작용하고 있는데,

우둔한 성직자들은 그런 것을 마술이라 비난하고 있나이다.

황제

즐거운 날에 명랑하게 즐기기 위해,　　10455

명랑하게 찾아오는 손님들을 영접할 때,

홀 안이 비좁도록 줄지은 손님들이 밀고 밀린다 해도,

누구나 다 우리 마음을 기쁘게 하는 법이라오.

그러나 운명의 저울이 어떻게 기울어질까 하고

노심초사 염려하고 있는 이런 날 아침에,　　10460

강력하게 아군을 도와주기 위해 찾아온

성실한 사나이라면 최고의 환영을 받음이 마땅할 것이오.

하지만 지금 여기 이 중대한 순간에는

그 강력한 손에 쥔 의지의 칼을 거두어주고,

수천의 병사가 짐을 위하거나 혹은 반대하여　　10465

싸우려고 나서는 이 순간을 존중해주기 바라오.

자립하는 것이 사나이요! 옥좌와 왕관을 탐내는 자는

개인적으로 그만한 명예에 어울려야 할 것이오.

우리를 거역하고 봉기해서 스스로 황제라 칭하고,

여러 나라의 군주니, 전 병력의 지휘자라느니,　　10470

여러 귀족들의 영주라느니 하고 있는 저 괴물을

짐이 이 주먹으로 죽음의 나라로 밀쳐버리겠소!

파우스트

그것은 그렇다 해도 위대한 일을 완성하기 위해,

폐하의 목숨을 건다는 것은 당치 않으신 분부입니다.

투구는 닭 벼슬이나 깃털로 장식되지 않았나이까?　　　　10475

그건 우리의 용기를 고무하는 머리를 보호하는 것입니다.

머리가 없는 팔다리가 무슨 일을 해내겠나이까?

머리가 잠들면, 모든 것이 아래로 척 늘어지고,

머리가 부상을 입으면, 당장에 모든 것이 상처입는 것이며,

머리가 빨리 건강해지면, 수족도 싱싱하게 소생하기

　　　때문입니다.　　　　10480

팔은 재빠르게 자기의 강한 권리를 이용하여,

두개골을 지키기 위해 방패를 들어올릴 것이고,

칼도 자신의 의무를 당장에 알아차려,

힘차게 받아넘기고 거듭하여 내리칠 것이며,

건장한 발도 그들 행운에 한몫 끼어들어,　　　　10485

맞아죽은 적군의 목덜미를 힘차게 내리밟을 것입니다.

황제

짐의 노여움도 그러하다. 그놈을 그렇게 다루어,

그 오만스런 대갈통을 발판으로 만들고 싶도다!

사신들 (돌아온다.)

우리들 저쪽에서 존경도 못 받고,

인정도 별로 받지 못했나이다.　　　　10490

힘차고 고귀한 우리의 선전포고를,

공허한 농담이라고 저들은 웃어댔지요.

"너희들 황제는 행방불명이 되었다.

저 비좁은 계곡에 메아리만 칠 뿐이다.

우리더러 그자를 생각해보라 하지만,　　　　10495

동화에서 말하듯 ― 그것은 옛날이었다."

파우스트

굳세고 충성스럽게 폐하의 편에 서 있는,

정선된 용사들의 소망대로 된 것이옵니다.

저기 적병이 다가오고, 폐하의 군사 사기 높게 기다립니다.

공격을 명하십시오. 유리한 순간입니다.　　　　10500

황제

짐은 여기에서 직접 지휘하는 것을 포기해야겠소!

(총사령관을 향하여)

후작, 이런 임무는 그대의 손에 달려 있소!

총사령관

자, 그럼 우익군 앞으로 전진하라!

지금 막 기어오르고 있는 적군의 좌익은,

최후의 일보를 내딛기도 전에,　　　　10505

충성이 시험된 젊은 기력 앞에 패퇴하고 말리라.

파우스트

그렇다면 여기 이 강건한 용사로 하여금,

지체 없이 당신의 전열 속에 들어가서,

대열의 병사들과 긴밀하게 일체가 되어,

그 일원으로 강력한 본성을 발휘하게 해주십시오.　　　　10510

(파우스트, 오른쪽을 가리킨다.)

싸움쟁이 (앞으로 나온다.)

내게 얼굴을 보이는 놈은 아래위 턱주가리가

박살나지 않고서는 돌아가지 못할 것이다.

내게 등을 보이는 놈은 당장에, 목이고 머리통이고

머리채고 처참히 흐느적거리며 목덜미에 축 늘어지게 될 게다.

그리고 내가 광란하듯 날뛰는 것처럼,　　　　　　　10515

아군 병사들이 칼이나 몽둥이를 휘둘러댄다면,

적병들은 한 놈 한 놈 쓰러져서,

저희들 피바다 속에 빠져 죽게 될 것이다. (퇴장)

총사령관

아군 중앙의 밀집방어진은 은밀히 뒤따르다가,

교묘히 전력^{全力}을 다하여 적군을 밀어붙여라.　　　10520

저기 약간 오른편에서는 이미 아군의 전투부대가

분투하며, 적군의 진지를 교란시키고 있다.

파우스트 (가운데 사나이를 가리키며)

그럼 이 용사도 장군의 명령을 따르게 해주십시오!

이 사나이는 아주 날쌔어서 무엇이나 낚아채올 수 있습니다.

날치기 (앞으로 나온다.)

황제군의 영웅적 용기에는　　　　　　　　　　　10525

약탈 욕망도 짝을 지어야만 합니다.

모든 용사의 목표로 정해야 할 곳은,

바로 적군 황제의 풍성한 천막이지요.

그자도 그 자리를 오래 버티진 못할 것이며,

나는 밀집방어진의 맨 앞에 서야겠나이다.　　　　　10530

들치기 (진중의 여행상. 날치기에게 몸을 비벼대면서)

나 이 양반의 여편네가 된 건 아니지만,

이분이 내겐 안성맞춤 서방님이야.

우리에겐 추수할 가을이 찾아왔어요!

여자란 움켜잡을 때도 지독하지만,

빼앗아갈 때에는 그야말로 사정없지요.　　　　　　10535

이기는 편에 붙어야죠! 무슨 짓이든 가능하니까요.

(날치기와 들치기, 퇴장한다.)

총사령관

예상했던 대로 아군의 좌익에 대항해서,

적의 우익군이 맹렬하게 공격해오는군.

바위투성이의 비좁은 통로를 점령하고자,

미친 듯 공격하는 적병에 일대일로 대항하리라.　　　10540

파우스트 (왼쪽을 향해 손짓한다.)

그러면 장군, 이 용사도 눈여겨봐주시기 바랍니다.

강한 것을 더욱 강화시킨다 해서 손해볼 것은 없지요.

뚝심쟁이 (앞으로 나온다.)

좌익군에 대해선 염려 마십시오!

내가 있는 곳이라면, 가진 것은 안전합니다.

늙은이란 잡은 것을 잘 지키고 있으니,　　　　　　10545

내가 가진 걸 번갯불도 빼앗지 못할 겁니다.

(퇴장한다.)

메피스토펠레스 (위에서 내려오면서)

자, 보십시오. 우리들 뒤편에 있는

모든 뾰족뾰족한 바위계곡에서

무장한 병사들이 쏟아져나와,

좁은 소로를 더욱 협소하게 하고 있으며,　　　　　10550

투구와 갑옷, 칼과 방패로써

우리들 배후에 성벽을 쌓고,

공격할 신호만 기다리고 있소이다.

(사정을 아는 관객들에게[628] 낮은 소리로)

저것들이 어디에서 왔는지를 물어서는 안 됩니다.

말할 것도 없이 나는 지체하지 않고,   10555

주위에 있는 무기고를 모조리 털어왔습죠.

거기에는 보병도 있고 기병들도 있었는데,

아직도 이 세상의 주인 행세를 하고 있더군요.

예전에는 기사니, 국왕이니, 황제니 하였지만,

지금엔 속 빈 달팽이 껍데기에 불과하지요.   10560

거기에 여러 가지 도깨비를 넣어 단장을 하니,

중세 中世가 생생하게 되살아난 것 같았습죠.

어떤 마귀가 저 속에 깃들어 있다 할지라도,

아무튼 이번만은 큰 효과가 있을 것입니다.

(큰 소리로) 들어보시오. 저것들이 벌써 분노하여,   10565

서로 요란하게 부딪치는 쇳소리를 내고 있습니다!

각종 깃대에 달린 깃발 조각도 펄럭거리며,

신선한 공기를 마시겠다고 초조히 기다리고 있소이다.

생각해보시오. 여기는 옛날 백성이 준비를 갖추고,

새 시대의 전투에 뛰어들고 싶어하는 것이외다.   10570

(위에서부터 무시무시한 나팔 소리가 들려오고,

적군들 진영에는 현저한 동요가 일어난다.)

파우스트

지평선은 어두워지고,

여기저기서 의미심장하게

예감에 찬 빨간 불빛만이 번쩍이는구나.

창검들은 벌써 핏빛으로 번쩍이고,

암벽도 산림도 대기도,   10575

전체 하늘까지도 싸움에 말려들었구나.

메피스토펠레스

우익군은 기운차게 버티고 있소이다.

하지만 그중에서도 뛰어나게 보이는 것은

잽싸게 빠른 거인 싸움쟁이 한스이며,

자기 방식대로 날쌔게 활약하고 있나이다.　　　　　10580

황제

처음에는 팔 하나만 쳐드는 것처럼 보이더니,

지금은 열두 개가 발광하는 것처럼 보이는구나.

자연스런 일이 일어나는 것 같지가 않구나.

파우스트

폐하께선 시칠리아 해변에 떠돌고 있는,

안개 띠에[629] 대한 이야기를 들어본 적이 없으십니까?　10585

거기에서는 밝은 대낮에 흔들리면서도 분명하게,

중천에 드높이 솟아오르며,

이상스러운 안개에 반사되어

해괴한 광경이 나타난다고 하옵니다.

여러 가지 형상들이 대기를 뚫고 나오는 것처럼,　　10590

여기저기 도시들이 나타났다가 없어지고,

정원들이 떠올랐다 가라앉았다 하는 것입니다.

황제

하지만 무언가 미심쩍구나! 긴 창끝마다

번갯불이 번쩍거리는 듯이 보이고,

아군 방어진의 빛나는 창끝에서는　　　　　　　　10595

날쌘 불꽃들이 춤추고 있는 것처럼 보이는구나.

저건 아무래도 도깨비장난 같은 생각이 든다.

파우스트

황공합니다만 폐하, 저것은 이미 사라진

정령들 본체의 자취이며,

모든 뱃사람들이 축원을 올리는   10600

디오스쿠렌 형제의[630] 반사광입니다.

저들은 여기서 최후의 힘을 기울이는 것이지요.

황제

하지만 말해보시오. 자연이 우리에게

유리하도록, 온갖 진귀한 힘을 다해주는 게,

누구의 덕택이란 말이오?   10605

메피스토펠레스

폐하의 운명을 가슴으로 걱정하고 있는,

저 고상한 무술사 말고 어느 누가 있겠나이까?

적군이 폐하를 강력하게 위협하는 것을 보고

그는 가슴속 깊이 몹시 격분하고 있었나이다.

이로 인해 그 자신이 파멸한다 할지라도,   10610

은혜를 갚기 위해 폐하를 구하고자 하였던 것입니다.

황제

백성들이 환호하며 짐을 둘러싸고 화려하게 안내할 때,

짐은 무엇이나 된 기분으로 권위를 시험해보고자 했으며,

이거 잘되었구나 하고 별로 생각하지도 않은 채,

백발의 노인에게 시원한 바람을 선사해주었지.   10615

그래서 성직자들의 즐거움을 망쳐놓았고,

짐은 물론 그들의 호의를 얻을 수가 없었지.

한데 그다지도 많은 세월이 흐른 지금에 와서,

짐이 기뻐서 행한 일에 보은을 받게 되다니?

파우스트

사심 없는 선행이란 이자가 많은 법입니다.   10620

눈을 들어 저 위쪽을 한번 보십시오!

무술사가 무슨 신호를 보내려는 것 같습니다.

주의해 보십시오. 곧 그 징조가 나타날 것입니다.

황제

독수리 한 마리가 하늘 높이 떠돌고 있고,

괴조 그라이프가[631] 사납게 위협하며 뒤따르고 있구나.   10625

파우스트

주의 깊게 보십시오. 분명 길조로 보입니다.

그라이프란 옛날 우화에나 나오는 동물인데,

그것이 어찌 제 주제를 잊어버리고,

감히 진짜 독수리와 힘을 겨룰 수 있겠나이까?

황제

지금까지는 커다란 원을 그리며   10630

서로 빙빙 돌고 있더니, — 순식간에

그놈들은 서로 덤벼들어서,

가슴과 목을 찢어발기려 하는구나.

파우스트

이제 잘 보십시오. 저 흉측한 그라이프는

뜯기고 찢기고 상처만 입은 채,   10635

사자꼬리를 척 늘어뜨리고,

봉우리 숲속으로 떨어져 사라졌습니다.

황제

이런 징조대로 이루어졌으면 좋겠구나!

놀랍기는 하지만 그대로 수긍하겠노라.

메피스토펠레스 (오른쪽을 향하고서)

　맹렬하게 거듭되는 공격에　　　　　　　　　　10640

　적군은 퇴각하지 않을 수 없습니다.

　불확실한 결투를 하면서

　그들은 오른쪽으로 밀려감으로써,

　그 주력부대인 좌익군이

　전투중 일대 혼란을 일으켰나이다.　　　　　　10645

　아군 방어진의 견고한 선두는

　우측으로 진군하여, 번개와도 같이

　적군의 허점을 공격하고 있나이다—

　이제 힘이 비등한 쌍방의 병력은

　폭풍을 만난 파도처럼 흩어지며,　　　　　　　10650

　두 군데 전투에서 사납게 분노하고 있습니다.

　이보다 장렬한 광경은 생각할 수도 없으니,

　이번 전투는 아군의 승리가 확실합니다!

황제 (좌측에서 파우스트에게)

　보라! 짐으로선 저편이 염려스러운바,

　아군의 진지가 위태로운 것 같구나.　　　　　10655

　돌이 날아오는 것도 보이지 않고,

　낮은 암벽으로는 적병이 기어오르고,

　위쪽 암벽에서는 아군이 벌써 후퇴하였다.

　저것 보라!—적군이 총 집결하여

　점점 가까이 육박해오고 있구나,　　　　　　　10660

　저 통로도 이미 점령된 것 같으니,

　이는 신성치 못한 노력의 결과일 것이다!

　그대들의 마술도 헛된 일이로다.

(잠시 후에)

메피스토펠레스

　저기 제 까마귀[632] 두 마리가 날아오는데,

　무슨 소식을 가지고 오는 것일까요?　　　　　10665

　우리에게 좋지 못한 기별이나 아닌지 두렵소이다.

황제

　저 흉측한 새들이 무엇이란 말인고?

　저들은 전투가 치열한 바위산을 떠나,

　검은 돛을 달고 이쪽으로 날아오고 있구나.

메피스토펠레스 (까마귀를 향하여)

　너희들 내 귀 가까이에 와 앉아라.　　　　　　10670

　너희가 지켜주는 자는 망하지 않을 것이니,

　너희의 충고는 이치에 들어맞기 때문이다.

파우스트 (황제에게)

　폐하께서도 비둘기 이야기는 들으셨겠지만,

　그 새들은 아무리 먼 땅에 가 있다 해도

　자기 새끼와 먹이가 있는 보금자리로 돌아온답니다.　10675

　여기에 중대한 차이점이 있사온데,

　비둘기는 평화시에 봉사하는 전령이고,

　까마귀는 전쟁시에 명을 받는 전령입니다.

메피스토펠레스

　아주 불행한 보고가 왔나이다.

　저기를 보십시오! 저 암벽 언저리에서　　　　　10680

　아군 용사들이 곤경에 빠졌습니다!

　가까운 고지들에는 이미 적병이 올라왔고,

　만일 저 통로마저 점령당하게 되면,

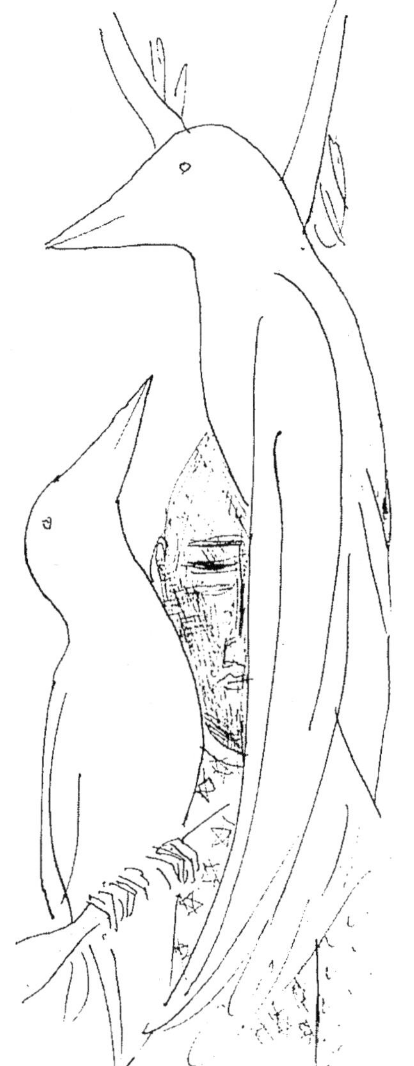

아군은 난처한 입장에 빠지게 됩니다.

황제

그렇다면 결국 짐이 기만당한 것이로구나!　　　　　10685

그대들이 짐을 함정 속으로 끌어들인 것이로다.

짐을 농락하면서부터 줄곧 두려운 생각이 드는구나.

메피스토펠레스

용기를 내십시오! 아직 패한 것은 아닙니다.

최후의 고비에서는 인내와 책략을 써야 합니다!

끝판에 가서는 날카로워지는 게 보통입니다.　　　　10690

소인에게 확실한 전령들이 있사오니,

소인이 명령을 해도 좋다고 명령해주십시오!

총사령관 (그러는 동안에 가까이 다가와 있다.)

폐하께서 이자들과 손을 잡으신 것이,

신에게는 계속 마음 아픈 일이었나이다.

속임수로써는 결코 확고한 행복이 마련되지 않습니다.　10695

신에게도 이 전세戰勢를 바꿀 만한 방도가 없나이다.

저자들이 시작한 일이니, 그들이 끝내도록 하십시오.

신은 이 지휘봉을 반납하겠나이다.

황제

행운이 가져다줄지도 모르는, 보다 호전될

시각까지 지휘봉을 그대로 갖고 있도록 하시오.　　　10700

짐은 저 저주스러운 떠돌이 녀석은 물론

까마귀와 정답게 구는 수작도 심히 불쾌하오.

(메피스토펠레스를 향하여)

지휘봉을 그대에게 맡길 수는 없노라.

짐이 보기엔 그대는 적합한 자가 아닌 것 같다.

하지만 명령은 하도록 하고, 우리를 구출토록 하라!   10705
일어날 일이라면, 일어나도록 하라.

(황제, 총사령관과 함께 천막 안으로 퇴장한다.)

메피스토펠레스

저 무딘 지휘봉으로 몸을 수호하려 들다니!
우리에겐 그런 막대기 따위는 아무런 소용도 없지.
그러고 보니 어딘지 십자가 같단 말이야.

파우스트

어떻게 할 작정인가?

메피스토펠레스

　　　　　벌써 다 해놓았소이다! ─[633]   10710
자, 검은 사촌들이여,[634] 어서 일을 시작하여,
커다란 산중 호수로 가라! 물의 요정 운디네에게 인사 전하고,
흐르는 물의 가상假象을 청해오도록 하라.
그것들은 쉽사리 알 수도 없는 계집의 요술로,
실체와 가상을 분리하는 법을 알거든.   10715
그런데 누구나 가상을 실체라고 믿는단 말이야.

(잠시 후에)

파우스트

물의 요정들에게 우리 까마귀들이 진정
가슴에서 우러나오는 아양을 부렸음에 틀림없어.
저쪽에서 벌써 물이 졸졸 흘러내리기 시작한다.
여기저기 메마르고 황량한 암벽 틈에서   10720
빠르고 풍부한 샘물 줄기가 솟아 흘러내리니,
적군의 승리도 끝장이 났구나.

메피스토펠레스

저렇게 경이로운 인사를 받게 되면,
용감하게 기어오르던 놈들도 혼비백산할 것이외다.

파우스트

벌써 한 줄기 냇물이 여러 갈래로 세차게 흘러내리고,   10725
계곡으로부터는 두 배가 되어 다시 쏟아지며,
한 줄기 폭포가 되어 활모양으로 떨어지는구나.
갑자기 평평한 넓은 바위를 덮치거나
여기저기를 솨솨 소리내고 거품을 튀기며 흘러서,
층층이 골짜기로 떨어져내리는구나.   10730
용감하고 영웅답게 막으려 한들 무슨 소용이랴?
거센 파도가 도도히 흐르며 적병들을 휩쓸어가는 것을.
저렇게 거친 홍수를 보니 나도 소름이 끼치는구나.

메피스토펠레스

난 이런 물속임수 따위는 보이지 않소이다.
오로지 인간의 눈만이 속게 마련이지만,   10735
이런 기묘한 사건이 정말 즐겁소이다.
적군들은 무더기로 계속 떨어져내리고,
저 바보 같은 놈들은 물에 빠져죽는다 생각하고,
단단한 육지 위에서 제멋대로 헐떡거리면서
헤엄치는 몸짓을 하며 달려가니 우스꽝스럽도다.   10740
이제 사방 어디에나 대혼란이 벌어졌소이다.

(까마귀들이 다시 돌아온다.)

저 고매한 무술사에게 가서 너희들을 칭찬해주겠다.
너희들 자신이 무술사 노릇을 한번 해보고 싶다면,
불길이 이글거리는 대장장이에게로[635] 달려가거라.

그곳에서는 난쟁이 족속들이 지칠 줄 모르고,

쇠붙이나 돌을 두들기며 불꽃을 튀기고 있을 것이다.

그자들을 장황하게 감언이설로 달래어,

사람들이 거룩한 생각으로 품고 있는,

빛나고 반짝이며 불꽃 튀기는 불씨를 하나 얻어오너라.

아득하게 먼 곳에서 번개가 일고,

높이 떠 있는 별들이 눈 깜짝할 사이에 떨어지는 일은

여름밤이면 날마다 일어나고 있지만,

혼란스레 우거진 숲속에서 번개가 일고,

축축한 대지에 별이 스치고 지나가는 일은

그렇게 쉽사리 볼 수 있는 것이 아니다.

그러니 너희들은 그렇게 애쓸 것 없이,

우선은 간청해보고, 다음에는 명령을 하라.

(까마귀들 퇴장. 지시한 대로 사건이 진행된다.)

메피스토펠레스

적군은 짙은 암흑에 휩싸였다!

한 걸음 한 걸음이 불확실하구나!

어느 구석에나 도깨비불이 일어나고,

갑자기 눈멀게 하는 불빛이 번쩍인다!

이 모든 것이 희한하게 잘 되었는데,

이제는 무시무시한 굉음도 필요하겠구나.

파우스트

저 동굴 무기고에서 나온 공허한 갑옷들이

자유로운 바람에 기운을 차렸다고 느끼는 모양이군.

저 위에서 해괴망측하고 거짓에 찬 소리가,

벌써 오래 전부터 달각거리며 삐걱거리고 있구나.

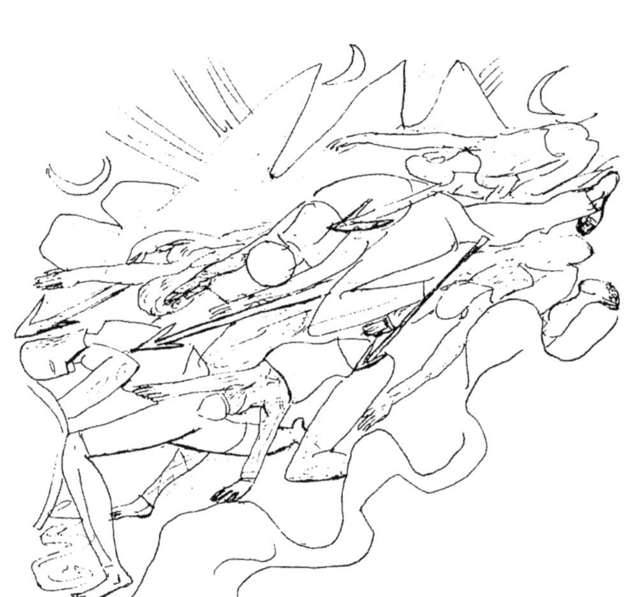

메피스토펠레스

그렇소이다! 저들은 이제 막을 도리도 없소이다.

벌써 그리운 옛 시절에 그러했듯이,

기사들이 치고받는 소리가 울려옵니다.   10770

팔 가리개나 다리 가리개까지도,

교황파가 되고 황제파로 나뉘어가지고,

끝없는 싸움을 새로 시작하고 있소이다.

선조로부터 익숙해진 확고한 사상에 젖어,

저들은 조금도 화해할 기색이라곤 없으니,   10775

광란하는 소리가 벌써 멀리 폭넓게 울리는군요.

결국 악마들이 축제를 벌일 때마다,

당파간의 증오가 극도에 달해,

최후의 끔찍한 결과를 초래하지요.

목양신 판의 참을 길 없이 불쾌한 소리에다,   10780

때로는 악마처럼 째지는 듯 날카로운 소리가,

공포감을 자아내며 골짜기에 울려퍼진답니다.

(관현악이 전쟁의 소동 소리를 연주하다가, 마지막에는 경쾌한
군악곡으로 넘어간다.)

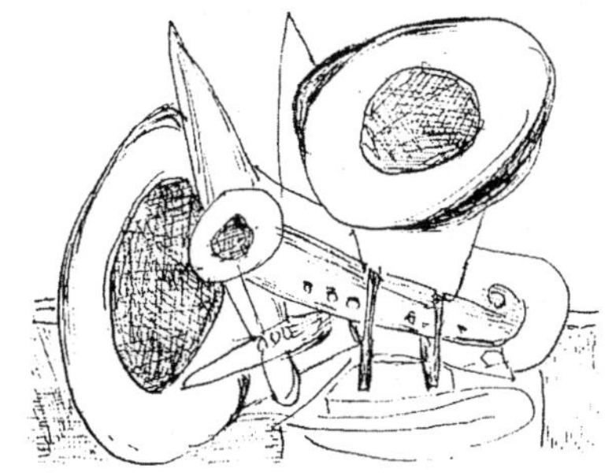

적군 황제의 천막

옥좌, 주위는 사치스럽다.

날치기, 들치기

들치기

우리가 그래도 제일 먼저 이곳에 왔군요!

날치기

까마귀라도 우리처럼 빨리 날아오지는 못해.

들치기

어머나! 여기 보물들이 무더기로 쌓여 있어요!   10785

어디서부터 들치기 시작할까? 어디서 끝내야 할까요?

날치기

천막이 온통 보물들로 가득 찼구나!

무엇부터 날치기해야 할지 나도 모르겠는걸.

들치기

내겐 이 양탄자가 알맞겠어요,

내 잠자리가 형편없을 때가 많거든요.   10790

날치기

여기 강철로 만든 금성봉金星棒이[636] 걸려 있군.

난 벌써부터 이런 것을 갖고 싶었지.

들치기

단을 금실로 만든 빨간 외투도 있는데,

나는 이런 걸 가졌으면 하고 꿈꿔왔어요.

날치기 (무기를 집어들며)

이것만 있으면 무엇이든 다 될 거야.   10795

놈을 때려죽이고 앞으로 나아간단 말이야.

너는 많은 것을 들치기했지만,

쓸만한 건 하나도 챙기지 못한 모양이구나.

그런 잡동사니는 제자리에 버려두고,

이 궤짝을 하나 가져가란 말이다!　　　　　10800

이건 군사들에게 줄 봉급인데,

그 속엔 순 금화만 들어 있단 말이야.

들치기

이건 지독하게도 무겁군요!

난 들지도 못하니, 가져갈 수도 없어요.

날치기

빨리 허리를 굽혀! 몸을 구부리란 말이야!　　10805

네 억센 등에다 그걸 지워줄 테니까.

들치기

아이구 아파요! 아이구 아파, 안 되겠어요!

너무 무거워 허리가 두 동강 나겠어요.

(궤짝이 떨어지고 뚜껑이 열린다.)

날치기

번쩍이는 금화가 무더기로 쏟아지는군 —

빨리 달려들어 긁어담도록 해!　　　　　10810

들치기 (쪼그리고 앉는다.)

빨리 이 앞치마에 담아주세요!

이만하면 충분할 거예요.

날치기

그만하면 충분해! 어서 서둘도록 해!

(들치기가 일어선다.)

아이고 저런, 앞치마에 구멍이 났군!

넌 어디를 가든, 어디 가 서 있든,　　　　10815

금화를 씨 뿌리듯 흘리고 다니는구나.

친위병들 (아군 황제의)

너희들은 이 거룩한 장소에서 무슨 짓을 하는 거냐?

어찌하여 황제 폐하의 보물을 뒤적이고 있느냐?

날치기

우리는 우리 몸뚱이를 값싸게 팔았으니,

여기서 전리품을 가져가는 것이오.　　　　10820

적군 천막에서 이런 일은 보통 있는 법이며,

우리로 말하면, 우리들도 병정이란 말이오.

친위병들

그런 짓은 우리 군대에선 용납되지 않는다.

병정인 동시에 도둑놈이 되다니 있을 수 없다.

그리고 우리 폐하께 충성하려는 자는,　　　10825

정직한 병정이어야 한단 말이다.

날치기

정직이라 그런 건 벌써 다 알고 있소.

이를테면 군세軍稅라는 거겠지.

당신네도 모두 같은 짓을 하고 있는 거요.

이리 내놔라! 하는 것이 동업자들의 인사말 아니겠소.　10830

(들치기를 향해)

자 떠나자, 네가 가지고 있는 건 그대로 끌고 가자.

여기서 우린 환영받는 손님이 아닌 모양이다.

(날치기와 들치기, 퇴장한다.)

첫째 친위병

말해보게, 어째서 저런 철면피한 놈의

따귀를 당장에 후려갈기지 않았단 말인가?

둘째 친위병

어쩐 일인지, 힘이 쭉 빠지던걸.   10835

아무래도 그놈들은 도깨비 같았어.

셋째 친위병

나는 눈앞이 이상해지더니,

무엇인가 가물거리며 제대로 보이지가 않았어.

넷째 친위병

난 어떻게 말을 해야 될지 모르겠는데,

하루 종일 지독하게 더웠고,   10840

무척 불안스럽고 숨이 막힐 지경으로 답답했어.

어떤 놈은 서 있고, 어떤 놈은 쓰러지고,

더듬더듬 걸어가서 곧장 내리치면,

내리칠 때마다 적병이 쓰러졌지.

눈앞에는 베일과 같은 것이 아른거리고,   10845

귓속엔 윙윙거리고 쏴쏴하며 쉭쉭대는 소리만 울렸어.

계속 그런 양상이었는데, 이제 여기에 와 있다니,

어찌 된 셈인지 전혀 모르겠단 말이야.

(황제가 네 명의 제후들과 등장한다.

친위병들은 물러간다.)

황제

어찌되었든 간에, 결전은 우리의 승리로 끝났으며,

산산이 흩어진 적병들은 광활한 들판에서

　　도주해버렸도다.   10850

여기에 텅 빈 옥좌만이 남아 있고, 반역도들의 보물은
그대로 양탄자에 싸인 채, 주위의 장소를 비좁게 하는구나.
우리는 영예로운 아군 친위병들의 보호를 받으며,
황제로서 여러 민족들의 사신들을 기다리고 있노라.
각지각처에서 즐거운 소식이 당도하고 있으니,   10855
온 나라가 평온해졌고, 기꺼이 우리에게 귀복歸服한다는 것이다.
우리들 전투에 요술이 끼어들긴 했을지라도,
결국 우리는 오직 우리들만으로 싸웠던 것이다.
우연이란 것이 싸우는 자를 이롭게 하는 일은 종종 있었으니,
하늘에서 돌이 떨어지고, 적군에게 피의 비가 내리고,   10860
바위동굴 안에서 기괴한 소리가 맹렬히 울려나와서,
아군의 사기를 북돋워주고, 적군의 사기를 꺾어준 일도 있었다.
패망한 자는 쓰러져서 영원히 반복되는 조소를 받고,
승리한 자는 번영하여 신의 은혜를 찬양하는 법이로다.
명령할 필요도 없이, 모두는 저절로 하나의 소리가 되어,   10865
수백만이 한 입으로 외친다. 신이여, 우리는 당신을
　　찬양합니다!
그러나 최고의 상을 내리기 위해, 짐은 이제까진 게을리했던
경건한 눈길을 나 자신의 마음속으로 돌리고 있노라.
젊고 활기찬 군주는 허송세월을 할 수도 있겠지만,
세월은 그에게 순간이 지닌 의미를 가르쳐주는 법이다.   10870
그러기에 짐은 지체 없이 왕가와 조정과 제국을 위해,
그대들 네 명의 공신들과 당장 인연을 맺고자 하노라.

(첫번째 사람에게)

오, 후작이여! 그대는 군사를 정돈하여 현명하게 배치하고,
위급한 순간에 영웅적으로 대담한 조처를 취해주었소.

이제는 시대가 요청하는 대로 평화시의 일을 맡아주시오.   10875
경에게 궁내대신을 제수하고 이 검을 수여하노라.

궁내대신

지금까지 국내 치안을 맡던 폐하의 충성스런 군대가,
이제 국경선에서 폐하와 옥좌를 굳건히 수호하고 있사오니,
대대로 내려온 광대한 성채에서 축하연이 있을 때에는
우리가 그 성찬을 준비하도록 허락해주십시오.   10880
찬란하게 마련하여 진상할 것이며, 찬란하게 시중을 들면서,
지엄하신 폐하의 곁에서 영원토록 보필하겠나이다.

황제 (두번째 사람에게)

용감한 군인이면서도 마음씨가 상냥한 그대,
그대는 시종대신을 맡아주오. 임무가 쉽지는 않으리다.
그대는 궁중에서 일하는 모든 사람들의 우두머리인바,   10885
그들 사이에 내분이 있다면, 짐에겐 불충한 신하들이 될 것이오.
이제부터 그대는 짐에게나 신하들이나 기타 모든 사람들에게,
감명을 주는 명예로운 모범을 보여주기 바라오.

시종대신

폐하의 큰 뜻을 받드는 것이 은총을 받는 길입니다.
선한 사람에겐 도움을 주고, 악한 자라 해도
　　해치지 않고,   10890
책략을 쓰지 않고 공명하며, 온화하여 기만하지 않겠습니다!
소신의 마음을 헤아려주신다면 그것으로 소인은 충분합니다.
그 축하연에 관하여 제 상상을 펼쳐보아도 되겠나이까?
폐하께서 성찬에 임하시오면, 저는 황금대야를 받쳐들고
즐거운 시간을 위해 손을 씻으실 때, 반지를[637] 맡아   10895
간직하고서, 폐하의 옥안을 우러러 뵙고자 하옵니다.

황제

축하연을 생각하기엔, 짐으로선 너무나 엄숙한 기분이로다.

하나 그렇게 하라! 즐거운 기분으로 일을 시작토록 하겠노라.

(세번째 사람에게)

그대에게 대전선사^{大典膳司}를 제수하노라! 그러니 앞으로는

수렵과 가금^{家禽}에 관한 일과 채마전 일을 맡아보도록 하라. 10900

매월 생산되는 것들 중에서 어느 때이고,

짐이 좋아하는 음식을 골라 조심스레 조리시키도록 하라.

대전선사

진수성찬이 어전에 나와 즐거이 그 맛을 보실 때까지,

엄하게 단식하는 것을 소인의 즐거운 의무로 여기겠나이다.

주방의 하인들도 소인과 힘을 합하여, 10905

먼 곳의 진품을 가져오고, 철 이른 성찬도 마련토록 하겠나이다.

폐하께선 먼 곳 진품이나 철 이른 특산물로 차린 수라상보다는,

소박하고 영양가 많은 것에 더 마음을 두고 계시기는 하옵지요.

황제 (네번째 사람에게)

여기에서 축하연에 관한 이야기를 피할 길이 없으니,

젊은 용사여, 그대에겐 대헌주관^{大獻酒官}을 제수하노라. 10910

대헌주관, 그대는 이제 우리 지하실에

훌륭한 포도주가 언제나 가득 차 있도록 유념하라.

하지만 그대 자신은 절제를 해야 할지니, 기회의 유혹을 받아

흥취에 놀아나는 잘못을 저질러선 안 될 것일세!

대헌주관

폐하, 젊은이라 할지라도 신임을 받게만 된다면, 10915

아무도 알아채지 못하는 사이에 어른으로 성장하는 법입니다.

소인도 저 화려한 축제일을 상상해보겠나이다.

대궐의 연회석은 모조리 금이나 은으로 된,

호화로운 그릇들로 아주 찬란하게 꾸밀 것이옵니다만,

폐하를 위해서는 가장 우아한 술잔을 미리 골라놓겠나이다. 10920

반짝이는 베니치아의 술잔으로, 그 속에는 쾌락이 숨어 있어

술맛을 돋우기는 하나 결코 취하게 하지는 않사옵니다.

그런 기적의 보물에 사람들은 너무 지나치게 의지하기도

　　하는데,

폐하께서는 절제의 미덕으로 더욱 옥체를 보존하실 것이옵니다.

황제

이 엄숙한 시간에 짐이 경들에게 말하고자 했던 바를, 10925

경들은 믿을 수 있는 입을 통해 확실히 다 들었을 것이오.

황제의 말은 위대하며 제수한 것이 모두 틀림없지만,

그것을 보증하기 위해서 기품 있는 서류가 필요하고,

서명도 필요하리라. 그러한 형식을 갖추기 위하여,

마침 적당한 시각에 그에 적합한 인물이 다가오고 있구려. 10930

(대주교 겸 대재상이 등장한다.)

황제

둥근 무지개다리도 종석^{宗石}에 기반을 두고 있으면,

영원토록 안전하게 서 있을 수가 있는 법이오.

여기 있는 네 사람의 공신을 보시오! 우리는 우선

황실과 궁궐을 보전하는 데 필요한 일을 의논하였소.

그러나 이제 제국 전체를 보전하는 일은, 10935

지엄하고도 힘차게 그대들 다섯 사람에게 위임하겠소.

경들의 봉토는 다른 누구의 것보다 빛날 것인즉,

지금 곧 짐을 배반했던 자들의 영토로써,

경들이 소유할 토지의 경계를 넓혀주겠노라.

충성스런 그대들에게 넓고 비옥한 봉토와 더불어,　　　　10940

기회가 있을 때마다 귀속, 매입, 교환 등을 통해

그것을 확장시킬 수 있는 최고의 권리를 부여하겠소.

그뿐만 아니라 영주로서의 권한에 속하는 것은,

아무 지장 없이 행사할 수 있도록 분명히 허락하는 바이오.

재판관으로서 그대들은 최종 판결을 내릴 수 있으니,　　　　10945

상고^{上告}로 인해 그대들 최고 지위를 다치게 하지도 않으리라.

그리고 세금, 이자와 헌납물, 소작료와 통행세와 관세, 게다가

채광권, 제염권^{製鹽權}, 화폐주조권도 경들에게 부여하노라.

이는 짐의 감사하는 마음을 남김 없이 표시하기 위하여,

경들의 지위를 황제 바로 아래까지 끌어올리려 함이로다.　　　　10950

대주교

우리 모두의 이름으로 폐하께 깊은 감사의 인사를 올립니다!

우릴 강하고 견고하게 하심은 바로 폐하의 권위를

　　　강화하는 것입니다.

황제

그대들 다섯에게 짐은 더욱 드높은 권리를 부여코자 하오.

아직은 짐이 이 나라를 위해 살고, 또 앞으로도 살고 싶지만,

선조 대대로 이어오는 사슬은 사려 깊은 이 눈길을　　　　10955

성급한 공명심으로부터 위협적인 미래로 이끌고 있소.

때가 되면 짐도 충성스런 신하들과 헤어지게 될 것이니,

그때에 후계자를 지명하는 일은 경들의 의무가 되리라.

황제의 관을 씌워 신성한 제단에 높이 오르게 하여,

이다지도 소란한 현 세대를 평화롭게 끝내도록 해주시오.　　　　10960

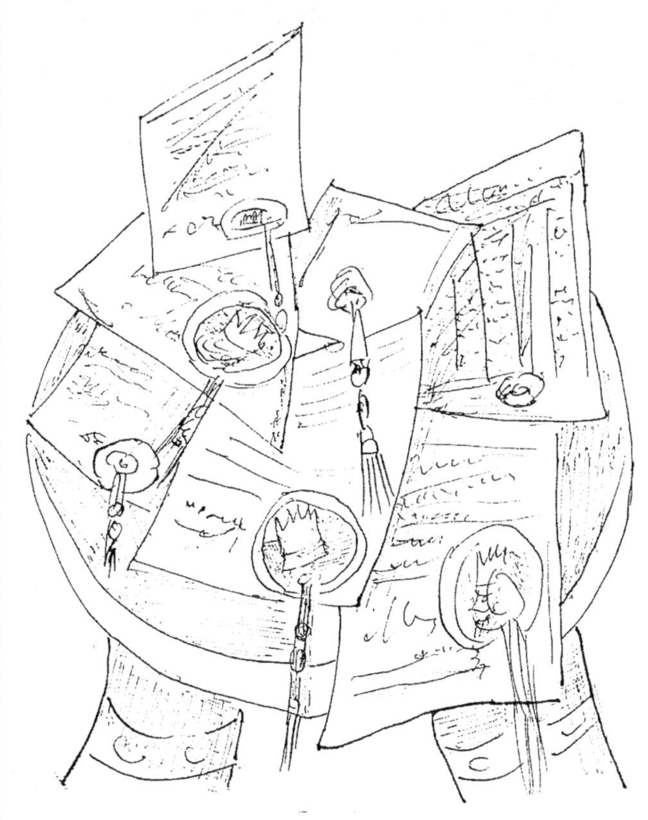

대재상

가슴속 깊은 곳에는 긍지를 품었으나 품행은 겸손하게,

이 지상에서 제일가는 제후들이 허리 굽혀 어전에 섰나이다.

충성스런 피가 터질 듯한 혈관에 흐르고 있는 한,

우리는 폐하의 뜻대로 경쾌하게 움직이는 육체가 될 것입니다.

황제

그러면 마지막으로 우리가 지금까지 이야기한 것을,　　　10965

훗날을 위해 문서와 서명으로 보증해두겠노라.

경들은 영주로서 자기 소유지를 아주 자유롭게 다스릴 수

　　있지만,

그것을 분할할 수 없다는 조건을 달도록 하겠노라.

그리고 짐에게서 받은 것을 얼마든지 증가시킬 수 있지만,

그 전체를 고스란히 장남이 물려받도록 해야 하리라.　　　10970

대재상

국가와 신들의 복지를 위한 이 중요한 규정을,

소신은 곧 즐거운 마음으로 양피지에 기록하겠나이다.

정서淨書와 봉인은 관방官房에 시켜 작성토록 할 것이오니,

폐하께서는 거룩하신 서명으로 확인해주시기 바라나이다.

황제

그러면 모두들 물러가시오. 오늘은 중대한 날이니,　　　10975

각자가 마음을 가다듬고 심사숙고해주기 바라오.

(세속의 제후들 물러간다.)

대주교 (남아서 비장한 어조로 말한다.)

재상으로서는 물러갔습니다만, 주교로서는 여기 남아서,

폐하의 귓전에 진지한 경고의 말씀을 드리고자 하옵니다!

어버이 같은 마음으로, 진정 폐하의 일이 걱정되는 바입니다.

황제

이 즐거운 날 무슨 걱정거리가 있소? 말해보시오!　　　10980

대주교

폐하의 지극히 거룩한 머리가 이런 시간에도,

악마와 결탁하고 있다는 것이 견딜 수 없는 고통이옵니다!

보이는 바대로라면, 폐하께서 안전하게 옥좌에 앉아

　　계십니다만,

유감스럽게도 그것은 주님 신과 아버지 교황을

　　모독하는 것입니다.

만일 교황께서 이 사실을 아신다면, 당장 벌을 내리시어,　　10985

그 신성한 빛으로 이 죄 많은 나라를 파멸시킬 것입니다.

교황께서는 아직도 폐하 최고의 날인 대관식 날에,

그 마술사를 석방시킨 일을 잊지 않고 계십니다.

폐하의 왕관에서 첫번째로 비친 은혜의 빛이,

저주받은 자의 머리 위에 떨어진 것은 기독교에 대한

　　모독입니다.　　10990

그러니 가슴을 두드려 속죄하시고, 그 모독적인 행운 가운데

얼마간의 기부금만이라도 즉시 거룩한 사원에 헌납토록

　　하십시오.

폐하의 천막이 세워졌었던 저 드넓은 구릉지대는

악령들이 폐하를 지키기 위해 운집했었고,

폐하께서도 그 거짓 제후들에게 다소곳이

　　귀를 기울였던 곳인데,　　10995

경건한 마음으로 신성한 일을 위해 그 지대를 기부하십시오.

아득하도록 멀리 뻗어나간 산과 울창한 산림,

초록색으로 덮여 비옥한 목장이 된 높은 구릉지들,

물고기들도 풍부한 맑은 호수들, 그리고 세차게 굽이치며

골짜기로 쏟아져내리는 수많은 시냇물들,　　11000

초원과 평원과 협곡들을 끼고 있는 저 넓은 골짜기를

　　기부하십시오.

그렇게 후회의 정을 쏟으시면, 은총을 받게 될 것입니다.

황제

짐은 나 자신의 중대한 과실로 인해 깊이 놀라고 있소.

헌납할 땅의 경계선은 그대의 재량에 맡기도록 하겠소.

대주교

우선 그러한 죄를 저질러 부정해진 지대를　　11005

즉시 지존하신 신의 성역으로 바치겠다고 공고해주십시오.

제 마음속에 홀연히 석벽들이 힘차게 솟아오르고,

아침 태양의 눈길이 벌써 성단소聖壇所를 비치는 듯하며,

자꾸 커져가는 건물이 십자형으로[638] 넓어지고,

본당은 길어져서 신도들의 기쁨을 더해주고 있습니다.　　11010

그들이 벌써 열렬한 마음으로 거룩한 정문으로

　　몰려들어오고,

첫번째 종소리가 산과 골짜기에 울려퍼지며,

하늘을 향해 치솟은 듯 높은 탑에서 종이 울리면,

참회자들은 새로이 창조된 삶을 찾아 몰려들 것입니다.

장엄한 헌당식獻堂式에는— 그날이 빨리 왔으면

　　좋겠나이다! —　　11015

폐하께서 친히 참석하시어 최고의 영광을 베풀어주실

　　것입니다.

황제

그렇듯 거대한 공사를 함으로써 주님이신 신을 찬양하고,

짐의 죄를 씻어버리기 위해, 경건한 마음을 널리 알리고 싶소.

그것으로 족하오! 짐은 벌써 마음이 고양됨을 느끼고 있소.

대주교

그럼 재상으로서 결재와 형식적 절차를 추진하겠나이다.　11020

황제

교회에 이러이러한 것을 헌납한다는 형식적인 문서를

그대가 제출하면, 짐은 기꺼이 서명하도록 하겠소.

대주교 (하직하고 나가려다가 출입구에서 다시 돌아선다.)

그뿐만 아니라 장차 건립될 교회에 대해서는, 동시에

십일조, 임대료, 헌납금 등 일체의 수익금을 영구히

헌납해주십시오. 품위를 유지하는 데 많은 돈이 필요하고,　11025

조심스럽게 관리하는 데도 막대한 비용이 들 것입니다.

저렇게 험한 황무지에다 시급히 공사를 하는 것이니,

전리품으로 얻은 보화 중 얼마간의 황금을 기부해주십시오.

그 이외에도 말씀드리지 않을 수 없는 것으로는,

먼 지방에 있는 재목과 석회와 석판 같은 것들이

　필요합니다.　11030

그 운반은 설교단에서 지도하여 백성들이 하도록 시킬 것인바,

교회를 위해 봉사한 자에겐 교회가 축복을 내릴 것이옵니다.

(퇴장)

황제

짐이 짊어진 죄과가 실로 크고도 무겁구나.

그 불쾌한 마술사가 짐에게 가혹한 손해를 끼치는구나.

대주교 (다시 돌아와 깊이 허리를 굽히고서)

황공하옵니다. 폐하! 저 평판이 아주 나쁜 사나이에게는[639]　11035

이 나라의 해안지대를 하사해주셨습니다만, 폐하께서

　　뉘우치는 뜻으로

그곳에서도 십일조, 임대료와 헌납금과 조세 등을 걷어

거룩한 교회에 바치지 않으시면, 그자는 파문당하게

　　될 것이옵니다.

황제 (불쾌하게)

그 땅은 아직 존재하지도 않네. 바다 밑에 깔려 있단 말일세.

대주교

권리와 인내심을 가진 자에겐 언제라도 때가 오는

　　법입니다.

우리로서는 폐하의 말씀이 효력이 있는 것으로 알고

　　있겠습니다!

황제 (혼자서)

이러다간 머지않아 나라 전체를 넘겨주어야 할 판이로구나.

제5막

광활한 지방

나그네[640]

그렇다! 저것이다. 저 검푸른 보리수들은
저기, 노목이면서도 힘차게 서 있구나.
그렇게도 오랫동안 방랑을 한 끝에,   11045
저 나무들을 다시 보게 되었구나!
폭풍우로 성난 파도가 나를
저 모래언덕으로 내동댕이쳤을 때,
저 오두막집이 나를 구해주었는데,
옛날 그 장소 그대로 서 있구나!   11050
실로 저 집 주인들을 축복해드리고 싶다.
사람 돕기를 좋아하는 착실한 부부였었지.
그 당시에도 벌써 늙었었는데,
오늘 이렇게 다시 만나게 되다니.
아아! 진정 경건한 사람들이었어!   11055
문을 두드릴까? 불러볼까? — 오늘도 여전히
길손을 즐겨 맞으시고, 선행의
기쁨을 즐기신다면, 제 인사를 받으십시오.

바우치스 (할머니, 매우 늙었다.)

어서 와요, 손님! 조용히! 조용히!
영감이 주무시도록 조용히 해주세요!   11060
잠을 실컷 자고 나면 늙은이도
잠깐 깨 있는 동안 일을 빨리 한다오.

나그네

그런데 할머니, 말씀해보세요.

아직 감사도 드리지 못했지만, 언젠가
영감님과 함께 어느 젊은이의 생명을   11065
구해주신 분이 바로 당신이지요?
반쯤 죽어가던 제 입에 열심히 생기를
불어넣어주신 바우치스 할머니시지요?

(남편이 등장한다.)

당신이 그렇게도 기운차게 제 보물을
바다에서 건져내주신 필레몬이시죠?   11070
재빨리 피워주신 불길,
당신들이 울려주시던 은빛 종소리,
저 무시무시한 조난의 뒤처리까지
모두가 당신들에게 맡겨져 있었지요.

이제 다시 저 밖으로 나가,   11075
끝없는 바다를 바라보게 해주십시오.
무릎을 꿇고 기도하게 해주십시오.
제 가슴이 너무나 벅차오릅니다.

(나그네, 모래언덕 위에서 앞쪽으로 걸어간다.)

필레몬 (바우치스에게)

명랑한 꽃들이 만발한 정원에,
서둘러 식탁이나 마련토록 하구려.   11080
저 사람은 그냥 뛰어다니며 놀라도록 내버려둡시다.
눈에 보이는 게 전혀 믿어지지 않을 테니까.

(나그네 곁에 나란히 서면서)

파도에 파도가 사납게 거품을 내며,

무섭게 당신을 학대하던 그 바다가
이젠 정원으로 변하여 당신을 맞이하고,　　　11085
천국 같은 모습으로 바뀐 것을 보시오.
나도 늙어서, 바로 곁에 있지도 못하고
예전처럼 도움을 주지도 못했지만,
내 힘이 점점 쇠약해지듯이,
파도 역시 저 멀리 물러가버렸소.　　　11090
현명한 영주님의 대담한 하인들이
도랑을 파고, 둑을 쌓아올리고 하여,
바다의 세력권을 좁혀놓고는,
그 대신에 자기가 주인이 되려 한다오.
푸르게 연이어 뻗어 있는 초원들,　　　11095
목장과 정원, 마을과 산림들을 보시구려—
하지만 해님도 곧 넘어갈 테니까,
이제 들어가서 식사나 하도록 합시다—
저 먼 곳에서 돛단배들이 움직이고 있는데,
밤을 지낼 안전한 항구를 찾는 것이라오.　　　11100
새들도 자기 보금자리를 알고 있듯이,
이제는 저곳이 항구가 된 것이지요.
저 멀리 아득한 곳에 간신히
푸른 바다의 가장자리가 보이지만,
이 넓은 일대에는 오른쪽이고 왼쪽이고,　　　11105
사람들이 빽빽이 살고 있는 고장이 되었다오.
(세 사람, 정원에 있는 식탁에 앉는다.)

바우치스

왜 아무 말도 하지 않으세요?

시장하실 텐데 아무것도 들지도 않고요?

필레몬

이분은 기적 같은 일을 알고 싶은 모양이오.

말하기 좋아하는 당신이 그 이야길 들려드리구려.   11110

바우치스

좋아요! 그건 정말 기적 같은 일이었어요!

난 오늘까지도 마음이 가라앉질 않아요.

어쩐지 그 일은 하나부터 열까지

온당하게 진행된 것 같지가 않으니까요.

필레몬

이 해안지대를 그에게 하사하신 황제께서,   11115

그런 죄지을 일을 하실 수야 있겠소?

전령관이 나팔을 불며 지나가면서

그 일을 알리지 않았겠소?

우리 집 앞 모래언덕에서 멀지 않은 곳에,

공사의 첫발을 들여놓았다오.   11120

천막을 친다, 가막사를 짓는다! — 하더니 벌써

푸른 초원에 궁전 하나가 세워졌다오.

바우치스

낮에는 궁노들이 괭이나 삽을 들고,

뚝딱거리며 공연히 소란만 피우는데,

밤이면 조그만 불꽃들이 떼를 지어 와글거리고,   11125

다음날 보면 둑이 하나 서 있더란 말예요.

사람을 제물로 바쳐 피를 흘린 게[641] 틀림없어요.

밤이면 고통으로 울부짖는 소리가 들렸거든요.

활활 타는 불길이 바다 쪽으로 흘러가면,

다음날 아침에는 운하가 하나 생겨나는 거예요.[642]   11130

그는 신을 모독하고 있는 사람으로,

우리의 오두막집과 이 숲까지 탐내고 있어요.

그런 사람이 이웃으로 기세를 부리고 있으니,

우리야 그저 굽실거릴 수밖에 없지요.

필레몬

하지만 그분은 새로 만든 땅에   11135

훌륭한 토지를 주시겠다고 제안하였소!

바우치스

물 밑에 있던 땅을 믿어선 안 돼요!

이 높은 언덕을 단단히 고집해야 돼요!

필레몬

자 우리 예배당 쪽으로 가서,

마지막 햇빛을 바라봅시다!   11140

종을 울리고, 꿇어앉아 기도를 올리며,

옛날부터의 우리 신에 의지토록 합시다!

궁전

넓은 유원지, 곧장 뚫린 커다란 운하.

고령이 된 파우스트,[643] 깊은 생각에 잠겨 거닐고 있다.

망루지기 린코이스 (메가폰을 통하여)

해는 넘어가고, 마지막 배들이

기운차게 항구로 들어오고 있구나.

커다란 배 한 척이 운하를 따라,　　　　　　　11145

이쪽으로 들어오려 하는구나.

오색찬란한 깃발들이 즐겁게 나부끼고,

굳건한 돛대들이 만반의 준비를 갖추고 있으니,

배를 탄 사공은 자신의 행복을 찬양하고,

최고의 순간에 행운이 그대에게 인사하는도다.　　　11150

(모래언덕 위에서 종이 울린다.)

파우스트 (깜짝 놀라며)

저주스런 종소리로다! 음흉한 화살처럼,

너무나도 치욕스럽게 내게 상처를 입히는구나.

눈앞에는 내 영토가 무한히 전개되어 있는데,

등뒤에서는 불쾌감이 나를 조롱하고,

저 시기에 찬 종소리를 들으니 이런 생각이 나는구나.　　11155

나의 지고한 영토란 순수하지가 못할지니,

저 보리수 언덕, 저 갈색 판잣집, 그리고

저 무너져가는 예배당은 내 소유가 아니로다.

저곳에 가서 나 휴식을 취하고자 하여도,

낯선 그림자로 인하여 오싹 소름이 끼치며,　　　11160

저것은 내 눈의 가시요 발바닥의 가시로다.

아아! 나 이곳에서 멀리 떠났으면 좋겠구나!

망루지기 (앞에서와 같이)

　　오색찬란한 저 배는 상쾌한

　　저녁바람을 타고 즐겁게 이쪽으로 달려오는구나!

　　재빠른 항해의 결과로, 궤짝이니 상자니　　　　　11165

　　자루들이 저렇게 높다랗게 쌓여 있구나!

　　(화려한 짐배, 가지각색의 외국산 물품들이 풍부하고

　　다채롭게 실려 있다. 메피스토펠레스, 세 명의 폭력배)

합창

　　　자, 상륙이다.

　　　벌써 다 왔다.

　　　우리의 보호자이신,

　　　주인어른께 행운 있으라!　　　　　　　　　　　11170

　　(그들은 배에서 내려, 화물들을 육지로 운반한다.)

메피스토펠레스

　　이로써 우리 실력도 증명되었으니,

　　주인어른만 칭찬해준다면 대만족이다.

　　단지 두 척의 배로 떠났던 우리가,

　　스무 척이 되어 항구로 돌아왔단 말이다.

　　우리가 얼마나 큰일을 해치웠는지는,　　　　　　11175

　　싣고 온 물건들을 보면 알 것이로다.

　　자유로운 바다는 정신도 자유롭게 하는 법이니,

　　사리분별 따위가 무슨 소용이랴!

　　닥치는 대로 잽싸게 잡아채면 그만인데,

　　물고기도 잡고 배도 잡는 것이지.　　　　　　　11180

　　우선 세 척의 배를 가진 주인이 되면,

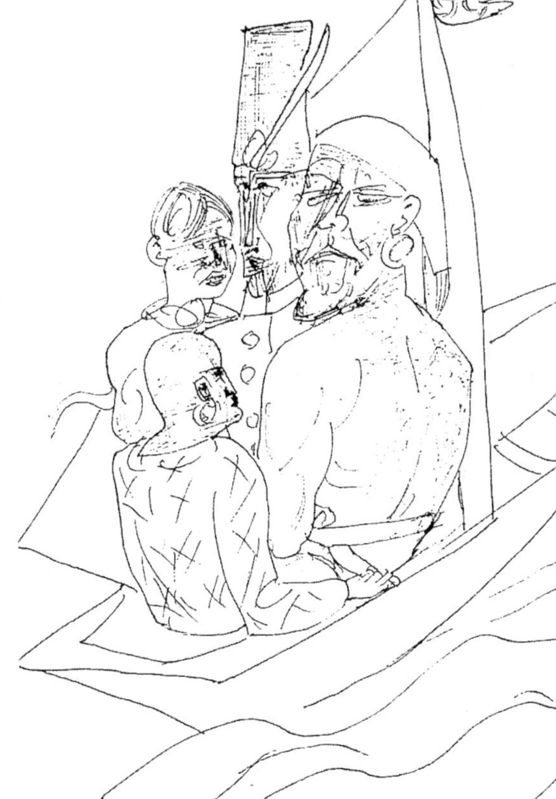

네번째 배를 갈고리로 낚아오고,

다섯번째 배도 온전하지는 못할 것인즉,

힘이 있으면 정의도 갖게 되는 것이다.

무엇을 잡느냐가 문제지, 어떻게는 문제가 아니다.　11185

내가 항해에 문외한이라면 모르되,

전쟁과 무역과 해적질은,

삼위일체로 떼어놓을 수가 없느니라.

세 명의 폭력배

감사도 인사도 없군!

인사도 감사도 없구나!　11190

마치 구린내나는 물건이라도

주인어른께 갖다드린 것 같구나.

저분은 못마땅한

얼굴만 하고 있으니,

왕가의 보물이라도　11195

저분 마음에 들기는 틀렸다.

메피스토펠레스

그 이상의 보상은

기대하지도 마라!

네놈들 몫은 그래도

챙기지 않았더냐.　11200

폭력배

그것은 그저

심심풀이에 불과하오.

우리는 모두

똑같은 몫을 바라오.

메피스토펠레스

우선 저 위에 있는　11205

즐비한 홀 안에다

값진 물건들을

모조리 정돈해놓아라!

주인어른이 나오셔서

풍부한 보화들을 살피시고,　11210

모든 물건들을 하나하나

자세히 살펴보시면,

틀림없이 인색한 짓은

하지 않을 것이며,

모든 선원들에게　11215

잔치에 잔치를 베푸실 게다.

내일은 예쁘장한 계집들도 올 테니,

내가 알아서 그것들을 챙길 것이다.

(짐들이 운반된다.)

메피스토펠레스 (파우스트에게)

당신은 이맛살을 찌푸리고, 음산한 눈초리를 하고,

자신의 고귀한 행운에 대한 이야기를 듣고 있군요.　11220

지고한 지혜가 월계관을 쓰게 되어,

해변과 바다가 화해를 하였소이다.

바다는 해변에서 즐거이 배를 맞아들이고,

빠른 항해를 하도록 뱃길을 마련해줍니다.

그러니 여기, 여기 있는 이 궁전으로부터　11225

당신의 팔이 전 세계를 껴안은 셈이올시다.

여기 이 장소에서 공사가 시작되어,

첫번째 판잣집이 바로 여기 세워졌지요.

조그맣게 파내기 시작했던 도랑에,

이제는 노櫓가 부지런히 물을 튀기고 있지요.   11230

당신의 드높은 뜻과 신하들의 부지런한 노력이

바다와 육지의 영광을 차지한 것이외다.

이곳으로부터 —

파우스트

         바로 이곳이 저주스럽도다![644]

바로 이곳이 참을 수 없이 나를 괴롭히고 있다.

만사에 능한 자네에게 말해두거니와,   11235

내 심장을 쿡쿡 찌르는 것이 있어,

나 그것을 도저히 견딜 수가 없다!

이런 말을 하자니, 나 자신이 부끄럽구나.

저 언덕 위의 노인들을 물러가도록 하고,

보리수 서 있는 곳을 내 자리로 삼고 싶다.   11240

내 소유가 아닌 저 몇 그루의 나무들이

나의 세계소유권을 망치고 있단 말이다.

저곳에서 나는 멀리 사방을 살펴보기 위해,

이 가지 저 가지 위에 발판을 만들도록 하고,

멀리까지 시야가 확 트이도록 하여,   11245

내가 이룩한 모든 사업을 바라보고,

현명한 뜻을 실천하여

백성들에게 넓은 땅을 마련해준,

인간 정신의 걸작품을

한눈에 둘러보고 싶단 말이다.   11250

부유한 가운데 결핍을 느낀다는 것은,
우리의 고통 중에 가장 혹독한 것이다.
저 작은 종소리, 저 보리수 향기가
교회나 무덤 속인 양 나를 휘감고 있다.
강력한 의지로 선택한 자유도   11255
여기 이 모래에 부딪히면 산산이 부서져버린다.
어떻게든 저걸 내 마음에서 몰아내야겠다!
저 종소리가 울리면, 난 미칠 것만 같구나.

메피스토펠레스

물론입지요! 그런 불쾌한 게 있으면,
인생이 쓰디쓰다는 건 틀림없지요.   11260
누가 부정하겠습니까! 저런 종소리라면
어떤 고상한 귓전에라도 불쾌하게 들릴 것이외다.
저런 저주스런 빙—방—빙 하는 소리는,
명랑한 저녁하늘을 안개로 뒤덮듯이,
세례를 받을 때부터 장례식에 이르기까지   11265
가지가지 세상일에 끼어들어와서는,
마치 인생이란 빙—방—빙 하는 소리 사이에
덧없이 사라져버린 꿈과 같이 만들어놓지요.

파우스트

저 반항, 저 고집이란 것이
이 화려한 승리감을 망쳐놓고 있으니,   11270
너무 심각하고 무서운 고통을 느낀 나머지,
정의를 지키려는 마음도 지쳐버리게 되는구나.

메피스토펠레스

이런 판국에 무엇을 망설일 게 있소이까?

오래 전에 새 땅으로 이주시켜야 하지 않았소이까?

파우스트

그럼 가서 저들을 딴 곳으로 옮기도록 하라! —   11275
내가 저 노인들을 위해 골라놓은,
그 훌륭한 땅을 물론 너도 알고 있겠지.

메피스토펠레스

번쩍 들어다가 내려놓으면 될 것이고,
뒤도 돌아다보기 전에, 저들은 다시 기운을 차릴 것이외다.
강제로 이사를 한 다음이라도   11280
훌륭한 거처를 보면 화가 풀릴 겁니다.
(날카롭게 휘파람을 분다.
세 명의 폭력배가 등장한다.)

메피스토펠레스

자, 가자, 주인어른 분부대로 거행토록 하라!
내일은 선원들 잔치가 벌어질 것이다.

세 폭력배

늙은 주인어른께서 우릴 소홀히 맞으셨는데,
푸짐한 잔치쯤은 당연히 있어야죠.   11285

메피스토펠레스 (관람객을 향하여)

옛날에 있었던 일이 여기에서도 일어나는 것입니다.
나보테의 포도원이라는[645] 일이 벌써 있었으니까요.
(열왕기 상 제21장)

깊은 밤

망루지기 린코이스 (성채의 망루 위에서, 노래를 부르며)

보기 위해 태어나,

살피라는 분부 받고

망루지기로 맹세하니　　　　　　11290

세상은 좋기도 하여라.

먼 곳을 바라보고

가까운 곳을 살펴보면,

달도 보고 별도 보고

숲과 사슴도 살펴본다.　　　　　　11295

삼라만상 속에서

영원한 장식을 보노라니,

만물이 내 마음에 들듯이,

나도 내 마음에 드는구나.

너희 복받은 두 눈이여,　　　　　　11300

이제까지 너희가 본 것은,

그것이 무엇이든 간에,

모두가 진정 아름다웠도다!

(사이)

그러나 나 즐거워하기만을 위해,

이 높은 곳에 서 있는 것은 아니로다.　　　　　　11305

얼마나 무시무시한 공포가

저 암흑의 세계에서 나를 엄습하는가!

보리수나무의 한층 더 어두운 속에서

불똥이 사방으로 튀는 것이 보이는데,

몰아치는 바람에 불려서,　　　　　　11310

불길은 점점 세차게 타오르는구나.

아아! 이끼가 끼어 축축하게 서 있던,

저 숲속의 오두막집이 불타는구나.

재빨리 손을 써야 되겠는데,

구원할 길이라곤 전혀 없구나.　　　　　　11315

아아! 저 착한 노인들은

평소에 그렇게도 불조심을 했는데,

화염의 희생물이 되는가보다!

이 얼마나 무서운 재앙인가!

불꽃이 솟아오르고, 검은 이끼가 덮인　　　　　　11320

오막살이가 빨간 불길 속에 휩싸여 있구나.

저 광포하게 타오르는 지옥 속에서

그 착한 노인들이라도 살아나야 할 텐데!

나뭇잎과 나뭇가지들 사이로

밝은 불길이 혀를 날름거리며 올라오고,　　　　　　11325

바싹 마른 가지가 타닥타닥 타오르며,

순식간에 불덩이가 되어 무너져내린다.

이 눈으로 저런 광경을 보아야만 하다니!

왜 나는 멀리 보는 눈을 가졌던가!

무너져내린 나뭇가지의 무게로　　　　　　11330

조그만 예배당도 허물어지는구나.

뾰족한 불꽃이 벌써 뱀처럼,

높은 가지까지 칭칭 감아버렸다.

속이 빈 나무둥치도 그 뿌리까지

시뻘건 불길 속에 훨훨 타오르고 있구나—　　　　　　11335

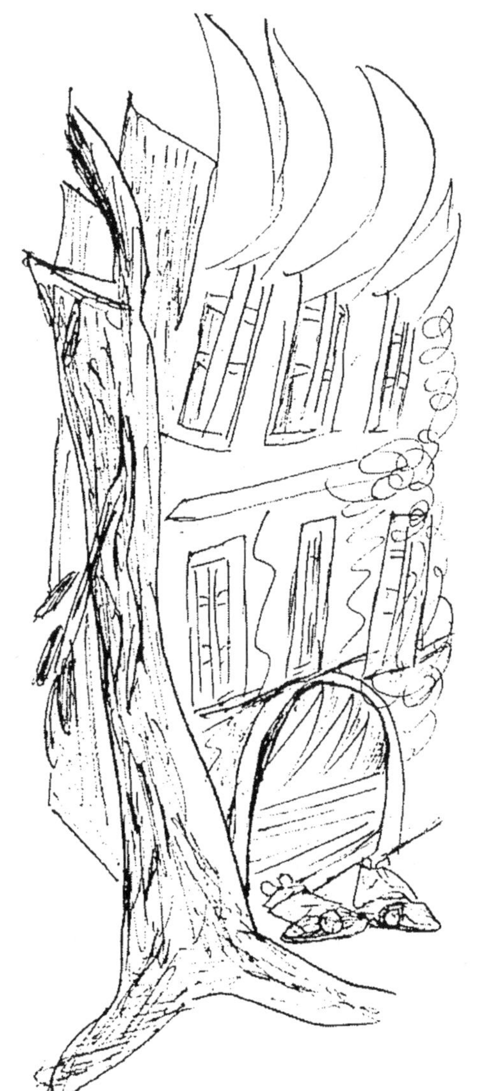

(오랜 휴식, 노랫소리)

> 내 눈에 언제나 정다웠던,
>
> 수백 년 묵은 장소가 사라졌구나.[646]

파우스트 (발코니 위에서, 모래언덕을 향하여)

> 저 위에서는 무슨 울부짖는 노랫소리인가?
>
> 말과 노래도 여기에서는 이제 너무 늦었도다.
>
> 망루지기도 슬퍼하고 있지만, 나도 마음속으로는　　11340
>
> 저 참을성 없는 행동을 불쾌하게 여기고 있노라.
>
> 하지만 보리수나무 숲은 이제 처참하게도
>
> 반쯤 숯이 되어 파멸해버렸으니,
>
> 그곳에 곧 전망대를 세우도록 하여,
>
> 끝없이 먼 곳까지 바라볼 수 있도록 하리라.　　11345
>
> 저 늙은 부부가 들어가서 살게 될,
>
> 새로운 집도 저기 보이는 듯하구나.
>
> 그들은 관대히 돌보아준 일에 감동하며,
>
> 기쁜 마음으로 여생을 즐길 수 있겠지.[647]

메피스토펠레스와 세 폭력배 (아래에서)

> 저희들은 전속력으로 달려왔소이다.　　11350
>
> 죄송합니다! 일이 원만하게 처리되질 못했습니다.
>
> 우리가 문을 두드리고 또 두드렸지만,
>
> 아무리 해도 열어주지를 않았소이다.
>
> 그래서 문을 흔들어대며 계속해 두드리니,
>
> 썩은 문짝이 그 자리에 쓰러지더군요.　　11355
>
> 아무리 고함을 지르고 심하게 위협을 해도,
>
> 도무지 들어주려고 하지를 않았습니다.
>
> 그러한 경우에 흔히 있는 일이겠지만,

그들은 듣지도 않고, 들으려고도 하지 않았습죠,
그러나 우리는 조금도 지체하지 않고,   11360
그것들을 재빠르게 몰아내버렸습지요.
늙은 부부는 별로 괴로워하지도 않고,
놀란 나머지 정신을 잃고 쓰러졌답니다.
그곳에 숨어 있던 어떤 나그네 한 놈이
싸우려고 덤비기에 그냥 죽여버렸습지요.   11365
잠깐 동안이지만 맹렬히 싸우는 사이에,
숯불이 온통 사방에 흩어져서 지푸라기에
옮겨 붙었지요. 그러자 불길이 마구 타올라서,
그 세 사람은 화형을 당한 꼴이 되었소이다.

파우스트

네놈들은 내가 말할 때 귀가 먹었었느냐?   11370
나는 교환을 하려 했지 강도질하려던 게 아니었다.
그렇게 무모하게 거친 짓을 하다니,
저주스럽구나. 이 저주는 네놈들끼리 나눠가져라!

합창

옛날부터 전해오는 말이 울리는구나.
폭력에는 순순히 복종토록 하라!   11375
만일 네가 대담하여 견뎌낼 양이면,
집과 대지 그리고— 너 자신까지 걸어야 하리라. (퇴장)

파우스트 (발코니 위에서)

별들도 반짝이던 빛을 감추고,
불길도 가라앉아 모닥불이 되었구나.
소름이 끼치는 바람이 그걸 부채질하며,   11380
연기와 냄새를 내게로 날려보내는구나.

명령도 성급했고, 행동도 너무 성급하였노라! ─

그림자처럼 부동하며 다가오는 저것은 무엇일까?

한밤중

회색의 여인 네 명이[648] 등장한다.

첫째 여인

제 이름은 결핍이에요.

둘째 여인

저는 죄악이라고 해요.

셋째 여인

제 이름은 근심이에요.

넷째 여인

저는 곤궁이라 하고요.   11385

셋이 함께

문이 닫혀 있어서, 우린 들어갈 수가 없군요.

안에는 부자富者가 살고 있어서, 들어가고 싶지도 않아요.

결핍

그럼 전 그림자가 되겠어요.

죄악

그럼 전 없어져버리겠어요.

곤궁

호강에 젖은 사람들은 절 외면하지요.

근심

언니들은 들어갈 수도 없고, 들어가서도 안 돼요.   11390

근심인 저는 열쇠 구멍으로 살짝 숨어들어가겠지만요.

(근심, 사라진다.)

결핍

회색의 언니들이여, 여기에서 물러갑시다.

죄악

나는 네 곁에 바싹 붙어 다니겠다.

곤궁

곤궁인 나는 발꿈치를 바싹 따라다녀야지.

셋이 함께

구름이 흘러오자, 별들이 사라졌어요!   11395

저기, 저 뒤쪽에서! 멀고 아득한 곳으로부터,

그분이 와요. 오빠가, 저기 와요─죽음이 말이에요.

파우스트 (궁전 안에서)[649]

넷이 오는 것을 보았는데, 셋만 떠나가는구나.

그들이 하는 말의 뜻은 이해할 수가 없었다.

귓전에 남아 있는 여운은─ 곤궁노트이라 하는 듯한데,   11400

뒤따르는 음산한 운자韻字는─ 죽음토트이라는 것 같았다.

그 음조는 공허하고 유령처럼 둔탁하게 울렸지.

아직도 난 자유로운 경지를 싸워 얻지를 못했다.

어떻게든지 내가 가는 길에서 마법을 제거하고,

주문 따위는 완전히 잊을 수 있다면 좋으련만.   11405

자연이여, 내가 그대 앞에 한 사나이로 마주설 수 있다면,

한 인간으로 존재하려고 노력하려는 보람이 있으리라.

내가 암흑 속에서 찾아 헤매며, 무엄한 말로

나 자신과 세계를 저주하기 이전까지는 나도 그러했었다.

그런데 이젠 저런 요기^{妖氣}들이 공중에 충만해 있으니,　11410
어찌하면 그것들을 피할 수 있을는지 알 길이 없구나.
대낮은 명랑하게 이성적인 웃음을 던져준다 할지라도,
밤은 우리를 악몽의 올가미 속에 옭아매고 있느니라.
싱싱한 들판으로부터 즐거운 기분으로 돌아오면,
까옥까옥 새가 울어댄다. 뭐라고 울지? 재앙이라고
　　울어댄다.　11415
낮이고 밤이고 미신에 얽매여 살다보니,
허깨비가 보이고, 징조가 나타나며, 경고도 울려오는데,
이렇게 겁에 질린 채, 우리는 홀로 서 있는 것이다.
문이 삐걱거리는 소리가 났는데, 아무도 들어오진 않는구나.
(충격을 받은 듯이)
여기에 누가 왔소?

근심

　　　　　그 물음에는 '네'라고 대답해야겠군요!　11420

파우스트

한데 그대는 대체 누구인가?

근심

　　　　　일단 여기 온 사람이에요.

파우스트

물러가도록 하게!

근심

　　　　　전 올 곳에 와 있는 거예요.

파우스트 (처음에는 화를 내다가 다음에는 마음을 가라앉히고, 혼잣말로)
제발 좀 주의하고 주문 따위는 외우지 말아다오.⁶⁵⁰⁾

근심

제 목소리는 귀로는 듣지 못해도,

마음속에서는[651] 굉굉히 울릴 거예요.   11425

저는 여러 가지 형상으로 변화하면서

잔인스런 힘을 발휘하고 있지요.

좁은 오솔길에서나, 파도 위에서나,

영원히 불안스러운 길동무로서,

한번 찾지 않아도, 언제나 나타나고,   11430

저주도 받지만, 아첨도 받는답니다—

당신은 근심이란 걸 아직 모르고 계신가요?

파우스트

나는 오로지 이 세상을 줄달음쳐왔을 따름이다.

쾌락이라면 모조리 그 머리채를 움켜잡았고,

마음에 흡족하지 않은 것은 놓아버려두고,   11435

내게서 빠져나가는 것은 그대로 떠나가게 했다.

나는 오로지 갈망하고 그것을 이룩하였고,

또다시 소망을 품고서는 그다지도 기운차게

일생을 돌진해왔다. 처음에는 거대하고 과격했지만,

지금은 현명하고 신중하게 해나가고 있다.   11440

이 지상의 일은 남김 없이 다 알고 있지만,

저 천상으로 향할 전망은 사라져버리고 말았다.

두 눈을 깜박거리며 하늘을 향해 눈길을 돌리고서,

구름 위에도 자기 같은 자가 있기를 꿈꾸는 자는 바보로다!

이 땅에 굳건히 서서 이곳 주위를 돌아보도록 하라.   11445

유능한 인간에게 이 세상은 결코 침묵하지 않으리라.

무엇 때문에 영원 속을 헤맬 필요가 있겠는가!

인식한 것은 모두 손아귀에 잡을 수가 있다.

이렇게 지상에서의 날들을 살아가도록 하라.

도깨비들이 날뛴다 해도 자기 갈 길만 가면 된다.　　11450

어떠한 순간에도 만족하지 못하는 자,

그가 계속 가는 길에는 고통도 있고 행복도 있으리라!

근심

누구든지 제가 한번 잡기만 하면,

그에겐 온 세상이 소용없게 되지요.

영원한 암흑이 내리덮이고,　　11455

해는 뜨지도 않고 지지도 않으며,

외면의 감각은 완전하다 하여도

내면에는 갖가지 암흑이 깃들어 살고,

온갖 보화들 중 그 어느 하나도

제 것으로 만들어 즐길 수가 없지요.　　11460

행복도 불행도 시름으로 변하고,

풍부한 속에서도 배고파 굶주리며,

즐거운 일이든 괴로운 일이든,

모조리 다음날로 밀어젖히고,

오로지 미래만을 기대하고 있을 뿐,　　11465

완성될 날이라곤 결코 없을 거예요.

파우스트

그만 닥쳐라! 그런 식으론 나 꿈쩍도 않는다!

그따위 허튼소리는 듣고 싶지도 않다.

썩 물러가라! 그런 고약한 염불을 계속 읊어댄다면,

아무리 영리한 사나이라도 속을는지 모르겠다.　　11470

근심

가야 할 것인가, 와야 할 것인가?

그런 자는 결단을 내리지 못하지요.

훤하게 뚫린 길 한복판에서

멈칫멈칫 반걸음 내딛다가 흔들거려요.

점점 더 깊숙이 길을 잃고서,　　11475

온갖 사물을 비뚤어진 눈길로 바라보고,

자신에게나 남들에게 성가신 짐이 되어,

숨을 쉬면서도 질식할 지경이지요.

숨막혀 죽지는 않으나 생기가 없으며,

절망은 않는다 해도 몰두하지를 못해요.　　11480

이렇게 줄곧 이리저리 뒹굴기만 하고,

그만두자니 고통스럽고 억지로 하자니 불쾌하고,

때로는 해방이 되고, 때로는 억압을 받으며,

자는 듯 마는 듯 제대로 기운도 차리지 못하고,

꼼짝없이 제자리에 달라붙은 채　　11485

지옥 갈 준비나 하게 되지요.

파우스트

이 저주스런 유령들아! 네놈들은

천 번 만 번 그런 꼴로 인간을 괴롭히고 있구나.

아무 탈 없는 날들마저 네놈들은 그물에 얽힌 고통의

흉측스런 혼란으로 뒤바꿔놓고 있구나.　　11490

악령에게서 벗어나기 어렵다는 것은 나도 알고 있으며,

정령과 맺은 준엄한 유대도 풀 수가 없느니라.

하지만 근심이여, 살금살금 기어드는 너의 위대한 힘을,

그 힘을 난 결코 인정하지 않으리라.

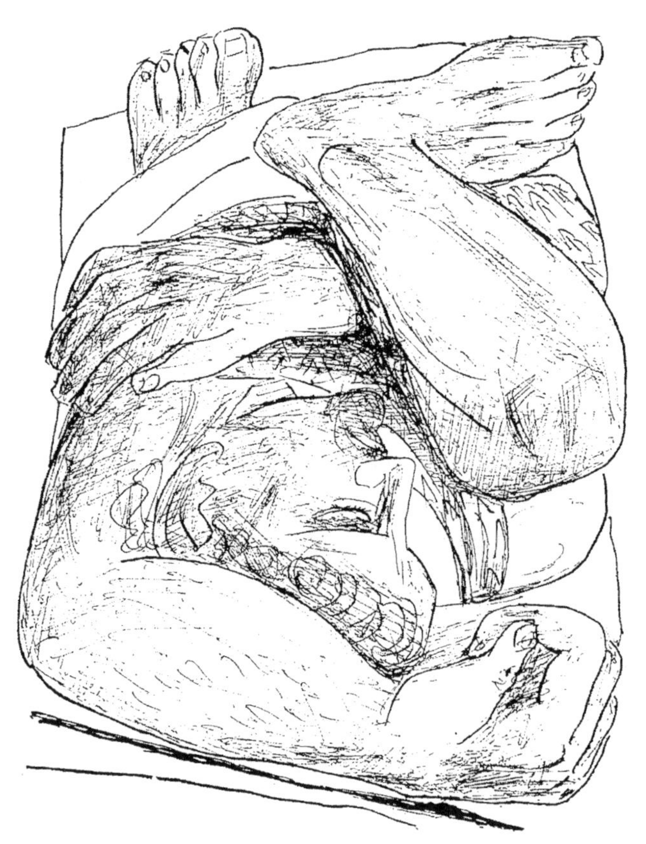

근심

제가 저주를 해놓고 재빠르게   11495

당신을 떠날 때, 그 위력을 알 거예요!

인간들은 일생 동안 앞을 보지 못하고 지내니,

파우스트여, 당신도 이제 장님이[652] 되세요!

(파우스트에게 입김을[653] 뿜는다.)

파우스트 (눈이 먼다.)

밤이 점점 더 깊어가는 것 같은데,

마음속에서만은 밝은 빛이 빛나고 있구나.   11500

내가 생각했던 바를 서둘러 완성해야겠다.

주인어른의 말씀, 그것만이 위력이 있으리라.

여봐라, 하인들아! 하나도 빠짐없이 자리에서 일어나라!

내가 대담하게 계획한 바를 훌륭하게 실현시켜다오.

연장을 잡아라! 큰 삽을 쓰고 괭이를 써라!   11505

정해진 일은 당장에 해치워야만 하리라.

엄격한 질서를 지키고 부지런히 일하면,

비길 데 없이 높은 보수를 받으리라.

이 위대한 사업을 완성하기 위해서는,

수천의 손 부리는 하나의 정신으로 충분하리라.   11510

궁전의 커다란 앞마당

횃불들

메피스토펠레스 (감독자로 앞에 서서)

　　이리 모여라, 이리! 들어와라, 들어와!

　　흐늘흐늘한 죽음의 정령 레무르들아.[654]

　　여러 가지 끈과 힘줄과 뼈다귀로

　　엮어 만든 이 반편놈들아.

레무르들 (합창으로)

　　당장에 분부를 받들겠어요.　　　　　　　11515

　　얼핏 우리가 엿들은 바로는,

　　아주 넓은 땅이 하나 있는데,

　　우리가 그걸 맡아야 한다지요.

　　뾰족한 말뚝이며, 측량에 필요한

　　긴 사슬도 여기에 다 있습니다.　　　　　11520

　　그런데 왜 우리가 호출되었는지,

　　그걸 깜빡 잊어버리고 말았어요.

메피스토펠레스

　　여기서는 기술적인 노력은 필요 없다.

　　치수는 그냥 제 몸뚱이대로 재면 된다!

　　제일 키 큰 놈이 길게 눕도록 하고,　　　11525

　　다른 놈들은 그 둘레의 잔디를 깎도록 하라.

　　우리의 아비들을 파묻었을 때와 같이,

　　길쭉한 네모꼴로 파란 말이다!

　　궁전에서 이 비좁은 집으로 들어가다니,

결국엔 이렇게 바보같이 끝나는 법이다.   11530

레무르들 (익살스런 몸짓으로 땅을 파면서)

나도 젊고 팔팔하게 사랑을 했을 때는,

그 맛 정말이지 달콤하다 생각했었지.

즐거운 노랫소리 울리고 신나게 돌아가면,

내 발길은 저절로 그쪽으로 옮겨갔지.

이제 음흉스런 늙음이 찾아들더니,   11535

구부러진 지팡이로 날 내려치는구나.

나 비틀대며 묘지 문 앞에 넘어졌는데,

어쩌자고 그 문이 하필 열려 있을까!⁶⁵⁵⁾

파우스트 (궁전에서 나오면서, 문설주를 손으로 더듬는다.)

삽질하는 저 소리를 들으니 정말 즐겁구나!

저 무리들 나를 위해 부역에 종사하며,   11540

육지를 그 자체 잘 가다듬고,

파도를 막아 그 한계선을 정해주며,

바다를 튼튼한 제방으로 둘러치는 것이다.

메피스토펠레스 (옆쪽으로 혼잣말로)

네놈이 제방을 쌓고, 둑을 막고 하지만,

그건 오로지 우리를 위해 애쓴 것이다.   11545

네놈은 벌써 바다의 악마인 넵튠을 위해,

성대한 잔치를⁶⁵⁶⁾ 준비하고 있으니 말이다.

어떠한 형태로도 너희는 끝장나고 말 것이다ㅡ

사대원소의 세계가 우리와 결탁하고 있으니,

결국은 파멸의 길을 가게 되리라.   11550

파우스트

감독관!

메피스토펠레스

여기 있습니다!

파우스트

가능한 수단을 동원하여

일꾼들을 모을 수 있는 대로 모으도록 하라.

쾌락으로 격려하고 엄벌로 다스리며,

돈도 뿌리고, 달래기도 하고, 억누르기도 해라!

그리고 계획한 수로^{水路}가 얼마나 길어졌는지,   11555

매일매일 내게 보고하도록 하라.

메피스토펠레스 (약간 낮은 소리로)

내가 받은 보고에 의하면 수로가 아니라,

무덤을 파는 것이라고 하더이다.

파우스트

저 산줄기에 늪이 하나 생겨서,

이미 이룩해놓은 땅을 모조리 더럽히고 있구나.   11560

악취가 나는 썩은 늪의 물을 몰아내는 것이,

마지막이면서도 최대의 공사가 되리라.

이로써 난 수백만의 백성에게 땅을 마련해주는 것이니,

안전치는 못할지라도 일하며 자유롭게 살 수는 있으리라.

들판은 푸르고 비옥하니, 인간과 가축들은   11565

새로 개척한 대지에 곧 정이 들게 될 것이며,

대담하고 부지런한 일꾼들이 쌓아올린

튼튼한 언덕으로 곧 이주해오게 되리라.

밖에선 거센 파도가 미친 듯 제방까지 밀려온다 해도,

여기 이 안쪽은 천국과도 같은 땅이 될 것이며,　　11570

파도가 세차게 밀고 들어와 제방을 갉아먹는다 해도,

협동하는 정신은 서둘러 갈라진 틈을 막아버리리라.

그렇다! 이런 뜻에 나 모든 걸 바치고 있으니,

인간 지혜의 마지막 결론이란 이러하다.

자유도 생명도[657] 날마다 싸워서 얻는 자만이,　　11575

그것을 누릴 만한 자격이 있는 것이다.

그래서 위험에 에워싸여 있으면서도 여기에서는,

아이고 어른이고 노인이고 값진 세월을 보내게 되리라.

나는 이러한 인간의 무리를 바라보며,

자유로운 땅에서 자유로운 백성과 더불어 살고 싶다.[658]　　11580

그러면 순간에다 대고 나 이렇게 말해도 좋으리라.

멈추어라, 너 정말 아름답구나!

내가 이 세상에 이루어놓은 흔적은

영원토록 사라지지 않을 것이다—

이러한 드높은 행복을 예감하면서　　11585

지금 나는 최고의 순간을 맛보고 있노라.

(파우스트, 뒤로 쓰러진다.

죽음의 영들이 그를 붙잡아 땅 위에 누인다.)

메피스토펠레스

어떤 쾌락이나 어떤 행복에도 만족하지 못하고,

끊임없이 변화하는 형상들만 뒤쫓아다니더니,

하찮고 허망한 이 최후의 순간을,

이 가련한 자는 붙잡아두려 하는구나.　　11590

내게는 그렇게도 거세게 항거하던 놈이지만,

세월 앞엔 별수 없이, 백발이 되어 여기 모래밭에 누웠구나.

시계는 멈추었다―

합창

　　　　　멈추었다! 한밤중과도 같이 고요하구나.

시곗바늘이 떨어진다.

메피스토펠레스

　　　　　바늘은 떨어지고, 일은 끝났다.

합창

지나가버렸다.

메피스토펠레스

　　　　　지나가버렸다니! 바보 같은 소리.　　　　11595
어째서 지나갔단 말이냐?
지나갔다는 것과 전혀 없다는 것은 완전히 같은 것이다!
영원히 창조한다는 게 대체 무슨 소용인가!
창조된 것은 무(無) 속으로 끌려들어가게 마련이다!
"지나가버렸다!" 여기에 대체 무슨 뜻이 있느냐?　　11600
이거야말로 아무것도 없는 것과 마찬가지인데,
그런데도 마치 뭔가가 있는 것처럼 뱅뱅 맴돌고 있구나.
그래서 난 오히려 영원한 공허를 좋아한단 말이다.

매장

레무르 (독창)

삽과 괭이로 이 집을,[659]
누가 이렇게 형편없이 지었나?　　　　　　　11605

레무르들 (합창)

삼베옷 입은 둔감한 손님에겐,
이만해도 지나치게 훌륭하단다.

레무르 (독창)

누가 방을 이렇게 형편없이 꾸몄을까?
탁자와 의자들은 어디에 있나?

레무르들 (합창)

이것들도 잠시 빌린 것인데,　　　　　　　11610
빚쟁이들이[660] 너무 많이 득실거린다.

메피스토펠레스

육신은 쓰러지고, 영혼은 도망가려 하니,
빨리 피로 서명한 쪽지를[661] 보여줘야겠구나―
그런데 요즈음엔 유감스럽게도 악마로부터,
영혼을 가로채가는 방법이 너무 많단 말이야.　　11615
옛날식대로 하자니 모두들 싫어하고,
새로운 방식에는 아직 내가 서툴단 말이야.[662]
전 같으면 나 혼자서 해치울 텐데,
이제는 조수라도 불러와야 할 판이로구나.

우리에겐 만사가 불리하게만 되어가는구나!　　11620
자고로 내려오는 관습, 옛날부터의 권리,
더이상 어느 한 가지도 믿을 수 없게 되었구나.
예전엔 마지막 숨이 끊어지며 영혼이 튀어나오면,
내가 지키고 있다가 날쌘 쥐새끼 잡는 것처럼,
휙! 가로채 단단히 감아쥔 손아귀에 움켜잡곤 하였지.　11625
지금은 영혼들이 머뭇머뭇 살피면서 그 음산한 곳,

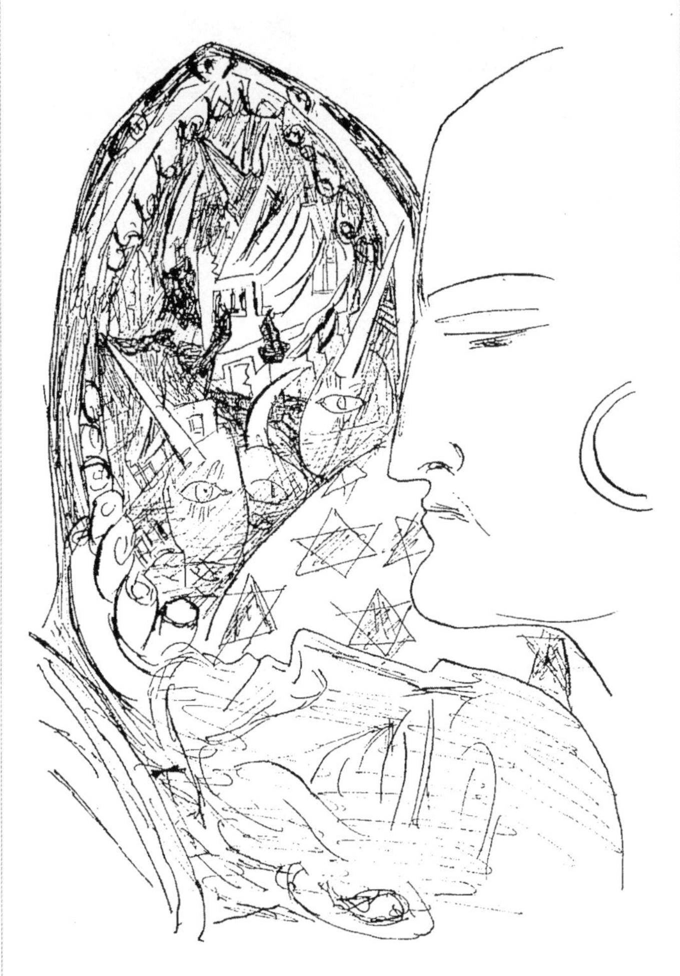

고약한 송장의 구역질나는 집에서 나오려 하지 않거든.
그러다간 서로를 증오하는 육체의 원소元素들에게,
결국은 처참하게 쫓겨나고 만단 말이야.
그래서 나는 날마다 시각마다 노심초사하고 있는데,　11630
언제? 어떻게? 어디서? 이것이 까다로운 문제로다.
죽음이란 늙은 놈이 재빨리 힘을 잃기는 했지만,
과연 정말 죽은 것인가? 한참 동안 의심하게 된단 말이야.
가끔은 굳어버린 사지를 탐내며 바라보는데 ―
그건 겉모양일 뿐, 다시 꿈틀꿈틀 움직인 놈도 있었거든.　11635
(환상적으로 대열을 이끄는 사람처럼,
마귀들을 불러내는 몸짓을 한다.)
자, 기운차게 나오너라! 곱절 빠른 걸음으로 뛰어나와라.
여봐라, 뿔이 곧은 놈, 뿔이 꾸부러진 놈,
너희는 유서 깊은 악마의 명문족속들이니,
이리 오는 길에 지옥의 아가리를 가져오너라.
하긴 지옥에는 아가리가 너무너무 많아서,　11640
그 지위와 계급에 따라 삼키게 되어 있지만,
이 마지막 유희를 비롯하여 앞으로는
그렇게 걱정하지 않아도663) 좋을 것이다.
(왼쪽에 무시무시한 지옥의 아가리가664) 열린다.)
송곳니가 열리는구나. 둥근 천장 같은 목구멍에서는
광란하는 불길이 노도처럼 솟아오르고,　11645
그 뒤편으로는 피어오르는 검은 연기 속에
영원히 작열하는 화염의 도시가 보이는구나.
빨간 불길이 파도처럼 이빨까지 치솟아오르고,
저주받은 놈들이 구원을 바라며 헤엄쳐 나오누나.

그러나 하이에나 같은 입으로 거창하게 물어뜯으니,   11650
놈들은 겁에 질려 뜨거운 불길로 되돌아간다.
저 구석구석에서는 아직도 많은 것들을 찾아볼 수 있으니,
그 비좁은 공간에 무시무시한 것들이 어쩌면 그리도 많을까!
너희가 그렇게 죄인들을 혼내주는 방법은 훌륭하지만,
놈들은 이것을 거짓이며 속임수며 꿈이라고 여긴단
    말이다.   11655
(짧고 곧은 뿔이 달린 뚱뚱한 악마들에게)
자, 그럼 불길의 뺨을 가진 배불뚝이 악당들아!
네놈들은 지옥의 유황을 먹고 통통하게 살쪄 잘도 타오르며,
작달막한 목덜미는 통나무처럼 꼼짝도 하지 않는구나!
인광처럼 반짝거리는 것이 없나 여기 아래쪽을 살 살펴보아라.
그것이 넋이다. 나비처럼 날개가 달린 영혼인데,   11660
날개를 뜯어내면, 흉측한 구더기로 변한단다.[665]
내가 그것을 도장으로 봉인해줄 터이니,
소용돌이 불길 속으로 그걸 가지고 도망치도록 하라!

몸뚱이 아래쪽을 조심해서 살펴라.
이 뚱보놈들아, 그것은 너희들 책임이다.   11665
영혼이 그런 곳에 살기를 좋아하는지,
물론 정확히는 알 수 없는 일이다.
그러나 배꼽 속에 즐겨 자리잡는다 하니—
그곳에서 튀어나오지 않나 조심하도록 하라.
(길고 구부러진 뿔을 가진 말라빠진 악마들을 향하여)
겉만 번드레하고 향도嚮導처럼 키만 큰 악마들아,   11670
허공을 움켜잡고, 쉬지 않고 지키도록 하라!

팔을 쭉 뻗치고 날카로운 발톱을 내밀어,
너울너울 날아 도망치는 영혼을 잡도록 하라.
그놈은 필시 옛날 집구석에 살 수 없을 것이며,
천재라서, 당장 위로 빠져나오려 할 것이다.   11675

(오른편 위에서 영광의 빛이 비친다.)

천사의 무리

하늘의 사자使者들이여,
천상의 겨레들이여,
유유히 날개 펴고 따르면서,
죄인들을 용서해주고,
티끌 인간도 다시 소생케 하라.   11680
여유 있게 행렬을 지어
둥실둥실 떠돌면서,
대자연 삼라만상에
정다운 자취를 남기어라!

메피스토펠레스

불쾌한 소리로다. 구역질나는 소리가   11685
반갑지 않은 빛과 더불어 위에서 내려오는구나.
저건 사내아이인지 계집아이인지 모를 서툰 노랫소리로,[666]
신앙에 열심인 척하는 놈이나 좋아하겠다.
너희들도 알다시피, 저 극악무도한 순간에 우리는
인간 족속들을 완전히 멸망시키려 생각했었는데,   11690
우리가 고안해낸 가장 치욕스런 죄악까지도,
저놈들 예배를 올리는 데 알맞은 모양이다.

저 멍청한 놈들이 경건한 척하며 오고 있구나!
저런 식으로 놈들은 많은 영혼을 우리에게서 가로채갔으니,
우리들 자신의 무기를[667] 가지고 우리를 잡는 꼴이다.   11695
저것들도 악마인데, 가면을 쓰고 있을 따름이다.
이번에도 놓친다면, 영원한 치욕이 될 것이니,
무덤 가까이 다가와 가장자리를 단단히 지키도록 하라!

천사들의 합창 (장미꽃을[668] 뿌리며)

눈부시게 빛나면서,
향기를 풍겨주는 장미여!   11700
너울너울 춤추고 떠돌면서,
은밀히 생기를 주는 꽃이여.
가지를 날개 삼고,
봉오리를 활짝 펴서,
서둘러 꽃을 피워라!   11705

봄이여, 진홍빛 꽃과
초록빛 잎을 싹트게 하라!
고요히 잠든 자에게
천국을 누리게 하라.

메피스토펠레스 (마귀들을 향하여)

왜 몸을 웅크리고 떨고 있느냐? 그게 지옥의 습관이냐?   11710
딱 버티고 서서 뿌릴 테면 뿌리라고 내버려두어라.
이 천치 같은 놈들, 모두 제자리를 지키란 말이다!
저놈들은 저따위 꽃송이를 눈처럼 뿌려서,
뜨거운 악마들을 묻어버릴 생각인 모양이지만,
너희들의 입김에 녹아서 오그라들고 말 것이다.   11715

자, 불어대라, 풀무귀신들아! — 됐다, 이젠 됐다!
너희들 뜨거운 입김으로 날아오던 꽃들이 모두 퇴색하는구나.
그렇게 세차게 불진 마라! 입과 코를 막아두어라!
사실이지, 너희는 너무 세차게 불어댔다.
네놈들은 도대체 적당히 할 줄을 모른단 말이다!   11720
오그라들 뿐 아니라, 갈색으로 변하고 말라 타버리는구나!
벌써 독기 서린 맑은 불꽃이 되어 이리로 날아온다.
모두 뭉쳐서 확고한 진을 치고 저것들을 막아내라! —
그런데 기운이 빠져버린다! 용기도 다 사라져버린다!
마귀 놈들이 색다른 아첨의 불 냄새를 맡은 모양이로구나.   11725

천사들의 합창

　　성스러운 꽃잎들,
　　즐거운 불꽃들은,
　　마음이 가는 대로,
　　사랑을 퍼뜨리고,
　　즐거움을 마련한다.   11730
　　진실한 말씀은,
　　맑은 창공에서,
　　영원한 무리들에게
　　어디서나 광명이로다!

메피스토펠레스

　　이 저주받을 놈들! 이런 천치들, 치욕스럽구나!   11735
　　마귀란 놈들이 대가리를 처박고 거꾸로 서고,
　　저 천치 바보 같은 것들이 곤두박질치면서,
　　꽁무니를 빼며 지옥으로 떨어져 들어가다니.
　　자업자득한 뜨거운 열탕이나 뒤집어써라!

하지만 난 내 자리를 지키고 있겠다 —   11740
(날아다니는 장미꽃들을 이리저리 쳐버리며)
도깨비불아, 물러가라! 네놈이 아직은 강하게 빛난다 해도,
움켜잡으면, 구역질나는 아교 덩어리에 지나지 않는다.
어찌하여 이렇게 너풀거리느냐? 썩 꺼져버리도록 하라! —
이것들이 역청과 유황처럼 내 목에 찰싹 달라붙는구나.

천사들의 합창

　　너희들의 것이 아니면,   11745
　　너희들 스스로가 피해야 하고,
　　너희들 마음을 어지럽히는 것을,
　　너희들 스스로가 견딜 수 없으리라.
　　그래도 난폭하게 덤벼든다면,
　　우리들도 힘차게 싸우리라.   11750
　　사랑만이 사랑하는 자들을
　　천국으로 인도하리라!

메피스토펠레스

　　내 머리가 탄다. 심장도 타고 간장도 타니,
　　악마를 초월하는 불길이로다!
　　지옥의 불보다도 훨씬 더 날카롭구나! —   11755
　　실연당한 불행한 연인들이여! 그러기에
　　너희들은 목을 돌려 애인을 살피면서,
　　그다지도 몸서리치게 괴로워하는 것이로구나.

　　나도 이상하다! 무엇이 내 머리를 저쪽으로
　　　　잡아끄는 것일까?
　　저것들과는 불구대천의 원수로 싸우고 있는 내가 아닌가!   11760

예전에는 보기만 해도 무섭도록 적대감이 일어났었다.
이상한 기운이 내 몸에 속속들이 배어들었단 말인가?
나도 저 귀엽기 그지없는 소년들을 만나보고 싶구나.
내가 저주하지 못하도록 방해하는 것이 무엇일까? —
그런데 내가 만일 유혹이라도 당한다면,　　　　　　　11765
미래에는 누구든 나를 바보놈이라 부르겠지?
내가 증오하는 저 불량한 녀석들이,
정말이지 너무 사랑스럽게만 여겨지는구나! —

사랑스런 아이들아, 내게 좀 알려다오.
너희들도 루시퍼의 일족이[669] 아니더냐?　　　　　　11770
너희들 정말 예쁘구나, 진정 키스라도 해주고 싶다.
너희들이 마침 잘 왔다는 생각이 드는구나.
벌써 너희들을 수천 번이나 만나본 것처럼,
난 기분이 유쾌하고 자연스럽다는 생각이 든다.
은근히 고양이 같은 욕정이 솟아오르고,　　　　　　11775
보면 볼수록 점점 더 예뻐지기만 하는구나.
오오, 이리 가까이 와서, 한 번만 보게 해다오!

천사들

가고말고요. 어째서 당신은 뒤로 물러나세요?
우리가 가까이 갈 테니, 될 수 있으면 그대로 계세요!
(천사들이 빙빙 돌며, 무대 전체에 자리를 잡는다.)

메피스토펠레스 (무대 전면으로 밀려나서)

너희들은 우리를 저주받은 악령이라고 비난하지만,　　11780
사실은 너희가 진짜 마법사들이다.

그건 너희가 사내고 계집이고 모두 홀려대니까 말이다—

이 무슨 빌어먹을 기괴한 사건이란 말이냐!

이것이 바로 사랑의 원소라는 것인가?

온몸이 불구덩이 속에 있으면서,　　　　　　　　11785

목덜미가 타들어오는 것도 느끼지 못하다니—

너희들 이리저리 떠돌기만 하는데, 이리로 내려와서

그 귀여운 사지를 약간만 더 속되게 움직여보아라.

물론 그 엄숙한 꼴이 너희에게 잘 어울리지만,

한 번만이라도 살짝 웃는 모습을 보고 싶구나!　　11790

그러면 나도 영원토록 황홀해할 텐데.

연인들끼리 서로 바라볼 때 하는 식으로 말이다.

입 언저리를 약간만 빙긋하면 되는 거야.

이봐, 키다리 소년아, 난 네가 제일 맘에 드는데,

성직자 같은 표정은 네게 전혀 어울리지 않아.　　11795

그러니 좀더 음탕한 눈길로 나를 쳐다보아라!

속살을 드러내놓고 얌전히 다닐 수도 있을 텐데,

그 주름잡힌 긴 옷은 너무 점잖단 말이다—

저것들이 돌아섰구나— 뒷모습도 볼 만한걸!—

저 녀석들 정말 입맛 당기게 하네!　　　　　　11800

천사들의 합창

너희 사랑의 불꽃이여,

청명한 곳으로 향하라!

스스로 저주하는 자,

진리가 구원해주리라.

그들은 악으로부터　　　　　　　　　　　　11805

즐거이 구원을 받아,

만유萬有가 하나 되어

행복하게 살리라.

메피스토펠레스 (정신을 가다듬으면서)

나 이게 무슨 꼴이냐! — 욥과도[670] 같이 온몸에

종양이 생겨 곪아터지니, 내가 봐도 소름이 끼치는구나.　11810

하지만 동시에 자신의 마음을 속속 들여다보고,

자신과 자기 족속을 믿는다면, 승리할 수도 있으리라.

악마의 고귀한 부분은 모두 다 구원되었으며,

사랑의 도깨비는 살갗만 살짝 스쳤을 따름이다.

그 가증스런 불꽃은 이미 다 타버렸으니,　　　11815

마땅히 난 너희 모두를 저주하노라!

천사들의 합창

성스러운 사랑의 불길이여!

이 불길에 휩싸이는 자,

선인善人들과 더불어 살면서

스스로 복됨을 느끼게 되리라.　　　　　　　11820

모두가 하나 되어

다 같이 일어나 찬양합시다!

대기도 깨끗해졌으니,

숨을 쉬어라!

(천사들, 파우스트의 불멸의 영혼을 인도하며 하늘로 올라간다.)

메피스토펠레스 (주위를 돌아보며)

아니, 어떻게 된 일이지?— 다들 어디로 가버렸을까?　11825

철도 들지 않은 녀석들이 갑자기 날 엄습하더니만,

내 노획물을 약탈해 하늘로 달아나버렸구나.
그래서 고것들이 이 무덤가에 와 입맛을 다셨던 거야!
난 하나밖에 없는 귀한 보물을 놓치고 말았구나.
내게 담보로 잡아두었던 그 고귀한 영혼을,   11830
고것들이 교활하게 살짝 채어갔단 말이야.

이제 나는 누구한테 하소연한단 말인가?
누가 내 기득권을 되돌려줄 것인가?
나잇살이나 먹은 것이 감쪽같이 속아 넘어가다니,
자업자득이겠지만, 너무나 기분이 나쁘구나.   11835
창피스럽게도 내가 일을 잘못해가지고,
헛수고만 했으니, 정말 치욕스런 일이로구나!
천박한 욕정과 당치도 않은 연정 때문에
철갑을 둘렀다는 악마가 이런 꼴로 망하다니.
이런 유치하고 허망스런 일에   11840
세상물정에 밝은 내가 걸려들고 말았으니,
결국 나 자신이 저지른 이 바보짓이,
정말 결코 사소한 일은 아니로다.

심산유곡

숲, 바위, 황량한 곳.
거룩한 은둔자들이 산 위로 올라가 흩어져서, 바위들 사이에
자리잡는다.

합창과 메아리

숲은 이쪽으로 흔들거리고,
바위들 옆으로 겹겹이 쌓여 있으며,　　　　11845
뿌리들 얽히고설켜 서로 달라붙고,
나무둥치 빽빽하게 치솟아 있네.
여울지는 물줄기 물을 뿌리고,
깊고 깊은 동굴 우리를 지켜주네.
사자들은 말없이 다정하게　　　　11850
우리들 주위를 맴돌며,
축복받은 이 고장, 이 거룩한
사랑의 보금자리 우러러본다.

열락^{悅樂}의 교부^{敎父}671) (아래위로 떠다니면서)

영원한 법열^{法悅}의 불길,
작열하는 사랑의 인연,　　　　11855
끓어오르는 가슴의 고통,
솟구치는 하나님의 기쁨.
화살이여, 날 꿰뚫어라.
창이여, 나를 찔러라.
몽둥이여, 나를 박살내라,　　　　11860
번갯불이여, 날 태워버려라!
있어서 허망한 것은

모조리 소멸케 하고,
영원한 사랑의 핵심,
영구^{永久}의 별이 빛나게 하라.　　　　11865

명상^{瞑想}의 교부^{敎父}672) (깊은 구역에서)

기암절벽이 내 발 밑에서
심연 위에 무겁게 걸려 있듯이,
수많은 물줄기 무서운 폭포 되어
물거품 뿜어대며 찬란하게 흐르듯이,
자신의 힘찬 충동으로 나무둥치가　　　　11870
공중으로 곧장 치솟아오르듯이,
만물을 형성하고 만물을 기르는,
전능한 사랑 또한 그와 같구나.

내 주위에 사나운 물소리 울리니,
숲과 바위 밑바닥 출렁이는 듯하지만,　　　　11875
이는 정답게 쇄쇄 소리를 내며,
넘치는 물 골짜기로 떨어져내려,
계곡을 신속히 적셔주기 위함이라.
번갯불 불꽃 튀기며 내려치지만,
이는 독기와 악취를 품고 있는,　　　　11880
대기를 깨끗이 정화하기 위함이라―

이들은 사랑의 사자, 영원히 창조하며
우리를 감싸고 있는 힘을 알려주는 것이로다.
나의 내면에도 불을 붙여주기 바라나니,
내 마음의 정신은 혼미하고 차가우며,　　　　11885

우둔한 관능의 울 안에 갇힌 채,
날카로운 사슬에 매여 괴로워한다.
오, 신이여! 이런 사념^{邪念}을 달래주시고,
이 가난한 마음에 빛을 주소서!

천사 같은 교부[673] (중간 구역에서)

아침녘 작은 구름이 전나무의　　　　　　　　11890
하늘거리는 잎들 사이로 떠다니고 있구나!
저 안에 살고 있는 게 무엇일까?
저건 어린 영혼의 무리로구나.

승천한 소년들[674]**의 합창**

아버지, 우리가 어디를 떠도는지 알려주세요.
착한 분이여, 우리가 누구인지 말씀해주세요.　　11895
우리는 너무나 행복해요. 누구에게나,
누구에게나 세상은 이토록 편안하니까요.

천사 같은 교부

소년들아! 한밤중에 태어난 너희는,
정신과 관능이 반쯤 열린 채,
양친에겐 당장 잃은 아이가 되었지만,　　　　11900
천사들은 너희들을 얻게 되었느니라.
사랑하는 사람이 여기 있다는 것을,
너희들도 느낄 것인즉, 어서 가까이 오라.
너희는 복받은 아이들인지라,
험난한 세상길을 걸어온 흔적도 없구나.　　　11905
이 세상 생활을 아는 데 적합한 도구인
내 눈 속으로 내려오너라.
이 눈을 너희 것으로 사용할 수 있으리니,

이 고장을 두루 살펴보도록 하라!

(소년들을 자기 몸 안으로 받아들인다.)[675]

이것은 나무요, 저것은 바위다.   11910

저 물줄기는 흘러 떨어지고,

무섭게 굴러가면서,

가파른 산길을 단축시키는 것이다.

승천한 소년들 (몸 안에서)

이야말로 굉장한 구경거리지만,

이 고장은 너무나 음산하여,   11915

놀라움과 두려움으로 몸이 떨려요.[676]

고귀하고 착하신 분, 우리를 보내주세요!

천사 같은 교부

그럼 보다 높은 곳으로 올라가거라.

영원히 순수한 방식대로,

신께서 나타나 힘을 주시리니,   11920

모르는 사이에 계속 성장하여라.

그것은 자유로운 대기 속에 움직이는

정령들의 양식이며, 또한

천상의 열락으로 피어나게 될,

영원한 사랑의 계시이기 때문이다.   11925

승천한 소년들의 합창 (가장 높은 산봉우리 주위를 빙빙 돌면서)

손에 손을 잡고,

둥근 원을 그리면서,

즐겁게 춤을 추며

거룩한 느낌을 노래하라!

신의 가르침 받았으니,   11930

서로를 의지할 수 있을 것이며,

너희가 우러러보는,

신의 모습 보게 되리라.

천사들 (파우스트의 불멸의 영혼을 인도하며,

그리고 보다 높은 대기 속에 떠돌면서)

영들 세계의 고귀한 한 사람이

악으로부터 구원되었도다.　　　　　　11935

언제나 열망하며 노력하는 자,

그자를 우리는 구원할 수 있노라.[677]

그에게 사랑의 은총까지도

천상으로부터 관여해왔으니,

천복을 받은 무리가 그를　　　　　　11940

진심으로 환영해 맞이하노라.

젊은 천사들

사랑에 넘치는 성스러운 속죄 여인들,

그 손에서 얻은 저 장미꽃들이

우리를 도와 승리를 얻게 하였고,

우리들의 고귀한 사업을 완성케 하여,　　　　　　11945

이 영혼의 보배를 획득하게 되었습니다.

꽃을 뿌리니 악한 자들이 물러가고,

꽃으로 내리치니 악마들이 달아났어요.

익숙했던 지옥의 형벌 대신에

악령들은 사랑의 고통을 느꼈던 것이지요.　　　　　　11950

그 늙어빠진 마귀들 대장까지도[678]

예리한 고통에 꿰뚫리고 말았답니다.

만세를 부릅시다! 대성공이니까요.

성숙한 천사들

지상생활의 찌꺼기를 지니고 있다는 건,

아무래도 우리에겐 고통스런 일이지요. 11955

아무리 석면石綿으로[679] 되어 있다 해도,

그것은 절대 깨끗하지 못하니까요.

강한 정신력이

갖가지 원소들을

제 몸에 모아놓고 있다면, 11960

어떤 천사라도 영과 육의

두 가지 요소가 내면에서 합일된

이중체를[680] 분리할 수 없지요.

오직 영원한 사랑의 힘만이

그걸 갈라놓을 수 있답니다.[681] 11965

젊은 천사들

높은 암벽 주위를 안개처럼 감돌며

가까이에서 움직이고 있는,

정령들의 활동을

난 당장 느끼고 있답니다.

구름이 맑게 개고, 11970

승천한 소년들의

활발한 무리가 보이는데,

그들은 지상의 속박에서 벗어나,

둥그렇게 어울려서,

하늘나라의 11975

새로운 봄과 장식으로

원기를 북돋우고 있나이다.

이분도 처음에는

소년들과 어울리게 하고,[682]

차츰 완성의 경지에 오르도록 하사이다! 11980

승천한 소년들

번데기 상태에 있는 이분을

우리 기꺼이 영접하겠나이다.

이로써 우리는 천사가 될

담보물을 잡은 셈이니까요.

아직 이분을 에워싸고 있는 11985

솜털 덮개를[683] 벗겨주세요!

벌써 아름답고 크게 자라서

거룩한 생활을 할 수 있을 거예요.

마리아 숭배의 박사[684] (가장 높고 가장 정결한 암굴巖窟에서)

이곳은 전망이 자유로워,

정신까지 고상해지는구나. 11990

저기 위를 향해 떠오르며,

여인들이 지나가고 있구나.

그 가운데 훌륭한 분이

별들로 꾸민 관을 쓰고 계시니,

하늘나라 여왕님이라는 것을, 11995

광채를 보고 알 수 있도다.

(황홀해져서)

세상을 다스리는 지고한 여왕이시여!

넓게 펼쳐진 푸른

하늘의 천막 속에서,

당신의 신비를 보여주소서. 12000

이 사나이의 가슴을 진지하고
부드럽게 요동시키어,
거룩한 사랑의 기쁨을 느끼며,
당신께 바치도록 허락해주소서.

당신이 엄하게 명을 내리신다면,   12005
우리의 용기는 제어할 수 없을 것이며,
당신이 우리에게 평화를 주시면,
불타는 마음도 당장 진정될 것이옵니다.
가장 아름다운 의미의 순결한 동정녀,
온갖 존경을 받으실 어머니,   12010
우리를 위해 선택된 여왕님,
신들과 지체가 동등한 분이시여.

성모를 에워싸고 있는
가벼운 구름들은,
속죄의 여인들이로구나.   12015
그분의 무릎 주위에서
신령한 기운을 마시며,
은총을 갈망하는
귀여운 무리로구나.

접근하기 어려운 당신이오나,   12020
유혹에 빠지기 쉬운 사람들이,
의지하며 당신을 찾아오는 일은
금지되어 있지 않사옵니다.

저들은 약한 마음으로 이끌렸으니,

구원하기가 쉽지 않을 것입니다.   12025

어느 누가 자신의 힘으로

정욕의 사슬을 끊을 수 있겠나이까?

매끄럽고 기울어진 바닥에서는

발이 얼마나 쉽사리 미끄러집니까?

눈짓과 인사, 그리고 아양 떠는 입김에   12030

유혹되지 않을 자 누가 있겠나이까?

(영광의 성모, 하늘에 둥둥 떠온다.)

속죄 여인들의 합창

당신은 영원의 나라,

하늘나라로 떠오르십니다.

우리들의 간청을 들어주소서.

비길 데 없는 당신이여,   12035

자비로 가득하신 당신이여!

대죄를 지은 여인[685] (누가복음 제7장 36절)

바리새 사람들의 조소를 받으면서도,

신으로 변용하신 성자의 발에,

향유를 대신하여 눈물을 흘리신

그 사랑으로 인하여 당신께 비옵나이다.   12040

그다지도 풍성하게 향유를 쏟아놓은

그 항아리로 인하여, 그리고

그다지도 부드럽게 성스런 손발을 말려주신

그 고수머리로 인하여 비옵나이다—

사마리아의 여인[686] (요한복음 제4장)

옛날 아브라함이 양떼를 몰고 가신   12045

그 샘물로 인하여, 그리고

구세주의 입술에 시원하게 닿았던

그 두레박으로 인하여 기원하나이다.

이제 그곳으로부터 솟아나와,

영원히 밝게 흘러넘치며   12050

주위의 온 세상을 적셔주는,

맑고 풍부한 샘물로 인하여 기원하나이다.

이집트의 마리아[687] (사도행전)

주님을 앉아 쉬도록 해주신,

지극히 성스러운 장소로 인하여,

훈계하며 절 문전에서 밀어내신   12055

그 팔로 인하여 당신께 기도하나이다.

제가 사막에서 충실히 행한,

사십 년간의 속죄로 인하여, 그리고

모래 속에 적어놓았던,

복된 작별 인사로 인하여 기도하나이다.   12060

셋이 함께

대죄를 지은 여인들에게도

가까이 다가감을 거절하지 않으시고,

속죄의 공덕을 영원한 것으로

상승시켜주시는 당신이여,

오직 한 번 자신을 잊어버리고,   12065

저지른 죄를 예감하지도 못했던,

이 선량한 영혼에게도[688] 합당한

용서의 은총을 베풀어주소서!

속죄하는 한 여인 (한때 그레첸이라 불렸음. 성모에게 매달리면서) [689]

굽어보소서, 굽어보소서,
비길 데 없는 당신이여,   12070
광명도 가득하신 당신이여,
자비로운 얼굴로 저의 복됨을 살펴주소서!
옛날에 사랑했던 그분,
이젠 혼미함도 사라진 그분, [690]
그분이 돌아오셨나이다.   12075

승천한 소년들 (원을 지어 움직이며 가까이 다가온다.)

이분은 우리보다 더 자라서
팔다리도 벌써 튼튼해졌어요.
충실하게 보살펴드린 대가도
풍족하게 받을 수 있겠어요.
우리는 살아 있는 무리들을   12080
일찍이 멀리했지만,
이분은 학식도 많으시니,
우리들을 가르쳐주실 거예요.

속죄하는 한 여인 (한때 그레첸이라 불렸음.)

고귀한 영들의 무리에 에워싸인 채,
저 새로 온 분은 아직 자신을 깨닫지 못하고,   12085
새로운 생명도 예감하지 못하지만,
그래도 벌써 거룩한 무리를 닮아가나이다.
보세요, 저분은 지상에의 모든 인연 뿌리치고
그 낡은 껍질을 벗어던졌으며,
영기靈氣 어린 옷자락으로부터   12090

최초의 젊은 기운으로 솟아나고 있나이다.

새로운 날이 아직 눈부신 모양이니,

저분을 가르치도록 허락해주옵소서.

영광의 성모

자, 이리 오라! 보다 높은 하늘로 오르라!

그 사람도 너를 알아보면, 뒤따라오리라.[691]　　　　12095

마리아 숭배의 박사 (얼굴을 들어 기도를 올리며)

참회하는 모든 연약한 자들아,

거룩한 섭리에 따라

감사하며 자신을 변용시키기 위해,

구원자의 눈길을 우러러보라.

보다 선한 사람들 모두　　　　12100

당신을 받들어 모시도록,

동정녀여, 어머니여, 여왕이시여,

여신이시여, 길이 은총을 베풀어주소서!

신비의 합창

일체의 무상한 것은

한낱 비유일 따름이다.[692]　　　　12105

완전치 못한 일들도,

여기서는 실제 사건이 된다.[693]

형언할 수 없는 것들도,

여기에서는 이루어진다.[694]

영원히 여성적인 것이　　　　12110

우리를 이끌어가는도다.[695]

1) 1797년 6월 24일에 집필된 것으로 추정되는 「헌사」는 괴테가 오래 중단했던 『파우스트』를 다시 쓰면서 자신의 심경을 피력한 것임.

2) 작가의 눈앞에 어른거리는 등장인물들로 파우스트, 메피스토펠레스, 그레첸, 헬레나 등을 말함.

3) 괴테가 처음으로 『파우스트』를 창작하던 젊은 시절의 친구들로 그레첸, 프리데리케, 로테, 릴리, 헤르더, 클링거, 슈톨베르크 백작, 야코비 그리고 이미 세상을 떠난 아버지, 코르넬리아, 메르크 등을 의미함.

4) 괴테가 초기 『파우스트』를 읽어주던 고인이 된 친구들.

5) 그리스 신화에 나오는 바람의 신.

6) 지금 내가 소유하고 있는 것, 즉 가족이나 친구들, 재물이나 지위나 신분 등을 말함.

7) 18세기의 유랑극단은 대개 대목장터에 가설극장을 설치하였음.

8) 마태복음 제7장 13절의 천국으로 통하는 '좁은 문'에 대한 반어적 비유로서 극장 문을 뜻함.

9) 진실한 것, 참된 것이란 작품의 내적 가치를 의미함.

10) 젊은 배우를 뜻함.

11) 작품의 효과가 가장 큰 부분만 골라 '여러 조각으로 나누어서' 공연함을 뜻함. 『빌헬름 마이스터의 수업시대』 제5장 5절 참조.

12) 반어적 표현으로, 현재 애호받고 있는 작가들의 졸작을 말함.

13) 부드러운 나무를 쪼개는 데 육중한 도끼가 필요 없듯이, 일반 대중에게도 완성된 예술품이 최상의 도구는 아니라는 뜻.

14) 뮤즈, 즉 그리스 신화에 나오는 제우스의 딸들로 예술의 여신들.

15) 자연의 사대원소, 즉 불, 물, 바람, 흙을 말함.

16) 자연이 생명의 실을 짜는 직조인으로 비유됨.

17) 그리스에 위치한 2985미터 높이의 산으로, 그리스 신화에 의하면 신들이 이곳에서 살았다고 함.

18) 인간생활이 무엇인지를 제대로 알고 있는 사람은 별로 없다는 뜻.

19) 옛날에는 경주자들이 멀리서 볼 수 있도록 골인 지점에 월계관을 높이 세워놓았음.

20) 여기서는 눈, 귀, 감정 등에 대한 강렬한 감각적 작용이나 인상을 뜻함.

21) 해와 달을 말함. 모세 편, 제1장 16절 참조.

22) 1800년경에 집필되었으며, 구약성서의 욥기, 제1장 6~12절의 내용을 모티프로 함.

23) 라파엘이 노래하는 형제지간과도 같은 별들의 창조상은 지구가 중심을 이루는 프톨레마이오스의 세계상과 부합함.

24) 그리스의 철학자 피타고라스의 학설에 따르면, 태양과 다른 별들은 지구 주위를 돌 때 우레와도 같은 음(音: 천체 음악)을 낸다고 함. 인간은 그 능력에 한계가 있으므로 너무 작거나 큰 소리는 듣지 못하는 것임.

25) 사자들Boten은 그리스어 개념 천사Engel에 대한 독일어 번역임.

26) 파우스트가 구약성서의 욥과 비교되고 있음. 그는 악마의 유혹을 받지만 신을 배반하지는 않음.

27) 최고의 인식과 진리를 향한 내면적 충동.

28) 근원, 즉 이상적인 노력, 학문적인 연구.

29) 뱀은 아담과 이브를 유혹하여 지혜의 나무에서 금단의 과일을 따먹게 하고 인간을 타락시켰다고 함.

30) 인간에게 신의 목적을 추진시켜주도록 되어 있는 모든 악령들을 말함.

31) 대천사들을 말함. 이들은 루시퍼와 같은 타락한 천사들과 대조를 이룸.

32) 중세 독일의 대학은 네 개의 학부, 즉 철학부, 법학부, 의학부, 신학부로 나뉘어 있었는데, 파우스트는 이를 모두 연구한 것임.

33) 파우스트가 자신의 비좁은 서재를 감옥이라고 느끼는 표현임.

34) 프랑스의 의사이며 점성술사 미셸 드 노트르담Michel de Notredame (1503~1566)의 라틴어 이름.

35) 이 부적은 대우주의 전체적 구조를 상징적으로 표현하고 있음.

36) 유방은 학문과 인식의 원천이며, 결실의 상징으로 나타남.

37) 지령, 즉 대지의 정령은 괴테 자신이 만들어낸 신화적 피조물임.

38) 지구상의 모든 현상, 즉 생물의 생명 작용을 지배하는 정령.

39) 천재, 영웅, 반신(半神)적 인간을 지칭하는 말로 여기서는 반어적으로 쓰였음.

40) 자연의 모든 현상을 총체적으로 바라보고 그것을 신의 옷이라 간주하는 비유상.

41) 이 '신의 모상'이란 개념은 모세 편, 제1장 1절에 나오는 말임.

42) 궁중 어릿광대의 복장에는 움직일 때마다 요란한 소리를 내는 방울이 달려 있음. 터무니없는 선전으로 자기 존재를 돋보이게 하려는 바보를 지칭함.

43) 히포크라테스(B.C. 460~377)가 이미 말한 '예술은 길고 인생은 짧다 Ars longa vita brevis'라는 라틴어 격언의 변형임.

44) 바그너는 고대 문학과 학문을 모든 진리의 원천이라 생각하고 있음.

45) 원어는 'Pergament(양피지)'이지만, 옛 책들이 양피지에 씌어졌으므로 고서를 의미함.

46) 요한복음의 계시와도 같은 일곱 개의 봉인이 찍힌 비밀의 책.

47) 17~18세기 초에 유랑극단이 위대한 인물들의 흥망성쇠를 서술하고, 역사적 정치적 갈등을 주제로 다룬 드라마로 드레스덴에서 많이 공연됨.

48) 그리스도는 십자가에 못 박히고, 얀 후스와 조르다노 브루노 등은 화형을 당함.

49) 날개 달린 천사의 이름.

50) 마술의 힘을 빌려 초지상적(超地上的) 요소를 탐구하려는 충동을 말함. 이로 인해 파우스트는 지금의 절망에도 불구하고 훗날 악마와 계약을 맺는 동기를 가지게 됨.

51) 자연의 신비로 통하는 문.

52) 이 독약을 제조한 파우스트 자신을 가리킴.

53) 구약성서 열왕기 하, 제2장 11절에는 예언자 엘리아스가 불타는 수레를
    타고 하늘로 올라갔다는 내용이 있음.

54) 죽음의 문을 뜻함.

55) 이승에서 저승으로 통하는 길.

56) 종소리와 합창 소리를 뜻함.

57) 예수의 수난 다음주 첫날을 가리킴. 마태복음, 제28장 6절에는 마리아가
    새벽에 예수의 무덤에 갔을 때 천사가 나타나 예수의 부활을 알려주었다
    고 함.

58) 부활절에 관한 복음의 소리.

59) 살아서 거룩한 삶을 영위하는 자, 즉 예수 그리스도를 말함.

60) 그리스도를 추종하는 사람들.

61) 젊은이들은 처녀들을 야생동물Wildbret로 간주하고 있음.

62) 성 안드레아 축제일 밤은 11월 29일 밤으로, 미혼 여성이 성 안드레아에
    게 기도하면 수정 속에서 미래의 애인을 볼 수 있다는 미신이 있음.

63) 점쟁이는 수정이나 거울 속에서 영(靈)과 그리운 임의 모습을 비춰볼 수
    있다고 함.

64) 페스트가 만연했을 때를 말함.

65) 요한 슈피스가 발행한 『민중본 파우스트』에 나오는 파우스트의 아버지
    는 농부인데, 여기서는 의사로 나옴.

66) 그 앞에서 모든 가톨릭 교도들이 무릎을 꿇는 성체, 성병(聖餠)을 말함.

67) 파우스트의 아버지는 의사로 활동하기 위해 마술에도 관여하고 있음.

68) 신비학에 능통한 연금술사들의 컴컴한 실험실을 뜻함.

69) 금을 제조하는 처방.

70) 금에서 취한 남성의 금속원소로 산화수은을 의미함.

71) 은에서 취한 여성의 금속원소로 염산을 의미함.

72) 이는 원소들이 화학 작용을 일으키는 증류기 속에서 혼합되는 상을 말함.

73) 화학 작용의 증류액으로 만병통치약을 뜻함.

74) 대기의 정령으로 북쪽에서 불며 피부를 찌르는 한풍(寒風), 동쪽에서 불
    며 폐를 침해하는 건조풍(乾燥風), 남쪽에서 불며 열병을 가져오는 열풍,
    서쪽에서 불며 호우를 가져오는 기만풍(欺瞞風)을 말함.

75) 전설에 따르면 파우스트는 프레스티기아Prestigiar라는 눈이 빨간, 크고
    검은 개를 소유했다고 함.

76) 이는 대학생들 사이에서 길들이는 것이 유행이었던 개를 의미함.

77) 신을 진실로 사랑하는 데는 명확한 인식을 필요로 하는데, 파우스트에겐
    이런 정신적 노력의 일면이 있음.

78) 신약성서의 원전은 그리스어로 되어 있음.

79) 파우스트는 요한복음 첫 문장에 나오는 로고스Logos란 개념을 우선은
    루터처럼 '말씀'이라고 번역함. 로고스는 말, 판단, 개념, 이성, 의미, 힘,
    행위 등으로 번역할 수 있는 불멸의 본질로서, 그리스인은 이를 이성의
    소리라 생각하고, 유태인은 신의 자의식이라 해석함.

80) 『솔로몬의 열쇠』라는 18세기 마술서. 이스라엘의 왕이며 시인으로 중세
    마술사라 전해지는 솔로몬이란 사람의 이름에서 이 마술서가 히브리어
    에서 번역되었음을 알 수 있음.

81) 네 가지 주문은 원래 그리스의 철학자 엠페도클레스의 사대원소, 즉 불,
    물, 바람, 흙과 연관시켜 괴테가 창안해낸 것임.

82) 살라만더는 불의 정령Feuergeist으로 동양에서는 火.

83) 운디네는 물의 정령Wassergeist으로 동양에서는 水.

84) 질페는 바람의 정령Luftgeist으로 동양에서는 風.

85) 코볼트는 흙의 정령Erdgeist, 산의 정령Berggeist으로서 동양에서는 土.

86) 원래는 꿈속에 나타나 사람을 괴롭히는 음탕한 요정이지만, 여기서는 흙

의 정령 코볼트를 가리킴.

87) 가면을 벗고 정체를 나타내라는 뜻임.

88) 이 부적은 JNRJ(Jesus Nazarenus Rex Judaeorum 유대인의 왕 예수 나자렛)라는 글자가 새겨지고 구세주의 상이 부각된 십자가를 말함.

89) 예수 그리스도를 가리킴. 무한한 생명을 가진 그리스도는 언제 탄생했다는 것도 없고, 무어라 불러야 좋을지도 모르지만, 그 정신은 천지간에 퍼지고 육체는 십자가에 자살(刺殺)당했음.

90) 삼위일체를 나타내는 삼각형 속에 신의 눈을 상징하는 눈이 그려진 부적을 말함.

91) 중세에는 점성술이나 예언 등으로 잠자리를 얻으며 여행하는 대학생들이 많았음.

92) 악마왕, 파괴자, 사기꾼 등은 성경에서는 모두 악마를 일컫는 말들임.

93) 어리석은 인간세상을 말함.

94) 별 모양으로 생긴 부적으로 그리스도를 상징하며 악귀를 쫓아버린다고 함.

95) 사람들이 먼 환희의 별세계로 날아간다는 뜻임.

96) 괴테는 메피스토펠레스를 인간을 괴롭히는 모든 해충의 두목으로 여김.

97) 지령과의 만남 장면(482~512행)을 참조.

98) 부활절의 종소리와 합창 소리를 말함.

99) 이는 지상에 얽매인 인간의 육체를 뜻함.

100) 관능을 자극하는 감각세계의 매력을 의미함.

101) 가문의 번영과 행복을 의미함.

102) 그리스어에서 나온 말로 돈, 재산 등을 상징하는 재물의 신.

103) 하나님의 사랑을 뜻함.

104) 무의미한 인간생활과의 인연을 끊지 못하고 살아가는 인종(忍從)의 마음.

105) 파우스트를 가리킴.

106) 정령들이 탄식하는 사라진 아름다움은 파우스트의 이상세계를 뜻함.

107) 제우스 신은 독수리에게 밤마다 새로 자라나는 프로메테우스의 간을 쪼아먹게 함.

108) 파우스트는 내세를 부정하는 것이 아니라 현재의 삶을 견딜 수 없는 것임. 절대적인 생활의 장소인 현세에서 만족할 수만 있다면, 내세에서 무슨 일이 일어나든 아무 상관이 없다는 것임.

109) 파우스트는 영원한 가치를 지닌 인식을 추구하는바, 악마에게서 이런 것을 기대하는 것이 아니라 다만 관능의 순간적 자극을 얻으려 하는 것임.

110) 무조건 약속을 지켜야 한다는 생각.

111) 밀랍으로 봉인되고 양피지에 씌어진 문서.

112) 불꽃 속에 나타났던 지령을 말함.

113) 소화되지 않는 물건에 대한 상징.

114) 신은 영광스러운 광명 속에 존재하고, 악마는 암흑 속으로 추방되었으며, 인간에게는 낮과 밤이 동시에 주어졌다는 것임.

115) 모든 것을 겸비한 우주의 축소형이라 할 수 있는 인간을 말하며, 메피스토펠레스는 이런 우주적 인생관을 조소하고 있음.

116) 고대 비극에서 키를 크게 보이도록 하기 위해 신었던 굽 높은 구두.

117) 원서에는 H—로 되어 있는데, 이는 der/die Hintere(궁둥이, 엉덩이)를 뜻함.

118) 파우스트의 조수인 바그너를 가리킴.

119) 악에 물들어가는 과정을 삼단계로 표현한 것임.

120) 학생 장면은 희극적 간주곡이라 할 수 있는바, 메피스토펠레스는 관능적 유혹의 말과 역설과 독설로써 젊은 학생을 희롱함.

121) 주리를 트는 일종의 고문기구.

122) 사상가, 철학자를 의미함.

123) 예수 그리스도의 말씀, 즉 성서를 의미함.

124) 여자의 가장 은밀한 지점, 즉 음부를 뜻함.

125) 저명인사들의 서명을 받기 위한 수첩, 즉 서명첩을 가지고 다니는 것이 괴테 시대의 일반적 풍습이었음.

126) 성서의 창세기에 나오는 라틴어로 된 말. Eritis sicut Deus scientes bonum et malum.

127) 작은 세계와 큰 세계, 이는 비극 제1부의 학생과 그레첸이 등장하는 소시민 세계와 제2부에 나타나는 왕후 귀족들의 정치세계를 뜻함.

128) 전설상의 파우스트도 마법의 망토를 입고 공중을 날아다님. 작가는 이 마술의 외투를 불기운으로 채우고 있는데, 마침 1782~83년에 몽골피어 형제가 처음으로 기구를 띄우기 위해 열기를 이용하였고, 괴테는 이에 관해 깊은 관심을 갖고 있었음.

129) 라이프치히에 있는 역사적인 지하 술집으로 그 벽에는 술통을 타고 달리는 파우스트의 그림이 그려져 있음.

130) 대학생들의 윤창가, 음주가.

131) 술을 가장 많이 마신 사람을 상석에 앉히는 습관에서 나온 말.

132) 발푸르기스의 밤에 마녀들은 염소를 타고 하르츠 산맥의 가장 높은 브로켄 산에 모여든다고 하는데, 염소는 호색적인 동물을 상징함.

133) 라이프치히를 찬양하여 '작은 파리'라고 부름.

134) 악마는 천국에서 지옥으로 떨어질 때 절름발이가 되었다고 함.

135) 프랑크푸르트에서 라이프치히로 가는 도중 역마차 정류장이 있는 마을 이름.

136) 18세기에 대학생들 간에 유행하던 '우악스런 촌놈'이란 뜻으로 쓰인 가상 인물 한스 아르슈 폰 리파흐Hans Arsch von Rippach를 말함.

137) 헝가리의 토카이 지방에서 나는 달콤한 포도주.

138) 마술사들이란 법률의 보호 밖에 있으므로 죽여 없애도 상관없다는 뜻.

139) 원숭이는 원래 악마의 소산물로 전해지며, 여기서는 마녀의 하인 노릇을 하고 있음.

140) 수도원에서 빈민들에게 자선으로 나누어주는 죽을 말하는바, 이는 내용이 천박한 대중문학작품을 풍자하는 것임.

141) 커다란 공은 지구의(地球儀)를 말하며, 원숭이가 이를 장난감으로 가지고 노는 것은 세상의 역사적 순환을 풍자한 것임.

142) 체를 통해 미래나 비밀을 알 수 있다는 미신이 있음.

143) 파우스트의 영혼을 훔치려 하기 때문에 메피스토펠레스 역시 도둑이라 할 수 있음.

144) 백성들의 땀과 피로 왕위를 보존한다는 뜻이며, 깨어진 왕관은 실패한 프랑스 혁명에 대한 암시임.

145) 엉터리 시라도 운이 좋으면 사상이 담긴 시가 될 수도 있다는 의미로, 이는 문학을 풍자하는 것임.

146) 작가나 원숭이나 정직하게 고백할 줄 모른다는 점에서 마찬가지라는 의미.

147) 악마를 상징하는 불길한 새.

148) 악마가 음탕한 몸짓으로 성기를 발기시키는 꼴을 하는 것임.

149) 의사에 대한 풍자.

150) 마녀 구구법의 의도는 의미가 없는 것을 의미가 있는 것처럼 노래하는 것임.

151) 삼위일체설에 대한 풍자.

152) 학문 분야에서 여러 학위를 가지고 있음을 의미함.

153) 발푸르기스는 8세기경 영국 태생의 성녀(聖女)로서 독일에 사원을 세워 포교에 종사함. 질병과 마술에 대항하는 수호여신인 그녀의 기념일인 5월 1일 전야(4월 30일부터 5월 1일 아침까지)에는 마녀와 마귀들이 브로켄 산에 모여 술 마시고 음란한 춤을 추며, 밤새도록 망아적 도취의 축제를 벌인다는 미신이 있음.

154) 마녀는 파우스트에게 음탕한 노래가 적힌 것을 건네줌.

155) 고대 그리스의 절세미인 헬레나와 같은 미(美)의 기적을 가리키는 말. 이는 제2부에 서술된 헬레나 비극을 암시하는 것일 수도 있음.

156) 프로일라인Fräulein이란 호칭은 괴테 시대에는 귀족계급의 처녀를 가리켰음. 시민계급의 처녀는 융프라우Jungfrau라고 함.

157) 당시 열네 살 미만 소녀와의 결혼이나 육체적 관계는 법으로 금지되어 있었음. 이로써 그레첸이 합법적으로 성년이 되고 성적으로도 성숙했음을 말하지만, 파우스트는 결혼이 아니라 유혹하는 것을 염두에 두고 있음.

158) 한스 리더리히Hans Liederlich는 방종한 인간으로 바람둥이의 대명사.

159) 옹졸한 학자에 대한 조소적 표현.

160) 프랑스인들은 특히 기발하고 교활한 연인으로 통하고 있음.

161) 땅 속에 묻힌 재보는 모두 악마의 지배하에 있다는 설이 전해오고 있음.

162) 소시민적으로 소박하게 생활하는 그레첸이 정신적 육체적으로도 순수하다는 점을 그녀의 작고 깨끗한 방을 통해 상징적으로 보여주는 것임.

163) 독일 시민의 가정에서는 거실 바닥을 깨끗이 하기 위해 하얀 모래를 뿌리는 풍습이 있었음.

164) 그레첸의 순결에 감동하여 파우스트는 그녀를 유혹하려는 것을 주저함.

165) 이 노래는 『파우스트』와 관계없이 1774년에 생겨남. 툴레는 북방 어딘가 있는 섬. 그레첸은 학식이 별로 없는 소시민이기에 자신의 언어를 통해서가 아니라 이런 정형화된 노래를 통해 자신의 감정을 표현함.

166) 이는 '선물받은 말은 그 입 안을 들여다보지 않는다'는 속담에서 나온 말로, 선물받은 것은 그 가치를 따지지 않는다는 뜻임.

167) 남편이 사망했다는 것이 증명되어야만, 다시 처녀가 되어 재혼할 수 있음.

168) 이탈리아의 도시 이름으로, 마르테로서는 확인할 수 없는 곳임.

169) 1195~1231년에 살았던 '동물의 성인'이라 불린 성자로 물고기까지도 그의 설교를 들었다고 함. 파도바의 사원묘지에 그의 유골이 안치되었음.

170) 예전에 가난한 사람들은 짚을 채워 만든 거적 같은 매트리스 위에서 잠을 잤음.

171) 기독교 의식에 따라 고해를 하고 종유(終油)를 마치고 죽었다는 뜻.

172) 18세기경까지 터키 해적이 약탈을 자행한 데 대항하여 기독교도의 배도 가끔 터키 배를 습격하였음.

173) 매춘부를 의미함.

174) 1700년대부터 발행되던 주간지로서 교회의 기록부도 요약되어 게재됨.

175) 라틴어의 Sancta Simplicitas!는 독일어로 Heilige Einfalt! 즉 '성스러운 바보' '고지식한 성자(聖者)'라는 뜻.

176) 눈에서 멀어지면 마음에서도 멀어진다는 속담의 변형.

177) 이는 '자기 집 아궁이는 황금의 가치가 있다Eigner Herd ist Goldes wert'와 '성실한 아내를 얻는 사람에겐, 그 아내가 값진 진주보다 훨씬 더 고귀하다Wem eine tüchtige Frau beschert ist, die ist viel edler als die köstlichen Perlen'란 두 개의 속담이 결합된 것.

178) '밤' 장면에서 불꽃 속에 모습을 나타냈던 지령을 말함.

179) 이는 '마녀의 부엌' 장면에 나오는 아름다운 여인상을 말하지만, 여기서는 그레첸의 모습과 융합되어 있음.

180) 이 몸짓은 그레첸을 희생으로 하는 감각적 사랑의 향락을 암시함.

181) 이는 이미 헤르더의 『민요집』에도 수록되어 있는 유명한 노래임.

182) 마태복음 제4장 10절의 '내게서 썩 물러가거라, 이 악마야!'라는 구절 참조.

183) 신부나 목사 또는 신자들이 지니고 다니는 그리스도가 못 박혀 있는 십자가상.

184) 살로몬이 썼다는 구약성서 중 아가서 제4장 5절의 '너의 두 유방은 장미꽃 속에 묻혀 풀을 뜯는 두 마리의 어린 쌍둥이사슴과도 같다'는 구절 참조.

185) 파우스트의 이름. 전설상의 이름은 요한네스이지만, 괴테는 하인리히
라 함.

186) 파우스트의 신앙심을 묻는 그레첸은 슈트라스부르크 시절 괴테가 사랑
하던 세센하임의 프리데리케를 연상시킴.

187) 자기를 포함한 우주 만물을 포괄하여 그 자체 영원히 변화 생성하며, 자
연을 자신 속에 또 자신을 자연 속에 품고 있다는 괴테의 범신론적 사상
은 동양의 도가사상과도 일맥상통함.

188) 천재란 창조적 능력을 가진 사람을 뜻하지만, 한편으로는 악마적 힘을
지녔다고도 할 수 있음. 이런 특성은 보통 사람에겐 이해될 수 없으며,
두려움의 대상이 되기도 함.

189) 처녀의 순결을 뜻함.

190) 1786년까지 도덕적 잘못을 저지른 처녀는 수의(囚衣) 하나만 입고 교회
제단 앞에서 참회하고 속죄하는 벌을 받음. 이것이 두려워 영아를 살해
하는 범죄가 자주 일어남.

191) 부정을 저지른 여인의 유일한 구원은 애인과 결혼하는 것임.

192) 순결치 못한 신부가 화관을 쓰고 결혼식장에 나타날 때는 이를 뜯어버리
고, 문 앞에는 꽃 대신에 시듦의 상징인 여물을 뿌려놓는 풍습이 있었음.

193) 옛 도시의 바깥 성벽과 안쪽 성벽 사이의 좁다란 중간지대.

194) 가톨릭 교회의 제단에 지속적으로 켜져 있는 빨간 등불.

195) 미신에 따르면 땅 속에 숨겨진 보물은 어느 정도 세월이 경과하면 눈부신
빛을 발하며 밀고 올라온다고 함. 그때 행운아가 그것을 발견하여 소유할
수 있지만, 발견되지 않은 보물은 다시 땅 속으로 가라앉아버린다고 함.

196) 보헤미아나 네덜란드에서 나온 사자무늬가 새겨진 은화.

197) 민간신앙에 따르면 진주는 눈물을 상징하는데, 이는 그레첸의 정신 상태
와 미래의 운명을 암시하고 있음.

198) 이 노래는 셰익스피어의 비극『햄릿』제4막 5장에 나오는 오필리아의 민

속적 사랑노래를 본받은 것임.

199) 여기서 발렌틴이 저주하는 것은 문자 그대로 '쥐를 잡는 놈'이 아니다.
하멜Hamel의 '쥐잡이'를 괴테는 노래에서와 같이 "처녀잡이"로 해석하
고 있음.

200) 가벼운 검Degen을 익살스럽게 표현한 것임.

201) 생사를 좌우하는 중죄를 재판하는 것은 신의 이름으로 이루어짐. 그러니
까 악마로서는 경찰은 문제가 되지 않지만, 사형 선고는 뜻대로 되지 않
아 질색이라는 것임.

202) 자신의 미(美)로 남자들을 유혹하기 위해 대낮에도 얼굴을 내밀고 돌아
다닌다는 뜻.

203) 15세기 프랑크푸르트 경찰령에 따르면, 매춘부는 금목걸이를 하거나 비
단옷을 입고 교회에 올 수 없도록 되어 있음.

204) 이는 신이 보낸 가책의 악령인 동시에 인간의 양심의 소리에 대한 상징임.

205) 고해도 못 하고 종부성사도 받지 못한 채 죽어갔기 때문임.

206) 파우스트의 칼에 찔린 그레첸의 오빠 발렌틴의 피를 말함.

207) 최후의 심판의 날에 관한 라틴어로 된 찬송가.

208) 장시간 미사 드리는 동안에 기절이나 졸음을 막기 위해 여인들은 향수병
을 가지고 다녔음.

209) 이는 하르츠의 산중에 실재하고 있는 마을들로서, 여기서부터 정상인 브
로켄 산까지 오르는 데는 약 두 시간 정도 걸림.

210) 발푸르기스의 밤에 마녀들은 빗자루나 염소를 타고 축제 장소로 간다는
미신이 있음.

211) 소택지 같은 곳에 생기는 인화(燐火)로서, 이를 악마와 결부시켜 의인화
한 것임.

212) 여기서는 메피스토펠레스가 최고의 악마임.

213) 마몬은 여기서는 황금의 뜻으로 사용되고, 3933행에서는 악마들에게 불

타는 황금맥으로 궁전을 지어준 지옥의 황금의 신으로 나타남.

214) 성명 미상의 사람을 부르는 이름으로, 여기서는 악마 사탄의 이름으로
쓰였음.

215) 마녀의 이름. 그리스 신화에서는 딸을 잃고 비탄에 빠진 데메테르를 음
탕한 재담으로 위로코자 했던 하녀의 이름이었으나, 여기서는 음탕한 마
녀들의 지도자로 나타남.

216) 일젠부르크 근방의 일제 계곡에 돌출해 있는 암벽들.

217) 혼잡스레 몰려드는 마녀들에 스쳐 살갗이 까진 것을 말함.

218) 쇠스랑도 빗자루와 마찬가지로 마녀들이 타고 다니는 도구.

219) 과다히 밀어닥쳐 짓눌림으로 인해 임신했던 마녀들이 사산하는 상태를
말함.

220) 괴테는 '마녀'에 대립되는 개념으로 남성 마귀인 '마녀 대장'을 등장시키
고 있음.

221) 여자들은 사려가 깊지 못하여 일단 악의 길로 들어서면 맹목적이 된다
는, 여자에 대한 비방.

222) 남자들이 사도(邪道)로 들어서면 여자보다 정도가 더욱 심하다는, 남자
에 대한 비방.

223) '위에서' 들리는 소리는 공중을 날고 있는 마녀들의 소리이고, '아래에
서' 나는 소리는 완전한 마녀가 되지 못해 날 수가 없는 것들의 소리임.

224) 아직 마녀가 되지 못한 세 그룹의 존재들도 헛되이 마녀들 축제 행렬에
합류하려 함. 이는 바위틈 늪 속의 목소리들, 삼백 년째 오르고 있는 목
소리, 그리고 반(半)마녀를 말하는데, 괴테는 이로써 동시대인들이나 시
대상황을 풍자하려 했다는 해석이 있음.

225) 마녀가 비행할 때 빗자루나 쇠스랑에 바르는 연고인데, 마녀들은 이로
인해 날 준비가 되었음을 느낀다고 함.

226) 반죽통도 마녀들이 타고 날아다니는 데 이용됨.

227) 유괴자를 뜻하는 악마의 옛 이름.

228) 발푸르기스의 밤의 절정으로서 마왕의 성대한 잔치가 벌어지는 곳을 의
미함.

229) 양말대님 훈장. 1350년에 시작된 영국 최고의 훈장으로, 흑청색의 비로
드 리본을 황금 죔쇠로 왼쪽 무릎 아래에 달고 다님.

230) 장군, 장관, 벼락부자 등은 프랑스 혁명에서 추방되어 유럽 각지에 유랑
하던 자들로, 이들은 모든 일에 불만스러워하고 있었음.

231) 케케묵은 계몽주의적 책을 쓰는 저술가에 대한 조소.

232) 괴테는 프랑크푸르트나 라이프치히에서 소란스런 대목시장을 여러 번
체험함.

233) 릴리트는 고대 랍비 전설에 따르면 아담의 첫번째 부인으로, 남편과 싸
운 후 헤어져서 우두머리 악마의 정부(情婦)가 되고, 그녀 자신도 마귀가
되었다고 함.

234) 여자의 유방에 대한 시적 비유로, 여기서는 이브가 아담에게 따준 인식
의 나무 열매와도 연관시키고 있음.

235) 괴테는 이 '엉덩이로 영을 보는 사람'이란 뜻의 합성어로 자신의 『젊은
베르테르의 슬픔』을 매도한 계몽주의자 프리드리히 니콜라이를 풍자하
고 있음. 니콜라이는 유령이나 환각을 뇌의 울혈(鬱血)로 여기며 궁둥이
에 거머리를 붙여 방혈(放血)함으로써 치료할 수 있다고 했는데, 괴테는
이런 사실과 니콜라이의 계몽벽을 조소한 것임.

236) 니콜라이가 『일반적 독일도서목록』지(誌)를 펴내던 묄레(물방아)라는 출
판사를 뜻하는데, 이는 니콜라이의 지루한 저작들을 비꼬는 것임.

237) 니콜라이는 베를린 근교의 테겔에 있는 훔볼트 가(家)의 성에 마귀가 출
몰했다는 소문을 반박함.

238) 니콜라이가 1783∼96년에 열두 권으로 출판한 『독일과 스위스 여행기』
에 대한 풍자.

239) 그리스 신화의 세 자매 괴물 중 하나로 페르세우스에게 목이 잘렸는데, 이를 보는 사람은 공포 때문에 돌로 변했다고 함.

240) 영아를 살해한 여자는 목이 잘리는 형을 받는데, 유령이 된 후에도 빨간 끈과도 같은 칼자국 표식을 달고 있다고 함.

241) 제우스의 아들로 메두사의 목을 잘랐다는 그리스 전설의 인물.

242) 오스트리아의 비엔나 교외에 있는 환락 공원.

243) 저속한 관중은 작품의 질이나 내용은 따지지 않고, 그저 작품 수가 많으면 만족하는 데 대한 풍자.

244) 셰익스피어의 『한여름 밤의 꿈』에 나오는 요정의 나라의 왕과 왕비. 이들은 인도에서 온 소년 때문에 부부싸움을 하여 별거하다가 동경과 사랑으로 인해 다시 화해하여 금혼식을 올리게 됨.

245) 미딩은 바이마르 아마추어극장의 무대주임으로 괴테의 훌륭한 조수.

246) 『한여름 밤의 꿈』에 나오는 오베론의 익살스런 요정.

247) 셰익스피어의 『폭풍우』에 나오는 공기의 요정으로 알려져 있음.

248) 축제 행렬을 위해 관현악을 연주하며 스스로를 서술하고 있는데, 파리와 모기, 개구리와 귀뚜라미 등이 울어대는 소리로 연주자 역할을 함.

249) 개구리의 별명일 것임.

250) 이런 괴물은 높은 이상을 추구해도 결국 사소하고 저속한 것에서 헤어나지 못하는 작가들에 대한 조롱.

251) 미와 추는 서로 조화할 수 없다고 주장하는 니콜라이를 비꼰 이름.

252) 기독교적인 신앙심에서 프리드리히 실러의 『그리스의 신들』을 공격했던 레오폴트 폰 슈톨베르크 백작을 지칭함.

253) 정통파 신자의 관점에서는 오베론 역시 하나의 마귀.

254) 북방의 예술가는 남방의 고전예술을 배워야만 진정한 예술가가 된다고 함.

255) 자연 그대로를 싫어하는 인위적 예술가로 깨끗하게 정화된 것을 좋아함.

256) 자연주의적 작가에 대한 풍자.

257) 형식과 체제를 지키는 보수적 형식주의자에 대한 풍자.

258) 바람이 부는 대로 젊은 마녀 또는 늙은 귀부인에 아부하는 팔방미인으로 악장 겸 문필가였던 라인하르트를 풍자한 것임.

259) 젊은 나체의 마녀들을 뜻함.

260) 괴테와 실러가 쓴 동시대의 문인과 철학자를 매도한 풍자적 2행 시집.

261) 『크세니엔』을 비난했던 덴마크의 문필가 아우구스트 폰 헤닝스에 대한 풍자.

262) 원래는 아폴로의 별명으로 뮤즈의 영도자. 헤닝스는 1798~99년에 『그 시대정신의 동반자 무사게트』란 시집을 출간함.

263) 헤닝스는 『시대정신』이란 잡지의 편집자인데, 1800년부터는 그 제목이 『19세기 정신』으로 바뀜. 여기서는 옛날의 제목에 '이전의'라는 뜻을 지닌 프랑스어를 붙임.

264) 그리스 신화의 아폴로와 뮤즈들이 정좌해 있는 곳.

265) 계몽주의자 니콜라이를 빗댄 말. 그는 모든 종교적인 것을 반대하고, 예수회적 요소나 영향을 캐내고 이를 반박함.

266) 괴테가 젊은 시절에 친하게 지내던 요한 카스파 라바터를 가리킴. 그는 작품이나 언행에서 군자인 척하면서 가끔 그와 모순되는 짓을 했기 때문에 맑고 흐린 물에 사는 두루미에 비유됨.

267) 이는 괴테 자신을 말함.

268) 동음(同音)을 내는 왜가리들은 자기주장만 내세우려는 철학자 집단에 대한 풍자.

269) 그리스 전설에 따르면 오르페우스는 칠현금 연주로 나무와 바위, 야생짐 승들까지 홀리게 했다고 함.

270) 발푸르기스의 밤에 벌어지는 마술과 마녀나 악마에 대하여, 독단론자는 이를 현실로 간주하고, 이상주의자는 자기 자아의 상상력의 유출로 간주

하며, 현실주의자는 자신의 토대에 불안을 느끼고, 초자연주의자는 초자
연계에 대한 입증으로 열광하며, 회의론자는 이런 마적 존재를 회의함.

271) 정치적 성향을 띤 새로운 집단으로서, 프랑스 혁명 시대에 처세에 노련
하고 근심을 모르던 지적 인간들을 말함.

272) 독일로 도피하여 궁핍하게 살아가는 프랑스의 궁정귀족들.

273) 도깨비불처럼 프랑스 혁명 시대에 갑자기 출세했다가 꺼져버린 부류의
인물들.

274) 마치 유성처럼 반짝했다가 사라지는 하루살이 명사(名士)들.

275) 앞의 정치적 성향의 인간들과 담판하려는 파괴적이고 혁명적인 군중을
뜻함.

276) 비일란트의 『오베론』에는 이런 장미의 언덕에 요정의 성이 서 있음.

277) 아리엘의 신호에 따라 정령들의 무리는 장미의 언덕으로 도망가고, 아침
여명과 더불어 발푸르기스의 도깨비들도 모두 사라짐.

278) 『초고 파우스트』에도 들어 있는 가장 일찍 씌어진 장면으로, 파우스트의
격정을 운율 형식으로 위축시키지 않기 위해, 유일하게 산문으로 남겨둔
부분.

279) 발푸르기스의 밤의 축제와도 같은 구미에 당기지도 않는 소일거리.

280) '밤' 장면에 나타나는 지령을 말함.

281) 메피스토펠레스는 처음에 삽살개의 형상으로 나타났음.

282) 뱀의 형상을 말함.

283) 예수 그리스도를 의미함.

284) 메피스토펠레스 자신을 의미함.

285) 그레첸의 교수형이 행해질 이곳 형장에는 시체 때문에 까마귀들이 몰려
들었음.

286) 미사드릴 때 제단 앞에서 하는 의식에 대한 암시.

287) 처형한 후에 흐른 피를 흡수시키기 위해 마녀들이 재나 모래를 뿌리는

것임.

288) 그림형제의 『동화집』에 수록된 「노간주나무」에 나오는 민요. 그레첸은
자기 어린애를 죽인 것과 연관시켜 이 민요를 노래함.

289) 그레첸은 정신착란으로 인하여 파우스트를 알아보지 못하고, 사형집행
인이 온 것이라 생각함.

290) 순결한 처녀성에 대한 상징.

291) 파우스트가 쇠사슬을 풀기 위해 꿇어앉은 것을 그레첸은 기도하려는 것
으로 오해하고 있음.

292) 지옥에 관한 이 말은 마태복음 제8장 12절을 연상시킴.

293) 그레첸의 오빠 발렌틴을 살해하여 생긴 피.

294) 어머니와 오빠가 아직 매장되지 않은 것으로 여기며, 그레첸은 파우스트
에게 묏자리를 설명하고 있음.

295) 수면제로 인한 마취에서 영영 깨어나지 못한 상태임.

296) 그레첸은 자신이 처형장에 와서 참수대에 묶이고 있다고 착각하고 있음.

297) 처형하는 동안에 사형 집행을 알리는 종이 울리고, 재판관은 사형선고의
최종 표시로 죄수의 머리 위에서 흰 막대기를 부러뜨려 발 앞에 내던지
며, 죄수는 처형 의자에 꽁꽁 묶인 후 참수를 당하게 됨.

298) 처형이 이루어지고, 그레첸은 이제 세상이 무덤처럼 고요하다고 생각함.

299) 마법의 말들은 날이 밝아오면 몸을 떨며 공중으로 사라짐.

300) 메피스토펠레스를 가리킴.

301) 그레첸이 진정으로 참회하고 속죄했기 때문에 감옥은 성스러운 장소가 됨.

302) 이탈리아어 아리아(공기)에서 나온 공기의 정(精)으로, 사람을 잘 도와주
는 작은 요정.

303) 로마 군대의 야경은 밤을 세 시간씩 넷으로 구분하였음. 여기서는 파우
스트를 잠들게 하는 시간, 모든 것을 잊게 하는 시간, 젊은 기운을 불어
넣는 시간, 그리고 새로운 생명으로 일깨우는 시간을 말함.

304) 그리스 신화에 나오는 망각의 강. 죽은 자는 저승으로 가는 길에 레테 강을 건너는데, 이때 이 강물을 마시면 지상에서의 기억을 다 잊어버린 다고 함.

305) 태양신 아폴로가 전차를 몰고 나타나면 하늘의 문을 열어주는 시간의 여 신들.

306) 태양신 아폴로의 다른 이름.

307) 인간 영혼생활의 심연으로부터 갑자기 정열이 용솟음치는 것을 말하며, 이 정열의 근원은 우주의 생명과도 관련되어 있음.

308) 파우스트가 광명의 근원에서 생명의 횃불에 불을 붙이려 하는 것은 우주 만물의 근원을 인식하려는 태도를 말함.

309) 물방울은 끊임없이 변하는데 무지개는 그 변회를 초월하여 하늘에 걸려 있으니, 이는 모순의 통일이란 관념을 나타내고 있음.

310) 삶의 실상은 직접 그 자체로서가 아니라 무지개 같은 영상이나 상징 또 는 비유의 형식으로 파악할 수 있을 따름임.

311) 재상이 대주교를 겸하고 있으므로, 본성과 정신을 믿고 신의 은총을 경 시하는 것은 비기독교적이라 함.

312) 깊은 땅 속에 파묻힌 보물은 황제에게 속한다는 것이 고대 독일의 법이 었음.

313) 점성술과 연금술에서는 일곱 개의 별들을 금속으로, 즉 태양은 금, 수성 은 수은, 금성은 동, 달은 은, 화성은 철, 목성은 주석, 토성은 아연으로 대표시키고 있음.

314) 금전을 조달하는 일.

315) 메피스토펠레스가 천문박사에게 속삭이는 소리도 들리기 때문임.

316) 점성술사나 연금술사가 그해에 일어날 일을 점쳐서 책력으로 발행하 였음.

317) 인간을 섬기는 마술의 힘을 가진 추악한 작은 요정으로 지하의 보물을 지킨다고 함.

318) 비밀의 보물을 지키는 역할을 맡고 있는 악마적인 개.

319) 발바닥이 간지럽거나 발걸음이 말을 듣지 않는 곳을 파보면 보물이 묻혀 있다는 속설이 있음.

320) 재물보화를 의미함.

321) 지하에 묻힌 재보(財寶)를 뜻함.

322) 사순절(四旬節)의 첫날인 부활절 전의 제7수요일로 가톨릭 신자들은 이 날 참회의 뜻으로 이마에 성회를 바름.

323) 연금술에서 말하는 만능의 돌도 어리석은 자들에게는 아무 효능이 없다 는 뜻임.

324) 괴테는 로마의 사육제를 연상하며 이 가장무도회 장면을 묘사했다고 함.

325) 괴테 시대의 여자들이 가졌던 이탈리아에서 수입된 조화(造花).

326) 평화의 상징인 동시에 승리의 영관(榮冠)이라는 점을 스스로 자랑하고 있음.

327) 고대 로마의 곡식의 여신.

328) 기원전 4세기경의 그리스 철학자이며 생물학자. 식물학의 아버지라고 불리는 사람으로 아리스토텔레스의 제자이며 친구이고 후계자였음.

329) 이제까지 숨어 있던 여자 정원사가 장미꽃 봉오리를 들고 조화에 대해 도전하는 것임.

330) 저음의 기타와 유사한 14~16현으로 된 목이 긴 이탈리아 악기.

331) 로마 귀족생활에서 흔히 볼 수 있던 아첨에 능한 성격의 인간으로 당시 희극의 대표적 인물들 중 하나임.

332) 관람석에 앉아 있는 관객을 향해 하는 말.

333) 낭만주의 작가 호프만 E.T.A. Hoffmann을 가리킴.

334) 미국의 폴리도리가 집필한 소설 『흡혈귀』를 호프만이 모방하였음. 이는 독일에서도 화제가 되었지만, 괴테는 이처럼 음산한 경향을 싫어했음.

335) 우미의 여신들인 아글라이아는 증여를, 혜게모네는 수납을, 오이프로지네는 감사를 상징함.

336) 헤시오드Hesiod의 설에 의하면 인간의 수명을 다스리는 운명의 여신들로, 클로토는 생명의 실을 잣고, 라케시스는 그 실을 가르고, 아트로포스는 가위로 실을 끊어버리는데, 괴테는 여기에서 클로토와 아트로포스의 역할을 뒤바꿔놓았음.

337) 고대 신화에 의하면 복수와 형벌을 다스리는 여신들은 추악하고 무서운 노파의 형상이지만, 괴테는 그로테스크한 과장을 피하기 위해 귀엽고 아름다운 여인의 모습으로 등장시키고 있음. 증오를 상징하는 여신 알렉토는 여기에서 애인들 사이만을 이간질하고, 적의와 질투의 여신 메게라는 부부간의 권태와 불만을 증가시키고, 원수를 갚는 여신 티시포네는 부정한 애인을 벌하고 있을 따름임.

338) 구약성서의 토비아스서 제3장 8절에 나오는, 결혼을 파괴하는 악마 아스모데오를 말함.

339) 거대한 코끼리를 의미하는데, 이는 잘 통치되어 있는 국가를 상징함.

340) 초일로는 기원전 3세기 아테네 수사학자로 호메로스 서사시의 잘못된 문법과 어법을 비난함. 『일리아스』에 나오는 테르시테스는 트로야 전쟁의 영웅과 용사들을 험담함. 위대한 것을 흠잡는 두 인물이 하나가 된 꼴 추로 등장한 것은 비꼬인 정신을 상징하는 것임.

341) 살모사는 질투와 허위를, 박쥐는 광명을 두려워하는 속성을 나타냄.

342) 용이 끄는 마차에 부(富)의 신 플루투스를 태워오는 소년은 제3막에서 오이포리온(에우포리온)으로 태어나는 영이라고 함. 그는 시에 대한 알레고리로서 시간과 장소와 특정한 인물에 구애받지 않는 시의 정신을 마구 뿌리며 자기를 완성시키는데, 물질적 욕망으로 가득 찬 황제의 궁정에서는 정신의 아름다운 불씨가 아무 소용도 없다는 것을 암시하고 있음.

343) 부귀의 신으로, 여기서는 파우스트가 가장한 모습임.

344) 인간의 정신을 불붙게 하는 예술 또는 시의 불꽃으로 해석할 수 있음.

345) 메피스토펠레스가 분장한 말라빠진 인물로서 강렬한 욕심쟁이로 나타남.

346) 말라빠진 남자가 용이 끄는 수레에 실은 돈궤 위에 앉아 있는 꼴을 보물을 지키는 용으로 비유한 것임. 옛 전설에는 용이 보물을 지킨다는 이야기가 흔히 나오며, 바싹 마르고 기분 나쁜 메피스토펠레스는 용을 연상시킴.

347) 시의 고향을 뜻함.

348) 부귀와 시인은 남에게 베풀어준다는 점에서 서로 비슷하고 가까움.

349) 플루투스로 가장한 파우스트가 상자 주변에 마법의 선을 쳐놓은 구역을 의미함.

350) 원래 목축과 수렵의 신이지만, 그리스어로 'Pan'은 '전체'를 뜻하므로 만물의 신으로서 요정들을 거느리고 나타남. 로마 신화의 파우누스.

351) 외과의사가 인체를 잘 아는 것처럼 산의 난쟁이 요정은 광맥을 알고 그 보물(피)을 빼내는 일도 잘 알고 있음.

352) 전쟁을 기획하는 사람.

353) 도둑질하지 말라, 간음하지 말라, 살인하지 말라.

354) 보물을 파내고 광물을 발견해내는 데 사용하는 마술지팡이.

355) 플루투스의 수레에서 내린 보물상자를 말함.

356) 수염이 떨어지며 목양신 판으로 가장한 황제의 얼굴이 나타남.

357) 홀 안이 산림 속의 통로처럼 장식되어 있음.

358) 파우스트는 가장무도회에서 플루투스라는 이름으로 비현실적인 불꽃놀이를 했지만, 이번 장면에서는 실제적인 대마술사로 등장함.

359) 잘라만더Salamander는 불의 정령.

360) 그리스 신화에 나오는 바다의 신 네레우스에게는 요정들인 오십 명의 딸이 있다고 함.

361) 바다의 여신 테티스는 네레우스의 맏딸이며, 펠레우스와 결혼하여 아킬

레스를 낳았음.

362) 그리스의 신들이 모여 사는 곳.

363) 『천일야화』에 나오는 재상의 딸로서 터키 황제에게 사로잡힌 후 끊임없
이 재미있는 이야기를 해줌으로써 목숨을 건진 여자.

364) 방기(方旗)를 높이 들고 출진할 수 있는 중세의 기사.

365) 고대 그리스는 중세의 기독교적 악마에게는 힘이 미치지 못하는 세계임.
따라서 명부에서 헬레나와 파리스를 불러내라는 요구는 메피스토펠레스
에게 불가능하고 어처구니없는 일임.

366) 괴테의 자연관에 의하면 모든 생물의 발생과 생성은 자연의 내부, 즉 모
태에 지니고 있는 '원형'에서 생겨난다고 함. 괴테가 창안해낸 '어머니
들'은 과거와 미래에 걸쳐 모든 존재의 이념인 이 원형을 수호하는 신들
로 적막한 유명(幽冥)의 영역에 존재하고 있음.

367) 괴테는 신비로운 것에 대한 전율이 인간의 가장 소중한 소질이며, 이런
전율에 의해 값진 과학적 발견이 이루어진다고 하였음.

368) 이미 만들어진 현상세계를 떠나, 실체가 아닌 형상만이 존재하는 공허한
나라로 가는 것.

369) 불가사의한 신비의 표상으로 신의 예배나 예언의 상징. 그리스 델피의 예언
하는 여인 피티아는 향로에 앉아서 신탁을 받아 신성한 예언을 했다고 함.

370) 같은 것은 같은 것으로 치료한다는 동종요법(同種療法)을 의미함.

371) 메피스토펠레스가 말발굽을 달고 다닌다는 것은 제1부의 2490행과
4140행에 나타남.

372) 이는 그리스의 아테네와 로마의 판테온과 같은 고대 건축물을 연상시키
고 있음.

373) 중세의 고딕 양식의 기둥을 말함.

374) 초대 기독교 교부인 테르툴리아누스(160~222)가 그리스도의 죽음에
대해 '불합리하기 때문에 믿어라'라고 말하고, 그리스도의 부활에 대해

서 '불가능하기 때문에 확실하다'고 말한 것을 합친 내용.

375) 지상의 현상세계와 지하의 암흑세계를 의미함.

376) 그리스의 도리아 식 원주에 새겨진 세 줄기의 오목하게 파인 곳.

377) 스파르타의 왕비 헬레나를 유혹하여 전쟁을 유발시킨 트로야의 왕자.

378) 파리스가 이다 산에서 양치는 목동으로 살아갈 때 세 여신을 만났다는
고사가 있음.

379) 파우스트는 어머니들의 나라에서 돌아온 후 사제 복장을 하고, 헬레나에
게 봉사하는 미의 사제로 살아감.

380) 비극 제1부의 '마녀의 부엌' 장면에서 아름다운 여인의 나체 모습이 나
타났던 거울을 말함.

381) 그리스의 조각품들은 일반적으로 머리가 작고 발과 다리가 크다는 평을
받고 있음.

382) 영원히 잠든 미소년 엔디미온에게 달의 여신 루나가 남몰래 다가가서 입
을 맞추는 모습은 자주 시와 그림의 소재가 되었음.

383) 헬레나는 열 살 때 벌써 아테네 왕 테세우스에 의해 아티카로 유괴되었
다고 전해짐.

384) 상상과 현실이 교차하는 세계.

385) 파우스트는 헬레나를 어머니들의 나라에서 데려오고, 또 파리스에게서
빼앗으니까 이중으로 자기 것이 된다고 생각함.

386) 파우스트가 사용하던 거위 깃으로 만든 펜대.

387) 비극 제1부에서 파우스트의 조수였던 바그너가 지금은 위대한 학자가
되어 인조인간을 제조하고 있음.

388) 마태복음 제16장 19절에서 베드로는 천국과 지옥의 문을 여닫는 열쇠를
맡아 가지고 있는데, 여기서는 바그너가 천상과 지상의 비밀을 여는 열
쇠를 쥐고 있는 것임.

389) 점성술에 의하면 각 시간은 특정한 별의 지배를 받는다고 함. 인조인간

이란 대사업을 완성할 단계에 있는 바그너는 특히 시간에 예민한 것임.

390) 인조인간 호문쿨루스를 만들어내는 일.

391) 18~19세기 초에 유행한 머리모양으로 편협하고 현학적 기풍이라 하여 배척의 대상이었음.

392) 피히테, 셸링, 헤겔처럼 체험은 가벼이 여기고 사변에만 의존하는 사상가를 뜻함.

393) 주관적 관념론자는 선험적인 것(Apriori)만 믿고, 직관적 인식의 기초가 되는 경험을 경시함.

394) 피히테는 '사람이 삼십 세가 넘으면 자신의 명예를 위해 또는 세상을 위해 죽는 편이 좋다고 말하지 않을 수 없다'고 했는데, 예나와 바이마르 청년들이 이를 자주 인용했음.

395) 중세 말에 인간을 화학적으로 합성하려는 생각이 미신으로 유행하였고, 파라셀수스는 이를 과학적으로 연구하였음.

396) 파라셀수스의 설에 의하면 남성의 정자를 밀폐된 증류기에 넣어두면 생기를 얻게 되는데, 거기에 사람 피의 정수를 섞어 사십 주 동안 양육하면 인간의 모습이 된다고 함. 괴테는 이 설을 근거로 인조인간 호문쿨루스를 만들어낸 것이라 판단됨.

397) 인조인간의 탄생에 악마도 협조했으며, 양자가 모두 악마적인 존재이기 때문에 친척과도 같은 친근감을 느끼는 것임.

398) 호문쿨루스가 천리안적인 정신력으로 기절한 파우스트가 꿈꾸고 있는 정경을 투시하고 있음. 즉 그리스 신화에 레다가 강변에서 목욕할 때 백조의 무리가 날아오자 다른 소녀들은 놀라 달아나고 레다만 남아 있으며, 제우스의 화신인 백조 한 마리가 정답게 그녀를 따라가 레다는 헬레나의 어머니가 되는 광경임.

399) 메피스토펠레스는 중세의 북유럽 미신에 나오는 악마임.

400) 중세 북유럽의 고딕 식 건축을 의미하며, 이는 남유럽의 밝은 건축과 대

조를 이룸.

401) 음산한 북방의 세계가 아니라 밝고 명랑한 남방의 세계, 즉 그리스를 말함.

402) 테살리아 평원을 가로질러 에게 해로 흘러들어가는 강.

403) 고전적 발푸르기스의 밤이 전개되는 곳으로, 시저와 폼페이우스의 전투가 벌어졌던 페네이오스 강가의 전장이기도 함.

404) 5378행에서는 아스모디라고 함. 부부간의 정을 끊는 악마이지만, 여기서는 일반적 불화를 빚어내는 악령으로 나타남.

405) 테살리아는 마녀와 요괴들이 많이 나오는 고장으로 유명함. 호문쿨루스는 음탕한 메피스토펠레스의 마음을 끌기 위해 이곳의 호색적인 마녀들을 끌어대는 것임.

406) 파우스트는 파리스에게 유괴될 뻔한 헬레나를 기사처럼 구원하려 했음.

407) 고대 그리스의 북쪽 테살리아의 들판에서 6월 6일 전야에 벌어지는 남방 요괴들의 집회. 제1부의 독일 브로켄 산에서 벌어진 낭만적 '발푸르기스의 밤'과 대조적인 것으로, 파우스트와 메피스토펠레스와 호문쿨루스를 각각 중심으로 하는 세 이야기가 전개됨.

408) 테살리아의 마녀로 밤의 요귀이며 예언가이기도 함.

409) 추악한 마녀 에리히토를 말함.

410) 고대 그리스 세계를 가리킴.

411) 그리스 땅에 도착하자마자 실신 상태에서 깨어난 파우스트는 미의 전형인 헬레나를 찾고, 메피스토펠레스는 추의 전형인 마녀를, 그리고 정신뿐인 인조인간 호문쿨루스는 육체를 구하려고 모험함.

412) 바다의 신 포세이돈과 대지의 여신 가이아 사이에서 태어난 거인. 발이 대지에 닿기만 하면 새로운 힘을 얻는다는 안테우스는 헤라클레스에게 공중에서 정복당했다고 함.

413) 이집트의 스핑크스는 원래 사자의 몸에 왕자의 머리통을 하고 있어 왕자

의 신비스런 권력을 상징했는데, 그리스 예술가들은 여자의 상반신에 날
개가 달린 모습으로 생각하였음. 괴테도 그를 여성으로 묘사하고 있음.

414) 사자의 몸에 독수리 머리를 하고 날개가 달린 상상의 괴조로 보물, 묘지,
궁전 등의 보물을 수호한다고 함. 그리프스, 그리핀이라고도 함.

415) 헤로도토스에 의하면 개보다는 작지만 여우보다는 큰 개미들이 사금을
모아 지하에 집을 짓는다고 하는데, 스키티아에 사는 외눈박이 아리마스
펜 족이 그 황금을 훔쳤기 때문에 개미들이 슬퍼한다는 설화가 있음. 이
아리스마펜 족은 황금을 수호하는 괴조 그라이프 족과 자주 투쟁을 벌였
다고 전해짐.

416) 중세 영국의 교화극(敎化劇)에 '악덕'이란 배역이 있는데, 이는 악마와
함께 등장하여 악마를 차거나 놀리는 역할을 함. 이로써 메피스토펠레스
는 악마로서의 본성을 은폐하려는 것임.

417) 『오디세이』에 나오는 물의 요정으로 아름다운 노래를 불러 뱃사람을 유
혹하여 난파시킨다고 함.

418) 낭만주의자들의 새로운 시도로 음악적인 시를 의미함.

419) 제우스와 알크메네 사이에 태어나 지상의 유해한 괴물을 모두 퇴치했다
는 그리스 영웅. 헤라클레스에게 스핑크스가 맞아 죽었다는 것은 괴테의
창작임. 자연신화시대의 스핑크스는 훨씬 후에 시작되는 그리스 영웅시
대의 헤라클레스나 헬레나를 알지 못하기 때문임.

420) 상반신은 인간이고 하반신은 말인 켄타우로스 족의 하나로 그리스 자연
신화시대와 영웅시대 사이에서 교량 역할을 했다고 함. 의사이고 음악가
이며 천문학자인 그는 현자로서 헤라클레스, 이아손, 아킬레스 등 많은
영웅들을 교육시켰다고 전해짐.

421) 알케우스의 손자 헤라클레스를 가리킴.

422) 아르카디아 동북지방의 고산으로 둘러싸인 골짜기에 있는 호수. 그곳에
사는 새들은 날카로운 깃털과 부리와 발톱을 가지고 있는데, 깃털을 화

살처럼 쏘아서 인간을 잡아먹는다고 함.

423) 대가리가 아홉 개 달린 아르골리스 지방 레르나에 사는 독사. 목을 잘라
도 다시 생겨나기 때문에 헤라클레스는 목을 자를 때마다 이를 불로 지
져서 죽였다고 함.

424) 인간에 가까운 모습을 지닌 무서운 마녀. 하얀 유방을 드러내 남자를 유
혹하여 그 남자의 살을 먹고 피를 빨아먹는다고 함.

425) 반신반양(半神半羊)의 모습을 하고 있는 숲속의 음탕한 신들.

426) 움직이지 않는 위치 때문에 스핑크스는 시간을 재는 표준이 되고, 여러
민족의 흥망성쇠의 목격자가 됨.

427) 파우스트가 꿈속에서 본 강변의 여인들로, 헬레나의 어머니 레다가 백조
의 모습으로 나타난 제우스와 가까이하는 장면을 싱기시켜줌.

428) 제우스의 화신인 백조는 깃털을 부풀려 그 자신이 물결처럼 보이게 하고
있음.

429) 크로노스와 필리라 사이에서 히론이 태어남.

430) 아르고라는 배를 타고 이아손을 대장으로 하여 콜키스 국으로 금양모피
(金羊毛皮)를 빼앗으러 갔던 그리스의 영웅들을 말하며, 헬레나의 오빠
카스토르와 폴룩스도 이들에 속함.

431) 『오디세이』에는 팔라스(지혜의 여신 아테나)가 오디세우스의 친구 멘테
스의 모습으로 나타나며, 그는 오디세우스의 아들 텔레마코스가 아버지
를 찾아나서는 데 동행하고 있음.

432) 헬레나의 쌍둥이 오빠 카스토르와 폴룩스. 그들은 테세우스에게 납치된
헬레나를 탈환하고, 아르고 호의 원정에도 참가함.

433) 그리스의 풍신(風神) 보레아스의 날개 달린 두 아들 제테스와 칼라이스.
그들은 날개와 발톱이 사나운 괴물 하르피아이로부터 트라키아의 장님
왕 피네우스를 구출함.

434) 에손의 아들로 아르고 호의 대장.

435) 선사시대 트라키아의 칠현금 명수이며 가수.

436) 아르고 호의 조타수로 눈이 밝은 천리안의 소유자.

437) 제우스와 알크메네의 아들. 힘과 미(美)의 이상을 상징하는 영웅으로 수
많은 괴물을 퇴치함.

438) 태양신 아폴로의 그리스 이름으로 '빛을 발하는 자'라는 뜻.

439) 아레스는 그리스의 군신(軍神)으로 로마의 마르스와 같으며, 헤르메스
는 제우스와 마야의 아들로 교역의 신이며 신들의 사자(使者)인데 로마
의 메르쿠리우스와 같음.

440) 대지의 여신.

441) 제우스와 헤라 사이에 태어난 딸로 청춘의 여신. 헤라클레스는 올림포스
에서 헤베와 결혼함으로써 천상에 오르게 됨.

442) 헬레나가 어렸을 때 스파르타의 디아나 신전에서 춤추는 모습에 반한 테
세우스가 그녀를 유괴해갔는데, 쌍둥이 오빠 카스토르와 폴룩스가 그녀
를 구출해냄.

443) 살라미스 섬 맞은편에 있는 아티카 해변의 도시 이름.

444) 전설에 의하면 사후에 다시 돌아온 아킬레스의 환영이 레우케 섬에서
명부에서 돌아온 헬레나의 환영과 결혼하여 오이포리온을 낳았다고 함.
괴테는 그들의 결혼 장소를 레우케 섬이 아니라 테살리아의 페레 시라
고 함.

445) 파우스트는 오늘의 꿈속에서 헬레나를 만나보았음.

446) 만토는 원래 눈먼 예언자 테이레시아스의 딸로 아폴로 신전의 무녀. 예
언으로 사람을 치료하는 처방도 해주었기 때문에, 괴테는 그녀를 의술의
신 아스클라피우스의 딸이라고 함.

447) 파우스트를 치유할 수 있는 고귀한 샘물이란 만토의 교훈을 의미함.

448) 기원전 168년 피드나 전투에서 마케도니아의 국왕 페르세우스가 로마의
집정관 파울루스에게 패하여 로마의 속령이 되었음. 괴테는 마케도니아

449) 올림포스 산에 있는 아폴로 신전.

450) 지하의 여신 페르세포네는 제우스와 테메테르 사이에 태어난 딸. 그녀는
강제로 황천세계로 끌려갔기 때문에 지상세계에 대한 동경을 갖고 있으며,
빛을 볼 수 없다는 금기를 무시하고 지상으로부터의 청을 들어준다고 함.

451) 살아 있는 인간 오르페우스는 만토의 도움으로 명부의 세계로 들어가며,
사랑하는 아내 에우리디케를 다시 지상세계로 데리고 나옴.

452) 지상은 지진 때문에 불행하고 위험해, 지레네들은 강물에 뛰어들어 에게
해로 내려감.

453) 세이스모스Seismos는 '지진'을 뜻하는 그리스어로, 괴테는 이를 지진의
신으로 의인화함.

454) 아폴로와 디아나의 어머니인 레토를 말함. 그녀가 헬라 여신의 질투에
쫓기며 해산의 진통을 겪을 때, 순산을 돕기 위해 바다 한가운데에서 델
로스 섬이 솟아올랐다고 함.

455) 등을 굽히고 두 팔로 천공을 떠받치고 있는 거인.

456) 그리스 테살리아에 있는 산들. 거인들이 신들을 습격하기 위해 이 산을
쌓아올리고 제우스의 옥좌에까지 다다르려 했다는 전설이 있음.

457) 그리스 중부에 있는 봉우리가 두 개인 산으로 아폴로나 뮤즈들이 거처한
다고 함.

458) 제우스 신의 로마식 이름.

459) 올림포스 산을 의미함.

460) 그리스 신화에서 학들과 전쟁을 벌이곤 한다는 난쟁이들. 괴테는 땅속에
서 금을 캐내는 난쟁이로 취급하고 있음.

461) 피그메들보다 더 작은 꼬마 난쟁이이며, 솜씨가 좋은 대장장이로 쇠를
달구는 일을 함.

462) 피그메들은 학을 학살하여 깃털을 투구의 장식으로 사용하기 때문에, 학

들은 이를 복수하기 위하여 난쟁이들을 습격함.

463) 이비쿠스는 기원전 6세기의 그리스 시인. 프리드리히 실러의 담시에 의
하면 이비쿠스의 억울한 죽음을 목격한 학들이 그 죄상을 폭로하여 복수
의 계기를 마련해준다고 함.

464) 비극 제1부의 '발푸르기스의 밤'에 나오는 이름들로 일젠슈타인과 하인
리히는 브로켄 산의 암벽들이고, 드러렁 바위는 쉬에르케의 남쪽 마을
엘렌트에 있는 바위임.

465) 메피스토펠레스는 말발굽을 달고 다니기 때문에 절름대고 비틀거림.

466) 그리스 신화에서 한쪽은 당나귀 발굽, 다른 한쪽은 사람 발굽을 가진 요
괴로, 여러 가지 무시무시한 모습으로 변한다고 함.

467) 엠푸제가 당나귀 머리를 가진 것은 괴테의 창작임.

468) 술의 신 바쿠스들이 가지고 있는, 포도나무 잎이 감기고 끝에 솔방울이
달린 지팡이.

469) 산의 요정.

470) 페네이오스 강의 원천으로 테살리아와 에피루스의 경계를 이루는 산맥.

471) 신화적 인물이나 요괴, 또는 분화나 지진으로 갑자기 생겨난 산들을 의
미함.

472) 인조의 유리병을 벗어나 육체를 가진 독자적 인간 존재가 되고 싶다는
의미.

473) 아낙사고라스와 탈레스를 가리킴.

474) 기원전 5세기의 그리스 자연철학자로 생물이 불 작용의 결과로 발생한
다는 화성론(火成論)의 대변자.

475) 기원전 6세기의 그리스 자연철학자로 만물이 물에서 생겼다는 수성론
(水成論)의 대변자.

476) 제우스 신이 페스트로 사멸한 주민을 보충하려고 개미를 인간으로 변화
시켰다는 부지런하고 작은 종족. 이는 화성론을 대변함.

477) 화성론을 대변하는 난쟁이 군대가 학들에게 패배한다는 것은 수성론의
승리를 뜻함.

478) 상현달, 보름달, 하현달을 의미함.

479) 달의 여신을 천상에서는 디아나, 지상에서는 루나, 지하세계에서는 헤카
테라고 함.

480) 테살리아의 마녀는 신비한 노래의 힘으로 달과 별을 지상으로 끌어내릴
수 있다고 함.

481) 하룻밤 사이에 생긴 둥근 산봉우리에 운석이 떨어져 뾰족한 산정을 형성
한 것임.

482) 떡갈나무 drys라는 그리스어에서 나온 나무의 요정을 뜻하는 말로서 자
연력을 나타냄.

483) 바다의 신 포르키아스와 요괴 게트 사이에 태어난 세 딸. 그들은 눈과 이
빨이 하나뿐인 추악한 모습으로 무엇을 먹고 볼 때에 눈과 이를 서로 빌
려 씀. 햇빛이 비치지 않는 곳에 살며, 낳을 때부터 백발의 노파로서 노
령을 상징함.

484) 고대 로마의 수확의 여신 오프스가 훗날에는 그리스의 여신 레아와 동일
시되고 있음.

485) 인간의 수명을 다스리는 운명의 여신들. 추악한 포르키아스처럼 태초의
존재들을 나타내지만, 파르체 자매들은 서로 다르게 아름다움을 서술하
고 있음.

486) 유노는 제우스의 비(妣)로 헤라Hera라고도 하며, 팔라스는 지혜의 여신
아테네Athene라고도 하고, 미의 여신 비너스는 아프로디테 Aphrodite
라고도 함.

487) 북방의 악마 메피스토펠레스가 그리스 세계에서 활동하기 위해 추악한
포르키아스로 변장한 것임. 제3막 끝에서 가면을 다시 벗어버림.

488) 남성의 악마가 혼돈의 딸들인 포르키아스와 하나가 되었으므로, 한 몸에

남성과 여성을 지닌 자웅동체인 것임.

489) 바다의 신 네레우스에게는 오십 명의 딸들이 있고, 해신 포세이돈의 아들 트리톤은 하반신이 물고기와 같으며 소라와 같은 피리를 분다고 함.

490) 지레네들의 유혹적인 노래로 배가 파선하고 그 배에 실었던 보물이 바다의 요정들 소유가 되었음을 의미함.

491) 에게 해의 동북부에 있으며 흑해의 입구에서 멀지 않은 섬. 그 위치가 항로상에 있어서 난파선이 자주 표착하지만, 기슭이 암벽이라 배를 대기가 어렵다고 전해짐.

492) 위대한 것이란 의미로 페니키아인들의 수호신. 수가 일정치 않게 계속 생산을 해서, 그 정체를 알 수 없는 것이 특색이라고 함.

493) 오십 명의 딸을 둔 바다의 신으로 예언의 능력을 지닌 친절한 노인.

494) 호라티우스의 『카르미나』 제1권 15송가에는 트로야의 왕자 파리스가 헬레나를 유괴하여 그리스 해안을 떠나려고 할 때, 네레우스가 트로야의 멸망을 예언해주었지만 아무런 소용이 없었다는 이야기가 나옴.

495) 트로야를 말함.

496) 핀두스는 테살리아의 산맥으로, 핀두스의 독수리는 트로야를 공격한 그리스 군대를 의미함.

497) 태양의 신 헬리오스의 딸로 오디세우스의 동료 절반을 돼지로 변화시킨 마녀.

498) 오디세우스의 동료 여섯 명을 삼킨 벌로 하나뿐인 눈을 잃은 외눈박이 거인.

499) 넵튠(포세이돈)의 마차를 파도 위로 끌어가는 돌고래들을 말함.

500) 네레우스의 딸들 중에서 가장 아름다운 갈라테아는 키프리스라고도 불리는 비너스가 올림포스 산으로 자리를 옮긴 이후, 비너스 대신에 키프로스 섬의 파포스에 있는 키프리스 신전에 모셔진 미의 여신.

501) 호메로스의 『오디세이』에 나오는 물, 불, 나무, 사자, 용 등의 형상으로

502) 제우스나 헤르메스에 의해 거대한 거북으로 변신한 그리스의 요정.

503) 그리스의 해신 포세이돈의 로마 식 이름.

504) 카비레들은 계속 자기 생식을 하기 때문에 명확한 숫자를 알 수 없음. 원래는 셋이라고 하나 넷, 다섯, 일곱, 여덟이라는 설도 있음.

505) 카비레 신은 문학이나 예술에서 거의 취급되지 않는데, 셸링이 「사모트라케의 신들에 관하여」라는 논문에서 다룬 사실을 야유하는 것임.

506) 프로테우스는 보이지 않게 가까이 있으면서도 복화술자처럼 목소리를 때로는 가까이에서, 때로는 멀리에서 울리게 함으로써 자기 위치를 현혹시키고자 함.

507) 호문쿨루스는 화학적 합성인간이기 때문에 남성인지 여성인지가 명확하지 않음.

508) 연금술로 만들어진 인조인간 호문쿨루스와 철학자의 망령 탈레스와 바다의 괴물 푸로테우스를 가리킴.

509) 로두스 섬의 원주민들로 수공업에 뛰어나 해신 넵튠의 삼지창을 달구어 냈고, 태양신 헬리오스의 거상을 만들어냈다고 함.

510) 그리스의 태양신으로 달의 여신 루나와는 남매지간.

511) 기원전 303년에 로두스 섬의 조각가 카레스는 거대한 아폴로 청동상을 인간의 모습으로 건립했는데, 이는 팔십 년 후에 지진으로 붕괴됨. 이전의 아폴로 상은 동물의 모습이었음.

512) 프로테우스는 모습을 잘 숨기고 거대한 거북이가 되기도 함. 여기서는 돌고래의 형상으로 호문쿨루스를 모든 생명의 원천인 바다로 데리고 가는 것임.

513) 호문쿨루스가 인간 이하의 존재일 때는 무한한 변화의 가능성이 있지만, 인간의 단계에 이르면 그 형성 능력을 잃게 된다는 뜻.

514) 이 비둘기 무리는 비너스 대신의 여신 갈라테아를 안내하며 파포스에서

날아온 것임.

515) 프실레 족은 리비아에, 마르세 족은 이탈리아에 살던 뱀 주술을 하던 종
　　족. 여기서는 치페른 섬으로 옮겨져 비너스의 수레를 수호하는 무리로
　　묘사됨.

516) 갈라테아를 말함.

517) 기원전 58년 이후 키프로스 섬과 지중해를 지배했던 네 종족, 즉 로마인
　　(독수리), 베니스인(사자), 영국인(십자가) 그리고 터키인(달)의 상징임.

518) 불멸의 생명을 의미함.

519) 갈라테아가 멀리 떨어져 있어도 부친 네레우스의 심안에는 이상적인 아
　　름다움의 모습이 아로새겨져 있음을 나타냄.

520) 플라톤의 『향연』에 의하면 에로스는 혼돈에서 생성된 최초의 자연빌생
　　적 신으로, 만물의 근원인 물과 불이 상호 반발하며 하나가 되듯이 에로
　　스의 힘도 융합의 기능을 지녔다고 함.

521) 물과 불이 결합하는 희한한 사건.

522) 물과 불, 바람과 땅의 사대원소를 찬양하는 것임.

523) 트로야의 평야지대.

524) 바다의 신 넵튠을 로마 신화에서는 포세이돈이라고 함.

525) 이집트에서 불어오는 남동풍.

526) 스파르타의 왕. 왕비 헬레나가 트로야의 왕자 파리스에게 유괴되자 형
　　아가멤논을 대장으로 하는 대군을 이끌고 트로야를 멸망시키고 헬레나
　　를 되찾아옴.

527) 스파르타의 선왕으로 헬레나의 아버지. 아테네에서의 망명에서 돌아온
　　후 이 궁전을 건립했으며 사위 메넬라오스 왕이 그 후계자가 됨.

528) 스파르타의 수호신 팔라스 신전이 있는 곳. 틴다레오스는 이 산허리에
　　궁전을 지었음.

529) 틴다레오스와 레다 사이에 태어난 딸로, 헬레나의 동생이며 미케네 왕

아가멤논의 아내.

530) 헬레나의 쌍둥이 남동생들. 틴다레오스가 망명한 동안 왕비 레다는 백
　　조로 변신한 제우스 신에게 유혹되어 헬레나와 카스토르와 폴룩스를 낳
　　았음.

531) 헬레나는 이 신전(일명 아프로디테)에 갔다가 프리기아의 도둑 파리스 왕
　　자에게 유괴됨.

532) 스파르타를 관통하여 라코니아 만으로 흘러들어가는 강.

533) 스파르타를 말함.

534) 일리온이라고도 하며 트로야를 말함.

535) 헬레나가 궁전에 들어설 때 추녀로 변신한 포르키아스를 보았기 때문임.

536) 헬레나가 방금 서 있던 문지방에 메피스토펠레스가 변신한 포르키아스
　　가 나타난다는 것은 파우스트와 헬레나의 결합을 예고하는 것임.

537) 태양의 신 아폴로의 다른 이름.

538) 주신 바쿠스(디오니소스)의 시중을 들며 발광하는 무녀.

539) 카오스(혼돈)에서 태어난 암흑의 신으로 여기서는 메피스토펠레스의 본
　　질을 나타냄.

540) 대가리가 여섯인 바다 괴물로 남자들을 잡아먹고 개처럼 짖는다고 함.

541) 테베의 늙고 눈먼 예언자로 이백 년이나 살았음. 오디세우스는 이 노인
　　에게 지옥으로 가는 길을 물었다고 함. 호색의 합창단 여인은 이런 노인
　　을 상대하는 것도 싫어하지 않는다는 것임.

542) 그리스 신화에 나오는 거대한 체구의 사냥꾼으로, 포르키아스의 거구는
　　오리온을 연상시킴.

543) 그리스 전설에 나오는 괴조. 모든 음식을 더럽혀놓는 여괴(女怪)로서 남
　　의 애인을 가로채는 호색녀로 비유됨.

544) 에레부스, 스킬라, 테이레시아스, 오리온 등의 이름을 끄집어냈기 때문
　　에, 헬레나는 자신이 지옥에서 임시로 모습을 나타낸 유령이란 점을 상

기하게 됨.

545) 테세우스는 열 살 먹은 헬레나를 유괴하여 친구 아피드누스의 성에 숨겨
두었다고 함.

546) 테세우스의 친구.

547) 펠레우스의 아들 펠리데(아킬레우스)의 친구로 그와 꼭 닮았다고 함.

548) 트로야의 왕자 파리스를 가리킴.

549) 오이리피데스가 그의 희곡『헬레나』에 인용한 훗날의 전설에 따르면, 파
리스가 트로야로 유괴한 헬레나는 헤라가 만들어낸 환영이고, 실제의 헬
레나는 동시에 이집트에 살고 있었다고 함.

550) 아킬레스도 지하의 세계에서 다시 올라와 역시 죽음의 영역에서 올라온
헬레나와 한동안 페레에서 결혼생활을 했다는 전설도 있음.

551) 지옥의 문을 지키는 개 케르베로스.

552) 헬레나의 시녀들 역시 황천에서 잠시 모습을 나타낸 그림자와 같은 망령
들로 이 세상의 태양에는 속하지 않음.

553) 북방의 악마와 같은 괴물들로 헬레나의 공포심을 더하게 하기 위한 희생
의 준비를 함.

554) 제단의 뾰족한 네 귀퉁이를 뿔이라고 함.

555) 운명의 여신 파르체들 중에서 아트로포스는 명줄을 끊는 황금가위를 가
지고 있음.

556) 우라누스(天)와 가이아(地)의 딸로 올림포스 신들인 제우스, 포세이돈,
하데스, 헤라, 헤스티아, 데메테르를 낳았음.

557) 펠로폰네소스 반도에서 가장 높은 타이게토스 산맥 뒤에 놓인 계곡 아르
카디아를 말함.

558) 호머의『오디세이』에 의하면 킴메리아인은 항상 암흑이 지배하는 대양
에 거주하는 종족. 여기서는 북방에서 온 파우스트와 그의 부하들을 의
미하며, 메피스토-포르키아스는 헬레나를 파우스트의 성으로 유인해가

559) 전설에 나오는 외눈박이 거인족.

560) 살라미스의 왕 텔라모스의 아들로 트로야 전쟁 영웅 중 아킬레스 다음으
로 용맹한 사람. 그의 방패에 용이 그려져 있었음.

561) 아이스킬로스의 희곡『테베를 공격한 칠 인의 용사』에 나오는 주인공들.
테베는 그리스 중부의 가장 강력한 도시 이름.

562) 파리스의 동생. 파리스가 전사한 후 헬레나와 결혼하여 그녀를 그리스
군에게 돌려주는 것을 반대함.

563) 스파르타 군은 목마의 계략으로 트로야를 함락시킴.

564) 죽은 자들의 영혼을 명부로 인도하는 사자(使者).

565) 델피의 신전에서 아폴로에 봉사하는 무녀의 이름. 여기서는 헬레나의 미
래를 예언한 포르키아스를 그렇게 부른 것임.

566) 죽음의 바다 둔덕에 있는 소돔이란 나라의 시든 사과 줄기에는 재와 먼
지가 가득 들어 있었다는 고사가 있음.

567) 시력이 대단했다는 아르고 호의 키잡이 이름을 본떠 파우스트 성의 망루
지기 이름을 붙인 것임.

568) 헬레나가 남쪽 스파르타로부터 태양처럼 떠올랐다는 의미.

569) 반신은 테소이스나 아킬레스, 영웅은 파리스, 신은 헤르메스, 악령은 포
르키아스로 변신한 메피스토펠레스 등을 말함.

570) 역사적인 존재로서의 헬레나는 처음에는 독신이었으나, 파리스에 의해
트로야로 납치되고 신들에 의해 이집트로 끌려가기도 하고, 아킬레스와
결혼했다는 전설이 있고, 스파르타에서는 메넬라오스 왕의 왕비가 되기
도 했으며, 지금은 파우스트의 성에 출현하여 세상을 삼중 사중으로 미
혹시키고 있다는 뜻.

571) 바로크문학의 은유로 쓰이던 화살 모티프를 괴테는 내면으로 파고드는
아프고 깊은 사랑의 상징으로 사용함.

572) 고대 그리스의 시에는 운율이 들어 있지 않았는데, 헬레나는 게르만어의 운이 맞는 시형으로 말하는 린코이스 대사의 음향 효과를 정답게 여기며 그 이유를 알고자 함.

573) 고대 그리스의 아름다움을 대변하는 헬레나와 중세 게르만 정신을 대변하는 파우스트 사이에 시와 언어를 통한 조화가 이루어지는 것임.

574) 메넬라오스 왕은 지하 명부세계의 존재로 군대를 이끌고 헬레나를 뒤쫓아올 수는 없는데, 이는 포르키아스의 위협적인 계략에 지나지 않음.

575) 게르만 족, 프랑켄 족, 노르만 족을 뜻함.

576) 고트 족을 의미함.

577) 필로스는 펠레포네소스의 항구도시로 오늘의 나바리노를 말함. 트로야 전쟁 때의 명장 네스토르가 거처하던 성이 있었음.

578) 코린투스, 아카이아, 엘리스, 메세네, 아르골리스, 스파르타는 펠레포네소스 반도에 있는 지방들. 파우스트는 독일의 각 종족으로 하여금 이 지방들을 점령 통치케 하고, 파우스트와 헬레나는 스파르타에서 이들을 통합한 새로운 봉건국가를 통치한다는 것임.

579) 헬레나는 레다의 알에서 태어났다고 전해짐.

580) 아폴로는 외눈박이 거인 키클로프스를 죽인 죄로 아드메토스 왕의 목동이 됨.

581) 헬레나의 아버지 제우스 신을 의미함.

582) 최초의 세계는 황금시대, 제2의 세계는 백은(白銀)시대, 제3의 세계는 청동시대.

583) 스파르타의 북쪽, 펠로포네소스 반도의 중앙에 위치한 산악지대. 산과 푸른 목초지로 덮여 있어 이상향적인 목가적 풍경을 이루고 있으며, 음악을 좋아하는 소박하고 명랑한 주민이 살고 있어 지상낙원으로 알려짐.

584) 관객들을 가리킴.

585) 파우스트와 헬레나 사이에서 태어난 아이 오이포리온을 말함. 그는 파우스트처럼 끊임없이 위로 날아오르려는 노력을 하고, 헬레나처럼 아름다운 미모에 예술적인 기질을 지닌 벌거벗은 신동(神童)임.

586) 인간과 양의 모습을 한 매우 호색적인 임야 또는 목축의 신.

587) 바다의 신 포세이돈과 대지의 여신 가이아 사이에서 태어나 발이 대지에 닿으면 비상한 힘을 내지만, 땅에서 발이 떨어지면 무력해짐. 헤라클레스는 그를 공중으로 껴안아 올려서 교살했다고 함.

588) 포르키아스를 가리킴.

589) 이오니아는 그리스 서쪽의 섬들이고, 헬라스는 그리스의 옛 이름.

590) 포르키아스가 오이포리온에 대해 보고하는 것은 역시 아르카디아 동굴에서 봄의 여신 마야와 제우스 사이에 아들 헤르메스가 태어났다는 그리스 전설을 모사한 것임.

591) 헤르메스 역시 사기와 절도, 음모와 속임수에 능한 악령이었음.

592) 단조(鍛造) 기술의 신으로 불, 특히 화산의 자연력을 상징함.

593) 키프로스 섬에서 숭상되고 있는 여신 아프로디테를 의미. 그녀의 허리띠는 우아함의 상징으로 모든 남성을 매료하는 힘을 지녔다고 함.

594) 9938행 다음의 지문 '완전한 휴식. 음악도 그친다'를 말함.

595) 부모인 파우스트와 헬레나, 그리고 자식 오이포리온을 뜻함.

596) 이 시행은 옛날 독일 혼인서약의 형식과 같음.

597) 펠로포네소스 섬은 수많은 만으로 이루어져 절반은 육지이고 절반은 바다임.

598) 터키의 압박을 받던 1822년, 그리스의 독립을 위해 전쟁에 뛰어든 그리스인들을 가리킴. 오이포리온은 시를 인격화한 존재이지만, 동시에 영웅적인 삶, 고귀한 전쟁의 천재로도 나타남.

599) 그리스 전설에 나오는 소아시아의 여인들만의 왕국. 그녀들은 매우 용맹스러운 활의 명수들로 전쟁을 좋아했으며, 전쟁에서 생포한 남성들 사이에서 아이를 얻었다고 함.

600) 오이포리온이 시를 상징하는 존재임을 암시함. 괴테는 터키의 압제에 대항하는 그리스 독립전쟁에 참전했다가 전사한 영국시인 바이런을 오이포리온의 모델로 삼았다고 함.

601) 데달루스의 조카. 데달루스가 만든 날개를 밀초로 등에 붙이고 공중을 날아가다가 태양에 너무 가까이 다가가 초가 녹아내려 바다로 추락해 죽음. 하늘 높이 날아오르려는 오이포리온의 노력을 이카루스의 대담한 비행에 비유한 것임.

602) 영국시인 바이런의 모습.

603) 오이포리온을 위한 조가이지만, 실제로는 바이런의 죽음을 애도하는 것임.

604) 1825년 12월 그리스 군의 최후 거점인 미소룽기가 함락되던 가장 슬픈 날. 바이런도 이곳에서 농성하다가 전사함.

605) 제4막 '높은 산악지대' 장면에서 메피스토펠레스가 본래의 모습으로 다시 파우스트와 만나는 것을 의미함.

606) 그 정체가 메피스토펠레스인 마녀 포르키아스를 가리킴.

607) 판탈리스는 고대 그리스 여인이기 때문에 현대적인 낭만파 음악을 고통스럽게 여김.

608) 명부의 여왕 페르세포네를 의미함.

609) 지중해 지방에 흔히 있는 백합과 꽃으로, 고대 그리스인들은 죽은 자들이 머무는 명부세계의 초원에 피는 꽃이라고 함.

610) 세 명씩 네 개 조로 편성된 합창단 여인들은 지옥으로 돌아가지 않고 자연의 정령으로 변신함. 일부는 나무의 요정으로, 다른 일부는 메아리치는 산의 요정으로, 또다른 일부는 물의 요정으로, 그리고 나머지 일부는 포도의 요정으로 모습을 바꿈.

611) 소아시아의 프리기아에서 서쪽으로 흐르는 굴곡이 심하기로 유명한 강.

612) 디오니소스의 스승으로 늘 술에 취해 당나귀를 타고 다니는 추한 노인.

613) 장소가 고전적 그리스에서 독일의 높은 산악지대로 옮겨짐.

614) 아우로라는 사랑을 상징하는 아침노을의 여신으로 그리스 신화에서는 에오스라 함. 여기서는 파우스트의 첫사랑 그레첸을 암시함.

615) 메피스토펠레스는 독일 동화에 나오는 한 걸음에 칠 마일이나 가는 마법의 장화를 신고 그리스에서 급히 파우스트를 뒤따라 독일로 옴.

616) 악마왕 루시퍼는 원래 대천사였으나 신에게 반역하여 지옥으로 쫓겨남.

617) 지구의 중심부를 의미하는바, 다시 화성론(火成論)이 언급되고 있는 것임.

618) 성서에 관련된 주는 괴테의 비서 리머 Wilhelm Friedrich Riemer(1774~1845)가 붙인 것임.

619) 클롭슈토크의 서술(「구세주」 제2장)에 의하면 몰로흐는 소의 몸집을 가진 호전적 악령으로, 신과 싸울 때 망치로 바위를 깨뜨려 지옥 주위에 보루를 쌓았다고 함.

620) 전설적인 아시리아의 왕으로 극도의 향락을 누리다가 반역자들에게 잡힐 것이 두려워 스스로 분신자살했다고 함.

621) 그리스의 영웅전설에 나오는 여걸들로 여기서는 헬레나를 의미함.

622) 자신을 뛰어넘는 과감한 일을 감행하려는 파우스트의 초인적 정신이 나타남.

623) 파우스트와 메피스토펠레스의 뒤쪽에서.

624) 안드레아스 그리피우스(1616~1664)의 동명 희극에 나타나는 교사 주인공으로, 그는 아주 서투르고 졸렬한 수공업자들을 무대에 등장시키고 있음.

625) 구약성서에 나오는 다윗의 세 용사를 모방하여 창작한 인물들로 비유적 존재임.

626) '가장무도회의 밤'에서 플루투스가 화염마술을 부렸을 때 불길에 갇혔던 일을 회상하는 것임.

627) 이탈리아 중부 산악지방에 있는 마을로, 이 지방에는 무술사가 많기로
유명함.

628) 메피스토펠레스가 마법으로 동원한 도깨비 군대들을 숨겨놓고 있다는
사실을 아는 관객들.

629) 신기루를 의미함.

630) 옛날의 뱃사람들은 돛대 위에서 불꽃이 나는 것을 디오스쿠렌 형제가 그
배를 수호해준다는 길조라고 생각함. 파우스트는 도깨비불을 승리를 거
둘 징조로 받아들임.

631) 독수리의 머리와 날개에 사자의 몸을 가진 전설의 새.

632) 독일의 악마는 옛날 북방의 최고신 보단Wodan에게서 받은 까마귀 두
마리를 종사(從者)로 데리고 다닌다고 함.

633) 계획이 완성되었다는 뜻.

634) 까마귀를 말하는데, 메피스토펠레스는 언제나 두 마리의 까마귀를 데리
고 다님.

635) 산에 사는 난쟁이 요괴들을 말함.

636) 중세의 무기로 별모양의 돌기가 달린 쇠방망이.

637) 황제 권력의 상징으로 인장이 달려 있으며, 손을 씻을 때만 이 반지를 빼
놓는다고 함.

638) 고딕 식 사원의 평면도는 십자형으로 되어 있음.

639) 파우스트를 가리킴. 그는 광대한 해안을 입수하려는 목적을 달성하였음.

640) 여러 해 전 배가 파선했을 때 필레몬의 도움으로 구조된 사람.

641) 거대한 건축물을 완성하기 위해서는 인간을 제물로 바친다는 미신이 있
지만, 여기서는 작업을 재촉하다 생긴 사고로 인해 희생되는 것임.

642) 바우치스의 설명으로 마법의 힘에 의해 간척공사가 이루어지고 있음을
알 수 있음.

643) 1831년 6월 6일 괴테는 에커만에게 '5막에 등장하는 파우스트는 내 의

644) 파우스트의 무한한 노력에 반하여 시간과 공간이 한정된 이곳의 제한성,
특히 두 노인의 오두막집이 아직도 그의 소유권 밖에 있다는 한계성을
저주하는 것임.

645) 구약성서 열왕기에 나오는 내용으로, 사마리아의 아하브 왕이 궁전 옆에
포도원을 가진 나보테를 신과 왕을 모독했다는 거짓 죄목으로 처형하고
강제로 포도원을 빼앗은 이야기.

646) 괴테가 사망하기 일 년 전(1831년 4월)에 쓴 이 아름다운 시를 호프만슈
탈은 '백조의 노래'라 이름함.

647) 파우스트는 오두막집이 불탄 것은 알았지만, 필레몬과 바우치스는 무사
하며 편안한 삶을 살게 되리라 생각함.

648) 셰익스피어의 『맥베스』에 등장하는 요녀들을 모방한 것으로, 그들은 공
히 예언의 천부를 지니고 있음.

649) '궁전 안에서'라는 지문은 실제 궁전의 내부를 가리킴과 동시에 파우스
트 영혼의 내면을 지칭하기도 함.

650) 파우스트는 주문과 마법 등을 멀리하고, 인간과 자연을 가까이하는 인생
을 바람.

651) 근심은 내면을 파고 들어오는데, 그 현상은 불안이나 의구심 등으로 나
타남.

652) 인간은 눈앞의 세상을 있는 그대로 보지 못하는 장님과 같은 존재임. 근
심은 장님이란 방해물을 이용하여 인간과 세상 사이를 이간하며 훼방함.

653) 악령의 입김이 인간에게 해를 끼친다는 미신이 있음.

654) 죽은 인간의 망령들로, 해골과 뼈만 남은 형상이 아니라 피부가 마른 미
라 같은 모습.

655) 이 레무르들의 노래는 셰익스피어의 『햄릿』에 나오는 무덤파기 노래를
괴테가 개작한 것이라고 함.

656) 바닷물이 매립지의 둑을 뚫고 대량의 주민을 바다로 휩쓸어가는 것을 뜻함.

657) 자유나 평안한 생활도 타인에 의해서가 아니라, 자신의 노력으로 이룩해야만 가치가 있다는 괴테 인생관의 표현임.

658) 파우스트가 소망하는 이상국은 전제주의 국가가 아니라, 자제와 공공정신에 따라 참다운 자유에 투철한 백성들로 구성된 공화국이라 할 수 있음.

659) 집이란 무덤을 말하고, 방은 시체를 묻는 광중(壙中)을 뜻함.

660) 영혼과 육체로 이루어진 생명이란 신이나 악마가 잠시 동안 빌려준 존재로서 이제 반환할 것을 재촉하는 것임.

661) 비극 제1부에서 파우스트가 악마에게 피로 서명해준 계약문서.

662) 현대의 인간 영혼은 회오, 고해, 최후의 도유식(塗油式) 등으로 구원받고 있는데, 악마는 강제적으로 영혼을 탈취하는 옛날 방식도 쓸 수 없고, 시체가 자연히 분해되어 영혼이 빠져나가는 순간을 노리는 새로운 방법에도 익숙지 못하다고 불평하는 것임.

663) 프랑스 대혁명 이후 민주주의와 평등사상이 나타나 계급차별이 없어지는 것을 의미함.

664) 17~18세기 바로크양식의 무대장치 지옥의 아가리는 무시무시한 턱과 어금니를 드러내고, 그 속으로 불길에 휩싸인 도시가 보이게 만들었음.

665) 그리스 신화에서는 영혼을 날개 달린 나비 형상으로 나타내는데, 날개가 떨어지면 흉측한 벌레의 모습으로 남게 됨.

666) 메피스토펠레스는 천사의 목소리가 여자도 남자도 아닌 불쾌한 중성의 목소리라고 비방함.

667) 가면을 써서 상대를 안심시켜놓고 덤벼드는 수법의 무기.

668) 장미는 지상의 더러움을 불태우고 정신을 정화시키며, 신성한 사랑과 천상의 빛을 상징함.

669) 루시퍼도 대천사였지만 신에게 반역하여 지옥으로 떨어져 악마가 되었기 때문에 천사들도 그와 일족이라는 것임.

670) 구약성서 욥기 제2장 7절에 '사탄은 욥을 때려 발끝에서 머리끝까지 지독한 종양이 생기게 하였다'고 되어 있음.

671) 은둔처의 교부들은 신앙의 여러 단계를 대변함. 열락의 교부는 자신을 희생하여 영혼의 정화를 원하는 사람으로 지상생활의 압력을 극복했기 때문에 아래위로 떠다닐 수 있음.

672) 신앙적으로 아직 완전한 계시를 받지 못한 사람으로 깊은 심연에서 신비적 인식을 얻으려 명상하는 교부.

673) 이사야서에 나오는 치품(熾品) 천사 세라핌과 연관을 맺고 있으며, 이미 상당한 계시를 받아 배우려는 자들을 가르칠 수 있는 교부. 가톨릭 교회에서는 아시시의 성 프란체스코를 '천사 같은 교부'라고 부르는데, 십자가에 못 박힌 세라핌이 그에게 나타나 성흔(聖痕)을 주었다고 했기 때문임.

674) 태어나자마자 죽은 아이들인데, 영세를 받지는 않았으나 현세에서 아무런 죄도 짓지 않았기 때문에 승천할 수 있다고 함.

675) 정령을 자기 몸 안에 받아들여 그 눈으로 외계를 본다는 것.

676) 인간세상에서 일어나는 가공한 일들을 보고 두려워하는 것임.

677) 자신의 끊임없는 노력이 있고 천상으로부터 사랑의 은총을 받은 자는 구원될 수 있다는 괴테의 근본사상의 표현.

678) 악마 메피스토펠레스를 뜻함.

679) 불에 타지 않는 섬유소로 시신을 화장할 때 입히는 수의의 소재로 쓰임. 파우스트가 석면으로 싸여 있다 하더라도 지상생활의 모든 저속한 찌꺼기로부터 해방된 것은 아니라는 의미.

680) 영과 육으로 구성된 인간의 이원성을 의미. 이 이원성은 죽은 다음에도 해소되지 않는데, 영원한 사랑의 힘만이 영을 물질적 성질에서 분리하여 구제할 수 있음.

681) 지상에서 강렬한 생활을 한 파우스트의 영혼은 아직도 선악이라는 두 가지 요소를 공유하고 있는데, 이를 분리하여 심판하는 것은 천사들이 아니라 신만이 할 수 있다는 뜻.

682) 파우스트의 영혼을 우선 승천한 소년들의 영과 어울려 서로 도우면서 성장하도록 하자는 것.

683) 지상생활의 찌꺼기를 의미함.

684) 성모 마리아의 은총으로 구제하는 힘을 숭배하며 그 사랑을 가르치는 학자. 마리아 숭배는 중세 말에 시작되었기 때문에,. 괴테는 박사 칭호를 써서 교부보다 높은 단계라는 것을 암시함.

685) 누가복음에 그녀의 이름이 나오지는 않으나 마리아 막달레나를 말함. 죄 많은 여인이지만, 바리새인의 집에 머무는 예수를 찾아가 그의 발을 씻어주고 향유를 발라주어 죄를 용서받았다고 함.

686) 요한복음에서 시원한 샘물을 예수에게 떠다 바쳤다는 여인.

687) 사도행전에 나오는 오랫동안 음탕한 생활을 하던 여인. 그녀는 예수의 묘지를 순례하려다 보이지 않는 힘에 의해 거절당한 후 사십 년간 이집트의 사막에서 속죄하는 삶을 살았으며, 죽기 전에 자기 영혼을 위해 기도해달라는 글을 남겨 사후에 성녀의 칭호를 받았다고 함.

688) 그레첸의 영혼을 말함.

689) 비극 제1부의 '감옥' 장면과 대칭을 이루는 부분.

690) 지상생활의 얼룩을 떨어버리고 거룩하게 변용(變容)한 파우스트.

691) 영광의 성모는 12032행에서부터 등장하지만, 말하는 대사는 2행뿐으로 그만큼 깊은 뜻이 있음. 이는 파우스트와 그레첸의 영혼이 보다 더 지고한 영역으로 오르는 것, 즉 승천을 허락하는 것임.

692) 이승에서 일어나는 허망한 현실세계는 그 근본을 이루는 저승의 완전한 실체에 대한 비유에 지나지 않는다는 뜻.

693) 지상에서 전개되는 불완전한 일도 천상에서는 순수하고 완전하게 실현된다는 뜻.

694) 말로 표현할 수 없는 이상적인 완성도 저승에서는 순수한 형식으로 실현된다는 뜻.

695) 여성의 가장 내면적 본질은 최고로 선한 이상적 완성을 동경하여 영원한 사랑을 베푸는 것이며, 이러한 몰아적 사랑이 우리를 진실한 존재와 도덕적 완전성으로 이끌어간다는 의미. 괴테는 성모 마리아를 근원적 여성 본질을 지닌 영원한 여성의 본보기로 삼고, 그레첸을 지상에 나타난 마리아 모습의 상징으로 삼았음. 괴테의 "영원히 여성적인 것"에 대한 의미를 동양철학적 관점에서 음미해본다면, 이는 노자와 장자를 비롯한 도가사상에서 말하는 도(道)와 일맥상통한다고 할 수 있음.

선악의 저편에 선 파우스트 박사의 운명

1. 파우스트 전설과 역사적 인물

파우스트는 인간으로서의 모든 학문과 재주를 획득했음에도 끝내 만족하지 못하고, 우주의 신비와 최고의 향락을 맛보고자 악마에게 몸을 판다. 인식과 향락에 대한 무한한 욕망을 만족시켜주고, 이십사 년 후에는 그의 영혼을 악마가 가져간다는 계약이 이루어진다. 파우스트는 악마를 종으로 동반시키며, 마술의 힘을 빌려 지상에서의 정신적 육체적 향락을 누린다. 그러나 마음의 충족이나 만족은 발견할 수 없어 결국 신에게 기도하려 한다. 그때 악마는 미녀의 전형인 헬레나를 마술로 재현한다. 아름다움에 도취된 파우스트가 그녀를 포옹하려는 순간, 복수의 여신으로 변신한 헬레나는 그를 지옥으로 이끌어간다. 계약기간이 다 되었기 때문이다.

이 파우스트 전설의 주인공은 전통적 기독교의 속박에서 벗어나려는 순수한 독일 거인(巨人)의 상징이다. 그는 요한네스 파우스투스라는 역사적 인물로서, 기록에 의하면 1460/70년 하이델베르크 근처의 헬름슈타트 혹은 마울브론 근처의 크니틀링겐에서 출생하고 1536/39년에 죽었다고 한다. 하이델베르크 대학에서 학사학위(1484)와 석사학위(1487)를 받은 뒤에 불안정한 방랑생활을 한다. 1532년 전까지는 비텐베르크에 체류하면서 신학과 의학을 연구하고, 그후에는 크라카우로 도주하여 마술에 몰두하면서 유대계 신비학자들과 교제하고, 신의 본질이나 세계의 발생 및 점성술 등을 연구하여 예언자 역할을 한다. 당시의 학자들로부터는 '사기꾼'이라고 멸시당하지만, 마술의 힘으로 세계를 여행하면서 베네치아에서는 비행을 시도하고 마울브론에서는 금을 제조하는가 하면, 에르푸르트에서는 호메로스의 주인공들을 주문으로 불러내기도 하고, 라이프치히에서는 술통을 타고 달리기도 한다. 그는 언제나 개의 모습을 한 악마를 데리고 다니는데, 마지막에는 뷔르템베르크의 어느 여관에 투숙했다가 '오늘밤 놀라지 마시오!'라고 예언한 후 그날 밤 악마에게 살해된다.

　실제적 파우스트가 죽은 후 그에 대한 이야기가 민담으로 전해지다가 1587년 프랑크푸르트의 출판업자인 요한 슈피스가 『지나친 마술사 요한 파우스트 박사의 이야기』라는 이름의 민중 판본을 발행한다. 이 책이 대단한 성공을 거두면서 1599년에는 함부르크의 게오르크 비드만이 향락적 인간을 저주하는 개작을 내고, 1674년에는 뉘른베르크의 의사 니콜라우스 피처가 다시 괴테에게 영향을 준 파우스트 작품을 쓰며, 1725년에는 '기독교적으로 생각하는 사람'이라는 익명의 작가가 그 시대에 맞도록 이 이야기를 요약한 책자를 출판하여 성공을 거둔다. 그뿐만 아니라 이미 1588/89년에 영국의 극작가 C. 말로우가 이 소재를 연극화하여 『파우스투스 박사의 비극적 이야기』라는 희곡을 쓰며, 유랑극단이 이를 공연하여 파우스트라는 인물을 대중화시킨다. 17세기에는 민중 판본에 의한 파우스트극과 인형극이 자주 공연되고, 18세기 후반에는 계몽주의 작가 레싱이 '선(善)'이 얼마나 빨리 악으로 변하는가'를 주제로 삼은 『파우스트 프라그멘트』를 남기기도 한다.

이 소재를 다룬 대표적 문학작품으로는 여기 번역한 괴테의 『파우스트』이외에 클링거의 『파우스트의 삶, 행적 그리고 지옥행』(1791), 그라베의 『돈 후안과 파우스트』(1829), 하이네의 무도시 『파우스트 박사』(1847), 피셔의 『파우스트. 비극 제3부』(1886), 토마스 만의 『파우스트 박사』(1947), 호흐후트의 『히틀러의 파우스트 박사』(2000) 등이 있다. 음악작품으로는 슈포르의 〈파우스트〉(1813), 베를리오즈의 〈파우스트의 저주〉(1845/46), 구노의 〈파우스트〉(1859), 부소니의 〈파우스투스 박사〉(1914) 등의 오페라와 베를리오즈, 구노, 리스트, 슈베르트, 슈만, 바그너 등이 작곡한 수많은 가요가 있으며, 또 미술작품으로 괴테의 〈파우스트 스케치〉(1810/12), 들라크루아의 〈파우스트 석판화 연작〉(1828), 케르스팅의 유화 〈서재의 파우스트〉(1829), 쿠르베의 유화 〈고전적 발푸르기스의 밤〉(1848), 클레의 〈파우스트 석판화〉(1912), 바를라흐의 〈발푸르기스의 밤 목판화〉(1923), 베크만의 〈파우스트 제2부의 삽화〉(1943/44), 치리코의 〈파우스트 수채화〉(1956) 등 다수의 작품이 있다.

2. 괴테의 『파우스트, 하나의 비극』의 생성

　괴테는 다섯 살 때에 이미 파우스트 인형극을 보았고 일찍이 역사적 파우스트 전설을 읽으며, 비극을 집필하는 동안에는 니콜라우스 피처의 책을 참고한다. 가끔 중단되기도 하지만 작가는 여든세 살의 고령으로 세상을 떠날 때까지 일생 동안 이 가장 위대하고 가장 아름다운 작품에 정열을 쏟는다. 작가 자신과 마찬가지로 『파우스트』 비극은 여러 가지 문학기를 거쳐 완성되는바, 질풍노도 문학시대에 시작되어 고전주의를 지나 낭만주의에 와서야 완성되는 것이다. 그러므로 서로 다른 형성 과정의 특징이 여러 가지 상이한 사상과 구성 방법 및 서술과 표현 속에 구체화된다.

1775년 가을 괴테는 바이마르 궁전에서 파우스트 극 초안을 낭독한다. 궁정여관(女官) 루이제가 이 초안을 베껴놓았으며, 1887년 에리히 슈미트가 발견하여 '초고 파우스트'라는 제목으로 출판한다. 이는 1773/77년에 질풍노도문학의 관점에서 씌어진 것으로, 감수성으로 가득 차 폭풍처럼 치닫는 천재성으로 일관된다. 자신의 내면에서 요동치는 광경이 서술된 만큼 '학자의 비극'과 '그레첸 비극'은 작가의 자아와 직접적인 관계를 맺고 있다. 또한 그레첸 이야기는 민중 판본을 비롯한 과거의 어느 책에도 나타나지 않은 것으로서, 영아를 살해한 여인의 모티프를 괴테가 처음으로 파우스트 소재와 결부시킨 것이다. 즉 우주에 대한 인식으로의 길로서 학문이 선택되나 좌절을 면치 못하고, 자아의 속박으로부터 해방되기 위한 한계성을 뛰어넘는 길로서 사랑이 선택된다. 그러나 이 초고는 완성된 드라마로 간주될 수 없는바, 아무런 이유도 모르는 채 메피스토펠레스가 갑자기 나타나는가 하면, 파우스트가 사랑하는 애인으로부터 멀어져가는 근거도 밝혀지지 않는다. 그후 1790년대에 괴테는 그때까지 집필한 것을 '파우스트. 프라그멘트'라는 제목으로 출판하는데, 이는 '성당' 장면 다음에서 중단되고 만다.

프리드리히 실러로부터 계속해 『파우스트』 집필을 완성하라고 촉구받은 괴테는 1797년에 다시 일에 착수하여 1806년까지 『파우스트. 비극 제1부』를 완성하고, 1808년에 출판한다. 이 시기에 작가는 특히 고대에 몰두하여, 동서고금의 절세미인 헬레나의 모습을 즐기면서 파우스트의 세계 및 우주여행을 계속시킬 계획을 하는 한편, 고전주의적 이념을 구현하면서 상징적인 관조는 물론 세계관적 사상을 서술한다. 그뿐만 아니라 '악마와의 계약'을 도입함으로써 메피스토펠레스의 출현을 합리화하고, 「천상의 서곡」에서는 『비극 제2부』를 예시하는 동시에 전체적 사건에 대한 윤곽을 구성해놓는다. 그리고 1800년경에 '헬레나 비극'의 처음 부분을 집필하고, 『비극 제2부』의 계획을 세운다.

마지막 창작기인 1825년부터 1831년까지 괴테는 젊은 시절과는 달리 드라마 전체에 대한 치밀한 구성을 하고 한 장면씩 써내려간다. 우선 1826년에 '헬레나 비극'이 따로 완성되어 '헬레나. 고전적 낭만적 환상. 파우스트의 막간극'이란 제목으로 다음해에 출판된다. 그후 작가는 황제의 궁정에서 일어나는 '황제의 비극'을 집필하고, 1830년에는 제2막과 '고전적 발푸르기스의 밤'을 끝내며, 그 다음에 제4막과 제5막에 서술되는 '지배자의 비극'에 손을 대어 죽음을 몇 개월 앞둔 1831년에 낭만적 요소까지 포괄하는 전체적 『파우스트』 비극을 완성하기에 이른다. 괴테는 이 필생의 작품을 미래의 것으로 규정하고 봉인해놓았으나 이듬해(1832) 그가 세상을 떠나자 곧 유작 제1권으로 출판된다.

시문학에 눈을 뜨면서부터 이 세상에서의 마지막 날까지 괴테는 풍부한 인생 경험과 더불어 다양한 주제, 다양한 모티프, 다양한 언어수법으로 파우스트 소재를 시화(詩化)하여 불후의 명작으로 남겨놓는다. 젊은 시절에는 학문에 대한 절망과 사랑의 행복과 죄를 근본으로 삼고, 중년기에는 헬레나 모습의 고전적 아름다움과 일반적 인간상에 마음이 사로잡혀 있으며, 노년기에는 활동하고 지배하는 자로서의 파우스트와 더불어 창조의 비밀과 우주의 본질에 몰두한다. 그러므로 작가와 작품의 소재 사이에는 진정 특별한 관계가 맺어져 있다고 하겠다.

3. 「비극 제1부」의 파우스트

괴테의 『파우스트』 비극은 서론에 해당하는 세 장면 「헌사」 「무대 위에서의 서연」 및 「천상의 서곡」으로 시작된다. 여기에서는 창작에 대한 작가의 의지와 성공적인 연극에 대한 의견이 개진되고 작품의 전체적 윤곽이 암시된다. 천사들이 천지만물을 찬양하는 천상에서 주님과 지하의 사신 메피스토펠레스가 지상의 인간 파우스트를 두고 내기를 한다. 악마는 아무것에도 만족할 줄 모르고 비참하게 살아가는 인간을 관능적 향락과 욕망의 충족으로 유혹하여 지옥으로 끌어갈 수 있다고 자신한다. 반면에 주님은 인간이 노력하는 동안 혼미한 채 방황하지만, 어두운 충동 속에서도 올바른 길만은 잘 알고 있기에 곧 밝은 곳으로 인도할 것이라 한다. 이에 따라 시간과 공간을 초월하여 선악의 피안에서 활동하는 파우스트의 갖가지 인생 행로가 전개된다.

「비극 제1부」의 비극적 사건은 본래 위의 장면들을 뛰어넘어 오십여 세의 노(老)교수가 이 세상에 마지막 고별을 하는 '밤'과 더불어 시작된다. 파우스트 박사는 우주의 본질과 창조의 원리를 규명하고자 이 세상의 모든 학문을 섭렵한다. 그러나 학문을 통해 우주 일체의 궁극적 진리를 파악하는 데 실패하고 절망한다. 마술을 이용하여 초인간적 경지에 도달하고자 시도하지만 역시 좌절한다. 그는 육신에 얽매여 있기 때문에 드높은 이상을 따를 수 없다는 것을 통감하고, 인간의 능력에 한계가 있음을 인정하며 인간이라는 탈을 벗어나 영들의 세계로 갈 것을 결심한다. 한밤중 홀로 독배를 마시려는 순간 새벽 종소리와 함께 예수의 부활을 노래하는 천사들의 합창이 들려온다. 그 희망에 넘치는 소리를 들으며 파우스트는 행복했던 어린 시절을 회상하고 자연적인 삶의 의미를 되찾는다.

부활절의 산책에서 데리고 온 삽살개가 악마 메피스토펠레스로 다시 변신하며, 온갖 수단으로 현세에서 파우스트의 욕망을 만족시켜주겠다고 약속한다. 파우스트가 만족하여 순간에다 대고 "멈추어라. 너 정말 아름답구나!" 하고 말한다면, 그는 기꺼이 파멸할 것이며 내세에서는 메피스토펠레스가 그의 영혼을 소유해도 좋다고 한다. 이는 학문

에 좌절한 학자가 악마와 계약을 맺고, 마술을 이용하여 세상의 온갖 현실을 체험하며 향락의 극치를 추구하려는 '학자의 비극'이다.

마술거울 속에 비친 나체 여인의 아름다움에 놀란 파우스트는 영약을 마시고 이십대의 젊은 청년으로 회춘한다. 거리에서 순결한 처녀 그레첸을 만나고 당장 그녀에게 반하여 품에 안고 싶어한다. 그의 모험은 그러나 진실한 사랑으로 발전하며, 순진한 소시민적 소녀 그레첸도 사랑의 노예가 된다. 메피스토펠레스의 농락으로 그녀는 어머니를 살해하고, 오빠를 파우스트의 칼에 찔려 죽게 하며, 사생아인 영아까지 살해하는 죄를 범한다. 그로 인한 죄책감에 사로잡혀 비극적 그레첸은 광증을 일으키고 결국은 감옥에 갇힌다. 파우스트가 그녀를 구출하려고 하지만, 그녀는 정신착란으로 애인을 알아보지도 못하고, 사형집행을 앞두고도 도망치려 하지 않는다. 오히려 자신을 죽음에 맡기어 신의 심판을 받고자 하는데, 천상에서 그녀가 구원되었다는 소리가 들려온다.

4. 「비극 제2부」의 파우스트

제1부의 파우스트는 우주 본질에 대한 인식과 육감적인 욕망이나 사랑의 영역을 누비며 살아간다. 이 사건들은 우리 모두가 어느 정도 경험하고, 머릿속에서나마 별 어려움 없이 체험할 수 있는 노력과 사상의 한도 내에서 전개된다. 그러나 「비극 제2부」는 개인생활의 영역을 뛰어넘어, 인간 정신이 종교와 철학, 학문과 예술, 국가와 문학생활 속에 정립한 보다 심오하고 포괄적인 가치의 영역으로 상승된다.

그레첸과의 비참한 체험으로 정신과 육체에 타격을 입고 쓰러진 파우스트는 자연의 위대한 소생력으로 인해 새로운 갱생과 용기를 가지

고 깨어난다. 무한한 욕망을 지닌 그는 이제 거대한 세계, 시간의 흐름, 사건의 변전 속으로 휘말려들어간다. 처음에 파우스트는 시공을 초월하여 어느 봉건제국 황제의 궁정으로 간다. 지하의 보물을 담보로 지폐를 발행하여 궁정의 재정난을 구하고, 그곳에서 전개되는 정치생활에 끼어든다. 실권 없는 비극적 황제의 총애를 받으며 그는 막강한 권력과 무진장한 재산을 소유하며 온갖 체험을 하지만, 이 새롭고 거대한 인생의 단면에서도 커다란 실망만을 느낀다. 여기에서 체험하는 모든 사건은 인간적인, 너무나도 인간적인 것들뿐이라 할지라도, 파우스트가 그의 위대한 영혼을 지속적으로 만족시키기에는 모든 것이 너무나 편협하고 이기적일 따름이다.

동서고금의 미남과 미녀인 파리스와 헬레나를 불러내라는 황제의 명에 따라 파우스트는 '어머니들'의 나라로 간다. 악마가 건네준 작은 열쇠의 힘으로 지하세계로부터 삼각향로를 끌어내오고, 그 연기 속에 피어오르는 헬레나의 아름다움에 도취한다. 본체는 없고 형태뿐인 환상을 껴안고 파리스의 상에 열쇠를 대자 환영이 폭발하고 파우스트는 기절한다. 옛날의 조수가 제조해낸 인조인간 호문쿨루스는 매우 총명하여 기절한 파우스트의 꿈을 투시한다. 무의식 속에서도 그는 귀족이면서도 고귀하지 못한 인간들의 굴레에서 벗어나 과거에 이미 지상에 존재했던 진정으로 순수하고 아름다운 인간성, 즉 고대 그리스의 경이적인 문화를 동경한다. 이 고대 생활권의 완전함 속에서만 파우스트의 병이 치유 가능하기 때문에 인조인간의 권유로 그들은 그리스 땅에서 벌어지는 '고전적 발푸르기스의 밤' 축제에 참가한다. 그리고 제3막에서 파우스트는 그리스 군이 헬레나를 스파르타로 다시 탈취해오는 트로야 전쟁에 게르만 침입군 수령으로 참전한다. 마술의 힘으로 그에게 인도된 헬레나와 함께 전원적인 환경의 아르카디아로 가서 결혼생활을 한다. 조숙하고 정열적인 아들이 암벽을 뛰어올라 양팔을 벌리고

비약하다가 거꾸로 떨어져 죽으면서 어머니 헬레나도 다시 저승으로 돌아간다. 고대의 옷만 남은 그녀와의 부부생활이 전개된 이번 인생도 깊은 불만으로 끝나며, 파우스트는 다시금 절망에 빠진다.

이때 마지막으로 문화생활에 대한 새로운 노력이 시작되며, 인류를 위한 행위와 창조가 파우스트의 마음을 사로잡는다. 예전에는 아무런 근심 없이 온갖 욕망에 사로잡혀 소원하고 즐기면서 인생을 살았으나, 파우스트는 이제 내세를 단념하고 근심스럽고 현명하게 지상세계에 몰두하며 공익을 위해 행동하는 삶을 살고자 한다. 끝없이 전개된 바다를 밀어내고 늪지대를 말려버린 후 수백만 인간에게 비옥한 토지를 개간해주는 것을 공사의 최대 목표로 삼는다. 이러한 공익을 위해 사는 지배자로서의 인생에서 그는 고통을 느끼기도 하고 때로는 행복을 느끼기도 한다. 근심이란 요녀가 내뿜는 입김으로 눈까지 멀지만, 파우스트는 내면으로 밝아지는 정신 속에서 자기가 만든 자유로운 땅 위에 오곡이 푸르러지고 수많은 백성들이 자유롭게 살아가는 모습을 상상한다. 이는 인류가 이미 성취해놓은 것을 뛰어넘어 끊임없이 추구해가는 지칠 줄 모르는 투쟁이다. 이 인류의 문화생활을 위한 사업에 몰두하는 것을 삶의 목표로 삼으면서 행복한 예감에 젖은 파우스트는 드디어 지속을 약속하는 만족감을 느끼며, 그 순간에 대고 "멈추어라, 너 정말 아름답구나!" 하고 외친다. 악마와 계약한 이 조건을 말함과 동시에 파우스트는 긴 인생 여정에 종지부를 찍으며, 이 세계와 영원히 고별한다.

그러나 파우스트는 악마의 유혹에 빠져 향락이나 물질적 욕심의 만족을 얻은 것은 아니다. 내기의 조건에는 졌지만 최후의 순간까지 노력하는 인간으로서 시련을 이겨낸다. 동시에 속죄하는 여인으로 다시 등장한 그레첸이 옛 애인의 구원을 위한 은총을 빌며, 성모는 그의 영혼을 천국으로 인도한다. 음양을 상징하는 선악의 저편에서 오행원리

에 따라 지칠 줄 모르고 노력하던 파우스트 박사는 이제 이 세상이 제 공할 수 있는 모든 가능성을 체험하고 동양의 신비적 도(道)를 의미하는 "영원히 여성적인 것"에 이끌려 보다 드높은 영역으로 날아간다.

5. 파우스트 영혼의 구원과 그 문제성

파우스트는 구원된다. 다른 사람들을 무수히 끝없는 불행으로 몰아넣고 죽음 속에 묻어버린 인간이며 극단적 이기주의자인 동시에 지독한 폭군인 파우스트, 그러나 그는 구원된다. 이는 모든 인간의 죄와 속죄를 저울질하고, 그 다음에야 구원이냐 아니면 저주냐를 결정짓는다는 인간 윤리나 종교적 논리에 모순되는 것이 아닌가? 그뿐만 아니라 전통적 비극에서 당연히 기대되는 주인공의 비극적 몰락은 어디에 있는가?

이런 의문에 대한 자취는 찾아볼 수가 없다. 만년의 괴테는 파우스트를 '고귀한 사람'이라 부르기도 하고, 천사와 악마의 안식일에 대한 거짓말을 하는가 하면, 파우스트의 구원된 영혼이 향연에 싸여 둥실둥실 천국으로 떠나가도록 하기도 한다. 많은 연구가들은 파우스트의 구원을 이성의 범주를 벗어난 일종의 신비라고 말하면서, 죽음을 앞둔 괴테가 만들어낸 창조물로 간주한다. 이들은 모두 만년의 괴테가 '파우스트는 백발 노인으로서 끝을 맺으며, 노년기엔 우리 모두가 신비주의자가 된다'라고 한 말을 근거로 삼는다.

비극의 마지막 장면 '심산유곡'에서 천사들은 구원된 파우스트의 영혼을 하늘나라로 인도하며 이렇게 노래한다. "영들 세계의 고귀한 한 사람이 / 악으로부터 구원되었도다. / 언제나 열망하며 노력하는 자, / 그자를 우리는 구원할 수 있노라. / 그에게 사랑의 은총까지도 / 천상으로부터 관여해왔으니, / 천복을 받은 무리가 그를 / 진심으로 환영해 맞이하노라."

이 노래는 주인공의 영혼을 구원함에 있어서 이승과 저승이 서로 협력하는 관계에 있음을 나타낸다. 이승의 요소로서는 파우스트가 언제나 열망하며 노력한다는 것이다. 죽음까지 초월한 초인적 노력을 함에 있어서 그는 혼미해지기도 하고 세속적 오류를 범하기도 하지만, 이는 지배와 피지배 사이에 어쩔 수 없이 발생하는 운명적 사건들로 이해된다. 파우스트는 인간 행동을 마비시키는 근심이 나타날 때에도 이를 거절하고 극복하며 마술로부터도 몸을 돌린다. 요녀의 입김으로 눈까지 멀지만, 그는 마음속으로부터 밝아오는 '내면의 빛'에 인도되어 바다와의 투쟁을 계속한다. '언제나 열망하며 노력하는 자'로서 요녀를 이겨내고 마술을 거부함으로써 구원의 가능성을 얻는 것이다.

그러나 순수한 활동만으로 구원되는 것은 아니며, 여기에는 저승으로부터의 도움이 절대 필요하다. '천상으로부터' 관여해오는 사랑과 은총의 힘이 협력해야만 한다. 그가 죽은 다음 옛 애인 그레첸이 다시 등장하여 지고한 사랑의 힘으로 파우스트의 영혼과 하나가 된다. 그리고 영광의 성모에게 매달려 "영기 어린 옷자락으로부터 / 최초의 젊은 기운으로 솟아나고 있는" 그를 돕게 해달라고 간청하며 그의 영혼을 구원하기 위해 은총을 빈다.

두 가지 요소, 즉 이승의 끊임없는 노력과 능동적 행위, 그리고 저승에서 관여해온 수동적 사랑과 은총을 근본으로 파우스트는 구원된다. 그러나 괴테의 은총이란 기독교적 은총 개념과 일치한다고 말할 수 없다. 그는 인본주의적 요소와 기독교적 상징세계를 결부시켜 파우스트의 죽음과 구원 문제를 우주적 의미에서 조화롭게 해결한다. 파우스트는 구원을 위해 간청하지 않으므로, 그의 구원은 기독교적이 아니라 '인본주의적 종교'의 방법으로 이루어진다. 이 종교에서는 "인간을 신으로 고양시키기 위하여, 신이 인간이 되고 있기 때문이다".

나아가서 괴테는 파우스트 영혼의 구제를 통해 인간의 신적 요소인 불멸성에 대한 독자적 믿음을 표현한다. 즉 그는 끊임없는 활동에 내재하는 인간의 지속적 본질인 엔텔레케이아(발전과 완성을 성취시켜주는 유기체 내부에 있는 힘)를 믿으며, 파우스트의 노력을 이러한 원칙으로 간주한다. 괴테는 기독교적 저승에 대한 금욕주의적 계율을 거절하고 자연에 대한 다른 태도의 가능성을 보면서 유기적 근본과 인간의 변전 그리고 불멸의 엔텔레케이아를 믿는다고 할 수 있다. 이러한 독자적 종교성은 최초의 근원으로부터 몰락을 거쳐 다시 소생한다는 삼단계적 윤회, 즉 철두철미 윤회로 되풀이되는 세계 변화의 과정에 입각한 괴테의 세계관 또는 구원의 이념과도 일맥상통하는 것이다.

6. 만인(萬人)의 책 『파우스트』

과거로부터 현재까지 세계적인 관심을 불러일으키고 있는 파우스트 박사의 비극적 운명을 소재로 취급한 모든 예술작품 중에서도 괴테의 『파우스트』만큼 성공을 거둔 작품은 없다. 작가는 자신의 긴 생애 동안 내적 외적으로 생각하고 체험한 모든 것을 예술적으로 표현해놓았기 때문에 독자는 누구나 이 작품에서 만인에게 적용되는 인생관과 세계관을 맛보게 된다. 즉 괴테는 개인적인 것을 전 인간적인 것으로 승화시켜놓았으니, 우리는 인간이 희망하고 노력하고 사랑하고 미워하고 괴로워하고, 또 생각하고 체험하는 등 영원히 반복되는 존재의 내용을 이 작품에서 발견할 수 있다.

문학과 철학, 도덕과 종교, 법률과 국가, 직업과 수공업, 경제와 무역, 정치와 전쟁, 자연과 문화 등 전(全) 인류의 역사가 취급되었을 뿐만 아니라, 우리 모두가 직접 경험하는 인생의 자극과 감정, 사랑과 증오, 인식과 향락에 대한 욕망, 성스러움과 죄악, 아름다움과 추악함, 경건함과 미신, 이기심과 희생의지, 순결과 야비함, 이성과 관능이 서술되었다. 그 외에도 낙관주의와 염세주의, 개인주의와 사회주의, 범신론과 범악마론, 물질주의와 이상주의, 기독교와 그리스 신화와 여타의 다른 종교 등 우리 인간생활과 세계생활에 관계되는 모든 영역이 언급된다.

누구에게나 적용되는 만인의 책이라 할 수 있는 이 작품은 무엇보다도 '구원의 책'이라는 데 더욱 가치를 지니는바, 이를 읽고 생각하고 느낌으로써 삶의 온갖 역경을 극복하고 유혹을 물리칠 수 있는 힘을 자신도 모르게 얻기 때문이다. 또한 가혹하고도 불가해하며 모순투성이의 적나라한 삶을 눈앞에 볼 수 있으나, 우리는 그로 인해 몰락하지 아니하고 오히려 피나도록 생(生)과의 투쟁을 벌이고 내면적으로 자유로워질 수 있는 힘을 부여받게 되는 것이다.

끝으로 『파우스트』의 텍스트로는 Johann Wolfgang von Goethe, *Faust Eine Tragödie*. In: Goethes Werke. Hamburger Ausgabe in 14 Bänden. Bd. III. Textkritisch durchgesehen und mit Anmerkungen versehen von Erich Trunz, 7. Aufl., Hamburg 1964, S. 7~364를 이용했음을 밝혀둔다. 또한 이번에는 보다 깊은 작품 이해를 위해 상세한 주석과 해설을 달고, 시각적 생동감을 주기 위해 들라크루아와 베크만의 파우스트 삽화를 첨부했다.

요한 볼프강 폰 괴테Johann Wolfgang von Goethe 연보

1749년 8월 28일 요한 볼프강 폰 괴테Johann Wolfgang von Goethe는 마인 강변의 프랑크푸르트에서 법학박사이자 황실고문관인 아버지 요한 카스파르 괴테Johann Kaspar Goethe와 텍스토르Textor가(家) 출신의 어머니 카타리나 엘리자베트Katharina Elisabeth의 장남으로 태어남.

1750년 12월 7일 여동생 코르넬리아Kornelia 출생.

1752년(~1755년) 유치원에 다님.

1755년 암 그로센 히르쉬그라벤 가(街)에 있는 생가 개축. 부친의 감독 아래 개인교습을 받기 시작함. 11월 1일, 리사본에 지진이 일어나자 괴테는 종교적 충격을 받음.

1759년 1월(~1763년 2월) 프랑스 군(軍)이 프랑크푸르트를 점령함. 토랑Thoranc 백작이 괴테의 생가에서 숙영(宿營).

1764년 4월 3일 요셉 2세가 신성로마제국의 독일 황제로 즉위. 괴테는 관람객들 틈에 끼어 대관식을 구경함.

1765년 10월(~1768년 8월) 라이프치히 대학에 다님. 술집 처녀 쇤코프Kätchen Schönkopf, 베리쉬Behrisch, 미술학교 교장 외저Öser 등과 친교를 맺음. 『아네테 가요집Das Buch Annette』『연인의 변덕Die Laune des Verliebten』 발표.

1768년 7월 중병에 걸림.

8월 28일 라이프치히를 떠남.

9월(~1770년 3월) 와병으로 프랑크푸르트에서 요양함.

어머니의 친구인 경건주의자 클레텐베르크Susanna von Klettenberg와 교제.

『동죄자(同罪者)들Die Mitschuldigen』 발표.

1770년 4월(~1771년 8월) 슈트라스부르크 대학에 다님.

9월(~1771년 4월) 헤르더Johann G. Herder가 슈트라스부르크에 체류.

10월 처음으로 세젠하임 방문. 브리온Friederike Brion과 알게 됨.

1771년 『프리데리케 브리온을 위한 시Gedichte für Friederike Brion』 발표.

8월 6일 법학박사 학위 받음.

8월 중순 프랑크푸르트로 귀향.

8월 말 프랑크푸르트 배심재판소의 변호사로 승인받음.

『셰익스피어의 날에 부쳐Zum Schäkespears Tag』『철수(鐵手) 고트프리트 폰 베를리힝겐 역사 극본Geschichte Gottfriedens von Berlichingen mit der eisernen Hand dramatisiert』 발표.

1772년 1월(~2월) 메르크 및 다름슈타트 시(市)의 감상주의파와 친교를 맺음.

5월(~9월) 베츨라 소재 제국대법원에서 법관시보로 일함. 샤를로테 부프 Charlotte Buff와 알게 됨.

『독일 건축술에 관하여Von deutscher Baukunst』 발표. 잡지 『프랑크푸르트 학자보(學者報)』의 동인이 됨.

『방랑아의 폭풍 노래Wanderers Sturmlied』 발표.

1773년 『넝마촌락의 대목장 축제Jahrmarktsfest zu Plundersweilern』『사티로스Satyros』『연극적 협주곡Concerto dramatico』『신(神)들과 영웅과 빌란트Götter, Helden und Wieland』『에르빈과 엘미레Erwin und Elmire』『목사의 편지Brief des Pastors』 발표.

1773년(~1775년) 『초고 파우스트Urfaust』『프로메테우스Prometheus』『마호메트Mahomet』 발표.

1774년 7월(~8월) 라바터와 바제도브와 함께 란지방 및 라인지방 여행. 뒤셀도르프에 있는 야코비 형제(Friedrich H. Jacobi, Johann G. Jacobi) 방문.

12월 프랑크푸르트에서 작센-바이마르-아이제나흐의 황태자 아우구스트Karl August 공작과 처음 만남.

『젊은 베르테르의 슬픔Die Leiden des jungen Werther』『클라비고 Clavigo』『클라우디네 폰 빌라 벨라Claudine von Villa Bella』『영원한 유대인Der Ewige Jude』 발표.

1775년 4월 쇠네만Lili Schönemann과 약혼.

5월(~7월) 첫 스위스 여행.

9월(~10월) 아우구스트 공작이 괴테를 바이마르로 초대.

가을 쇠네만과 파혼.

『슈텔라Stella』『릴리의 노래Lili-Lieder』 발표.

『에그몬트Egmond』 집필 시작.

10월 30일 프랑크푸르트 떠남.

11월 7일 바이마르 도착.

11월 슈타인Charlotte von Stein 부인과 처음 만남.

1776년 1월(~2월) 바이마르에 장기간 체류할 것을 결심.

3월(~4월) 라이프치히로 여행.

4월 일름 강변의 초원에 있는 별장으로 이사하여 1782년 6월까지 그곳에서 기거.

6월 11일 바이마르공화국의 국무에 종사하기 시작. 비밀공사관 참사관으로 임명됨.

10월 헤르더가 신교의 총 지방감독으로 바이마르에 옴.

11월 일메나우 광산의 재가동을 위한 준비의 책임을 맡음.

12월 라이프치히와 뷔를리츠 여행.

『슈타인 부인을 위한 시Gedichte für Frau Stein』『형제자매Die Geschwister』『프로제르피나Proserpina』 발표.

1776년(~이후 몇 년) 바이마르 애호가 극장의 공연에 참여.

1777년 6월 8일 여동생 사망.

9월~10월 아이제나흐와 바르트부르크 성(城)에 체류.

12월 말을 타고 하르츠 여행.

『릴라Lila』『감상(感傷)의 승리Der Triumph der Empfindsamkeit』 발표.

『빌헬름 마이스터의 연극적 사명Wilhelm Meisters theatralische Sendung』

첫 부분 완성. 『겨울 하르츠 여행Harzreise im Winter』 발표.

1778년 5월 아우구스트 공작과 함께 베를린과 포츠담 여행. 『인간성의 한계 Grenzen der Menschheit』 발표.

1779년 1월 국방위원회 및 도굴공사위원회의 지도를 맡음. 이후 공화국의 여러 지역을 자주 여행.

　2월(~3월) 『타우리스 섬의 이피게니에Iphigenie auf Tauris』 발표.

　9월 추밀고문관으로 임명됨.

　9월(~1780년 1월) 아우구스트 공작과 두번째로 스위스 여행.

　『수상(水上) 정령들의 노래Gesang der Geister über den Wassern』『예리 와 베텔리Jery und Bätely』 발표.

1780년 광물학 연구에 몰두하기 시작. 『토르크비토 다소Torquato Tasso』 집필 시작.

1781년 여름(~이후 몇 년) 티푸르트에서 바이마르 궁정 사교계에 참석.

　11월(~1782년 1월) 바이마르 자유미술학교에서 해부학 강연.

　『여자 어부Die Fischerin』『엘페노르Elpenor』 발표.

1782년 3월(~5월) 외교적 임무로 튀링겐 궁전 여행.

　5월 25일 부친 사망.

　6월 2일 프라우엔플란에 있는 집으로 이주.

　6월 3일 황제 요셉 2세에 의해 발급된 귀족증서를 받음.

　6월 11일 재정국의 임무를 맡음.

　12월(~1783년 1월) 데사우와 라이프치히로 여행.

1783년 9월(~10월) 두번째 하르츠 여행. 괴팅엔과 카셀 여행.

　『신적(神的)인 것Das Göttliche』 발표.

1784년 2월 24일 일메나우에서 새로운 광산 개장.

　3월 인간의 삽간골(揷間骨) 발견.

　8월(~9월) 아우구스트 공작과 브라운슈바이크 여행. 크라우스Georg Kraus 와 함께 세번째 하르츠 여행.

　『익살과 간계와 복수Scherz, List und Rache』『비밀Die Geheimnisse』 발표.

1785년 식물학 연구 시작.

　6월(~8월) 카를스바트에 체류.

　1월(~1786년 봄) 여러 차례 일메나우와 예나에 체류.

　『빌헬름 마이스터의 연극적 사명』 끝냄.

1786년 7월(~8월) 카를스바트에 체류.

　9월 3일 카를스바트로부터 남몰래 이탈리아 여행길에 오름.

　9월 28일(~10월 14일) 베네치아에 체류.

　10월 29일 로마에 도착. 『타우리스의 이피게니에』를 운문으로 개작.

1787년 2월(~6월) 나폴리와 시칠리아로 여행.

　4월 팔레르모 식물원에서 식물 원형(原型)의 원리 인식.

　(~1788년) 『에그몬트』 끝냄. 『나우시카Nausikaa』 구상. 『파우스트Faust』와 『토르크바토 타소』 작업.

1788년 4월 23일 로마 떠남.

　6월 18일 바이마르로 돌아옴.

　6월 일메나우위원회를 제외하고 일체의 정무(政務)에서 물러남. 그후 공화국 의 학문기관 및 예술기관 지도.

　7월 불피우스Christiane Vulpius와 동거.

　9월 7일 루돌슈타트에서 실러Friedrich von Schiller 만남.

　『로마의 비가Römische Elegien』 발표.

1789년 9월(~10월) 아쉐르스레벤과 하르츠 여행.

　12월 25일 아들 아우구스트August 탄생. 『토르크바토 타소』 끝냄.

1790년 3월(~6월) 베네치아 여행.

　4월 두개골의 척추골 이론 발견.

7월(~10월) 프로이센 군(軍)의 야영지인 쉴레지엔 지방을 돌아봄. 크라카우와 스텐스토하우 여행.

『색채론Farbenlehre』 연구 시작. 『식물의 변형Die Metamorphose der Pflanzen』『베네치아의 경구(警句)Venezianische Epigramme』 발표. 『파우스트, 프라그멘트Faust, ein Fragment』 인쇄.

1791년 1월 바이마르 궁정극장 감독을 맡음. 『대(大) 코프타Der Groß-Cophta』 『광학(光學)에 대한 기고Beiträge zur Optik』 발표.

1792년 8월(~10월) 아우구스트 공작을 수행하여 프랑스에서 종군.

9월 20일 발미 대포격.

11월(~12월) 뒤셀도르프에서 야코비Friedrich Heinrich Jacobi 방문, 뮌스터에서 갈리친Galitzin 영주 부인 방문.

1793년 5월(~7월) 마인츠가 포위되었을 때 이를 목격함. 『시민 장군Der Bürgergeneral』『라이네케 푹스Reineke Fuchs』 발표.

1794년 7월 말 예나에서 자연연구학회 회의가 끝난 뒤 실러와 식물 원형에 관한 대담. 실러와 교우 시작.

7월(~8월) 아우구스트 공작과 함께 뫼를리츠와 드레스덴 여행. 『흥분한 자들Die Aufgeregten』『독일 피난민들의 대화Unterhaltungen deutscher Ausgewanderten』 발표.

(~이후 몇 년) 자주 예나에 체류하면서 예나 대학 교수들과 교제. 자연과학 연구, 특히 변형론과 색채론에 몰두.

1795년 7월(~8월) 카를스바트에 체류. 『동화Das Märchen』 발표. 『크세니엔Xenien』 집필 시작.

1796년 『크세니엔』 발표. 『빌헬름 마이스터의 수업시대Wilhelm Meisters Lehrjahre』 끝냄. 『헤르만과 도로테아Hermann und Dorothea』 발표. 벤베누토 첼리니Benvenuto Cellini의 전기 번역.

1797년 8월(~11월) 세번째 스위스 여행.

8월 프랑크푸르트에 체류. 어머니를 마지막으로 봄.

12월 바이마르 도서관과 고전(古錢) 진열실 최고 감독. 『담시Balladen』 발표. 『파우스트』 다시 집필 시작.

1798년 3월 바이마르의 근교 오버로슬라에 토지를 갖게 됨.

10월 12일 실러 작『발렌슈타인의 야영Wallensteins Lager』 공연으로 개축된 바이마르 궁전극장 개관.

예술잡지 『프로필레엔Propyläen, Eine periodische Schrift』 출간 시작 (1800년까지 계속됨).

1799년 9월 바이마르 미술애호가들의 첫번째 전시회.

12월 실러가 예나로부터 바이마르로 이주. 『아킬레스Achilleis』 발표. 『자연스러운 딸Die natürliche Tochter』 집필 시작. 볼테르Voltaire 작『마호메트』 번역.

1800년 4월(~5월) 아우구스트공작과 라이프치히와 데사우 여행. 『파우스트』 제2부의 '헬레나 장면Helena-Szene' 집필. 볼테르 작『탕크레드Tancred』 번역. 『팔레오프론과 네오테르페Paläophron und Neo-terpe』 발표.

1801년 1월 안면 단독(丹毒)병에 걸림.

6월(~8월) 피르몬트·괴팅겐·카셀 등 여행.

1802년 1월(~6월) 자주 예나 여행.

2월 첼터가 처음으로 바아마르 방문.

6월 26일 라우흐슈테트에 신축 극장이 개관됨. 여름에 여러 번 라우흐슈테트에 체류.

1803년 5월 라우흐슈테트, 할레, 메르제부르크, 나움부르크 여행.

9월 리머가 괴테 아들의 가정교사가 됨.

11월 예나 대학 자연과학연구소의 최고 감독을 맡음. 『자연스러운 딸』 끝냄.

1804년 8월(~9월) 라우흐슈테트와 할레에 체류.

9월 13일 실질 추밀원 고문관으로 임명됨.

『빙켈만과 그의 세기Winckelmann und sein Jahrhundert』 발표.

1805년 1월(~2월) 신장병으로 중태에 빠짐.

5월 9일 실러 사망.

7월(~9월) 라우흐슈테트를 여러 번 방문.

8월 마그데부르크와 할버슈타트 여행.

『실러의 종(鐘)에 대한 에필로그Epilog zu Schillers Glocke』 발표.

1806년 4월 13일 『파우스트』 제1부 끝냄.

6월(~8월) 카를스바트 체류.

10월 14일 예나 전투. 바이마르가 점령됨.

10월 19일 크리스티아네 불피우스와의 결혼식.

『동물의 변형Metamorphose der Tiere』 발표.

1807년 5월(~9월) 카를스바트에 체류.

11월(~12월) 예나에 있는 프름만의 집 여러 차례 방문. 민헨 헤르츠리프와 알게 됨.

『소네트Sonette』 발표. 『빌헬름 마이스터의 편력시대Wilhelm Meisters Wanderjahre』 집필 시작.

1808년 5월(~9월) 카를스바트와 프란첸스바트에 체류.

9월 13일 어머니 사망.

10월 2일 에르푸르트에서 나폴레옹Bonaparte Napoleon과 대담. 10월 6일과 10일에도 바이마르에서 계속 대담.

『판도라Pandora』 발표.

1809년 『친화력Die Wahlverwandtschaften』 발표. 『색채론』 집필.

1810년 5월(~9월) 카를스바트, 테프리츠, 드레스덴에 체류.

『색채론』 끝냄. 『필립 하케르트Philipp Hackert』 집필. 열세 권으로 된 『괴테 작품집Goethes Werke』 발간.

1811년 5월(~6월) 크리스티아네 및 리머와 카를스바트에 체류.

『시와 진실Dichtung und Wahrheit』 제1부 발표.

1812년 5월(~9월) 카를스바트와 테프리츠에 체류. 베토벤 Ludwig van Beethoven과 오스트리아 황비 마리아 루도비카 만남.

『시와 진실』 제2부 발표.

1813년 1월 20일 빌란트Wieland 사망.

4월(~8월) 테프리츠에 체류.

10월 16일(~19일) 라이프치히 전투.

『시와 진실』 제3부 발표.

1814년 5월(~6월) 바이마르 근교의 바트베르카에 체류.

7월(~10월) 라인 지방과 마인 지방을 여행. 마리안네 폰 빌레머와 만남. 하이델베르크에서 브와스레 형제 방문.

8월 16일 빙겐에서 성(聖) 로후스 축제 참가.

『서동시집West-östlicher Divan』 일부 집필 발표.

1815년 2월 비엔나 회의의 결정으로 작센·바이마르·아이제나흐 대공화국으로 합병됨.

5월(~10월) 라인 지방과 마인 지방으로 두번째 여행.

7월 말 슈타인 남작과 함께 나사우로부터 쾰른으로 여행.

9월 26일 하이델베르크에서 마리안네 폰 빌레머 마지막 만남.

12월 12일 '바이마르와 예나의 학술 및 예술기관의 총감독'으로, 대공화국의 모든 문화 연구소들이 괴테의 지휘 아래 총괄됨. 재상으로 임명됨.

『서동시집』 일부 집필 및 발표. 『온건한 크세니엔Zahme Xenien』 일부 발표.

1816년 6월 6일 크리스티아네 사망.

7월(~9월) 바트 텐슈테트에 체류.

『서동시집』 일부 집필 및 발표. 『이탈리아 여행기Italienische Reise』 제1부·제2부 발표. 잡지 『예술과 고대Über Kunst und Altertum』 발간(1832년까지 계속).

1817년 3월(~8월), 11월(~12월) 자주 예나에 체류.

  4월 13일 궁정극장의 감독직 사퇴.

  6월 17일 아들 아우구스트가 오틸리에 폰 포그비슈와 결혼.

  10월 예나의 도서관 연합의 감독 맡음.

  『말의 원형, 신비한Urworte, orphisch』『나의 식물연구사Geschichte meines botanischen Studiums』 발표. 잡지 『자연과학, 특히 형태학Zur Naturwissenschaft überhaupt, besonders zur Morphologie』 발간(1824년까지 계속).

1818년 4월 9일 손자 발터Walther 탄생.

  7월(~9월) 카를스바트에 체류.

1819년 8월(~9월) 카를스바트에 체류.

  『서동시집』 끝냄. 스무 권으로 된 『괴테 작품집』 발간(1815년에 시작).

1820년 4월(~5월) 카를스바트 체류.

  여름과 가을, 예나 체류.

  9월 18일 손자 볼프강Wolfgang 탄생.

  『빌헬름 마이스터의 편력시대』 집필. 『온건한 크세니엔』 일부 발표.

1821년 7월(~9월) 마리엔바트와 에거에 체류. 울리케 폰 레베초브와 처음으로 만남.

1822년 6월(~8월) 마리엔바트와 에거 체류.

  『프랑스 종군기Kampagne in Frankreich』 끝냄.

1823년 2월(~3월) 심낭염(心囊炎)에 걸림.

  6월 10일 에커만Johann P. Eckermann이 처음으로 괴테 방문.

  7월~9월 마리엔바트, 에거, 카를스바트에 체류.

  『마리엔바트 비가Marienbader Elegie』 발표.

  11월 극심한 경련성 기침병에 걸림.

1824년 『실러와의 서신교환Briefwechsel mit Schiller』 출판 준비.

1825년 2월 『파우스트』 제2부 집필에 다시 착수.

  3월 21일 바이마르 극장에 화재.

  11월 7일 괴테의 바이마르 도착 오십주년 축하연.

1826년 『파우스트』의 '헬레나 장면' 끝냄. 『단편소설Novelle』 발표.

1827년 1월 6일 샤를로테 폰 슈타인 사망.

  10월 29일 손녀 알마 탄생.

  『온건한 크세니엔』 발표.

1828년 6월 14일 칼 아우구스트 대공작 사망.

  7월(~9월) 도른부르크에 은거.

1829년 1월 브라운쉬바이크에서 『파우스트』 초연. 『빌헬름 마이스터의 편력시대』 완성. 『이탈리아 여행기, 제2차 로마체류Italienische Reise, Zweiter römischer Aufenthalt』 발표.

1830년 2월 14일 대공작 부인 루이제 사망.

  11월 10일 아들이 로마에서 죽었다는 소식 받음.

  11월 말 대 객혈.

  『시와 진실Dichtung und Wahrheit』 제4부 발표. 마흔 권으로 된 『괴테 작품집, 최종 완성판Goethes Werke, Vollständige Ausgabe letzter Hand』 출간(1827년에 시작).

1831년 7월 22일 『파우스트』 제2부 끝냄.

  8월 28일 일메나우에서 마지막 생일 지냄.

1832년 3월 16일 마지막 발병.

  3월 22일 정오 무렵에 영면.

  3월 26일 괴테의 관 후작 묘지에 안치.

1832~1842년 스무 권으로 된 『유작집Nachgelassene Werke』 발간.

옮긴이 **이인웅**

한국외대 독일어과와 동 대학원을 졸업했다. 독일 뮌헨대학교에서 수학했고, 뷔르츠부르크대학교에서 문학박사 학위를 받았다. 한국외국어대학교 부총장, 한국헤세학회장, 한국독어독문학회장을 역임했다. 저서『현대독일문학비평』『헤세와 동양의 지혜』『파우스트 그는 누구인가?』, 역서『데미안』『황야의 이리』『밀레나 여사』『젊은 베르테르의 슬픔』『헤르만과 도로테아』, 논문「헤세와 동양사상」「파우스트와 역사세계」가 있다.

문학동네 세계문학
파우스트

1판 1쇄 │ 2006년 5월 15일
1판 26쇄 │ 2023년 3월 17일

지은이 요한 볼프강 폰 괴테
그린이 외젠 들라크루아 · 막스 베크만
옮긴이 이인웅
책임편집 조연주 오경철 │ 저작권 박지영 형소진 이영은
마케팅 정민호 이숙재 김도윤 한민아 이민경 안남영 김수현 왕지경 황승현 김혜원
브랜딩 함유지 함근아 박민재 김희숙 고보미 정승민
제작 강신은 김동욱 임현식 │ 제작처 영신사

펴낸곳 (주)문학동네 │ 펴낸이 김소영
출판등록 1993년 10월 22일 제2003-000045호
주소 10881 경기도 파주시 회동길 210
전자우편 editor@munhak.com │ 대표전화 031)955-8888 │ 팩스 031)955-8855
문의전화 031) 955-1927(마케팅) 031) 955-1917(편집)
문학동네카페 http://cafe.naver.com/mhdn
인스타그램 @munhakdongne │ 트위터 @munhakdongne
북클럽문학동네 http://bookclubmunhak.com

ISBN   89-546-0152-9 03850

잘못된 책은 구입하신 서점에서 교환해드립니다.
기타 교환 문의: 031) 955-2661, 3580
www.munhak.com

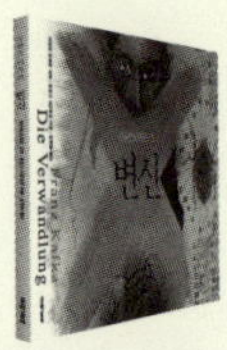

변신

프란츠 카프카 소설 | 루이스 스카파티 그림 | 이재황 옮김

현대문학의 신화가 된 카프카의 불멸의 단편! 모든 것이 불확실하고 출구를 찾을 수 없는 현대인의 삶 속에서 인간에게 주어진 불안한 의식과 구원에의 꿈 등을 명료한 언어로 아름답게 형상화했다.

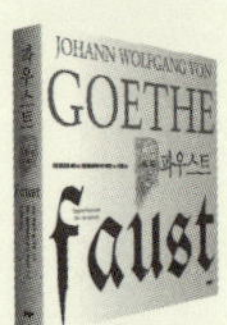

파우스트

요한 볼프강 폰 괴테 지음 | 외젠 들라크루아, 막스 베크만 그림 | 이인웅 옮김

괴테가 육십여 년에 걸쳐 쓴 필생의 대작이자 독일문학 최고의 걸작으로 일컬어지는 영원불멸의 고전. 지식과 학문에 절망한 노학자 파우스트 박사의 미망(迷妄)과 구원의 장구한 노정.

지킬 박사와 하이드 씨

로버트 루이스 스티븐슨 소설 | 마우로 카시올리 그림 | 강미경 옮김

『보물섬』의 작가 로버트 루이스 스티븐슨이 인간의 마음속에 공존하는 선과 악의 대립에 대해 심오한 질문을 던진다. 명망 높은 과학자 헨리 지킬 박사와 흉악범 에드워드 하이드, 두 사람의 미스터리한 이야기.

검은 고양이

에드거 앨런 포 소설 | 루이스 스카파티 그림 | 강미경 옮김

비운의 천재 작가 에드거 앨런 포의 공포 단편선. 인간의 비이성적인 광기와 분노를 그린 「검은 고양이」, 서서히 죽음을 "맛보는" 고통 「나락과 진자」, 산 채로 매장당한 자의 생생한 경험담 「때 이른 매장」 수록.

필경사 바틀비

허먼 멜빌 소설 | 하비에르 사발라 그림 | 공진호 옮김

"안 하는 편을 택하겠습니다." 삭막한 월 스트리트에서 안락하게 살아온 한 변호사 앞에 기이한 필경사 바틀비가 등장하고, 이 필경사가 던진 한마디가 월 스트리트의 철벽에 균열을 일으키기 시작하는데…… 세계문학사 최고의 단편.

외투

니콜라이 고골 소설 | 노에미 비야무사 그림 | 이항재 옮김

보잘것없는 9급 문관 아카키 아카키예비치의 인생에 어느 날 새로운 외투가 나타난다. 하지만 새 외투를 처음 입은 날, 그는 강도를 만나 외투를 빼앗기고 마는데…… 비판적 리얼리즘의 대가 고골이 그린 러시아 문학의 정수!

바베트의 만찬

이자크 디네센 소설 | 노에미 비야무사 그림 | 추미옥 옮김

노르웨이 작은 마을의 노자매 앞에 어느 날 신비로운 여인 바베트가 나타난다. 프랑스 제일의 요리사 바베트는 자매를 위해 특별한 만찬을 차려내는데…… 20세기 최고의 이야기꾼 이자크 디네센의 대표 단편.

밤: 악몽

기 드 모파상 소설 | 토뇨 베나비데스 그림 | 송의경 옮김

19세기 세계문학사에서 3대 단편작가로 꼽히는 모파상. 그가 그려내는 어둠에 대한 동경과 공포. 파리 시가지의 밤 풍경과 현실과 비현실을 넘나드는 주인공의 의식을 통해 환상적이고 광기어린 분위기를 담아냈다.

장화 신은 고양이

샤를 페로 소설 | 하비에르 사발라 그림 | 송의경 옮김

프랑스 아동문학의 아버지 샤를 페로의 고양이 이야기. 가난한 방앗간 주인의 막내 아들은 유산으로 달랑 고양이 한 마리를 받고, 고양이는 천연덕스럽게 장화를 신고 자루를 목에 걸고는 사냥을 나서는데……

개를 데리고 다니는 여인

안톤 체호프 소설 | 하비에르 사발라 그림 | 이현우 옮김

"제대로 살아보고 싶었어요!" 남에게 보여주기 위한 삶, 자신에게도 솔직하지 못한 삶, 그 안에 숨은 열정, 그리고 시작되는 사랑…… 로쟈 이현우의 러시아어 원전 번역으로 만나는 체호프 단편소설의 정점.

아담과 이브의 일기

마크 트웨인 소설 | 프란시스코 멜렌데스 그림 | 김송현정 옮김

미국문학의 아버지 마크 트웨인이 그려낸 인류 최초의 러브스토리. '이 세상'에 도착한 최초의 여행자 아담과 이브. 게으르고 저속하며 아둔한 '그'와, 쉴새없이 재잘대고 엉뚱한 짓을 저지르는 '그녀'가 새로운 '우리'로 거듭나기까지.